白

张爽

|作品|

虎

北京燕山出版社

图书在版编目（ＣＩＰ）数据

白虎 / 张爽著 . —— 北京：北京燕山出版社，2021.8
ISBN 978-7-5402-6187-0

Ⅰ . ①白… Ⅱ . ①张… Ⅲ . ①长篇小说－中国－当代
Ⅳ . ① I247.5

中国版本图书馆 CIP 数据核字 (2021) 第 185444 号

白虎

作　　者：张爽

责任编辑：王月佳

出版发行：北京燕山出版社有限公司

社　　址：北京市丰台区东铁匠营苇子坑 138 号 C 座

电　　话：010-65240430（总编室）

印　　刷：廊坊市新景彩印制版有限公司

开　　本：880mm×1230mm 1/32

字　　数：368 千字

印　　张：18

版　　次：2021 年 9 月第 1 版

印　　次：2021 年 9 月第 1 次

定　　价：58.00 元

云从龙，风从虎

——《周易·乾》

目　录

第一章

朱雀镇的"常驻代表"不少。这些"常驻代表"以女孩子居多。这些女孩子，一到下班时间，吃过饭，没事了，喜欢扎堆聚在分机室，或甄妮的审计办公室，聊些服装啊，化妆品啊，电影啊什么的话题，以电影为主，她们都喜欢看电影。那时看电影，是年轻人最时尚的消遣方式，那时的电影票也便宜，几块钱一张，几个女孩子没事了，就会结伴去县城，一起看场电影。

除了看电影、谈论电影，她们还喜欢一起分析、研究机关里的男同事。说具体点，是分析、研究机关里那些还没有对象的男同事。结了婚的、有了对象的，她们就没兴趣了，毕竟和自己"远"了；没结婚，最好连对象都没有的，她们研究起来才有劲。

20世纪90年代初，中国第三次乡镇机构改革之前，京郊镇乡级政府有三大"实力"部门：党委、政府和企业公司。这三个部门，在机关里有点"三足鼎立"的意思。三大部门的主要领导都是正处级，从职位上说，各司其职，平起平坐；从隶属上说，企业公司服务于政府，政府又接受党委领导。党委书记一把手，是绝对的"大猫"。"大猫"一挥手，百十号人的机关无不响应。

朱雀镇的机关纪律还是不错的，镇里三大部门领导，每天早上7点钟准时到镇里。凡是"请示汇报"的，要8点半之前完成，8点半一到，几位领导到各自所属办公室打声招呼，纷纷喊来自己的小车司机，每辆汽车屁股后面冒起一股烟，人就不见了。那时的领导都是很忙的。领导一走，严阵以待的机关干部们立刻放松下来，纷纷回到自己的科室或寝室，或看或写，或联系事宜，或接打电话，一天忙忙碌碌地就过去了。

女孩子们都盼着下班。朱雀镇的女孩子不少，但有点像马三立的相声，是"分拨的"，都一拨一拨地玩，石如玉、彭佳佳和孟菲菲她们是一拨，甄妮、李青萍和两个分机员耿芳、王彦是一拨，徐燕自己是一拨……

这天王彦值班，李青萍和耿芳就来找甄妮，先是分析研究了近期电影院上映的几部电影和里面的明星，后来又说起了各自的口红和唇膏的颜色。这些内容她们天天说，三下两下就说完了。剩下的时间说点啥呢？李青萍突然说："有了！"什么叫"有了"？李青萍解释说，电影和口红天天说也没意思，不如说点有意思的。什么有意思呢？不如利用剩下来的时间，分析、研究她们更感兴趣的"男同事"。凡事不分析研究不知道，一分析一研究就发现问题了。朱雀镇三大部门的男同事虽然占据了三分之二，但没结婚的男同事不多，没结婚又没对象的男同事更是凤毛麟角。有数的那么几个都摆在这里呢：企业公司有两个，一个是李青萍的同学满东，还有一个是满东的同屋小费；党委有一个，就是正月里新来的报道员马令书；政府这边呢，本来有一个，就是和甄妮一个科室的王小军，现在又多出了一个，就是刚从马坡镇财政所调到朱雀镇财政所的科员张然。满打满算，就五个。这五个也有问题。首先，企业那边的小费，长年驻外省一个办事处，一年也难得见上一面，基本可以忽略不计。王小军呢，吊儿郎当，平时很少在机关，喜欢和社会上的一帮混子一起，没事喝个酒，偶尔打个架，犯点小错，这些按说都不是问题，关键是王小军过了年后，突然高调宣布他有"对象"了，对象是县印刷厂的会计。这事几乎全机关的人都知道了。说到这里，还有一点必须交代一下，就是王小军虽然有了"对象"，但他在机关里还一直"暗恋"着一个人，这个人就是接替田晓荷到民政办任助理的原机关打字员兼播音员彭佳佳。他们之前恋爱过，但分手了。恋爱就成了"暗恋"，虽然是"暗恋"，却是机关人尽皆知的"秘密"。所以，这个王小军分析研究起来，也可以忽略不计。这样，机关实际上的青年光棍儿，就剩三个：满东、马令书和张然。很稀缺，相当稀缺了。可女孩子就不一样了。甄妮她们一个个地数，甄妮、李青萍、王彦、耿芳，她们就四个了，还有党委那边的石如玉、企业办公室的王红霞、文化站的徐燕、民政办的彭佳佳、新来的打字员孟菲菲。这样算下来，没对象的女孩子居然有这么多！

甄妮数着数着就笑了。甄妮说："坏了。"甄妮又说："真坏了。"

耿芳白了甄妮一眼，问她怎么坏了。甄妮说："还问怎么了，坏了呗！比例严重失调，都不够分了。"甄妮说这话，大家都听懂了，齐声大笑起来。甄妮把肚子都笑疼了，她捂着肚子，还是笑。

这三人中，数耿芳岁数最大，24岁，是她们这些人中资历最深、年龄最长的。耿芳一来就是分机员，也叫电话员，现在耿芳还兼着朱雀镇的广播员。身兼数职，阅人无数，经验丰富，俨然情场老手。她18岁高中毕业到朱雀镇上班，说来，竟比报道员石如玉还早上两年。耿芳有点婴儿肥，人胖乎乎的，虽然阅历丰富，却爱说爱笑。说起来，这几个人在机关要好，主要是性格的因素，除了李青萍有时比较闷，其余几个，都是外向型的性格，喜欢一起喊喊喳喳，说说笑笑。

甄妮发言完毕，耿芳发言了。耿芳说："咱们一个个分，先说满东。满东呢，和李青萍是初中同学，我看咱们就别争了，争也争不过。他们可是初中三年的友谊啊。三年是什么概念，是什么感情，你们说对不对？依我看，满东就分给青萍得了。现在就剩下张然和马令书了，你们说，该怎么分？就咱们几个都不够分的，别忘了还有王彦呢！"

李青萍听出耿芳这是在玩"拉郎配"的游戏了，李青萍发言说："满东还是不错的，满东挺实在的。"

耿芳就笑了，说："用不着你夸他。交杯酒你们还没喝，这里就先夸上了如意郎君了，也不害臊。"

甄妮也撇嘴："就是——好像真嫁不出去一样！"

李青萍说："你们也不用和我说这话。耿芳我知道你是喜欢满东了，没关系，喜欢就直说，我和满东确实是同学，还是亲同学，我可以给你保这个媒，帮你说这门亲，我平时最爱给人保媒了。"

耿芳说："满东是你的，我不跟你抢。你夸他半天了，可见对他了解很深入，不是一般的深入。我不抢的啊，放心。说实话，你觉着满东好，我可没觉出他什么好来，整个一个闷葫芦，最没趣儿，一想要和这样的男人过一辈子，我自杀的心思都有呢。"

李青萍说："你嫌满东闷，那你一定是看上张然了，张然和你近嘛，财政所紧挨着分机室，门和门排着队，就两级台阶的事，你出来一抬腿，张然就给你抱上去了。现在张然刚来没几天，你就开始发骚了，还有脸笑话我？"

耿芳饶有兴趣地问："你怎么知道我看上张然了？"

李青萍说："是你自己说的，嫌满东是个闷葫芦，难道张然爱说爱笑？我看张然比满东还闷，还不爱说，这回好了，你们要是真成了，让他天天去分机室听你说，说得张然满耳朵长茧子。"

耿芳一梗脖子："明告诉你，我还真没看上张然。"

李青萍说："那可怪了，满东你嫌闷，张然又没看上，可就剩下马令书了，这马令书到机关可不到一个礼拜呢，难道这么短时间你就相中马令书了？"

耿芳挑战似的说："怎么了？我还就是相中马令书了，你没眼气吧？"

李青萍说："他，我才不眼气呢。我又不是没见过他，不就一个通讯报道员吗？有什么啊，劲儿劲儿的。"

耿芳说："不知道吧？我还就喜欢男人劲儿劲儿的。"

甄妮说："行了行了。你们谁也别争，谁也别抢，我建议，赶明儿找个时间，当面问问张然和马令书，来个当面锣，对面鼓，到时候你们两个当我的面再争再抢，如何？"

她们说办就办，见面的时间、地点，很快就敲定了。时间是这周五的下午，地点就在张然的财政所办公室。财政所阔气。年前，张然刚来，财政所办公室就新添置了一台29英寸的大彩电。财政所有了大彩电后，原来晚上扎堆在文化站小放映厅看电视的年轻人，都主动到财政所大办公室来看电视了。

她们看电视大多是个"幌子"，主要是年轻人方便聚在一起说笑热闹。

那天，又是王彦在分机室值班，耿芳、甄妮和李青萍三个人不请自到。她们当真要来个当面锣，对面鼓。她们先要"逗逗"张然。还是李青萍提供的"情报"。据说这个新来的张然"憨憨的，肉肉的"，特别"好玩儿"，也特别"好逗"。耿芳之前也通知了马令书，参加她们的"活动"，但具体活动内容没说，只是让他晚上到财政所这边来，和她们一起看电视、聊天。马令书也答应了。这都是三人商量好的。

张然确实是个寡言腼腆的小伙子，看到他的第一眼你会想到国宝大熊猫，看上去笨笨的、憨憨的，一笑脸上还有两个大酒窝，可爱极了。她们喜欢逗的就是憨小伙儿。

耿芳进来没看两眼电视，就直问张然："嘿，我说张然，你说实话，有对象了吗？"

张然的脸立刻变成了块大红布，一句话说不出，只一个劲儿地摇头。

耿芳说："没有就好，没有今天姐就给你介绍一个。这是朱雀镇的福利，比你在马坡强。"

这时，马令书也过来了。耿芳想如法炮制。这之前，李青萍在满东屋里已见过一次马令书了，李青萍跟她们说，新来的那个叫马令书的报道员啊，和张然一样，一笑就脸红，一说话也脸红，当她面弹个吉他还脸红，哪儿像个男人嘛，还是纯情小男生呢。她把消息提前"透露"给耿芳了，耿芳胆子就更大了，她可不怕脸红的男人。耿芳见马令书进来离她们远远地在门口那里坐了，就招呼他："马令书，你过来，往前坐，坐近些，这里座儿都给你留好了。"

马令书很听话，真就往前坐了坐，和她们坐到一张大桌子跟前来了。

耿芳刚想问马令书"有对象没有"，还没开口，却被甄妮抢了先。甄妮说："马大才子，有女朋友了吗？"耿芳没想到甄妮一开口就把自己比下去了，甄妮没叫马令书名字，而是叫他"马大才子"，甄妮没问他有没有"对象"，而是问他有没有"女朋友"，显得多知性，多文雅似的。耿芳心里先就气了，心想，这个甄妮，人小鬼大，说出话来总想与众不同，怪不得公司总经理付少聪那么喜欢她！甄妮平时仗着付少聪的喜欢，也爱把自己装成一个知书识礼的大家闺秀，说话慢声细气、吐字燕语莺声的，真是妖得很，精得很。人家问她和付总是不是亲戚关系，甄妮就说付总是她叔叔，其实付总刚刚30岁，是县里最年轻的正处级干部。而且人家姓付，你姓甄，哪里来的"叔叔"？小小年纪，就知道出幺蛾子了！

耿芳这样想，当然是忌妒甄妮。甄妮家境好，父亲甄如山是朱雀镇著名乡镇企业家，又有付少聪这样的人当靠山，在镇里总归是好立脚的。以后找起男朋友来，还不是像摸纸牌那样容易，一摸一大把，抓一张就是个人物？可耿芳呢，今年24岁了，还没找到一个合心的对象！她要是像甄妮那样有一个厂长爸爸或付少聪那样的靠山也好，可她又明白，以她的家世、她的相貌和她在镇里的人际关系，她和甄妮是没法比的。她现在真说得上是"一无所有"的人。

这里甄妮问马令书有没有女朋友，她们都等着要看马令书的红脸。谁知，她们见的马令书非但没脸红，还点了一根烟在嘴里，慢悠悠地吸上了。耿芳着急："问你呢，马令书，有对象没有？说话！"马令书仰头，向天花板吐了三个烟圈，眼看烟圈越来越大，他又一口吹散掉，才缓缓地开口："对象啊？我也不知道有没有……"李青萍紧跟着说："马大才子，别转文糊弄我们，问你对象的事呢——就是女朋友，你到底有还是没有？"

马令书跷起二郎腿，把烟灰弹在烟缸里，说："你们要是这样问的话——那就算有吧。"这话出人意料了。因为一般人回答这个问题，总要有所顾忌，实在点的像张然，摇头否认，一言不发；聪明狡诈些的像王小军，或绝口不提或虚言粉饰。可马令书说"算有"，算怎么回事？"算有"是什么？什么是"算有"？究竟是有还是没有？耿芳也来劲了，问："既然'算有'，那'算有'的'女朋友'到底长什么样？在哪里工作？"耿芳的样子都有些急迫了，甄妮和李青萍也屏住呼吸，专心听着，好像马令书有没有"女朋友"和她们每个人都息息相关一样。

马令书说："她这人吧，怎么说呢？长得还算凑合吧——说不上艳若桃花，可也是'回头一笑百媚生'——我是说我自己看，情人眼里出西施嘛！"这回答有意思了，有点声东击西，有点顾左右而言他，很幽默，很风趣，很诙谐，还很机智。耿芳尽管自诩阅人无数，也从没听到有人这样说自己女朋友的，已然控制不住先扑哧一声笑了。马令书却还没完，耿芳觉得马令书有点做演员的潜质呢，有点人来疯，你别起哄，越起哄他的话就越多。

马令书说："可和你们每个人一比，我那朋友得气死。实话说，她天生不会笑！整个一个潘美辰翻版，比潘美辰还潘美辰。"几个人顿时愣住，连张然都睁大眼睛看向马令书，等他解释。马令书说："其实这事也怪我，是我天生害怕女孩子笑，不是不喜欢，人家不是说吗，'千金难买一笑'，如果她老是笑，我可受不了——"话还没说完，屋里的人全都笑了，连腼腆的张然都跟着她们笑了起来。三个女孩子，甄妮最瘦、最弱，平时走路都是林黛玉般弱柳扶风，此刻更是情难自已，笑得直不起腰来了。过了好一会儿，她才止住笑，问马令书："为什么呢？"马令书伸了个懒腰，说："能为什么？穷呗。我可没那么多钱看她笑。"

甄妮再次抑制不住地大笑起来，笑得都咳嗽了，脸憋得通红。耿芳看了一眼甄妮，又看了一眼马令书，知道马令书是在故意说笑了，他几句话就把她们的问题挡了回去，不但挡了回去，还幽默了自己，开心了大家，你看甄妮，都被马令书"幽默"得开心死了。耿芳还从没见甄妮这么开心放肆地笑过呢，简直是放肆了。耿芳想，这算什么？这算什么嘛！怎么马令书几句话甄妮就这样了？

此刻，耿芳脸上挂着笑，心却一点点儿重起来，难受起来，好像自己精心呵护的一个宝贝眼看要被别人抢跑了一样，不放心了，伤感了。

第 二 章

马令书是1992年春节之后到朱雀镇的。

朱雀镇政府在紧邻国道的一个丁字路口里，在丁字路口往东200米，路北有一个大院子，大门处，左右各挂了白底黑字的招牌，挺显眼。院子阔大，迎面是一个两层办公小白楼，楼后是一大排平房，院子左边一溜儿平房，分别是档案室、广播室、分机室、打字室，文化站是楼前单起的一排，右边是大礼堂和公共厕所。

马令书第一次到朱雀镇，前后左右看了一大圈儿，有种眼花缭乱的感觉，这里和他之前所在的青龙乡完全不一样，青龙乡政府院子也不小，但空旷，就是几排灰扑扑的平房。他推着车子进来，走到楼梯口那里，问一个拿暖瓶正要去开水房打水的老头儿，镇政府办公室在哪儿？老头儿脑袋往后一摆，也没说话，算指路了。政府办原来就在一层，距离马令书不过几步之遥，再一看，政府办的牌子醒目地挂在那儿呢。

政府办门没关严，露着拳头宽的缝儿。玻璃窗像刚擦过，很亮。马令书能清楚地看到里面的"风景"：一个胡子拉碴的方脸男人在里面抽烟，方脸男人对面坐着个长头发女人。方脸男人和长发女人在说笑话，男人说几句就哈哈大笑几声，女人用手挥挥男人吐向她的烟雾，把身子半趴在桌子上，半睁半眯着听男人说……这时候，桌上的电话响了，长发女人慵懒地拿起话机，讲了两句，扭捏站起身来。门一下在马令书眼前打开了，屋子里冲出一股子浓重的烟草味。长发女人看到一个裹着件半旧军大衣的青年在突兀地冲她笑，她立在门口，一时有些发愣，嘴张了好几张，才问："你——找谁？"

"请问——党委办公室怎么走？"

长发女人继续盯着他，过了会儿才伸出一个指头，指了指头上："二楼，尽东头。"

马令书噔噔噔上楼，在通向二楼的楼梯拐角，下意识地回头，见长发女人还愣在那儿，还在看他停在楼道前的那辆新赛车。赛车的后架上，是马令书带来的铺盖：暗红色的被面，没有被罩，绿色暗条纹的褥子，大红大绿，虽然都是新的，可怎么看，都显得有点扎眼。

到了二楼，往东走到一半，马令书才听到楼下长发女人喊人"接电话"的声音。那声音，尖、细，因为过于尖细还显得有些后继乏力。听到那声音，马令书又禁不住往下望了一眼，这一眼，正好和女人看上来的眼光接在了一处，马令书竟不由自主打了个冷战。

党委办的门关着，里面有个粗声大嗓的女人在说话，声音又响又憨。马令书停下来，听了几句，粗略判断一下：说话的女人应该是个胖婆娘，这样的女人通常都这样，正当更年期，说话像闷雷，放屁像打夯，粗粝、市侩、庸俗，有时还多愁善感，神经兮兮，泪眼婆娑。总之很古怪。

进去后才发现，说话的女人个子不高，也没想象的那么胖，年纪不过三十出头，脸白，说话嚷嚷地，像鼻子哪里被堵住了。这是间大办公室，里面桌对桌，摆了三组六张办公桌，每张办公桌的后面都坐了人。女人正和她对面那张办公桌前的一个姑娘说话，那姑娘看到马令书，愣了一下，然后站起来，老远就冲马令书做了个握手的动作，脸上表情生动："啊，稀客呀！"

马令书这才认出这个姑娘就是石如玉，他矜持地笑了笑："以后就是常客了。"

说话嚷嚷的女人问石如玉："如玉，你们认识啊？"

石如玉说："不光认识，还挺熟呢，是不是，大才子？"

她居然叫马令书"大才子"，把马令书的脸都叫红了。

说话嚷嚷的女人叫小金，是朱雀镇党委委员、宣传委员。小金是个聪明的女人，石如玉一说"熟悉""大才子"，立刻恍然大悟，知道进来的人是谁了。没等石如玉介绍，小金就正式把马令书介绍给了石如玉，小金说："你是马令书吧？如玉，马令书是镇里新调来的通讯报道员，以后和你一起抓镇里的宣传报道工作。党委会早通过了，你之前病着，就没告诉你。"

石如玉又愣了一下，她甩了一下头发，说："……那好啊，朱雀镇的宣传报道又要上新台阶了。"

石如玉脸上的表情依然是夸张的，只是那夸张中明显带出了点言不由衷。

小金介绍完，领马令书下楼直奔政府办，对刚才马令书已见过的那个长发女人吩咐道："田晓荷，你去把老刘那屋子好好收拾一下，马令书是咱镇上新来的报道员，让他先和你们办公室的老刘住一屋。"

小金的口气是毋庸置疑的领导口气，是党委领导政府的口气。田晓荷没说话，身子炊烟一样扭着站起来，悄无声息飘出了办公室，回都没回小金一句。小金不满地看了眼田晓荷的背影，问方脸男人："我说乔主任，田晓荷这是什么意思？我的话她难道听不见？老刘那边的屋子收拾好了吗？"

乔主任哈哈一笑："金委员一句话就是圣旨，我们敢不收拾？——早给他收拾好了。"

楼上，党委办。石如玉一直坐着，没动。按说小金领马令书下去的时候，她应该跟着下去帮帮忙，于情于理她都应该去帮帮忙。可她就是不动。马令书的到来，对她来说，简直太突然也太意外了，心想：这家伙怎么不声不响就到这里来了？还和自己一起干报道？难道一个朱雀镇真需要两个报道员吗？

朱雀镇这两年非常重视宣传报道工作，这她知道。党委书记于进水大会小会没少强调。于进水前几天还在党委办说呢："我们要'两手抓，两手都要硬'，我们抓经济工作的时候，千万不能把精神文明放松了，尤其是宣传报道工作。"也不光是前几天，最近这一两年，于进水是每逢机关干部大会，都不忘这样强调一下："宣传报道工作就是精神文明！"看，就是精神文明，而不是精神文明一部分，调子定得足够高了。不是一般的高。石如玉当然知道自己身上担子的分量。她多么要强的人啊！可这个节骨眼上，她身体却不争气，出了毛病。

去年冬天，一向身体很好的石如玉，突然病了。不是啥大毛病，但挺麻烦，是肚子疼。如玉还以为是每月一次的"例假"闹的。可一算时间，又不是。她的肚子疼得有点怪，来得不急，也不是特别疼，一点点儿的，丝丝拉拉的。如玉开始也没当回事，以为是夜里着凉了，或白天吃什么东西不对了，每天照旧下到镇、村、企业采访，晚上回来再趁热打铁写出来，好赶在第二天一早上班前送县电台播出。后来肚子疼开始像拉锯一样，严重了，厉害了，如玉再不能下乡跑了，但她还坚持每天上班，坐在办公室，捂着肚子，给下面的通讯员打电话，让他们把好的新闻线索报给她，能写好的及时写好报送上来，不会写的，她就让他们口述。她当时已经疼得坐不住了。她站着，或扶着椅子背，龇牙咧嘴地和那些笨蛋报道员说话，启发他们什么样的东西才具有新闻价值。有时说着说着，她不得不放下电话，捂着肚子，以百米冲刺的架势往楼下的厕所跑，一点儿大姑娘端庄的样子都没有了。好在如玉并不是个以优雅为美的姑娘，她相信工作会让人更美丽，工作着是美丽的，哪怕是忍着肚子疼、龇牙咧嘴地工作，她的美丽也是动人的。她有时在厕所里蹲着，手抹去额头上因疼痛渗出的黄豆大的汗珠，还在想自己忘我的工作，想着自己独一无二的美丽，还会由衷地为自己感到自豪。她想，我的确是独一无二的，没有人能比得了我。

终于有一天如玉瘫在办公室的沙发上，疼得再也坐不起来了。她不知道自己之前患的是慢性阑尾炎，现在慢性阑尾炎转成急性阑尾炎。腊月初一，如玉被小金叫车强行送到了县医院，别看只是阑尾炎，医生说，再晚一个小时，人就有生命危险了，立刻手术！如玉的脑门上闪着锃亮的汗珠，她像个女英雄那样挣扎着和医生商量，能不能不手术，先打一针止痛。医生问她想干什么。如玉说镇上还有一堆稿子等着她写呢，她要工作。医生说，你是要工作还是要自己的小命？要想活着出去，就得马上手术！

　　如玉被强行推进了手术室。备皮、手术，如玉忍辱含羞，闭着眼，任医生护士在她身边忙活，给她做手术的医生竟是个男的！虽然如玉平时泼辣得像个假小子，可不知为什么，手术过程中，如玉却一阵阵脸红、羞惭，总有种被人强暴了的感觉。这感觉太强烈了，她连挣扎的份儿都没有。她就想，不管了，就算被人强奸好了，她只想着自己得赶紧好了，好了就可以回到镇上，去做自己喜欢的工作了。如玉是真心喜欢自己那份工作的。采访、写作，多好啊。跟记者一样，不，就是记者，报道员就是记者。记者是无冕之王，报道员是没有记者称号的记者。

　　她到现在还记得，八岁时，北京一个女记者采访她爸爸的情景。当时如玉正好在爸爸的办公室。那时的朱雀镇还叫朱雀人民公社，石如玉的爸爸石德勇任公社主抓农业的副主任，三夏大忙时节，她放暑假在公社大院跟着爸爸玩，碰到了那个采访爸爸的女记者。那个年轻、干练、一直微笑着的女记者，那个端庄地坐着，把笔记本放在膝盖上，手一刻不停记着什么的女记者。女记者说："石副主任，您好……"女记者如花的笑脸是如此深刻地烙印在如玉的心上。女记者的一颦一笑一招一式都成了她记忆中生动的标本，以至于她高中毕业，当上朱雀镇的通讯报道员后，自己就是那样见样学样，微笑着把本子放在膝盖上，采访了一个又一个人的，她没有一点儿的不好意思，甚至还感到十分自豪。

七天后，如玉术后出院，正赶上丰邑县人民广播电台报道员例会，她不顾家人反对，硬是挣扎着去参加了。开完例会，她想第二天就回镇上工作。那天晚上，宣传委员小金却代表朱雀镇党委、政府来家里探望如玉了。小金告诉如玉，镇里除安排值班人员留守外，其他人员已正式开始放冬假了，如玉也不用去上班了。小金说："你就好好养着吧，你在镇上的工作，我都给你安排好了！"

这就是小金给自己"安排好的工作"？给她安排来个马令书？马令书不是来玩的，不是来看她的，是要来和她一起工作的，还是要来顶替她工作的？事情是不能深想的，想深了，如玉会伤感。如玉不是个多愁善感的人。可面对从天而降的马令书，她还是有点愤愤不平了。整个假期，还有上班后的这几天，小金一直对她守口如瓶，所有人都对她守口如瓶！马令书的到来就像个秘密。不，不是秘密，是秘而不宣的一个阴谋。对，就是阴谋。她又想到了小金。小金白胖的圆脸，不大但精明的眼睛，那眼睛多会见风使舵啊。如玉的爸爸石德勇在朱雀镇当党委书记的时候，小金刚从马坡调过来。那时小金的眼里看见如玉就是笑，甜蜜地笑、谄媚地笑，那是前年上半年还有的笑。这才一年多时间，就人走茶凉了？就落井下石了？父亲如果不栽跟头，自己断然不会落到这样的地步。那时大家在疯传父亲石德勇很快就要成为丰邑县的副县长了，可最终的结果，副县长没当上，还被调配到蔬菜公司任党委书记了，县里的局、委、办，书记不是一把手，算"二把"，表面上看来是平调，实则是暗降，把一个眼看就要当副县长的镇党委书记，弄去蔬菜公司当书记，明明是受了某些当权者的陷害，明明就是一个阴谋嘛。

现在这阴谋又轮到了他女儿石如玉身上来了。

第 三 章

　　看着田晓荷为自己铺床叠被，马令书居然不合时宜地想起《西厢记》里的一句唱词："若共你多情小姐同鸳帐，怎舍得叠被铺床？"也没有什么特别的由头，就是突然在脑子里愣生生冒出来了，可能是他一个冬天里来回翻看王实甫的《西厢记》闹的吧，谁知道怎么回事？反正是这样想了，这里面有怜香惜玉的不忍，还有心甘情愿的接受。

　　田晓荷为他干这些的时候，没有一句话，脸上看不出情愿，也看不出不情愿来。田晓荷刚开始把他领过来，他并没想到田晓荷还会帮他做这些。怎么还给他铺床叠被了？马令书立刻上前拦了，说："这怎么好意思？还是我来吧。"田晓荷不理他，看都不看他，手上的动作却一刻不停。马令书只好尴尬地坐在另一张床上，看着田晓荷忙，结果他看到的只是田晓荷忙着的背影和她稍显瘦削的臀部。在马令书看来，田晓荷的身子扭捏、缥缈得像一团烟雾，只有屁股实实在在地在那里左右晃着，对着他的脸。这一发现，让马令书很有种唐突和荒诞的感觉。

田晓荷替他收拾完床铺，一句话没说就出去了。屋里只剩下马令书一个人时，他这才松了一口气。他身子往后一仰，就把自己放倒在田晓荷刚替他铺好的床上了。马令书对着灰扑扑的天花板喘了口粗气。"他妈的。"马令书想，"我就这样来了，怎么这么像做了一场梦啊？"

两个月前，马令书还从没动过到朱雀镇来的念头，他也不可能凭空动这份念头。马令书的家在青龙乡平安庄村，他到青龙乡参加工作也不过两年时间。说起到乡里工作，那才更像一场梦，一个凭空掉下来的美梦。

那时，他刚从花乡工地回来，新的工作还没有着落。在东直门长途车站等车时，马令书在晚报上看到了一则"北京新闻文学写作班"招生启事，他把那则启事看了又看，最后就动了心。这之前，马令书已经参加过很多乱七八糟的文学函授班了，他觉得那些函授班跟骗子没什么区别。花一笔钱，买几期粗制滥造的函授刊物，最后弄个函授结业证书，生活中屁用没有。但这个"新闻文学写作班"，却写着是"面授和函授相结合"，面授的教师不是编辑就是记者，学费当然也高，但上面说学业结束，大部分可被推荐去报社实习，成绩优秀的还可能留在报社成为真正的记者。马令书动心了，他当时没有钱，是他娘拿了200块钱让他报名了。

写作班在北京东郊的一条拐把子胡同里，三个月学期，一周上两天课。每逢面授，马令书要天不亮就从青龙骑车到丰邑县城汽车站，然后再坐两个半小时班车到城里，中午吃饭要自己到大街上买。这且不说，来授课的老师也有点不对劲儿，课讲得乌七八糟的。什么是新闻？什么是文学？完全两种不同的文体嘛，风马牛不相及。这两种文体能"杂交"起来一起面授？在学员的强烈要求下，学校才临时把"新闻文学写作班"分成了"新闻写作班"和"文学写作班"两个班，学员可自由选择。马令书选择的是新闻班。

三个月学业结束，同学们都等着学校兑现当初的诺言。学业结束那天，那个满头银发、口若悬河的校长说，报社的领导今天肯定会来参加结业典礼，要同学们做好心理准备，说不定哪个无冕之王的帽子就会戴在谁的脑袋上。这让新闻班的四十几名学员都在心里揣了巨大的期待，等着幸运女神的降临，谁都知道这种机遇就像天上掉馅饼，可谁都希望自己仰起的脑袋能被馅饼砸个正着。

人都是靠希望活着的。马令书好像比别人更看重这份虚无缥缈的希望，然而还是落空了，所有人都落空了。天上不但没有掉下馅饼，就连"肯定"来参加结业典礼的报社领导的影子也没见着。校长还在口若悬河地讲，还在不知廉耻地说，还在夸夸其谈地许诺。校长嘴唇边的唾沫星子还没干，马令书就失望而又愤怒地从胡同里出来了，当时正有一群鸽子吹着动听的哨声摆着撩人的造型从天空飞过，马令书不知道什么时候已经流泪了，他眼含热泪抬了一下头，终于还是等到了来自天国的希望，一粒灰白的鸽子粪正好砸在他凄凉的脑门上。

这粒腥臭的鸽子粪没给马令书带来霉运，却带来了意料不到的好运。好的运气真的跟一场梦一样，说不定什么时候会袭击你。那天马令书去乡里的小邮局寄信，寄完信，小邮局的邮政员就把他叫住了，说乡里到处找会写东西的报道员，邮政员说他已经把马令书介绍给了乡里的宣传委员孙宝平，孙宝平让马令书得到消息后就去乡里找他。马令书是把邮政员的话当玩笑听的。马令书觉得自己和邮政员本来就不是很熟，邮政员凭什么会把我介绍给孙宝平？他又是如何介绍的？可不就是个玩笑吗？邮政员把前因后果刚说完，马令书就笑了。他说："我不去，我干吗要找孙宝平？我也不认识孙宝平。"邮政员说："你说什么？"马令书就又重复一遍，他说："我不去找什么孙宝平，我不认识他，要找就让他来找我吧。"邮政员"研究"了马令书几分钟，他不知道马令书说的是真心话还是在讲笑话。本来马令书是当笑话说的，到最后却偏认真了，他说："不就是个写稿子的差事吗？我还真不稀罕呢，我不会去乡里找他的，他要找就让他到我家来找吧。"马令书说完就走了。

可能邮政员也把马令书说的话当笑话一样说给乡宣传委员孙宝平了，后来他才知道，孙宝平为这件事很不高兴，但他并不认识马令书，不高兴是不高兴，也还没特别讨厌，只是把这件事也当笑话和乡党委副书记郭育才汇报了。孙宝平说："这小子是不是太狂了点？他把咱乡政府当什么了，让咱去找他？真是笑话！"郭育才却哈哈一笑，说："我看这人倒挺有意思，挺有性格，要不就麻烦你去他家去看一下？你要觉得人行，就给我请来。我倒要看看他到底长了个怎样的三头六臂，有多大的本事，要真是个人才咱就破格给他留下，要不是嘛，哈哈……"

郭育才话没说完，孙宝平领会了，第二天果然找到马令书家。孙宝平当上宣传委员后，任务很重，党委书记老武和副书记郭育才是丰邑县有名的笔杆子，所以他不光是宣传委员，掌握着全乡的大小材料，还兼着原来的报道员，实在分身乏术，关键是他在青龙乡干过八年的报道员，早干腻了，恨不得立刻找个报道员来替他分担。他已经在乡里明察暗访一年多了，也没找到合适的。就在这时候，乡邮政员向他推荐了马令书。

马令书家什么样子呢？一个胡同里的大院子，院子里，几间矮趴趴、黑黢黢的小房，好像很有历史了，孙宝平进去的时候，马令书正在黑窑洞一样的一间小屋里满面忧伤地弹着吉他。那吉他是马令书在城里三环路上做小工时，一个和他不错的同室工友留给他做纪念的。吉他不是什么有名的牌子，油漆斑驳，弦子不知什么时候断了两根，马令书在京南大厦找了个卖乐器的给续上了。马令书会的那几个简单的曲子也是工友教他的。孙宝平进来的时候，马令书正在弹电视连续剧《渴望》里的主题曲——《好人一生平安》，当弹唱到"谁能与我同醉，相知年年岁岁，咫尺天涯皆有缘，此情温暖人间"时，马令书的眼里蓄了一泡泪，相当伤感。

马令书母亲一听说孙宝平是乡上的干部来找儿子，手足无措地站在屋里喊马令书的小名："书儿啊，书儿啊……乡里的干部找你呢。"孙宝平进来，冷着一张比马还冷漠的长脸，他没想到马令书家里这么穷，这么破破烂烂的，他进来好一阵才适应屋里的光线，直接就问：

"你就是马令书？你是会弹吉他，还是会写稿子？我听乡里的邮政员说你会写稿子，是真的吗？"马令书把眼里那泡尿水一样的泪弹指一挥，故作潇洒地说："都会不行吗？我都会，既会弹吉他，也会写稿子。"马令书顺手把墙柜上刚刚得到的那个新闻文学写作班的结业证书，拿给孙宝平看。孙宝平认真看了一下结业证书，点点头，难得地笑了，说："会写就好，明天就委屈你到乡里面个试去吧。"

马令书后来到乡里找到孙宝平，孙宝平又带他去见过副书记郭育才，郭育才让他按新闻的手法，随便写了个小东西给自己看，这事就算定下来了。马令书就这样从一个到处打工的穷小子，一下子成了青龙乡的"乡补干部"。本来，马令书刚来，郭育才还和孙宝平商量，要好好试用试用马令书再说，偏偏马令书正式来上班的那天早晨，他们两个都有了"好事"：县里组织乡镇宣传口的部分干部到南昌"学习考察"，名单里正好有郭育才和孙宝平。还没顾得上安顿马令书，郭育才就和孙宝平两个人到县里集合匆匆南下了。把马令书一个人孤零零地抛在乡里面，连个安放铺盖的地方都没有，更别说办公室办公桌了。

马令书刚到乡里，没一个人看得起他。他们都觉得这个叫马令书的小子有点来路不正，既没经过什么招工，又没经过什么考试，前几个月还到处做小工的农民，凭什么就进这堂堂的乡机关了？分明有猫腻嘛，分明有后门嘛，分明是不学无术的钻营嘛。就都对马令书怀了份戒备、疑虑和看不起。但这份戒备、疑虑和看不起，又是放在他们每个人心里面的，心照不宣，马令书看不见、摸不着，更说不出，感受却日益强烈，让人很憋屈，很难受。偏偏把马令书招来的孙宝平和郭育才，随便和党委办打个招呼，人就飞走了。他们不在，谁又会管马令书呢？

马令书每天早晨起大早到乡里上班，却没一个办公室是自己的，党委办也没他的办公桌，甚至连把属于他的椅子都没有，他也不可能老是傻子般地站在党委办那里挨别人的冷眼。他这里看看，那里望望，恓惶惶如一条丧家之犬，也没人理会，都在看这个穷小子的笑话。马令书毕竟年轻，刚过了18岁，年少轻狂，也没怎么把这些世俗的人情冷暖放在心上。没办公室就没办公室，没桌椅就没桌椅，反正马令书家离乡机关并不远，骑车十几分钟的事。马令书当时满脑子都是尽快出人头地的想法。出人头地其实就是出成绩，可成绩从哪里来？得自己找机会！他没有办公室，正好可以舍下脸皮，去各个机关的职能科室，这里"看看"，那里"望望"，"看"和"望"都是有目的的，为了找点新闻线索供他写报道。马令书安慰自己：革命不是请客吃饭，革命也不是让我到乡里来"坐"办公室的，更不是让我来安顿自己寒酸的铺盖卷和无足轻重的肉身的，革命就是让我来忍辱负重的！

马令书每天在各个科室出来进去，忍受着大多人的白眼和无言的鄙视，报道稿却一篇篇出来了，刚刚上过的那次屈辱的新闻培训班还是起到作用了。青龙乡机关里的人也纳闷儿，也没人给马令书介绍啥，也没见马令书主动采访过谁，马令书的那些"新闻报道"究竟从哪里来的呢？即使是编，也不会编得这么圆满顺溜吧？谁都不会知道，马令书的那些"报道"，都是他顺手牵羊，从没人注意、习焉不察的乡里各类领导讲话、各部门的年终总结、年度计划和阶段工作安排中"找"出来的。马令书暗中得意，他很自信，觉得自己天生就是吃这碗饭的人，天生就会摆弄那些方块字，天生就是个搞报道的材料。

马令书的"报道"很快在县里的广播电台一条条播出来了："通讯员马令书报道：青龙乡农田水利建设掀起了新高潮……""通讯员马令书报道：青龙乡狠抓机关精神文明建设出成果……""通讯员马令书报道：青龙乡……"青龙乡还从没这样大规模、密集地出现在县电台的广播里。宣传委员孙宝平当初做报道员的时候，每个月能有个一两篇报道就不错了，现在不得了，"通讯员"马令书来了，青龙乡的新闻就连篇累牍了，几乎每天一播了。乡里每个村都有广播喇叭，大点的村，大旗杆子上绑着的广播喇叭还不止一个。乡机关大院里前后更是对装了四个超级广播喇叭，面向四面八方。喇叭声音从早晨7点开始，一直到早晨8点，从中央人民广播电台到北京人民广播电台再到丰邑人民广播电台，每个电台的声音都不会落下，说起来青龙乡人最关心的还是7点40分准时开始的丰邑人民广播电台的《每日新闻联播》。因为里面突然多了一个"通讯员马令书报道"，他写的一篇又一篇关于青龙乡的报道，都是通过那些大喇叭播报出来的，这些报道瞒不过乡里人的耳朵：这些报道，青龙乡的10个村的老百姓听到了，乡机关的干部们听到了，乡里的大小领导听到了，乡里的一把手、"大猫"党委书记老武也听到了。干部们都注意到了，平时非常严肃、从来不苟言笑的党委书记老武，每天早晨到机关后，第一件事竟然是把办公室的门敞开，认真听外面广播喇叭里的广播了。这可是破天荒的一件大事。而且干部们还注意到，老武脸上的表情正一点点儿生动起来，有一天甚至冲骑车上班来的马令书微笑着打了个招呼："小马早，来上班了啊！"马令书忙说："武书记早！"马令书感到激动、温暖，回头一回味，还差点落下泪来。

刚刚从南昌回来的孙宝平和副书记郭育才也听到了。郭育才住丰邑县城，他们小区的居民楼就在街边，他家楼下的一根电线杆上，就是县上的广播喇叭。郭育才是在早晨听到"通讯员马令书报道"的，对他来说，简直都是"惊喜"了。他当时还没有上班，乡里有人给他打电话，说要给他"接风"。他想，接什么风，"通讯员马令书报道"就是给他最有面子的接风了。

郭育才很高兴，准备第二天上班就和党委书记老武好好谈谈，这个马令书他们是找对了，看来不用"试用"了，他准备正式把马令书留下。宣传报道就应该这样才有成果嘛。这说明，当初他让孙宝平"礼贤下士""破格上门"去找马令书是对的。过去，孙宝平当报道员，升任宣传委员后又兼着报道员，正是说明青龙缺少一个能写通讯报道的人才。孙宝平呢，虽然也能写，不过他还要写乡里的一堆大小材料，就忽视了孙宝平常说的"小报道"。报道稿虽小，影响却不小。这是郭育才的真实想法。他来青龙乡三年了，青龙乡是个小乡，本来在县里就无足轻重，再没有广播报道，青龙在县里的位置就越发可有可无，显得无声无息和沉闷，每天广播里播出的，不是朱雀镇，就是马坡镇、望山乡或临河镇，就连更偏远的小溪流乡，在广播里都比他们叫得响，好像各种工作都让别的乡镇干了，他们青龙乡什么都没干一样。孙宝平当上宣传委员后，郭育才不好意思让他既写大材料又写小报道，催他写，他也不爱写，直接说："快找个人吧，这破报道我真是写腻了。"孙宝平比郭育才大一岁，平时两个人私交甚好。孙宝平这样说，郭育才也没办法，只是催促让他赶紧找个报道员，他也好"解放"，如今有了马令书，孙宝平真解放了，孙宝平是很高兴的，他们都没想到马令书不但能写，还写得这么多这么好。对郭育才来说，就不光是高兴，还长出了一口气了。

谁想，回来第一天上班，郭育才就生气了。郭育才刚上班，就见"大名鼎鼎"的"通讯员马令书"，孤零零地在机关甬路的空地上站着，一副没处可去的样子。这样子没处躲没处藏，更有一种"等是有家归未得，杜鹃休向耳边啼"的伤感和可怜。郭育才大学学的是古汉语文学，毕业后在县师范教书时也是教古汉语文学，他很能感同身受。他想到自己刚参加工作时的样子了。

郭育才叫过马令书，关心地问："小马啊，怎么一直见你在这里转悠，为什么不回自己办公室办公啊？"马令书欲言又止，说："郭书记——"郭育才严肃地看着马令书，问："小马啊，乡里安排你在哪屋写稿啊？"马令书说："郭书记，我在家写稿。"郭育才说："在家怎么写啊？你是乡里的报道员，写稿要在乡里嘛。"马令书说："乡里……没我的屋。"郭育才说："没你的屋？！"马令书说："是，没有。"郭育才还是有点不相信："这半个多月，你就是站在这里办公的？是没安排啊，还是——"马令书说："郭书记，我白天在乡里找素材，晚上回家写，早晨再骑车送到县里的广播站……"

马令书说到这里，眼睛就有点潮了，积蓄了半个多月的委屈开始从心里往外涌，都涌到眼里来了。但马令书想装得坚强一点，他咬咬牙说："谢谢郭书记关心。没事……革命工作在哪里都一样干……"没想，话还没说完，马令书自己竟哽咽了，真的哽咽了。好像历经千难万险，好像爬过雪山草地，好像历经过百转千回，好像世界上只有郭育才这样一个亲人。

郭育才发怒了，他在自己办公室门口冲党委办、政府办喊人。郭育才喊的是党委办主任、政府办主任。结果党委办、政府办里面的人全出来了。郭育才说："你们全过来，全他妈过来！"教师出身的儒雅的副书记，气得嘴里都开始冒脏字了。党委办主任小周、政府办主任老李都来了，郭育才心想，都他妈不是东西，都是跟我明着一套暗着一套的。

郭育才故意不看党委办小周，他的眼睛只盯着政府办主任老李。他知道安排办公室这些事党委办没权力，都由政府办负责。郭育才说："马令书来快20天了吧？我走也整好20天，20天啊，你们竟连个屋都没给他安排？是想着我郭育才走了就不回青龙来了是吧？"政府办主任老李诚惶诚恐，说："郭书记说这话是让我没立锥之地了。"郭育才说："屁话，你这样做难道让我有立锥之地？让报道员小马有立锥之地？"

老李见郭育才真是生气了，马上换上副笑模样，说："郭书记您别生气，这事确实赖我们，我这就回去给小马安排个屋。""马上给我腾出间屋子来，弄个单间。"政府办主任老李想，单间是副乡长以上的领导才有的待遇，科长还两个人一间呢，他小心地问："郭书记，让马令书和团委记小唐一个屋吧，单间，怕是不合适……"郭育才看了一眼老李，说："有什么不合适？是不是我让刘乡长和你说才觉得合适？"刘乡长是青龙乡大乡长。政府办主任老李马上说："不是这个意思，郭书记误会了，我不是这个意思……"郭育才说："那就给小马弄个单间。"郭育才大声说："马令书，是咱青龙乡新请上来的通讯报道员，要给青龙写新闻报道，他写出的稿子是要在全县播出的，以后还要在北京人民广播电台和各大报纸上发表，小马是人才。必须安排单间。"政府办主任老李说："知道了，郭书记。单间、单间。"

马令书在他的报道员单间里很畅快地写了几个月的稿子，很舒服，也很有成就感。乡里的干部没人再敢小看马令书了。都知道"马令书是郭育才的人"了，这是一个方面，更重要的是，都知道"小马这小子是个人才"了，各个科室各个部门的成绩，几乎都被他写出来宣传表扬一遍了，等于是帮着他们一起把工作干了，怎么能不高兴呢？刚开始马令书要写他们时，他们还有点躲躲闪闪，还有些不好意思，说都是正常工作，有什么可宣传可报道的？但马令书说了，马令书说："是正常工作，你们干了也就干了，谁知道呢？如果都像你们这样想，那乡里要我这个报道员有啥用？所以干了就要宣传一下，宣传出来既是你们的成绩，也是咱青龙乡的成绩。"大伙一听还真是这个理。关键是那些由马令书写的宣传他们的稿子经广播站播音员用普通话一播出来，效果还真不一样，不要说自己觉得工作干好了，别的乡镇同行也会高看两眼，到县上开会，很多外乡镇同行就说，你们行啊，工作可以嘛，领导很支持嘛。说得大家都高兴了。尝到甜头后，马令书要是有几天不找上门来，他们还真有点不习惯呢，各科室的头头，还要亲自去马令书的"单间"，"给马报道员'汇报'一下我们科今年的工作"。他们说的就是"汇报"，就像跟乡长书记说话一样。当然，他们这样和马令书说，还是玩笑的成分多一些。目的是想让马令书帮他们"宣传宣传"，他们说给小马汇报来了，小马要好好给他们宣传宣传，等年终奖金下来，他们请他喝酒。也有不说请喝酒的，管妇联的和管计划生育的女干部就不说请喝酒，她们说请小马"吃喜糖"，还说这小马多好的年轻人啊，等过个一两年，她们要亲自当红娘，给小马介绍对象。

马令书的心情是愉悦的、满足的，都说写报道是个辛苦活儿，马令书真没觉得，他还有种如鱼得水的舒畅感呢，那感觉很滋润，很畅快。他跟着乡领导下乡，跟着科室干部下乡，或者干脆独自下乡，去乡办工厂和各村，去认识下面的"领导"。下面的这些领导和乡里的干部可不大一样，他们对乡里新来的报道员有他们自己的想法，他们背后都叫报道员是"吹鼓手"，有时候甚至当面也这样叫："哦，报道员啊，还不就是'吹鼓手'？"颇有些不屑的口气，有不大看得起的意思，认为吹鼓手除了替乡上"吹喇叭抬轿子"，还会干什么？书记、厂长和村主任用不着你来任命，政绩和班子也轮不到你来考核，这样一想，他们脸上的牛气就自然出来了，每个人都跟吃了个大牛逼一样，更加牛气烘烘了。可马令书毕竟是乡上的干部，瞧不起是瞧不起，有时候客气还是要客气一下的。有和气一点儿的，就说："马报道员啊，来了啊，我找人和你聊聊吧。哈，找人聊聊，我要去开会呢。"马令书无所谓。不过是帮土鳖干部，他也不怎么把他们放在眼里。马令书心想，有你们看得起我那天。找人就找人聊。领导找来的人也不是一般人，都是企业或村里的干部，团支部书记啦，妇女主任啦，厂办秘书啦，这些人呢，没那么大的牛逼，还是谦虚的，也很和气。马令书就逐渐和这些人熟了。有时马令书下去就直接找他们，先在乡里分机挂个电话，有时电话是领导接的，但马令书就是装着听不出来，说"我是乡里的报道员小马，找你们团支部书记小李或找办公室主任小黄听电话"。马令书在电话里听到领导很不情愿地喊小李或小黄，马令书就有些得意。他得意的时候就点根烟来抽着，他抽烟的样子是很迷人的，乡里的分机员安红就给他说过，马令书写稿时，嘴里叼着烟的样子，很像个电影明星呢，样子很迷人。

马令书在他的单间里只住了半年，秋天到来的时候，郭育才升职，到南边的大镇朱雀镇当镇长了。乡里又调来个新副书记。副书记是个高高的红脸汉子，喜欢接待，喜欢喝酒，喜欢钓鱼，喜欢玩儿，他信奉工作是可以边玩边干的，每天皱个眉头地干工作有什么意思？他在来这里当副书记前，在县政府行政科当科长。行政科，按他的说法，就是伺候领导，帮助解决领导吃喝玩乐的，他说革命不是请客吃饭，那是哪个年月的事儿了，现在的革命就是请客吃饭，就是吃喝玩乐。他一点儿不避讳，一点儿不隐瞒自己的观点。乡党委书记老武、乡长老刘都是50多岁的人了，待人和气，抓大放小，对红脸副书记这套做法也是睁一只眼闭一只眼，虽不认可，但也不公开出来反对。红脸副书记就玩得很惬意。每天领着党委的一班人马到处游荡，吃吃喝喝。他很少在机关办公，他说机关不是用来坐的，坐机关的都是些傻子，机关要能静能动，红脸副书记热情洋溢，说到做到，春天带他们去踏青、野营，夏天带他们去牤牛河河套洗澡、钓鱼，秋天甚至还组织人去山里围过猎，冬天没事儿可干了，就一家一家组织喝"转圈儿酒"，这可把党委这边的一帮人乐坏了，郭育才在时，他们可从没这样自由过，他们也从没见过这么会玩儿的副书记。

党委的人又吃又喝又玩，弄得个不亦乐乎。就苦了政府这边的人，尤其苦了政府办的人，公司办的，偶尔还能到下面企业蹭个饭，揩个油，政府办的上哪里去"开荤"？政府办老李很郁闷。但党委是党委，政府是政府，党委领导政府，是乡里不成文的规矩。只有党委管政府的，哪有政府管党委的道理？党委这边的人在红脸副书记的带领下吃喝玩乐，是人家会当领导，你嫉妒也是白嫉妒。老李整天在政府办沉着一张脸守着台电话瞎琢磨，就琢磨到马令书头上了。马令书这才来多长时间，居然也跟着人五人六起来，不就是会写个通讯报道稿，靠着郭育才的照顾吗？还他妈的单间！老李越想越不痛快。他这个政府办主任还和看电话的小黄一间屋子呢，你马令书凭什么就单间了？郭育才在时他不敢惹，也惹不起，可现在郭育才走了，要是再不动手，还不傻逼了？管房子是我们政府办的事，我想让你单间你就单间，不想让你单间你就单间不了。别说给县电台写报道稿了，就是给《人民日报》写社论都不行。想是这样想，具体操作起来，老李还是要讲究个工作方法的，毕竟是党多年培养出来的干部。在给马令书调屋子前，他还是没忘了去请示一下红脸副书记。说乡里的房子实在紧张，马令书是不是调到团委小唐书记屋里去？马令书和小唐都是党委的，您找起人来也方便。老李是赔笑和红脸书记说的，红脸书记那天正忙着，准备率领他的一班人马去一个村里喝酒，其中就有小唐和马令书。他说："就这事啊？行，你看着调，不就是一个屋吗？"老李用眼睽了一下马令书，马令书正低着头和小唐玩笑，没看他。老李说："实在是紧张，副乡长才一个屋子。"红脸书记摆了一下手："不就是一个屋吗？你看着调。"

马令书和小唐说笑，却一直侧着耳朵在听。老李话一说完，马令书心里就骂上了：他妈的，狗眼看人低，人走茶就凉。郭书记才走几天你就这样？马令书对红脸书记也有看法。本来，马令书是喜欢红脸书记这样的领导的。郭育才虽然慧眼识人，礼贤下士，毕竟是教育口出来的，严肃古板惯了，和红脸书记比，就显得不够活泛。现在，一听红脸书记连问都没问自己，就答应老李给他调屋，心里的看法就越来越大，心说，你算个什么书记嘛，就知道个吃喝玩乐，哪里还有一点儿共产党干部的样子？哪还有副书记的模样？你这样跟个酒肉混混又有什么区别？这不是我住单间不单间的问题，这是立场问题，也是一个干部处理事情的方式方法问题，更是个领导水平问题。马令书觉得，新来的副书记水平不高，很不高。别看他现在高兴、得意，总有他高兴不起来的那一天。

　　老李要给马令书调整房子的第二天，红脸副书记又领着一班人马去喝酒了。这次喝酒的地方是乡上的档案员曲美兰家，据说是曲美兰请的。马令书年轻懵懂，可也早看出了曲美兰和红脸副书记的眉眼高低，这次去，政府那边的也去了好几个，看来是联合行动了。政府办的司机小李负责开车，党委那边坐不下，马令书就被硬塞到政府办的车上，政府办那边的人是第一次参加红脸副书记的酒局，每个人看上去都有点兴奋，话说起来也毫无顾忌。说为什么档案员曲美兰要请客呢，原来是曲美兰和红脸副书记早"好上了"，"没看到副书记一天天往档案室跑？"说完哈哈大笑。还问马令书"是不是"，马令书心情不好，对这类男女话题也不感兴趣，就不说话。这政府车上的人，就以为马令书替红脸副书记不平。其实马令书满脑子都是他自己的委屈。等到喝酒，偏偏又和政府这边的人坐了一桌，以司机小李为代表的几个年轻人，就开始频频向马令书"敬酒"，马令书本来酒量就很差，开始还以为这几个人让酒是对他不错，可后来他看出来了，这哪里是"敬酒"？分明是"罚酒"，是"灌酒"，等马令书明白了，他就开始反抗了，可他的反抗是无声的，就是不喝酒，不说话。小陈后来就说了："小马你这就不对了，你喝不了酒，就别坐这一桌啊，这一桌喝酒就这规矩，每人都要打一圈，每人都要喝。"小陈都有撵马令书走的意思了。整整三桌人，坐得都是满当当的。马令书刚到时，本想坐党委这边的，但红脸副书记发话了，红脸副书记说："小马啊，你就和小陈他们一桌，这次我们要和政府打成一片。"马令书知道，红脸副书记不爱要他，因为马令书既不能说，也不能喝。现在，他孤零零地坐在小陈一边，受小陈挤对，又说不出话，只是脸越发红得难看。这时候，新来的统计员小见都说话了，小见说："没想到党委这边人酒量这么差。"他们一桌，就马令书一个人是党委这边的。但已经打击一片了，坐领导一桌的宣委孙宝平感觉马令书给党委"裁面"了，他红着脸过来了，说："你们这帮小兔崽子，哪个不服气和我孙宝平喝？"那一桌才尴尬地赔着笑脸不言声了，孙宝平连着敬了一桌人三杯酒，走了。走前，孙宝平在马令书身边说了一句："记住，你是我孙宝平的徒弟，像个男人一样喝，喝倒了我背你回去。"别人说，马令书可以不理不睬，孙宝平说，他不能无动于衷了，孙宝平还是第一次说"你是我孙宝平的徒弟"这样的话，孙宝平明显是对他的表现不满了，他提振了一下精神，端起酒杯，想他妈的喝死算了，反正都是被欺辱被损害的角色，谁知他端酒杯了，却又没人和他喝了，要喝得先罚三杯。这不明显欺负人吗？马令书把一杯酒喝掉，把酒杯往桌上一扣，说："你们爱喝不喝，我不喝了。"

马令书从曲美兰家里回来，最后一次把自己关在那个单间里，他越想越憋屈，感觉整个青龙乡都在与他为敌一样，他不知这是怎么了，他拿起日记本，想把这两天来的委屈发泄一下，可他居然不知写什么。他只是想哭，想无声地痛快地哭一次。后来马令书终于在纸上写下了三个字，他写的是："郭书记。"马令书想："郭书记啊，你怎么走了呢？"是啊，郭书记走了。对马令书有知遇之恩的郭书记走了。郭书记怎么就走了呢？郭书记为什么要走呢？郭书记不走，是不会有人敢骑到自己的头上来拉屎的。现在这个屋子已经不是自己的了，以后又会是什么？

马令书越想越伤悲。他还没离开，就已经怀念自己这个屋子了。在这间屋子里，他写了那么多报道，那么多的报道都在电台播出了，有的还登上了市里的报纸；在这间屋子，他还写了一些别的文章，甚至开始学着写小说了。这都是这个单独的房间带给他的灵感，甚至，他还在这个单间里恋爱了。夏天的时候，一个叫佟雅丽的姑娘用她穿了丝袜的脚，爬上了他的大腿，那感觉，凉丝丝、痒酥酥的，更像心头突然住上了一窝蚂蚁……

马令书这里无语泪先流。不防门就被撞开了，是宣委孙宝平。孙宝平气得脸通红，一进来就倒在了马令书的床上，呼呼喘粗气。喘了会儿，见马令书没理自己，还趴在书桌那里写，就腾地从床上坐起来："马令书，你不能就知道写写写，今天受了委屈，就写在日记里。写那些有什么用？有能耐要用到场面上，你酒量有限，可你的嘴呢？嘴也不会说了？酒量不行，我们也要在气势上压倒敌人！不能让人把咱小看了。今天你也忒笨了点，让政府那几个毛头小子挤对得一句话说不出来！"

马令书听着孙宝平的数落，一声不吭，可他再也控制不住了，眼泪开始像断线的珠子一样，一颗一颗从脸上滚下来。孙宝平又腾地从床上站到了地下，说："别哭了，马令书！一个大男人，哭哭啼啼的，像什么样子！"

第四章

在青龙乡，留给马令书印象最深的，是在去年10月开始的"牝牛河治理大会战"。牝牛河是流经丰邑县域的一条主要河流，但多年来因为疏于治理，每遇洪水，必遭涝灾。1991年夏天的一场洪水，不但导致牝牛河两岸数万亩的农田受灾，还出了人命，有两个人在河堤上看洪水时，不慎被冲入牝牛河，尸体漂流十几里才找到。这条狂躁的牝牛河确实到了不治理不行的时候了。县里领导下了决心，组织召开了动员大会。要求趁着秋末冬初，大地还没上冻，要举全县之力，搞一场牝牛河排涝工程大会战。

青龙乡党委书记老武和乡长老刘参加了动员大会。老武和老刘回来后，也在乡里紧急召开了各村支书和村主任参加的"青龙乡参加牝牛河排涝工程大会战动员大会"。大会由刘乡长主持，党委书记老武做动员报告。老武慢条斯理，先是讲了一番兴修水利的重要性，重提了毛泽东主席关于农民种地的"土、肥、水、种、密、保、管、工"

的"八字方针"，老武说："毛主席为什么要把'水'放到那么高那么靠前的位置？是因为主席他老人家自己做过农民，知道兴修水利是利国利民的大事好事，所以，他老人家才提出了'水利是农业的命脉'这样重要的论断。"老武接着严肃地说，"什么是命脉？命脉就是我们农村人的命根子、脉管子，没有水利，我们农民就种不好庄稼，打不下粮食。不要以为我们农村忙完了三夏就万事大吉了，收了庄稼就吃凉不管酸了。现在县里要在牤牛河搞大会战了，为什么？你们好好想一想，这就像咱们农民家里用的镰刀、耙子，想要一直好用，就要该修修，该补补，该上油的上油，该重新打造的要重新打造。治理牤牛河也是一个意思。一头牛不听话了，犯了倔脾气了，不好好干活了，我们是不是也要修理修理它？给它两鞭子，让它以后乖乖地听话呢？开会前，我听到有人说风凉话，说牤牛河碍不着咱青龙乡啥事，那牤牛河又不打青龙乡过。那我今天就明告诉你，牤牛河没打青龙过是事实，可治理牤牛河的任务，是哪个乡也躲不过，乡里躲不过，村上就躲不过。县委书记田如海同志动员大会定调子了，这次治理牤牛河要举全县之力，全县是什么意思？就是21个镇乡、60个县直单位都要参加。不光镇乡县直，我们下面的每个村，每家每户都要动员参加。参加牤牛河治理大会战，是利国利民之举，我们每个丰邑人都责无旁贷。"

10月20号"牤牛河治理大会战"正式开始，为了参加这次大会战，马令书特意起了个大早，虽然他家离乡政府连二里地都不到，可他还是想提前点到乡政府。结果他继父也出了义务工，竟比他起得还要早，继父因为长得酷似演员魏宗万，很多人都不叫他本名而叫他"魏宗万"。继父倒也和气，别人叫他什么他都嘿嘿一笑。今天魏宗万要和同村的很多出义务工的人一起走着去牤牛河劳动。牤牛河在县域西南，走着去，可以穿田间小路，比骑车也慢不到哪里去。马令书走到一半的时候，就看到继父魏宗万走在一群民工中间，扛着铁锨镐头，马路上会聚的人越来越多，竟都是各村参加大会战的人，上了点年纪的人都喜欢走着去，年轻人都骑着车子，他们一手扶着车把，一手扛着镐头铁锨，不时还要拨动车铃铛，铃声清脆，笑语声洒了一路。这些人，无论是走着的，还是骑车的，都看上去挺喜庆、挺新鲜的，好像不是去工地干活，而是去赶集一样。马令书经过继父他们时，他听到一个同村的老头儿说："真新鲜啊，有十几年没家家出义务工了，上次出工还是修水库。"另外一个老头儿则认出了魏宗万的继子马令书，对长着一张马脸的"魏宗万"说："看，你乡上上班的儿子过去了。""魏宗万"看了一眼马令书，马令书过去时也看了一眼他们，他从他们的眼光中看到了羡慕，也从继父的眼里，第一次看到了骄傲。前两年，因为找不到一份像样的工作，继父魏宗万一直把马令书当成个家里的"累赘"，两个人平时在家里都没什么话说。所以马令书看了眼继父，并没有打招呼，而是很快加速骑车过去了。他听到继父在后面说："他是要赶到乡里坐车集中去工地。今天等于我家出了两个义工呢！"

继父说得没错，马令书确实要赶到乡政府集合。动员大会后，宣委孙宝平也和马令书交代过了，"牤牛河大会战"，乡里除留下安

每家每户
都要动员参加
治牛河治理大会战
是利国利民之举，
我们每个丰邑人
都责无旁贷

红等几个人值班外，其他的机关干部、乡补干部一律要到工地去参加劳动。说实话，马令书一听要到牤牛河去干活，不但没有一点儿不高兴，还显得特别兴奋，对于新鲜环境和新鲜事物的向往，让他恨不得工程立刻开工才好。对于干活，他也不发愁，毕竟一年多前，他在丰台修三环路上历练过了，要说苦，肯定没有他在三环路上做小工挖土方更苦吧？临行前的一天晚上，他回到家，找了一把铁锹出来，把铁锹把儿和铁锹接头那里先浸过了水，然后又用细砂纸把铁锹把儿和铁锹细细打磨过一遍，他看着自己曾经用过的铁锹，变得重新闪闪发光的时候，他开心地笑了。那天晚上，他陪着娘在东屋看完了重播的电视剧《渴望》，就回到自己的西小屋美美地睡下了。第二天，他扛着铁锹往政府赶，仿佛肩头扛的不是一把铁锹，而是一面猎猎生风的旗子。

尽管出来得不晚，可到了乡政府，马令书才发现，天刚刚泛出亮光，政府的大院子早已经人头攒动了，平时机关干部都在各自部门和各自屋里办公，大院子里显得很空阔，可人都出来，马令书才发现，青龙乡原来有这么多人，男男女女的，把党委书记老武门前的甬路占得满满当当的。因为人多车少，乡政府企业总公司还特意从青龙乡第一毛织厂和第二毛织厂借来了两辆面包车，用来拉人和工具，再加上乡里的车，都坐满了，可还是不够坐，马令书后来被安排和政府办小黄等几个人挤坐在文化站站长老孟的那辆破"夏利"上，后来的将近20天的时间里，马令书就是天天坐老孟的夏利车去工地的。

可能跟从事乡镇基层文化工作有关吧，老孟这个人性格开朗，爱说爱闹，尤其喜欢讲黄色笑话。他讲的黄色笑话都是真人真事，而且都是发生在身边的事儿。去的第一天，他讲的是档案员曲美兰和给乡长老刘开车的司机老朱两口子的故事。他说你们别看曲美兰那么瘦，却沾不得男人，一沾就兴奋，每次和老朱干那事都大呼小叫，跟杀猪似的。老朱每次和她做爱都像强奸她一样，他开始还顾及脸面，干那事时大夏天也要把门窗关得严严实实的，用手堵，用毛巾塞，谁知道他越是那样，曲美兰叫得越凶。后来时间长了，老朱知道曲美兰那是性亢奋，这也是一种病，老朱也不知从哪里得了一"偏方"，说治曲美兰这病，要反其道而行之，就是让她多看点黄色录像，老朱就找了好些外国的黄色录像带给她看，你别说，曲美兰看了这些录像，夫妻之间再干那事，不喊了，却说上了英文，什么"哦耶"，什么"哦妈嘎的"，这些老朱还可忍，开始还觉得挺新鲜，可有一次，曲美兰竟然在和她做爱时喊开了"爸爸"，那天老朱一下就怒了，停下来就给了曲美兰两个嘴巴，说："我打你个变态玩意儿，越来越没谱儿了。"小黄说："老孟你这嘴，这事也当玩笑说，车上可还坐着佟雅丽呢。"老孟看了一眼副驾驶上的佟雅丽，说："这可不是我瞎编排，不信你们问问雅丽，再问问老朱去，这些都是老朱在我们文化站，当着佟雅丽的面亲口说的。你说是不是雅丽？"佟雅丽只是不置可否地笑了一下。她的笑看上去相当尴尬。

坐在后面的马令书其实比佟雅丽还要尴尬，他想到夏天时，他和安红几个人打牌，佟雅丽用穿了丝袜的脚在他大腿上滑动，更加羞愧得不行。他和佟雅丽偷偷摸摸恋爱有几个月了，可除了那两次他们打牌，她的脚蹭过他的大腿，平时在一起时，他们居然比两个中学生还要拘谨、羞涩，不要说普通的亲热，就连拉一下手这样的动作都没有。佟雅丽当初对马令书做出那么大胆的动作又是怎么回事呢？难道是受了老孟老朱这些"老司机"的影响？俗话说，近朱者赤，近墨者黑。佟雅丽在那样的环境里浸淫得久了，会不会也跟着学坏呢？

　　大家到达工地，工地上已经是一派热火朝天的场面了，拖拉机、挖掘机等各种机械准备就绪。牤牛河两岸红旗招展，喇叭声声。县水利部门早为各镇乡、县直等单位分好了段。青龙乡的工程段在中间部分，它的上游是东风镇，下游是朱雀镇。马令书站在河岸的高处，一下就感到了上下游气势的不同凡响，广播喇叭里播放着雄壮的歌曲，两岸的红旗都插得比他们乡里多。马令书跟着乡里的干部干了一天活儿。第二天上午，红脸书记就把孙宝平和他找去了，红脸书记是青龙乡治河领导指挥部的副总指挥，他带着他们参观了东风镇和朱雀镇两个邻居工地。马令书明白了，这是让他们"学习参观"这两个镇在治河指挥部里临时的广播站。在东风镇，一个戴眼镜的高个儿姑娘正在那里认真地念关于他们镇治河的广播稿，而在朱雀镇的蓝色防震帐篷搭建的临时指挥所里。马令书见到了他认识的石如玉，正趴在桌子上旁若无人地写着什么，如玉写得很投入，因为广播站同时也是指挥所，所里出出进进的人很多，如玉根本没发现马令书他们的到来，马令书也不便和她打招呼。再说，他们只是在开报道员例会上互相认识，实际上并不是很熟。即便真打了招呼，也没什么可说的。

转了两个镇的工地，红脸书记对宣委孙宝平说："孙委员啊，你看人家乡镇的广播站有啥想法没有啊？人家的有线广播可是一来工地就有声有响，咱们工地指挥部怎么就无声无息呢？"孙宝平嘿嘿一笑，说："咱落后了，没想到他们准备这么充分。这是我工作不到位，不细心，责任在我，请书记放心，我这就让线务员老李回去拉设备，让马令书下各村工程点采访去。"红脸书记肥厚的大手一挥，说："这就对了嘛，咱们乡小，可也不能让别的乡镇瞧不起。咱们乡小，可要让小乡不小，就得报道比别人多，喇叭比别人响。"孙宝平白脸一红，转身让马令书立刻把在工地上挖土方的线务员老李找来，让他赶紧坐车回乡去拉设备。孙宝平对马令书说："你也别下去干活了，赶紧各处转转去，去找新闻线索写报道吧。"

马令书在青龙乡的工地上上上下下转了一圈。说实话，他还真的被工地热火朝天的场面打动了，虽然各村各家出的都是义工，可他没发现一例消极怠工的。更难能可贵的是，他们乡每个村都来了带班领导，带班的不是书记就是村主任，这些领导马令书还是认识的，这些人也都混杂在村民里，和他们一起泥一身水一身地干着活。马令书很快写好了新闻稿，给宣委孙宝平看过。孙宝平只说了一个字："好。"对马令书这么快就出活儿，他非常满意。平时对马令书写什么并不关心的红脸书记这次也拿去看了，还把马令书表扬了一番，说："还是我们青龙乡厉害，小马出马，一个顶俩。我们就是要把他们朱雀镇和东风镇比下去。"红脸书记当然也指出了小马报道稿的一个小缺点，就是一定要有"政治站位"，一定要突出"指挥部的领导作用"。这还是红脸书记到青龙乡以来第一次直接"关心"马令书的宣传报道工作，马令书也不管他说得对不对，都一律点头应允了。

线务员老李瘦削精干，脸黑心细，50岁的人了，在青龙干了一辈子的线务员，业务水平、执行能力肯定是没挑的，他常挂在嘴边的一句话就是："听领导的话，跟党走，永远都不会错。"两个小时不到，他就把扩音设备、话筒在指挥部里布置好了，又在帐篷的后面，支起了电线杆子，上面的两个广播喇叭一看就是新的，在秋日阳光的照耀下，银光闪闪，还没播出，好像已经在不断播发新闻了。红脸书记高兴得一顿乱夸，说就凭这两个大喇叭，咱就把朱雀镇和东风镇两个都比下去。

因为广播员安红要在乡里值班看电话，由谁出任指挥部临时广播站播音员就成了大家讨论的焦点。播音员当然是女的比较合适，可党委这边工地上居然没有一个女的，宣委孙宝平因为开始时工作迟缓，挨了不点名的批评，这一次他想积极一点，就挺身而出，自己当了播音员。结果，他试播的第一条新闻还没正式播出，就被赶来的红脸副书记一票否决了，说这男的干播音像什么样子，咱们工地上又不是没有女的。孙宝平委屈地说："我这不也是赶鸭子上架吗？您看我要是不行，只好让马令书来了，马令书说普通话。"红脸副书记说，播音不是会说普通话就可以的，播音最好要讲究个字正腔圆，讲究个抑扬顿挫。这是红脸副书记嘴里说出来的，其实有一半话他当时没说出来，说起来还是因为小马前几天在酒桌上的表现，让他很不满意。红脸副书记心想："连个酒桌上的场面话都不会说的窝囊废，还播个什么音？"何况，他心里早有了一个人选：曲美兰。曲美兰最近几次向他和党委这边示好，又是请客吃饭，又是主动到他办公室聊天，红脸副书记早看出来了，曲美兰这是有意要调到党委这边来。红脸副书记说："我有一个人选，不妨一试。我看曲美兰行事果断，说话干脆，播音肯定也差不了。"这时线务员老李悄声对孙宝平说："当年乡里招播音员，曲美兰报考过，第一关都没过去。就她那口音，播音？"孙宝平撇一下嘴，说："就按书记说的找曲美兰。他说谁就谁吧，反正工地上播音就那么回事儿，没几个人认真听。"

事实证明曲美兰播音还真不行，不但不行，还差点成为整个牤牛河工地上的笑话。曲美兰说话脆生是脆生，可普通话说得并不好，关键是念稿子时不会断句，马令书报道里面的逗号句号对于她来说一点儿用没有，她是想怎么念就怎么念，想在哪儿停就在哪儿停，也不是她任性，非要那样念，而是她这个人根本就不会读。曲美兰用她糟糕的播音证明了一个问题，说和读是两码事。当然了，最麻烦的还是曲美兰不加修饰的丰邑口音，曲美兰不会普通话，却会说一口标准的本地方言。丰邑这个地方的语言很有特色，是北京这么多郊区县中唯一不属于北京官话的一种，在语音、词汇、语法等方面都显得与众不同。这不同，说白了，就是发音时一、二声不分，把"盐"读"烟"，把"枪"读"强"，要不就是声母韵母乱变，如把"太阳落山了"直接读成"太阳乐山了"，把"棉袄"读成"棉脑"。一个土生土长的丰邑作家曾写过一篇散文，形容这种方言为：

"硬邦邦、硌生生，字重腔足，语感浓酽，听来如饮白干酒，醇醇烈烈，火火辣辣。"这丰邑话平时大家都说，都不以为怪，可这话一经广播，在大喇叭里呈几何状发酵、膨胀、过滤出来，那种与众不同的效果一下就出来了，这效果就是非常让人不好意思。他们发现，原来自己一直说着的话竟然"这么难听"，让人脸红、耳热，听起来还相当可笑，这是其一；其二是作为临时广播站的播音员曲美兰，不知是现场紧张还是别的什么缘故，平时伶牙俐齿，一播音嘴里就像含了个热饺子，几句话翻过来掉过去，囫囵不清，最后搞得工地上的人连活儿都不干了，不知这乡上是搞哪一出，只对着那两个呜啦呜啦的大喇叭傻笑。党委书记老武从朱雀镇回来，一听大喇叭，立刻生气了，对红脸副书记说："你们这是搞的什么嘛，这说的是什么嘛，连朱雀镇都笑咱们呢，赶紧停赶紧停。"红脸副书记这张脸才真正红了，只好赶紧进去停了曲美兰的广播。曲美兰还挺不高兴呢，冲红脸副书记一甩头，说"你让我停，我还不想播呢"，甩帘子出了帐篷去工地了。红脸副书记和孙宝平商量要把广播员安红调到工地来。孙宝平比红脸副书记大，本来对红脸副书记在乡里的做派就有些意见，这次看老武也不高兴，就直接说："乡里就安红一个分机员，总要留人看电话，要不县里打下重要电话，没人接听记录怎么办？我看还是按我当初的意见，让小马来，小马会说普通话，稿子他自己写自己播，出不了什么大错，起码不会像曲美兰那样闹笑话。"

几句话把红脸副书记直接给撂在那儿了。红脸副书记喘了半天粗气，一句话没说出来。

马令书就这样又成了工地上的临时播音员。马令书虽然没有播过音，但他在乡里时常听安红播，有时安红播出前，还要专门对着马令书"播"两次，看她有没有错误。所以马令书从安红那里也间接学到了一些播音的知识和技巧，比如有些发音，马令书虽然说的是普通话，但是他的普通话并不标准，比如他常把"我们"不自觉地就读成了"碗们"，有时还会读成"姆们"，这些都和平时说话习惯有关。开始马令书还不承认，说他不可能把"我们"读成"碗们"，被安红用她自己的录音机偷着录出来一放，马令书才发现自己说的普通话有很多的"毛病"。这毛病平时自己发现不了，但一经播出听着就难听了。就像曲美兰用丰邑话念广播稿，听着不光是别扭，还会贻笑大方。因为有了曲美兰的"前车之鉴"，加上安红那里学来的一些"常识"，马令书在没打开扩音机前，先尝试着念了两段给红脸副书记和孙宝平听。红脸副书记听了，没表态，但孙宝平听了，说："不错，还真不错。"孙宝平又问红脸副书记，红脸副书记没说话，但也表示默认了。

　　马令书身兼报道员和播音员，每天一大早到工地就开始各处跑，回来时就像石如玉那样趴在指挥部的桌子上写，也写得很投入。但青龙乡指挥部的帐篷太小，里面又乱，只有一张桌子，有时领导要坐在那里喝茶看文件，有时管理员还要在那里负责各村工具物资签收领取，马令书没有如玉那种处乱不惊的精神，他写作需要安静，指挥部写不了，只好拿着个大笔记本爬到河岸高处的广播喇叭下面，坐在那里写。有一天，马令书正写呢，远远看到河堤上走来了两个人，这两个人身量相仿，边走边说，对着牦牛河会战工地指指点点，待两个人走近，马令书发现这两个人都长得身形高大，帅气俊朗，且非常和气。看马令书在高音喇叭下写东西，就感兴趣地凑近蹲下来，问马令书是哪个工地的、在写什么。马令书问他们是谁。两个人就一起笑笑，说他们是丰邑县牦牛河会战总指挥部的工作人员，一个戴眼镜的说自己姓屈，一个不戴眼镜、长着一双大眼睛的说自己姓费。那个姓费的一听马令书是青龙乡的报道员，就说认识认识。给马令书说得一愣，一问才知道，竟是当初马令书在县委办学习文秘培训班时的负责人——县委秘书科的费科长。费科长对正好奇地拿着马令书的那个大笔记本查看他写了什么的姓屈的人说："屈主任，青龙乡这个马令书，很能写，还在报纸上发文章呢。"那个戴眼镜的屈主任就把本子还给马令书，说："那很不错嘛，我看他这报道写得也不错，很认真呢。"两个人说完，也没停留，也没进指挥部去看，而是直接奔上游的东风镇河段去了。

这天下午，马令书在治河工地上碰到了正在干活的佟雅丽。来工地七八天了，他们虽然每天都坐文化站站长老孟的车一起来工地，可他们之间却从来没说过话，好像相互不认识一样，这个在夏天时用她穿了丝袜的脚和马令书打招呼的姑娘，接触下来，并不是一个像她打招呼的方式那样火辣、性感、热情奔放的人，一旦脱离开他们在安红屋里打牌的特定场所，这个姑娘展示出来的是让人费解的另一面：沉默寡言，冷漠固执。有一次下车时，她甚至因为马令书帮她拿了后备厢的工具——一把铁锹，差点和马令书翻脸，把那个铁锹扔在地上，直接给马令书一个下不来台。马令书的爱是隐秘的，可他爱的痛苦却全写在脸上。他有时甚至要感谢领导给了他这么多工作，他在工地上忙得团团转，因为这样正好可以减轻佟雅丽带给他的烦恼和痛苦。他的烦恼是少年维特之烦恼，他的恋爱是完全的柏拉图之恋。

有一次，青龙乡第二毛织厂厂办的秘书小李来机关找他玩，小李那时正在追求安红，几乎天天下班都来机关转一圈儿。当马令书把他的痛苦说给小李时，小李吐着烟圈儿和他说："你们那不是恋爱，那是小孩子过家家的游戏，恋爱怎么可能连手都没拉过呢？"小李还给马令书出主意，让马令书晚上约佟雅丽出去，找个僻静的地方去搂她抱她亲她，看她什么反应。小李说，这才是恋爱中的青年男女该干的事儿。小李出的主意把马令书的脸都气白了。小李面对气鼓鼓的马令书说："我当你是朋友才和你说的，我看佟雅丽并不爱你，她不过是玩玩你罢了。现在是什么年代了？现在是90年代，你心目中那种所谓的纯美爱情早过时了，现在的女孩子也不像你想象的那样纯粹了。"小李为进一步证明自己的观点，还直接和他说，他喜欢安红，除了安红"胖乎乎可爱"，关键是"安红家有钱"。小李说："把你那套文学中的爱情赶紧收拾起来吧，省省吧，连安红都说了，佟雅丽不适合你！"可无论小李和他说什么，他都没放弃对佟雅丽的幻想：他不相信他碰见的敢用脚蹭他大腿的姑娘是个荡妇，他不相信佟雅丽和他说的要"把你从文字的苦海中拯救出来"的话是顺口说的玩笑话。他固执地认为，佟雅丽能用脚蹭他就是表示她喜欢他，她爱他。

他现在每天在工地上转来转去，奇怪的是，他却很少看见佟雅丽的身影，要不是今天佟雅丽在工地上喊了他一声，他和她可能又擦肩而过了。佟雅丽把他喊住，对他说："我听你念的广播了。"马令书脸红了，没说话，佟雅丽紧接着又说了一句，"比曲美兰念得好。"事实上，佟雅丽喊住他，就和他说了这样两句话。马令书想，难道佟雅丽把他喊住，真的就是为了和他说这两句话？他觉得肯定不是，佟雅丽肯定还有别的事，要不就是她的话里还藏了什么深意。可是，究竟是什么呢？马令书又深感迷惑。但不管是什么吧，佟雅丽能把他叫住，和他说话，已然让马令书的甜蜜和幸福感瞬间满满了。那天下午他干劲十足，不仅一口气写了两篇报道，还在傍晚时分的工地，采访到一个80岁的老志愿军战士。那天晚上回去后，他感觉到自己的激情正在燃烧，趴在家里的小炕桌上就写了一篇小小说《祥龙老汉》投给了《京都日报》，他把这一切都归于他和佟雅丽爱情的力量。他想，有爱情的人生多美好啊，会让未来充满生机和力量。

马令书在工地上另外一个收获是，他在采访老志愿军时，被一个替家里出民工的孙姓小卖店的老板看上了。原来这个孙姓老板早就认识马令书，孙姓老板和他朱姓的妻子在毛织厂北面路口开了家卖烟酒糖茶的小卖店，马令书上班下班常从那里路过，几乎每两天就要去他店里买包烟，他妻子很喜欢这个个子不高但"长得黑俊黑俊的"青年人。"黑俊黑俊"是他妻子形容的，她想把自己的侄女介绍给他。孙姓老板平时在外面做别的生意，见到马令书的次数并不多，只是听妻子说起，这个人在乡里上班，是报道员。这天马令书到他们村工地采访，他就特意跑过去看了看马令书。谁知一看，他也特别满意，回到家，夫妻二人一点儿没耽搁，吃过饭就去找了同村的孙宝平。孙宝平也没想到会有人给马令书提亲，而且是他邻居。孙宝平实话实说："小马呢，就是我手底下的人，人肯定是不错的，错了我也不会要他。他唯一的缺点就是家境差了些，住的还是几十年前的老房子。"谁知那夫妻都说："穷不生根，富不长苗，他家境差没关系，我哥哥家境你知道的。你就负责去说就行了，说成了，我在我哥哥的饭店摆一桌酒专门请你。"孙宝平白净的脸上就挂上一丝不易察觉的冷笑，说："请酒就免了，这事我不敢给你们打包票，只能说说看，说说看哈。"孙宝平话里留了余地，心里却认为，只要他肯去说，就是十拿九稳的事。他邻居妻子的侄女他熟悉，想必马令书也不陌生，就是他们孙家庄村里的团支部书记，叫朱兰兰。

孙宝平现在毕竟是乡党委委员、宣传委员，是享受副处级待遇的领导干部了，现在正是工地最要劲儿的时候，书记、副书记都对宣传工作很重视，马令书每天从早忙到晚，又是采访又是写作还要负责播音。他不想为这事影响他的工作。这是一个原因。他认识朱兰兰，也认识朱兰兰的爸爸，朱兰兰的爸爸在乡里开着一家饭店，虽然为人谦卑和气，骨子里却市侩得很，马令书那个破烂的家，他怕孙家看不上。还有一个原因，就是孙宝平认识兰兰，但他并不喜欢兰兰，觉得兰兰虽然年纪不大，心机却很重。当年她初中毕业想到乡里来当播音员，她和她爸爸一起找过孙宝平，但孙宝平当时只是个报道员，虽然也和书记打过招呼，可书记最终并没看上朱兰兰。按说这都是正常的事儿，可是自那之后，兰兰对他就不像过去那样热情了。孙宝平是何等聪明人物，什么看不出来？何况马令书虽然家贫，骨子里那种傲，他也是了解的。从内心上来讲，孙宝平还是更倾向于要对马令书负责。他觉得马令书虽然在人际交往上不够聪明练达，但总体上来说，还是棵好苗子，前途不可限量。如果由他给马令书说一门好亲事，马令书还不更死心塌地跟着他干？在乡里工作的人，哪个不知道培植自己身边的力量？这件事孙宝平翻来覆去想过多遍。但直到牝牛河治理工程全部结束，他才把这件事和马令书说了。

11月10号，丰邑县牝牛河治理工程全部竣工。这个工程规模之大、效率之高，为丰邑县历史上所罕见，被写进了县党史办新修的县志里。县志上说，这次大会战共疏挖河道12千米，控制流域面积41平方千米，动土方450万立方米，用工350万个，动用各种机械1.2万台，防洪标准也是按照30年一遇的洪水设计的，可以说是丰邑县的一件大事了。工程完毕，县里召开了隆重的庆功大会，让人颇感意外的是，两个报道员在这次报告中，居然得到了县长的口头表扬：一个是朱雀镇报道员石如玉，说她是身先士卒，舍身忘我，完美诠释了"谁说女子不如男"的典型；还有一个就是青龙乡的马令书，他因为及时快速写出了反映治河现场正能量的《祥龙老汉》而鼓舞感动了千千万万的人。这些话，都是县长念报告时说的，这真是出人意料了。那么多的党委书记、乡镇长只字不提，一个小小的报道员却出现在县长的报告中。马令书都有些蒙了。回去后，就被党委书记老武叫过去表扬了一番。

孙宝平也正是利用这个机会把马令书叫到自己办公室，把小卖店夫妻托他做媒的事和他说了。他并没有提朱兰兰的名字，他想看看马令书对这件事的反应后再细说。让孙宝平想不到的是，马令书竟然拒绝了。马令书在这件事上表现出少有的干脆。马令书管孙宝平叫"孙哥"，马令书说："谢谢孙哥。我，我已经有了一个对象了。"

他指的"对象"就是佟雅丽，他以为自己正在"热恋"中，但他没想到，仅仅一个月后，他的恋爱就正式遭遇了11月的逆流和风雪。他失恋了。

第五章

朱雀镇党委副书记老吴，45岁，是个标准的美男子。有人说他像汪精卫，老吴自己没觉得像，可别人这么说，他也从来不反驳。心想汪精卫有什么不好？也是历史上"留名"的人。虽然名声不大好听，什么卖国啊、汉奸啊什么的。汉奸就汉奸，卖国就卖国，卖国和汉奸都是他姓汪的，跟我老吴有什么关系？

老吴就是漂亮，浓眉大眼，仪态翩翩，举手投足都带着派。老吴除了长相漂亮，还喜欢跳舞，喜欢交际。他是个外交家。平时机关里，很少看到他的影子，都是在外"联络"。不过，老吴这个副书记还是很称职的。他党性强，原则问题也毫不含糊，他还是个很"欧喷"（open）的副书记，知道把手里的权力下放，不像有些领导，大事小事一把抓，眉毛胡子一把抓，不给手下人机会。老吴不屑那样。权力是党的，不是他一个人的。党给他权，他也要把权给人民。人民是谁呢？宣传委员小金、纪检委员小马、组织委员老庄、妇联主席老崔，当然还有团委书记小高，都算。小金老庄小马老崔都不错，就是团委书记小高有点让老吴不放心。自从生了小孩，这小高就跟变了个人似的，30岁不到，就懒懒散散、邋里邋遢了。每天无精打采，脸都洗不干净，哪里还有点共产主义青年团书记的模样？

这天，老吴把如玉和马令书叫到自己办公室谈工作。老吴看到如玉，又想到小高的样子，心想，看人家如玉，不愧是领导干部家里出来的女子，要多干练多干练，要多精神多精神，虽说是去年刚做了个小手术，大病初愈，可人家往那儿一站就透着股练达的干劲。老吴对如玉是放心的。如玉也是能经得住党委锻炼和培养的人。郭育才当初极力推荐马令书来镇上和如玉一起干报道员，这本身就是对如玉的一种考验。

老吴语重心长地说："如玉啊，以后你主动一点，多带一带小马，领着他多熟悉一下镇里的情况。你是镇里的老报道员了，你爸老石书记又是这里出去的老领导，这么多年了，你也算得上朱雀镇上的老人了，和下边的关系也不错……"说到这儿，老吴愣了一会儿，又换了一种口气，"如玉啊，你先带马令书干一段，没问题吧？"如玉一笑说："瞧吴书记说的，什么有问题没问题？领导让如玉干什么如玉干什么就是了。"老吴说："那好、好。"老吴一连说了两个好，说得马令书也直看如玉，如玉就脸红了。她本来是想单独留下来和老吴说点什么的，但被老吴的两个"好"字给压下了去，一时又觉得留下来也不知说什么好了。

如玉、马令书从老吴屋里一出来，如玉的脸就拉了下来。如玉说:"马令书,你下去先准备一下,我这就领你下去熟悉情况。"

如玉说的"下去",就是"下"到镇村企业里去。朱雀镇的企业不少,大大小小二十几家,如玉带马令书先去的是红缨毛织厂,红缨毛织厂是镇里最大的毛织企业。

镇机关到红缨不近,差不多有10里路,车骑到一半的时候,如玉直截了当地问马令书:"你好端端的怎么到我们朱雀镇来了?"如玉说的是"我们朱雀镇"而不是咱们朱雀镇,里面的潜台词和敌意是明显的。不过,马令书并不计较如玉的口气。马令书想,女孩子嘛,终究是小气的。

当初,郭育才找到马令书,郭育才说,到我们朱雀镇来吧,到我们朱雀镇来当报道员!郭育才也说的是"我们朱雀镇"。不过那意思是不一样的,那里面是把马令书当成自己人的亲切,饱含着鼓励和提携。马令书想到郭育才离开青龙乡自己的遭遇,郭育才的话里还有了让人特别感动的成分。郭育才在青龙时,他一个人住单间,每天忙着采访和写作,没发现乡里人有多复杂;郭育才走了,马令书和团委书记小唐住一个屋,立刻发现人的复杂和多变来了。

马令书觉得,人和人从本质上来说就是陌生的,甚至还可以说是充满恶毒和敌意的。就拿小唐来说吧,郭育才在时,虽然小唐和马令书不在一个屋,可好得就像亲兄弟。郭育才一走,马令书和小唐一个屋了,小唐却像变了一个人,小唐有点看不上马令书了。马令书在乡里,一年干下来成绩应该说是有目共睹,可去年团县委召开代表大会,政府办的小黄都"代表"了,小唐愣是没让马令书一起去"代表"。郭育才在的时候，小唐向郭育才汇报"团代会"的事，当时马令书也在场（乡里只要有大会小会或重要工作汇报的时候，马令书总是要被通知到场旁听）。那次小唐就说："郭书记，我想今年县里开团代会，请报道员马令书一同参加，一是马令书来后成绩突出，正好作为我们团员新生代的一个重要代表，一是马令书参加可以帮助我们团委更好地做好宣传和服务工作。"小唐当时说得多好。可郭育才一走，马令书这个"新生代代表"立马换成了政府办的小黄。小黄是干什么的？记个会议通知还写错别字，接个电话还常喊错人，给领导拿个材料还丢三落四，可就是这样的人，小唐让他代表新生代了，把马令书说换就换掉了。这就是物是人非，人走茶凉。郭育才一走，马令书的好事都变成了坏事。

　　当然，这些都不是让马令书下定决心来朱雀镇的直接因素。马令书离开青龙乡到朱雀镇，更主要的还是他自己内心隐秘的痛苦和挣扎。挣扎无望，他第一个想到的是逃离。但这些，他怎么能和如玉说？如玉是谁？马令书揶揄地想：如果你敢给她头上插上几根破鸡毛，她也能立刻给你变身成一个标准的印第安公主。

　　马令书第一次见如玉，如玉就是这样一个骄傲的印第安公主形象。那时他刚到乡里，正赶上县委办组织文秘培训班，宣传委员孙宝平让马令书去参加，孙宝平说："文秘培训还是你去参加吧，本来政府那边想让小黄参加，我给你争取过来了。报道员不能只会写写小报道稿，以后也要弄点大材料。只有写了大材料，领导才会重视你。"孙宝平说："我要不写大材料，领导能提拔我当这个宣传委员？

我的路，就是你以后要走的路。去吧，好好培训。"

孙宝平语重心长，马令书当然要全身心地去学文秘。到了文秘培训班，马令书才发现，参加这个培训班的各单位报道员占多数。谁想，文秘培训班刚开始两天，县电台那边的报道员培训也开班了，只是通知下来晚了两天，这让许多正在参加文秘培训的报道员无所适从，不知道是该参加文秘培训呢，还是去参加报道员培训。

那天上午文秘培训刚结束，一个女孩子突然从人群中站了出来，大声说："同学们注意了，同学们注意了，县广播电台张台长说了，凡是下边各乡镇来的报道员，必须去参加县广播电台的报道员培训。"很多报道员嘟囔，说他们都已经在这里交了费的，文秘培训都开始两天了，怎么去参加报道员培训？那个女孩子一昂头："那我不管。这是张站长说的，张站长就说凡是乡镇报道员必须参加报道员培训。必须！"

很多县直委、办、局、公司里的秘书不认识这个傲气的姑娘，纷纷打听"她是谁"。一个来自乡镇的报道员说："她是石如玉。""石如玉是谁？""石如玉都不知道？"好像问的人不知道谁是石如玉有点不可理喻似的。"石如玉是朱雀镇的报道员啊！"这是马令书第一次见如玉。如玉看了眼骚动的人群，说："张站长说了，参加培训是要列入报道员年终评议的。去不去参加，你们自己掂量。"如玉优越感十足的嗓音和她那副高傲的样子引起一个唇上留有两绺漂亮胡须的男人的反感，这个男人当时正和马令书站在一起，男人说："傻逼，她还知道自己姓什么吗？"男人对如玉的轻蔑，也让初见如玉的马令书对她有了点反感，更多的可能还是好奇，他发现那个骄傲的女孩，个子不高，一张苹果样的圆脸，呈成熟的小麦色，并不是像她名字那样"如玉"，但眉眼看上去生动、活泼，人也透着聪明，好像一眨眼就是一个主意……

红缨毛织厂的领导不在，一个打扮得有些另类的女孩接待了他们。如玉介绍："她就是燕子。"如玉和燕子很熟，一见面就勾肩搭背，说说笑笑。办公室有点乱，杂志报纸扔了一沙发，毫无章法。更有意思的是办公室窗户那儿，居然挂了个鸟笼子，里面养了两只色彩鲜艳的鸟，那两只鸟也是人来疯，一看他们进来，立刻欢快地上蹿下跳，发出阵阵婉转娇啼声。如玉和燕子站着，聊各自身上的衣服和款式，马令书见沙发一堆报纸，无处落座，就去逗笼子里的鸟儿。鸟不懂人言，却懂得看人下菜碟，见有人逗，愈加欢实，小脑袋灵活扭动，叫声越发清脆婉转。马令书也很高兴，回头问燕子这是什么鸟，是不是鹦鹉？燕子说："不知道是不是。"马令书说："要不就是八哥？"燕子说："是吧，我也说不好。"马令书仍然兴趣不减。他说："你听，这鸟叫得真好听。"燕子真就过来听了。马令书回头看了她一眼，说："真漂亮。"他其实是说鸟儿的，燕子却一下红了脸。她可能误会马令书的意思了。

如玉严肃地说："行了，我们还是说正事吧。"如玉说："我给你们介绍一下。这是厂办秘书燕子。这是镇里新来的报道员，马令书。"马令书就和燕子握了一下手。燕子忙收拾沙发上的报纸杂志，让他们坐。马令书找了个角落坐下，掏出个小本子，开始和燕子说"正事"。问毛织厂什么时候成立的、多少员工、多大规模、一年利税如何等等。这都是马令书故意做给如玉看的，他也是个"老报道员"了，也会说"正事"。马令书会说，燕子可不会说，或者不想说。一说到正事，燕子脸上就泛上了股疲倦厌烦之色，她文不对题地回答了几句，自己都感到模糊，很不自信，数据看来更不靠谱了。如玉看燕子这样，只好替她说。如玉说："红缨毛织厂虽然是丰邑县的一家镇办企业，却是全市毛织行业的首家'保税工厂'，从1979年开始，这个厂采取来料加工形式为日本客商生产羊毛衫，经过十几年的发展，企业产品除了返销日本外，同时还销往新加坡、美国、英国、加拿大和中国香港等十几个国家和地区。在生产过程中，红缨毛织厂有严格的质量管理、生产管理和奖惩制度，厂里光专职的质检人员就有30多名，从原料进厂验料到产品包装，每道工序都要进行严格的质量检验，确保产品不出质量事故。红缨毛织厂还注意把计件工资与保证劳动时间相结合，采取定额办法限时完成生产任务，保证按合同日期交货。从建厂到1991年底，这个厂生产羊毛衫400多万件，没出现过一次索赔事件，累计为国家创汇2000万美元，上缴国家税金500万元。红缨毛织厂自觉遵守海关各项规定，赢得了外贸部门的信誉。去年5月，北京海关将红缨毛织厂定为本市毛织行业的第一家保税工厂。从红缨毛织厂成为'保税工厂'到现在八九个月的时间，就收到了明显的效果，一是原料运到口岸之后，厂里可直接派人验包，填写入库、出库手续，减少了审批等中间环节，缩短了生产周期；二是所剩余料不用退回了，可以和新料一起继续使用，而且还能享受海关的减免税等优惠待遇。目前红缨毛织厂是咱朱雀镇发展最好的龙头企业。"

　　如玉介绍起红缨毛织厂，真说得上如数家珍，就像现场给马令书念报道一样，倒像如玉是这个公司的人，而燕子不是。燕子无事可干，就抽出支细长的烟来，独自吸了，穿了厚底松糕鞋的双脚往茶几上一搭，一晃一晃的，像个大陆版的小太妹。燕子斜眼看两个人，如玉滔滔不绝，马令书笔走龙蛇，马令书还时不时问两句，问题也都是如玉回答了，这场面根本和自己毫不相干，她也落得个自由潇洒。等如玉介绍完毕，燕子问马令书："你养过鸟吗？你养的鸟会说人话吗？"马令书就笑了，他看了眼窗前的鸟，又看了眼燕子，没说养也没说不养，却说了那句莫名其妙的话。马令书说："真漂亮。真的很漂亮，你说是不是？"燕子又红了脸，似乎终于知道了马令书的漂亮所指，也跟着说："这鸟是挺好看的。"如玉立刻从沙发上站起身，对马令书说："我们走吧，该走了。"

　　如玉和马令书出了厂门，如玉说："真别扭。"她的脸阴得很沉，都能汪出水了。马令书想不出来是什么让如玉"别扭"，他也不愿意想。马令书觉得想这些问题怪累的，不如想想刚才看到的笼子里那对漂亮的小鸟和那个有点酷的燕子。马令书回味着燕子慵懒的神态、抽烟时晃着的大腿，还有她天真的问话，觉得都很有意思。这样子很吸引马令书。马令书还想起来时路上如玉和他说过红缨毛织厂有个常给镇广播站写稿的报道员，想如玉说的这个人，莫非就是这个燕子？

　　"燕子就是那个经常给咱广播站写稿的人？"

　　"她？"如玉不屑地哼了声，"不是我瞧不起她。"

燕子无事可干就抽出支细长的烟来呆呆的吸了，穿了厚底松糕鞋的双脚往凳儿上一搭，燕子斜眼看两个人

马令书笑了。

如玉问："你笑什么？"

马令书说："我看你们很熟，聊得很投机呢。"

如玉说："逢场作戏呗。"

马令书说："你这么有原则的人也会逢场作戏？"

如玉说："你不也逢场作戏吗？叫你去采访，你却和人聊起了鸟儿。"

马令书笑说："咱俩真有意思。你人和人作戏，我人和鸟作戏。整个一对鸟人。"

"你真觉得这样有意思吗？我们这是在工作，不是休闲来了。"如玉冷冷地说，说完，再不搭理他。马令书有点尴尬。他没想到如玉会这么严肃，真的好无趣。两个人相跟着骑车往回走，仿佛中间一下子隔了层障碍，谁都不说话，好像口被钳住了。快到镇政府路口的时候，马令书看到土坎下有一个商店，就故意说要去商店买点东西，让如玉先回去。马令书把自行车停到商店门口，装着很急的样子进了商店，通过商店的玻璃窗，马令书看到一脸茫然的如玉，在路边愣了愣，骑着车子慢慢拐进路口镇政府那里去了，他在商店漫无目的地转了一圈，什么都没买，然后出来，骑上车子，回了机关。

如玉没想到第一次带马令书出去就会这样。马令书第一次的"表现"让她很失望，她印象里的马令书可不是这样的。那个每个月在报道员例会上都要见面的马令书不是这样的。报道员例会上，马令书少言寡语，每次张站长让"马令书也说几句"，马令书总是略带羞涩地摆摆手，一言不发。马令书总是坐在一个角落里，角落是不引人注意的，角落总是被人忽视和遗忘的，但角落里的马令书，有一天，却突然一下子放出光来了，就好像是土里埋着的一块金子，突然有一天，尘埃吹尽，闪闪发光了。"通讯员马令书报道""通讯员马令书报道"……在传播靠广播的年代，马令书的出现就像一个符号，一下子就亮闪闪地出来了，就像漫漫乡间路上突然出现的一块醒目的路标，一下子晃人眼了。首先是连篇累牍的"马令书报道"，接着是各种征文大赛中频频获奖。这一切像突然发生的事，仅仅一年多时间的事儿，马令书就成了他们这些报道员中大放异彩的人了。在如玉眼里，马令书的确有点"一夜成名"的意思，可以说"横空出世"了，真是蔫人出豹子，越是不显山露水的人，越是容易让人刮目相看。

如玉那时确实对马令书刮目相看了。如玉想看看马令书的稿子，难道有什么特别的地方吗？为什么他的采用率会这么高？如玉好奇了，还有点嫉妒。马令书之前，如玉在报道员中稿件采用率是最高的，马令书出现后，如玉就不是最高了。如玉和电台的每个编辑都很熟。有时如玉去送稿，会故意拖延一下时间，和编辑们聊聊天，就是纯粹的聊天，和稿子不搭边的。比如见到个男编辑，那男编辑偏巧新配了个眼镜，如玉就会说："哎呀，你配这个眼镜怎么跟个魔镜一样了，你戴出来，我都快认不出了。"男编辑好奇地问："怎么认不出了？人还是我嘛，又没变。"如玉说："人是没变，但眼镜变了啊，戴上这眼镜跟换了个人似的，都像明星了。"要是女编辑，如玉会和她们聊聊家常，讨论讨论衣服的品牌和款式，在哪里买的，什么牌子的，怎么没见你穿过？女编辑说："在一家专卖店，新开的。好看吗？"如玉说："好看，真好看，太好看了。"女编辑说："好看你也去买件吧。"如玉叹口气。如玉说："我不行，真不行。我脸没你白，穿出来没你搭，没你穿起来有气质，我要是和你穿一样的出来，还不就显你漂亮了，那我还往那儿摆？我不干。"如玉就是这样和男女编辑有一搭没一搭聊天的，恭维和夸奖都在聊天里，没人会觉得生硬和别扭，就算恭维得有点夸张了，他们也是喜欢的。他们都喜欢如玉，夸如玉会说话。

有一次，例会开罢，如玉故意拖到最后，等别的报道员都走得差不多了，她就跑到编播科，和一个女编辑闲聊，那个女编辑刚刚生过小孩，身子虚胖得厉害，脸也虚胖得厉害，如玉却在夸她："越看越耐看，看你富态的，都有点像中世纪的贵妇人了。"那个女编辑嫁了个副县长的公子，身价仿佛也提高了，对如玉近乎讨好般的搭讪还是感到很受用，女编辑很矜持地冲如玉笑了，说："耐看什么，胖得丑死了。""如玉就是会说话。"

这时候，马令书进来送稿子了。马令书每次都是等所有人走了才进来，一副永远不着急的样子，尽管马令书所在的青龙乡离县城20多里，骑车要一个多小时。马令书进来了，如玉还在和"贵妇人"说话，却有点心不在焉了，如玉暗中观察马令书怎么送稿，她想看看马令书如何和这些编辑"套近乎"，和编辑"套近乎"几乎是每个报道员都要学会的本事，因为只有和编辑"近"了，你的稿子才会增加被编辑选中播出的概率，要不然各乡镇的中心工作都差不多，报道员报送的稿件大体一样，凭什么播你的不播他的？中国的人情社会和关系体现在哪个行业其实都是一样的。如玉却失望了。马令书在编辑面前居然连一句闲话都不说，马令书就是把稿子从随身带着的档案袋里拿出来，放到编辑桌子上，和编辑点个头，脸上短促地、有些不好意思地笑一下，就很快出去了。

马令书一走，如玉马上过来，随便拉了把椅子，就坐在那对对桌的男女编辑的侧面了，装作很随意地翻看马令书的稿子，如玉问："刚才来的那个人就是马令书？"男编辑爱笑，如玉一说话，他就笑了，笑出了满嘴烟熏的黑黄的牙齿。男编辑说："都是报道员，你还不认识他？"如玉说："谁认识他啊，他一个男的，还是新来的。"女编辑听如玉这话也笑了。女编辑说："如玉怎么也这样说话，说这话倒像个小女子了。"如玉说："我本来就是小女子嘛。"男编辑说："如玉可不是小女子，是'谁说女子不如男'一样的女子。"如玉叹口气，拍了拍面前马令书的稿子。马令书的稿子也是抄在电台统一发放的稿纸上的，马令书的字写得工整、漂亮，是直接用钢笔抄上去的。如玉他们这些有经验的老报道员都是用圆珠笔写，下面垫了一层或几层复写纸，留出来的自己存档，或本乡镇的广播站用。如玉又叹了口气，说："小女子确实不如男了。"都知道如玉说的是马令书了。男编辑说："马令书的稿子好用，有的都不用改，到总编那里一遍能过。"如玉说："我们也是一样用功写出来的，一样要采访，要熬夜，还要一大早跑来送稿，辛苦是一样辛苦的。"男编辑说："辛苦是一样辛苦，可写出来的稿子还是有区别的。马令书的稿子采用率高，一是他写得多，二是他很会抓热点，抓兴奋点，咱们很多报道员是滞后的，反应比较迟钝，县里的热点兴奋点出来很长时间了，有的都快过时了，他才写。马令书就不是，马令书的稿子能做到和县里的兴奋点同步，同样的稿子，写同样的内容，谁先抓了先机，当然就先采用谁的了。"如玉说："我也是迟钝的。"男编辑说："如玉要是迟钝，我们这些编辑都会成为傻子。你如玉写稿快，谁不知道？热点也抓得及时。你就不用客气了。"男编辑说："还说马令书。马令书还有一点，是值得很多报道员学习的，马令书的文字简洁，基本功扎实，废话少，上来直奔主题，这是新闻报道最基本的要求，可咱们县里这些报道员，有的连导语都写不好，就一个导语都稀里糊涂的。"女编辑插话说："马令书不光报道写得好，文章也写得好，我看市里的报上还发了他写的文章呢。"

那时的马令书让如玉感到新鲜和好奇，现在的马令书却让她费解，尤其是马令书到朱雀镇的"突然袭击"，她简直有些蒙了，如玉想到去年冬天她阑尾手术后在报道员例会上还和他同台领奖，领完奖后还在一个桌上吃饭，马令书居然守口如瓶，没向她透露一点他要来的消息。马令书这么年轻，心机怎么会如此之深？如玉想到这里，就觉出马令书的复杂和可怕了。她感觉这一切都像一个算计好了的，是故意针对自己的阴谋，而那个参与策划并实施了阴谋的人，此刻就站在自己身边，自己却一无所知，还带着他一起"熟悉情况"了。想想吧，这有多可怕！

党委书记于进水让宣传委员小金通知如玉和马令书到他办公室开会。于进水说，县委宣传部的马彪刚给他打来电话，市里来了几家报社的记者，正在县委招待所休息，他准备带他们一起过去"认识认识"。于进水说："你们要抓住机会，以后和他们建立好关系，我们朱雀镇的稿子不能只满足在县里播出，还要登到市报上去，宣传报道工作要站得高，更要看得远。""于书记说得对。我们一定要抓住机会，站得高，看得远。"小金重复着书记的话，她一重复领导的话就显得有些激动，整个身子仿佛都带上摩拳擦掌的节奏。于进水问："马令书对镇里的情况熟悉得怎么样了？"小金说："马令书刚来，如玉正带着他下去熟悉情况。"于进水说："好，很好。"于进水说："如玉是朱雀镇最年轻的老报道员了，有经验。小马也要快点进入角色。朱雀镇不是青龙乡，朱雀镇要有朱雀镇的速度和力量！"于进水说到这里挥了一下攥起的拳头。小金的拳头也不由自主地攥了起来，嘴一张一张的，想跟着说点什么。

于进水这时却站了起来："小金，去叫司机小陈，咱们这就去县委招待所！"

如玉觉得，于书记对自己还是满意的，对自己在朱雀镇的通讯报道工作还是满意的，"年轻的老报道员"嘛！现在，于书记对宣传报道工作提出了新的要求，就是要冲出丰邑到市里去了。如玉想，于书记这样要求是对的。郭镇长把马令书调到这里也是对的。也许领导有领导的考虑，凭什么不能有两个报道员呢？就是要与众不同嘛，这才是朱雀镇的"速度和力量"。这样一想，如玉就觉得这两天对马令书的耿耿于怀有点过分了，小孩子气了，小家子气了。我如玉怎么能小气呢？如玉是从来不会小气的。如玉一定要少点"小气"，多和马令书合作，两个人一起，共同开创朱雀镇宣传报道工作的新局面！

如玉想到这里，也有点摩拳擦掌了，为了给市报的记者留下个好印象，出发前她没忘了跑到后院里的宿舍去简单补了一下妆，出来时也没忘拿上个记录的小本子，她跑到楼前的操场时，小金和马令书已经上车了，司机小陈已经把车子发动。如玉红着脸向于书记的新标致招手。党委书记于进水摇下车窗，看了看如玉，好像思考了一下什么，说："如玉啊，我刚才想了一下，这次你就别去了，小金和马令书去就行了，你不用去了啊。"说完，于进水把车窗摇下，小车绝尘而去，只剩如玉一个人呆在那里了。

第 六 章

　　乡镇里的春节假期放得比较长，一般在腊月十几就正式放了，一直要过了初八才正式上班。其实初八正式上班，也是形式上的。初八那天，干部们从各自家里出来，到机关打个照面，去各个科室转一下，互相拜个晚年，回到办公室，喝杯茶水，翻翻积了快一个月的厚厚一沓报纸，或干脆找人，去宿舍打几圈扑克，这时候如果有哪个镇领导出面，说一句："有事的干事，没事的就回家休息去吧。不过，不许声张啊。"领导这么说，实际上等于又颁布了一道放假通知，干部们高兴地从各自屋子里出来，骑着自行车又回家继续休假去了。

　　这样的假，一般要过了正月十五。元宵节一过，所有的工作人员都必须来上班了。天下没有无休止的假期，将近一个月的春节长假，已经足够长了。20世纪90年代初的乡镇工作就是这样，春节能放上近一个月的假期，真的很不错、很舒服、很满意了。但冗长的假期过后，机关干部们还是染上了"长假综合征"，"综合征"的具体体现，就是很多人都变得慵懒、无精打采起来，每个人看上去都好像病了一样。

镇政府办公室，如果没有那几个小车司机来"搅局"，屋里平时就老乔和田晓荷两个人。老乔是主任。老乔在有外人的时候和大家一样叫田晓荷"小田"，没外人的时候，老乔就喊小田"晓荷"，他居然分得很清楚，也记得很清楚。这样分开来的叫法，恐怕朱雀镇独此一家，是老乔的首创、老乔的发明，里面涵括的内容却是无比丰富的，这内容因为只对了田晓荷，就有了很曲折的纵深，探究起来或叫起来，都有一种耐人寻味的意思。

田晓荷从正月初八一上班就始终懒洋洋、无精打采的，有好几天了。没人的时候，她会长久地望着一个地方发呆，她发呆的时候，头斜靠在墙上，或支起一只胳膊来，把脑袋支上去，当然，脑袋支上去，眼睛还是睁着的。田晓荷一对细长的眼里总是汪着一层水一层雾一样的东西，看上去波光闪闪、云雾蒸腾的，那种水和雾纠缠在一起弥漫在一起，久久不肯散去，让田晓荷在朱雀镇有了一种与众不同的气质，这气质或许该叫忧郁吧。一句话，田晓荷是个忧郁的美人。她有长长的秀发、修长苗条的身材，走起路来拖拖曳曳，既有浣纱西子的媚态，也有林黛玉天然袅娜的一段风流体态。田晓荷发呆时的样子委实有些迷人，甚至委实惹人怜爱了。

主任老乔已经盯着田晓荷很长时间了。主任老乔说："晓荷啊，你哪里不舒服？"田晓荷不说话，看了一眼老乔，眼闭了一下，睁开，眼又看别处去了。主任老乔说："要真不舒服，就回家多休息两天？我准你假。"田晓荷还是不说话。主任老乔说："不行就去镇卫生院找苟大夫看看去？"田晓荷换了几个发呆的姿势，好像更乏了。她站起身来，看看门外没人，就伸了个懒腰，走出办公室。阳光很好，没有风，但天还是有些冷。她朝西边不经意地看了一眼。办公室西边，挨着政府办是个水房，水房过去，是楼梯过道，楼梯过道再往西，是间宿办室。宿办室里住着整天看不见人影的她政府办的同事老刘和新调来的报道员马令书。现在那间宿办室锁着门，不光那间宿办室锁着门，好像整个机关所有的门都锁着一样，看不见一个人影。整个镇政府机关大院显得悄无声息，安静寂寥。田晓荷愈加惆怅。早晨刚上班的时候，机关大院里还是热闹的，镇里的领导都很忙，楼上楼下地喊司机，然后司机急急忙忙把车开过来，拉上领导纷纷走了；领导一走，那些看起来很忙的机关干部们好像突然得到了某种指令，一下子消失得无影无踪。田晓荷早晨去水房打水，看到石如玉从楼后面的宿舍过来，冷着脸在敲马令书的房间门，后来马令书开门，然后两个人什么话也没说，骑着车子出了镇政府大院……

田晓荷叹了一口气，转身，刚想回政府办，却发现老乔不知什么时候也出来了，老乔的目光就像一块狗皮膏药，始终黏在自己身上。她先是吓一跳，然后突然有了气。如果说老乔刚才那些十足关心的口气，还让她有些许感动的话，现在她却被老乔看她腰身时赤裸裸的目光弄得无名火起。"不要脸！臭不要脸！"田晓荷嘴里无声地骂了两句，扭身去了楼后面的宿舍。

田晓荷几年前从天津民政学院毕业，被分配到镇民政办公室。

她学的是民政专业，可兴趣却和民政没什么关系。田晓荷喜欢文学。在民政学院时参加过文学社，还在校刊上发表过诗歌和散文，是个标准的文学爱好者。田晓荷学的民政，又在民政办公室从事民政工作，按说也是学以致用，没有什么可抱怨的。朱雀镇没什么文学空气，一切都俗气得很，现实得很，镇里和文学沾点边的，一是党委的宣传报道，一是文化站。宣传报道有小金和石如玉，文化站又是特殊的工作，要工作人员有一定的文艺才能，比如编排节目组织演出，一定程度上还要求每个人都有点才艺才行，不说能歌善舞，最起码也能弹个吉他、吹个笛子之类的。这些田晓荷都不会。

田晓荷是个内向的女人，内向的人只适合写，不适合演。按田晓荷的想法，退而求其次，是在办公室里写材料。毕竟写材料也算文字工作嘛，她喜欢。可问题是，民政办的材料，差不多都是现成的格式，容不得人发挥才情，民政这方面倒是有很多东西需要报道，可这也轮不到她，有石如玉呢，石如玉是报道员嘛。石如玉这个报道员的手总是伸得很长。朱雀镇到处都是石如玉伸出的手，哪儿还有她田晓荷一展身手的机会？田晓荷结婚早，刚毕业，单位还没找好，就先把婚结了。田晓荷是浪漫的，到底还是现实的。田晓荷是个沉静的女人。镇里很多人都说田晓荷是个沉静的女人，没人知道她内心的波涛汹涌，没人知道她的心潮澎湃，没人知道她也是个才华横溢的女人。

镇里第一个发现田晓荷有才华的，竟是政府办的主任老乔。很奇怪，老乔粗粗拉拉的一个人，粗胖的身材，张飞一样的豹头环眼、张飞一样的络腮胡须，长相很江湖，说话办事很"社会"的人，偏偏能"慧眼识人"，偏偏就是老乔发现了田晓荷！

老乔是政府办主任，和民政办主任是平级，都是正科，事实上，政府办主任的权力却比民政办主任大多了，政府办除了不管钱，其他什么都管，权力大得很。政府办主任也是很吃香的一个角色，看上去如土匪一样的老乔却是个粗中有细的人，能当上政府办主任的人都不是一般人啊。民政办主任姓高，老高主任是很会拍老乔主任马屁的，民政要是发什么东西了，老高总要给老乔留一些，又故意让田晓荷给老乔"送去"。老乔呢，没事也喜欢过来和老高聊聊天。一来二去，老乔和田晓荷也就熟了。

一次聊天，老乔突然说："小田是个才女呀。"老乔故意和老高开玩笑，"小田和你这个糟老头子在一起工作真是糟蹋了。"老乔说，"小田这样的人应该干点她自己喜欢做的事儿，整天和一群瞎子聋子傻子打交道，时间长了不毁了才怪。"田晓荷就是那次，一下被老乔说到心窝子去了。她还从没那样想过。事情就怕想，田晓荷那样一想，也感到处境堪忧，很可怕了。田晓荷说："那就请乔主任给调换个好工作呗。"田晓荷当时也是随便说说，没当真。老乔却当真了。老乔很认真地锁了锁眉头，说："人事上的事呢，按说没有我们政府办插手的道理，不过你这事，你这事……让我想想，让我好好想想。"

老乔说"让我想想"，是前年夏天时候的事。过了不到一个月，郭育才从青龙乡调到朱雀镇任镇长了，郭育才到朱雀镇，找下属谈话，第一个找的就是政府办主任老乔。郭育才问老乔："镇政府这块的材料是谁负责啊？"老乔说："镇里的材料都是宣委小金和报道员如玉写。"郭育才说："宣传委员和报道员都是党委口的，政府这边就没人写材料？"老乔认真地想了想，说还真没有。政府办都是管行政，没管过写材料。老乔手下的不是保管就是司机，要不就是食堂的大师傅，别的活儿都行，就是写材料不行。郭育才有点不信："一直没有，还是我来了没有？"老乔忙说："是一直没有，从来没有。"郭育才就拍了一下桌子。老乔那么粗壮的汉子都吓了一跳，看一眼郭镇长，眼睛立刻躲闪开了。郭育才说："你这个政府办主任怎么当的嘛，办公室连个会写材料的都没有，还能叫政府办公室？你是要我来了亲自写材料？你主任怎么当的嘛！"

　　长相儒雅的郭育才，就地一个下马威。老乔吓得不轻，很是诚惶诚恐。老乔这时灵光乍现，想到了田晓荷。本来他是准备找机会把田晓荷调办公室，接个电话和自己聊个天的，男女搭配，干活不累嘛！他也不知道这个美人是不是块写材料的料儿，但既然郭镇长话说到这份儿上，老乔也只好"铤而走险"，把田晓荷说出来了。老乔说："郭镇长，您别生气，其实我一直想在镇里物色一个能写点材料的，已经物色好了一个，只是不知道您满意不满意，是咱政府这边民政办的，她叫田晓荷，只是……"郭育才说："只是什么？你把她叫上来，我问一问，行就调过来，不就是从那个办公室到这个办公室的事吗，至于这样婆婆妈妈？"郭育才戴个眼镜，是个知识分子，可说话做事没有一点儿知识分子的扭捏，从来雷厉风行。

　　老乔出了一脑门的汗，忙下楼去喊田晓荷，上楼的时候，老乔小声却又语重心长地对田晓荷后面嘟囔说："晓荷呀，镇长的工作我好不容易做通了，现在就看你的了。"老乔说这话时确实有点心力交瘁了，在楼梯拐角，一看没人，老乔抬起手，犹豫了一下，不知这手放田晓荷哪里好。老乔平时是喜欢用手拍别人肩膀的，可被他拍的那些都是男人。女人，拍肩膀不合适吧？老乔的手就落了下去。落下去的手，不知怎么"碰"到了田晓荷的屁股。劲儿不大。可田晓荷身子却严重一哆嗦。老乔也被自己的举动吓着了。怎么说拍就拍了？还拍的是美人的屁股？说实话，他也没这个心理准备。老乔重又把手抬起来，那手就像别人的手，很麻，很木，很沉重。老乔费劲地把手放在自己的脑袋上，朝钢针一样的短发里搔了一把，说："看你的了，晓荷。"

　　田晓荷没想到老乔会拍自己的屁股，虽然只是轻轻一拍，也够田晓荷惊诧了。女人屁股，那是多敏感的部位！女人的屁股他老乔都敢拍？看来老乔真不是个好东西，看来他想调自己到政府办真是没安什么好心。田晓荷有点生气，又无可奈何，一切都发生在行进当中。镇长的屋子已经到眼前了，门开着，屋里新来的镇长正在打电话，见田晓荷进来了，先冲田晓荷点了一下头，后来又笑了一下，不知是和电话里的人笑，还是和田晓荷笑，田晓荷收紧的心一下放松了一半。老乔没进镇长办公室，老乔看到郭育才点头，也不管冲谁，赶紧赔笑转身，如释重负地下了楼。转身前，他没敢看田晓荷。从二楼下来，老乔的心情突然好起来，莫名其妙就云开雾散了，流行歌曲的调子顺嘴就出来了："让我一次爱个够，给你我所有，让我一次爱个够，现在和以后……"

　　田晓荷是忐忑的。她还是第一次到新来的镇长办公室。田晓荷到朱雀镇这么久了，认真想来，还没有任何一个镇领导找她谈过话，田晓荷想着大好的青春正在一点点儿远去，突然认真地惆怅起来，真是花落水流红，闲愁万种，无语怨东风啊。思想到最后，田晓荷突然涌起一腔的哀怨和委屈，平日细长的冷眼，蓦地潮湿了，泪光点点，非常古典，都有些楚楚动人了。

　　郭育才放下电话，看一眼田晓荷，有点吃惊。郭育才说："你是田晓荷？"田晓荷点头。郭育才说："喜欢写材料？"本来郭育才想问田晓荷"会不会写材料"，看到田晓荷那个样子，郭育才改了改，用了两个字——喜欢，差一个字，已经足够让田晓荷的心事尘埃落定了。因为是"喜欢"，而不是问"会"。不管"会""不会"，"喜欢"就有了。田晓荷认真点头。郭育才说："写材料是件很辛苦的差事，你要有这个心理准备。"郭育才想了一下，又说，"不过，写材料也很锻炼人，我就是写材料出身。"说到这里，郭育才还兀自笑了，"咱们县委田如海书记也是写材料出身，你们还是本家呢。"田晓荷被郭镇长的笑感染，田晓荷也笑了，田晓荷说："郭镇长说笑，田书记那么大人物，我可高攀不起。"郭育才哈哈一笑："什么大人物小人物？以后好好写，材料写好了，小人物也能成为大人物。"

　　田晓荷写材料的事就这么定了。田晓荷是被郭育才"钦点"来政府办写材料的，镇里所有人都知道这件事了，所有人都知道了这个不声不响、冷冰冰的古典美人居然是个深藏不露的"才女"。在基层乡镇政府，会写材料的人，总是稀奇的，能写材料的女人更是凤毛麟角，何况还是个美人坯子？田晓荷可不就是个美女吗？有人向田晓荷祝贺了，祝贺她的都是镇里的那些司机，是乔主任手下的那些什么话都敢说出来的小车司机，他们可不管你是谁，只要你不是镇里的领导，他们就敢给你开荤的素的玩笑。他们说："小田，以后咱们就正式一个屋同居了啊。"他们说："小田，乔主任把值班表都调好了。乔主任咱们是一个班的，要成天成宿地待在一起呢。你家小田会同意吗？用不用先给他打打预防针？"更多的是带着好奇和忌妒看田晓荷的，那些人通常都是机关里的女人，每个科室都少不了这样一个两个女人的，她们看着田晓荷，眼角余光中多了些不屑、不满和猜测，田晓荷的头颅却因此昂扬起来，长头发甩几甩，高跟鞋踏在水泥板上的声音也分外响亮了。

没人想到田晓荷到政府办竟然连一份大材料都没写成。不是一份都没写，想想，还是写了一个的。就是前年夏秋过后，郭育才主持召开的全镇"双抢双增"工作总结会，郭育才特意把田晓荷叫到自己办公室，亲自交代让田晓荷写一个"双抢总结"。郭育才怕她写不好，还找了份从青龙乡带过来的去年的双抢总结，他本来想从朱雀镇找一份，可管档案的彭佳佳愣说没有，郭育才不信，问："难道这么大一个朱雀镇，连个'双抢总结'会都不开？"跟来的老乔都说："开是开了的，可材料没有，于镇长开会不习惯念稿子，只是随便划拉了两页的草稿，就一二三四五地开完了。开完，他也不留档。"老乔进一步解释说："过去，政府这边的材料都由党委办写，于镇长之前的镇长老马和副书记老吴有矛盾，党委办不肯给政府办写，老马一生气以后就谁也不用了，开会前就自己随手写几笔，打个草稿，也不打印，开会时顺嘴一讲，开完会那纸就随手扔掉了。"郭育才听老乔解释起来就像听个笑话。他知道于进水之前的马镇长，当了镇长半年就因为和原来的老石书记闹矛盾给调走了，郭育才说："你让田晓荷到我办公室里来，我让小田写这个报告。"田晓荷接到命令，很认真地写了三天。老乔怕办公室乱，还特批田晓荷"回家好好写"。田晓荷把辛辛苦苦写好的材料一笔一画抄好，送到了郭育才办公室，郭育才拿过田晓荷的报告，当时还夸了她一句："字写得不错嘛。"

　　"双抢大会"隆重召开了。这是郭育才就任朱雀镇镇长以来的第一个大会，会场布置得很上水平，开会的当天，县里主抓农业的常务副县长苏东来也被请来了，可见县里对朱雀镇工作的重视。一开始，田晓荷忙着和办公室主任老乔布置会场，老乔还从别的科室找了几个人过来帮忙。田晓荷不声不响地忙碌，忙出了一脑袋汗，但她觉得值，不要说出一脑袋汗，就是出一身汗，就是累死都值！布置完会场，田晓荷带了小本子，找了个既不显眼，又能被主席台上的领导一眼看到的角落，紧张、忐忑，又充满期待地坐下了。会议在国歌和潮水般的掌声中开幕（开会前，老乔几乎每个人都打过招呼，嘱咐过了，镇长第一次主持朱雀镇的大会，巴掌一定要拍得响一些）。随着会议的开始，田晓荷的心也开始了强有力的跳动，"嗵嗵嗵"，简直要冲出胸腔来了，田晓荷几次把手按向自己的小心脏，她真怕自己一不小心会晕过去。她的眼睛一刻不停地注视着镇长郭育才的一举一动，看到郭育才拿过一沓材料，准备"报告"时，田晓荷几乎气都喘不过来了，田晓荷第一次在校刊上发表文章时都没这样激动过。田晓荷心里像揣了一窝活蹦乱跳的兔子，冲撞得自己不知道怎么办好了。

郭育才底气雄浑的声音开始响起，他开始做报告了。报告材料写得很有文采，真的很有文采，机关干部们还很少听到这样的报告，一点儿都不教条，一点儿都不八股，一点儿都不枯燥，甚至还很风趣，很幽默，甚至都不像"报告"了，倒像在和大家拉家常，家常却又拉得那么科学，那么合理，那么有一条是一条、有一点是一点，很多人不由自主地鼓掌了。老乔几次把意味深长的目光投向田晓荷，心里说："这个晓荷，好你个晓荷。不错啊，真不错。"他很是引以为自豪，很是为自己当了回"伯乐"得意。田晓荷在这几十分钟里却来了个天上地下，经历了冰火两重天，她的心随着郭育才抑扬顿挫的声音在一点点儿下沉，直沉到冰冷的牤牛河底去了。除了田晓荷和郭育才，没人知道发生了什么事。郭育才念的报告，和田晓荷写出来的完全不一样，田晓荷一笔一笔写出的报告，她甚至连每个标点在哪个位置都能背出来，可郭育才念的"报告"，田晓荷听出来了，没有一个字是她写的。田晓荷极力控制自己，才没让自己当众晕倒。

郭育才最后念的报告确实不是田晓荷写的，是郭育才亲自操刀写出来的，这是他履任朱雀镇镇长的第一个大会，他太看重这份报告了。可郭育才看了田晓荷写出的报告，还是摇头了。郭育才嘴里说："遗憾了。"郭育才摩挲着田晓荷写的报告，像摩挲着一个女人光滑的皮肤，"文笔挺好。只是遗憾了"。

　　田晓荷是从民政办调到政府办来写材料，材料只写了一次，就被新来的镇长毙掉了。田晓荷的委屈是无法言说的。但田晓荷还是留在了政府办，留在这里总还会有机会的。何况，除了自己写的材料被镇长毙掉，镇长在别的方面反倒更关心自己了，好像要故意弥补她的损失一样。这总比她在民政办和一群古怪的残疾人打交道好吧？镇长没用田晓荷写的报告，但镇长把给自己收拾房间的任务交给了田晓荷。这项额外的奖励，虽然说起来不好听，有点像做杂役，可这份杂役却不是每个人想干就能干的，那得是领导信得过的人才行。过了一段时间，田晓荷也慢慢地把这件事想开了。

　　田晓荷的婚姻说不上幸福，也说不上不幸福。田晓荷的丈夫也姓田，是她同村的初中同学，在邻乡的一所中学当老师。两个人算得上青梅竹马，初中毕业后一个去外地上民政学院，一个在本市读师范，毕业回来各自分配工作，一年不到就结婚了，田晓荷就像熟悉自己一样熟悉丈夫，像了解自己的身体一样了解丈夫的身体，正是因为这种熟悉和了解，让田晓荷生出了一种古怪的想法：好像她嫁给了自己一样。时间久了，难免了无趣味。田晓荷是个非常感性的人，春恨秋悲，多愁善感，感时花溅泪，恨别鸟惊心。田晓荷还是个多情的人，但奇怪的是，田晓荷除了丈夫小田，连一次多余的恋爱都没谈过，这是最让田晓荷遗憾的地方，她平时冷冷的，生活中，连一个像样的朋友都没有。在镇子里，除了那些粗俗的司机和她开些粗俗的玩笑，平时和她说话的人不多。没有人知道她，没有人理解她。政府办主任老乔和她说话最多，可她知道老乔的用意根本不在那些咸的淡的话上，老乔的用意都在她身体上。去年夏天，老乔终于把他的咸猪手确凿地拍在了她的屁股上。然而，这只是个开端。

老乔并不是个"钓鱼"的高手，他没有那么多的耐心，老乔的目的很明确，他所有的行动都是奔着自己的目的去的。老乔把田晓荷调到政府办，又把田晓荷安排和自己一起值夜班，和老乔值班的本来还有两个司机，他们在一起打打牌，说笑一阵，本来很正常，不正常的是，老乔总是要和他们打牌聊天，田晓荷不说什么，司机受不了，他们白天要给领导开车，晚上笑会儿闹会儿就累了，困了，要睡觉，很快办公室只剩下老乔和田晓荷两个人。

田晓荷也要走，老乔不让，让田晓荷再和自己"一起说说话"。夜深人静了，老乔还喋喋不休地说。眼看12点了，田晓荷打起了哈欠，站起身要走，老乔还是不放，说："晓荷，再聊会儿啊，啊再聊会儿，我就爱和你聊天。"老乔的话里早没有了主任的威严，只剩下了发情雄性动物的贱。男人贱起来的样子真是可怜巴巴的。田晓荷那时刚到政府办，不知怎么办好。眼看时钟快指向1点，田晓荷实在坚持不住了，执意要回去睡了。老乔没办法，只好跟着站起来了，说："走就走吧，明天接着聊——我送送你。"他没等田晓荷拒绝，率先出了政府办的门。田晓荷生气了，田晓荷说："不用！"

田晓荷气血虚，说话声音不高，又怕夜里被其他科室值班的人听到，声音就压得更低，都近乎喘息了。那喘息却挑拨着老乔，让他欲罢不能。田晓荷几乎被老乔挟持着回了楼后面的宿舍，宿舍区一片黑暗，只剩下两个人的脚步声和喘息声，田晓荷一到后面不由自主地放轻了脚步，压低了气息，这在老乔看来，分明就是鼓励了。田晓荷刚把宿舍门打开，老乔终于把控不住，连拥带抱地把她弄进了屋。田晓荷想喊，喊不出；想动，动不了。老乔开始用手捂着她的嘴，后来又用臭嘴去堵她的嘴。老乔的凌厉的胡茬儿扎得田晓荷难受，老乔嘴里的烟臭差点没把她熏晕过去。田晓荷想，自己这时候应该反抗，应该挣扎，应该大声喊叫。可田晓荷居然什么都没做，手脚的挣扎不像反抗，倒成了一种配合着的默契了。

田晓荷心里骂："操他妈的老乔，他怎么敢这样呢！操他妈的田晓荷，你怎么就这样了呢！"

第七章

　　如玉坚持带马令书"熟悉"了几天情况，再次"病"倒了。她这次的"病"，干脆利索，不像上次那样拖泥带水。如玉找到小金，说自己病了，需要回家休息几天。小金看如玉不像病的样子，说你不是刚好吗？如玉抢白说，刚好就不兴再病？如玉抢白小金，小金很不高兴，说反正以后我也不管你了，你要请假直接找吴书记去。如玉听小金这样说话，所有的怨气都堵在心头，她跟不认识小金似的打量一番小金，说："我可是先和你说了的，以后别说我没和你打招呼。"说完真去了副书记老吴办公室。

　　如玉向副书记老吴请了三天病假，走了。她走得昂头挺胸，迎面碰见小金居然理都没理。下得楼来，如玉犹豫了一下，还是敲响了马令书房间的门。门虚掩着，马令书正叼了根烟，躺在床上看书，屋子里像放了个发烟弹。马令书说："门没关，进来。"如玉故意捂着鼻子嘴巴不进去。马令书只好起身出来问如玉"有什么事"。如玉说："我病了，要休息。镇里的情况你自己慢慢熟悉吧。"说完扭头要走。马令书叫如玉"等等"。如玉站下，样子十分不情愿地问马令书"什么事"。马令书笑笑地看着她，问："你真的病了？"如玉挑战地仰起头："你什么意思？病还有假的吗？"马令书说："我没什么意思，就是想让你注意点，气出来的病，可比生出来的病厉害多了。"说完，马令书先进屋把门关了，如玉在外面气得直跺脚。

这些日子，马令书整天看如玉板着面孔，他也烦了。如玉"别扭"，其实马令书也别扭。朱雀镇是个大镇，下面有十几个行政村、好几十家镇村企业，要都熟悉完，还真得段时间。开始时如玉还认真负责，去一家就要和领导座谈座谈，把马令书介绍给他们认识，后来就敷衍了，有时到一个地方还没坐上两分钟，如玉站起来就走。介绍起马令书来，也蜻蜓点水，像例行公事地走过场。偏偏朱雀镇下面的村或企业的领导，也不像马令书想象中的那般爽快和热情，人都比较蔫，样子都比较阴，死气沉沉，好像连敷衍性的客套和笑都不会。马令书想，看来当初青龙乡党委书记老武找他谈话，让他考虑好再去朱雀镇是对的。

青龙乡的党委书记老武就是朱雀镇枣林庄村的人，又在朱雀镇政府干过一任副镇长。老武是听宣委孙宝平汇报说马令书要走的。其实宣委孙宝平不汇报，老武也知道情况。郭育才要人肯定会给他老武打招呼嘛。郭育才打招呼要人时，老武是明确表了态的，老武说，只要马令书本人愿意走，我们二话不说放人。郭育才说，马令书的工作我已经做通了，他愿意。这边的工作也给他安排好了，还做他的老本行，报道员。老武就不好说什么了。但老武的心里还是有些不舒服，对郭育才刚走就挖墙脚有些不满意。然而老武更不满的还是马令书，心想郭育才让你走你就走，你忘了自己家是哪里的了？你忘了你在哪里拿了两年的工资了？忘了是哪里培养了你让你成为一名合格的报道员了？是青龙乡培养了你，让你从一个农民工成为一名乡补干部。怎么郭育才一句话你就要跟了他走？

　　"早晚有他吃亏的那会儿呢！"孙宝平当时也是这样和老武抱怨的，孙宝平说，"当初我就看这小子有点狂妄，还让我亲自去请，请来了他倒好，有奶便是娘了，老郭一句话，他说走就要走，您说这是什么玩意儿！"老武对孙宝平说："天要下雨，娘要嫁人，随他去吧。"话这样说，老武还是找马令书谈了话。老武抽着烟对坐在沙发上的马令书说："果真决定要走？"马令书点点头，马令书面对老武还是有些不好意思的。老武说："你要走，去哪里，这是你的权利，我们不好多说，也不便挽留。但走之前，你还是要好好想想，你还小嘛。朱雀镇是个什么情况你清楚吗？"看马令书摇头，老武就说，"我就是朱雀镇出来的，我就是朱雀镇的人。朱雀镇的人和青龙乡的人还是不一样的。青龙虽是个小乡，民风还是淳朴的、不错的，下面的人还是实在的，工作也好开展；可朱雀镇就不一样了，具体怎么不一样，我不想和你细谈，咱们县里对朱雀镇有一句概括，不知你听说过没有，他们管朱雀镇的人叫'尻蒿坏'。我说过了，我就是朱雀镇出来的人，对那里的情况对那里的人，还是有些发言权的，还是比较了解的。你去了那里，人生地不熟的，能适应那里的环境吗？"老武的话说到这份儿上实际上很交心了，都不像上级找下属的谈话了，像是一对忘年知己才说的话。老武多好的人，多好的领导！马令书那一刻都感动了。

但马令书还是到朱雀镇来了。

现在如玉走了，马令书也不想一个人下去跑了，他想在镇里自由自在安静两天。

马令书和老刘住一个房间。老刘就是马令书第一天来碰到的那个打开水的老头儿。他来镇上这么多天了，还没正经见过老刘几面。老刘几乎天天在外面跑，也不知跑什么。老刘其实并不老，也就40岁出头，但头发早早谢了，露出了多半个月亮样的聪明的头顶，油光闪闪。人却高兴得很，快乐得很，见谁都先打招呼，见谁都是一脸朝阳般灿烂的笑。

马令书只有在老刘值班的日子才能见到他。但该老刘值班了，老刘还是要出去，一出去就要半夜。半夜了，该睡觉了，老刘才回来。马令书问老刘夜里跑什么，老刘说，去他驾校学车的同学家里看录像。老刘说到录像，神神秘秘。马令书问什么好录像，老刘说，下次我带你去看就知道了。老刘说话算话，下次真带了马令书去了他驾校的同学家看录像了。录像是香港武打片，情节设置乱糟糟的，人物关系乱糟糟的，武打也乱糟糟的。看完录像回来，老刘问马令书："小马，好看吗？"马令书说："不好看。"马令书问，"你每次兴冲冲跑去就为看这破录像？"老刘诡秘一笑："当然不是。有比这更刺激的，只是我怕带坏了你！"马令书说："那是什么片子？

毛片？"老刘说："不告诉你，怕你憋不住做坏事。"老刘故意卖弄，马令书也懒得问他。

老刘经常不在，那办公室就像马令书一个人的"单间"，每天早晨如玉不来督促他了，他也可劲儿犯开了懒，没事就把脑袋一抱，歪在床上乱想：其实朱雀镇还是很不错的，虽然有点陌生，可还是不错的，比老武书记说得好，也比他预料的要好。马令书奇怪的是，老武是从朱雀镇出来的处级干部，他为什么就不说自己的家乡好呢？最起码到目前为止，马令书除了感到有点陌生外，他并没感到有什么特别不如意的地方，厖蔫坏就厖蔫坏吧，可能熟悉起来就好了。不过，相对于"熟悉起来"，马令书还是更喜欢陌生一点的环境，在陌生的环境，他不知道别人的来历，别人最好也不要来打探他的底细，一切犹如初生，这多好！

这样想着想着，马令书就想到一个人——田晓荷。那是他到朱雀镇认识的第一个人。他第一天来，田晓荷撅着个屁股为他收拾床铺的样子，像电影一样开始不停地回放，温暖，又突兀。

可田晓荷究竟是个怎样的人呢？

田晓荷在政府办的工作其实是很芜杂的，接电话，发通知，每天早晨上班前还要提前给镇长郭育才收拾好办公室。除此之外，田晓荷还有一项工作，就是每天下午2点前，要把新到的报纸发到各个科室去。马令书的屋里也有镇上给订的两份报纸。之前，他每天上午和如玉出去熟悉情况，下午下班前回来，打开门，第一眼发现的就是这些被顺着他门缝塞进来的报纸，有时不注意，马令书还会被那些报纸缠绊住，或反过来，报纸被马令书的脚纠缠，绵软麻烦。

现在不用下乡了，马令书的午后都是在这间宿办室独自度过的，有点无聊，却非常安静。敲门声突兀响起来的时候，马令书总像听到了发令枪的运动员一样，以百米加速的力量冲过去，以极快的速度大幅度拉开他的门。马令书开门的时候，并不知道来人是送报纸的田晓荷，他动如脱兔的敏捷反应，只说明他盼着有人来敲他的门，至于是谁，好像都没有关系。田晓荷把门敲开，看马令书一眼，说句"报纸"。递过去，人转身就走。马令书脸上的笑遭了冷遇，凝固下来，生硬地堆在那里，相当难受。

马令书想，下次如果还是田晓荷来送报纸敲门，他就故意不开门，让她像过去那样把报纸从门缝塞进来，省得看她冷脸。但敲门声是不可预知的，你无法从敲门声判断外面的人是不是田晓荷。所以门再次敲响的时候，马令书还是要条件反射地弹起来去开门。门开后，门口那里还是那个冷眼冷脸的田晓荷。大概，人们对待一种表情，总有疲乏的时候，马令书的疲乏，是尽量不和田晓荷的眼睛对视。马令书的疲乏，还是种反抗，他的反抗是曲线的，走的是"曲线救国"的路子，他会继续微笑着看田晓荷，不是眼睛，是她挺秀的鼻尖。马令书还会把门毫无保留地洞开在田晓荷面前，大方地做出邀请："进来坐坐吧。"

田晓荷果然有一天被马令书请进了屋子。田晓荷进来了，并不坐，直接走到马令书办公桌那里，拿起他扣在桌上的一本书看，好像那本书是马令书专门给她准备的一样。田晓荷的样子，让马令书感觉进来的不是一个普通的女同事，而是个骄傲的女明星。屋子里靠北窗的地方是他的办公桌，办公桌前只有一把椅子，办公桌两边分别是他和老刘的床。马令书用手掸了一下自己的床单，其实他的床还是挺干净的，倒是经常不洗不换的老刘的床单显得脏而邋遢。马令书就坐在老刘的床上，让田晓荷坐自己的床。算是对当初田晓荷为自己铺床叠被的一种礼貌性的客套了。但田晓荷不坐，只是站着翻马令书的书。不知是因为那本书，还是别的什么，田晓荷脸上冰冷的表情正在慢慢融化，起码不像刚进来时那么冷了。马令书顺水推舟："你要是喜欢看，拿回去看就是了。"

田晓荷果真拿走了那本书，那是张爱玲的《红玫瑰与白玫瑰》。田晓荷发现马令书的桌子上还散扔着好几本书，有《罗兰小语》，有《庄子与现代派》，还有一本厚厚的《存在与时间》。这个新来的报道员，书桌上居然连本象征性的《新闻与写作》都没有。那本书，田晓荷在如玉的办公桌上看到过。田晓荷其实早在马令书没来之前，已经听郭育才说起过马令书了。知道马令书"很有才""很能写"。田晓荷不知道马令书居然还喜欢文学。

田晓荷书看得很快，一本《红玫瑰与白玫瑰》不到两天时间看完了，她想下午送报纸的时候一并给马令书送回去。这时邮递员送的报纸到了，田晓荷一边按科室分好报纸，一边习惯性地浏览日报上的副刊，副刊上有篇文章吸引了她的目光。其实，吸引她目光的是文章下作者的名字：马令书。田晓荷心里嘀咕，不知这个"马令书"是不是借给她书看的新来的报道员"马令书"。该送报纸了，这次田晓荷敲开门，没等马令书让，自己先进去了。田晓荷进来，把书先还给马令书，又把一张报纸递给他，说："报纸上有篇文章，是一个叫马令书的人写的。"马令书拿过报纸，很诧异地翻看。田晓荷看着他，问："那个马令书是你吗？文章是你写的吗？"文章确实是马令书写的。是去年冬天，在他心情最灰暗的时候写的一篇随笔，写完就顺手寄给那张报纸的副刊了。之前他已经多次投稿，他想这次投的稿也许和他之前投给这张大报的稿子命运都是一样的，到后来无声无息，既不会发表，也不会退稿……没想到竟然发表了，没想到刚发表就被田晓荷看到，还给他送上门来了。

　　田晓荷就这样成了马令书屋里的常客。也不是送报纸，是每天早晨上班忙过后她就过来了。办公室的电话一般都是早上打来的多，她接完一个个电话，喊完一个个人，小车司机们都和领导出去了，这时田晓荷闲了下来，和老乔打个招呼就出来了。田晓荷坐在马令书的床上，马令书坐老刘的床，两人中间隔着张桌子和一把椅子，样子有点像两个敌对双方的谈判者。这情景想来非常特别，甚至可笑了。田晓荷仍然很少说话，过来也就是坐在那里翻翻书。田晓荷这个样子，马令书反觉得别扭，还是那句话："你喜欢看拿走就是了。"田晓荷挑他一眼，说："怎么，在你这儿看看不行？"马令书说："你想哪儿去了？你随便看。在哪儿看都行。"田晓荷说："我就这样看看，看看就走。"马令书无话可说了。马令书也无处可去，他发现如玉一不在，他也失去了下去"熟悉"的动力，而镇政府对他还是个相对陌生的环境，他不知道除了自己的屋，他还应该去哪儿。田晓荷坐在马令书的床上看书。她看书的姿势很优雅：一手捧着书，一手支在桌子一角托着下巴，田晓荷长时间一个姿势，马令书都替她累，怕她羸弱的身子支撑不住会轰然倒下。有时主任老乔的声音会粗壮地在外面响起来："小田、小田！"或"田晓荷！田晓荷！"田晓荷明明听见了，却不答应，只是懒洋洋站起来，说一句："真烦人。"她把手中的书小心地折一下角，也不看马令书，说，"回头再看。"

三天过去了，如玉还没来上班。马令书觉得再这样待下去也没趣儿，该下去跑跑了。他得尽快熟悉情况，尽快进入角色，尽快出成绩。这天，马令书刚一出办公室的门，民政办主任老高却在喊他了。老高说："小马报道员，你过来一下。"原来是镇里的养老院去年新翻盖了屋子，今天院长打电话让老高过去给老人换新屋，老高希望镇里能派人和他一起去"报道报道""宣传宣传"，老高找了宣委小金，问起如玉才知道如玉"病了"。小金让老高直接找马令书，说以后有需要报道的事就直接找马令书。"马令书才是报道员。"

老高把马令书叫到办公室，问马令书"有没有时间"。马令书当然"有时间"，老高说："那就一起走。"老高和马令书说话，田晓荷就在政府办公室门口。民政办主任老高说"走"，田晓荷说话了。田晓荷说："老高。高主任——"老高说："小田，你有啥事？"田晓荷说："就你们两个人去养老院？"老高说："是啊。"田晓荷说："你好记性，刚几个月，就把老下属忘了。"田晓荷说这话的时候脸是冲着旁边的，既不看高主任，也不看马令书，好像田晓荷这话是说给空气听的。高主任说："你现在是政府办的人，怕你忙。"田晓荷把脸转向政府办公室，说："我忙什么？就是忙着接个电话喊个人，送送报纸伺候个人！"主任老乔听到田晓荷说话，笑着出来了，对老高说："老高，这就是你不对了，党委口你让马令书去写报道，我们政府办也是要写材料的，小田，就跟他去，看他老高能把你怎么样。"

中午，敬老院的院长备饭，说老高他们还是今年第一拨莅临敬老院检查工作的镇干部，中午的酒是一定要喝的。院长还说："马报道员也是第一次来，不喝酒，怕是以后不给我们好好报道呢。"院长的热情让马令书心情舒畅，非常熨帖。终于有不怎么"别扭"的人了。马令书很高兴，就喝了几杯。敬老院副院长和会计、保管也过来敬他酒。田晓荷也敬他，她什么也不说，拿起自己的酒杯来碰马令书的杯子。院长说："好你个小田，我敬你几次你都抿了一小口对付我，下去的酒还没有韭菜叶宽，怎么和马报道员喝那么深，啊？"田晓荷说："你管得着吗？我想和谁深就和谁深。"说着又给自己倒了一点点儿，却给院长的杯子斟满了。田晓荷举起杯子说："院长大人，干。"自己先把那点酒干了。院长说："小田啊小田，你到政府办当秘书，是和老乔这家伙学坏了。这酒我不干，有这样喝酒的吗？你一点儿，我一满杯？"田晓荷说："你干不干？"田晓荷站起身，逼视着院长说，"你干不干？"院长笑嘻嘻地说："好，我干、我干。"田晓荷这才又坐了下来。喝完这杯，田晓荷又和老高喝了一小杯，又挨个地敬了桌上的每个人，然后，田晓荷站起身来，说："你们欺负女人，我不喝了，我喝多了，要去休息一下了。"田晓荷说完就走，到门口那里站住，特意回头看了一眼马令书，对马令书说："小马你还喝？你喝不过他们的。"

马令书觉得田晓荷话里有话，像有什么事情要对自己讲一样，也就摇摇晃晃站起来，晕乎乎随田晓荷出来了。马令书一出来，被凉风一吹，才觉得自己慢悠悠的，和这个喝和那个喝，是喝高了，他眼前的路是晃的，前面田晓荷的背影也是晃的。马令书看到田晓荷向一间屋子走过去了。就像一只猫，看上去蹑手蹑脚，行动却异常敏捷，根本不像个喝醉了酒的人。马令书也跟着进了那个屋子。马令书叼着烟斜睨着歪在沙发上的田晓荷，才知道田晓荷也正用一双醉眼在看他。田晓荷招呼他过去坐，他过去挨着她坐了，谁知屁股还没坐稳，田晓荷却一下从沙发上弹起来，猫一样跃到里面的床上去了。真奇怪了。马令书感觉田晓荷的举动真是太奇怪了，他不知田晓荷是什么意思。这时候，田晓荷又冲他招手了。田晓荷说："马令书，你过来，我也想抽烟。"

清醒后，马令书回味那次酒后事件，他首先想到的却不是田晓荷，而是另外一个和田晓荷差不多年龄的女人。1991年青龙乡的那个夏天，对马令书来说，并不特别热，而是特别古怪，在那个夏天，他先是碰到了一个脚穿丝袜的佟雅丽，还有就是徐家庄的那个女人，那天是一个周末，他去徐家庄找团支部书记小柯。小柯还是一个业余古董收藏者，家里一大堆坛坛罐罐，马令书没事了，就去小柯家去看看他那些从蓟县三河收来的所谓古董，马令书并不热爱古董，他实在是没事干，夏天把他的每一天都拉得如此漫长，好像不到处游荡，就无聊得日子没法过下去一样。他来到徐家庄村委会，小柯不在，村委会一个白裙子女人接待了他，马令书看她眼熟，她也说认识"马报道"，她还热情地告诉马令书小柯周末都不在的，这个周末，小柯约了人去兴隆县收古董了。马令书百无聊赖，在村委会简单坐了会儿，眼看就要中午，就想回机关食堂吃饭去，女人却不让他走，热情挽留他，说你大小也是一个乡上领导，到了徐家庄了，一定要赏个脸，吃了中饭再走。马令书还是想不起女人是谁，是计生专干？是妇女干部？恍惚记得乡里开会时见过几次。但乡里开会每次各村都来人，他实在想不起来都有谁。他连这个人的名字都不知道，怎么可能在这里吃饭？马令书说着话就要走，乡上食堂吃饭很方便，又离得不远，即便熟悉，他也没必要在这里吃饭。白裙女人看上去柔弱，行动却果断，见马令书要走，竟一把拽住他的自行车，把车子锁了，钥匙牢牢攥在手里，无论如何要他吃了饭再走。马令书挺尴尬，感觉和一个女人在村委会门口拉扯很不像样，就有点生气，想再找机会溜掉。女人却一直笑笑的，好像早已窥探到了他内心的秘密，仿佛他是她牢笼中的鸟儿，插翅难逃了。

午饭之后，女人提议，要领着马令书在村里转转。按说，马令书对徐家庄并不算陌生，他这两年和小柯关系最好，徐家庄是没少来的，知道这个村是个呈跑道样的环形，规划还说得过去，可那天中午，也不知怎么了，女人领着他在村街上转来转去，像是进入了迷宫，太阳如明镜高悬天空，马令书被晒得昏头涨脑，无精打采，口渴难耐，他们不知怎么就转到了女人家门口。女人邀请马令书到她家里坐会儿，喝点茶水再走。女人家里并不见别人，院子不大，但空空荡荡的，屋子里也空空荡荡，显得有些诡异。马令书内心一阵狐疑，他疑虑重重地坐在女人家宽阔的沙发上，脑袋里还在琢磨眼前这个奇怪的女人到底是谁，她留下自己究竟想干什么。

听口音女人像南方人，体态丰腴，肤白貌美，看上去寡言、羞涩，做事却有股一往无前的坚定。进屋后，女人并没张罗茶水给他喝，手里不知什么时候多出一本相册了，先是站在床头，一页一页地翻看，并指点让马令书看。事实上，他们隔得很远，马令书什么也看不到。女人后来不知什么时候也坐到沙发上了，继续翻她的相册给他看。他完全搞不明白女人想干什么，那都是女人年轻时的旧照，青涩、挺拔，每一张照片上都仿佛汪着一层如水般的忧郁。可那些照片和他有什么关系呢？

两个人已经近在咫尺了，马令书感觉女人呼出的气息都吹到自己的脖颈里了，让那里的汗毛都一根根竖立起来，他看到，女人的脸在一点点儿变红，胸脯起伏如波浪，说出的每个字都不连贯了："你看，这……张……是我……十八岁……"女人的嘴一张一合，不知是在喘息，还是在呼唤……马令书那年刚满二十，对女人正是充满陌生和渴望的年龄，但他一直在成功地努力地克制着自己。他不敢看女人，目光躲避着女人的一切。后来他实在受不了那种压迫性的诱惑了，想站起来跑掉，就在他站起来的时候，他骇然发现，沙发上的女人正一点点儿褪去裙装，仅仅是转瞬之间，那个女人就由人幻化成一只老虎：那老虎，威风凛凛，毛发耸立，浑身雪白，看似低首徘徊，却做着即刻捕食的准备，突然间，一声咆哮，如飓风横卷，万物不存……再次醒来，马令书已一身冷汗，瑟缩在自己宿舍的单人床，室外太阳煌煌，水泥打的甬路一片白光闪烁，窗前一棵小树低眉垂首。

马令书后来多次想到敬老院里的那场火灾。悔当然是悔的，关键是在敬老院丢了脸，太没出息了。酒喝多了不说，要命的是他差点把院长办公室一把火给点了，好在刚燃着床单就被田晓荷发现了。"着火了！"她惊慌失措的尖叫像吓破嗓子的小鸟，在敬老院上空扑棱棱乱撞。正在吃饭的院长一干人立刻变成了救火队员，端着盛满水的脸盆一个个赶到了——没费几盆水，火就被浇灭了。然而院长办公室还是惨不忍睹了，新装修的屋子变成了个"大花脸"，最让院长心疼的，是自己床上的新被子和新床单，都不成样子了，水汪汪、皱巴巴、脏兮兮地出现在眼里，很不好看。院长脸上也很不好看，一个劲地对着自己的屋子说："床单怎么就着了呢？床单怎么就着了呢？"

老高的脸色也不好看，他肥胖的身子短短地立在院子里，眼睛一个劲地看着已经吓傻了的田晓荷。看来红颜不但是祸水，红颜还能点火呢。田晓荷惊吓过度，脸都白了，身子软得如同面条，如果不是被门框支撑，估计早倒下去了。田晓荷说不出话来，只知道用颤抖的手去指地下水泊中的那截黑烟头。

那烟头自然是马令书吸的烟头，马令书无疑是这场小小火灾的罪魁祸首。然而，无论如何，马令书还是想不起来，自己的烟头是怎么把院长办公室的新床单给点燃了，这究竟是怎么回事？他只记得田晓荷在床上冲他招手，说"马令书，你过来，我也想抽烟"，但是在他叼着烟想过去的那一刻，奇怪的事情再次发生：田晓荷瑟缩在床上的身子，突然开始几何状膨胀，瞬间成了一头白毛吊睛的庞然猛兽，张开血盆大口，一声长啸，万物无存……

敬老院惊魂的一幕终于过去了。第二天田晓荷若无其事地再次出现在马令书屋里的时候，马令书还是有些心悸。他告诉自己，敬老院发生的并不是梦。他以为田晓荷是兴师问罪来了，毕竟是自己惹了祸，不但把田晓荷当成了酒后猎艳的目标，还把燃着的烟头掉到了床上。他无地自容，田晓荷却轻描淡写，来了句似嗔非嗔的话："昨天你是怎么了？你吓死我了——真吓死我了。"马令书嗫嚅一句："喝多了……"别的就一句说不出了，他没法向她描述，她是如何变成一只老虎的。

一场意外的火，居然把田晓荷和马令书的关系拉近了。其实田晓荷和马令书在一起，两个人都很少说话，常常只是干坐着，共同的话超不过三句就会陷入冷场。马令书有种说不出的别扭。可田晓荷偏偏喜欢这样的别扭，她觉得这是甜蜜的别扭。她终于找到了一个和她有着同样爱好，且生猛冲动、活力无限的人了。她觉得马令书正是她心里一直想成为的那种人。现在，她就像着迷了一样，每天不到马令书屋子坐会儿就心神不宁。她还迷上了"加班"，晚上故意不回家，而是留在机关大院里。吃过饭，在政府办坐会儿就跑到马令书的屋子里看书了。有时她几乎一晚上都在马令书那里看书，两个人各干各的，互不干扰。将近午夜的时候，再相安无事地分手。奇怪的是，不喝酒的马令书一直老老实实，没有一点儿要"冒犯"她的意思。有时因为她太过频繁的"加班"，她丈夫就会骑着摩托车，从他供职的东风镇中学那里赶过来找她，在办公室找不到人，就在机关大院里大声喊田晓荷名字。如果赶巧碰到办公室主任老乔，老乔就故意说："小田，你得多喊几声，你们家田晓荷是属狗的，到处跑，喊几嗓子她就出来了。"老乔的话里醋意明显。如果喊声被马令书听到，他会提醒她："田晓荷，有人喊你。"田晓荷耳朵好使，其实她早听到了丈夫小田的叫喊声了，但她丝毫不为所动，只是马令书一再提醒她，她才不情愿地把书合上，推门出去应付一下。田晓荷在外面和丈夫说什么马令书听不清楚，他也不知道喊田晓荷的人就是她丈夫，他那时甚至不知道田晓荷是个结过婚有了丈夫的人呢。田晓荷出去，几句话把丈夫打发走，到办公室喝几口早就泡好的茶，很快又转身回来了。

马令书问："谁找你，那么大声？"

田晓荷淡淡地说："我爱人，小田。"

田晓荷是有了"爱人"的人，这消息让马令书吃惊，还遗憾了。但遗憾之后，马令书却奇怪地踏实了，胆子也大起来。有一次，田晓荷叫马令书去她宿舍，田晓荷说，她老是来马令书屋，马令书还没到她屋里来过呢。马令书一想也是，他想田晓荷让他去她宿舍可能有什么事要说，也就没多想，就跟着她过去了。田晓荷的宿舍收拾得干净、素雅，床头上还堆了几本书。马令书刚想过去看她都有些什么书，田晓荷却叹了一口气，直接坐在靠近门口的一张桌子前面了，对着墙上镜子里的自己发呆。马令书看着镜子里的田晓荷，看她长长的头发遮了半个脸。镜子里的一双眼满是忧伤，也不知怎么了。愣了会儿，田晓荷在镜子里幽怨地看了一眼马令书说："我来朱雀镇三年了，还是第一次叫个男的到我屋来。"田晓荷说："三年，我感觉自己老了好多。"马令书安慰似的说："你不老。"田晓荷说："还不老？你走近了看看。"马令书就走近了几步，到了田晓荷身后，田晓荷说："你看我这里，眼睛这里，都有了皱纹了。"说实话，马令书并没发现田晓荷的眼角有什么皱纹，"还有这里，脖子这里。"马令书看了看她的脖颈，那里有金黄色的绒毛在光照下像透明的精灵在舞蹈，他有些意乱神迷，说："这里怎么了？没什么啊。"田晓荷说："老了，也有了皱纹了。"马令书心不在焉地说："脖子上怎么有皱纹呢？"田晓荷说："你用手摸一下看看就知道了。"马令书吓了一跳，以为田晓荷在开玩笑，他的手欲伸不伸的，但看镜子里的田晓荷是诚恳的，手还是伸过去了，可刚一触到田晓荷脖颈上的汗毛，就受了惊吓似的要退回，田晓荷突然用手抓了马令书的手，放在她的脖颈那里说："感受到了吗？"马令书一颗心怦怦乱跳，不知田晓荷是什么意思，难道她叫他来，就是为了让她摸摸她的脖子，让她体会到她说的"老了"？可马令书根本没觉得田晓荷老，他只是感受到了田晓荷传递给他的诱人气息，他不知什么时候已经把两个手都放在田晓荷的肩膀上了。马令书的两只手笨笨的，带着没着没落的彷徨和犹豫，不知下一步该怎么做。

田晓荷没回头，也没看他，却把自己的两只手反伸过来，抓住了马令书的手。田晓荷的手冰凉，汗津津的，却也是沉着的，冷静的，她握着马令书的手一点点往下移，最后把他的手安放在自己胸前。田晓荷再度叹了一口气，呻吟似的叫了声"马令书"。马令书触电一样好像明白了，却又糊涂了。他把田晓荷从后面抱住，笨拙地抚摩着田晓荷，田晓荷的身子就在椅子上扭动，像一条无骨的蛇。

她低着头，头发全披下来。马令书看着镜子里的田晓荷，突然想到《聊斋》里的"女鬼"。心头未免一凛。

这时候，"女鬼"喘似的说了一句什么。马令书没听清，问她："田晓荷，你说什么？"

田晓荷的声音缥缈得像从地底下升起来，说："马令书，马令书……"

第八章

　　如玉三天的病假，休了足足10天，要不是父亲石德勇说话了，如玉还想在家继续休下去，想休到什么时候就休到什么时候，反正年前刚手术过，旧病未愈，新病又添，理由很充分。但石德勇说话了："如玉啊，你该去上班了，不能老在家猫着。"如玉说："我不去，我不想去。"石德勇说："怎么一点儿年轻人的进取心都没有了？你过去的积极性和精气神都哪儿去了？"如玉说："都没了，消失了。镇里反正有我不多没我不少，您还是想法在县城给我找个单位调我上来吧。"石德勇说："别咋咋呼呼的，沉住气！"如玉说："您让我怎么沉得住气？屎都拉到你女儿的脑门上来了，镇里连招呼都不打一个就从外面调来个新报道员，这不是明摆着赶我走吗？"石德勇当然知道这件事，这件事也曾让石德勇不快，后来镇里的副书记老吴给他打过电话了。石德勇是个经党多年培养的干部了，这点组织原则和纪律还是有的。他委婉地劝女儿："你安心地上你的班。这点小事都沉不住气，以后怎么做大事嘛。"

如玉刚回家时，父亲可不是这样说话的，父亲说："好，就在家待着。多待些日子，待个把月的。等姓于的姓吴的打电话，我给他们说。欺负到我石德勇的头上来了！"但父亲现在的口气变了，让她"沉住气"，让她以后"做大事"。如玉的心就一点点儿回暖了。如玉的心一暖，心也自然软了，做女儿的心思也回来了，她一照镜子，很后悔把一头长发给剪了。现在，镜子里的如玉，是男孩子一样的短发，都不像女孩子了。

如玉照着镜子，又有了新的伤感。在家休息的这些日子，母亲单位的陈阿姨给她介绍了个对象。陈阿姨想安排如玉和小伙子在公园见个面，如玉不去；陈阿姨又想安排如玉和小伙子一起看场电影，如玉还是不去。如玉说："黑灯瞎火的，看什么电影？我不去。"单位的事还让她顺不过来呢，哪还有谈对象的心思？但陈阿姨人热情，说如玉不去，就不能委屈如玉，竟把小伙子领如玉家来了。小伙子和陈阿姨一个姓，叫陈斌，是政法大学毕业的，现供职一家律师事务所，陈阿姨悄悄地对如玉的母亲说，陈斌也是好家世，父亲是县检察院副检察长，也算门当户对，和如玉蛮般配。陈斌个子不高，但眉清目秀；话语不多，却沉稳干练。如玉心里并不讨厌，但如玉说："我还小，不想过早考虑这些事。"陈阿姨说："可以慢慢谈，行不行处一段时间再说。"那次见陈斌，如玉想，当时如果不是一生气把头发剪了，在陈斌面前也就不是现在这个假小子模样了。

如玉上班，正赶上县里新成立的电视台派记者到朱雀镇采访种菜能手何满生。本来副书记老吴已派车安排马令书去接记者了，看到如玉来了，就说正好，如玉和何满生最熟，一起去吧。如玉就一声不响地坐上了车。电视台的记者，如玉没有不认识的，都是从电台那边分过去的原班人马，见了面显得格外亲热，如玉和他们又说又笑，反倒把马令书弄得像个生人。如玉坐在副驾驶上，不时回头和两个记者说笑，对马令书却不理不睬，两个记者也不时伸着脖子和如玉调侃，问如玉怎么把头发剪这么短，说女孩子只有失恋才会剪短发。如玉说是又怎么了，有合适的给我介绍个呗。记者说："这不现成的吗？看我俩怎么样？"如玉说："不行，你们都结婚了，不纯洁了。你们要真有这个心思，得先把婚离了才行。离了后，我还要'留党察看'你们两年。"记者说："你条件还真不少。我们不纯洁了，有纯洁的啊，马令书纯洁啊，他没结婚，可能连女朋友都没有呢。你们两个一个才子一个才女，相配正好。"如玉一听说"马令书"，脸红了，拉下脸，说："他也不行。"

　　车离开了公路，走向一条乡间路，直奔何满生的温室大棚去了。如玉头也不回地问马令书："你这段时间干得怎么样？"马令书说："还行。"如玉说："那好啊，那以后就不用我带着你转了。"马令书说："没你怎么行？没你不就没了主心骨了吗？"两个记者这时一齐冲前面的如玉伸脑袋，说："那是，那是。"

　　如玉喜欢下乡，也喜欢乡下的事物。她在朱雀镇快四年了，几乎走遍了这里的每一寸土地。如玉想，工作多好啊，生活多好啊，如果不是突然来了个马令书，她相信自己对朱雀镇的美好感觉会一直存在，也不至于像现在这样别别扭扭了。乡间小路越来越窄，小车开不进去了。他们只好下车，顺着田间小路往里走。马令书替一个记者背着摄像机，好像要故意和如玉隔开一段距离，他不择干湿地在一条刚刚解冻的小路上歪歪斜斜地走，一副心事重重的样子。如玉看了一眼马令书，说："你也过来走吧，鞋子都湿了，一会儿该被泥巴糊住了。"马令书好像没听到一样，继续走自己的路。如玉不再管他，回头冲后面小心翼翼走着的两个记者说："他这个人，缺心眼儿。"

正是初春时节，太阳和暖，麦子返青，绿得油汪汪，小路两旁大块的田地里，种了保护地蔬菜，日光温室和塑料大棚比邻而建，绵延十数里，白闪闪的，十分壮观。在一块菜地里，如玉一眼发现了正在温室外面张望的何满生。如玉忙冲他招手。何满生满脸朴实、憨厚地笑着，迎了过来，说："如玉，有日子没见了，你忙啊。"如玉说："不忙，病了几天。"何满生很关心，问："病好了？"如玉想像过去那样甩甩长发，刚动了一下脑袋，才想到自己是短发了，自己都笑了，说："没事，小毛病。"何满生这个全县种菜能手，还是过去如玉给报道出去的，所以何满生对如玉的熟络中，还带着几分感激。

如玉心情少见的愉快，她里里外外，忙着为拍摄做准备。马令书无精打采，他在一旁站着，局外人一样，看着如玉忙来忙去，自己显得碍手碍脚的。拍摄开始了，电视台的记者让如玉拿着话筒，充当主持人。记者说："何满生你最熟悉了，你当主持最合适。"如玉拿过话筒，一眼看到了门边的马令书，说："你别干愣着啊，帮着打闪光灯。"马令书忙接过记者手里的闪光灯。如玉说："马令书，你真笨，会不会把闪光灯打高点？打这么低，人一会儿就烤出汗了！"

采访很顺利，如玉充分发挥了自己"业余主持人"的特长，问的问题，仿佛早已烂熟于胸，而提问又充分尊重了被采访者的个性，既有循循善诱的引导，又有十足的掌控和把握，就连扛着机器的电视台记者，都不禁冲如玉伸出了大拇指。采访过程不长，不到20分钟，很快就"OK"了，一遍过。另一个记者赶紧接过马令书高高举着的闪光灯，说辛苦辛苦。马令书把闪光灯交给记者，感到一条胳膊好像变成了不会回弯的木头，不知怎么处置好了。

如玉重回机关，跟换了个人似的，身上突然又有了使不完的劲，之前那个泼辣能干的石如玉又满血复活了。她又开始带着马令书"熟悉情况"了，每天早晨一上班，就过来敲马令书的门；路上的话也比以前多了，还常说些"以后在朱雀镇有什么需要帮忙的，尽可以找我"之类的话，显得豪爽、仗义，就差男人一样拍胸脯了。马令书倒比以往话少了，也不爱笑了。如玉问他："怎么突然不爱说话了？"马令书答："我本来就不爱说话。"如玉想想，也是对的。她之前见过的马令书可不就是这样子吗？不声不响的，还真没见他多说过多少话。去年元旦，县电台报道员联欢会，很多人都出了节目，和她相邻乡镇的两个男报道员"绿水"和"青山"甚至合作说了一段相声，如玉也登台唱了首陈淑桦的《梦醒时分》。如玉那时还留着长发，唱歌时要时不时撩开遮住脸庞的头发，《梦醒时分》被她演绎得执着、深情，充满坚强。以至于歌唱完后，一个和她要好的姐妹，激动得跑过去给她献上了一把鲜艳的塑料假花，并狠狠拥抱了如玉：

"傻丫头,你是不是也失恋了?你唱得我都掉眼泪了。"那次联欢会上,报道员们又唱又笑又闹,完全放开了,有表演天赋的,主动上台表演,没有表演天赋的,也跟着可劲地鼓掌,把联欢会推向一个又一个高潮。在喜庆的欢闹声中,如玉发现,只有马令书很不合群地坐在一个角落里,既不鼓掌欢呼,也不见他和旁边的人互动说笑,显得落落寡合,不经意地流露出几分孤僻和乖张。而如玉刚好相反,她坦荡、磊落、热情,敢说敢做,不屈服别人,也从不委屈自己,当然,她还有膨胀的领导欲、顽固的优越感,而这些,又让她不自觉流露出一点嚣张和跋扈来,让人不是很舒服。

如玉"病"了一场,再次见到"曾经样子"的马令书:沉默,寡言,神情里还有些忧郁。因为"熟悉",如玉的"别扭"一下就消失了。如玉现在见马令书不但不别扭,反而想特别"亲近"了,和他说说话,和他一起下乡,和他一起骑着单车,徜徉在乡间马路上。马令书忧郁的眼神、马令书无语的浅笑,马令书脸上的每个细微表情都让如玉有了重新猜测和探究的兴趣。如玉想表现得大气一点儿,热情一点儿。她这样一想,和马令书说起什么来,话就显得特别多,特别热情,特别主动,多得都有些凌乱了,热情得都有些夸张了,主动得都有些掉价了。一句话,一点儿都不像如玉了。

如玉对马令书生活方面也开始"关心"起来了。如玉这次回来,有了个新发现:就是政府办的田晓荷经常出现在马令书的屋里。有时如玉刚上班,却发现田晓荷从马令书的屋里出来了;有时午睡后,她去敲马令书的屋门,想着该和他一起去"熟悉情况"了,开门的居然是田晓荷。如玉很纳闷儿了。如玉和田晓荷见面连话都没有一句。田晓荷不理如玉，如玉也不理田晓荷。其实，如玉和田晓荷之间什么也没有，什么也没发生过，既没有利益冲突，也不存在生活矛盾。如玉和田晓荷就像一对"天敌"，那股劲是生在骨子里的，扳都扳不过来。一次如玉装作很随便地问马令书："怎么田晓荷老在你屋，她在你屋干什么呢？"马令书说："看书。"如玉说："你有什么好书？"马令书说："没什么好书。"如玉也就不好再问了。

　　如玉带着马令书去洼里村，洼里村是有名的大葱专业村，以生产大葱闻名。朱雀镇有很多这样的专业村，比如何满生所在西地大棚蔬菜专业村、大王府的地膜豆角专业村等。如玉一边骑车一边向马令书介绍洼里村的情况，说洼里村地势低洼、土质黏，种什么都长不好，偏偏大葱长得秆长叶壮，秆是秆，叶是叶，白白绿绿，看着好看，吃起来，透着一股子特有的香甜和脆。过去没人宣传，洼里的大葱自产自销，没有规模化，经济效益也不好。后来如玉下来采访了几回，接连写了几篇报道，在电台播出后，引起了县领导的重视，专门派政策研究室的人下来搞调查研究。调研报告一出来，书记县长亲临洼里，要洼里搞规模经营，走专业化发展的道路，县财政给予专项补贴。洼里的大葱一下子出了名。县电台电视台的宣传，市里的记者也下来写稿子。一到收葱时节，还吸引了很多外地客商，拉葱的车在马路上排成长龙，场面非常壮观。

　　马令书说："如玉，你很能干。"如玉说："你也很能干，要不郭镇长怎么把你调过来了？过去青龙乡名不见经传，人口还不到朱雀镇的四分之一，连我这个干报道的，都没怎么听说过青龙乡，报道员例会上，缺席最多的就是青龙乡。你一去，青龙乡就跟起死复生一样，一下大名远扬了。"马令书说："一个小报道员能起什么作用，还不是过去青龙没人写报道弄的？过去青龙的报道员是宣委孙宝平兼着。他忙，要写大材料，没耐烦写这种小报道稿。"如玉就认真地说："咱们报道员这工作，看起来简单，有能耐的人不爱干，没能耐的人又干不了。多我们不多，少了我们还不行。"马令书点头，如玉说，"说白了还得靠我们报道员自己勤奋、努力，要想工作出成绩，被人重视，首先得自己重视自己。"如玉说这番话的样子很像个为人排忧解困的知音大姐，和过去比起来都像两个人了。这如玉怎么突然对他客气了？马令书很纳闷儿。马令书附和着如玉，和如玉一起客气，像一对促膝谈心而心平气和的老年人，如玉语重心长，马令书频频点头。

那天洼里村的支部书记不在，村委会只剩一个副村主任留守。副村主任人很闷，如玉问三句，副村主任答不上一句来。如玉介绍马令书，说"镇上新来的报道员"，马令书抢先过去握手，副村主任嗯嗯啊啊地也没说出句完整的客气话来。一冷场，马令书就有点不耐烦，想早点回去，好像机关有什么东西勾着他的魂一样。如玉看出来了，偏偏不想早回去，她故意把骑车的速度放得很慢。如玉说："你急什么？这才走了一个村子。"如玉又说，"在外面多好。我不爱待在机关里，多憋闷啊。外面这么大，想到哪里去就到哪里去，谁也没咱报道员自由。"

如玉又带马令书拐上了路边一家小企业，企业的厂长也不在，办公区的门都锁着，只有外面看大门那里聚了几个人在聊天，有人认出了如玉，冲如玉笑，问如玉爸爸"石书记"好。如玉一边和他们客气，一边问他们领导干啥去了，怎么办公区都锁了。他们就答说厂领导都出去招商引资去了。如玉说还都挺忙。和马令书重新回到大路上，如玉说："你知道这家厂子的厂长是谁吗？是徐燕她爸。"

　　"徐燕是谁？"马令书恍然记起几天前一个晚上，他在机关放映室见过的一个女孩子——好像她就叫徐燕。"你说的徐燕是不是文化站那个穿红衣服看上去挺文静的姑娘？"他问道。

　　如玉奇怪地看了马令书一眼："谁说她文静？她挺活泼的。"

第 九 章

徐燕第一次小心翼翼敲开马令书的屋门时，那样子跟个文静的女高中生别无二致。徐燕穿的是一件红色带盘扣的衣服，进来第一个表情是她在机关里标志性的短暂笑脸。

"我能在这儿坐坐吗？"徐燕的礼貌几乎吓了马令书一跳，还没有人和他这么说过话呢。田晓荷进来是从没有话的，出去进来都像只猫；如玉是股小旋风，旋风刮进来快，刮出去也快。现在，徐燕进来了，进来就像个受气的小媳妇儿："我能在这儿坐坐吗？"马令书忙拉过屋里那把唯一的椅子，让徐燕坐。徐燕却一屁股坐到马令书的床上了。徐燕说："我坐我的，你忙你的，我就坐会儿，坐会儿就走。"马令书反倒不知道该怎么做好了，有点站也不是，坐也不是，客人"坐会儿就走"，自己怎么"坐"、怎么"忙"？马令书只好站着。徐燕那里还没坐一分钟，就站起来了，说："好了，不打扰你了，我要走了。"马令书以为自己慢待了客人，忙说："你坐你的，没事。"徐燕看了一眼马令书，手在胸前绞了绞，也有些走也不是，坐也不是。马令书又说："你坐吧，我没事。"

徐燕的眼睛很大，颜色不是通常的黑色，而是一种混合在一起的琥珀色，是一种凶猛兽类才有的琥珀色。可徐燕看人时，眼神里却完全没有野兽的凶猛，反有点像遭猎人追捕时小鹿的眼神，惶恐、惊吓，还有一点点儿的乞怜。其实这样的眼神都是瞬间的，徐燕小鹿一样躲闪的眼神会在瞬间平静下来。平静下来，就是长天掩映下的一泓秋水了。"秋水共长天一色，落霞与孤鹜齐飞。"马令书想，这个徐燕，眼睛长得就像一首词、一句朦胧诗，很独特，很值得品味了。

看马令书在老刘的床上坐下，徐燕才又坐回去。两张床之间隔着一张一米三的大桌子，距离说不上远也说不上近。其实马令书更习惯的还是坐他的椅子。他平时发呆、抽烟、写字、吃饭，都坐在那把椅子上，他在床上只干两件事，歪着看书，或躺着睡觉，床是用来歪着躺着的，而不是坐的。他在床上"坐"不下，一"坐"，床垫子的温软就会让他立刻想到"躺"。在床上坐是别扭的。马令书不知道她们为什么一进来就喜欢坐在别人床上。是一把椅子不好坐吗，还是坐在椅子上因距离太近而让人别扭？马令书不坐在椅子上，就是因为椅子的距离和床太近，他不太习惯和一个陌生女人那么近距离地接触，距离太近了会让他不安，窘迫，不好意思。另外，坐得太近了，孤男寡女，有时未免心生杂念，那样就不好了，那样就有点冒犯了。马令书不是个君子，那些丛生的念头也多是心理活动，可就连这些活动，他也不愿意被人察觉。一句话，马令书还是很在乎别人看法的人，他怕因此失去别人对自己的好感，人家进来和自己坐，总是对自己有些好感的。

马令书不知道和徐燕说点什么。除了上次从如玉口中知道她爸爸是那家镇办小企业的厂长外，他对面前的姑娘一无所知。而陌生和矜持又让他做不出刚见面就闲聊，问人家多大、干什么工作这样的问题。那样未免也太俗了，跟派出所查户口似的，俗还是次要的，关键是太招人讨厌。马令书想："你不是个俗人，怎么能问人家那么俗气的问题呢。"这是马令书的心理活动，不想说出来了。但他说出的只是前半句："你不是个俗人。"这话突兀了，连马令书都没想到自己会突然冒出这样一句话。气氛陡然紧张了。

徐燕也没想到马令书会说出这样的话。徐燕来其实就是想和马令书聊聊，具体聊点什么，徐燕也没想好。徐燕来找马令书前，自认为已经了解马令书了——青龙乡的报道员，现在又成了朱雀镇的报道员。徐燕还知道马令书是个"人才"。机关里的人是这样说的。朱雀镇的人说："郭镇长把他原来那个乡的人才给挖来了。"听那口气，"挖人才"，就像说挖财宝，从平地里挖出一件财宝来，或从菜地里挖出了个人参娃娃，不一般啊。机关里的人究竟跟外面的群众还是有区别的，可信的程度还是很高的。机关里的人要都是这样众口一词，肯定有他们众口一词的道理。其实他们不说，你想一想，也会这么认为的：郭育才是谁？一颗新晋的政治明星，朱雀镇的一镇之长！镇长"挖"来的"人才"能是一般的人吗？不是财宝和人参娃娃一样稀罕吗？说到底是徐燕好奇了，也想看个究竟。人都是好奇的嘛！在机关大院里，徐燕也偷着瞄过马令书几眼。很一般的人嘛，并没有想象中风度翩翩的才子模样。貌不惊人，语不压众，冷眼看去，还有些青涩和不近人情的冷漠。但徐燕想了，才子或许就应该这样吧，没有一点儿怪，没有一点儿装出来的"酷"，那才子还能称其为才子吗？徐燕想近距离接触一下。不接触还好，一接触果然发现这家伙的与众不同了。就说"说话"吧，哪个正常人一见面会说"你不是个俗人"？又不是演戏，可偏偏马令书说了，偏偏徐燕也是个自认为不俗的人，这样就不得了了，星星之火可以燎原了，徐燕内心深处的火种一下给点燃了。"你不是个俗人"，她在内心里一再复读着这句话，越复读越有意味，直到自己"怦然心动"。

徐燕本来是来看"稀罕"的，甚至都没想好和这个人聊几句什么。现在还聊什么？人家一句"你不是个俗人"，已经振聋发聩，一语点醒了梦中人了。原来梦中的自己还真就不是个俗人。徐燕也许从内心深处这样挣扎着想过，但毕竟没这个觉悟，开始时她觉得自己就是大俗人一个，成天和一帮比自己更俗的俗人工作生活在一起，吃喝拉撒、吹拉弹唱，想不俗都难。可有时候人就是这样怪的，人会被突然出现的一个人或一句话照亮自己，打开自己。突然出现的那个人或那句话，就像一束光，像一面镜子，呼啦一下子就把自己的本来面目照出来了，照出了自己的丑和俗气。镜子就是这样怪的，镜子照出了人的丑和俗，人就会挣扎和反抗，有时就瞬间觉悟了：原来自己不应该是这么丑这么俗的，自己也可以漂亮雅致，也可以清爽脱俗的。机关里谁都知道徐燕能歌善舞，但能歌善舞的人不会被称作才女，顶多会被称作"才人"，多难听啊，就像说"二房"或"戏子"一样难听。谁知道我徐燕也是个才女呢？

现在马令书来了。马令书一句话给她定性了："你不是个俗人。"徐燕的脸就一点点儿热了，一点点儿红了。徐燕有点不好意思，但重点是，被马令书说到心里去了。徐燕想，他怎么就知道我不是个俗人？他怎么会知道呢？莫非他懂读心术，莫非他的目光具有超验和穿透功能？可他那么年轻，神情里还有些木讷呢，要么就是我和他之间有点缘分？缘分这种东西多么刁钻古怪啊，就像精灵，缘分还有点像爱情，但又不是爱情，缘分是说不清来路的，跟年龄没关系，和时间没关系。要知道，徐燕坐在马令书这里还不到五分钟。时间太短了。可就是这么短的时间，徐燕想到了"缘分"。觉得马令书一眼看穿了自己，通透了自己，不是马令书多有本事，而是"缘分"来了。现在，突然到来的"缘分"已经有点让徐燕透不过气来了。徐燕想让自己平静下来。徐燕是不怯场的，几百上千人的场面她能照唱不误，照跳不误。徐燕是有这个能力的。徐燕一点点儿地让自己平静下来，她咽了口吐沫，看着马令书的书桌，说："其实，我……挺平凡的一个人。"徐燕没说自己是个"俗人"，她选择了"平凡"这个词，很委婉很谦虚地表达了心中对马令书的感激。徐燕很高兴。第一次坐坐，就坐出了这么多内容。她是很高兴的。

徐燕第二次来找马令书，还是那么谨慎、文静地敲门，进来后，手背着，一副女中学生的做派。徐燕的手慢慢地转过来，手里就多出了个本子。徐燕把本子恭恭敬敬递给马令书，说："这是我上学时写的一些东西，有空指点一下吧。"马令书问徐燕本子里写的是什么。徐燕说："我不说——你猜——你现在别看，等我走了看。"徐燕说："不许笑话啊。"马令书拿到本子，习惯性地想打开，徐燕上来，一手压住："说过了等我走了再看。"又解释，"不是什么秘密，就是随便写的。"

　　马令书觉得好笑，待徐燕出去了，把本子打开。里面还真没什么，不过是些学生时代写的小诗和小感想。像他们这种70年代出生的人，哪个学生时代又没写过两首诗呢？马令书也写过。十五六岁时写诗，当然多和爱情有关。徐燕的诗虽然写的是"爱"，却不"朦胧"，有的还相当直白，都像颂歌了。如火如荼，激情澎湃，文字虽不大讲究，情感流露却扎实真切，有些还相当大胆。马令书觉得和这个姑娘相比，自己学生时代的那些"文学"有点像"小偷"，偷偷摸摸的、躲躲闪闪的、小小气气的。马令书很认真地把那个本子看了一遍，又看了一遍。徐燕真是个为爱而生的人啊。她怎么有那么多爱？怎么那么多情呢！到最后，马令书甚至为徐燕担心了：情深不寿啊。看徐燕本子后面还剩下几张空白页，马令书有点控制不住地拧开了钢笔，在上面胡乱地写下了几句话，比如"人间最苦是情种""多多珍重"等。写完，马令书又心虚了，想，这算什么呢？在别人的本子上写这些东西算什么？人家又没叫你写。"有空指点"，不过是人家的客气，难道你还真在人家本子上"指点江山"？你以为你是谁？一个连一场恋爱都谈不好的人，知道什么叫情？什么叫苦？你写这些不是画蛇添足吗？不是在向人反证自己的无知和浅薄吗？马令书最后把写的字划掉了，两页纸被他涂抹得乱七八糟，很不像样子，他越看越堵心，最后心一狠，索性把那两页纸给撕掉了。

　　刚过了一天，徐燕就来了。徐燕这次不像文静的女学生了，像个泼辣的热情女人，进来直问马令书："我写的你看了吗？"马令书说看了。徐燕就拿过自己的本子，前后翻了一通，说："你给我改的呢，怎么没给改几句？我写的都是大白话，不值得你改吧？"马令书说："本来写了几句，后来撕了。"徐燕又是前后地翻，想看看撕掉的两页是不是还夹在本子里，徐燕没翻到那两页纸，脸色陡然变了。她把本子啪地合上，站起来："我就知道写得不好，是要被人笑的——再不给人看了。"马令书被徐燕弄得有点不知所措，说："我确实撕去了两页，只是我写的，觉得不妥，就撕掉了，没有撕你写的。"徐燕说："你为什么要撕？我拿来就是给你看给你评的，写的不管是什么都要给我看看，不给我看，为什么撕？"徐燕很生气："再不给人看了。"徐燕说："我还从没把本子给人看过呢！"马令书又说对不起。徐燕问他在本子上都写什么了。马令书说也没写什么，就是胡乱写了几句。徐燕说："这么说，我写的这些，你真看过了？那你给我说说总可以吧？"马令书想了想，说："你是个为爱而生的女孩。"徐燕说："你说什么？"马令书说："我说，你是个为爱而生的女孩。"徐燕这次听清楚了，一怔。"为爱而生"，徐燕好像费了好大劲在琢磨这几个字的含义，忽然伤感了，有了心碎的感觉，心在一点一点儿地疼，一点一点儿地碎，破碎了的心全化成了水，很快涌到眼眶里来了。

徐燕第三次见到马令书，就被马令书的莫名其妙的一句话弄哭了。

　　一看徐燕要哭，马令书更紧张了，马令书本不是个会说话的人，一紧张，话却莫名其妙多起来，他好像迷迷糊糊走上了一条充满鲜花也布满荆棘的歧路上来了："你是个为爱而生的人。你好像来自另外一个世界。不，你就是一个来自另外世界的人。"为了缓解自己的紧张情绪，马令书点起一支烟，深深地吸了一口，他的莫名其妙的话也和那缥缈的烟雾一样缭绕且深沉起来了，"你不该生活在这个世界上，不该长大，不该上学，不该恋爱，不该结婚……"徐燕本来想哭，结果被马令书这些话给吓住了，觉得有点恐怖，又有点可笑，最后，她一下没忍住，笑了。眼泪也跟着掉出来了。徐燕说："你瞎说什么呀？你说谁结婚了？我没结婚。"马令书说："你别打断我，我不是说你结婚，不是说任何人结婚，我是在打比喻……打比喻你知道吧——你不该结婚、长大，你知道，长大是件特别痛苦的事……"徐燕说："可人总是要长大，总要做一切该做的事情啊。"其实她不知道，马令书在说这些的时候，已经不由自主地偏离了谈话的主题，他被一种自我感觉深深沉溺了，有些不能自拔，也像独自煎熬，正接受灵魂的考问，这种考问带着很多现实的痛苦和无奈。让他说出的每一句话都打上了书本里的深深印记。一句话，他说的都不是人话了。徐燕并没发觉马令书有明显不对劲的地方，可她还是被马令书那些貌似高深却空洞无比的话搞得有点不安。徐燕慢慢地站了起来，想走了。徐燕说："其实我这个人挺平常的。其实，人还不是那么回事？"这话反而让马令书莫名其妙了。他看着徐燕，头脑快速地思考着，想弄明白徐燕想说什么。徐燕却突然把身子一扭。徐燕说："我要走了，我想出去玩一会儿啦。"徐燕走到门口，回过头，问马令书，"你去吗？"马令书摇摇头，他有点失望，他还有好多话没说完呢，怎么人就走了呢？

徐燕像一股快乐的小旋风，转眼不见了。人去屋空。夜静人闲。马令书顿感空虚无聊，他一个人坐回到那把椅子，很是发了阵子呆。

晚些时候，马令书走进了放映室，徐燕正随着卡拉OK唱《耶利亚女郎》。她的声音压得很低，低得有点听不清发音了。放映室靠窗的一溜长沙发上坐了好几个人。他们一边听徐燕唱，一边做事，样子相当悠闲。徐燕见到马令书，歌停顿了一下，扭头冲他羞涩一笑，算和他打招呼了。

马令书坐在旁边空着的一角沙发上，坐下去才发现沙发的另一头已经坐了个女孩子，她正在打毛衣。马令书看她照着放在沙发中间的一本书，边看边打，非常认真，就挪过去一点儿，拿起那本书，是一本介绍新颖毛衫织法的书，就随手放回去，说："你们这里的女孩真是心灵手巧。"

打毛衣的女孩问他："你会吗？"

马令书说："我不会。"

女孩说："如果你是女孩子，你就会了。"

马令书说："等来世吧，来世我若生成女孩子，一定好好和你学学。"

女孩子无声地笑了。

徐燕的卡拉OK突然停了，她想听马令书和织毛衣的女孩子在说啥，织毛衣的女孩却一下站起来，她有些慌乱，好像不知自己想干点什么，最后，竟过去一把抢了徐燕手中的话筒。屋里有人鼓掌了，以为她是主动要卡拉OK了，女孩抢过话筒，却不唱歌，也不说话，傻愣愣站了好一会儿，样子十分扭捏、别扭，大家都不知道她怎么了。真是太奇怪了。

女孩站在那里，像个做了错事的孩子，又像在和谁认真赌气，女孩站了会儿，又把话筒还给了徐燕。简直太奇怪了。这时旁边拉二胡的男人在换卡拉OK的带子，带子里突然出现了一个男人拥吻女人的长镜头。屋里的气氛陡然高涨。徐燕和织毛衣的女孩都有点兴奋，两个人几乎是同时说了句："真讨厌。"

屋里蓦地爆出一阵大笑。

第 十 章

　　放映厅里打毛衫的女孩就是李青萍，农校毕业后对口分配到朱雀镇畜牧办公室，她比马令书早来半年。李青萍家在丰邑县东南一个偏远的山乡，平时很少回家，和马令书一样，大部分时间住在机关里，一周或两周回家一次。好在朱雀镇年轻的女孩子多，长住这里的也颇有几个和她关系不错的同伴。比如分机室的电话分机员王彦、耿芳，审计科的甄妮。除了这三个女孩子，李青萍还有个初中时的同学，中专毕业后也分到了朱雀镇，现在企业公司办公室。这个同学就是满东。

　　这天李青萍吃过晚饭，到分机室和王彦、耿芳坐了会儿，看到满东吃过饭刷过饭盆回宿舍了，李青萍就拿了刚刚起了个头的毛衣去找满东。满东是个寡言的小伙子，李青萍在满东的屋子里，照旧打她的毛衣，满东则一声不响地看一本武侠小说。两个人的关系既有点像是同窗莫逆，又有点像隔着层窗户纸没人捅破的恋爱中人，这不声不响的二人世界在李青萍看来还是挺温馨的，至少缓解了她想家时的孤独寂寞。

唯一让李青萍遗憾的是，满东这个人太闷了，不爱说话，李青萍来了，就他们两个人时，他也不知说些笑话逗她开心。李青萍不知道他们两个人的关系会怎样发展下去，是做同学一样的朋友，还是做朋友一样的恋人，她还真有点拿不准。李青萍就这样一边打毛衣，一边想心事，不想被突然闯进屋来的一个人吓了一跳。闯进来的不是别人，是马令书。那是李青萍第一次见马令书。

马令书那天刚参加县广播电台的报道员例会回来。那是他第一次以朱雀镇报道员的身份参加的报道员例会，心情多少有点激动。下午散会，他被一个朋友叫到家里喝了点酒，回到机关天已经不早，院子里黑压压一片。他去厕所方便回来，发现办公楼一层只有东面走廊一个屋子还亮着灯，想都没想就闯了进去。马令书还是第一次到满东办公室来，如果不是喝了点酒，他可能不会这样冲动。满东的办公室虽然是第一次进，但他几乎每天上厕所都要经过这间办公室。他记得这间屋子的一面墙上挂着把吉他。

马令书那时正对吉他上瘾，去年夏天在青龙乡，还拉着徐辛庄的团支部书记小柯，一起参加过县文化馆的吉他培训班。当然，学习的结果并不怎么理想，小柯本来就是陪着马令书玩的，不理想也就罢了，马令书却很认真。自从丰台花乡工友那里得到一把吉他后，他没事了就弹一段，有了培训班，他当然不会放过，马令书对自己有很高的期望，他想把自己打造成一个全面发展的人。这样的人光会写几篇报道稿怎么行？只发表一两篇风花雪月的小文章也不可以，每天坚持用哑铃锻炼肱二头肌也不行，最好还要懂点音乐，能弹弹吉他就完美了。

　　吉他学了一个月，马令书不过是记住了几首单曲，水平没有什么质的提高，弹吉他的老师说，这是天赋，没办法。马令书不服气，吉他弹得好不好倒没什么大关系，弹得不好少弹少露怯就是了，但音乐的涵盖面却是宽阔的。以他的想法，吉他弹得一般，写文章还是可以的，于是，马令书回来后便悉心研究起世界音乐史来，看了几本书后，他觉得自己音乐鉴赏的水平突飞猛进，就禁不住手痒，写了两篇有关流行音乐的鉴赏文章，没想到那两篇文章时隔不久居然都在《京都日报》发表了。马令书私下里相当得意。那时报纸的影响大，马令书的文章甫一发表，立刻引起轰动，连丰邑县里最有名最漂亮的主持人都知道了他和他写的文章了。这个消息是在报道员例会上听一个女编辑告诉他的，女编辑说："你知道吗？你写的那两篇音乐方面的文章，连咱这里新来的主持人都夸奖呢，说要找机会认识你。"马令书当然知道这个主持人，她是从全县几百名报名者中脱颖而出的，经过层层选拔，像过筛子一样精挑细选，才出来的"主持人"，当时的场面，阔大得都近似选美了。虽然电视台刚刚成立，但"主持人"已经相当有名了，据说有好几个县领导看好她，争着要把她介绍给自家的公子。这样的人呢，当然有些骄傲了。走起路来昂着头，一副目不斜视的样子。马令书又不是没见过，他认识主持人，但主持人不认识他。现在这样的人都注意到马令书了，马令书自然十分得意。马令书他们开例会在楼的三层。马令书打听了，说主持人和播音员都在六层一个单独封闭的房间里，那是电台电视台的一块禁地，一般人不让进。他就想，就冲主持人这个"知音"，总有一天我要去闯闯那个禁地。

马令书那天回来，因了这件事，再联想到满东房间里的那把吉他，再加上酒后的冲动，使他连门也没敲就很突兀地闯进来了。马令书"闯"进来后，才发现屋里并不是一个满东，还有一个李青萍。马令书很尴尬，好像搅扰了别人的好事。可既然进来了，又不好立刻出去，为了掩饰自己的脸红和无措，他进来后径直取下了墙上挂着的那把吉他，问满东："这吉他是您的？"见满东不置可否，就接着说，"我也喜欢吉他，我弹一下没事儿吧？"满东还是第一次见这个新来的报道员，一点儿不了解这个冒冒失失就闯到自己屋里的不速之客呢，只好说："没事儿，没事儿，你别您您的，咱们岁数差不多，别客气，你随便弹。"马令书就坐在身边的床上，弹了几个和弦，让马令书吃惊的是，他在这把吉他上弹出的声音居然很好听。满东一直在看着他，就连打毛衫的李青萍也向他看了又看。马令书那种得意劲儿又出来了，说："嘿，您这吉他，音质真不错。"满东又听马令书开口说了个"您"，不好意思了。这时李青萍抢着说话了，她说："那吉他不是满东的，是小费的。""谁是小费？"李青萍没告诉他谁是小费，捂着嘴笑了，说："你的吉他弹得倒挺好听，你再给我们来一曲听听，我再告诉你。"

李青萍歪在放映室的沙发上打毛衣，想到她第一次见马令书的样子还是禁不住笑了。她刚才去夺徐燕的话筒表现确实太意外了，她也不知道为什么一见马令书会那么紧张。和满东在一起，他们说不说话、说多少话，自己都不会紧张，和机关其他男同事聊多久自己也不会紧张，李青萍自诩是个很会和男人打交道的人：她经历过多少男同事、男老师、男同学，和谁说话都没紧张过，紧张的只能是别人，自己有什么可紧张的？可她今天就是紧张了，不知所措了，不知道自己想干什么了，居然和徐燕去抢麦。麦拿到手，又一句唱不出来。真是现了眼了。要知道，她平时唱卡拉OK是不错的，虽然没法和专业的徐燕相比，但和机关其他女孩子比起来，还是非常不错的。她不是上不了台面的怯场姑娘，她爱说爱笑，活泼自如。可今天是怎么了呢？生生在马令书面前露怯了……

　　李青萍深陷在沙发里，一遍遍叮嘱自己，不过是一个普通的男同事，有什么可紧张的？都在一个大院里上班，李青萍有很多机会和这个"男同事"碰面，比如机关例会，比如早中晚一日三餐，甚至在去厕所的路上，李青萍也没少看见。这样一个常见的人，自己紧张什么呢？李青萍想不明白，而且李青萍发现，马令书并不是像她第一次见时那样腼腆。马令书这个人很怪，平时对人很淡，话都从不和人主动说过一句。再后来，李青萍又发现了，马令书的淡不是平淡，其实是一股说不上来的"傲"——平白无故的你傲什么呢？李青萍觉得马令书没有满东和气，满东和机关里的任何人都谈得来，满东不爱说，但人实在得很，真诚得很，和满东在一起是很舒服的，很不错的。唯一的缺点，就是满东有点闷。其实"闷"和话多话少是没关系的，有时候话多的人，也会让人感到闷，话多的人，如果说的话无趣，你听不进去，或不爱听，可不也闷吗？李青萍所在畜牧办公室的主任老段就是，老段是个40多岁的女人了，一天到晚嘴不闲着，总是张家长李家短地搬弄是非，谁人背后不说人？人闲了谁不背后说点别人的闲话？关键是老段把别人的闲话当正事讲了。这样讲出来的闲话就是是非了，就会让人觉得啰唆、聒噪，烦和闷。

李青萍喜欢和甄妮她们一起，说点相互感兴趣的话题，或者策划点有意思的行动，比如那次她参与策划的"逗"张然和马令书行动。"逗"的主题是，他们各自对"对象"的看法。她以为他们会出糗，她们也会开心。可没想到，结果有点出人意料，她们确实开心了，不过不是她们逗他们开心，而是她们反过来被马令书"逗"开心了，反倒被马令书逗得个开怀大笑，甄妮笑过之后，眼神都不对了，而耿芳更是在事后公开宣称，她"相中"马令书了。眼看着一场"争夺战"就要打响，李青萍觉得自己不能就这样"坐以待毙"，要知道，这些主意可都是她李青萍出的，没有她李青萍，能有现在竞相绽放的大好局面？所以，李青萍想好了，她也要相时而动，主动出击。

这里不妨先按下蠢蠢欲动的李青萍，说说耿芳。耿芳事后的"宣称"并不是玩笑，她还真有点"相中"马令书了。耿芳像被自己点醒了一样，第二天就过来敲马令书的房门了。耿芳敲马令书的门有很多理由，比如分机那里接到了谁给马令书的电话，本来可以喊一声，不用跑过来专程告诉，可耿芳不，耿芳偏就来敲门告诉他。除了电话，耿芳还关心上了镇广播站的稿子情况了，这使得她的敲门和工作挂上钩了，意义重大而严肃。"马令书，咱们广播站的稿子写得怎么样了？"或"马令书，咱们今天晚上播什么啊？今天晚上的广播稿你准备好了吗？"其实这语气有点像领导的语气了。马令书就烦了她，让她别每天总盯着自己，也去问问石如玉，朱雀镇又不是他一个报道员。耿芳说："我就问你。如玉说了，现在广播站稿子的事归你管了。吴书记和小金也这样说的。他们这样信任你，你要对工作负责任的。"耿芳说得严重了。马令书想想，耿芳的话虽不好听，但来头不小，连吴书记小金都挂上了，只好说："你等着吧，我啥时写好了给你，不耽误你播。"可耿芳等不及，她会一天三次来敲马令书的门。最后一次，耿芳敲完门还不走了，直接进屋坐了。耿芳坐下去的位置，是田晓荷和徐燕都不曾坐过的。耿芳坐的是那把椅子。马令书一开门，耿芳直接就坐椅子上去了，耿芳说："你不是没写完吗？我坐这里等你写。"马令书说："你坐这里，我怎么写？"耿芳说："那我不管，你爱怎么写就怎么写。怎么写是你的问题，我只负责坐在这里等。"耿芳故意耍赖皮了。马令书坐在床上，抱着肩膀看耿芳。姑娘长得真是一般了，身上可圈可点的地方不多，各器官长得有点反过来的意思：该大的地方，她小；该小的地方呢，她大；该高的地方，她塌了下去；而该凹进去的地方，她却凸了出来。按说丑点也没关系，或说关系不大，又不是自己的女朋友，又不想娶她做老婆，你丑到天上去，和自己有什么关系？可你别这么厉害啊。这就不好了，这就是丑女多作怪了。马令书说："你看我这一桌子的材料，昨天给吴书记写了一晚上，刚改完，现在还没来得及抄。

等会儿我抄完写给你，不耽误你播。"他想避避这个厉害丫头的锋芒，让她知难而退，耿芳却当真了，耿芳说："哪个用抄你给我，我去给你抄。把你省出来写广播稿，广播稿简单，好写，快！可说好了，我抄完了，你得把广播稿立刻给我写好，别让我在领导那里挨训。"耿芳不容分说抱着马令书的一堆稿子就走。马令书想拦，想想又算了，这个丫头不好惹，说话跟打机关枪，你不小心触犯了，她没准儿就"嗒嗒嗒"，搞得全机关响遍了，好像她和他有什么特别的关系一样，影响不好。

其实耿芳并不热衷于现在兼着的播音工作，对于自己的分机工作也不热爱。她对自己的认识是清醒的：初中毕业，要长相没长相，要学历没学历，要靠山没靠山，虽然彭佳佳一走，小金让她兼着干上了播音员，可她知道，自己从外形到嗓音都离一个真正的播音员相去甚远。耿芳不是没追求，而是对自己缺乏信心。怎么说也是二十几岁的人了，如果不在镇子里，她早该结婚嫁人了，即便在镇里，离结婚嫁人也不远了，一结婚一嫁人，就不能再干分机员了，播音员也轮不到自己。那她去干什么呢？回家哄孩子吗？她可不甘心。石如玉几次批评她的"普通话"了。石如玉说："耿芳你普通话可不行，不如彭佳佳。"石如玉的眼里就有彭佳佳，是不把她耿芳放在眼里的。所以石如玉干报道的时候，耿芳从来没有找她要过播音稿子，不播才好呢，偏偏石如玉是不会让镇里的广播闲着的。不光如此，每次播出她都要亲临现场，不过她的关，根本不让你播出，每次连练带播，耿芳的嗓子都要难受好几天。她早就腻了这个破播音工作了。又不是中央台北京台的播音员，做不做有什么关系？耿芳找马令书要稿子，还是想接近马令书，多了解了解马令书。她觉得马令书是有前途的，郭镇长挖来的人才嘛，前途肯定错不了。关键是她觉得马令书很有才，会写文章的人都有才，耿芳知道。石如玉也有才，但石如玉太傲气，耿芳不喜欢。马令书也有点傲，耿芳就喜欢。耿芳是这样想的，女人可以有才，但一定不能有傲气；男人就不一样了，男人要是有才，就一定傲气一点儿，最好再桀骜不驯一点儿，盛气凌人点都没关系。有前途，又有才华，马令书已经难得了，关键是年轻，耿芳和小金打听了，马令书只有21岁，是小了点，自己比他大了三岁，但有什么关系？女大三，抱金砖嘛，她母亲说过的。最关键的是，马令书还没有对象。这是耿芳猜测的。耿芳想，马令书如果有对象了，他还会从青龙乡跑到朱雀镇上班吗？他愿意，他对象也不愿意啊。

说完耿芳，再说说甄妮。甄妮已经有些日子没这么开心过了。甄妮本来是个爱说爱笑的女孩子，爱笑的人突然笑不出来，多是因为有了心事，关键是这样的心事，甄妮还无法诉说，更不知道该跟谁诉说。因为心事沉郁，甄妮这几日都心事重重的，走起路来都摇摇摆摆了，心事很重了。甄妮还从来没像现在这样过呢。过去也有过心事，有过不高兴的时候。过去有心事了，她喜欢找耿芳、王彦或李青萍说说，说一说，不开心的事很快就云开雾散了，风一样过去了。这次遇到的事却不好说。是对象的事，还不是普通的对象。说不普通，是因为这个对象是付少聪给他介绍的。付少聪对甄妮有点像哥哥对妹妹那样好，比哥哥对妹妹还要好。甄妮很庆幸，她会遇见付少聪。一个人遇见一个人是要缘分的，甄妮遇上付少聪也是缘分，虽说，付少聪是镇里的领导，见个面很容易，但见面了，说话了，不见得会走得近，尤其是心和心会走得近。她和付少聪却走近了。

说起来，甄妮和付少聪认识还是因为父亲。付少聪由县委组织部调到朱雀镇任经济公司总经理，下企业去跑调研，就跑到了父亲的电镀厂。付少聪年轻有为，脾气随和，和父亲很说得来，父亲就常请付少聪到家来"坐坐"。付少聪开始也是把甄妮当妹妹来看的。付少聪第一次见甄妮就说："甄妮长得很清秀的嘛。在哪里工作？"父亲说："毕业了一直在家里玩，还没工作呢。"付少聪说："她学的什么专业？"父亲说："什么专业，不过是混过两年中专，学的是会计。"不久，付少聪就把甄妮介绍到朱雀镇的审计科上班了。付少聪也不避嫌，他不但把甄妮介绍来了，还亲自领着甄妮到了审计科。机关的人都问甄妮，付总和你什么关系，对你那么照顾？甄妮说"没关系"。他们笑。后来甄妮就说，付总是我叔叔嘛。甄妮本来是想说是哥哥的，可是她说不出口。

甄妮来到机关后，付少聪很关心她，可以说嘘寒问暖，可以说无微不至。那些日子甄妮真的很开心。付少聪还开车把甄妮带到过家里，介绍给自己爱人，说这是甄厂长家的女儿，咱们的侄女儿。付少聪就是这样介绍的，付少聪笑笑的。付少聪很高，胖乎乎的，很和气。说实话，甄妮对付少聪还真没有一点儿侄女和叔叔的感觉。她是把付少聪当哥哥的，后来又觉得付少聪比哥哥亲，至于怎么亲，甄妮说不上来了。又不敢往深处去想，因为想是没有结果的，还会越想越糊涂。甄妮有时要笑自己，她对自己说，付少聪就是哥哥，就是哥哥嘛，才不是叔叔。

可让甄妮想不到的是，付少聪这个"哥哥"突然做起她的媒人来了，把一个年轻的小伙子介绍给了甄妮。这事说起来就是前不久的事，是正月的事。正月里，父亲甄如山带甄妮到付少聪家里去"拜年"，付少聪就把一个小伙子介绍给了甄妮。当时甄妮都傻了。要是别人介绍的，以甄妮的性格，能当时就给回了，可介绍人是付少聪，就不好办了。小伙子看上去很木讷的一个人。甄妮一眼看过去就没相中，甄妮怎么会高兴呢？最让甄妮想不通的，是付少聪为什么这么做，把一个连面都没见过的人硬生生地推到面前就做她的对象了？这又不是旧社会，这算什么嘛！甄妮心目中的对象，不是这个样子的，她心目中的爱情电影，不是这样开头的。甄妮很郁闷了。从放假结束到现在她一直这样郁闷着——直到这个叫马令书的人出现。

甄妮也不知道，为什么马令书一开口她就想笑。马令书一说话，就跟说相声似的，一句一个"包袱"，人也像个相声演员，别人那么笑，自己愣是不笑，语气还是那样慢吞吞的，喷云吐雾地抽着烟，装得很正经很严肃的样子，这就更有意思了。甄妮都笑成那样了，马令书还说呢。马令书说："女孩子应该节制自己的微笑，不用虚假的温柔点缀坚硬的人生。"这话就更好笑了。甄妮想，怎么那么严肃费解的话从马令书嘴里出来都变得那么令人发笑呢？甄妮都乐坏了，把肚子都笑疼了，把眼泪都笑出来了。甄妮很久没这样开心地笑过了。甄妮那些笑都是从心里涌出来的，一波一波的，挡都挡不住。马令书出去了，甄妮还笑呢。耿芳生气地说："你别笑了，有什么好笑的嘛。"甄妮说："这个马令书。"耿芳说："马令书怎么了？油嘴滑舌的。"甄妮不管，还顺着自己说："这个马令书，真有意思。"

甄妮突然想看电影了。要说起来，甄妮平时没什么特别的爱好，就是爱看个电影，甄妮喜欢看电影。她最喜欢的电影是琼瑶的，只要是琼瑶的，她什么片子都爱看，因为琼瑶的电影情绪波动特别大，琼瑶的电影里那些为了爱情疯疯傻傻的女孩子总有流不完的眼泪。那些眼泪让甄妮心碎。说起来奇怪了，甄妮是个爱笑的人，喜欢的却是那些能让自己流眼泪的电影。琼瑶的每部电影几乎都能让她流眼泪，琼瑶的电影是山高水长的，是缠绵悱恻的，是爱恨纠缠的，是令人心碎的爱情长歌，可以让甄妮痛痛快快地流眼泪。

县城电影院要放琼瑶的一部老片子《女朋友》。甄妮两天前就听说了，她准备去看。过去甄妮看电影，总要约上李青萍、耿芳和王彦。耿芳和王彦是谁有空谁去，分机室总要留个人值班的。这次，她找了李青萍和耿芳。两个人一听有电影看，当然高兴。甄妮对李青萍说："把你同学满东叫上吧，给咱们凑个伴儿。"谁知李青萍："叫满东干什么？他是个闷葫芦。"甄妮说："那叫谁？现在外边挺乱的，影剧院里尽是小流氓。"李青萍说："叫张然，他肯定愿意去。"甄妮说："他那么腼腆一个人好意思吗？你们这两个母夜叉还不把他吃了？"耿芳这时说话了，说："叫马令书呀。马令书晚上没事，成天叼个烟卷到处晃。"耿芳说："我负责把他喊来，你和他说。"耿芳说

县城电影院
要放琼瑶的一部
老片子《女朋友》。

着真去喊马令书了。

那天中午，马令书陪宣传部来的一个领导一起喝了点酒，耿芳喊他的时候他还在床上躺着。他迷迷糊糊起来，直奔财政所的大办公室，见张然、李青萍、耿芳都在，就问什么事。这时候，甄妮从旁边的审计科出来了，甄妮穿得漂漂亮亮的，脸上带着笑，甄妮说："我们晚上去看电影，想请你一起去。"

这个电影甄妮是第二次看了，她一边看一边和耿芳、李青萍议论。张然和马令书坐她们后面。电影里一出现男女接吻的镜头，马令书就装傻充愣，问张然这些人搂搂抱抱的在干什么，闹了会儿，马令书的头就趴在甄妮的后座上了，马令书的气息热乎乎地吹过来，吹在甄妮的脖颈和耳际。甄妮一动不能动，身子像焊在座位上；甄妮一动都不想动，马令书粗重的喘息仿佛是块磁铁，吸引得甄妮心旌摇曳。甄妮想起一句话了：哪个少男不钟情？哪个少女不怀春？我这也是怀春吗？要不然，心里怎么暖融融、毛茸茸的？有些软，还有些痒，还有春风吹过时水波一样荡起的一圈圈的涟漪？后来，甄妮才知道，马令书是趴在自己后座上睡着了。甄妮心里不但一点儿没有责怪他的意思，还无故地温柔起来。她好想好想，回头，在马令书那明净的额头上亲一口。

电影散场了，甄妮的温柔却没有散场，五个人骑着单车在黑漆漆的夜路上走，甄妮想，黑多好啊，她宁愿走在这黑里，你看不见我，我看不见你，却可以听到彼此说话的声音。甄妮发现自己越来越喜欢听马令书说话了。马令书这个人真是怪了，什么话到他嘴里都跟别人说出来的不一样，什么话到他嘴里都会生动起来，自然、幽默、轻松、有趣、开心。遗憾的是黑夜的旅途还是太短了。他们很快回到了朱雀镇，马路东边的店铺亮着一排排大灯，他们拐进路口，又拐进镇机关的大院子。大院子里也显得亮堂堂的，有一种张灯结彩的喜庆。甄妮的脸还热着，心还在温柔地荡漾，她想，真快啊，时间过得真快，一场电影就这么结束了。

甄妮很有点意犹未尽，真是意犹未尽。她总想说点什么。可甄妮没想到，一路上一言不发的李青萍这时先声夺人了。李青萍的口气也温柔得不行，李青萍像个日本娘儿们那样对马令书和张然说："又耽误你们时间了。"甄妮想，什么叫"耽误你们的时间"？为什么把自己说得那么低那么贱呢？好像是她们求他们看电影一样。即便是求，也不该这样说的，这样说，会被他们小看的，尤其会被马令书小看了去。甄妮可不想这样。

甄妮突然就自尊起来了，突然就有点不满马令书一路上嘻嘻哈哈的调侃了。甄妮说："其实我们就是有点害怕才叫的你们。"马令书说："怕什么啊？别怕，别怕，有我们呢。"马令书学着电影里的腔调说。甄妮说："我就讨厌电影里的山盟海誓，说得都好着呢，尤其是男人，都喜欢赌咒发誓。"甄妮脱口而出，把自己都吓了一跳，心里想，这是哪跟哪啊，好像和谁赌气一样。马令书却一点儿没看出姑娘的心思来，他还在享受着说话的快感和乐趣。马令书确实有点人来疯了。

马令书说："我也发誓，我坚决捍卫妇女儿童的合法权益不受非法侵害。"

第十一章

如玉碰到了麻烦事，她被人跟踪了。开始，如玉并没想到会有人跟踪自己，她在朱雀镇工作三年多了，每天骑车上下班，走那条"之"字形的马路。马路两侧除了高耸入云的白杨树，就是零星的建筑和一望无际的庄稼地。很多女孩子怕在夏天走这条路，说白了还是怕那片庄稼地，夏天的庄稼地是又深又密的青纱帐。几年前的一个夏天，这里出现过一起现在想来还让人毛骨悚然的强奸案：罪犯不仅把一个赶夜路的姑娘拉到庄稼地里强奸了，还活生生地挖去了姑娘的双眼，因为据说罪犯在姑娘挣扎的双眼里看到了自己恐怖狰狞的嘴脸。这就令人发指了。有了这样背景的庄稼地当然让人害怕。就连如玉这样大胆子的姑娘，走起来也未免心生恐惧。

虽然说离夏天还早，麦苗刚刚返青，田野一片坦荡，如玉母亲为了女儿安全着想，还是不忘每天叮嘱她晚上下班早点回来。如玉也听话，每天下班就走，没事儿从不在机关里逗留。她怕母亲担心，也怕给自己添麻烦。可麻烦还是来找她了。那天，她刚从机关拐出来，就听到前面一溜儿烟摊水果摊那里有人吵架。一对看烟摊的夫妇抓到了那个欠了他们100多块烟钱的家伙，是一个穿夹克衫的青年，他们朝青年要赊欠的烟钱，青年说没钱，不给，就吵起来了。如玉职业敏感，就停下在那里看了看。一看不要紧，她感到那个"夹克衫"面熟，好像在哪里见过。细一想，就是这两天回家路上见的。每次骑车到一半路程的时候，总有一个"夹克衫"加速骑车，故意从自己身边擦身而过，然后歪着脑袋向后笑嘻嘻地看自己，每次都把如玉吓一跳。

回家的路上人不多，除了偶尔有几辆河北牌照的大货车呼啸而过外，路上大多时间是安静的，如玉不肯浪费时间，路上她也不闲着，她爱在路上想想事儿。如玉想什么呢？她想的更多的是最近机关里的"动态""情况"。比如这几天，她就觉得报道员马令书有点懈怠了，不如刚来时那么积极。而和如玉同一宿舍的团委书记小高，这几天也很反常，对自己故意甩起了脸子，爱理不理的，脚上的动作也大起来，好像哪儿都碍她事一样——分明就是冲着她如玉来的。马令书，如玉还不十分熟悉；小高，如玉可是再熟悉不过了。按说小高对自己也还行，每年县里的共青团代表大会，如玉都是朱雀镇当仁不让的重要代表。如玉呢，对小高的工作也特别支持，只要团委活动，她总是第一个抢着去报道。可说实话，如玉又有些看不上小高。她看不上小高说起来也是因为工作，如玉对谁不满好像都是因为工作。如玉永远把工作放到第一位。小高没结婚前，工作就不是很积极，镇里的共青团工作显得很滞后；小高结婚后，尤其是有了小孩子后，镇里的共青团工作基本上就停步不前了，人也变得邋遢，每天无精打采，好像心神都晃掉了，也不知怎么回事。镇委副书记老吴几次开会点小高，一般人，要是挨了领导点，最起码会振作一下，做做样子给领导看，抓一两样工作出来。可小高这个人不一样。小高挨了批评，更跟霜打了的茄子一样，越发灰头土脸，越发提不起精神。老吴有一次趁小高不在，说："是不是女人一结婚就都成了小高这个样子呢？"这话小金不爱听了，小金说："瞧吴书记说的，我也是结过婚的。"老吴说："我没说你，你工作还是积极的。我是说小高。"老吴说："这个小高啊，你说可怎么办？咱们党委这边的工作都让她给拉低了。"老吴说这些话时，如玉也在跟前。如玉想，工作积极不积极和结婚有什么关系？天生的人罢了。小高天生就不是个领导的材料。小高以前做团里的工作还要找如玉来讨主意，如玉没少给她出点子、想办法。如玉想，如果我是团委书记，绝不会像小高这样，带死不活的，我一定会把共青团的工作搞得生龙活虎，要让全丰邑的共青团都向朱雀镇看齐。如玉骨子里有股不服输敢为人先的劲头，这是天生的，娘胎里带的，父亲的基因传给她的，石如玉可是当年赫赫有名的石德勇的女儿，没有什么她干不好的工作。

　　如玉心里想事，车子就骑得比平时慢一点儿，一慢，如玉就发现自己身后的不对劲了，具体说，是如玉身后骑车人的声音不对劲，按说，在马路上，后面有人骑车是再平常不过的事情，但往常，后面有人骑车，不是这样的，往往后面骑车的人都是想超过前面的——

你速度慢，他的速度就会加快——哪里有愿意永远跟在一个人后面的呢？除非他别有企图！如玉今天骑车速度这么慢了，多少在她后面的都早超过去了。如玉是个机警的人，她把车子往边上靠了靠，想，这样好了，这样我给你让出位置了，想超你可以加速超过去了。但没想到，后面的声音还是不远不近、若即若离地跟着她，如玉的一双耳朵都竖起来了，她仔细听后面的声音，那声音是匀速的，好像有十足的耐心、十足的把握，胜券在握的样子。这就奇怪了。如玉极快地回了一下头，一回头，她吃惊了，后面的那个人像是故意在跟着她，那个人就是她刚在路口碰到和烟摊老板打架的"夹克衫"。"夹克衫"和如玉很近，也就是两辆自行车的距离。如果想超，他踩两脚自行车就超过去了，看来是有目的地跟在自己后面的了。如玉心里骂了声"讨厌"，不想事儿了，她加快了速度，不歇气地蹬了一段，很快到了桥头，桥是老护城河上的一座新建的水泥大桥，过了大桥，上了坡就是县城了。到桥头的时候，如玉停下来，下意识地回头看了一眼。她还是害怕了。因为"夹克衫"紧跟着也停下来了，和她仍然保持着两辆自行车的距离，如玉停下了，"夹克衫"也停下，他一只脚踩住地面，另一只脚还在脚踏板上，随时待命出发的样子。看如玉看他，"夹克衫"故意东张西望。如玉想：坏了，这回是真碰到流氓了。

　　如玉再次碰到"夹克衫"是星期五下午，还是在路口的烟摊那里，如玉出来下意识地往那里一看，"夹克衫"果然在离烟摊不远的地方，分明是在等她了。这次如玉没有犹豫，她反身回了机关，在机关转了一圈后，直接找马令书去了。她听到马令书屋子里有人说话，没好直接进去，就过去敲了敲门，敲完门后，身子故意往边上闪闪，这动作是下意识的，她是怕碰到田晓荷。她已经在马令书这里碰到过好几次田晓荷了。碰到不愿意碰到的人，总是很别扭的。可这次在马令书房间里的并不是田晓荷，敲了两下门，门没开，屋里的说话声还消失了。如玉也顾不得礼貌不礼貌了，直接一推，门原来只是虚掩着，一推就开了。如玉看见徐燕坐在马令书的床上，趴在马令书的桌子边看书——从看书的姿势看，似乎和马令书已经相当熟了。马令书坐在老刘的床上抽烟。如玉愣了一下。不过，如玉和徐燕还是有话的，不像和田晓荷，一句话没有。如玉说："徐燕在啊。"徐燕看到如玉，脸红了一下，马令书怕人误会，忙说："她在我这里看书。"如玉没看马令书，还是冲着徐燕说："徐燕，看的什么好书，这么上瘾？"徐燕有点不好意思地把书合上，说："我刚来，随便翻翻。你们聊吧，我走了。"徐燕说完，转身出了屋。马令书见徐燕走了，有点遗憾，就问如玉："你有事？"如玉说："没事就不兴到你这里了？"马令书说："你没事什么时候找过我？你永远工作第一嘛！"马令书的话让如玉感到熨帖，想，马令书还是懂我的。如玉说："也没什么事，就是想问你今天回家不？要是回，咱俩一起走。"本来马令书这个周末是不打算回家的，可听如玉这样一说，故意说："好啊，那就一起走。"如玉说："那这就走。"马令书问："你这么急干什么？"如玉说："我有事儿。"如玉不说，马令书也知道如玉"有事"，要不然她怎么会找马令书？如玉优越感十足，马令书也桀骜不驯，两个人在一起"犯相"。

　　骑车出了机关大院，马令书说："怎么，遇到麻烦了？"如玉一听吓了一跳，想自己什么也没对他说啊，他怎么知道的？难道从自己脸上看出来了？但如玉什么也没说，出了胡同口，如玉一眼看到了"夹克衫"，还在那里张望。如玉说："我们快些骑。"马令书就知道什么事了，看来他真猜对了。如玉有了麻烦，马令书反倒很兴奋，甚至有点摩拳擦掌、跃跃欲试了。终于碰到了如玉有麻烦的时候了，终于有她如玉怕的时候了。如玉看"夹克衫"的时候，马令书也特别地看了他几眼：一件拼色的夹克衫，脸有点黑，没有伤疤，没戴墨镜，脖子上也没见黄灿灿的链子，连小混混都不像。马令书骑车经过"夹克衫"时又故意近距离看了他，发现"夹克衫"虽然有些黑，但面部轮廓柔和。关键是眼睛。"夹克衫"的眼睛很大，黑多白少，看着干净透彻，又不乏机灵生动，马令书突然想，这个"夹克衫"不像坏蛋啊，怎么看上去有点像如玉？

　　马令书问如玉："你是不是有个弟弟？"如玉看了他一眼："你什么意思？"马令书嘻嘻一笑："我看那个人不像坏人，倒像是你弟弟。"如玉说："别开玩笑，我弟弟刚上初二。这个人跟踪我好几天了，他是个流氓。""你说那个'夹克衫'是流氓？"如玉点点头，加快了速度。马令书追上如玉，说："你把速度慢下来，骑那么快干吗？你真怕了？"如玉只好放慢了速度，马令书说，"你再慢些。"如玉狐疑地看了一眼马令书，马令书的自行车都不往前蹬了，而是在向后倒链子了。车子只是靠着惯性往前滑行，车轱辘七拐八拐的，似乎随时会倒下。"夹克衫"已经赶上来了，他有点不由自主了，他的速度已经很慢了，可他没想到马令书和如玉比他还慢。马令书看"夹克衫"上来了，故意把自行车往边上一闪，让"夹克衫"的车子擦着如玉的身边滑过去了。马令书高声说："是不是他天天跟踪你？是他我就不去找田春善了。"如玉听得莫名其妙，不过，她看到"夹克衫"超过自己，还是松了一口气，在后面被人跟踪被人看和在后面跟踪人看别人，完全是两种不同的心态。如玉长舒一口气，一下子轻松了，敞亮了，再看前面的"夹克衫"逃离似的背影，她感到一点儿都不怕了，甚至觉得可笑了。这个"夹克衫"究竟跟踪自己多久了？他每天鬼鬼祟祟地跟在我，究竟想干什么！

如玉问马令书，田春善是谁？马令书哈哈大笑，说："田春善是个黑社会。""那和他有什么关系？"如玉看了一眼前面的"夹克衫"。马令书说："我也不知道有没有关系，我虚张声势呢，你听不出来？"马令书解释说，刚才，他们出来，经过"夹克衫"时，他发现"夹克衫"后耳部那里有个"飞马"的刺青，而据听说，田春善最大的讨债公司就叫"飞马"，他下面的弟兄们也都在耳后刺青"飞马"，他据此判断跟踪如玉的人是田春善手下的一个小"喽啰"。如玉恍然大悟。如玉说："看不出来，你心眼儿还真不少。"马令书说："这要啥心眼儿啊？本能反应，为了保护你嘛。"如玉说："他以后要天天跟踪我，你也天天保护我？"马令书说："只要你愿意，别说天天保护你，就是夜夜保护你都行。"如玉说："别耍贫嘴了，我说真的呢，他跟踪我好几天了，万一他天天跟踪我怎么办？"马令书说："不会的。"又说，"你要不放心，那我就过去嘱咐他几句。"说完，马令书就骑车朝夹克衫追过去了。

如玉眼见马令书追上"夹克衫"，和"夹克衫"说了几句什么，她看到"夹克衫"不甘心地回头看了自己一眼，然后飞快地骑车走了。等如玉追上马令书，问马令书都和"夹克衫"说了什么，怎么一下子就跑了。马令书说："我对他说，让他以后别再跟踪你了，我说，你知道你跟踪的这个女孩是谁吗？她爸可是丰邑县公安局副局长，你再跟踪她，她回去跟她爸一说，没准儿把你当流氓抓了法办了。"如玉撇撇嘴，不信，问马令书到底和他说什么了。马令书笑着说："我和他说，你这几天是不是天天跟后面的那个小黑丫头啊？我说你别跟了，实话告诉你吧，她现在可是有了对象的人了。她的对象就是我，你没看到我和她在一起吗？"如玉说："你可真能胡说八道，你真这样和他说了？你还说了别的什么没有？"马令书说："说了，我什么都说了，我告诉她我是你男朋友，我还认识田春善，让他打消跟踪你的念头。我还说，再过几个月，咱就结婚了，我还对他说了一个我们办喜事的饭店，让他到时过来参加呢。结果他一听脸都气白了，骑上车头也不回地就走了。"如玉歪头问："马令书，你真这样说的？"马令书说："真的。要不怎么说？告诉他你是个没主儿的姑娘，让他天天跟踪你？我这样一说等同于直接断了他念想，不好吗？"如玉说："马令书，你真讨厌，怪不得好多人都说你坏，你可真是坏。谁是你女朋友？谁和你结婚？你胡说八道什么呢！"马令书说："你急什么？又没真想是你男朋友，又没真想和你结婚，只是帮你解决问题来了。你以为我真那么想啊？你愿意，我还要考虑考虑呢。"如玉说："行了，别贫嘴了，天快黑了。"两个人很快到了大桥头，如玉说："那个家伙每次跟踪我到这里就不见了。"马令书说："也不见得就是真跟踪你，没准儿也是来送你的，和我一样，给你当个护花使者。"如玉说："屁，谁要他当护花使者？"马令书说："就是，还有我嘛！"如玉说："我说你快点吧，天真的快黑了。你离家还那么远。"马令书说："是得快点了，电影都快开始了。"马令书这话来得突兀，如玉奇怪地看了他一眼。心说，天黑和电影开始有什么关系？我又没答应和你一起看电影，莫名其妙嘛。

刚刚开春，天黑得还是有些早，到县城时，已是夜幕四垂，但一路绽放的路灯把丰邑县城整个府前大街装扮得光怪陆离，煞是好看。路过电影院时，马令书见很多红男绿女相依着往里走，就对如玉说："我说怎样，电影开始了吧？"如玉见到那些挎着胳膊走进电影院的年轻男女，突然想到那个陈斌，让陈阿姨给如玉送过电影票，但被如玉拒绝了。马令书说："如玉，要不咱一起看场电影吧？"如玉愣了一下，说："你还是快回家吧，天都黑了，路又那么远。"马令书就不说话了。

马令书也喜欢在路上想心事，尤其是一个人骑着车在黑夜的长路上。想心事可以让时间过得快些，消弭长路的寂寞。心事当然是纷杂的，五味杂陈，有酸有甜。马令书现在的心事是后悔，越想越悔。他后悔不该说出要和如玉看电影的话。马令书可不是一个在女孩子面前主动的人。主动有两种后果：一是如玉接受邀请，和他进电影院了；二是如玉拒绝马令书的邀请，两个人各奔东西。只有这两种可能。这两种可能在马令书看来都不理想。这要分析起来还是两个原因：第一，如果如玉那么轻易地和马令书进了电影院，如玉还是马令书印象中那个骄傲的印第安公主吗？如玉在马令书心中会打很大一个折扣；第二，如果如玉拒绝了邀请，马令书的自尊心会因此受到打击，觉得被如玉小看了，这也不符合马令书自视甚高的性格。马令书在他的心事里把这种结果不断地放大，肠子都要悔青了。他很想抽自己一个耳光，怎么就低三下四去求人家了呢！他恨自己贱，也恨如玉不近人情，当她的护花使者一路，居然连看场电影这样的简单要求都拒绝了，你石如玉有什么了不起的！可等他到家，躺在自家土炕上时，他又不可遏止地思念起如玉来，他几次冲动地想起来，给如玉写封信，把自己对她的仇恨和思念都说给她。马令书想，我这是怎么了？难道我喜欢上如玉了？我怎么能够喜欢如玉呢！

　　马令书这里痛悔交加，如玉这个晚上也失眠了。如玉忘不了两个人在街上分手时马令书脸上失望的表情，他一定是后悔说了那句话，但如玉是必须拒绝的，只要是个男的，请她看电影，她都会拒绝，这是不容怀疑的，是必须坚决的态度。她怎么能随随便便和人看电影呢？孤男寡女的，那成什么了？她不能一有人邀请就答应谁，她不是封建，也不是清高，是那样做不是她石如玉的性格，也不符合她做人的原则。如玉是有原则的人。可看了马令书最后的表情，她还是有点后悔，因为她知道，马令书和她一样，骨子里都是骄傲的，越是这样的人，一旦主动了，就显得特别固执，特别真诚，真诚得能让人放下所有的武装，固执和真诚一样有力量，一旦这种固执和真诚得不到别人的响应，这个人的心就会从此坚硬如铁，他会痛悔自己的"失言"，并进一步封闭自己，让自己身上防护的铠甲越来越厚。可话说回来，如玉又何尝不是如此？你马令书恃才傲物，我石如玉难道就那么随便吗？我姓石，我是如玉，石是坚硬的，玉是温润的，石是外表，玉是我的内里，我是表里如一的，是宁可玉碎也不瓦全的。

如玉在床上翻烙饼，想这个马令书也是笨得很，偏偏挑这样个时间来请自己看电影，一点儿没有个缓冲的余地，看来也是个徒有其表的才子，看上去敏捷聪慧，其实粗粗拉拉，一点都不了解女孩子的心思。如玉也是个女孩子呢。如玉又想到陈斌，她当时是毫不犹豫就拒绝了的。每次她的拒绝都是理由充分的，一个律师不好好想想案头的工作，成天想着钻电影院算怎么回事？现在和马令书的事合起来一想，如玉也有些后悔了，都是90年代的年轻人了，一起看场电影又怎么了呢？如玉想起自己，突然发现，自己也是快要22岁的人了，她还没有谈过一场像模像样的恋爱。真是遗憾了。

此刻，夜深人静，如玉一腔女孩子的心事竟然盖过了往日争强好胜的所有的念头，很有些情思绵长，扯不断理还乱了。

第十二章

如玉说徐燕"挺活泼的"，马令书发现，徐燕还真挺活泼的。相比田晓荷，马令书更喜欢活泼的徐燕找他"看书"。田晓荷是沉闷的，不声不响，来得悄然，去得安静，白天都仿佛是夜里的一道影子，这影子只有在夜里才会发出鬼魅的弧光。徐燕却不一样。徐燕就是一只飞来飞去的燕子，呢喃有声，脚步里都流淌着快乐的音符。她敲门的声音是轻的，可进来后就笑语盈盈。刚开始，徐燕还多少有些拘谨、羞涩、放不开，眼神如莽撞的小鹿，话题不知从哪里开始。来了一两次，发现马令书并不是一个"死板的才子"，马令书其实挺好玩儿的。比如说话，马令书说的可不是"普通话"，他说的都是"书面语"。偏偏他一本正经的"书面语"听来那样有趣儿。马令书可以像个诗人那样兀自乱说，说出来的话呢，东鳞西爪，东一句西一句，看似不伦不类，十三不靠，连接起来却好玩儿得很。马令书说话时带有一点儿深思熟虑，也有一点儿淡淡的神经质，像是在表演。从这一点看，马令书和徐燕是有些相似的。关键是话题近。徐燕喜欢诗歌，马令书呢，也不知道从哪里趸来那么多关于诗歌的理论。这一点，有点像好学的学生和循循善诱的导师，实际上两个人的关系要比学生和老师亲近多了，说开了，还是年龄的因素，马令书21岁，徐燕呢，比马令书大两岁，23岁。二十出头儿的文艺青年，内心里都有火般炙热的情感，有个引信，一点燃，就干柴烈火，就噼噼啪啪燃烧了。还有，是性别因素，一个是自视才高的俊男，一个是堪称妙龄的靓女，男女之间的那种神秘、暧昧、朦胧，也成了他们相互间交往的重要磁石，说不上两情相悦，相互喜欢还是有的。再有，谈话也是要有魅力的，谈话的魅力简单说来，就是吸引，两个谈话者中间必须有块磁铁，才能吸引着彼此靠近"多聊几句"。可真聊起来又岂是一两句可以了得？会越说越多，越说越想说，话题就像一个巨大的线团，拉不断扯不清的。谈话的魅力还在于时间的快，那样的时间是飞快的，好像刚聊了个开头，时间就一下过去了，时间在这一刻变得非常短，成了一小块、一小截，甚至一小点，到最后，每一秒的时间都变得特别令人珍惜了。

　　这天午后两点，徐燕准时来到马令书的屋子，好像提前约好了一样。两个人像过去那样一人坐了一张床，徐燕没看书，马令书也没干别的。他们就是聊天，聊的具体是些什么估计谁都记不住。记不住是因为谈话的气氛盖过了谈话的内容，记不住还因为所谈的话题过于庞大和概念化，比如人生、理想、事业、爱情之类的，记不住还因为所聊话题的琐碎和随意，这样的谈话是横生枝节、旁逸斜出的，没有规律可循，也不带任何预见和可操作性。总之话题是散漫的，可这样的话题偏偏又是徐燕喜欢的。徐燕从下午两点进来后，一直没走出这间屋子。其间，马令书去了次厕所，被分机耿芳喊去接了个电话，后来香烟没了，又跑去审计科朝王小军要了支香烟——本来，马令书想自己出去买，是徐燕让他找王小军要，说近，就几步的距离，不耽误两个人聊天。徐燕是想把时间省下来，多聊会儿——马令书不明白徐燕对聊天为什么有这么大瘾。他开始时还是投入的，但因为其间上厕所、接电话和找王小军要香烟，他们之间的话题一次次被打断，到最后，马令书差不多成了个倾听者，徐燕的兴致却一直高得很。

两个人聊着聊着，就聊到了5点半，过去了整整三个半小时了，徐燕居然连马令书的房门都没走过一步。到最后，食堂开饭的铃声已经不耐烦地响过三次，徐燕还没有要走的意思。徐燕对食堂开饭的铃声是没有感觉的，漠视的，可马令书不是，每次铃声响起，马令书都会条件反射似的向窗外看一眼，他开始不断地走神。到第三遍铃声响过，马令书终于打断了徐燕，说："咱们该去食堂打饭了，食堂大师傅打三遍铃了。"徐燕说："我还不饿。"徐燕看了一眼马令书，问他："你饿吗？"马令书强撑着，说："你不饿我也不饿。"徐燕说："那好，那咱们就都别吃饭了。"马令书说："那好，从现在起，咱们一起为'爱'绝食。"马令书说这话没别的意思，是他习惯了这种调侃的语气，他觉得和"一个为爱而生人"在一起，聊得又多是和"爱"有关的话题，那么"吃饭"和"爱"联系在一起调侃一下又有什么呢？马令书即兴说出这话，也担心徐燕会生气，都是女孩子嘛，都小气的，"近之则不逊，远之则怨"，连如玉这样的还生气呢，别说徐燕了。他想起有一次和如玉开玩笑的事了，起因是如玉说她一个同学说，碰见马令书和一个女的在周末逛公园去了，而马令书则坚称那个周末他回青龙老家了，说即使真逛公园也不可能是个女的，如玉则信誓旦旦，说她那个同学不会骗她，说肯定是看见他和一个女的逛公园了才说。马令书说，她说真的就是真的了？她说女的就是女的了？"是公是母掰开来看。"马令书最后开了句粗俗的玩笑。结果如玉就恼了，三天没理马令书。他想自己说出这话，没准儿徐燕也会生气。谁想徐燕不但没生气，还笑了，徐燕说："这可是你说的，你可不许后悔。"一副放开一切，重新开聊的架势。

马令书是真饿了，开始对着窗外吃饭归来的同事身影不断走神，到最后，马令书的饿就以另一种形式表现了出来，就是嘴里开始涌出了口水，口里出口水，还不如肚子蛤蟆样地呱呱叫几声，肚子叫几声，还能让嘴里的气往下压一压，嘴里出口水怎么办？只能往下咽！可往下咽口水，还会出现另外一个问题，就是咽口水的声音会很响，脖子上的反应也很明显，这就讨厌了。马令书只有赶紧找水喝，可口水不是来了一次就不来了，来了一次好办，喝口水咽下去，喝水的声音和咽口水的声音是不同的，口水多了呢，不能老是端着个杯子，一小口一小口往下咽吧，那成什么了？何况他又不渴，他只是饿。"我看咱们还是先吃饭吧，要不食堂该没饭了。"马令书还是忍不住了。徐燕说："我看你也是坚持不住了，还说为爱绝食呢，口是心非！"马令书说："人嘛，食色，性也，总得先满足自己最基本的欲望。先吃饭，吃完聊。"马令书脱口而出，徐燕却弄了个大红脸。过了一会儿，她小声："我不喜欢食堂里的饭，吃不下，要不咱们出去吃吧？"马令书说："还是在这儿吃吧，这儿方便。"徐燕说："那好，那你等我一下。"说完就出门去了。

马令书不知徐燕干什么去了，他等了几分钟，实在等不及了，就一个人拿着饭盆去打饭。天越来越暖，很多机关干部吃饭都在食堂外面的空地上，空地上有桌椅，空气好，还宽敞。马令书看食堂只剩下了馒头和大菜，就要了一份大菜两个馒头在走光了的外面桌椅用餐，来时那么饿，可一看到一咬一口白茬儿的馒头他还是吃不下，馒头只吃了多半个，剩下的都让他掰碎，蘸菜汤，喂了围着他喵喵叫的野猫了。吃过饭回到宿舍，他感到有点累。没想到聊天原来也是累人的，没想到徐燕居然这么能聊，把自己都聊累了。马令书自嘲地想，真是有福不会享，过去没人和自己聊天，半天半天枯坐着，现在有人找上门主动陪聊来了，居然会累。

他刚想躺下休息会儿，徐燕回来敲门了。徐燕脸蛋红扑扑的。马令书说："徐燕你干什么去了？我看你老是不来，就一个人去食堂先吃了。"徐燕扬了扬手中的袋子，说："我去给咱俩买饭了。"马令书看看徐燕手中的塑料袋："真去买了？也不早说。"徐燕说："怎么了，我不是告诉你让你在屋里等我吗？"马令书说："我刚在食堂吃过了，你自己吃吧。"徐燕的红脸就成了白脸，徐燕生气了，说："你这个人，爱吃不吃！"然后把门一摔，"噔噔噔"，反身走了。马令书没想到徐燕发这么大脾气，有点不可理喻，他摇摇头，复又躺下。几分钟后，门再次被推开了，还是徐燕。徐燕冷冷地站在门口，对马令书说："你到底吃不吃，去我屋？"马令书忙从床上起来，对她说："你吃吧，我真吃了——谢谢你啊。"

这次徐燕没摔门，但看上去更生气了。马令书很尴尬，说不清好好的怎么成了这样。徐燕走了，马令书也躺不下了，他想抽烟，起身去路口的烟摊买烟。好在烟摊还没撤，因为天刚黑下来，摊子的一根杆子上，挑着一盏白炽灯照亮。马令书买完烟，想起一件事，就问卖烟的夫妇，这几天有没有一个穿夹克衫的青年来过。那对夫妇听人说起"夹克衫"，立刻来了兴趣，说那个"夹克衫"，他们并不认识，是今年过了正月才出现的，有时过来买盒烟，有时没钱就先赊着。不过，那次打了一架后，那个"夹克衫"倒是托人把欠下的烟钱都还了，不过本人并没过来。马令书问："那之后'夹克衫'一直没来吗？"老板点点头，老板娘接过话说："那人很怪的，之前几乎天天来，每天都是下午5点左右过来，在这儿附近转一圈，等你们机关一下班，他就跟着走了。"老板娘问马令书找"夹克衫"干什么，说你们机关写报道的那个姑娘也来问过。马令书忙说没什么，只是随便问问，说完转身往回走。

回来时，他发现自己桌上多了两瓶啤酒、一根香肠和一餐盒热气腾腾的饺子。马令书怅然地对着桌上的一堆食物好一阵发呆。他知道这是徐燕给他拿来的——他回想了一下自己的身世，还从没有一个姑娘对他这么好过呢。想到这里，马令书的心好像被什么东西扯动了一下，很疼，但是很温暖，让人感动。夜深人静，他把啤酒打开，开始就着香肠，吃那些早已经凉了的饺子。

马令书想找机会好好补过一下。可对徐燕，他又怎么补过呢？也请她喝一次啤酒吃一次饺子？要不请她看场电影？想到那次请如玉看电影被拒绝的经历，马令书还是放弃了。不过，马令书回报徐燕的机会还是来了。徐燕刚写了一篇小散文，兴冲冲地拿来给马令书看，要马令书给她"改改"。马令书不能像上次对徐燕诗歌那样草率了。这次他对徐燕的文章，一个字一个字地看，一个词一个词地推敲，一句话一句话地琢磨，一篇不到1000字的小散文，他前后看了不下五六遍，看着有问题的地方他就亲自改。改到最后，马令书笑了，就像一个沙里淘金的编辑在无数自由来稿里发现了一篇令人惊讶的好文章一样，马令书觉得这篇经自己无数次打磨过的宝剑也可以出手"亮剑"了，他没征得徐燕同意，自己把那篇文章重新誊写了一遍，郑重地署上徐燕的名字，装进信封，贴上一张八分钱的邮票，直接寄给了曾为自己发表文章的《京都日报》副刊部编辑。稿子是寄出去了，可人家看不看，看了又是什么态度，能不能发表，这个马令书可一点谱儿都没有。不过，完成这件事，马令书还是感到无限放松，好像完成了一件特别重大庄严的事儿。他想，那文章发表了当然最好，也算为徐燕做了件秘而不宣的好事；不发表呢，也没人知道，神不知鬼不觉，顶多把那个改好的再给徐燕就是。

自从那篇文章寄出去后，马令书就开始天天看那张只有四开八版的小报。报纸一到手就直接翻到八版去看副刊。副刊上的文章花样翻新地登着，可没一篇能让马令书看上眼的，写得都太一般了，哪篇都没有徐燕那篇好。马令书坚信徐燕的文章会发表出来。徐燕不止一次表达了她想发表一篇文章的想法："我写的什么时候才能在报纸上发表出来呢？"

　　就在帮徐燕寄走文章的当天上午，团委书记小高突然出现在马令书屋里。这让马令书好一阵困惑。在马令书眼里，这个坐在党委办公室一个角落里的女人，要么慵懒地坐在办公室，要么就拖拖拉拉地走在过道里，就连她和人主动打招呼也显得有气无力的。小高个子很高，每天像拖着一条影子在走路。朱雀镇里有两个影子一样的女人，一个是田晓荷，一个就是小高。但小高这条"影子"却和另一条"影子"田晓荷完全不同。田晓荷的"影子"是轻的，轻飘、鬼魅、忧伤，如影随形，却身手敏捷；小高的"影子"却是重的，沉重、迟滞、拖沓，拖泥带水不利索。小高怎么会到马令书屋里来呢？

　　小高来后，一屁股坐在马令书床上，一点儿犹豫没有。马令书只好去坐老刘的床。其实马令书非常不喜欢老刘的床，老刘的床有一股浓重的烟草和油汗的臭味。马令书对结过婚的女人好像有种天然的敌意。（这一点从马令书知道田晓荷结婚后，两个人的关系发展得到了佐证。知道田晓荷结婚后，马令书再也没有那种美好的感觉和想象了，他对已婚的女人有两种截然不同的态度，要么是纯粹的原始欲望，要么就是根本不放在眼里。）不过敌意是在心里的，话说得还挺漂亮："是高书记啊？高书记怎么大驾光临到我的寒舍了，高书记有事吧？"小高笑笑，说："没事，过来和你坐坐。"马令书站了起来，说："高书记有话尽管说，有什么事情做尽管吩咐，是不是镇团委最近有什么活动需要报道一下？"

马令书客气、殷勤得都有点过头了，他可是很少说这种漂亮的客气话的。他知道，凡是这种客气，其实也意味着一种疏远。但这样的客气殷勤无疑是对的，是别人喜欢的。其实说起来，马令书的殷勤客气还是从如玉那里学来的。如玉不管这叫殷勤客气，她叫"热情"。如玉带着马令书到处熟悉情况，没少向马令书介绍自己的"处世经验"，没想到在小高这里用上了。小高说："我真没事，就是过来到你这里坐一坐。"小高说："我见田晓荷她们常在你屋里坐，我也来坐坐。"这话就说得不着调了。她来坐，和"田晓荷她们"有什么关系？可这话，马令书又没法说。

小高看上去也没什么特别的表情，连脸上的微笑表情看上去也是混沌的，说不清，也想不明白。小高莫名其妙地坐着，也不看书，也不"谈工作"，就是"坐"着，偶尔说两句话，也东一榔头西一棒槌的，让人摸不清头脑。这就更奇怪了。马令书想找点话题和小高说，毕竟小高是团委书记嘛，怎么说人家也是团委书记，是机关里的科级干部，不好怠慢的。

马令书问："您和如玉是一个宿舍吧？"问完，马令书就后悔了，这叫个啥问题呢？小高一愣说："是……是啊，如玉告诉你的？"小高的回答也是绝了，这还用如玉告诉吗？机关谁不知道，她小高和石如玉是一个宿舍？马令书只好顺着刚才问话说下去了："如玉不在屋？"小高看了一眼马令书，说："你找她有事？"马令书说："没事没事，就是想和她聊聊通讯报道的事。"

　　马令书完全是没话找话了，也有尽快撵小高走的意思。小高在他屋里坐着，让他如坐针毡，太不舒服了。可小高偏偏就没有走的意思。小高还把身子往后面的墙上靠了靠，那样坐起来可能更舒服一些吧。小高屁股坐稳当了，才慢慢地说："你别找如玉了，以后也别叫我高书记了。从今天起我就不是团委书记了，如玉也不是报道员了，她以后是团委书记了。"

第十三章

石如玉走马上任共青团朱雀镇委书记的第一件事，是带领机关全体青年团员到敬老院开展为孤老义务服务活动。如玉真是太积极了，还没等到在机关大会上宣布任命，这个新任团委书记就燃起了第一把火。

说起敬老院的第一把火，那火还是马令书酒后给烧的，至今想起来，马令书还惭愧得不行，懊悔得不行，关键是太丢人了。马令书真是不想去，找了好几个理由，想推掉这事儿。但如玉不干，如玉说："谁不去，你也得去，你必须去。"如玉的话里有不容拒绝的意思，很像个书记的样子了。

好在那天田晓荷没去。按说田晓荷也是团员，虽然结过婚了，仍然是团员。如玉要求"所有团员都必须去"，但田晓荷就是不去。民政办的彭佳佳走前还问如玉，要不要叫上田晓荷。如玉说："别叫了，我通知她了。"如玉又说了句，"不管她，她爱去不去。"他们的工具都是自带的，扫把、抹布，还有扛了铁锹的。如玉像个指挥千军万马的将军，直接领了队伍走在最前面。走到一半的时候，如玉招呼，所有男团员都给我到前面来，张然、满东和王小军就呼啦啦到前面去了，只剩马令书一个人还在后面闷头骑车。

徐燕是最后一个从后面赶上来的，她用手轻轻碰了一下马令书，小声说："嘿，骑这样慢，你想什么呢！"马令书直通通不假思索地说："想你。"徐燕说："真的？"马令书说："还假的？"徐燕就说："谢谢你啊。"马令书说："我想你，你不用谢的。我就是随便想想，你也别认真，别跟上次那样啊，搞得我好像欠了你什么似的。"徐燕故意说："上次哪样啊？"

敬老院的院长领着一帮老头儿老太太在门口热烈欢迎年轻的团员们，看来如玉已经提前打好了招呼。马令书尽量往人群里躲，还是被院长发现了。院长说："马报道员也来了，哈，欢迎欢迎。"院长的眼睛在一群人里找来找去，故意问："田晓荷怎么没来？"院长笑笑的，脸上看不出什么山高水长。马令书想，看来还是自己心怀鬼胎，多想了，也许人家院长不过是随便问问。

如玉跟院长客套几句，就分派团员干起活来，她自己身先士卒，专挑又脏又累的活干，这些团员也因为很久没集体活动了，都觉得格外新鲜，如玉带头一干，大伙也都纷纷动手干起来。马令书还是有些心不在焉，萦绕在他心头的还是那天院长办公室里的那把火。马令书想，这事要是让如玉她们知道可就太丢人了。

徐燕把一块沾湿了的抹布递给马令书，悄声说："我们去擦玻璃吧。"马令书就和徐燕一起去里屋擦玻璃,徐燕擦了几下玻璃,没头没脑地说了句:"谢谢你啊,马令书。"说完,脸还红了,马令书奇怪,想徐燕今天怎么了,怎么跟变了个人似的,无缘无故谢自己干什么?一起擦个玻璃有什么可"谢谢"的?还脸红起来了,随便说句话,开个玩笑,有什么可脸红的?怎么一点儿不像那个大大方方的徐燕了?擦个玻璃用得着说谢谢吗?他又不是为她擦的,集体活动嘛。马令书一脸困惑。

徐燕趁左右没人,把抹布放在一边,从口袋里掏出一张叠得四四方方的报纸,她把报纸在马令书面前一点点儿展开,说:"发表了!"徐燕说:"是你给寄的吧?一定是你给寄的,发表了!"徐燕说:"我看了,我写不出那么好的文章来,一看就是你给我改的,改得那么好,应该把你名字也一起写上……"徐燕一句句地说,琥珀色的大眼闪了几下,眼眶里立刻潮乎乎的了。徐燕说:"谢谢你!"马令书这才明白了是怎么回事儿。

徐燕说完,想把报纸递给马令书,却不防被从后面突然窜出来的王小军一把抢了过去,王小军说:"干什么呢你们?不好好干活,鬼鬼祟祟的,有什么见不得人的,我倒要先看看这上面有什么宝贝?"看了半天,什么也没发现,又递给了旁边的彭佳佳,彭佳佳只拿着报纸看了一眼,又还给王小军了,说:"你闹什么呀?就是一张报纸。"王小军说:"肯定不是一张报纸那么简单,你看看徐燕,那表情,都快哭了。"

王小军一句话,把在邻屋干活的如玉她们也吸引过来了,如玉边走边问徐燕怎么了，为什么哭。徐燕说王小军就是爱瞎说，谁哭了？说着就去抢王小军手里的报纸。王小军却把报纸递给了如玉。王小军说："石书记看看吧，看看这里有什么见不得人的秘密吧。刚才徐燕和马令书两个人鬼鬼祟祟的，肯定和这张报纸有关。"如玉很严肃地说："王小军同志，请不要瞎说。"王小军说："我没瞎说，你快看徐燕，徐燕的眼都红了，脸也红了。"如玉看了眼徐燕，又看了眼马令书，说："肯定是马令书，又欺负人家女孩子，又拿什么调侃说笑徐燕了。马令书你可要注意啊！"

马令书当然知道报纸里面是啥秘密，不过，出乎意料的是，他一点都不激动，也不兴奋，他没想到这件事会以这样一种方式出现在大庭广众之下，与他的初衷相左，反而让他打不起精神了。他镇定了一下，对如玉说："可能是徐燕的作品发表了吧？"如玉立刻翻看报纸，不一会儿，脸上又露出了习惯性的夸张表情，说："嗬，徐燕、徐燕。真不错嘛，好事嘛，原来是徐燕发表文章了。"

如玉这话等于给徐燕做了个现场报道，结果院子里干活的团员都围了过来，争着抢着要看徐燕的文章。徐燕更尴尬了。她在成百上千人的大舞台上没怯场过，现在这阵势，她却怕了。徐燕的脸都成一块红布了，眼睛不知往哪里看好。徐燕说："有什么好看的？有什么好看的？"如玉说："大家别闹了，大伙儿都继续干活吧。干好了，让马令书大才子给咱们每人都写一篇文章发表，怎么样？"

如玉这话听起来既像为徐燕打圆场，又像在安慰、鼓励大伙儿，用意很深了。如玉说完还特意看了一眼徐燕，看完徐燕，又看马令书，如玉说："马令书，和我进里屋一起墩地去，一个大小伙子在这里擦什么玻璃啊？这是劳动，又不是拿绣花针绣花，又不是写文章。"说完，不由分说把手里的墩布戳到了马令书的面前。

围着的人大部分散去了，可还有几个不肯散去，她们一直站在那里，好像故意要站在那里一样。站在那里的三个人，分别是耿芳、甄妮和李青萍。开始她们就是站在外围的，一直冷眼旁观，想看里面发生了什么，现在里面的人散去，就剩下外面的她们。她们三个人在一起，你扶着我的腰，我搂着你的肩，暗里是"冷眼旁观"，表面上却亲亲热热，喊喊喳喳，说得十分热闹，不时有个人会发出很大的笑声来，像个小喇叭。人没散去前，她们不笑；人散去了，她们却笑了。她们不散，是因为如玉的一句话提醒了她们，让她们也想说话了。

三个人你捅我一下，我掐你一把，最后，耿芳先说话了："马令书，大报道员，别走啊，什么时候也给我写一篇发表啊？"耿芳这话是看着马令书说的，连看都没看徐燕，好像徐燕根本不存在一样。甄妮也说话了，甄妮还是那么细声细气、有气无力的。甄妮也不看徐燕。甄妮说："说真的呢，什么时候给我也写一篇啊？发表了我请你看电影。"甄妮说完，用手捅了一下李青萍，李青萍忽然红了脸，扭捏了，像那次突然抢了徐燕话筒时的表情一样。李青萍说："我才不用他写。那算什么？发表了算谁的呀？我不用的，谁想用谁拿去发表好了……"

李青萍的话还没讲完，徐燕把手中的抹布突然往水桶里一摔，扭身跑出了敬老院。

徐燕是哭着跑的，这让马令书非常自责，好像那些伤害徐燕的话都是自己说的。那些话明着是冲自己来的，可句句都直戳徐燕的心窝子。这些话有点过分了，伤人了。有点杀人不见血的冷酷。要说徐燕的那篇文章，马令书给改过是不假，可再改也是人家徐燕一笔一笔写出来的，马令书不过是给改改错字，顺顺句子，她们怎么能那样说徐燕呢？

马令书想，一定是她们嫉妒了。嫉妒是女人的天性。马令书并不怪耿芳她们，她们知道什么？马令书觉得这件事情的罪魁祸首是王小军。马令书想，徐燕和我说话，你起什么哄？要是没有他王小军过来抢报纸，如玉就不会出场，如玉不出场，就不会说出那句让他"一人写一篇发表"的话。那句话你不细琢磨，还真没什么，很普通，马令书不是报道员吗？每个人给写一篇确实也说得过去。但这句话，和徐燕发表的文章一块儿说，问题就来了，好像在暗示徐燕的那篇文章是他马令书给"写"出来"发表"的。想到这里，马令书知道了导演了这一出戏的，王小军不过是引子，耿芳她们不过是帮凶，幕后最大的主谋竟是如玉。这样一想，马令书突然就触摸到了如玉的心机和城府，又联想到她不声不响地突然成了朱雀镇的团委书记，这如玉在他眼里就越发深不可测了。

敬老院院长依然热情，中午为如玉他们安排了酒饭。院长的意思是，如玉新官上任，第一件事就是为镇里的孤寡老人做好事，中午的"东"他一定是要做的。如玉说："那怎么行，我们是来劳动的，如果还吃饭不就成了到你们这里吃吃喝喝了吗？本末倒置，劳动的意义全变味了。"院长说："石书记想多了，不过是吃个饭，也不是专门请你们，你们不来我们也要吃饭，主要是让你们和孤寡老人一起体验一下敬老院的餐食，看看老人在我们这里吃得怎么样，也算是对我们工作的一种监督嘛！"院长这样一说，如玉果然同意了。如玉第一次拉着队伍出来，如果干了半天的活，最后连饭都不管一顿，她也怕团员们会私下抱怨。现在，既然院长这样说，那就让团员们一起和老人们吃个饭，吃饭也是劳动嘛，还可以给老人夹菜盛饭，照顾一下老人，也很好，还其乐融融，打成一片了。

吃饭时，如玉故意把团员们按三个人一小组，分成了好几个小组，安插在这些就餐老人的中间，为老人"服务"，如玉、彭佳佳和马令书陪着院长、副院长等敬老院领导，说是为领导服务。为领导服务和为老人服务还是有区别的。因为领导要喝酒，马令书一听要和院长一桌就紧张了，一听说还要喝酒，他的紧张就成了怕了，一点儿没有了第一次喝酒时的潇洒。马令书几次声明中午不能喝酒，说下午还有写稿任务，院长哪里肯依？院长笑眯眯地说："马报道员，咱们又不是第一次了，你是能喝的，我知道，今天你不能不喝啊。"院长说："上次和民政高主任和田晓荷来，你很能喝的嘛。你能和高主任田晓荷喝，就不和石书记喝一杯？"如玉说："您叫我什么呢？别叫石书记，叫小石，要不就叫如玉。"如玉说："马令书，院长这么说了，你就少喝点嘛，我也喝点，我要敬院长酒呢。"说着，如玉率先站了起来，说："感谢院长支持共青团朱雀镇委的工作，我代表共青团朱雀镇委和所有团员敬院长一杯酒。"院长被如玉说得也站起来，很庄重很严肃地拿起酒杯一仰脖干了，说："石书记真是痛快。来，大伙都喝点酒，祝贺石书记！"院长这样一说，庄重严肃的空气立刻变得活跃了。饭厅里倒真的像个大家庭一样长幼有序、有说有笑了。

院长酒桌上只字未提马令书和田晓荷差点把他的新办公室"烧"了那件事儿，虽然几次说起田晓荷，但都是点到为止，分寸感把握得相当好。马令书渐渐放下心来，随着几杯酒下肚，马令书发现，他的担心其实是多余的，院长对自己还是客气的，一口一个"马报道员"地叫着，几次端起杯子来和他碰，马令书的一切担心最后都成了感激，好像院长成了自己的"救火队员"，成了自己的恩人和大救星，不和院长喝几杯就不足以表明自己的知遇之恩一样。

几杯酒下肚，马令书脸红耳热，就满口的赤胆忠心，满肚子的侠骨柔肠，满桌子都是他最亲近的人了，刚才在他眼里还阴谋家一样的如玉，一下子成了聪明睿智机敏洒脱前途无量的政治新星，就连他嘲笑过的如玉"假小子"短发，也成了飒爽英姿的生动写照，无比迷人了。如玉还是很有魅力的。如玉要是少些心计，多一点儿女性的温柔，那就相当有魅力了。马令书这样想，就不由自主地把她和坐在她身边的彭佳佳比。彭佳佳比如玉温柔，长长的头发、白白的脸蛋、柔柔的眼神，那眼神里还有着一闪而过让人捉摸不定的忧郁，那忧郁有点像田晓荷……马令书想到了田晓荷，一下警醒：这酒千万不能再喝了，再喝下去就坏了。马令书用张开的五指扣住自己的杯子，像老虎爪下罩住了个心爱的小动物，无论如何不肯撒开了。

中午的朱雀镇一片肃穆安静，太阳光照下，两层小白楼安静地卧着，整个大院里不见一个闲人。马令书回到宿舍，躺在床上，迷迷糊糊的，脸烧得厉害，脑袋似乎也变大了，很乱，像是开了一锅的稠粥，咕嘟嘟地冒着泡，里面纷纷攘攘的，很多不知名的角色，挣扎着，争先恐后地想出来。耳朵却异常地灵敏了，连风吹窗帘、掀动书页的声音他都听得无比清晰。后来敲门声响起来，一下一下，很轻，但很沉着，马令书晃荡着起来开门，一个身影鬼魅一样闪了进来，他开始还以为是田晓荷，吓了一跳，再看，原来不是。田晓荷是不笑的，这个人却笑着，受惊小鹿般琥珀色的大眼多情地看着他。马令书一下愣了：是徐燕。

马令书想起上午徐燕哭鼻子的事，但这会儿见到的却是笑着的徐燕。马令书问："你没生气？"徐燕说："我为什么要生气？"马令书说："你那会儿不都气哭了吗？"徐燕说："我是骗他们的，我是高兴才哭的。"马令书问："真的？你真的没生气？"马令书又说："我也没问你，没征询你意见，就直接替你寄出去了，没想到真会发出来。"徐燕说："我知道，所以我才高兴啊。"马令书说："我还以为你生气了，生她们的气了。"徐燕说："她们说什么我都不气的，不信你过来，你看看我有生气的样子吗？"徐燕把脸往前探了探，让马令书看，"我是生气文章被她们看到了，我不想让她们看，只想让你看。"

徐燕又说："你过来看看啊，我是不是真生气的样子？"马令书真就近前看了，马令书喝了酒，走路的样子有些打晃儿，徐燕又轻声笑了起来。马令书说："你别动啊，我看看，我看……"身子就过来了，徐燕说："我没动，给你看。"身子直往后躲，后面是老刘的床，一不小心就倒在床上了。这个姿势特别浪，像是一种故意和引诱了，让人想入非非。马令书身子站立不稳，一下压在徐燕的身上，嘴里还说呢："你别动，让我看看，看看……"

徐燕正对着马令书的脸，闻到了马令书嘴里的酒气，徐燕说："你这是喝多少酒啊？你喝多了。"马令书没听到徐燕说什么，他只看到了徐燕柔软的嘴唇翕动着，他一头扎了过去，没头没脑的。徐燕的脑袋使劲儿摆动着，马令书就没头苍蝇一样，这儿一下，那儿一下，湿漉漉的嘴一会碰到被子上，一会又差点挨着墙了。马令书的嘴笨得要命，可还是在不断寻找着，很快，徐燕的头发、眼睛、鼻子、耳朵、下巴都被他蜻蜓点水一样的笨嘴触碰过了，可不知为什么，他就是找不到徐燕柔软芳香的嘴唇。

"马令书，别闹……你醉了！"徐燕压低了声音，那声音在马令书听来不像警告，倒像是在呼唤他了。马令书的一张嘴成了瞎子手里的拐棍，急如骤雨般地指指点点……徐燕呻吟着，说："马儿……马令书……你别这样。"马令书说："徐燕。"徐燕说："马令书。"马令书说："徐燕、徐燕。"徐燕说："马令书，求你了，别这样。"马令书说："徐燕，我喜欢你……"徐燕说："你们男人都一样，都是见了一个喜欢一个的，口是心非。"马令书愣住，好像一下清醒了："什么叫你们男人？你接触过多少男人啊？"徐燕说："马令书，你讨厌，你说这话真讨厌。"马令书说："我讨厌什么？我又没强奸你，我现在正在喜欢你……"徐燕说："你要死了，马令书——"徐燕有点生气了，也不躲闪了，一副听天由命俯首就擒的样子。

这时候，政府办门口那个挂在墙上的古老的铜钟，突然当当当地紧急敲响了。

政府办主任老乔一边敲钟一边大喊："着火了，大王山着火了。"

马令书还是第一次听政府办敲钟，他一时愣在那里，双手支在徐燕的身子两边，头也抬起来了，徐燕趁机抽身起来，她几乎是兴高采烈地在屋子里挺了挺腰身，一头长发向后一甩，说："你还愣着干啥？快换衣服，去救火啊！"说完，徐燕跑出屋去了。

马令书一时有些无所适从，他不知该换什么衣服，他还从来没救过火呢！等他磨磨蹭蹭地从屋里出来，看到机关大院里已经站满了人，本来响晴的天，不知什么时候已经阴上了，此刻正有雨丝从天空中一点点儿扯下来，这还是他到朱雀镇的第一场春雨呢。他看到了徐燕，她不知什么时候已经换了件红裙子，从文化站出来，迅速向马令书这里看了一眼，然后仰起头，好像正恣意享受着春雨的爱抚。

机关大院里的人，还站在院子里，不知是在等车，还是在等领导的命令，这时候，政府办里面的电话响了起来，主任老乔几乎是跳着，跑进去接了电话。一分钟不到，老乔又跳了出来，欢天喜地说："没事儿了，没事儿了，火已经被扑灭了，咱们不用去了。"

一院子的人纷纷作鸟兽散，马令书望着阴沉沉的天空，倦意再次袭来，一种荒诞和疲惫也袭击了他。他觉得自己好像刚从大王山扑火归来，正要偃旗息鼓回屋去，却看到徐燕像一团移动的小火苗一样向礼堂那里跑去了，徐燕一边跑一边唱："三月里的小雨淅沥沥沥沥沥，淅沥沥沥下个不停，山谷里的小溪哗啦啦啦啦啦，哗啦啦啦流不停，小雨为谁飘，小溪为谁流……"

马令书看了一眼眼前逐渐织密的雨网，叹口气，心想，徐燕的歌，唱得真是如诗如画，应时应景儿，只可惜，坏了他一场好事。不过，他又想，也不一定就是好事，万一弄巧成拙了，结局是好是坏还很难说呢。

第十四章

甄妮还想看一次电影，甄妮觉得电影院里黑灯瞎火，连呼吸都像嘹亮的暗示，黑暗里每个转瞬即逝的眼神都带上了暧昧的光，特别温暖，特别吸引人。甄妮以前是没这种感觉的，这种感觉就是上次看过《女朋友》才出现的，相当让人回味。

甄妮是临时想起，想一起吃晚饭时再和耿芳她们说，谁知这天晚上，她们几个不知道都跑哪儿去了，一个都没见到。甄妮独自吃过饭，先去畜牧办找李青萍，李青萍不在，又去分机室找王彦和耿芳，又是王彦值班，问耿芳和李青萍哪儿去了，说李青萍中午吃过饭就走了，耿芳正在宿舍躺着呢。

甄妮跑到后面宿舍去找耿芳，耿芳有气无力地起来给她开门，说改日再去吧，她现在哪儿都不想去，身体"倒霉了"，流得哗哗的，就想在被窝里躺着。甄妮说："就你娇气，说得那么邪乎，还哗哗的，你以为你那里是自来水啊？"说完自己先捂嘴笑了。耿芳也皱眉头笑了，说："真难受着呢，我也不知道自己这阵子怎么回事，量特别大，特别多，真跟自来水似的了。"耿芳又问："都谁去啊？"甄妮说："还有谁？就上次那几个呗。"耿芳一听，不高兴了，说："那下次再去。下次去别叫马令书，只叫张然。"甄妮奇怪，问为什么。耿芳说："为什么？就冲他给徐燕写文章发表就不叫他。"甄妮说："你怎么知道那文章是他写的？没准儿就是徐燕自己写的呢。"耿芳说："屁！徐燕除了会张嘴唱个歌扭屁股跳个舞她还会什么？我才不信她也会写，你要说如玉会写我倒是信。"甄妮说："你要是为这个，那下次让马令书为你写篇拿去发表不就行了？"耿芳说："我上次是说着玩的，我才不让人写那劳什子，有个毛线用？再说，马令书他也不会给我写的，他给你写，也不会给我写。"甄妮问："这又是为什么？"耿芳说："为什么？你比我长得漂亮啊，还会假狐媚，还会装温柔。"甄妮就生气了，站起身来，说："你说的都是什么啊？乱七八糟的，不理你了。"甄妮出来，心里却笑了，想：我真的漂亮吗？就恨不得立刻找个镜子照来看看。往楼前走时，正好经过马令书的后窗，禁不住往他屋里探头看了看，马令书后窗的窗帘却是拉着的，里面黑灯瞎火，乌漆麻黑。

甄妮直奔财政所办公室，财政所办公室灯火通明，电视开着，偌大的办公室，只有张然一个人，木木地在看电视。甄妮就觉得空落得很，寂寞得很，她在门口打了个愣儿，掉过头来，脚往前走着，身子却不知该到哪里去了。到了马令书门口，甄妮停住了，看了看马令书的门，门还是刚才那样紧关着的。她敲了敲门，门好像是锁着的，马令书哪儿去了呢？甄妮顺脚往大门外走，刚转出大门口，却见路灯下，马令书骑着车子过来了。甄妮就高兴了，笑着喊马令书马令书。马令书问她一个人在这里晃什么，甄妮就说："我在等你。"马令书说："不会是又想请我保护你们去看电影了吧？"甄妮说："怎么，你不愿意？"马令书说："不愿意，我还真不愿意。"甄妮问："为什么？"马令书说："我就不爱看台湾的片子，大呼小叫，哭哭啼啼的，让人心里乱得慌。"甄妮说："今天就不叫你陪着去看电影了，没人去。李青萍回家了，耿芳身子不舒服。"甄妮顿了顿，说，"我想回家去一趟，可没伴儿，你陪我去吧？不看电影，陪我回家一趟总行吧？"

甄妮没想到马令书会答应自己。她是见到他才临时想起"回家"的，本来，她一晚上都在找人看电影，谁知马令书一说不喜欢台湾片，她立刻就想到"回家"了。说到回家时，甄妮很认真地红了脸。她怎么突然萌生了要带马令书回家的念头呢？甄妮说"你陪我去吧"，心乱得很，眼到处看，就是不敢看马令书的眼睛，和他看过一回电影，就带他回家？这叫什么事啊？可马令书一答应她，她又兴奋得有些心慌意乱。甄妮说："那你在这里等我会儿，我这就进去骑车去。"

骑上车，甄妮的心才一点点儿安妥下来了。甄妮的家在甄家庄村，位于朱雀镇西南部，离镇政府有13里。甄家庄是个小村，村域面积只有0.58平方公里，不足350口人。全村甄姓人家占了一半还多。据说始祖是明代的一个姓甄的侯爷，先在村西北建了座火神庙，火神庙建起后，香火鼎盛，名震一时，当时人多以此为福地，选择聚集于此繁衍生活，终成一个有500年历史的村落。甄家庄，村子不大，却殷实。

因地处平原，土质肥沃，适于耕种，交通四通八达，南有省际公路过境，村东，一条铁路线闪闪发光通向外省。单说这条贴着甄家庄村的铁路，那是丰邑县唯一的铁路线，1985年夏才建成通车，这条铁路的建成，也结束了丰邑作为北京郊区多年来唯一不通铁路的历史，这在当年的丰邑是一件十分轰动的大事，为此，丰邑县举行了盛大而隆重的通车剪彩仪式。那天，小学即将毕业的甄妮，穿了一条碎花裙子，骑着她爸给她新买的全村第一台24英寸飞鸽自行车去了现场。那天，她第一次看到了火车，第一次听到了火车的鸣笛声，火车鸣笛声响起来的时候，她堵住自己的耳朵，可还是感觉脑袋轰轰的，尤其是火车发动时的声音，真有种震天动地震心震肝的感觉，这些都深深留在她的记忆中，让她难以忘怀，也让她骄傲呢。听马令书说，他还没去过甄家庄，她那种自豪甚至都带出心花怒放的意思了。

出了镇中心，公路上就没有灯了，一片幽暗的黑。甄妮是喜欢黑的，黑的马路、黑的影院，黑灯瞎火，正好可以大胆地想心事。她想和马令书聊聊闪着光的铁轨、呼啸而过的火车，以及火车经过村庄时地震一样的轰隆声，可不知为什么，她却一下想到付少聪了。付少聪一个星期前去南方考察了。考察前，付少聪把甄妮叫到自己办公室，问甄妮最近和小马见面没有，小马就是付少聪介绍给甄妮的对象，甄妮第一次在付少聪面前撒了谎，甄妮说："见了一次了。"其实也不是撒谎，甄妮确实"见了一次"，不过，还是在付少聪家里的那次。甄妮见了一次就再不想见第二次了。甄妮也说不上是怎么回事，那个叫小马的人，看上去还是挺实在的，说讨厌也并不讨厌，就是没感觉，一点儿来电的感觉没有，一点儿心动的感觉都没有。小马后来给甄妮打过好几次电话。每次都说"付叔说了"或是"付叔让我经常打个电话"，甄妮就烦了，她不是烦别的，是烦他的一口一个"付叔"，付少聪能比你大几岁？你怎么就一口一个叫叔了？太别扭了。甄妮在外人面前，也叫付少聪"叔"，可在心里，付少聪却是哥，是比亲哥还亲的哥，一听小马叫"叔"，她却受不了，别扭得厉害，心想付少聪姓付你姓马是你哪门子的叔？付少聪笑笑的，听甄妮说"见了一次了"，还上前拍了甄妮的肩膀一下，付少聪还从没有对甄妮有过这种亲昵的举动呢，甄妮的脸都红了。付少聪说："多见见，有机会领小马去家里，让你爸你妈看看。"甄妮当时不由自主就点头答应了，好像没法拒绝一样，她也确实不知道怎么拒绝。甄妮清楚，付少聪虽然每次都对人笑笑的，可他的笑容里却又有着不容人拒绝的自信和沉着，甄妮的心好矛盾啊。她都为这事愁坏了。

现在，和她回家看看的，不是那个"小马"而是另一个"小马"。不是付少聪介绍的小马，而是和自己只看了次电影的马令书，甄妮的心里有种隐隐的激动和兴奋，慢慢地，甄妮的心又多了几分惆怅：为什么付少聪介绍的不是马令书呢？偏偏是另一个他不认识也不喜欢的小马！现在付少聪走了，她自己却自作主张，把马令书领家里来了。这算什么？这让付少聪知道会怎么想？父母那里甄妮是不用担心的，甄妮在父母那里有绝对的话语权，她喜欢什么喜欢谁，父母是从不管的。父母早说过："你的事我们不管。"甄妮唯一觉得对不住的是付少聪。但，甄妮又想了，付少聪那里应该也不是问题，付少聪对自己那么好，或许付少聪知道了自己真正喜欢的马令书而不是"小马"，说不定也会支持自己的。付少聪之所以介绍小马，那是因为马令书当时还没有来，是因为甄妮心里还从没有过一个能让自己真正喜欢的人。但现在不一样了。现在甄妮喜欢上一个人了，这个人就是马令书。甄妮是了解自己的。甄妮想：我就是喜欢他了。聊一回天，看一次电影就喜欢上了。就是这样的，就是这样简单。就是有一点甄妮闹不明白：马令书是不是也喜欢自己呢？想到这里，甄妮的心就有些惆怅了，心里千言万语，却没有一个字可以吐出口。

马令书不知道甄妮家有多远，跟着甄妮骑了一段，甄妮拐向一条通往乡村的小路，小路两边都是刚长起的庄稼，暖风吹来一丝丝甜蜜的味道，马令书感到新鲜，又舒爽，遗憾的是，靠在里面的甄妮不知为什么竟一句话不说了，未免觉得有些单调。马令书说："甄妮，你怎么不说话？"甄妮说："说什么呢？"马令书说："说什么都行，别这么干巴巴的呀。"甄妮说："我们这样的人可不就是干巴巴的？不会说不会唱不会跳，更不会写文章拿去报纸上发表。"马令书没想到自己一句话竟引来甄妮这一串话来，人就尴尬了，说："我让你说，上次你们就把徐燕气哭了！"一边说着一边故意用车子去别甄妮。甄妮本来就瘦，没劲儿，车子一被碰，把也握不住了，身子在车座上只是晃，人慌张得很，又是叫又是笑，差一点儿连车带人扎到路旁的庄稼地里去。最后还是马令书把车子带直了，马令书说："看你还厉害不？"甄妮忙说："不了，再不了。怕了你了还不成？我就知道我说她你会不高兴。"马令书说："你还说。你还说是吧？"

甄妮又是一阵失声的笑和叫，甄妮的笑和叫，在旷野里传得特别远，声音特别大，特别地欢愉，气氛立刻不一样了。甄妮上气不接下气地央求马令书："求你了，别闹了，整个村子都听见了。"

甄妮一家正在吃晚饭，一屋子的人，对甄妮突然回来都感到有点意外。他们纷纷停下手中的筷子，张着嘴，瞪着眼，望着甄妮领到家里的不速之客，想知道是怎么回事。甄妮一点儿都不意外，她很开心，脸上全是灿烂的笑，一个个介绍给马令书："这是我爸，这是我妈，这是我姐，这是我妹，这是我表妹……"人太多了，一屋子的人，甄妮全介绍了，马令书却一个都没记住。甄妮反过来介绍马令书："这个是我们镇上新来的报道员，小马——马令书。"有个女孩子，也不知道是甄妮的妹妹还是表妹，一听"马令书"这个名字当即笑出声来，一个中年男人小声呵斥了她，一个中年女人忙放下手中的碗筷，把马令书领到了西屋沙发上去坐了。女人一双眼睛忙乱，看一眼马令书，又看一眼甄妮，马令书没怎么样，甄妮倒不好意思起来，说："妈，你看什么啊？把我们都看毛了，快忙你的去吧。小马，你喝水，这是我妈给你沏的龙井，我爸杭州出差刚带回来的，你尝尝。"甄妮妈这才转身出去了。一会儿，甄妮爸也吃完饭了，过来和马令书吸烟，说话。甄妮就趁这个工夫跑到东屋去和姐妹们聊天。马令书并不认识甄妮爸，只是知道是家镇办企业的厂长。马令书当时还想，怎么机关里的人这么多当厂长的爸爸？甄妮爸递给马令书一支烟，马令书忙接过，顺口说："本来想去您厂子那里看看的，一直没抽出时间来，早就听如玉说过您了。"甄妮爸爸抽了口烟，说："小石报道员我们都认识，她过去经常往我那里跑，她爸是镇上的老书记了。"马令书就想，这个如玉，自己过去"经常跑"的地方，为什么不带我去熟悉一下情况？这时那屋传来一阵阵的笑声，很响，很招摇，甄妮爸爸坐不住，说几句话就离开了，剩马令书一个人在沙发上枯坐，他觉得很无趣。

回来的路上，甄妮和马令书像掉了个个儿，马令书成了个闷葫芦，甄妮却成了满竹筒的豆子，话多得直想往外倒。挡都挡不住。甄妮话多，是因为她高兴。她带回了马令书，父母虽然没说什么，但也没有反对。姐妹们的看法却很不同。"甄妮你这是带'保镖'回来了？'保镖'是不是你男朋友啊？"或"甄妮，这个人咋叫这样一个名字？马令书，哈哈，马铃薯——还土豆呢！"甄妮靠在椅子上，既不说是，也不说不是，也不回答人家，只是笑，一个劲儿地笑呢，等大家表达完，她才来一句："你们看他这个人怎么样啊？"一征询意见，意见立刻出来了，好像都等着甄妮这话再发表意见一样："瘦了点，黑了点。""个子也矮了点，不过长得还算清秀，眉眼还说得过去。""报道员？写文章肯定很棒了，一定很有才吧？""人看着挺聪明的，就是不爱讲话。"甄妮说："他和你们能有什么话讲，刚见面？""不爱说的人不好，我看着他有点闷。"甄妮就反驳了，甄妮说："我就没碰见过比他更会说话的呢，一机关的人，顶数他说话最有趣儿了。说话跟说相声似的，可有意思了。"甄妮没想到姐妹们对马令书会这么感兴趣，说好的说坏的，好话坏话甄妮都听出来了，那就是对马令书的第一印象还不错，如果印象不好，或根本不感兴趣，是没人和她说这么多的，她家里人什么性格她能不知道吗？甄妮还听出了她们话里的羡慕和忌妒成分。甄妮就有些骄傲，有几分庆幸，心想，多亏领回来的是马令书，如果换成那个"小马"，才不会这么热闹，怕是要冷场呢，更不可能惹得她们议论纷纷，那是一定的。

甄妮回来时，当然不会和马令书说这些，她说了好些机关里同事的趣闻，耿芳的"粗"、王彦的"细"，李青萍如何热心地给她们当"媒人"，又如何一个都没介绍成。甄妮说："赶明儿也让李青萍给你介绍个吧，不过我们可从没听她说起过女同学，她认识的好像都是男同学。"甄妮说完细声笑了起来。马令书说："那还不好，她正好把男同学给你们介绍。"甄妮说："她还真给我们介绍过，可一听是她男同学，谁还敢和她介绍的处朋友啊。"马令书不知道为什么，问甄妮怎么回事，甄妮只笑不说。

甄妮发现马令书回来时不像来时活跃，也不知是怎么了。甄妮无话找话，突然想和马令书说说"小马"，她想看看马令书对她"有男朋友"这个事情的反应。这个很关键了。这个关系到她该如何处理小马这件事，也关系到她和马令书如何发展。说到底，甄妮还不知道马令书是怎么想的呢。老是一个人想，总是没什么实际意义。甄妮说："马令书，有人介绍了个男的给我，真是烦死了。"马令书说："有人介绍朋友还不好？烦什么？下次回家就不用我了。"甄妮说："和你说正经的呢，你还取笑。我和他见了一面，见了就不想再见了，可他还老是给我打电话，你说我该怎么办啊？"马令书说："那就多见几面。没准儿见多了，就看顺眼了。"甄妮说得郑重，没想马令书这样搪塞自己，就有些生气，说："不和你说了。这事我从没和别人说过，就和你一人说了。想听你意见，你却这样说。我生气了。"马令书说："人家给你介绍男朋友，我能有什么意见？我要有意见不就坏了吗？"甄妮就急了，说："再不理你了，再不理你了，我算看透了，机关里的年轻人数你最坏。"

甄妮急是真急，可急也没办法，甄妮是没法把心里想说的话全说出来的，她觉得自己已经表达得很明白了，可恨的是马令书，不知是听懂了还是没听懂，也不知是本来听懂了还是要故意装出不懂的样子。他怎么不明白我的心呢？甄妮想，怎么什么事到他嘴里都是轻的、薄的，可以拿来调侃和玩笑？马令书真真假假的，甄妮反而猜不出他想什么了。甄妮就觉得马令书小小年纪，城府却是很深的，看不懂，猜不透，关键他还不让你猜透，他要么不说，要么就把说出来的话都变成调侃或自嘲。甄妮又急，又惆怅，因为琢磨不透，还想琢磨，甄妮感觉就像被施了法术一样，想更近些去探究了。

他们回到机关时，天已经很晚，甄妮意犹未尽，锁好车子，开了自己办公室的门，进去转了一圈，又出来了。见马令书宿舍的门开着，里面的灯亮着，甄妮忍不住，顺脚走了过去。说起来，这还是甄妮第一次进马令书的屋。进屋了，觉得哪里都新鲜，这儿看看，那儿望望。马令书让她坐，她也不坐，只见马令书的桌上床上堆的都是书，那些书有的翻着有的扣着，翻着的里面全是字，扣着的里面也全是字。那些书和字立刻在甄妮面前生动起来，眼花缭乱起来，突然甄妮就自卑了。马令书在甄妮心中也一下高大了，马令书真是个读书人，真是个才子呢。想到这里，甄妮还不好意思了，觉得马令书的屋里的书给了她许多无形的压力。她想走，又不舍得，想说什么，又什么都说不出来。想了很久，才说："你看，打扰你看书写字了，还让你跟我回家跑了一圈儿，真不好意思。下次找机会，我单独请你看电影……"话还没说完，脸红了一片。

这时候，门呼啦一下被人推开了，门口站着李青萍，李青萍一张椭圆的白脸也红着。她似笑非笑地看着甄妮，说："你们吃独食，两个人去看电影了？真不够意思，我回来到处找你们，好家伙，还没定亲就要双宿双飞，成双结对看电影！"气得甄妮上去就打李青萍，说："李青萍，你要死了，什么双宿双飞，什么成双结对，居然说这种话，你真是讨厌死了。"

第十五章

李青萍在家里匆匆吃过晚饭就赶回了机关。她在机关住惯了，在家里待不住，心里像长了草一样，只想着快点回到朱雀镇。往日灯火通明、热闹的财政所大办公室里，只有张然一人无精打采地盯着电视看，问张然那些人呢，张然只是冲她摇摇头又扭头看电视去了。李青萍去找王彦，又去宿舍看了耿芳，问起甄妮，都说不知道甄妮干什么去了。耿芳没好气地说，甄妮这个小狐狸，没准儿真和马令书一起看电影去了。

李青萍从耿芳屋里出来，机关里找了一圈，也没见甄妮。李青萍又见马令书的屋子一团黑，门锁着，心里就更不是滋味。她这里走走，那里转转，还回宿舍一个人打了会儿毛衣，想让自己安静下来，可心却乱得不行。她想去找满东坐坐，过去一看，满东的屋子也是黑的。李青萍只好去了王彦分机室，和王彦聊天解闷。两个人有一搭没一搭正聊呢，甄妮和马令书两个人有说有笑地骑车进了大院。她们就故意坐在那里等甄妮过来，好一起"兴师问罪"。平时甄妮出去，回来总要到分机室这边点个卯，说说话的，可这次甄妮和马令书双双回来，甄妮看都没看分机室一眼，晃荡了几下，就扭着身子直接去找马令书了。李青萍就坐不住了，直接追了过来。

李青萍没想到两个人并没去看电影，而是一起回甄妮家了。"回家"，这在李青萍看来比两个人一起看了场电影还要严重，更让她不平和忌妒。他们才认识多久啊，甄妮就这么主动，把人给领"回家"了？真不要脸。看着不声不响的甄妮居然主意这么正，这么独，别人还没怎么样呢，自己倒抢先一步，先把人领走了。这叫什么？她们还算是姐妹吗？李青萍嘴上不说，心里很气。本来，李青萍正对马令书培养感觉呢，谁想，竟让甄妮这丫头抢先"活动"去了，就好像马令书是摆在桌面让人垂涎的肥肉了，眼睁睁让人端了去。看来，她还是下手晚了。当初，耿芳和甄妮使劲撮合她和满东，难道是为了扫清障碍？李青萍这才发现，这两个人一个比一个有手段，先故意说满东，说张然，目的只是为引马令书这条蛇"出洞"，这样一想，满东在她们的眼里，还不及马令书一个手指头，甚至连傻小子张然都不如。把谁都不如的满东抛给自己，她们也太自作聪明了吧？

李青萍心里也琢磨过，自己虽然长得不如甄妮漂亮，没有她的袅娜身段，但李青萍也有甄妮不如的地方，那就是她的白和丰满，白和丰满之外，还有就是她的"经验"。她在初中时开始早恋，到了中专，随着年龄的增长，她的恋爱经验愈加丰富，甚至在实习时，还把一个实习老师都弄到过手。要说起来，能和这些男生和实习老师"恋爱"，除了自己的白和丰满，主要的还是她开放火热的个性，连她的实习老师都说："你的热情就像一把火。"火总是好的，热烈、温暖，燃烧自己，也燃烧别人。李青萍用自己火一样的热情燃烧过不下三个男同学，也用自己火一样的热情，把实习老师烧得一塌糊涂，五迷三道，如果实习老师不是个已经结过婚的人了，李青萍甚至有信心有能力让实习老师和自己在一起长久地燃烧。

"你的热情就像一把火。"没错，我就是一把火！李青萍知道自己是把火，她有熊熊燃烧的欲望，也有熊熊燃烧的能力。可到了朱雀镇，她的这团火却在一点点儿熄灭。她没想到在偌大个朱雀镇，自己竟会如此寂寞！她热情依旧，却再找不到燃烧的"引柴"了。同学满东是块柴，却是块湿柴，不用说风情，感情都是迟钝的，她去他那里那么多次，他竟连她宿舍一回都没去过，连她的手都不敢主动碰一下，连手都不敢碰一下的人还指望什么？李青萍倒是主动过的，不但碰过他的手，还用大胆的玩笑暗示过他，可满东每次不是红头涨脸，就是木木地发呆，真是天生一段朽木一个呆子。

从这点看，马令书比满东要强多了，马令书虽恃才骄傲，孤芳自赏，乍看上去，人也不是多活跃，但一旦熟了，马令书就露出了他的另一面来。马令书的另一面是幽默、风趣、机智和大胆，简直判若两人。马令书是典型双重性格的人。李青萍自视也是个有些微见识的，可综合起来比较一下，像马令书这样的，自己还真从未经验过呢。马令书的特立独行，是孤标傲世，是大胆诙谐，是潇洒风流，是无处不在的夺人光芒。李青萍想找机会和马令书多接触接触，就算成不了男女朋友，多在一起沟通交流一下也是好的。

这是朱雀镇唯一能点燃自己热情的人了，在朱雀镇，除了马令书，李青萍还真找不出还有谁能点燃自己，让自己热烈燃烧的人。李青萍本来早有这个想法了，这个想法早在她们一起看电影之前，早在她第一次在满东的屋里遇见马令书就有了。但她没想到会被甄妮抢了风头，占了先。李青萍想，我不能再装什么淑女了，我本来也不是什么淑女，我应该还是过去的那个李青萍，大胆主动，机会总是更多地掌握在那些惯于主动的人手里的。

这天晚上，李青萍在分机室陪值班的王彦一起聊天。王彦接到一个电话，是找马令书的。马令书的屋里没有分机，各个办公室又都是人去屋空，王彦只有喊马令书到分机来接。李青萍经常在分机室玩，也懂得一些分机的工作原理和简单的操作，无非就是个金属线头插插拔拔的事，李青萍就让王彦去喊马令书，说自己替她会儿，王彦也乐得出去透口气，就去喊了马令书，自己则在外面仰头看起了月亮和星星。

给马令书来电话的是个女的，自称是东风镇的报道员，马令书想了半天，才想起一个高高瘦瘦的女孩子，戴着眼镜，平时说话慢声细气，温文尔雅的，他们在报道员例会上见过几次，可在马令书的印象里，他从没和那个女孩说过话，平时见面连点个头这样的简单的"礼遇"好像都没有。马令书奇怪她为什么给自己打电话。

东风镇的女报道员在电话里却是热情的、熟络的，好像马令书是她交往很久无话不谈的一个好朋友。她上来就让马令书猜她是谁，马令书当然猜不到，女报道员就数落他"不够意思""居然连我都不认识了"，问他什么时候调到朱雀镇的，也不和她打声招呼，她好过来看看他之类的，这就更让马令书莫名其妙、一头雾水了。女报道员紧接着问马令书为什么要到朱雀镇，是不是有什么想法？这想法能不能和她分享一下啊？女报道员一连串的问题让马令书很是为难，如堕五里雾中，不知道该怎么回答，更不知从何说起。关键是，他和她就是"见过面"，连个点头之交都没有，他怎么说？又能说什么？

就是在这个节骨眼上，正在马令书不知如何是好的时候，电话的线路开始出现故障了，那边说话的声音开始时断时续，一会儿通，一会儿又断了，通了后，电话里也是丝丝拉拉的金属声，别扭得很。马令书知道是李青萍在故意捣鬼，一直装作无意倾听他们通话的李青萍，此刻正把那个金属插头，插了拔、拔了插的。马令书在青龙乡的时候，乡里的分机员安红，也兼着广播员，那个有些微胖的好姑娘，对机关里别的男孩子都厉害得很，像一只朝天的尖辣椒，唯独对马令书俯首帖耳地顺从。安红有着一头柔顺的长发，有时两个人一起录广播站的节目，分机室和广播室又在同一个屋的里外间，马令书待得腻烦了，就撩起安红的一头长发，把那些长发恶作剧般地缠在那些电话分机的金属头上，说是要为安红烫卷发……

马令书正发愁如何回答东风镇女报道员一个又一个问题，李青萍的故意捣乱行为，反而解救了他，最后，女报道员在电话那头说，她听几个报道员一起议论，说他离开青龙乡到朱雀镇，是因为看上朱雀镇的报道员石如玉了，女报道员问他是不是真的。"看上石如玉？"马令书听到这句话，一下愣住了，他笑了，笑完才发现吃惊了，还有些生气。他也不知道为什么要生气，听女报道员的口气，好像是在故意开他一个玩笑，可他还是不舒服。刚到朱雀镇，这帮报道员就开始编播他的花边新闻了。他越想越生气，一时有些手足无措，在断断续续的电流中他匆忙挂掉电话，都喘上了。这些话要是跑到如玉的耳朵里，她又会怎么想？真是"人言可畏"啊。

这时王彦也从外面"放风"回来了。李青萍把耳机摘下给王彦，说自己想出去一趟。王彦问她去干什么，李青萍说，她想去理发店吹一下头发。李青萍说："耿芳和甄妮也不知道死哪里去了，出去了连个伴儿都没有。"看马令书还红着脸愣愣地站在分机室不动，李青萍就叫马令书，说："小马，你在干吗？还想那个女报道员？你们什么关系啊？可真能聊。"李青萍说："和我出去一下，我去外面理发店吹个风。"马令书从刚才的震惊中缓过气来，听李青萍说要去理发店，尴尬地摸了摸已然盖过耳朵的长发，想到自己来朱雀镇这么多日子，还从没在这里理过头发，正好可以出去理一下。

镇子外面是有几家理发店的，可那天晚上，这几家理发店好像都集体约好了一样早早关了门，他们从南到北转了一圈，又从北到南走了个来回，家家理发店都闭门打烊，黑灯瞎火。李青萍说："原来这几家都要开到10点多，今天是怎么了？"李青萍说："我吃完饭刚洗过头发，想出来吹吹风，定个型。你看，这样多乱。"李青萍甩了一下头发，故意叹了一口气。马令书说："关了也好，正好回去找张然看电视。"李青萍说："看电视多没意思。"马令书说："那什么有意思？找人聊天，找人打升级？"李青萍说："聊天有什么意思？打牌更没意思，我不爱打牌。"马令书说："那您自己在这里转吧，我可要回去了。"李青萍忙叫住马令书，说："你这个人怎么一点儿绅士风度都没有？陪女士出来，就把女士往马路上一扔不管了？也不怕我碰见强盗、坏人什么的。"马令书说："那就奇怪了，你干什么都说没意思，我可不想在这里傻站着。"李青萍就咻咻笑，说："还文人呢，一点儿不知道浪漫。"李青萍说："反正回去也没意思，咱们就在街上散散步吧。"说着也不管马令书愿意不愿意，径自往黑的马路一边走去了。马令书回又不是，走又不是，只好亦步亦趋地跟在李青萍后面，心里却后悔和她出来了，想还不如在宿舍里看书有意思。

李青萍甩着手，走得很慢，边走边说："今晚真好，外边难得这么安静。"正说着，就像和她故意作对一样，几辆外省拉货的大卡车从前面呼啸而来，大灯打得马路亮如白昼，把他们整个暴露在灯光下。马令书感到有种被灯光剥光了衣服的感觉，浑身不自在。再看李青萍，李青萍灯光下的一头如瀑的黑发也张扬起来，看上去竟如狐仙野鬼般凄厉恐怖。

李青萍回身故意碰了一下马令书的手，说："我们往里面走，里面安静。"李青萍说的"里面"，是一条通往乡村的土路，那条路白天里都难得见到几个人，夜晚就更是人迹罕至般的肃静了。土路不宽，人走两边。李青萍这边走，马令书那边走，李青萍话匣子陡然打开了。她讲她的爷爷奶奶，讲他的爸爸妈妈，讲她的弟弟妹妹，说她的爷爷奶奶老了，爸爸妈妈很辛苦，弟弟妹妹如何不懂事。她一回家就感到自己那个家透不过气来，可刚一离开就又想家。李青萍一路走得很慢，讲得也很慢，慢条斯理地，像和马令书拉家常。走了一段，李青萍招呼马令书过来一起走，说："你离我那么远干吗？我又不是老虎。"马令书走过来了，李青萍又问他怎么不说话了，问他成天待在镇子里不想家吗。

听李青萍讲到家，马令书并没觉得她絮叨，反倒觉得这个人有点亲近了，他想到几次见到李青萍，李青萍都抱着一团毛线在打毛衣，他觉得这个李青萍其实是个很家常的女人。家常，往往都是有些烟火气的，这样的女人，或许家长里短，或许婆婆妈妈，或许琐碎庸常，想来却会给没家的人一份温暖。从这点来看，和李青萍在一起，是和田晓荷在一起完全不同的，田晓荷古怪、忧郁、敏感，有点不食人间烟火，有时让马令书紧张，不舒服。李青萍就比田晓荷来得温暖和自然多了。

那晚是个晴朗的夜，天空澄蓝高远，月亮是个弯弯的月牙的形状，星星却出奇地繁茂和亮。李青萍一再让马令书和她走近一些，说是方便两个人聊天。马令书感觉和李青萍已经很近了，他看到她的一头披肩长发，正在星月的辉映下闪出迷人的光泽来，分外动人了。马令书顺手摸了一下那头发，心里想：好的头发可以让一个本来并不美丽的女人变得可爱起来。马令书有点得意，又顺便把李青萍的肩揽住了。李青萍身子一抖，用手把马令书的手拨拉掉。马令书没忍住，一下笑出声来。李青萍立刻敏感起来，问他笑什么。马令书说没笑什么。李青萍说："你这个人真是怪，明明笑了，还撒谎。"

马令书说："我没撒谎啊，我笑是笑了，但没笑什么，只是想笑罢了。"
李青萍说："诡辩。"

走了会儿，见马令书老老实实的，她又主动靠近他，因为太近了，马令书的手无处安放，只好又别别扭扭放在李青萍的肩上。他想，这可是你求着我放上去的，本来我不想放上去，可是你挨得我这么近，我的手只好放上去了。这次，李青萍没躲，他们依偎着，李青萍的头几乎快要靠到马令书的肩膀上来了，她的样子很羞涩，语气很温柔。她悄声问马令书："知道我第一次见你是一种什么感觉吗？"马令书记忆中好像已经听人这样问过他了，他很奇怪，为什么女孩子总是喜欢谈她们"第一次"见面时的"感觉"呢？"什么感觉？"李青萍说："第一次，你给我的感觉，你是个经历过很多事的人。"马令书笑了。李青萍说："真的，你一定经历过很多事，不然，不会显得那么沉重——哦，也许不叫沉重，我想不出词来形容那感觉，或许就说是电影电视里常说的深沉吧。"

马令书的手放在李青萍的肩膀上，他并没有因为李青萍越来越紧地依偎而搂紧她；相反，那双手像被人故意放在了一个平衡的高点，因为不自然，就显得有些僵硬、机械，身子也相当别扭，不知那手是该放下来，还是继续在那肩膀上放着。前面的路上有自行车铃声响起来，却看不到人和自行车，只是感觉过来了两个人，一边骑车一边说话，说话声听得不甚清晰，铃声倒是清脆、悦耳。马令书趁机把手从李青萍肩上拿下，不防，刚放下来就被李青萍一手抓了。李青萍拉着他的手，就向麦地边的一眼机井房那里跑。马令书不知怎么回事，身子趔趔趄趄跟在李青萍身后。机井房离路不远，也就十几米。马令书都有些喘了，李青萍却显得十分镇定。

马令书不知李青萍怎么了，怎么就跟做贼一样？"怎么了？到底怎么了……跑什么呢？"马令书问。李青萍说："你小点声，被他听见。"马令书诧异，问："他是谁？"李青萍说："你没听出来？过来的是政府办主任老乔啊。"马令书更摸不着头脑了，说："老乔怎么了？怕他干什么？"李青萍说："傻啊你？要是被他看见我们……浑身是嘴都说不清了。"李青萍说："你不知道老乔这个人……不是怕他……你刚来，不知老乔那嘴，他那张嘴比女人的嘴还要碎。回去一吵，说不定明天一早全朱雀镇的人就都知道了，就成新闻了。"

马令书觉得李青萍小题大做，听马路上的自行车逐渐远去，他也想离开。李青萍却一把拉他在一根干树桩上坐下了，说："你急什么？咱再坐会儿，我给你讲个故事。"李青萍说："知道老乔和咱机关谁最好吗？"马令书问："谁？"李青萍说："田晓荷。"看马令书发呆，李青萍嘻嘻笑起来，说："机关谁都知道的事，你不知道？他们好得跟一个人似的了，值班一起值班，出门一起出门，老乔把田晓荷当政府办一块宝儿似的宠着，比对他自己老婆都要好呢，政府办的人谁都不敢说她个不字。田晓荷也仗着老乔，装模作样，娇声浪气，这个看不上，那个瞧不起的，越发把自己当成了个人物了。其实，还不就在政府办接个电话送个报纸，给镇长收拾个屋子就把自己骄傲成个人物了，还不是个免费的丫头老妈子角色？连篇像样的材料都没写过，还真以为自己是个秘书呢，也不怕人笑话。"马令书问："老乔和田晓荷好，难道她丈夫小田不知道？"李青萍说："谁说不知道？早知道了，去年就闹得沸沸扬扬的了。去年夏天，田晓荷老是值班不回家，小田犯了疑心，盯过几次梢儿。有一次两个人在办公室拉着窗帘亲嘴儿，结果被小田当场抓了现行……好不现眼！"马令书一听，自己倒先尴尬了，不过也更好奇了："原来是这样……那以后呢？"李青萍说："以后能怎样？小田甘愿当个乌龟大王八呗。那件事一出，田晓荷反倒撕破脸了，不在乎了，和小田说要么离婚，要么小田也出去找，小田到镇上闹了几次，找了镇长郭育才，找了书记于进水，可领导怎么好管别人的家事？只是好言相劝，小田闹了几次，没闹出什么名堂，自己的脸还丢光了，最后还不就那样，不了了之了？小田也没对老乔怎样，现在小田见了老乔还笑着打招呼，好像他抓了一次奸，反而和奸夫变成哥们儿了，小田没事上机关借个车用，老乔一句话就解决了。"

马令书想到自己和田晓荷，未免心生嫌厌，心里一阵阵往外泛恶心。回去的路上，马令书的手不揽李青萍的肩了，仿佛那肩膀不是李青萍，而是田晓荷的，不要说揽，就是想想都恶心了。李青萍反倒过来贴马令书，问他怎么了，怎么突然不高兴了，是不是她说田晓荷和老乔让他不舒服了。马令书说："我不爱听这些龌龊事，嫌脏。"李青萍："我可听说了，田晓荷没事儿老爱往你屋跑，你小心点，别让那狐狸精给迷住，让她丈夫小田抓了你，你可没有老乔那权力。"马令书听李青萍这样说，愈加不高兴，说："田晓荷一个送报纸的，她哪屋不去？笑话。她丈夫抓我什么？我又没和田晓荷怎么样，我他妈现在还是处男呢！"李青萍笑出了声："你净瞎说，这个也好瞎说。"李青萍想换个话题缓和一下气氛，就说，"现在不知怎么了，一到晚上就特想家，特别想念读书时的老师和同学，感觉还是在学校好，学校多单纯啊，没有社会上机关上这些乱事。"等了半天，不见马令书回话，李青萍又说，"不过今天晚上特别了，今天晚上和你一聊，我一点儿都不想家了，觉得过得特别充实。"

回到机关，李青萍看了一下腕上手表，差10分钟11点。没想到他们出去一走就是三个小时。李青萍没回宿舍，跟着马令书进了屋。她意犹未尽，想继续聊会儿。李青萍一进来，就滔滔不绝地说起自己正在为过去的一对男女同学牵线当红娘，马令书有点烦，说："看不出你还会当媒婆。"李青萍没在意马令书的冷嘲热讽，开始反反复复讲那对同学的故事，说那个男同学如何深情、如何潇洒，长得又如何帅气，女同学却处处使小性子，不给男同学留面子，两个人分分合合竟闹了有两三年。她是看在男同学的面子才给女同学去撮合的。马令书烦李青萍说这些与他毫不相干的话题，又不好发作，只开玩笑说："你可千万别把自己陷进去，好些人都是这么玩儿着玩儿着，陷进别人故事里不能自拔的。"李青萍热情的诉说遭了冷遇，有点不高兴了，就说："你这个人，深沉有余，活泼不足。"马令书说："你想让我也像你那样牵线搭桥，做个乐善好施、功德无量的红娘角色？我可没你那本事。"李青萍说："你少和我转文，转文我转不过你。这个你行吗？"她说着从口袋里掏出一把泡泡糖，给马令书一颗。马令书干嚼不会吹。李青萍则把泡泡糖吹得又大又薄，她"噗"一个，"噗"又一个。

李青萍没想到马令书如此大胆。有点反客为主了。李青萍本来想照着自己的思路一点点来的，她有耐心，也有经验。她想像女主人那样，耐心十足地等待着瓜熟蒂落，没想到反被马令书占得先机，主动在握了。李青萍一下无措和慌乱起来了，只好使劲地摆头。其实更慌乱的倒是马令书，因为李青萍像吃了摇头丸。李青萍的头发、脖颈、耳朵、面颊，到处都留下了他湿漉漉的痕迹。李青萍的头摇得越发起劲儿，身子像躺着在跳一种古怪的舞蹈，把马令书的乱吻完全当成了刺激。

　　李青萍越战越勇，她瞬间成了坚强的布尔什维克战士，在马令书一双手探索进攻的时候，开始了顽强的阻击和反抗。李青萍的人格分裂了。她内心渴望着被攻破和占领，可落实到手上，却成了一次又一次的阻击，这种阻击和反抗的激烈程度都有点像高潮来临时的夸张、变形和变态了。她想喊，想抓，还想咬。她不知道，她的阻击和反抗越强烈，遭到的攻击也就越凶猛。真的像打仗了，真的像是一场战争了。在战争中，人性只会输给兽性，温文尔雅会输给野蛮强暴，徒劳的反抗会输给坚定的战士。实际上，李青萍的每一次反抗都成了一种强烈的刺激，越发增强了马令书作为一名挑战者的勇气。

　　马令书发现了新的阵地，就是李青萍脖子和胸脯间的那块白，马令书异常准确地把嘴图章一样"印"了上去了。李青萍缴械投降了。嘴却发起了反击，她找到马令书的嘴，准确地"咬"了上去。很突兀，狠呆呆的。说起来，马令书还真是个"处男"呢，他连吻是什么样子的都不知道，以为吻就是一张嘴和另一张嘴亲密接触到一起，直到李青萍把舌头愣生生伸进他的嘴里，他才灵魂出窍般地顿悟了一切。原来"吻"还有这么多的机巧，还需要舌头这件秘密武器，需要舌头的进攻和探索，这样说来，"吻"也是场小规模的局部战争了。

李青萍已经由防御改成进攻了，她在进攻，在马令书的阵地上左冲右突，马令书当然不能坐以待毙，他也要回击，他用自己稍显笨拙的舌头在做殊死抵抗，疯狂的激吻差点让他晕过去，他开始感到呼吸困难，思维短路，身体却依旧莽撞、顽强、不管不顾，它笔挺、坚硬，带着无坚不摧的信心和勇气，更加有恃无恐起来。

李青萍已然是一副彻底交出底牌的意思了，她的身体自动摊开了，嘴上却说："马令书，不行。马令书，不行的。马令书，我会怀孕的。"结果，还没等抽出自己，马令书就感到身子一紧，下身一热，率先缴械投降了……

第十六章

春天终究是好的。春天里多风，风又是东风，东风刮到朱雀镇，使朱雀镇到处洋溢着一股春天的气息，暖融融的、喜洋洋的、甜蜜蜜的。风像是扭起了大秧歌，让人从心里往外想笑，也让人浑身上下长出了劲，想蹦，想跳，想扭起来。想干好多好多的事。春天终究是好啊。春天里的人都跟春风一样，喜欢到处跑，野得很，也精神得很。

如玉整个春天里都在外面跑着。春天的风把她的脸吹皴了，春天的太阳把她的皮肤晒黑了，她刚刚长长一点儿的头发，显得更加凌乱，打远看，还真像个不管不顾的野小子了。宣传委员小金每次见到如玉都要哈哈笑上两声，说："石书记啊，石如玉啊，你这样跑，真跟个小子似的了，瞧你那脸被风吹的。"如玉呢，听到这话总是向小金眨眨眼，算是给小金回话了。如玉的脸变黑了，样子是小子一样的皮实和野，眼睛却沉着多了，历练多了，好像一把镰刀经过一番打磨，有了闪闪发光的内涵，也有了锋利无比的外延。如玉是不怕自己跟个野小子似的，她就是喜欢在外面跑，在外面野。骑着辆小飞鸽，东一趟，西一趟，南边去一趟，北边跑一趟，还多是独往独来，自己一个人跑来跑去。如玉就不光是"野"，还神秘了。不过，如玉自己可没觉得野和神秘，如玉是跑正事呢，都是共青团的大事。

　　事实证明，石如玉确实比小高更像个团委书记的样子。她上任不到半个月，就把朱雀镇的15个自然村，和镇属20个大小企业都跑遍了。一天要跑好几家，有时连口水都顾不上喝。别人都替如玉感到辛苦，如玉自己一点儿都不觉得。如玉还觉得充实，很有成就感呢。不跑不知道，一跑吓一跳。如玉一跑，才知道过去小高手里的共青团组织，简单到像一根绳，也复杂到似一团乱麻，总之是缠如乱麻的一团糟，一点儿秩序都没有，一点儿体系都没有，也一点儿组织的样子都没有。这叫什么样子？如玉是很有些为小高悲哀，也很有些为小高生气了。

　　如玉发誓要把这些缠如乱麻的事务重新理个清楚，团组织，团组织，没组织没队伍还叫什么共青团？如玉第一要做的就是重新把下面的共青团队伍建立起来，最好是能有专职团干部。下边的村、企业的领导还都是认识"小石"的，不认识小石，一提"石德勇"三个字，也没有不知道的，石德勇虽然不在朱雀镇了，可人家毕竟是朱雀镇十几年的老领导，面子还是要给的。所以如玉这个要求，一般都答应了。即使对"团"不大感冒的，也口头答应了，给如玉一个痛快话。如玉呢，也是副大刀阔斧、锐意改革的样子，下边村、镇企业的团支部书记，该撤的撤，该换的换，该留的留，一点儿不拖泥带水。

如玉的群众基础好，她在朱雀镇三年多，干的虽然是宣传报道，可接触最多的还是镇、村、企业里的青年骨干，而这些青年骨干，绝大部分身兼数职，大多是团干，或至少干过团干。如玉那时和他们接触，看到谁喜欢写，就鼓励他们做镇广播站的报道员，让他们锻炼着给镇广播站写稿。当然，为了鼓励他们的积极性，写报道也不能白写，她从老吴那里给广播站争取了每年1000块钱的稿费，谁写来一篇，只要选播了，就给个三五块钱的稿费。不多，是个意思。县里的广播站也不过这个标准，说到底还是为了建立队伍。现在，她不干报道了，成了一个镇的团委书记，这个队伍就显示出空前团结的作用，如玉的话呢，也就有了相当的号召力，纷纷替如玉说话、办事，很热血青年的样子。领导支持，群众信任，想搞个什么活动就顺风顺水，相当方便、相当容易了。

如玉上来不长时间已经搞了好几次大的活动了，比如去敬老院义务劳动，比如在镇里最大的红缨毛织厂重新成立团支部。红缨毛织厂成立团支部，如玉说服自己，让燕子当了团支部书记。如玉正在克服自己的好恶，尽量想着从大局和长远出发。不过，如玉还是对燕子提出了两点要求：一是要她把办公室那两只鸟给扔了，二是不能再当众抽烟了。支部书记了，领导了，当众跷着二郎腿抽烟，总归不太像样。想抽烟了，就一个人回家去抽，实在憋不住，跑厕所去抽都行，就是不能当众抽烟。这是形象问题。如玉说这两点的时候，挺严肃。如玉没想到燕子会这么痛快地答应自己。燕子不但答应了如玉，还对如玉有了感恩之心，当即跑到库房为如玉挑了两件高档的羊毛衫要送给如玉，如玉当然不会要。如玉说："燕子，你有这个心，我心领了，羊毛衫我不要，不是不想要，是要你给我留着，等什么时候团委搞活动，你拿这两件是不够的，要多拿出来几件来，奖励我们的先进团员，回头再和你们厂长说说，以后团镇委的活动还要靠你们红缨毛织厂赞助呢。"燕子说："没问题，只要是你如玉要干的，我们保准支持！"

如玉在外面春风得意地跑，不是瞎跑，不是疯跑，是有目的地跑，也是有成就地跑。如玉当然是跑出了一些小成就，但这些小成就，如玉知道别人也能做得出，小高要不那么懒，也是能想得到做得出的。如玉要做别人做不出来的事情。如玉跑着跑着，开始有想法了，如玉想在临近公路的前营村村西建一片青年林。如玉早看好了那片土地，土地不大，是片涝洼地，因为临近公路，也没什么防护，有两年没见村里在那里种过什么正经庄稼了。不是不种，是种了也长不好。如玉还记得那里曾种过一季的蔬菜，但很快蔫萎枯烂了，蔬菜没长好，野草和藤蔓倒是爬了一地，实在不像块地的样子了。如玉想在那里种片树。如玉没有农事的经验，也没有种树的经验，但如玉却见过比这里更孬的土地，种别的不行，种树却行的。毕竟种树和种庄稼种菜不一样，树比庄稼好活，树比庄稼也好看，一片片的，长好了，那是多好的形象，那是多好的名片！到时在路边立一块牌子："朱雀镇青年林"。多好！十年树木，百年树人。如玉不想活百年，但她在朱雀镇干10年是没问题的，10年之后，不管自己还是不是团委书记，只要这片树木还在，它们就一定会长成参天大树，成为栋梁之材。这是多好的事，利国利民。这是从大处讲，从小处说，从私心出发，如玉也一心想干成这件事。这件事干成了，如玉的这届团委就有了标本和示范的意义，意义相当重大了。

如玉跑了几次，想法成熟了，就给副书记老吴做了汇报。老吴一听，浓眉舒展，当即笑了，说："好！"如玉谦虚地说："吴书记，我这只是个想法，还没点眉目呢，还想请您再帮助想仔细点。还有，就是不知前营村愿不愿意把那块地给咱们用。"老吴说："他们有什么不愿意的？那块涝洼地我知道，荒着也是荒着，咱们替他种上树，他脸上还有光呢，地的事，你别管了，到时我找于书记和他们说。"如玉说："那太好了……不过，还有一件事。"老吴见如玉吞吞吐吐的，就说："有什么你就说，吞吞吐吐可不是如玉的性格。"如玉就笑了，说："还有树苗呢，这可要一笔钱的。"老吴就拍了一下脑袋，说："还真是。"又说，"这事这样，你先回去写个书面材料，把青年林的意义写大点。我先给你定地的事去，地定好了，你把材料拿来，我和你一起找于书记。"

不过两天，老吴把如玉找来了，说地的问题解决了，问材料整理得怎么样了。如玉忙把已经写好的材料拿上来让老吴过目，老吴看都没看，就领着如玉去了党委书记于进水的办公室。于进水一看材料就乐了，说："如玉，你这个创意很好嘛。青年林，很好。老吴跟我说过了，我看可以，可行，哈哈。"如玉就说："于书记，那钱的事……"于进水说:"钱是小事,不就是几棵树苗吗? 我给你想办法。"如玉没想到于书记答应得这么痛快,真是喜出望外,出人意料了。如玉说:"那好,那我就先准备去,树苗买好了,到时我叫全机关的青年团员都去种青年林。到时您可一定要准我们的假。"于进水说:"那好嘛,我看不能光你们团员青年种树,最好机关全体干部也都去种青年林,都去义务劳动一下,体验一下,也抻抻他们的懒筋,要不这些人就知道坐机关,把机关的椅子都坐穿了,都不想动弹一下。坐机关,把身子坐懒了不说,思想也跟着坐懒了。他们什么时候要有如玉这样的想法就好了,我这党委书记也能放松放松。"老吴说:"如玉就是个人才,要不当时您提议她接手小高呢。"于进水说:"小高其实也不错的,归根结底还是懒。干工作懒是不行的,懒怎么行? "于进水说:"到时把马令书叫上,叫他写个报道外面宣传一下,最好来个系列,搞个专题,市里不行,县里总行的。"

过了一会儿,于进水像突然间想起什么,又说:"郭镇长去党校学习有段时间了,马令书也来了一段时间了吧? 也不知这个马令书工作能力怎么样,怎么感觉现在的报道没有如玉干时多了呢?——当然了,马令书是郭镇长专门挖来的人才,人应该是错不了的。关键是要多引导,多督促,我早就说过,宣传报道是社会主义精神文明建设的重要组成部分,这个工作是不能落下的。宣传委员小金,人是很灵活的一个人,就是胆子小,怕得罪人,以为小马是郭镇长挖来的,就不好督促了,这也是懒的一种表现嘛。老吴,你有空说说小金,让小金没事多关心一下小马。"老吴忙说:"好。小金前天小产了，正在家休息，等她什么时候好了，我就找小金，让她找马令书。"于进水说："不急，不急。"转头又对如玉说，"如玉，你现在也是书记了，和我一样了，我管党，你管团。小马也是团员吧？你也要对小马做好'传帮带'。这里的情况你比他熟，也比他有觉悟。"如玉说："放心吧，于书记。报道员我也是干熟了的，说实话，我对干报道都有感情了，要不是服从镇里的安排，我是宁肯写报道，也不干这个团委书记的。当时调马令书来，我还为这事闹过情绪呢，想镇里这是不要我了，要排挤我了。我当时还想，不让我当报道员，我就偷着写，偷着也要把报道写下去。"于进水和老吴一阵大笑。于进水说："如玉好，还是如玉姿态高，看来让你做共青团朱雀镇的书记是我们党委的英明决定了。"

青年林种树活动，于进水说到做到，除了党校学习的郭育才和南方考察的付少聪没参加外，机关只留下党委办小高和政府办田晓荷值班，其余人都被要求义务参加了。机关的三部小车和财政所的大面包全开了过来，还是没装下，大部分得自己骑车去。如玉忙得团团转，于进水招手让如玉坐他的车，如玉忙跑过去让于书记先走，说她要带着那些没车坐的一起骑车去。于进水很高兴，他像个领袖那样，从车里探出半个身子，挥着手，招呼后面的车和人，然后手又向大门一指，说："出发！"率领大部队浩浩荡荡地出去了。

如玉没和于书记的小车一起走，实际上是在等马令书，她想在路上好好和马令书谈谈。一是谈谈青年林的系列报道，这当然是最主要的，还有就是侧面把于书记和吴书记的谈话透一点儿给马令书，给他提个醒。这事要是等小金找马令书，那马令书就被动了。如玉想，马令书这么山水迢迢地从青龙乡赶到朱雀镇来工作，也不容易，我不帮他谁帮他呢。按说有郭镇长呢。可郭镇长毕竟是政府那边的人，何况，马令书刚来，郭镇长就去党校学习了。

如玉目送队伍浩浩荡荡地出了大门，发现刚才还站在走廊里的马令书不知啥时又不见了。如玉就扯着嗓子，满院子喊马令书。喊了几声，马令书居然从她身后的宿舍里答应着出来了，和马令书一起出来的，还有徐燕。徐燕穿了条非常漂亮的羊毛裙，裙子下是细长的一双秀腿，脚上穿了双细颈的高跟鞋，一点儿不像要去劳动的样子。如玉说："徐燕，你换身衣服去，你穿成这样怎么干活？"徐燕甩了一下头上如瀑般的长发，说："我不去，谁说我去了？"如玉说："你怎么不去？你还是团员。于书记要机关人都去，你怎么能不去？"徐燕说："今天市里来人检查镇上的群众文化活动，我向于书记请了假的，不信你回头去问于书记好了。"

徐燕找马令书，也是想让他跟着自己一起陪市里来的客人。马令书说，今天不行，如玉早找他了，于书记和吴书记都点了名要我参加，听说还要为这事搞系列报道呢。徐燕就"哼"了声，说："我就知道我的面子没有如玉大，如玉的事不管多小都是大事，我们的事不管多大都是小事，根本不值一提，不值您一写是吧？"马令书听徐燕这样说，就伸手揽了一下她的腰，说："要不我补偿你一下？"徐燕斜眼问他怎么补偿。马令书说："你张嘴过来，上次我要的，你没给，这次你不要的我补给你。"说着故意把自己的嘴伸过去，徐燕把马令书推着坐在椅子上，说："马令书你少跟我来这一套，我可比你大，是你姐姐呢，以后叫姐姐。"马令书说："是不是叫声姐姐你就让我补偿你，要那样我还真就叫了。"徐燕说："你做梦，你先把姐姐叫了。"正闹着呢，如玉喊马令书了。

　　如玉一边骑车一边生气。她气的是徐燕，是徐燕和自己说话时那种不可一世的态度。如玉一生气就把要对马令书说的那些语重心长的话忘了，如玉想起徐燕和她说话时的样子，心说这算怎么回事，太过分了。马令书看如玉不高兴，就说："徐燕是真有事，她找我也是想让我参加她那边那个活动，帮她宣传一下。"如玉说："徐燕太过了。"马令书笑了笑，说："徐燕也是为了工作。"如玉一听，这是马令书在替徐燕辩解了，就更不高兴。如玉说："谁不是为了工作？我不是为了工作？你不是为了工作？"马令书说："都是为了工作，可工作也有轻重缓急。今天你的工作就是重的、急的，徐燕的就是轻的、缓的，所以我一定支持你，不支持她。"马令书这样一说，如玉扑哧一下笑了，说："这还差不多。"马令书故意说："咱们谁跟谁，一条战壕里的战友嘛，再说，刚来时，你还那么认真帮过我。"如玉说："你能这样说，算你有良心。"

　　两个人骑车经过镇卫生院，如玉往卫生院里看了看，故意叹口气。马令书问如玉怎么了，好好的叹什么气啊。如玉说："没怎么，也是想起徐燕来了。"马令书问徐燕怎么了，你这样为她叹气。如玉就又叹了口气，说："徐燕其实也不容易……真挺不容易的。好了，好了，不说了。"如玉越是这样，马令书越是好奇，马令书说："你怎么也说半截子话了？"如玉说："我是想起徐燕男朋友的事了。"马令书心里吃了一惊，徐燕有男朋友了？马令书想起早晨还和徐燕在开玩笑，突然脸红了。如玉看了一眼马令书，说："你不知道啊？徐燕已经有过好几个男朋友了，她和现在的男朋友都快订婚了。"马令书的心一下慌了，感到了空前的打击，压抑得有些喘不过气来了，嘴上无力地重复着如玉的话："好几个啊……男朋友？"如玉说："前几个男朋友都因为徐燕的事和她吹了……徐燕其实也挺不容易，那么年轻的姑娘，可惜了！好了，不说了。说出来，好像背后讲人家坏话了。"如玉说到这里又不说了。马令书也不再问，他好像没力气问了，好像突然被人打了一棍子，有点蒙，感觉骑车子的不是自己，而是另一具行尸走肉，没有灵魂，没有思维，没有情感，只剩下条件反射一样的机械运动。

现场一下来了这么多人，镇里的大小领导全来了，前营村党支部书记老汤很是受宠若惊，本来他以为只是如玉他们团委的一帮小青年来，他想来这里看一下，意思一下的，没想会是这么大的阵势，于书记亲自带了人马过来了，就忙回去用广播喇叭喊了支委一班人和党群代表也都到这里集合，一起参加青年林的义务劳动。劳动的场面相当热烈。挖坑的、担水的、平墚儿的，三四个人一组。如玉也不知从哪里找来了些旗子，插在马路边上，红的绿的黄的蓝的，随风招展，煞是好看，很是招人喜欢，让过往的车辆和行人好一阵纳闷儿，不知这里这么多人在干什么。老汤和镇党委书记于进水商量，中午要在村口的饭店请机关的同志们用餐，说大伙干活辛苦就别往镇里跑了。于进水大手一挥，说："我领他们来就是干活的，又不是上你这里坐饭店来了，你要是诚心管饭，中午找人做些包子馒头，再熬点鸡蛋清汤送到地里就行，中午我们哪儿都不去，就在地里吃，吃完接着干。"老汤听于书记说得坚决，就忙回村嘱咐人蒸包子做蛋汤去了。

种树的人自愿结组，马令书和张然、甄妮、李青萍一个小组，本来马令书不想和李青萍一个小组，那晚的激情退去后，他后悔得什么似的，发誓以后离李青萍远点。可张然希望和她们一组，说他刚来，和别人不熟，不习惯。马令书也不好驳他。李青萍倒是大大方方的，好像和马令书什么也没发生过。确实没发生什么嘛，最起码她担心的事情没发生，她最后还是打赢了。所以，她还有点兴高采烈的样子，和甄妮一起开马令书和张然的玩笑，说怎么和这两个闷葫芦一起干活儿啊，多没劲儿。还说本来马令书不闷的，不知道今天怎么了，是不是想起他那个潘美辰翻版的女友了？她们是故意要这样刺激马令书的，想让马令书多开口说些趣话，逗大家开心。

可马令书今天却有了挺大的心事一样，任凭她们怎么说，我自岿然不动，就是不肯开口。其实马令书自己也奇怪，怎么听到徐燕的事会这么大反应？心想不应该啊，自己和徐燕也没有什么瓜葛，不过是逢场作戏似的说笑胡闹。这之前，他对徐燕的认识更简单，他看过徐燕的那些情诗，知道徐燕是"一个为爱而生的女孩子"，既然是"为爱而生"，那就肯定是个感情丰富的人，感情丰富，当然会有相当的阅历，爱过一个或多个男孩子也很正常。可如玉早晨的话还是打击了他。如玉的话，说得很明白，徐燕不但有男朋友，还是"几个男朋友"，而且这几个男朋友，还因为徐燕"之前的事"吹了。徐燕的"之前的事"是什么？想来肯定不是一般，且相当复杂和严重了。徐燕有什么事呢？如玉早晨和马令书说到这件事时正好在镇卫生院门口，说话时又几次故意看向卫生院，马令书就猜到了，徐燕的事肯定和卫生院有关，和卫生院的某个男人有关，而且这个男人肯定是结过婚的，徐燕是和这个结过婚的男人"有事"了，所以，她的几个男朋友才会"吹"。当然，这些是马令书的猜想。但他认为这些猜想大抵是不错的。这话，要是别人嘴里说出来，马令书可能会怀疑，可偏偏这话是如玉说的。如玉说这种话，肯定是徐燕的事被很多人知道了，众所周知了，她才肯说。不然，即便真的出于嫉妒或别的目的，这种捕风捉影的话，如玉也是不会说的。

马令书想到这里，觉得自己像个傻瓜。机关里都知道的事，他不知道，可不就跟傻瓜一样吗？马令书想到那晚李青萍说田晓荷和老乔的事。他当时也是吃惊的，吃惊的是，别人都知道的事，自己竟然懵懂无知，而且居然还和田晓荷认真胡闹。后来他不吃惊了，因为毕竟田晓荷结过婚的了，田晓荷"那样"，也没什么值得大惊小怪的，这样再想起自己，也没什么负罪感了，既然田晓荷和老乔"那样"了，自己"那样"又算什么？何况也没怎么样！吃亏的反倒是自己了，毕竟自己还是个童男子嘛！

现在，徐燕的事来了。马令书觉得徐燕毕竟和田晓荷不一样。徐燕不管怎么说还是个女孩子，至少从心里来说，马令书是把徐燕当成个女孩子来看待的，而且这个女孩子还对自己那么好，给他买啤酒和饺子吃，还有对他发自内心的喜欢——这就未免让马令书伤心了。马令书想，既然有了男朋友，你为什么还对我那么好呢？既然有了男朋友，为什么还要被我压在床上亲呢？既然喜欢了我，为什么还喜欢别人？更让马令书想不通，甚至有了敌对情绪的，是徐燕和卫生院的"事"。心想，原来徐燕和田晓荷也是没什么区别的，不同的不过是一个结婚了一个没结过婚。那我又成了什么？是她众多男朋友中的一个？或许连"男朋友"都算不上，顶多是个"偶然"。"偶然"见面了，认识了，"偶然"有了点暧昧的情感。很"偶然"的一个？这样一想，或许，连徐燕的喜欢都是假的吧？是假装出来给他看的？目的就是让他看诗，帮她修改发表？她怎么这么能装呢？我怎么这么傻呢？被一个女人轻易给蒙骗过了？我真是个大傻蛋呢！马令书最恨的还是自己，他现在恨不得挖树埯时直接把自己埋了才好。

种树的人那么多，中午又没休息，青年林植树活动下午3点多就全部结束了。马令书扛着铁锨想和小组的几个人一起走，却被如玉叫住了："马令书，你先别走，和我一起走，我有话和你说。"张然冲他眨眨眼，就和甄妮李青萍她们先走了。马令书站下，不知道如玉要和他说什么话。如玉扛上铁锨，骑上车，走了一段，才开口问马令书一天下来"感受如何"。马令书说"累"。如玉就笑了，说自己也累，但还是累点好，累点充实。

回来的路上，如玉还是说到马令书的报道上来了。如玉说："朱雀镇不如你青龙乡那么得心应手吧？镇子大，也有大的缺点，人多、心杂，开展起工作来也不容易。于书记上次还说起你了，说好像最近的报道少了。于书记怕是你对朱雀镇了解不够，还批评了我。"马令书一路低着头，如玉还以为马令书惭愧了，就说，"其实写报道你比我干得好，比我有才能，我想就是多写勤写，干事专一点就好了。"如玉说，"比如我们共青团工作吧，想想，好像没有什么的，可要真干起来，竟然有干不完的事，一天到晚追赶得要命。说起来，我还羡慕你呢，你多轻松，可以做自己喜欢的事。我干团委书记，其实是有点赶鸭子上架了。"

如玉说这些，一点儿都没有炫耀自己的意思，主要还是想"引导"马令书一下，把精力多往工作上放放。如玉不好明说，不好把她看到的田晓荷和徐燕的频繁出入他房间的事和工作联系起来讲，如玉还发现，马令书现在和甄妮、李青萍这些女孩子走动得也勤了，今天植树他们在一起，只见那两个女孩子又说又笑，一口一个地马令书叫，亲切，也嗲声嗲气的。如玉还听说，马令书晚上常和她们泡一起，不是聊天就是看电影——这个样子工作上怎么能不分心？如玉想不明白的是，他怎么能和甄妮、李青萍这样的女孩在一起？甄妮和李青萍是什么样的人？工作上一点儿争强好胜的心思都没有，每天除了玩儿还是玩儿，简直不思进取了，完全是两个层次的人嘛。近朱者赤，近墨者黑，和这些女孩子待一起久了，马令书的工作不受影响才怪！

如玉想到这里甚至有些自责了，觉得是自己对马令书关心不够，马令书现在这样子，她也是有责任的，她得趁马令书还没彻底沦陷前拉马令书一把，拯救马令书一下，如玉想，说到底他和她们还是不一样的。如玉说："听说你和张然、甄妮他们经常去看电影？其实，没事看看电影也挺有意思的。等这段忙完了，我也想找时间看场电影去呢。上次，上次你送我回家就够麻烦你的了，还要请我看电影，我怎么好意思？所以我没答应你。现在好了，现在青年林也种完了，我也有时间了，这回，我请你怎么样？"如玉说完这话，见马令书不说话，只是闷头骑着车，又觉得不妥，赶紧补充了句，"我可是以团委书记的名义请你啊，到时你再叫几个人。"

到镇卫生院，马令书突然想起什么，对如玉说："石书记，你先走，我去卫生院开点药。"如玉停下来，审视着一样，问他："马令书，你叫我什么？"马令书说："石书记啊。"如玉说："你这是在讽刺我吗，也这么叫我？"马令书说："你本来就是团委书记嘛。"如玉的脸拉下来，说："想不到你也这样，不理你了。"说完骑着车，头也不回地走了。马令书看着如玉的背影发了呆，心想这里的女孩子怎么都这样，连如玉也是这样，她不就是团委书记吗？难道叫错她了吗？我的发音有问题吗？带着调侃和讽刺了吗？没有啊，莫名其妙嘛。

马令书在卫生院门口犹豫了会儿，还是进去了。马令书还是第一次到朱雀镇卫生院，卫生院就在马路边，远看近看都是不大的一排房子，进去了才知道卫生院院子并不小，颇有些纵深感，就是说，你如果绕过了门诊那排平房，向后面走走，会发现卫生院原来是很大的一个院落，后面纵纵横横的还盖着不少房子。

马令书转了一圈儿，又回到前面的门诊。门诊有点像过去常见的那种筒子楼，中间是过道，两边是门对门的房间。马令书完全是出于好奇，不知该干什么，就这里走走，那里看看，见到有开着的房间，就装作无意地往里望望，多是些神情慵懒的女大夫，穿着发黄的白大褂，灰扑扑的，毫无生气。

马令书又往里走，却听到熟悉的声音。熟悉的声音从半开着的门里传过来，却看不到人，人被掩在门后了，看到的却是一张条桌前站着的一个大夫。大夫是个男的，30多岁。一眼看去，就觉得人长得俊朗，眉眼间有点像某个港台片里的明星。那个熟悉的声音再次爆发出来，那是多么熟悉的笑声啊，欢快的、活泼的，有着孩子式的调皮和成熟女人的放肆。

马令书身子往后退，仿佛被那笑声吓到了。他在昏暗的走廊里跌跌撞撞地撤退，终于到了院子里，他眼前一下亮了，那么多的光！那些光莽撞地扑过来，令马令书一阵晕眩！

他骑上车子，不快再次席卷而来，马令书真后悔自己，怎么鬼使神差地去了卫生院？他满心厌恶地骑着车，脑袋里还是熟悉的笑声。他的心中充满乱七八糟的嫉妒和鄙视，也不知这些嫉妒和鄙视都针对了谁。

马令书心情烦躁地回到机关，看什么都不顺眼，偏偏今天老刘也去植树了，干了一天活，累了，正仰躺在床上看天花板。马令书平时很少见到老刘，两个人的屋子就像他一个人的单间一样，所以碰到老刘在，给马令书的感觉就是自己屋子被人无缘无故侵占了，很不舒服。他噼噼啪啪地摔着桌子上的书。老刘从床上坐起来，问马令书怎么了。马令书说："真他妈烦。"

老刘微笑着研究了一番马令书，以为知道了马令书烦什么，就问："小石书记路上又给你布置任务了？如玉也真是，新官上任三把火。她这把火烧得还挺大，居然把全机关的人都弄去栽树了。我他妈也累得够呛，晚上又该我值班，我也烦。"马令书说："你要不想值就回去，我替你。"老刘不相信地看着马令书，问："真的？"马令书说："反正我天天晚上在这儿住的，等同于天天给他们值班，也没见人给我个值班费。以后该你值班了尽管不来，我都替了你。你和政府办那边打声招呼就行。"老刘就高兴起来："好，还是小马好。我这就跟老乔说去，晚上就有劳兄弟了。"老刘说着竟真的收拾了出去了。

马令书把自己放倒在床上，稿也懒得写，书也懒得看，本来枕边有他常看的一本书，结果被他一翻身看见，就随手扔了出去，也不管那书被扔到了哪里。马令书躺在那里，来回翻身，心很乱、很烦。可他又想不明白自己这么乱这么烦是为什么。

第十七章

马令书突然想看电影了。他先是主动去财政所找张然，又去审计科问甄妮。甄妮一听马令书要看电影，很高兴，可以说喜出望外了，立刻去找耿芳和李青萍。不巧的是今晚该耿芳值班，她很不情愿，说这马令书是故意的，故意等她值班看电影！耿芳想让王彦再替她一次，王彦说，一个月不到，我都替你三次了，我不替了，我替你去看电影吧。王彦嘻嘻哈哈，气得耿芳在分机室摔摔打打。

几个人晚上在食堂吃过饭，早早出发了。马令书平时要么不说话，要么说起话来就停不下来，停不下来的时候，他肯定是哪里受了刺激了，说话不再像过去那样幽默，直来直去的，他的调侃都成了讽刺，幽默也成了挖苦了。比如今天，他一会儿说这个，一会儿说那个，总之连讽刺带挖苦。马令书说："甄妮你太瘦了，身子跟根秸秆似的，一阵风还不刮跑了你？"马令书又说李青萍，"李青萍你最近是怎么吃的？吃那么胖，身子都快成桶了，上下都一边粗了。"

马令书开始说的时候，她们还笑。说甄妮的时候，王彦和李青萍笑，说李青萍的时候甄妮和王彦也笑。但笑着笑着都不笑了，因为马令书谁都说，连平时和他说话很少的王彦都说了，马令书说王彦是"眼睛有点小，睁开了又太圆，跟两颗绿豆似的"。这话就难听了，因为谁都知道王八看绿豆的典故，王彦的一张脸都气白了，好不容易和大家一起看场电影，却遭到马令书这样一番品评，太气人了。

王彦电影院还没进，就差点赌气回来。甄妮暗中使眼色，马令书装看不见，甄妮便故意过去捅马令书，让他说话注意点。甄妮心说，说我和李青萍没事，你别说王彦啊，王彦的小心眼儿在全机关谁不知道，这不是为自己树敌吗？可马令书就跟毫无知觉似的，仍然一路胡说八道。后来连张然都不好意思了，到影院后，忙张罗着买雪糕给大家吃，大家吃着张然的雪糕，这才一点点儿忘了路上的不快。

那天的电影是《独身女人》，片子一般，潘虹演得也不好，马令书的心思也根本没放在电影上。电影院人不多，有很多空座。像平时那样，甄妮和王彦直接坐前排了，马令书和张然坐在她们后面。李青萍进电影院就磨磨蹭蹭的，她走在最后，看甄妮和王彦坐前排了，她并没有坐过去，而是挨着马令书张然坐了后排。李青萍是故意要和马令书坐一起的，甄妮和王彦都看出来了，两个人都有点生气，李青萍坐后面，还探前和两个人说话，两个人头也不回，都不理李青萍。

李青萍紧挨着马令书坐，身上热烘烘，透着股他熟悉的味道，马令书想起那晚和李青萍一起，还没"进去"，就失败了。想到这些，他就心烦气躁，恨不得立刻把李青萍压在身下证明自己。李青萍不敢看马令书，也不敢看任何人，银幕上的演员潘虹很坚定，银幕下的李青萍看上去也很坚定，只是呼吸声却越来越重，连坐在马令书边上的张然都诧异地听见了，几次眼神瞥过来。李青萍看到了，如坐针毡。她把马令书放在自己大腿上的手拿掉，小声说去厕所，手勾了勾马令书的手。

　　两个人各自去了洗手间，出来后，李青萍并没有回到原来的座位，直接坐在离门不远的后面黑暗处的一个角落里了。马令书坐到李青萍身边，觉得身子硬邦邦的，手却变得越来越急躁，虫子般地爬向李青萍的大腿深处去了，李青萍的身子扭动了起来，腿却夹得越来越紧。李青萍的呼吸再次变得浊重、急促起来，呻吟一样的呼吸成了嘹亮的暗示。马令书在情欲的鼓动下，胆子越来越大，像变成了另外一个人，一个他完全陌生的人。他想抓，想抠，想疯狂地撕扯，还想把手变成另外的一个物质，那个物质正顶着马令书，顶得老高了，一颤一颤的，只是它比手来得笨，不能左冲右突，不能游刃有余，它还比手显得傻，只是傻愣愣地站在那里，膨胀在那里，一跳一跳的，不知道躲不知道藏。马令书完全不知道怎么处置它了。

　　开始时李青萍的手好像一双无处安置的旧手套，那样懈怠地挂在身边。后来那手就伸过来握住了他。银幕在那一刻突然黑了，过了会儿又突然亮了。李青萍一哆嗦，手伸了回来。银幕再次黑了，又再次亮了，整个影院也亮了，银幕一片雪白。真是闹鬼了。李青萍站起身，再次去了厕所，这次去的时间比较长，马令书起身，回到原来的座位。张然看见他，冲他暧昧地一笑，没说话，好像什么都知道了一样。李青萍从厕所回来，直接坐到前面的甄妮旁边了。李青萍短促地冲甄妮笑了一下，之后不声不响地坐在那里，没着没落地坐着，样子十分扭捏。那样子不像她看电影，倒像电影在看她了。

电影结束了，电影院灯火通明。为数不多的观众正在离场。甄妮和王彦站起来，看都不看身边的李青萍。马令书也站起来，说："什么破电影！"王彦没吱声，甄妮却扑哧笑了。甄妮对王彦说："我们走，从这面走。"甄妮和王彦往李青萍相反的方向，在一排排椅子狭小缝隙中穿过。李青萍站起来，看了一眼走去的甄妮和王彦，又尴尬地向后看张然和马令书。张然却对马令书笑了。张然的笑很憨厚，悄无声息，马令书却觉得张然笑得像个阴谋。

甄妮和王彦各自扶了车子站在剧院的门口，李青萍讨好地走过去，说："我坏肚子了，往厕所跑了两趟。"甄妮和王彦都不搭腔，只用深度怀疑的眼神看着李青萍，李青萍又说，"我往厕所跑了两趟了，真难受死了。"李青萍特意地用手捂了一下肚子，腰也弯了下去。她的样子连马令书都替她难为情。甄妮又扑哧一声笑了，对王彦说："我们走。"

回去的一路，马令书自动闭嘴了。马令书不说话，张然是没有话的。他们不说话，甄妮和王彦当然也不可能说话。李青萍此地无银，表演拙劣，明显被识破了，自然无话可说。五个人像五个哑巴，像比赛一样各怀心事，没有人对马令书今天的慷慨表示感谢，甚至没人多说一句话。他们回到机关，把车子停好就各回各屋去了。马令书心里无比沮丧。进屋后，连灯都没开，黑灯瞎火地坐了会儿，不知在电影院里都干了什么，心里特别懊悔，特别无辜。怎么就没人说声谢谢呢？毕竟是他花钱请大伙看了场电影。马令书想到这里，还特别地委屈了。

马令书在屋里坐了会儿，没人来敲门。他很遗憾，发现自己这么坐着，原来是在等着什么了，等谁呢？李青萍、甄妮，还是张然？连张然都没来。有几回，马令书在屋里一个人坐着的时候，经常听到外面有敲门声，或敲窗户的声音，声音很短促，但很响，嘭嘭的两下，就消失了。马令书出来看不见人，转身进去，敲门或敲窗户的声音会再次响起，跟遇上鬼一样了，如是折腾两三回，马令书的火气出来了，出来就想骂人，可骂人的话还没出口，就有人从花树后边跳出来，竟然是机关最老实的张然。张然故意说："我是想看看都谁在你屋里。我每次过来都听见你里面有人说话声，还是个女的。我是怕你碰上女鬼把你缠了去。"马令书说："确实是有个鬼，女鬼，你进来坐坐，她等着你说话呢。"张然忙摆摆手，说他就怕女鬼，就又叉着双手逃似的走了，脚步轻悄得像只鸭子。马令书挺奇怪，平时屋里真有人的时候，张然却一次没来过。

马令书出来向财政所那里望了一眼，张然的大屋子灯火通明，不知都谁在里面。他想过去看看，想了想，却直奔了前面放映厅。放映厅灯没亮，却放着电视。电视发出的荧光闪来闪去，显出一种神秘和暧昧来。他第一次来这里还是那次徐燕唱《耶利亚女郎》，坐在沙发上打毛衣的李青萍过来抢麦。

马令书推开放映室的门，屋里有两三个值班的人在看电视，脸半生不熟，也不知道都是哪个科室的，电视画面跳动不清，使屋里的人脸上都呈现出一种古怪的模糊来。没有人招呼他，几个人傻子一样地盯着电视屏幕看。

马令书找个沙发的空座坐下，刚坐下，他旁边的人就向他笑出了一口白牙，是李青萍！李青萍冲他暗中招招手，小声说："你怎么也过来了？我看你屋里灯都没亮，还以为你回来就睡了呢。"李青萍的声音小得近乎耳语，马令书再次闻到了李青萍身上熟悉的味道。那是肉体的味道，含混、刺激，让人情欲勃发。李青萍不知什么时候换上了条裙子。她见马令书看自己，就说："刚才骑车回来，出了一身汗，天越来越热了。"李青萍说完这话，又不好意思地冲马令书笑了笑，马令书也笑了，却笑得古怪。

马令书太大胆了。李青萍很紧张，她没想到马令书会这么大胆，当着屋子里看电视的人手就伸过来了，这里可不是黑咕隆咚的电影院，这是机关啊。机关的人和外面的人不一样，人人都长着两双眼睛，一双看着别人，还有一双等着在看别人，你别看他们都盯着屏幕看电视，其实他们另外一双无所不在的眼睛说不定此刻正紧盯他们呢。李青萍越想越害怕，因为害怕，反而一时忘了怎么做了。

裙子毕竟不是裤子，裙子是敞开的、开放的，也是诱惑的，更适合于抚摩和探索的。探索的兴趣也是没有穷尽的。李青萍想站起来走，可不知道为什么，就是站不起来。她的呼吸再次哮喘般沉重起来，两条腿再次不由自主地夹紧了。出于下意识的掩饰，她的身子前探，头低着，姿势古怪得像得了重病。

然而秘密终究是掩盖不住的。屋里的灯不知被谁突然拉亮了，像恶作剧一样。电视照常播放着，屋里并没人说话，也没人朝他们看，好像故意不朝他们看一样。马令书自己突然笑出声了，他笑得很奇怪。没人回应他的笑，看电视的几个人像是约好了似的，一个个走出了放映室。灯还亮着，电视还开着。屋子里确实没别人了，李青萍还姿势古怪地猫在那里看着电视，像是个正害肚子痛的病人。

马令书不知道自己怎么回到宿舍的，仍然没开灯，他仰躺在床上，膨胀的情欲和被人嘲弄的悔恨交织着，等待的心情和无涯的寂寞交织着，然而这个夜晚却是寂静的，分外地静，连以往室外逡巡的风声都不见了，马令书想睡，却无论如何不能入睡了。马令书觉得自己的灵魂是纠缠的，恶鬼一样地纠缠，却又是平淡的，白开水一样地乏味和平淡，又是痛苦的，因为无以倾诉，还掺杂了许多的自怨自艾。他在这种痛苦中越陷越深，眼看着就要滑向陷阱一样的深渊里去了。"让我消失吧，"他这样想，"让我去死吧。"他显得那么柔弱、无助、可怜兮兮，像个战败了的士兵。马令书不明白，自己怎么一下就这样了？一下就不可救药了、完蛋了、堕落了？

马令书都想哭了，就在他想独自饮泣的时候，他的房门却被嘭嘭嘭不断敲响了。他的门还从来没这样被人敲响过，带着一种气急败坏的劲头，好像是一阵乱锤敲在破了皮的牛皮大鼓上，又好像寻仇的人杀上门来，马令书一下警醒过来，再也没有那种自怨自艾式的悔恨和伤感了，他喊了一嗓子"谁"，外面并没人答应，敲门声还在继续，而且越来越响。他气得鞋都没穿就跳下地来，拉开门，门口站着的却是张然，张然的身后是一个胖乎乎的中年女人。马令书还以为又是张然在恶作剧，刚想进去，胖女人却说话了。女人说："马令书，快穿上鞋，和我们一起抓'大肚子'去。"

对于"抓大肚子"，马令书并不陌生，也不惊讶，他在青龙乡两年，没少被计生办的李少芬带着去"抓大肚子"——那些为了生第二胎或第三胎东躲西藏的妇女。青龙乡的计生办主任李少芬随时抓马令书和政府办的小黄、司机小陈这些小年轻的"差"，李少芬说了："你们又没女朋友，又不用回家做饭，走，我给你们找点刺激，和我们抓'大肚子'去。"这些计生办的干部都有一种福尔摩斯式的精神，他们有时候完全是独立破案，有时候则是利用安插在各处的"眼线"帮他们发现线索，一旦有了蛛丝马迹，她们会立刻行动起来，会瞬间集结起一帮年轻力壮又无所事事的青年人，去对"大肚子"进行围追堵截，用李少芬的话就是："我们青龙乡，青年人有力量！"李少芬说话好听，说话就像唱歌，可对于超生多生、违反计划生育政策的人却毫不手软，抓到"大肚子"后，不但会立刻送到县计划生育办公室专门开的"人流室"去做人流，还会组织力量，对拒不交罚款的人拆房揭瓦，让你有家难回。所以，青龙乡的育龄妇女们，没有一个不知道李少芬厉害的。

马令书来到朱雀镇一个多月了，被人找去追"大肚子"还是第一次，虽然他并不认识这个胖乎乎的中年妇女，可看她脸上的凛然不可侵犯的神态，一下就让他想到青龙乡计生办主任李少芬了，他猜测这个站在张然身后的女人肯定也是朱雀镇的计生办人员了。果然,等马令书再次匆忙穿好鞋出来,她开始自报家门了。她先是伸过手和马令书握了一下,说:"你好马报道员,你可能不认识我,但我认识你,你来的当天,我就认识你了。吴书记会上介绍过了,我也自我介绍一下,我叫李秀莲,是朱雀镇计生办主任。希望以后多支持我们计生工作。"马令书没想到朱雀镇的计生办主任居然也姓李,而且说话和行动的做派和青龙乡的李少芬有几分相像。

据李秀莲介绍,今天他们要追的"大肚子",就是南高村的人,为了生二胎已经跑出去躲一段时间了,"但你躲得过初一还躲得过十五?""这不,又出现了。"李秀莲早已在各村各路口安插了她的眼线,她的眼线,可不光是各村里的"计生专干",还有很多的"义务服务者"。"到处都是我们的人。"李秀莲得意地说。据李秀莲说,她的人今天上午在县城的早市发现这个"大肚子"的身影,"肚子那么大,还敢往早市跑,这不就预备着被咱们抓吗?"而据另外一个南高村的眼线说,这个"大肚子"在她香河老家躲了两个月,这还是第一次在丰邑发现她的身影,估计今晚肯定会在家里。"咱们晚些去,正好抓她个措手不及。"

镇政府距离南高村不过两里地,但李秀莲还是从枣林庄村找了辆车,李秀莲婆家就是枣林庄村的,她爱人祥子在市里跑出租,带出了一帮在外面跑出租的人,她找个车,"就跟玩儿似的"。但李秀莲说,他们之所以开车去,主要是因为这样比较隐蔽,几个人一起骑自行车去,目标太大,很容易就打草惊蛇。李秀莲在镇子外面接上等在那里的她的两个"眼线"，开车直奔南高村。车子在一处新硬化好的水泥路边停好，李秀莲嘱咐马令书和张然进去后，"脸上要装得厉害一些""不要和他们笑"，要让他们知道"这是一件相当严肃的事儿"，代表了"政府的权威"。李秀莲还让他们"放心"，说"抓'大肚子'不用你们男人动手，有我们三个女的呢"，李秀莲说男人动手闹起来终究不好，他们就负责断后，万一那家人真上来抢人，挡一下，做个样子就行，一般不会有人真往回抢。吓得张然一吐舌头，问马令书在青龙时堵没堵过"大肚子"。马令书点点头。张然说，他在马坡时镇里没人找他堵"大肚子"，他还是第一次呢。李秀莲说："在乡镇上班，没追过'大肚子'，那等于白上。"张然说："白上我也不爱干这事，这得多少人骂？"李秀莲说："让你来一次，你就怕骂了，那我们天天干这事儿，还别活了呢。"张然白了李秀莲一眼，不再说话。李秀莲知道马令书和张然都刚到，怕他们没有实战经验，还特意叫上了司机和他们一起。那司机说："嫂子，您就赔好儿吧您呐，我就爱追'大肚子'。"一句玩笑，说得大家都笑了，马令书紧张的心情也一下放松下来。

在一个"眼线"的带领下，五个人敲开了"大肚子"家的门。"大肚子"一家看上去相当紧张，李秀莲一进院子，就让司机把大门那里守住，她低声嘱咐司机，大门"只许进，不许出"。她领着四个人直接进屋找人，谈判，李秀莲开宗明义："躲是躲不过去的，人我们都看到了，现在交出人来去做人流还来得及。要是晚了，你们知道啥后果。""大肚子"一家只有公公婆婆两口人，两个老人吓得浑身筛糠，说儿媳妇回娘家了，至今也没个影儿，儿子为了找回媳妇儿，差点把工作都丢了，现在他们也在到处找。李秀莲听惯了这些人的谎话，劝说了几句，失去了耐心，她对身边的那两个女人说了声"去那屋看看去"，实际上是等于给她们下了个"搜"的命令。两个女人一看就是训练有素的追"大肚子"的"老手"了，她们二话不说，出去就开始行动，转眼之间就把正房三间、西厢房两间都仔仔细细搜过了一遍，最后就连猪圈和厕所也没放过。但确实没找到人。李秀莲还不死心，说反正回去也没事儿，就在这里多待会儿。结果，她们磨磨蹭蹭一直过了11点，见"大肚子"确实没回来的迹象。李秀莲就拉下脸来，说："不是没给过你们机会，我限期一个星期，把你儿媳妇给我送到镇政府去，不然的话，你也知道咱们镇政府的行动力，你们村有几家拆房揭瓦拆门楼的自己不清楚？回头想想后果吧。"

回去的路上，李秀莲多少有点懊恼，嘴里嘟囔着："我看还是哪里走漏消息，被她知道预先跑掉了。但你能跑到哪儿去？你跑得了和尚，还跑得了庙吗？"

第十八章

　　如玉到团县委开会，碰到青龙乡的团委书记小唐。其实这之前，如玉也认识小唐，全县二十几个乡镇的团委书记，吃个饭的工夫就认识得差不多了。说实话，小唐给如玉留下的第一印象并不太好，小唐这个人看着挺热情，爱笑，但那笑容很假，来得快，去得也快，在嘴角那里抽动一下就不见了。却和谁都上得来，也不管认识不认识，不管认识多久，一上来就跟你握手，很会寒暄的样子，非常"自来熟"。

　　如果光是这样，也并不让人讨厌，小唐让人讨厌的地方是他的奴才相，就是在领导面前的低三下四，领导随便说句话，他就开始点头哈腰，连连称是，也不管领导说得对还是错。这就让人不舒服了。怎么说，一个男人也不该这么没点原则地下作和拍马屁吧？

　　除了这些，小唐还有一点，就是太爱干净了，都有洁癖了。按说爱干净不是什么缺点，关键是小唐的爱干净和一般男人的爱干净不一样。说白了就是小动作太多，本来穿得西装笔挺，鞋干袜净，可总是不放心，一会儿这里拍一下，一会儿那里掸一下的，坐下去前要这里吹吹，那里看看，站起来也不放心，拽着自己的裤子左看右看，像个患了强迫症的老太太。

如玉发现，小唐这个人看着热情，但热情就像是招牌，是挂在脸上的，不是从心里发出的。人穿得一丝不苟，相当讲究，却又是极度地不自信，好像处处小心，以防被别人看不起。就说个子吧，小唐的个子不算太矮，可小唐总好像很在意自己的身高，每次都像女人似的穿了个有很高跟的皮鞋，皮鞋下还要钉个一两层的厚底子，走起路来都有些前倾了，身子一探一探的。如玉第一次见小唐，小唐就把手伸过来了。小唐说："你好，你好，石如玉，石书记，早有耳闻了，早就听人说起你了。幸会幸会。"热情得都让人尴尬了。如玉和他握过手，坐下来，才知道他是青龙乡的团委书记。

如玉不喜欢小唐，小唐却每次开会都要和如玉坐在一起。说起来，小唐要和如玉坐在一起，还是因为马令书。小唐坐过来第一句话总是问如玉，马令书在朱雀镇干得怎么样啊之类的。如玉就说，我们在镇里都各干个的，平时忙，连见面的机会都不多，我对他不了解。如玉还说，马令书在我们镇好像还不错，不知在你们乡里的时候怎么样啊。如玉口气是不经意的，好像根本没多少兴趣，不过是顺口提起。

小唐一听如玉问马令书，立刻眉开眼笑，很权威地说："要说马令书，谁也没有我最熟悉了，我们一个屋里住了一年多的。"小唐说马令书那时成天住在乡机关里，不爱回家，马令书酒量很小，酒场上也不会应酬，往往一出去，就被人灌醉了。小唐说："去年冬天，我和马令书一起去乡下喝酒，我们青龙乡下人多热情啊，上来就要和马令书喝三杯，马令书就真喝了三杯，人家一看马令书一下就喝了三杯，还以为他多能喝呢，就纷纷来劝他喝，结果他就喝多了，车子都扔在人家那里了，是我给搀回去的，马令书回去后又吐了满地，也是我来给他收拾。"

　　小唐一说起马令书来就没个完，小唐说话语速快，说的时候就见嘴唇动来动去的，嘴角那儿一会儿就动出了一堆白沫子。如玉说："马令书在你们乡里人缘不好吧，怎么这么多人灌他酒？"小唐就哈哈笑。小唐说："如玉就是聪明，冰雪聪明，一猜就中了。马令书来乡里上班时间短，喝酒的时候又不大懂得酒场上的规矩，人又实在，场面上又不会说话，别人几句好话，或几句故意刺激的话一说，他就仰着个脖儿跟别人喝，净闹笑话了。有一次，我和他一起回来，他躺了半天，起来问我怎么脑袋这么疼，还说本来想回家，怎么又回了机关了，原来是喝酒把记忆都喝丢了。"

　　如玉说："唐书记说马令书实在，实在人缘还不好？"小唐说："乡里是机关嘛，机关人都精得很，聪明得很，人都精，都聪明，就希望找到个比自己差些的，不太精或不是很聪明的——实在的人，不就让人觉得差了吗？那就好，斗不过别人总斗得过你嘛。所以，人在机关是不能实在的，实在的人都吃亏，要说马令书，也是吃亏了实在上。"如玉说："那他的话就不是实在，是有点傻了。"小唐就顺着如玉说："说到傻，马令书还真是带点傻气的，人也比较单纯，连个对象都不会谈。"

小唐说到这里还诡秘地笑了一下。小唐说："我们乡里像马令书那么大的小青年都一样，晚上没事了都喜欢男男女女往一个屋里扎，别看马令书人长得一般般，又刚到机关，偏偏很招人喜欢呢，他在乡里不到两年，就有两个人喜欢他，一个家境不错的分机员喜欢上了他，他却喜欢上了另一个姑娘。年轻人喜欢个人还不跟过家家儿一样？有的一两天，有的一两个月，没个常性，这年月，不像我们那时候，认真的少。马令书一根筋，喜欢上一个姑娘了就往死里喜欢，心里眼里就都是这个人。"

如玉没想到小唐越说越多，和她说到马令书的恋爱上去了，她一下有些不好意思，想让小唐止住话题，却又经不住认真听下去。小唐说，这个人呢也是新来机关的，学美术的，长得也一般般，关键性情也不好，平时在机关很少见她和别人说话——有点孤芳自赏的意思。不知怎么和马令书两个人好了，交往了一段时间，不知为什么又不好了，那姑娘一个人把自己关在屋里，马令书怎么敲门都不开。说起来，就是去年入冬的事，我们机关里很多人都目睹了那个场景。那天晚上，下着大雪，马令书在姑娘门外站着，雪花盖了一身，人都成了个雪人了，也不知拍打一下，有人过来拉他，他也不走，傻得无药可救了。

小唐说，马令书去你们朱雀镇，青龙乡的人都说是因为那姑娘，想想也能理解，伤心了嘛，换个地方，换个心情，也挺好……小唐讲到这里，看如玉听得认真，就问马令书在你们朱雀镇表现得怎么样? 谈恋爱了没有? 之后, 小唐又总结性地说: "其实呢, 马令书这个人, 还是挺实在的。哈, 真挺实在的。哈, 你们接触多了就知道了。"

如玉上午开过会, 中午连饭都没吃, 就回机关了。她和彭佳佳一起在食堂吃了饭, 就回了宿舍。宿舍里就她一个人。小高不干团委书记后, 连宿舍都很少回了。小高现在在党委办是闲职, 类似于政府办的田晓荷, 就是接个电话、记个会议通知什么的, 没啥正经事。如玉当上团委书记, 小高就连中午吃饭都改在了党委办, 如果不是值班, 根本不到宿舍里来。如玉也怕碰见小高, 别扭, 平时没事, 党办去得也很少了, 宿舍就成了她的团委办公室。这样办公休息两不耽误, 既和小高保持了一定的物理距离, 又能做到场面上的和谐相处, 这不就是费孝通老先生说的, "各美其美, 美人之美, 美美与共, 天下大同"了吗?

如玉回来后总有些坐卧不宁, 坐也坐不住, 躺也躺不下。不像往日那样兴冲冲整理会议记录、分析领导讲话内涵、领会上级会议精神了, 她觉得自己的头脑有些乱。细想想, 这乱竟是因为听小唐讲马令书引起的。如玉在自己的屋里待不住, 外面转了两圈, 就到马令书屋里来了。过去如玉到马令书的屋里很少停留, 进来了, 有一说一, 有二说二, 事情说完, 转身就走, 从不拖泥带水。这次如玉进来, 没事可说, 就先坐下了, 坐下就呆愣愣的。

马令书对如玉的造访也有些意外, 想问她有什么指示, 见她不开口, 也不多问。两个人中间像隔了层东西一样。过了会儿, 如玉才开口。如玉说: "我没事。过来坐坐。" 如玉说, "上午团委开会碰到你们乡团委书记小唐了。"如玉说，"小唐说起你了。"如玉就这样一句一句地说，说一句中间要间隔十几秒，马令书不知道如玉究竟想表达啥，只好等着她往下说。如玉说到这里却突然停下来，望着他，不说了。

如玉想到马令书和小唐的关系，以及马令书和自己的关系。如玉想，在青龙乡，马令书是报道员，小唐是团委书记；在朱雀镇，马令书还是报道员，团委书记却是我石如玉了。她觉得这种关联很有意思，像有一种隐秘的东西暗含在里面。马令书对小唐并没兴趣。如玉看马令书反应平淡，又愣了好一会儿才说，像是故意要卖个关子给他。如玉说："小唐说了你很多故事呢……"马令书刚想问什么故事，这时门却被敲响了，马令书把门打开。门口站着徐燕。徐燕见如玉坐在屋里，就没进来，在门口对马令书说："回头我再来找你。"说完转身走了，也没和如玉打招呼。

如玉此刻已经从刚来时的呆愣中缓过神来，有种胜利在望的意思了，脸上也换上了团委书记的表情。如玉说："这个小徐找你有事啊？"如玉现在不叫"徐燕"叫"小徐"了，口吻也换成团委书记的口吻了。镇里其他领导叫徐燕也是这样叫的。如玉说："我看小徐经常来你这里，你们没事都聊些什么呢？不妨事的也说给我听听？"马令书说："我们能聊什么？就是瞎聊天。"如玉听马令书不想就徐燕话题说下去，就说："小唐说你这个人还是很实在的。"如玉今天的话，有点东拉西扯，不着边际了。如玉自己都奇怪了。

说起来，如玉并不是个爱聊天的人，她平时也不喜欢闲聊。如玉今天是抱着要过来和马令书聊点什么的，谁知一聊起来，才发现自己拘谨得很，散漫得很，东一榔头西一棒槌。如玉还发现，马令书和自己也没多少话说，马令书和别人聊起天来，每次都风生水起，每次都兴致勃勃，好几次，她碰到马令书和徐燕，和甄妮，甚至和田晓荷在一起，都聊得热火朝天的。连小金都说起过马令书，小金说："小马这个人说话有意思，挺幽默的。"小金还说："没想到马令书这个人还挺会聊天挺有女人缘的，总有人去他的屋里和他聊天，连小高都去了，去的最多的是田晓荷和文化中心那个徐燕，每天至少往他屋跑个一两次，你说他们都聊什么呢，那么大瘾？"如玉那时也想过，是啊，他们在一起都聊什么呢？有什么话题值得他们聊起来没完没了？怎么马令书和她们一起就有的可聊，和我就没话了呢？如玉想：难道我这个人太古板、太拘束了？缺少生活的情趣和情调？马令书不是说过自己吗，"你这么一个有原则的人"，看来自己天生工作狂，真不会聊天吧。

两个人都不说话，屋里空气就显沉闷，如玉正想找个借口撤退，谁知，这时候，又有人来敲马令书的门来了。如玉来这里不过十几分钟，屁股还没坐稳当，已经有两个人来找马令书。这次来的是分机员耿芳。耿芳也没想到如玉会在马令书屋里。耿芳是来送她上次主动请缨替马令书抄好的那份材料的。耿芳见到如玉，还是要说话的，不过说得相当客气。耿芳说："石书记也在啊？"耿芳对如玉客气，对马令书却相当不客气。耿芳啪地把材料放在马令书桌子上，说："给你，可给你抄完了，下次再不给抄了，再让我抄要先请客啊。"好像抄材料当初不是她主动而是马令书求她的一样。

如玉虽不知怎么回事，却听出什么来了。耿芳对马令书的不客气，其实是假的，越是这样，反而越显得他们之间比别人亲密。说白了，耿芳这个样子就是故意的，故意做给别人看。如玉想，平时还真是小看了这个耿芳了。耿芳说过话就走了，如玉反而不想走了，她对耿芳拿来的材料有了兴趣，拿起来翻看，却是马令书替于书记起草的"小政府大服务"的讨论稿。如玉也参加过上次党委扩大会的，于书记在会上提出了一个新的口号，说是要改变政府机关的工作职能，把"政府做小，服务做大"，要"政府服务社会，服务人民"。

如玉说："马令书你行啊，还是朱雀镇好吧？在朱雀镇你连私人秘书都有了，写的材料都有人给你抄。"马令书说："有人抄材料算什么？那也比不了你啊，当了团书记，不用说材料，报道都有人给你主动写，一写还是一系列。"如玉知道他在说"青年林"系列报道的事，如玉说："你不用这么说，写报道我也会的，可我偏不写，谁让你是报道员呢。你要是觉得这样不公平，就找出一篇稿子来，我来替你抄一次，这样好不？这样咱就扯平了。"马令书听如玉这样说，就说："稿子我有的是，可怎么敢劳动石书记呢？说出去也不好听，团委书记为报道员抄稿子，不像话。"如玉说："你不用激我，我不开玩笑的，我说的可是真的。你为我写系列报道，辛苦，我就替你抄份稿子，以后咱们谁也不欠谁。"马令书说那好，就满桌子找稿子。如玉忙说："抄稿子可以。不过，我可不给你抄这种材料稿，我看到这种材料就头痛，还是把你写的那些什么小说啊散文啊，拿出来让我抄抄，我也借机学习一下。"马令书说："散文随笔不用你抄，那个太短，我自己就抄了，我有一个长的小说你抄不抄？"如玉说："小说更好，我没事也喜欢看小说，别以为只有你们才是文学爱好者，我也喜欢的。"马令书也不管如玉是不是奚落自己，真就拿出了春节放假时写的一篇小说来，小说写在一个黑色硬皮本子里，他把本子拿到如玉面前，说："你看得清吗？写得很乱的。"如玉一看那小说，名字挺长，叫《阿紫和她在北方山城的简单经历》，前面还有个题记，"在匆匆的人生里，你我偶然相遇，两颗受伤的心需要相互慰藉"。如玉撇撇嘴，心说成天写这些情呀爱呀的也不嫌腻歪。回头又想，这"题记"好像哪里见过，就说："你放心吧，看不清不会问你吗？反正都在机关，又不是在天涯海角，不认识的地方，找你认就是了。"

　　如玉破天荒在机关住下了。过去如玉不值班，是从不在机关住的。她住下来，是因为现在团县委正在组织各乡镇委办局机关干部学跳交谊舞，学跳交谊舞的培训当然大多时间在晚上，她是镇团委书记，要组织人，要带队，带队去了，当然还要带队回来，所以这段时间，如玉直接住在了机关里。学跳交谊舞是自愿的，如玉跑遍了机关各科室，还在全体机关干部会议上发了通知，副书记老吴是交谊舞的积极倡导者，这个中年美男子终于找到了政治舞台之外的另一个适合他发挥才干的舞台。老吴很喜欢交谊舞，也鼓励和倡导机关干部都来跳交谊舞，偏偏乡镇机关的人保守者居多，大会小会也不知说了多少遍，真正报名的却没几个。

　　星期四，又是学跳舞的时间了，如玉从上午就开始找人，年岁大的不说了，找了也白找，她只找那些年轻的，好在机关的年轻人多，让她没想到的是，年轻人对这件事居然也推三阻四的，说今天不行，今天有事，其实是给如玉软钉子吃呢。找了多半天，只有彭佳佳和孟菲菲答应和她去。她本来也找了王小军和马令书，当时王小军正指导马令书如何练习"轻功"，他们在马令书房间前面半米高的花池子跳上跳下。如玉过来了，说："你们两个晚上没事也去学跳舞吧。"王小军说："谁说我们没事？我们忙着呢，你没看我们在学吗？你们学跳舞，我们也没闲着，练习武术。"王小军不去学跳舞，是因为他晚上要约会塑料厂的女朋友。最近一段时间，如玉没少看到王小军和他的那个女朋友在影剧院前一起轧马路。如玉想，他不去就不去吧，就把希望寄托在马令书身上。想马令书总要支持她工作的，马令书会答应的。如玉对王小军说："那你一个人在这里跳吧，马令书你跟我们去。"谁知马令书也不去，很干脆的。如玉问他晚上有什么事。马令书说，甄妮她们约好了，晚上他和张然陪她们一起看电影。

如玉一听，生气了，心想，怪不得她白天找甄妮耿芳她们，都说有事，问什么事又不说，原来是私下组织去看电影，这不是明摆着跟我对着干吗？如玉一生气，也不找人了，回头对彭佳佳和孟菲菲说，没人去晚上就我们三个人去，明天是周末，我也请你们去看电影。如玉这话明显是赌气了。王小军这时一个雄鹰展翅伸开双臂从花池子上跳下来，对如玉说："石书记，跳舞我们不去，看电影可是要去的，我先报名参加。"马令书也说："王小军报名，我也报名。"如玉说："报名也不要你，你还是陪她们看电影去吧。"马令书说："她们要保护，你们我一样要保护。我一贯是这个观点，坚决捍卫妇女儿童的权益不受非法侵害。"如玉说："那你今天为什么保护她们不保护我们？"马令书说："不是不保护，真是学跳舞不行，我怕到时候把你们每个人的高跟鞋的脚尖都踩坏了。"彭佳佳回头看了一眼说："如玉，我们走，不听他们贫嘴八舌。明天看电影也咱们三个，谁都不要。"如玉说："好，咱们走。"

如玉领着彭佳佳和孟菲菲，在县委平房会议室临时改成的舞场，学跳了两个小时的交谊舞，心里一直愤愤不平，气鼓鼓的。全县20多个乡镇，每个乡镇都来了五六个，只有朱雀镇这次最少，来了她们三个。团县委书记都批评如玉了："如玉啊，下次最少要来四个人，要不跳舞连舞伴都凑不齐。"团县委书记是笑着说的，是善意的玩笑，也是善意的批评。如玉红了脸，如玉一直争强好胜，还从没因工作挨过批评呢。心里就埋怨起马令书，心想别人不来就不来，你怎么能不来？宁肯陪几个女孩看电影，也不参加团委的集体活动，分明是不支持我如玉的工作嘛！我还巴巴地上门要给他抄小说，这回好，这回回去就把那个小说退给马令书，就说要组织人学跳舞，实在没工夫抄这种小情调的东西，要他去找那些一起看电影的人去抄吧，谁爱抄谁抄，反正我是不管了。不但不给抄小说，以后见面了连话也要不给他说才好，冷着他，淡着他，坚决不理他，不信没他马令书她如玉的工作就开展不了。

这里如玉想着回去后连话也不要和马令书说，可一到机关，看到马令书的屋子黑灯瞎火，想到他们果真去看电影了，如玉的心里还是一阵阵不是滋味。如玉想，我这是嫉妒了吗？如玉长这么大，还从没嫉妒过不如自己的人呢，现在，她的嫉妒如此强烈，都有点仇恨了。要说甄妮，如玉过去对她还是很有好感的，小姑娘长得不错，袅袅婷婷，脾气也好，说话悄声细语。甄妮现在这样，完全是耿芳和李青萍给带坏的。耿芳不用说了，如玉太了解她了，仗着来机关时间长，把学到的世故和油滑全转给甄妮她们了。耿芳坏，还是坏在表面；李青萍的坏，却是坏在骨子里。如玉在朱雀镇，要说最不喜欢的两个人，一个是田晓荷，还有一个就是李青萍了。田晓荷阴郁，李青萍放浪，好像都离不了男人似的，尤其是李青萍。彭佳佳就说过李青萍："一看李青萍就是个不要脸的货色，你没和她一起洗过澡的，乳房那么大，不知被多少男人摸过。我认识李青萍一个中专的同学，她说李青萍上学时晚上经常和男生一起出去喝酒，每天都回来很晚。实习时还和一个老师狗打连环不清不楚。"彭佳佳是朱雀镇最温柔最文雅的女孩子了，连彭佳佳都说出这些话来，可见李青萍这个人是多么讨厌。而且彭佳佳还说，李青萍在马令书没来前，就爱往男宿舍跑，成天跑满东的屋子，马令书一来，就和马令书泡在一起，他们一起看电影，一起看电视，扭股糖一样黏在一起，一点儿都不避讳别人，政府办老乔还看见他们大晚上一起轧马路，往机井房那里钻，半夜回来不睡觉还在一个屋里鬼混……彭佳佳一口气说了好多。其实彭佳佳说的这些，如玉也有所耳闻，机关说大不大，说小也不小，百十口人，多少双眼睛看着呢，若要人不知，除非己莫为。不过，如玉并没把这些放在心上。如玉想，马令书和李青萍这样的人怎么会搞一起？完全是两个层次的人嘛。马令书怎么会看上李青萍？不过是李青萍自己犯贱，勾搭马令书罢了。

如玉楼后平房的宿舍，正对着前面一层的审计科办公室的后窗。如玉一个人回宿舍时，无意看了眼亮着灯的审计科，发现审计科里坐着两个人，两个人面对面坐在屋子里，正兴致勃勃地聊着什么。细看，面对她的正是马令书，而背对着她的不是甄妮，却是身材丰满的李青萍。这两个人怎么会在甄妮的审计科？甄妮又在哪儿呢？如玉连宿舍的门都没开，转身到楼前审计科来了。

如玉进审计科时脸上带了笑，说："你们聊什么呢？这么热闹，我在后面宿舍都听得清清楚楚。"如玉这话夸张了。说起来，如玉还是习惯这种夸张的手法，可以先发制人，可以欲擒故纵。如玉这样一说，李青萍果然紧张起来，她站起来，看了如玉一眼，话没说，转身就走。如玉想，这马令书和李青萍肯定没什么好事，好好的你慌什么？脸红什么？马令书说李青萍："你走什么啊？我还没和你聊够呢。"马令书说这话时，一脸的坏笑，像个街头小痞子。如玉说："你不是陪她们看电影去了吗？这么快就回来了？"马令书抽着烟，听如玉这样说，立刻朝她吐了个挺大的烟圈，说："谁知她们怎么回事？说好了去，最后又说不去了，说留下我，让我陪她们聊天，让我逗她们开心。"马令书说，"你看我现在都成什么了，整个一个'三陪'了。"马令书话这么说，口气却得意了，"开始是我陪着她们三个聊，聊到最后，就剩下李青萍了。你一来，李青萍也走了。石书记，你坐下，咱们接着聊。"如玉冷冷地看着马令书，像看一个陌生人，如玉说："好啊。你说聊什么？"马令书说："聊什么都行，你想聊什么，咱们就聊什么。"如玉说:"我才不和你聊,我嫌你无聊。"马令书说:"那咱们聊些有聊的,聊聊你们的交谊舞,聊聊你们都碰上了什么好舞伴了,都是什么品种的?"如玉说:"马令书,你喝酒了吧?怎么这样说话,阴阳怪气的?"马令书说:"不过开句玩笑,怎么就阴阳怪气了?"如玉生气地说:"上次小唐书记还跟我说你挺实在的呢,你就这么实在的啊?"马令书是有点让如玉生气,不过,更让她气的不是马令书,而是甄妮和耿芳她们几个臭丫头,说是看电影,不过是找由头不参加她的交谊舞培训,是故意不参加她组织的团委活动。

其实,这事是如玉误会了,本来几个人确实是定好晚上一起看电影的,但这事和李青萍一点儿关系没有。李青萍都不知道他们要去看电影,看电影是甄妮和耿芳决定的。甄妮白天和耿芳悄悄商量了,晚上和张然马令书四个人一起去看电影,不要李青萍。甄妮说:"我看她费劲,不叫她。"耿芳说得更难听:"我也看不上李青萍那个浪样儿,见个男人就像吃了蜜蜂屎一样。"她们决定趁李青萍不在的时候偷偷走,可越是不想碰见的人越容易碰见,几个人骑车刚出大门,就碰上从外面理发馆吹风回来的李青萍。李青萍不但吹了风,还把前面的刘海弄成了卷儿,眉毛也画过了,嘴唇涂了比原来更鲜艳的唇膏。李青萍抿着嘴唇上的红和甄妮打招呼:"甄妮,你们干什么去?"甄妮把头歪了歪,眼睛看着身边的墙,说:"不干什么去。"李青萍又问耿芳,耿芳则干脆装着没听见。李青萍只好问张然。张然说:"我们去看电影。"李青萍说:"好啊你们,看电影都不带我了,我也去。"马令书见甄妮和耿芳都不理她,想打个圆场,说:"你要去,就你请客啊。"谁知，他说完这话，还没等李青萍回答，耿芳忽然脖子一扭："我不去了，你们谁爱去谁去。"说完真的就把车子往回拐，耿芳一回，甄妮也跟着往回骑。

　　四个人走了两个，这电影还怎么看？马令书和张然也只好回财政所去看电视。马令书后悔不如和如玉去学跳舞了。他想，这回好，电影没看成，还把如玉得罪了。他们正看电视，李青萍又过来了。李青萍其实是想和马令书在一起。现在李青萍既怕和马令书一起，又想和马令书一起。她有时还挺矛盾，有些犹豫不决，比如和马令书一起时，她会想到满东，毕竟认识满东这么长时间了，她觉得还是满东踏实，一起待着有安全感。满东无趣，却安全。马令书却是个十足的危险人物，有一股不管不顾的孟浪。可一离开马令书，她又会想他，他的大胆，他的勃发的情欲，也让她欲罢不能。她就像一块干柴，渴望着烈火。

　　她跟着他们回到机关，先去了满东屋坐了会儿，可坐了不到五分钟，就被内心那种不可遏制的欲望催促下出来了，她要见到马令书。虽然她明知道马令书此刻正和甄妮、耿芳她们在张然办公室，她更知道甄妮和耿芳不待见她，她什么都知道，就连王彦看她也不像以前那样近了。不过，她一点儿不在乎。李青萍想，她们这样，还不是因为嫉妒？她们是嫉妒她了呢。女人最喜欢嫉妒。李青萍不怕她们嫉妒，相反，她还有点欢喜她们嫉妒自己。上初中读中专，因为和男生好，不知有多少女生嫉妒过自己，她都习惯了。你们爱嫉妒就嫉妒去吧！我才不管呢。

马令书也看出了李青萍的变化。心想，真是丑女多作怪，她倒怕了，她倒躲了？该躲的倒应该是他马令书。马令书坚信自己是受了李青萍的引诱，引诱他一起轧马路，引诱他一起吹泡泡糖，看电影时又故意引诱他到那个黑暗的角落里去……马令书本来对李青萍感觉很一般，连喜欢都很难说得上的，他想，自己和李青萍，不过是他内心潜藏的复仇之火的爆发罢了，是情欲燃烧之下的逢场作戏，就像妓女和嫖客，这样一想，马令书看李青萍，就有了点厌恶之感。李青萍过来，他看都没看她一眼。甄妮和耿芳因为李青萍又跟过来了，索性直接回审计科办公室聊天去了。这里李青萍一过来，就故意坐到马令书身边，马令书一见她坐自己跟前了，站起来就走，也到隔壁的甄妮房间来了。

耿芳一见马令书过来了，就说："你怎么不陪着她一起看电视了？不是你去哪儿，她就追到哪儿吗？我看你还是和她一起去看电视的好，和我们一起坐着有什么意思？"马令书知道耿芳是故意这样说，马令书说："和她看电视有什么意思？啥也不如和你们一起聊天有意思，我就喜欢和你们聊天。"甄妮瞥了眼马令书，说："别和我们说好听的了。"马令书说："我说的可是真的，和你们聊天特别有意思，开心。我不愿意看电视，腻腻歪歪的，男的女的动不动就搂搂抱抱，什么劲啊！聊天多好啊，还解闷，还开心，还学习了。"甄妮就笑了，说："和我们一起学习什么？我们也不会写，也不会跳，更不会每天假装拿着个毛衣织来织去的，一件毛衣织一年了也织不完。"马令书一看甄妮笑了，忙说："整个一个朱雀镇，女孩子里，甄妮最聪明，最漂亮，也最自然，敢爱敢恨。耿芳你也要向甄妮学习，耿芳你是有勇无谋，炮筒子脾气。我们都要向甄妮学习。"耿芳说："我当然不如甄妮，我连李青萍都不如呢，我算个什么东西？"甄妮说："你呀，确实不算个东西，因为你根本就不是个东西嘛。"说完就笑，还趁机躲到马令书身后，以防耿芳过来打她。马令书说："不过呢，耿芳也有耿芳的优点，耿芳的普通话就说得很好，镇广播站她录的音，我听了几次，比我们乡里的那个广播员安红强多了，细听，比县里的播音员主持人还要标准。"耿芳说："你不用这样打我一棍子，给我一蜜枣的，我知道我自己怎么回事。"耿芳说到这里，头低下去了，一点儿张牙舞爪的劲头儿都没有了。甄妮抓住了马令书话里的"安红"不放，问安红是谁，是不是马令书说的那个"潘美辰的翻版"。马令书说："安红不是潘美辰的翻版，安红是韩红的翻版。"

　　三个人正说笑，李青萍进来了，李青萍像什么事情也没发生一样，说："就听你们说得热闹，把那屋电视的声音都盖过了，我和张然电视都看不好了，你们说什么好故事呢？我也听听。"耿芳就说："我们说马令书女朋友呢，你也要听啊？"李青萍脸上不自然地笑了下，说："你们能听，我当然也能听。"说着故意在马令书的对面坐下。耿芳一看，气不打一处来，对甄妮说："那就让她和马令书两个人说去，咱们走。"说完，真的拉甄妮出了门。李青萍和马令书面对面坐着，气氛一时很尴尬了。好久，李青萍说："我没惹她们，她们怎么就生气了？"还一脸无辜的样子。马令书不知道该怎么答她，站起来也想走掉，李青萍一下生气了，说："你们都干什么啊，她们走，你也要走啊？"一句话说得马令书走不是，不走又不是，又觉得李青萍有点可怜，只好又笑嘻嘻地坐下了，只吸烟不说话。李青萍说："我知道你们都在躲我，你也在躲。"马令书说："这话你可是冤枉我了，我可没躲你，倒是你在躲我了。"李青萍的脸就红了，说："你还说呢，那天晚上，放映厅当着那么多人的面你都敢……吓得我一宿觉都没睡好。"马令书却一下笑出声来："我怎么了啊？我记不得了。"李青萍说："我说真的呢，你还笑！"马令书学着李青萍的口气："我说真的呢，你怕什么？——没做亏心事，不怕鬼叫门。两个未婚青年在一起，偶尔亲密一下招谁惹谁了？还犯法了？"

李青萍一时不知道马令书是什么意思。马令书的态度是既有些轻慢，也有些随便。这才是李青萍怕的根源，她其实不怕马令书的"大胆"，她甚至还希望马令书更大胆一点儿呢。可李青萍怕的是马令书的"随便"，怕的是他的"玩儿"和"游戏心态"。李青萍阅人无数，知道男人都喜欢"玩儿"，喜欢"游戏"，"一场游戏一场梦"，玩一玩就过去了，到头来吃亏的还不是自己？她又不是没吃过这方面的亏！说到底，李青萍的躲，还是有些怕吃亏了。李青萍说："马令书，我想问问你，你到底有没有女朋友啊？"马令书说："有啊。潘美辰翻版嘛。不是和你们说过吗？"李青萍说："跟你说正经的呢，别打岔儿。"马令书说："我也说正经的呢，没跟你不正经。"李青萍说："你少和我转文，我知道转文转不过你。我只想听你说句实话，怎么你们这些男的就没一个人爱说实话呢？"马令书故意说："那你先说说实话，你说的'这些男的'都有谁？"李青萍知道自己说漏了嘴，又气又恼，反倒说不出什么了。这里马令书还笑着问她呢："说说，你说说啊。把你经历的那些男的都和我说说，我还真想听呢。"正说着，如玉进来了。

如玉进来解放了李青萍，却把自己气了个正着。如玉气嘟嘟地回到宿舍，马令书真是太可气了，他那些话太气人了。如玉想，我对他这么好，连小说都替他抄了，他怎么可以这样和我说话？如玉拿起马令书的那个硬皮本子，想这就给他扔回去，告诉他不给他抄了。他这么气我，我还给他抄，我成什么了？如玉拿着本子，站起来，拉开门，往前面一看，发现马令书还在审计科，不过，这会儿审计科只剩了他一个人，正坐在椅子上抽烟，脑袋被一团烟雾缠绕着，样子有说不清的落寞。

如玉想了想，还是回来了。还是给他抄吧，答应了他的，再退回去，反而显得我小气了。不过，就抄这一次，下不为例。这样想着，如玉就翻开了马令书的本子，看起了马令书写在本子上的小说。如玉把本子拿过来，虽然抄了两页稿纸，本子上的小说却一直没的工夫细看。小说写的是一对少年男女之间朦胧的情感故事，如玉竟一口气看了下去，当看到那个叫"阿紫"的南方小姑娘在长街上含泪目送经理"小飞"情节时，自己眼里竟也潮湿了，有了淡淡的伤感、隐隐的疼痛，还有弥漫在文字里面的那种忧郁和温暖，都让如玉感到心灵受到了小小的震撼，这就是文字的力量吧。

这种感觉如玉还从没有过，说实话，她平时很少看文艺作品，尤其是小说，她觉得太文艺腔，没什么意思。现在一切都变了，马令书笔下的人物和故事和他本人反差如此之大，如玉一时都糊涂了。不知道是写小说的那个马令书真实，还是刚才流里流气的马令书更实在。如玉的心也随着小说情节的发展一点点儿在变，变得山高水长，绵长悠远，看到最后，竟脸红耳热，心也跟着怦怦怦地跳开了。

第十九章

　　徐燕现在到马令书这里推门就进，连门都不敲，到门口那里，总要换上一张笑脸，用她跳舞一样的轻快步伐，旋转着进来。这个简陋的宿办室，是朱雀镇最让徐燕感到快乐和熨帖的所在了，她在这里越来越轻松自如，都有了起舞的心思了。她现在几乎每天都来，对马令书说的第一句话就是，"我来了"或"我又来了"。听着像是和马令书约好了似的。徐燕的热情挥洒开来了，活泼绽放开来了，一切都像刚睡醒的样子，有了生机勃勃的一股子劲头。和徐燕相比，马令书的表现就显得有点懈怠，还带出一种懒洋洋的冷淡。马令书的热情和兴趣好像都来得比较短暂。

　　这天，徐燕进来，马令书正在看书。徐燕见马令书只在书上面抬眼看了一下自己，就过去一把把书抢过去，说："看什么好书呢？我也看看。"眼却直盯着马令书，看马令书脸上隐忍的怒气。徐燕觉得很好玩儿，她是故意要看马令书生气的，故意要气马令书。她想着马令书正看得热闹，一下被人把书拿走，肯定会过来和她要，她呢，等马令书过来了，就故意不给，把书藏到身后去，或把书高高举起来，等他上来求她或和她抢。

徐燕想起马令书那次酒后要亲她，恶作剧的心理就上来了。她甚至有些得意了，如果不是老乔在外面敲钟喊"救火"，她可能真被马令书嘴对嘴地亲了，要是那样可就坏了，要是真亲了可怎么办？徐燕有些后怕，偏偏这怕里还有种执拗的探究，就是万一马令书和自己嘴对嘴地亲吻了，那亲吻之后还会发生什么？如果真发生更深一层的关系了，那自己该怎么办？说不担心是假的。可徐燕发现，她的担心里更多的却是一种隐秘的期许隐藏在里面。这就像游戏，游戏是什么呢？德国诗人和剧作家席勒说："人类在生活中要受到精神与物质的双重束缚，在这些束缚中就失去了理想和自由。于是人们利用剩余的精神创造一个自由的世界，它就是游戏。"说白了，游戏的目的就是想创造一个自由的世界，是为了获得更直接的快感，这快感有生理的也有心理的，但不管是生理的还是心理的，一定要有主体参与互动才行，在马令书和徐燕的"游戏"里，游戏的主体不是一个人，而是两个人，两个人的动作、语言、表情的演变决定了获得快感的刺激方式和程度，可惜的是他们的游戏完成得并不顺利，这反而让参与者有了更浓厚的兴趣和更深的探究期待心理。

徐燕没想到马令书并不来抢，也不求她。马令书还是那个姿势，直愣愣坐在那里，说："把书给我。"徐燕说："不给。"马令书说："给我。"徐燕说："不给。"徐燕咬了一下嘴唇，说，"就不给，有本事过来抢呀。"样子都像故意挑逗了，她把书高高举过头顶，说，"来呀，你来呀。"马令书站了起来，又颓唐地坐下，赌气说："我不看了，你看吧。"马令书还真做出一副不想看的样子来，点起一支烟来默默地吸了。徐燕做了半天功课，想着他过来抢该如何，一个抢一个躲，那游戏就有意思了，紧张地想了半天，马令书却并没配合自己的想象，徐燕举起来的手就显得很突兀了，不像是躲，倒像是提前投降。徐燕都有些怨了，怎么不扑过来呢？扑过来也许就给你了，也许连躲都不用躲的，什么都给你了。

徐燕慢慢把书放下，道具不起作用，徐燕又对马令书嘴里抽着的烟有了兴趣，问马令书："你抽的什么烟？"听着都像没话找话了。马令书就把手上的烟盒给她看了看。徐燕没看清烟盒上面的字，就说："给我也来一支，我也要。"马令书就把烟盒扔到桌子一角，徐燕却不拿，连看都不看，说，"我要你抽的。"马令书说："你自己抽。"徐燕说："就要你抽过的。"马令书皱着眉头，把抽了一半的烟递给徐燕。徐燕接过去，放在嘴里深深地吸了一口，只是吸了一口，又把剩下的还给了马令书。

徐燕看着马令书，说："马令书，你变了。"徐燕说："你和过去不一样了，过去你不这样的。"马令书一下笑出了声，很短促，又很快收回去，不笑了。马令书说："不是我不明白，是世界变化快。"徐燕说："变化快也没你快。马令书，我问你，你怎么不爱理我了？我哪里惹你生气了？"马令书像是被人看破了心中的秘密，一发窘，更说不出话了，徐燕说，"你骗不了我，我看人最准了，你脸上和眼晴里写着呢。你想什么我都知道。"被徐燕这样一说，马令书一脑门子的兴师问罪都成了"师出无名"：你有什么权力指责别人交朋友、交多少朋友？你有什么权力管别人"有事""没事"？你是谁？和她有什么关系吗？简直无理取闹嘛。

徐燕和马令书一时都找不到合适的话说，屋里的空气像凝固了一样。马令书这天窗帘没拉严，正午的阳光，透过窗帘的缝隙照射过来，使整个屋子都处在阳光的光柱之下，徐燕看着光柱中那些浮动的尘埃，瞥了眼默然抽烟的马令书，知道了马令书真是不爱理自己了。她一开始是故意那么说的，想看看马令书的反应，没想到得到马令书的默认。徐燕还是有些不好受了。那天早晨还好好的呢，还涎着脸过来想让我"补偿"，怎么一下就这样了？是因为石如玉吗？心想，肯定是这丫头说自己坏话了。说起来，徐燕和如玉过去的关系还是不错的，可那次在敬老院，如玉说的那句话却把徐燕伤了，徐燕知道，如玉是故意的。如玉故意那么一说，耿芳她们才会"顺杆儿爬"，一起来欺负自己。没有如玉的引子，就没有那三个傻丫头的"爆竹"，所以徐燕不恨她们三个，徐燕只恨如玉。徐燕恨如玉，却又不好当面爆发出来，本来依徐燕的脾气，要是别人，她早不干了，早和别人干起来了，可如玉不一样。她和如玉几乎是同一年来机关的，如玉对自己知根知底，什么事都瞒不过她，所以徐燕对如玉心底是有些怕的。这种怕，是一种隐藏起来的怕，就像身体隐秘处一个见不得人的伤疤，一碰就要痛，可这痛又无法对人提起，很让人难受了。

徐燕把胳膊支在桌子上，用手托腮，像个雕塑。她其实想找一个合适的话题，打破两个人间的尴尬。她的面前有一沓蓝方格的丰邑县广播电台的稿纸，稿纸边上放着一支钢笔。徐燕看着钢笔和稿纸突然就想说话了。她想有些话说不出来，但可以写出来，写好了再给他看。她想还是这样好。于是她拿过稿纸，顺手写道："马令书，跟我说实话，你为什么不爱理我了？我想这里面一定有原因，我想知道这是为什么。"徐燕写完，把笔放在稿纸上，推到马令书的面前。马令书不知徐燕什么意思，拿过稿纸看，刚说："我——"就被徐燕打住了，徐燕说："别说，写下来，把你想说的都写下来。"

马令书看徐燕写的，那么认真，那么坦诚，每一笔都饱含真情实感，事实上，一看徐燕写的几句话，他心中积郁的不快已经烟消云散。马令书想：本来无一物。他和徐燕不过是喜欢坐在一起聊聊各种感兴趣话题的普通朋友。喜欢当然是有一点儿的，不然，也不会那么在意如玉说她的那些话。现在马令书很快释然了。知道了徐燕的"事"后，马令书反而觉得放开了，轻松了，没有那么多的牵绊了。比起说话来，马令书觉得用笔交谈更自如些，就像写信，给一个远在天边却又近在眼前的人写信。写信的感觉是很恣肆的，可以痛快地说或笑、骂或哭。关键是缺少了等信的环节，等信总是折磨人的，空落落的，又满是期盼。现在是根本不用等，比特快专递还快，比航空邮件还快，甚至比说话还快了。墨迹未干，写的刚写完，收的就读到了。空落的心成了结实的，快乐也是结实的，因为交谈方式的特殊，让隐秘的伤感的心事都变得心花怒放了。

马令书在徐燕下面接着写："你太敏感了，谁说我不爱理你？和你一起说的话，顶得上和机关所有人说的话的总和了。"徐燕撇了撇嘴，拿过笔接着写："你不用甜言蜜语来糊弄我，我知道我在你心中是什么样的。我长相平庸，又没有才华，只会唱几首通俗歌曲，跳几段俗气的民族舞，跟个没长大的丑小鸭一样。我知道你看不起我。所以才不爱理我。"马令书看徐燕大胆的表白有点感动，他写道："记得第一次见面我们说的话吗？我说你是个为爱而生的女孩，因为你不流俗，敢爱敢恨。你的那些热情如火的诗篇把我感动了。"徐燕写："我不想隐瞒自己，也不想隐瞒你。如果让我说实话，第一眼，我就喜欢上你了。我也不知道是为什么，就是觉得第一次和你聊天，我的心中就充满了欢喜，我就喜欢和你聊天，和你待在一起。我现在每天都盼着能见到你，见到你我就高兴，就喜欢；见不到你，我的心就空落落的，你知道我的内心多么矛盾？你不知道……"徐燕写到这里，忽然写不下去了，她没想到写出来原来比说出来还要大胆，因为不设防，一下把心里的话全写出来了，要知道这些话，如果用嘴"说"，她是无论如何说不出来的，想说也不知道如何开口的。可是换成笔就不一样了，用笔一"说"，自己内心的情感洪流怎么就像开了闸一样，突然之间就飞流直下，一点儿顾虑都没有了？一开始就是一诉衷肠的样子了。

　　徐燕咬着笔杆，不知道该如何面对刚刚写下的文字，不知道该不该把这些从心里流出来的"话"给他看。正犹豫着，马令书早一把拿过去看了。他有点好奇她在纸上都"说"了些什么，又琢磨这么久。看了徐燕写的，他一下愣住了，虽说徐燕喜欢自己他也有感觉，可从徐燕"心里"写出这些话来，还是让他吃惊了。徐燕这些剖肝沥胆的话打动了马令书，马令书紧接着徐燕的话写道："这两天，我也挺矛盾。你的事我从别人那里听说了几句，知道你有过几个男朋友。不过我还是要谢谢你，谢谢你的喜欢。"

马令书在那里写，徐燕就偷偷过来看了。她迫不及待地想知道他写了什么，有什么想法。她要印证一下，自己喜欢的人是不是也像自己喜欢他那样喜欢自己，却一下看了马令书这几句话，徐燕一下激动起来，马令书还没写完，她也一把夺过去，写道："我知道机关有人说我闲话，我承认，自己是交过几个男朋友，我也喜欢过他们，可现在他们早成了历史了，我现在的对象也是别人介绍的，就见过两次面，说的话还没有和你在一起10分钟说的话多。"

马令书没想到徐燕这样坦白，一下子就把"男朋友"都说出来了。马令书还是有些嫉妒了。既然有了"对象"，又处过这么多男朋友，那你对我的"喜欢"又算什么呢？马令书就想到卫生院见到的那个"大夫"了。马令书想，这是个什么"大夫"！马令书早听说了，那个大夫姓苟，卫生院里，大家都叫他苟大夫，真是讽刺啊。马令书犹豫半天，还是想问问徐燕了，他想把自己的心里话全写出来，心平气和地婉转地写出来，可话到笔上，还是有些暗含讥讽了："我听人说你和镇卫生院大夫的事了，那个苟大夫也是你过去的男朋友吧？"

徐燕拿过马令书写的一看，一下惊呆了。就那么几个字，每个字都像晴天里的一道霹雳，一下炸响了，一下又炸响了，电闪雷鸣过后，雨下来了。根本来不及避让，雨就来了。大颗大颗的泪从徐燕的眼眶里流出来，直接掉到他们写满了字的稿纸上。马令书一下无措了，忙把稿纸拿过来，稿纸的本子上，刚才写过的字迹已经被徐燕的泪水浸湿了，模糊了。马令书惊慌失措，连忙写："徐燕，对不起，我真的没什么恶意。"马令书都不知道该怎么安慰徐燕了，徐燕雨珠一样的泪水把他的心也搅乱了。马令书把写下的字推到徐燕的眼下，徐燕眼泪擦都不擦一下就接着写下去了："我不怪你，我只恨镇里那些世俗的眼睛世俗的人。是他们把我毁了，是他们想毁了我。他们这样做究竟想干什么？！我在这里工作了几年，别的没得到，得到的却是冷漠、误解，是谣言和中伤……"

徐燕写不下去了，眼泪再次汹涌而出。马令书像个做错事的孩子一样，很是诚惶诚恐，很是不安了。马令书写："你是第一个在我面前流泪的女孩子……过去的就让他过去吧，走自己的路，让别人去说好了。"马令书写完这句话，觉得意犹未尽，又接着写了一句，"对了，徐燕，你别哭了，女孩子哭起来最难看了，你哭起来一点儿都不好看。"徐燕写道："你太坏了，人家欺负我，你也欺负我。以后再也不理你了，以后再不理你了。"徐燕连着写了两句"以后再不理你了"，写完，想笑一下，却没笑开，又要哭。真的很难看了。

马令书忙拿自己的毛巾想给徐燕擦眼泪。毛巾刚碰到徐燕脸上，徐燕就笑着叫开了，这回徐燕是真笑了。徐燕说："你这什么时候的毛巾啊，这么硬，都有味了。"说着径自过去，在马令书的脸盆里倒水洗毛巾，一边洗一边笑："我才不生她们的气呢。我只是生你的气，气你对我爱理不理的。"

马令书看着徐燕想，这人真是奇怪了，刚才还那么伤心地流着眼泪，现在说不哭就不哭了，说笑就笑了。女人心，海底针，他还真是看不懂呢。

第二十章

　　如玉在周末的晚上兑现了自己的诺言，邀请马令书、王小军他们看一场电影。晚上看电影的消息，如玉中午就"发布"出去了。在食堂吃过午饭，如玉绕到前面来找马令书，见马令书和王小军两个人抱着个录音机在听歌。如玉也不知道，马令书和王小军是什么时候开始亲近起来的，他们两个一亲近，王小军也不大往外面跑了，可以经常在机关里看到他晃着的矮胖身子，他不出去了，他那些社会上的哥们儿就来机关找他，来后聚集在马令书屋子里，有好几次，如玉看到王小军和他的几个小兄弟在马令书的屋里抽烟说笑，搞得一屋子烟气腾腾的，他们说笑够了，就集体出来练"轻功"，在花池子那里跳上跳下。

　　"……我早已经了解，追逐爱情的规则，虽然不能爱你，却又不知该如何，相信总会有一天，你一定会离去，但明天你是否依然爱我……"两个人摇头晃脑的，录音机里，童安格唱一句，他们两个唱一句，一副十足陶醉的表情，活脱脱的两个高中大男孩。如玉过去看了一下，桌子上有好几盘磁带，有张学友有周华健还有小虎队。如玉听他们唱了一段，说："别唱了，你们唱的是什么呀！真难听。"王小军说："嫌我们唱得难听，你给我们唱一个好听的。"马令书说："如玉唱《梦醒时分》好听。'早知道伤心总是难免的，你又何必一往情深。'来个如玉版的深情演绎。"如玉红了脸，说："你说的哪辈子的事？我自己都忘了。还是唱你们的男生二重唱吧，只是别把附近的野猫招来——我是来通知你们的，晚上去电影院看电影啊。没空的、不愿意去的提前声明啊。"王小军说："有空有空。"马令书说："愿意愿意。"如玉说："这回都痛快了，下次团里有啥集体活动，也都痛快点。"如玉说完，就向外走，到门口了，忽然想起了什么，对马令书说，"叫张然也去吧，人家小孩儿刚来机关，一个人天天晚上守着个电视，看上去也怪闷的。"王小军说："如玉，你什么时候喜欢张然了？喜欢我去给你叫去。"如玉没理他，转身走了。

三个男的敲定了，女的那里，如玉只叫了彭佳佳和孟菲菲。如玉这次组织人看电影，不像是私人请客，倒有点集体活动的意思了，很高调，甚至有点大张旗鼓，闹得机关很多人都知道了。小金休假刚上班，在二楼的过道儿碰到如玉，问："如玉，晚上看电影啊？"如玉甩了一下她的青年头，说："是。"小金笑："如玉也看电影了。"如玉说："小金，瞧你说的，我怎么'也看电影了'？我其实很喜欢看电影的！"小金就捂着肚子笑。小产后，小金声音没有原来那么高亢了，看来身体还没有完全康复。楼下政府办的老乔也听说了，在楼梯口叫住如玉："如玉，听说你请大家看电影，把我们也带上啊。"如玉说："您啊，不行。过岁数了，被共青团组织开除了。"老乔说："你私人请客看电影，跟是不是团员有啥关系？又不是去听你的共青团报告会。得，我老了，不去了，把我们办公室小田叫上啊，她可还没过岁数呢。"老乔说这话时，田晓荷正好从政府办出来，一听这话，白了老乔一眼，又立刻进去了。如玉看到了田晓荷转身时的背影，似笑非笑地说："这次不行，下次吧，这次看电影的人都定好了。"

下班时间一到，如玉就在楼前，高声喊马令书、王小军、张然的名字，说别忘了晚上看电影的事。如玉这样喊，好像要叫全机关都知道似的。她喊马令书，喊王小军，又喊张然。三个人都出来了，说忘不了，忘了什么也忘不了看电影。如玉很高兴，说："别磨磨蹭蹭的。人全齐了，我们一会儿就出发。"如玉说话就像唱山歌一样。她故意看着楼道的左右，看都有谁听到声音跟着出来，确实有人探头探脑的，但那几个熟悉的却连个影子都没冒出来。如玉反而遗憾了。如玉问王小军："甄妮不在屋？"王小军说："在呀，是不是也叫上她？"如玉低声说："不叫，人不早就定了吗？"

他们骑车刚要走，看见了徐燕，徐燕从自己办公室出来，手里拿个暖壶，像要去水房打开水。徐燕叫住了王小军，问他干啥去。王小军说："看电影。你去不去？团委书记请客。"徐燕说："我不去。"说完，她还拿着桶站在那里，并没走的意思。这时如玉说话了。如玉说："小徐，你要是没事，要不也和我们一起去吧。"徐燕没看如玉，却睐了一眼马令书，说："我不去。我事多着呢，不想去，也不爱去。"说完一甩头发走了。王小军看了一眼如玉，疑惑地问："和谁生气呢，她这是？"如玉无所谓地笑了笑说："不去正好，我们走。"马令书奇怪徐燕不和自己说话，却和王小军说话，半路上就问："王小军，你和徐燕挺熟啊。"王小军说："看怎么熟了，不是一般的熟。"马令书说："你们是同学？"王小军说："不是。"马令书说："和她谈过朋友？"王小军说："你瞎说什么呢！徐燕是我家亲戚，我管她要叫小姑呢。"马令书说："和你一般大的'小姑'？"王小军说："没和你玩笑，徐燕真是我小姑，远房的。"王小军反过来问马令书："你怎么张嘴闭嘴老是徐燕徐燕的，我可告诉你，别打她主意。"马令书嘻嘻笑，说："不会。是她打我主意。"王小军说："你得了吧，她五一就要订婚了。"马令书轻描淡写地问："是吗？和谁？"王小军得意一笑："反正不是和你。"马令书大声叹了一口气，说："完了，又一个姑娘毁了。"如玉回过头问："你们说什么呢？什么毁了毁了的？"王小军说："说徐燕呢，马令书一路上老是徐燕徐燕的，都念念不忘了。"如玉看了一眼马令书，说："是吗？"马令书说："是。王小军说徐燕要订婚了。人家说，结婚是爱情的坟墓，订婚就是提前进入坟墓，都快进坟墓了，人可不就毁了吗？"马令书这样一说，如玉倒高兴了，说："你这样说，等王小军回去和他小姑一汇报，徐燕可真要骂你了。"

晚上的电影是《悲喜人生》，是一部去年上映的国产片，根本没几个人买票看，他们又来得早，买了票，没事就在外面转悠，挨个看橱窗里的电影海报，在一幅海报面前，如玉站下了，因为这幅海报里下面的一行字，正是她给马令书抄的那个小说《阿紫和他在北方山城的简单经历》前面的题记："在匆匆的人生里，你我偶然相遇，两颗受伤的心需要相互慰藉。"如玉把马令书叫过来，歪着头，说："马令书，为什么用这海报里的话当你小说的题记？"马令书说："这句话不好吗？"如玉撇撇嘴，马令书说，"要不就用你最喜欢的《梦醒时分》那句：'早知道伤心总是难免的，你又何苦一往情深。'你满意不？"如玉脸红了，小声嗔了他一句："真贫嘴。不和你说了，进去看电影了。"

　　看电影的没几个人，整个电影院里空空荡荡的，如玉她们几个女的还找座儿呢，王小军也不看座号，早拣好的位置去坐了。坐下就招呼她们过来坐。如玉一边批评着王小军和马令书"真不像话"，一边领彭佳佳和孟菲菲过来了，却不和他们坐一排，而是坐在他们的前排。前排也就她们三个人。前排里彭佳佳坐了中间，后排里马令书坐了中间。马令书知道王小军和彭佳佳过去是恋人，就要和王小军调换座位。马令书说："王小军，咱们换一下，我坐如玉后面。"王小军却坚决不换，说："凭什么你坐如玉后面？我还想坐如玉后面呢。"马令书没想到王小军误会了自己的意思，又不好直接说，顺嘴说："我们原来都是报道员嘛，现在如玉是团委书记了，我要和领导多贴近一点儿，多领会领导意图，为共青团多写文章，我也是为了工作，你说是不是，石书记？"如玉笑着回头对王小军说："小军你就和他换，看他能怎样？"听如玉这样一说，王小军只好不情愿地站起来和马令书把座位换了。

马令书坐过来，觉得自己为王小军创造机会的想法也不全对，私下里也有为自己创造机会的念头。马令书想，原来自己心中所想有时也是虚伪的，明明自己想和如玉近点，却偏偏想要为王小军创造机会，难道王小军还要这个机会？他不早已经和塑料厂会计"轧马路"了吗？马令书想利用看电影的空隙，找机会和如玉套套近乎，按马令书心头想的，就是要故意"逗逗她"，马令书觉得，女孩子都是喜欢别人"逗"的，你越不"逗"她，她和你就越远，你越"逗"她，她才会越和你近。何况，如玉太严肃了。太严肃了人就不好玩儿了。

他在青龙乡时，就因为太严肃了，太矜持，因此就显得拘谨，很被动，所以才会被那个长着一颗克夫痣的狐狸精佟雅丽耍弄。其实要说佟雅丽是狐狸精也是不准确的，她只是用穿着丝袜的脚在桌子底下蹭自己大腿的时候有点像个狐狸精的样子，大多时间里，佟雅丽都是阴着个脸，好像连笑一下都不会，偶尔笑一下看上去比哭还难看。马令书总觉得佟雅丽的样子有点像田晓荷，但田晓荷只是表面冷漠，田晓荷毕竟是个文学爱好者，志趣爱好还是不俗的，可佟雅丽算什么？不过是学了美术的一朵俗气的野花罢了！可他当时还是禁不住受了野花的诱惑，因为野花也会随风招摇的，一向他招摇，他就以为野花散发出的迷人气息就是爱情了。其实不是，屁也不是。

一离开那里，马令书才知道，天是高的，地是广的，天涯处处是芳草，好的女孩子是到处都有的。和别的女孩子一比，他当初对那个佟雅丽的迷恋就显得非常幼稚，还相当可笑。说起来还是朱雀镇的女孩子好。马令书喜欢和朱雀镇的女孩子在一起，一起聊天，一起看电影。她们热情、大胆、泼辣，给了他足够的新鲜和刺激，也给了他美好的享受，他觉得和她们在一起是享受的，享受美好的青春时光，享受朦胧的情爱之美，也享受肉体的刺激和情欲的狂欢。都好。

马令书这是第一次和如玉一起看电影。和如玉是第一次，和彭佳佳孟菲菲也是第一次。第一次总是有新鲜感的，第一次里面藏着很多的未知和不可预料，正是这种未知和不可预料才会激发人探究的兴趣。马令书喜欢做个探索者。上天入地，或直指人心的深处，把所有他所不知道又想知道的秘密找出来，挖出来。这样的探索总是激动人心。

马令书坐在那里，还有淡淡的失望。马令书发现，今天坐在前排的三个女孩子，和甄妮李青萍她们是不一样的。甄妮她们热情、懂风情、喜风趣。他一说话，她们就没完没了地笑啊笑的，那笑就跟波浪一样的，一波波地去，又一波波地来，既是对他的鼓励，又是对他的肯定。可如玉她们不一样。同样是坐着看电影，如玉她们坐着都和甄妮她们不一样，甄妮她们坐着的时候，身体也是动的，动也是种语言，身体的语言。甄妮她们是坐着都会用身体"说话"的，她们紧张、激动、兴奋，还掺杂了一些害羞和不好意思，相当有趣。如玉她们却不是。如玉她们坐着时身体挺得笔直。坐那么直了，还怕不直一样，所以显得身体都有点僵硬了。关键是神态，两眼就会盯着银幕看，好像银幕是块大磁铁，眼睛被银幕牢牢地吸附着，都不会转了，都不会拐弯了，这就不好看了，这哪里是看电影呢？分明是听共青团的报告了。

她们"大义凛然"地坐着，马令书就有点兴味索然，也放不开了。马令书放不开，其实还和如玉说的那句话有关，就是如玉和王小军说的那句："看他能怎样？"马令书想，这叫什么话嘛，我能对你怎么样？好像我要把你怎样了一样，好像还没怎样就怎样了一样。如玉这个人别的都好，就是没趣了一点，古板得很，严肃得很，认真得很，原则得很。不过，马令书还是想"逗一逗"如玉，就故意趴到如玉的椅子后背上去，嘴对着如玉的耳朵，小声说："如玉，你们这是在干吗？是在集体练功吗？身体板成这个样子，也不累？"如玉还是一副"任凭雨打风吹，我自岿然不动"的姿势，如玉说："小点声，电影开始了。"马令书就小了点声，故意说："电影有什么好看的？聊聊天嘛。"如玉动了动身子，说："你不想看就睡觉。"马令书说："睡觉也没意思。"如玉就不理他了。

如玉是这样，再看看彭佳佳和孟菲菲，也是一样，身板挺直，仪态端庄，马令书和彭佳佳见过几次面，说过几次话，彭佳佳就是那个样子，走路都把脑袋昂得高高的，说话柔声细语的，神态里却有着一种神圣不可侵犯的劲头，所以让马令书敬而远之，孟菲菲是机关新来的打字员，平时很少看见，话还都没说过呢，孟菲菲的身材和彭佳佳差不多，都是高挑的身子，都穿着高跟鞋。孟菲菲吸引马令书的是她的发型，她高绾在头顶的发髻使她看上去个子更高，还有了一种古典的美，像个画中的仕女。马令书第一次见孟菲菲，是孟菲菲去民政办找彭佳佳，孟菲菲穿着高跟鞋，目不斜视地噔噔噔在他身边走过，让马令书有种恍然若梦的感觉，但马令书没敢造次，孟菲菲的身上似乎也有着那么一种凛然的清气，把他吓住了。

如玉不理马令书，马令书就想和孟菲菲搭讪说两句话，马令书说："哎，你是叫孟菲菲吧？"马令书这样问，分明是没话找话的意思，由于隔着两个人，伸着个脖子，姿态也显得相当可笑，孟菲菲偏头看了一下马令书，没说话。马令书自我解嘲地笑了，说："你怎么梳那么高的头发？像个唐朝美人。"孟菲菲仍然没说话，彭佳佳却搭话了，彭佳佳说："不许逗我妹妹，她还小呢，和她说话你要正经点。"马令书叹了一口气，把身子坐正，说："知——道——了，敢情你们都是正经人，就我一人不正经。"

如玉回头冲马令书笑了一下，说："该。这回知道我们是什么样的人了吧？"马令书几分钟内受了一连串的"打击"，有点伤自尊，听如玉这样一说，就说："你们什么样人啊？难道我是个流氓？"他这话倒把另外五个人全逗乐了，王小军说："你只有说话时的样子像个流氓。"如玉说："他们乡团委书记还说马令书实在呢，我没看出来。我看马令书挺滑的。"王小军说："'滑'没关系，别'花'就行，是不是石书记？"

马令书任他们说，他这会儿反倒盼着电影快开始，灯光快黑掉。

第二十一章

　　那次看电影后，马令书有点讨厌王小军了。他开始以为王小军是个豪爽的人，喜欢在社会上混的人嘛，总要比机关里的人来得爽利点，机关里面蝇营狗苟的事太多，一个个皮笑肉不笑的，心里阴郁得很，算计得很，来了不到两个月，马令书就体会到了。一开始和如玉往下跑，"熟悉情况"，马令书以为只有下面的村、队、企业的才那样，不阴不阳的，在机关待了一段，才发现机关的人更厉害。马令书不禁又想起青龙乡党委书记老武临行前对自己说的那番话了。现在想来，那些话真称得上语重心长了。"尻蔫坏"，老武当时就是用了这样三个字来概括朱雀镇上的人的，现在一想，这概括得多形象多贴切啊，真的再也找不到比这更准确的描述了。当初，老武和他说这几个字时，他还不以为然，以为老武一定是被朱雀镇的人伤害了，才那样贬低朱雀镇，现在看来还真不是。老武什么人？堂堂的青龙乡党委书记，他如果没有切肤感受，会和你说这话吗？说这话对他本人有啥好处？何况老武就是朱雀镇走上仕途的。

马令书来了一个多月，他发现了，除了那几个女孩子好点，其他的，有一个算一个，一个个地，都他妈"尿蔫坏"。初见王小军时，马令书觉得王小军这个人还是不错的，最起码和那些人不一样。王小军豪爽，还讲究点哥们儿义气，王小军第一次见马令书就拍着肩膀说晚上要请他喝酒。的确喝了酒。酒桌上，王小军把自己的一帮哥们儿介绍给他认识，互相称兄道弟，还真有股子江湖气息。说到底马令书还是喜欢这种江湖气的。这种江湖气，真实、坦荡，不虚饰、不造作。所以他很快就和王小军熟悉起来，而且在很短时间内就好得跟一个人似的了。王小军比马令书能说，也有共同语言，比如说起镇里的某某人不行、某某人小气、某某人古怪，马令书发现王小军和自己的观点不但不相左，还很相近，朱雀镇和他年龄相仿的都是一些女孩子，除了张然，他之前一直遗憾着，在朱雀镇，他还没有一个能说句话的男性朋友呢，所以马令书一见王小军就有种引为知己的冲动，大有相见恨晚的意思了。

这次看过电影，马令书对王小军的印象就变了。他发现王小军对自己并不好，尤其是在如玉、彭佳佳她们面前，王小军扮演的角色，与其说是朋友，还不如说他是负责出卖自己这个朋友，甚至是和她们一起来"对付"自己这个朋友的。王小军诡诈奸猾，尖酸刻薄，逞强斗狠，以取笑朋友为能事，这就不光是不给他面子，还有故意构陷和使坏的成分了。只要一有如玉她们在场，王小军就要处处表现出比马令书强的一面来，用语言把马令书打下去，把自己树起来。马令书觉得，王小军这就不好了，是"小人之心"，不是"大丈夫所为"，这和他平时说的就不一样了。王小军说是一套做又是一套，非但不"江湖"，反比机关里的一些人都不如了，毕竟机关里的人还没这样让他当面下不了台的。这样一想，他就觉得王小军其实并不豪爽，还有些阴险了，就比如他们一起"练轻功"跳花坛这件事吧，王小军自己跳不上去他不言声，可要是看到马令书跳不上去，王小军就会对过路的干部喊，你们快来看马令书连个花坛都跳不上去，你们看他的姿势多可笑，蹲下去的样子跟个瘦蛤蟆似的；马令书要是跳上去了，王小军会说，马令书就会写写小报道，这么高点的花坛他差点跳不上去。最开始，马令书并没觉得王小军不怎么样，只以为他是争强好胜嫉妒心驱使，现在细想，王小军的话就全变味了，是故意让大家知道：他马令书不如我，他马令书不行。

看电影的第二天，如玉和彭佳佳去县城逛百货商店，让马令书和王小军给她们做伴。在百货商店，马令书看到了一双皮鞋，想买，却忘了带钱，就朝王小军借，王小军借给他了，借就借吧。马令书正在试鞋，王小军却领着如玉和彭佳佳过来了，像哥伦布发现了新大陆那样好奇地冲她们介绍，说："你们快看啊，马令书脚那么小，小得跟个女人脚一样，才穿38码的，我还是第一次发现男人穿38码鞋子的人呢！"王小军的大声嚷嚷吸引了好几个不相干的人过来围观，以为这里发生了什么事，让马令书很尴尬。如玉和彭佳佳倒也罢了，关键是引来一大帮人围观，这就不地道了。马令书不理解的是，他脚小王小军早就知道，有一次王小军想借他鞋穿的时候，就知道了，现在拿出来当事说，分明是另做文章了。他在这样的细枝末节上大惊小怪和咋咋呼呼做文章又是何居心？不怕别人说幼稚吗？你每次都能跳上花坛，你跳得比花坛还高又如何？你脚比我大，你的脚和穆铁柱一样大又如何？难道脚大就好吗？完全不可理喻嘛。

不过，马令书不想和王小军认真计较，只想躲王小军远一点儿。

王小军由于常年在外面，所以机关里连基本的生活用品都不预备，想洗头了，就过来拿马令书的洗发液；想刷牙了，就用马令书的牙具"对付对付"。王小军回到机关后，每天基本都泡在马令书屋子里，话题东拉西扯，没个完的样子；晚上王小军也不出去了，也住机关了。其实他家就在大王府村，离机关并不远，可他就是不爱回去。照王小军自己的话说，就是"来了伴儿了"，过去机关没法待的，都是"一帮丫头"。马令书说："不是有满东和小费他们吗？"王小军说："我懒得理他们，他们没劲，20岁好像四五十岁一样。张然都比他们强。"王小军说张然比他们强，却不喜欢和张然一起玩，说张然太内向了，一天到晚就知道傻笑，完整话都说不来一句。马令书就不一样了，马令书这个人有意思，关键是话能说到一处去。天南地北的都能说说，三教九流的都能讲讲，最起码脑子里有东西，肚子里有东西。江湖上的兄弟虽然好，但比较起来还是太简单了，脑子简单，内心没个深邃的程度，光知道打架斗狠，光知道喝酒调笑，终究是"小儿科"了。王小军怎么也算有来历的，父亲王春山是大王府村大名鼎鼎的人物，镇里有人，县里也有人，要不王小军也不会初中毕业就到镇里当"干部"了。王小军重新回到镇上有点焕然一新的感觉，一个机关干部成天在外面胡闹也确实不像个样子。应该收收心了，也该让王春山省省心了。王春山不止一次对他说了："你也老大不小了，什么时候才能让我省省心呢？"

现在，王小军重新杀回机关，要重新做出个"干部样子"来给人看看。可回到机关，王小军却发现，自己在机关里竟显得可有可无，是有他王小军这一号不多，没他王小军这一号也不少，过去可不是这样的，过去王小军在机关，除了书记镇长总经理外，眼里基本不夹别人。连副镇长副经理见了他都得满脸赔笑，没话找话。王小军对他们有时都不正眼看一眼，心想他们算什么东西，他们这样还不是想在我面前卖个好，目的还不是在他父亲王春山那里：出去玩了，镇里不好报账，就把条子扔到父亲的印刷厂里。所以王小军有充分的理由不夹他们。现在这些副头们仍然对王小军不错，还是有说有笑的。

王小军的失落其实并不在他们身上，王小军的失落说到心里去还是因为女孩子。王小军回到机关发现了一个现象，就是自己过去在女孩子心目中的崇高地位，在马令书到来后土崩瓦解了，不要说一个办公室的甄妮，每天马令书长马令书短，就连他"小姑"徐燕，一个马上就要定亲的姑娘，都被马令书搞得神不守舍。要说这些，他心里还可以承受，让他不能承受的是如玉和彭佳佳，这两个居然也话里话外都在谈论马令书。有一次他去如玉屋，彭佳佳也正好在，和如玉聊天，说的好像私房话，却并不避讳他，好像他根本不存在一样。如玉说："佳佳你有空也看看吧，写得真好，我抄到最后都感动得流泪了呢。"彭佳佳说："我也流泪了。"如玉说："你没看流什么泪？"彭佳佳说："谁说我没看？你没抄的时候我就在本子上看了。

那天我来你宿舍，正巧你不在，看你桌子上怎么多出了个本子，好奇，就打开看了。你说他这个人看上去那样，写出来的东西怎么这样？让人不可思议。"如玉说："什么这样那样的？我跟你说，我开始都不想给他抄了，后来想既然答应了，不抄不好。就先看了一遍，结果一晚上就从头到尾看完了，还感动了。觉得站在长街上送别小飞的人不是那个阿紫，而换成了我。你说奇怪不奇怪？"彭佳佳说："真是奇怪了，你的感觉怎么和我的感觉一模一样呢？我当时看到那儿也是这样想的。我都把自己想象成紫烟了，她想什么我就想什么，她流泪我就禁不住想流眼泪。"王小军见她们说得认真，也不知她们说的是什么，就嚷着说什么好东西也给他看看，如玉就把自己抄好的小说给了王小军。王小军一看，很厚的一沓稿纸，上面是如玉纤秀挺拔的笔迹，一笔一画的，好像不是抄，而是刻在稿纸上的。署的却是马令书的名字，就知道如玉是为马令书抄稿子了。王小军心里涌上了一股难言的感觉，这种感受他表述不出来，就是不好受。

说起来王小军喜欢彭佳佳是机关里的一个公开的秘密。彭佳佳应该算他王小军的初恋吧？听自己的初恋情人当面谈论另一个男人，本来就让他心里不舒服了，何况谈的人里还有个如玉。话说白了，就是王小军在和彭佳佳恋爱的同时，他还喜欢着如玉。王小军自己都不知道是怎么回事，他是什么时候喜欢上如玉的。他那时和彭佳佳约会，说白了就是在一个办公室里面聊聊天，既没一块儿看过电影，也没钻过青纱帐，就是聊天、说话，但相互间也都有了那么一种美好的感觉。说起来彭佳佳这个人也有意思，她和王小军聊天，常常会拉上和她最要好的朋友如玉，如玉参与的次数多了，王小军就感觉和彭佳佳的约会其实成了他与彭佳佳和如玉三个人的约会了，他和彭佳佳的恋爱关系也就成了他和彭佳佳、如玉三个人的"恋爱"了。这种感觉让他无所适从，但他心里当时还真是这样想的。他开始想，要是如玉和彭佳佳是一个人就好了，后来，他的想法又成了：要是彭佳佳是石如玉就好了。这就是说，如玉在他王小军的天平上开始比彭佳佳重了。

　　王小军有了这种想法，心里就变得不安起来，晚上独处的时候，就有越来越多的想法来纠缠他，更可笑的是，他在和彭佳佳恋爱的时候，却忍不住给如玉写了一封"表白信"。写这封表白信的时候，王小军心里其实乱得很，纠结得很，但无论内心如何纠结，王小军还是力求写出他对如玉的爱恋和倾慕来，王小军写完那信，就大着胆子顺着如玉宿舍的门缝塞了进去。事后，王小军怎么追忆也想不起他在信中都写了些什么，肯定乱七八糟的，很乱、很杂，像酒后的胡言乱语，而不是情书。说起来，王小军也不会写什么情书，他也不怎么爱看书，书上那些蝌蚪样乱爬的文字，看多了总让他感觉烦躁，感觉身上奇痒无比。文字是王小军的痒处，搔不得，一搔，他就露出原形来了：他连那个初中毕业的文凭都是凭着王春山的关系拿回来的，更别说别的了。文字不是他的长项，也是王小军最怕的。所以他喜欢习武，喜欢江湖，他觉得江湖比文字踏实。可他第一次写信就给如玉写了满满两页纸。真是奇了怪了。王小军把信塞到如玉的宿舍里，人就不敢在机关里待了，就跑出去了，找自己的几个小哥们儿喝酒、鬼混，在外面晃了两天。过了几天，他来到机关，感觉就像个脱逃的犯罪分子，心里老是犯嘀咕，他想要是那封信没被如玉看到就好了，没想到那天他刚到机关如玉就把他找去了。

如玉原来一直在等王小军，王小军做贼一样，假装毫不在乎地摇晃着身子，在机关大院里刚一出现，如玉就把他叫住了。如玉说："王小军，你过来一下，我有话说。"如玉脸上不显山不露水，王小军什么也看不出来。如玉把王小军叫到自己宿舍，关上门，拿出那两页信纸一抖，说："这是你写的？"王小军的心也跟着抖了一下。如玉说完，拿出一个打火机，啪嗒一下，打开，淡蓝的火苗一下蹿了出来，如玉又把信纸一抖，抬高了一些，放在火苗上，信纸一下就燃烧起来，信纸燃烧的样子有股子无知无畏的羞耻劲儿，看上去却轻飘飘的，喜洋洋的。很快，两页的信纸就化成灰掉到地上了。王小军那么一个天不怕地不怕的人也害怕起来了，关键还是羞愧，不知怎么处置自己的一双眼睛。只好随着那两页信纸一点点儿往下飘，很沉重地往下飘，信纸成灰落地了，他的心却总是落不到地上去。

如玉把王小军的信烧完，抬头看了一眼王小军，说："小军，这事就这样结束了。就当你从来没写，我也从来没看到过。你放心，佳佳那里我一个字也不会给她说。"如玉说着这些话的时候，脸上也是平静的，都平静得过分了，不像是个20岁的女孩子了。王小军那天不知自己是怎么走出如玉宿舍的，他一边走一边想，如玉这丫头都不是人了，成精了。王小军不认识如玉了。不知道如玉山有多高，水有多深，总之很高深。王小军想，再不能有这种非分的想法了。

他过去一直觉得如玉也不过和彭佳佳一样，都是女孩子呢，通过这件事他忽然感觉，他和如玉之间隔着层很厚的东西，就像天和地，像小河和大海，他们根本不在一个层面上。

王小军的优点在于，他能很快认清自己，找出差距，走出困惑。他想和彭佳佳谈一次像模像样的恋爱。他要对彭佳佳好，尤其有了如玉这段小插曲，王小军就更想对彭佳佳好了。他觉得有点对不住彭佳佳。彭佳佳这个人，白白净净，文文静静，他还是更喜欢这样类型女孩子的。如玉这样的钢铁姑娘不适合恋爱，只适合战天斗地，远远看两眼就行了。他安慰自己。可就在他想尽快和彭佳佳确立恋爱关系的时候，麻烦来了。有一天彭佳佳找到他，说："小军，我们结束吧。"王小军都糊涂了，他和彭佳佳还没开始，怎么就结束了？难道她知道自己给如玉写"表白信"的事了？难道如玉把他写信这件事告诉彭佳佳了？那样可真就无地自容了。王小军心里七上八下，看都不敢看彭佳佳。彭佳佳说："小军，我是说真的。我们不合适，还是结束吧。"说完这句话，彭佳佳的表情里有了很深的忧伤了，眼泪也涌到了眼眶那里，一个劲地打转儿。王小军说："佳佳，你这是怎么了？到底因为什么，你说啊？"彭佳佳的眼泪流出来了，一颗一颗的，在她轻涂了脂粉的脸上滑过，她的脸上就有了两道明显的小溪，小溪发出清冷浑浊的光，神情却是固执的，有不舍，但更多的还是决绝。彭佳佳说："你别问了，我都伤心死了。"彭佳佳说："不是我，是家里，我没想到家里会不同意。父母死活不同意，说我要和你好，他们就去死。我不想因为自己让他们那么伤心。"彭佳佳说到这里，眼泪都不断了，小溪冲成了小河，可以说肝肠寸断了。彭佳佳最后说："小军，我们结束吧！"王小军怎么也想不到会这样的，他开始还庆幸，看来他给如玉写信的事彭佳佳并不知道，彭佳佳那个样子，竟是因为她"父母死活不同意"。王小军想，这算什么事啊？彭佳佳什么家庭？他什么家庭？她父母怎么会不同意？开玩笑吧？看彭佳佳的样子又不像，看彭佳佳哭成那样，他也急了，说他这就回去和家里人说，想办法。

王小军二话不说，骑上车就往家赶，但这件事不方便和王春山说，他就和他妈说了，要他妈无论如何找人"去做通彭佳佳父母工作"，他就认准彭佳佳了，彭家的工作要是做不通，他也不想活了，"就去死！"王小军的妈知道儿子的个性，她不敢怠慢，赶紧托人去彭佳佳家。第一次托的人就是重量级的，是村里的书记王二虎。王小军家和彭佳佳家都是大王府村的。王二虎当书记也可以说离不开王春山，是王春山向乡党委书记于进水鼎力推荐的结果。这点事在王二虎说来还真没当个事，彭佳佳的父母他都熟悉，平时对他相当客气，哪次见面不是"二虎书记二虎书记"地叫？何况又是两个年轻人的事，这能算个啥事呢？王二虎当即答应了。他拍着胸脯，答应得很痛快，简直胜券在握了。不过，他并没有亲自上门，他是让主管会计耿天亮去的。但耿天亮很快铁青着脸回来了，嘴里说着"彭家人不识抬举"，明显是没有说成的意思。王二虎想自己亲自去一趟，可走到半路，他又停下了，他想，我堂堂大王府村的书记怎么就成了保媒拉纤的了？还是为王春山的儿子，这事成了还行，可要也是像天亮那样被人怼回来，他可丢不起这个人。他王二虎不是王春山、彭佳佳这两户人家的书记，他这个书记管着8000口人呢，何况王春山做厂长之前在大王府做了十几年书记，口碑并不好，说白了还是两个字，一个是"贪"，一个是"色"！这样一想，王二虎更不能去了，但又不能不对老书记有个交代，只好转身去了王春山家。王二虎说："嫂子，我对不起嫂子了，你还是换一个人去吧。前两年大王山着火，我拔过彭家果园的树苗去救火，这家人和我记仇呢。"这并非王二虎编的瞎话，他当时还真这么干过，不过后来他拔过的树苗又给彭家补栽上了。王二虎这样一说，王小军妈只好换了一个人又换了一个人去，换的都是她认为和彭佳佳一家能说上话的人，换到第四个人的时候，人不能再换了，没有了退路，王小军妈亲自上阵了，她想看看彭佳佳的父母究竟为什么不攀他们家这门亲。别人想攀还攀不上呢，真是给他们脸了，给他们大脸了。王春山的爱人亲自上门为自己的儿子说亲了。

　　王小军妈从彭佳佳家回来都半夜了。王小军妈一见小军就流泪了，说："小军，怪妈，都怪妈，你还是断了这个念想吧。佳佳家不成的。"这话刚好被王春山听见了，他把手里的一杯茶水泼出去，把脸拉下，骂："你他妈给我滚出去，哭天抹泪的，丢人现眼！"小军妈却不滚，说："还不是因为你？都是因为你！"王春山一听这话，当即把眼睛瞪圆了，问小军妈："你说啥？你滚不滚？你个臭婆娘！"小军妈最后还是含着眼泪"滚"了出去，这里王春山平静下来，对王小军说："彭佳佳有什么好？他家有什么好？那么穷，上赶着我还不愿意呢！两条腿的蛤蟆不好找，两条腿的姑娘有的是，我明天就从县里面找个更好的给你。他妈的！好好让彭家人看看，我王春山的儿子离了他彭家还找不到对象了！"王春山非常不平，非常愤怒。他没想到彭佳佳一家居然这么不识抬举，真是给脸不要脸了。

王小军明白这是自己命中的定数，知道自己和彭佳佳的初恋就这样彻底完了。那天晚上他连夜回了机关，他记得那个日子，时值阴历十一月初七，连着阴了两整天的天空，半路上开始飘起了碎雪，半个小时后碎雪转成了漫天飞舞的鹅毛大雪。回到机关的王小军就跟傻了一样，顶着漫天的白雪站在审计科外面的空地上，一动不动，到最后王小军的眼泪也一颗颗流了出来。王小军想：结束了，他妈的结束了！从此他和彭佳佳就是一个机关里的陌路人了。

和彭佳佳的初恋失败，让王小军很是消沉了一段时间。从此，他很少在机关出现，每天早晨到机关报个到，人就不见了。出去和一帮小兄弟抽烟喝酒聊天，没事了也帮着他那帮兄弟去打群架。他烦躁得要命，因为烦躁，有时打起架来不管不顾的，闹不好还会伤了人，伤了人还要靠他父亲王春山出面替他摆平。王春山也不怎么说自己的儿子，他把这些都归咎于儿子和彭家大丫头的恋爱不顺，所以到处托人给儿子介绍对象。王小军也就走马灯似的看了一个又一个"女朋友"，直到见了县塑料厂会计才稳定了。王小军和那个女会计一见面，第一眼就有点遗憾，姑娘个子矮了点，身子胖了点，他还是按照彭佳佳的标准去衡量了。但接触几次，王小军发现这个姑娘眼睛很好看，人也历练成熟，很有心计，对自己也不错，第一次见面就送了王小军本子和钢笔。虽然这个见面礼对王小军意义不大，但可见姑娘也是个爱学习的人，王小军也就满意了。

有了这个姑娘，他收敛多了，关键是要约会，恋爱了总要留出约会时间的嘛，看看电影，逛逛马路，有时一起在马路边吃个雪糕，去台球厅打两杆台球，生活逐渐多姿多彩起来，比和彭佳佳在一起干聊天似的恋爱强多了。和彭佳佳去台球厅是想都不用想，她肯定要一口拒绝，她电影都不爱看，马路更不会去压，还指望看他打台球？这一点彭佳佳就不如会计，会计多随和的人啊，王小军说："去打几杆台球吧？"她说："好呀。我不会打，我看着你打。"看看，还没正式订婚，就已经夫唱妇随了。王小军在那里打，她就真的在旁边看，一点儿不耐烦的样子都没有。和彭佳佳的拘束和保守相比，姑娘还很大方，毕竟是县城里的人，开放得很，和王小军去了一次家里，还让小军带着去了王春山的厂子里看了，回来后就直接领着王小军回自己在塑料厂的单身宿舍了，不但一起接吻了，还做爱了。一切水到渠成，关键是，这姑娘还是个"处女"。事后，姑娘指着自己床单上的一块红，说："小军，我人都是你的了，你要对我好。"王小军看着眼皮子底下的红也激动了，说："你放心吧。我王小军说话算数的。"

　　王小军再次回到机关，和彭佳佳说话就像个过来人那样无拘无束了，口气和当初恋爱时有了明显不同。恋爱时他都是顺着彭佳佳说，彭佳佳说什么，他说什么。现在不一样了。他觉得彭佳佳不过如此，除了个子比自己的女朋友高点，说话比自己女朋友温柔点，其他还真看不出有什么特殊的来。但他现在和彭佳佳聊天，喜欢拉上马令书，就像当初彭佳佳和他聊天要叫上如玉一样，感觉很微妙。王小军见了彭佳佳的面就说："彭佳佳，你穿这件套装太素了，怎么跟个已婚妇女似的？俗气。"彭佳佳平淡地说："我觉得很好啊，我要的就是这种素雅。"彭佳佳一边说话，一边用那种软笔给牛皮纸盒子上写字，王小军拿过一个写好的盒子，看了看，撇撇嘴，说："彭佳佳，你的字怎么还这样？一点儿进步没有，每个字的最后一笔都要甩出去，翘起来，跟个把尾巴竖起来露着红屁股的猴子似的。"说完还故意拿给马令书看，让马令书说像不像他说的那样，马令书第一眼，觉得彭佳佳的字还是不错的，不过王小军的比喻也很有趣，细看还挺形象，联想够丰富。看到马令书笑了，王小军说："看到了吧？马令书都笑了，可见你的字写得真是可笑。不会爬呢，先想着跑了。还没干什么呢，尾巴倒先翘了。"王小军的话说得很讲究，有一语双关的意思，彭佳佳听出来了。

王小军今天说话很难听，不像是聊天来的，倒像故意来找碴儿的。彭佳佳就气了，把王小军手中的盒子拿过来，啪地往桌上一放，索性不写了，站起来，到墙上的一面圆镜子前去照，还拿起粉扑往脸上补了几下妆，她不说话，其实是向他们下逐客令了。王小军笑嘻嘻的，却不走，看着彭佳佳说："彭佳佳，你能不能少往你那张脸上涂点粉啊？涂得跟个大面瓜似的，难看不？马令书你说是不是？"王小军不忘"甩锅"给马令书，希望得到他的认可，"你现在还能看清彭佳佳的本来面目吗，都让粉给盖住了。"马令书一时又不好插话，只好继续笑。这笑很暧昧，你既可以把他当成对王小军问话的敷衍，也可以把它当成对王小军问话的认可和鼓励。王小军这句话，王小军明白，彭佳佳也明白，只有马令书糊涂。彭佳佳呢，脸上原是有几个浅浅的麻坑的，鼻翼两边也是有几粒细细的雀斑，但因为彭佳佳人长得白，这些瑕疵平时并不显眼，要仔细观察才能发现，化了妆就根本发现不了了。彭佳佳化妆也是为了掩饰自己白脸上这些微小瑕疵。这些王小军都知道。不过恋爱时，情人眼里出西施，看什么都好，连麻坑和雀斑都是可爱的，一旦反目成仇，那所有的就都成了"呈堂证供"。从心里，王小军还是记了彭佳佳的仇了。

彭佳佳是个完美主义者。平时就怕别人提起这些瑕疵，她觉得这些瑕疵就像人身上的一块丑陋的疤痕，必须小心地遮掩起来。所以王小军说出这句话时，她吃惊了，想不到一个和自己恋过爱的男人会毫不留情地当众揭自己的疤。她的心一紧，眼泪就下来了。王小军看到了彭佳佳猝然而出的眼泪，有种报复的快感，但更大恶意也就来了。王小军说："彭佳佳你可不能哭，你一哭脸上的麻点子就露出来了，扑粉都盖不住呢。"这话过分了，连马令书都觉出过分了。那边，彭佳佳气得已经浑身哆嗦了，她愤怒地用手指点着王小军，说："王小军，你！你给我出去！出去！这里不欢迎你！"彭佳佳说完，转身就趴到办公桌上，压抑着哭了起来，肩膀一耸一耸的，看来是实在憋不住委屈了。王小军死皮赖脸地不走，嘴里还说："真没劲，真没劲，说着说着就恼了。"

马令书看看哭了的彭佳佳，又看看得意的王小军，十分尴尬，不知如何是好。王小军冲马令书眨眨眼，好像说，瞧我多厉害，跟我学着点。马令书想劝几句，说："彭佳佳，小军其实是和你开玩笑……"话没说完，彭佳佳猛地抬起头，看了一眼马令书，说："你也给我出去！你们都给我出去！我不想看见你们！"

第二十二章

　　王小军把彭佳佳气成那样，过意不去的反而是马令书。王小军对马令书讲他和彭佳佳的故事，讲他站在雪地上流泪的细节，让马令书想到自己在青龙乡的遭遇。一个男孩子，用情如此，不错了。他还挺为王小军遗憾和委屈的，可现在王小军的做法又算什么呢？是报复吗？还当着别人的面故意给彭佳佳难堪，把人当面弄哭了，弄得三个人都下不了台。王小军却一点儿不在乎。王小军说："彭佳佳就是爱哭，眼泪跟自来水似的，一拧就来一拧就来了，没事的，过两天咱俩再逗她去。"马令书说："过两天你去吧，我可不去了，她还以为我和你是同伙呢。"王小军说："我们就是同伙嘛，要一致对外嘛。"过两天，王小军真的来找马令书了，说："去彭佳佳屋里聊聊。"马令书没敢去。因为这两天碰到彭佳佳，彭佳佳都对他冷着个脸，连理都不理一下。马令书有时还上赶着说几句话，看彭佳佳拿着水壶去水房，就说："打水啊？"看彭佳佳洗衣服就问："洗衣服啊？"有一次从厕所回来，正碰上彭佳佳也往厕所那里走，张口就来了句："你也上厕所啊？"简直傻瓜了。即便这样低三下四，没话找话，彭佳佳还没个好声气呢，他怎么还好意思上门去讨无趣？马令书说："没有你这样的，你愿意说，一个人说去，还拽一个搭一个的，这回好，她连我都不理，一块儿恨上了。"

见马令书不肯去，王小军也不找彭佳佳聊了，他一个人在马令书屋里东看西看、上看下看，看了半天，忽然来了主意，说："走，咱们去找石如玉聊会儿天去。"从如玉屋里出来，马令书又后悔了。他不该和王小军一起去。王小军在如玉面前和上次在彭佳佳面前一样，使用的手段如出一辙。只不过语言变换了一下方式，好在没在如玉身上搞"人身攻击"，只不过是讽刺了一番，可还是把如玉气得脸红脖子粗的，最后还是马令书当机立断，没等如玉往外"轰"，自己先跑出来了。谁想他前脚刚出门，王小军后脚也跟出来了。马令书觉得这个王小军这样做是故意的，是故意要拉了他去，每次说完如玉一句，还要问他："你说是不是？"明显着把他当同谋了，这哪里是"一致对外"，分明是冲着自己来的。把打击别人的后果转嫁到自己身上来。本来他和王小军一起过来是觉得好玩儿，想一起聊聊天，没想到天没聊好，还连带着惹了一身臊。马令书很后悔，怎么就这么稀里糊涂地上了王小军的贼船了？马令书感觉王小军现在就跟中邪了的疯狗一样，见一个咬一个，见两个咬一双。

马令书刚回到宿舍，宣委小金找他来了。小金的身体已完全康复，又恢复了她的高声大嗓，话里也带了浓重的鼻音。小金让马令书收拾一下，说县电视台打来电话，从明天开始要办第一期摄像学习班，第一期就把名额给了朱雀镇的报道员。小金说，镇里准备让马令书去电视台学摄像，摄像机是从红缨毛织厂借来的"松下M9000"，小金说，摄像机现在就在于书记屋里，你这就上去扛下来。

马令书听到这个消息一下把刚才的不快忘了。他很高兴，心想，两个星期呢，多好。正好可以利用出去学习的机会躲一躲，散散心，整理一下心情。马令书对新鲜事物总是保持着浓厚的兴趣，对摄像当然兴趣也很浓，记者哪个不会摄像？会摄像，才有个记者的样子嘛。想到那次和如玉带电视台的记者去采访种菜大户何满生，他们一个客串主持人，一个帮着打闪光灯，而摄像记者只须扛着摄像机拍摄就行了，那才是个记者的样子嘛！现在这个"报道员"，要多土气有多土气，好像说的是20世纪70年代的公社里的故事，现在什么时候？90年代了嘛，小平同志南方视察谈话都回来了，而自己也在朱雀镇开始了他的"春天的故事"。他听说了，县里这次培训，是为乡镇局委办日后建立"记者站"做准备的，听说现在县里一些大的局委办，已经有了记者站，比如公安局、公路局什么的，记者站都建起来了，人家的报道员，都鸟枪换炮了，成了记者了！想来镇里也要成立记者站，到时候，他可就是朱雀镇记者站的首席记者了，真是想想都能让人振奋一下的。小金说的"松下M9000"自己见过，是要扛在肩膀上的一个大家伙，很威风的。据说是上次党委书记于进水带领红缨毛织厂出国考察时，红缨毛织厂从日本买来的纯原装摄像机，摄像机买回来后，就一直放在于书记屋，马令书一直想找机会研究研究它，没想到这么快机会就来了。

马令书去于进水屋里扛摄像机，摄像机在一个做工精致的银灰色铝合金的箱子里装着，于进水把摄像机交给马令书时，嘱咐了马令书几句，让他"好好学，回来就要学会用镜头写报道了"。于书记拍拍马令书的肩膀，说："这东西学好了，用处大得很，有用得很，是门技术呢。好好学，争取把朱雀镇的新闻全拍了宣传出去。"马令书说："回来先给于书记拍个镜头。"于书记居然羞涩了，说："那不好，那不好，还是多拍群众，我就不拍了吧？"马令书说："群众要拍，领导也要拍。小政府，大服务。这可是您提出的口号，现在县里也这样提了，您是改革开放的急先锋，不拍您怎么行？"于进水大嘴一张，哈哈乐了，对马令书说："你个小鬼，人才嘛，还挺会说话的。好了，不说了，去吧，早去早回。"马令书从楼上下来，自己都止不住想乐，心想，看来哪个领导还都是喜欢别人拍的，别人一拍就高兴了。又想，自己这个拍，原本指的是拍录像，可听上去怎么也像"拍马屁"呢？原来自己也是会拍马屁的。看来拍马屁并不是什么高深的学问，只要你想拍，拍就是了，不管你用什么样的方式和手段，只要你真心实意地想拍，保准会让被拍的人高兴。

马令书"拍马屁"的结果是，第二天党委书记于进水就让自己的司机"亲自"开着他的标致送马令书去了电视台。马令书到四楼的编播科报过到，编播科科长让他去五楼找负责教他们学摄像的编辑王科。他到了五楼又被告知王科刚才被团委书记拉到六楼演播大厅学跳舞了。跟着他的编播科科长说："整个县城都让团县委搞得乌烟瘴气的，到处学跳舞，你学就学吧，也不挑个时间，想什么时候学就什么时候学，想上午学就上午，想下午学就下午，你说他们，他们还振振有词，说这是政治任务，上纲上线的。"马令书心情好，还顺口说了几句："可不，我们镇里也一样。""都疯了。"

王科混在很多人里，正在由演播大厅临时改成的舞场学跳交谊舞，马令书其实并不认识王科，所以上去后，只能坐在一边，等这些随着音乐翩然起舞的人舞罢再问。这些人跳的是一种很简单的叫"三步"的交谊舞，尽管简单，马令书还是看得眼花缭乱的，分不清他们前前后后移动的步伐，分不清他们的手势和扭转的身姿。一曲终了，马令书旁边坐下的不是他想找的编辑王科而是一个娇喘吁吁的年轻女人。女人看上去相当漂亮，身材如一竿清秀挺拔的翠竹，人瘦，但瘦得清凌凌地脱俗。女人坐下来就很大方地向马令书伸手，说："你好啊。"马令书脸当时就红了，以为她认错了人。女人就笑了，说："你不认识我，可我认识你。你是报道员马令书对不对？"马令书也觉得这个女人有点面熟，有似曾相识的感觉，可想了半天还是想不出她是谁："您是……"女人就很谦逊地笑了一下，说："我是电视台的。"马令书好像一下想起是谁了，说"哦，您就是主持人……"女人说："你别客气，别您您的，我认识你，你是青龙乡的报道员——"马令书忙说："我不在青龙乡了，调朱雀镇去了。"主持人说："我知道，不就是如玉待的那个镇吗？"马令书正奇怪她认识如玉，主持人接着又说话了，"你写的那两篇关于音乐的文章真好。"马令书说："我不懂音乐，都是瞎写着玩的……"主持人笑了，说："你真谦虚，谦虚过度可就是骄傲了。你今天来是上我们这里来学跳舞吗？"马令书就知道她在说笑了，忙说自己是来学摄像，找电视台的王科。主持人就冲一个胖乎乎的黑脸男人喊："王科，你过来，有人找。"等王科过来和马令书握过手，马令书说明情况，王科就带马令书到了四层编播科自己的办公室。

　　马令书晚上也不回朱雀镇了，就在电视台住下了，和王科临时住一个屋。王科帮马令书买了食堂的饭票，还借了个吃饭用的家什给马令书，白天一起上大课，晚上还要给马令书"开小灶"，单独给他讲摄像的应用和技巧。电视台晚上学跳舞，王科上去跳时，也要带上马令书，但马令书对跳舞不感兴趣。相比学跳交谊舞，他还是更喜欢一个人待着。一个人在宿舍里翻翻摄像入门一类的书，书看腻了，就跑到楼下面的篮球场去和人掷几个篮球玩。常在篮球场的就那么几个人，有电视台的也有附近小区的，其中还有个小男孩，四五岁的样子，也跑来跑去在那里等着抢篮球。篮球要是偶尔被他抢到了，就会高兴得很，双手抱着，用吃奶的劲往篮球筐子上扔。但篮球大多还是被那些大人抢了去，小男孩只有盯着别人羡慕的份儿，看到别人把篮球扔进篮筐了，他也跟着又跳又笑又鼓掌的。马令书觉得这个小男孩很像小时候的自己，矮小、单薄，却又热情洋溢。马令书这样想过了，有时球到手了，就会把球扔给小男孩，有时自己也和那些人去篮下去抢，要是抢到了，也把球给小男孩，得到球的小男孩相当高兴，小脸兴奋得通红，满脸的热汗也顾不上擦一下。那回，到男孩手的篮球，男孩没抱住，一下子滚出去很远，马令书就和另外一个人跑去抢，球被马令书抢到了，交给小男孩时，却发现一个弯腰驼背的老太太站到了小男孩的身边。拿到篮球的小男孩高兴得不知怎么表达了，一个劲地喊"奶奶"。"奶奶"看了一眼马令书："说谢谢叔叔。"小男孩就说："谢谢叔叔。"马令书拍了一下小男孩的脑袋，抬眼看了一下老人，感觉这个老人满面慈祥，满头银发，他一下想起自己的娘来了。

王科不知道什么时候下来了，也站在马令书身后，王科拍了一下马令书的肩膀，学着老太太的腔调，说："谢谢叔叔，谢谢叔叔。"王科怪模怪样的，到楼梯口那里，王科问："马令书，你怎么对那个小男孩那么好，那么费力给他去抢球？"马令书说："我不是给他抢，是给自己抢。"王科说："这个小孩和我儿子一般大。"马令书知道王科嘴里说不出好话，就不理他，王科说："我没占你便宜，我说的是真的呢。我儿子真像他这般大了。我早婚，我像你这么大时，我老婆都怀上我儿子了。"王科又说，"马令书，你有对象了吗？没有对象得抓点紧了，早婚早育早受益。"马令书说："你早你的，我可不想那么早，我才21岁！"王科说："21岁，正娶妻，赶紧找一个。"王科说完，又意味深长地笑了，说，"我在电视台给你找一个吧，你看我们台的主持人怎么样？"马令书刚一发愣，王科又哈哈大笑起来，说，"真动心了吧，说实话，连我都动心，可你知道丰邑有多少人惦记着她吗？最起码有一个加强连的有钱人的公子哥儿琢磨着想娶她，县里好几个头头想把她娶回家去做儿媳。你啊，趁早还是别做美梦了，没事回去好好琢磨琢磨摄像吧。明天我带着你下乡实习去，也给你搞点鱼。"马令书不知今天的王科怎么了，说这么一大堆莫名其妙的话，东一榔头西一棒槌的。

这天，马令书很早就躺床上去了，却睡不着，一闭眼，眼前就会涌上了很多的画面，都是朱雀镇的，有他和田晓荷的，有他和徐燕的，也有他和李青萍的，还有如玉和彭佳佳的冷眼，还有耿芳、甄妮、王彦，还有张然和王小军……这些年轻人的画面组合起来就成了个超级万花筒，一转，是一个组合，再一转，又是一个组合，组合起来或荒诞不经，或荒唐尴尬，冷眼也越来越多，越来越恐怖，逐渐就成了一张巨大的蛛网，眼看就要把马令书包起来了。马令书出了一身的冷汗。后来好不容易睡着了，却又梦见了自己的母亲，母亲年纪不大，但显得那么苍老，凌乱的白头发总在他眼前飘，她喊着："书儿啊，书儿啊……"马令书就醒了，一摸脸，眼泪不知什么时候流了满脸，他在黑暗中抹着脸上的泪水，想，学完摄像该回家去看看了，我有多久没回家了？

第二天，马令书夹着笔记本正要去上课，被王科喊住了，王科说："马令书你干什么去？昨天不是说好带你下乡实习吗？"马令书这才知道王科昨天的话并不是开玩笑，忙回到屋提了摄像机出来。到了楼下，电视台的车已经停在下面了。王科说，这次下乡，是给新店乡的一个养鱼大户拍专题片。片子还是王科拍，就是让马令书跟着实习，自己愿意拍就拍，不愿意拍就看王科拍就行。王科逗他："哥对你够好吧，这不比在课堂上听枯燥的讲课好玩儿？"马令书只是嘻嘻笑。一上车才发现，那天见过的主持人也坐在副驾驶室座位上，主持人大大方方的，回头冲王科和马令书笑了一下，算是和他们打了招呼。后来马令书才知道主持人去，一是要现场主持，二是帮单位谋福利：买鲜鱼来了。

因为是专题宣传，采访时间相对就长，司机把他们送到地方就开车回去了，司机对主持人说："你们先拍吧，下午3点钟完事，我过来接你们。"司机走后，采访就开始了，先从鱼塘拍起，后来镜头转向养鱼专业户，主持人手持话筒直接采访，说规模，说想法，说前景。话题又转向过去，专业户忆及小时家贫，父亲早逝，母亲一人带着他们兄妹六个苦熬岁月，说到伤心处，养鱼专业户还流下了眼泪。主持人不得不暂停采访。后来场景转向专业户残破的旧宅，又被带着去了他家新盖的两层小楼前，在那里，他们还见到了养鱼专业户的母亲，她正在家里忙碌着给他们做一顿"鲜鱼宴"。王科全程拍得相当认真，和他平时的样子完全不一样，主持人温文尔雅，主持落落大方，问题问得既委婉又合理，马令书自觉受益匪浅，所以王科拍摄的时候，他也学着王科的样子，选取角度，调整镜头，一路忙碌下来，他的头上也冒了汗。

中午吃饭的时候，端鱼上菜的，也是养鱼大户的母亲，那个老太太个子高大，一头灰白相间的头发，但脸上却是喜庆和红润的，一问年龄，居然七十出头儿了，大家都说不像，马令书想到自己的娘，比养鱼大户的母亲小了20岁，可看上去却要比人家老。想到这里，马令书就难过了，饭菜做得很可口，可他只吃了一点儿就吃不下去了。吃完饭，简单休息了会儿，又开始工作了，养鱼大户带着他们去看了他小时劳动的田地，去了他读书时的学校，还采访了他所在村的支部书记。等到重新回到鱼塘前，电视台来接他们的司机早到了。鱼老板手脚麻利，说话的工夫就网好了两大桶的鲜鱼。主持人要付账，鱼老板说什么也不要，说你们为我做宣传，又是摄像又是采访都忙活一天了，怎么能收你们的钱呢？

马令书也分到了两条，每条足有四五斤重，本来马令书不要，他一个人还要回电视台培训，要鱼干什么？主持人说："你不吃，可以回家给你爸妈啊。"马令书就又想起娘了，娘爱吃鱼，这是他打小就知道的。小时吃鱼不必去买，老家村前一条大河套，无论冬夏，都有现成的鱼可捕来下锅。马令书记得那些鱼都是银白色的，吃起来味道十分鲜美，这当然也有赖于娘的烹饪的手艺。只是那时，娘自己吃得并不多，马令书哥哥姐姐加上他，都一个赛一个如狼似虎，她是要尽量省下来给他们吃！他的娘40岁之前，身体一直还好，可一过了四十，身体就一日不比一日，以致最后瘦成了一把弱不禁风的骨头，看上去就像个耄耋老人了。马令书长大之后也知道心疼一点儿娘了。在老家时还和大哥或已嫁的大姐去河套里摸鱼、钓鱼。但那时河套里的鱼，竟出奇地少了，一整天也弄不到几条。娘就说："说是给我弄鱼，连你们自己的牙缝都塞不满呢。"马令书随母亲刚到北京时，举目无亲，日子十分拮据，常常一年到头吃不上一次鱼。马令书记得娘在饭桌上不止一次地说："要是能有条鱼吃多好。"娘说这话时，还有些不好意思，样子很窘，好像提出了个多么不懂事的要求似的。娘是那么一个自尊的人，从不轻易说自己想吃什么，一旦说了，也觉得十分不该似的。马令书每次听了，都想落泪，每次都恨不得立刻买几条新鲜的大鲤鱼来，让母亲好好解解馋。可他每次都是想想，后来就把这事忘了个干净。后来马令书在青龙乡当了报道员，他提醒自己领到手的第一个月工资，什么也不干，也要给娘买两条鱼，结果那天，他把买的鱼欢欢喜喜拿到家，却挨了娘一顿训斥。说他挣钱不多，还乱花钱，娘是对他花钱买鱼心疼呢。

到了青龙乡平安庄村，离自己家的胡同还有段距离呢，马令书就让司机停下了，他自己拿了鱼往家里跑，他是怕主持人和王科跟着他进去看到他家寒酸的样子。马令书的娘和继父都在家，正在院子里的小菜地忙活，一见马令书跑回家来，都不知道出了什么事，都停下来看着他。马令书把手里拎着的两条大鲤鱼递给娘，只说了一句："鱼是别人送的，您赶紧做吃了吧。"转身就走。他想到自己参加工作快三年了，还是第一次往家里给娘带东西，心里就涌上了一种复杂的情感，觉得自己对不起娘。但一想到娘最爱吃的就是鱼了，又很高兴，好像帮娘做了一件大事那样，值得他高兴地跑一回。

几天后，马令书跟着电视台去青龙采访一家企业，那家企业离平安乡连一里地都不到，他就又抽个空当跑回家去了，娘当时躺在炕上，继父坐在一边抽旱烟，马令书问起上次的鱼，娘还没说话，继父就说："还提那鱼呢，你把鱼送回来，人就没了踪影，害得你娘左等右等，鱼收拾好了就是舍不得动，非要等你回来吃。""天越来越热了，咱家又没冰箱，搁得住吗？您可真死心眼子。"马令书说他娘。娘说："我知你也爱吃鱼，想等你回来做了一起吃，谁知那鱼不经搁，结果都有味儿了……"继父说："还有味呢，都臭了。你娘见实在等不到你回来，觉得扔了又可惜，就煮煮我们两个吃了，结果害得我们闹了两天肚子。"

摄像学到第10天头上，马令书像往常一样夹着笔记本正要去二层会议室上课，刚下到二层，他就被编播科科长喊住了，编播科科长告诉他，朱雀镇的宣委小金来电话了，说镇里接他的车马上就到，要他准备准备提前回镇上去，说镇里于书记找他有急事。

马令书到镇里，才知道是市里的报社来了记者，是宣传部的记者马彪领来的。马令书见过几次马彪，马彪给他们这些报道员上过课。马彪给马令书的印象是相当狂妄和傲慢。有一次参加县电台的聚餐，正好马彪也在，他们和台长副台长坐了一桌，饭吃了挺长时间了也没见马彪说一句话，也没个笑脸，后来台长提到了宣传部的一个领导，马彪当时拍了桌子，说："他算个屁！县里有记者证的就我一个人，我出门买票都不用排队。你问问他行吗，靠吹牛拍马，他能升官发财，可他当不上记者，我这记者可是实打实的，是用一篇一篇的中国汉字写出来的。"马彪当时红着脸，马令书还以为是他喝多了，后来才知道，马彪不喝酒时脸也是红的。当时的马彪给马令书的印象是不光傲慢，还狂妄，还有点浑不吝、"二百五"。你想啊，敢和台长拍桌子骂主管电台的领导可不就是个"二百五"吗？

马令书进于进水办公室时，"二百五"马彪正跷着二郎腿在沙发上抽烟。屋里党委书记于进水、副书记老吴和小金都在，和马彪挨着坐的是个高高瘦瘦的女人，马令书猜她就是报社来的记者了。马令书进来，小金一介绍，马彪居然站了起来，还抢先把手伸过来，说："马令书，你前几天报上发的散文《春到丰邑》，我都读过了。没想到这么年轻，语言已经运用得出神入化了，我看县里这些笔杆子都比不上你。有前途啊！"于进水说："你这样夸他是害他，他还年轻。需要你们的鼓励，更需要你们的批评和帮助。"马彪说："老于，我马彪是随便夸别人的人吗？让我佩服的人还真没有呢。不过，你们镇马令书算一个。"马彪这样称赞马令书，让马令书笑不是，不笑也不是，相当尴尬了，忙说："谢谢您的夸奖。"

马彪给马令书介绍身边的那个高瘦女人，说："这位就是《京都日报》的女记者柳眉儿女士。"马令书忙站起来和柳眉儿握手，马彪说："这个是我们县里的作家马令书先生，也是朱雀镇记者站的记者，以后你要来这里采访，直接找他就行了。"柳眉儿忙从包里掏名片给马令书，口里说："还是个作家啊，佩服。"马彪笑对马令书说："柳眉儿记者可是大名鼎鼎，是市里有名的'四大名记'之一，市长副市长都要高看一眼的。"说得柳眉儿用粉拳去捶马彪，脸上却笑得灿烂，说："马彪你这张嘴真是——不带这样骂人的好吗？"柳眉儿这样一说，屋里的几个人才知道马彪的"四大名记"是个笑话，纷纷笑了起来。笑完，小金忙张罗柳眉儿和马彪吃水果，这里一边吃着水果，一边听于进水介绍朱雀镇的"小政府，大服务"工作思路和设想，于进水说："小平同志视察南方谈话一发表，我们镇是备受鼓舞，不解放思想不行了，不换脑筋不行了，不解放生产力更不行了，老脑筋要不得，老思路也要不得，我的想法是把'小政府，大服务'

的理念和机关机构改革有机联系起来，让政府服务于民，政府部门的人不能吃闲饭，要搞几个服务中心，下去一部分人搞服务去，党委的人也不能干吃喝，也要开动脑筋搞创收，让黑猫白猫都动起来，都去抓耗子去。"于进水的一席话说得满屋人再次笑了起来。

中午饭安排在县城唯一四星级宾馆，于进水让马令书也跟着一起去，马令书推辞，说他想回家看看了。于进水不准，说："马彪夸了你半天，不陪着喝喝酒怎么行？以后你还要靠他们往外带呢。"副书记老吴也说："没错，马彪这个人从不夸别人，要夸就是真夸了。"

中午喝酒期间，马彪的架子又端起来了，赤红着脸，一副傲慢的样子，几次批评服务小姐上菜的速度慢，口味不对，还说让他们经理上来，他要给她上上课，吓得服务员脸都黄了，站在那里动都不敢动一下。马彪说："你怎么不去？就说我马彪让她来的。"于进水忙给服务员递眼色，说："你下去吧，姑娘，下次上菜快点就行了。"回头又对马彪说，"马彪你别把人家小姑娘吓坏了。"马彪说："老于啊，谁让你来怜香惜玉了？我是批评他这里的服务水平上不去，这也是四星级？找来的服务员一个个都小酸枣似的，戳在那里像根木头，这不是让柳眉儿记者笑话吗？"柳眉儿说："行了，马彪，天下还有你马彪不笑话的人吗？你能不笑话我就行了。"

马令书觉得陪人喝酒是非常难受的一件事，屋里其他五个人，除了马彪和记者柳眉儿都是他的直系领导，谁都能说他，谁的话他都得听，谁的脸色都得看。马令书没到机关时也是非常傲气的一个人，到机关了那点傲就藏心里了，面子上是傲不得的，你傲了，别人就会给你脸色看，给你小鞋穿。不过平心而论，朱雀镇的几个领导还是不错的，书记于进水很开明，很宏观，副书记老吴也很开通，马令书来一个月，老吴就找马令书谈话，对他说："干报道员，光会写不行，还要学会交际，县里市里都要有朋友，以后来工作有关的朋友了，也不用每次都来请示我和小金，我每年批给你2000块钱的招待经费，来了人直接领他们去镇里那几家定点饭店，吃完饭签个字就行了，年终了镇里统一给你报。"小金呢，虽然喜欢端点小领导的架子，但因为性格上有点马马虎虎、大大咧咧的，对马令书也是粗放型管理。马令书在机关里还是很自由的。正因为对他都不错，马令书才感到拘束，喝酒也放不开，上午那么夸他的马彪，喝酒时却一点儿通融的余地都没有。马令书敬他，他要和马令书喝三杯；他来敬马令书，又要和马令书喝三杯。喝下六杯了，还要叫马令书和他一起敬于书记、吴副书记、小金和记者柳眉儿。马令书酒量不行，几杯酒下去头就大了。马彪说："文人不会喝酒怎么行？李白斗酒才有诗百篇嘛。看来你喝酒还要锻炼啊。"最后还是小金说话了，小金说："你知道我们小马喝不了酒的，来，大姐跟你喝。大姐可是酒精锻炼出来的。"马彪见小金上阵了，就不再和马令书纠缠，又把矛头对准了小金。

马令书昏昏沉沉，回来的车上，小金问他学习班还要几天结束，马令书说还差两天。小金说，要是两天就别学去了，又不是多么高深的东西，回来自己琢磨琢磨就行了。小金说现在机关正忙，报道、材料现在都堆我那里，实在忙不过来了。马令书心说，你忙个屁，我来这长时间就没看你写过一个字的材料，和青龙乡的宣委孙宝平比差远了。现在朱雀镇大到党委政府的材料小到报道稿还不是我马令书一个人写？马令书心里就有点不高兴。到了镇里，小金让马令书去于书记屋一起吃水果，马令书也没去，而是直接去了厕所。从厕所出来，一轮明晃晃的太阳正在头顶，马令书感到天是越来越热了，刚刚进入春天，怎么都有点夏天的意思了？他一时站在了办公楼前的空地上发了呆，有点不知所以的茫然。他这才想起，自己好几天没来机关了。楼道那边有人冲马令书说了句"你好"，相当客气和礼貌，马令书循声看去，却是田晓荷。田晓荷正从政府办出来，和他招呼了声后，直接就回后面宿舍了。马令书愣了一下神，就跟着田晓荷过去了。

马令书感觉已经很长时间没到过田晓荷屋了。想起那次田晓荷抓着他的两只手放在她的胸前，扭动着身体对他说"湿了"，马令书未免情不自禁，想重新把手放在田晓荷肩膀上，没想到，他的手还没过去，田晓荷却一下子跳开了，速度非常之快，简直说得上动如脱兔了。田晓荷并没恼；相反，她是笑着的，笑着跌倒在里面靠墙的床上去了，嘴里说："马令书，不要。"马令书没想到田晓荷会躲，他两条张起来的胳膊抱了个虚空，姿势像游戏中的老鹰抓小鸡，相当可笑了。马令书就故意圈着胳膊来捉床上的田晓荷，说："我来了，看你往哪里跑！"田晓荷再次发出一声短促惊叫，一下缩到床里面去了，两手向外挡着，说："马令书，不要、不要。"马令书一边惊异于她的叫，一边诧异她脸上的笑，不知她是在鼓励还是逃跑了。扑了几次，马令书没得手，他累了，就脸朝下趴在田晓荷的床单上，因为喝多了酒，他的脸又烧又烫，一贴上床单，感觉又凉又滑，很舒服。他想躺在这里睡一会儿，但田晓荷不让他睡。田晓荷的手指在马令书的头发里奔走，说："马令书，你有多久没理我了？把我都忘到爪哇国去了吧？"田晓荷这话都带上幽怨的味道了。马令书翻了个身，看了眼田晓荷，又看了眼天花板，想，是啊，这些日子田晓荷哪里去了呢？田晓荷怎么像在自己面前消失了一样呢？再一细想，田晓荷是一直在的，因为那些信和报纸一直都在，只不过是她顺着门缝给塞进来的，偶尔机关内见了，丢给他的只是一两个冰冷淡漠的眼神，他也毫不在意。

又过了一会儿，田晓荷说："马令书，你快起来，一会儿屋里该来人了。"马令书说："再躺会儿，这些日子怪想你的。"田晓荷冷笑两声，说："起来吧，还是找你的徐燕和李青萍去吧。"马令书没想到田晓荷会说到她们，就有些颓唐，他从床上爬起来，说："好，咱们好好聊天。"却一时又找不到话题。静了会儿，马令书问："你说屋里来人，是谁？"田晓荷说："我老公小田。小田来，你不怕？"马令书一下笑了，说："小田来，我怕什么？我又没把你怎样，又没和你有不正当关系。"心里想的却是："你和老乔都那样了，小田不也没怎么样吗？你都不怕他我更不用怕他了。"田晓荷说："不是小田，是刘镇长，你学习这几天镇里新来了个挂职副镇长，你不知道吧？县妇联过来的。"马令书一听，立刻坐起来，问："真的啊？"田晓荷上前打了马令书一拳，说："你不是天不怕地不怕的马大胆吗？说到刘镇长就怕了？"马令书说："我怕她？我还不认识她呢，我怕她干什么？我最不怕女人了。"说完就假装作势，要扑田晓荷，田晓荷又是一声叫，说："不要，马令书。不要。"

正闹呢，门被推开了，一个足有一米八多的大个子女人出现在门口，身子小山一样堆在了门口，声音却是出奇地轻和细，简直说得上燕语莺声，都像舞台上的表演了。女人说："晓荷，大中午你们闹什么呢？我在外面都听见了。"

第二十三章

下午睡了一觉，醒来后一个人发呆，马令书又想起那个篮球运动员一样的刘副镇长，想她铁塔似的身子，真是粗壮得可怕，门都被堵得严严实实，那么强烈的太阳光都不见了。多亏自己还清醒，没干什么特别出格的事，要不被她碰见了，成什么了？想想都恐怖，想想都让人后怕，太危险了。他又想起，刘副镇长的嗓音，那么轻那么柔，和她高大身躯形成鲜明的反差，不真实得就像背后有人在为她配音了。她怎么和田晓荷一个宿舍了呢？由刘副镇长，他又想到政府办老乔，想到镇长郭育才。好像有一次听李青萍说起过，说田晓荷经常趁郭镇长值班时去给他收拾屋，那时镇长还没起来呢，她自己拿个钥匙开门就进去了，一个屋子一收拾就是一个多小时，说指不定干什么呢。马令书东想西想，想到镇长郭育才，才突然觉得田晓荷就像个地雷，以后还是少沾惹的好。

窗外的天慢慢暗下去，马令书从屋里出来，一个人去食堂吃了饭，回来又到屋里坐了会儿，看了会儿书，却看不下去，一本书端在手上，很长时间过去了，发现还在那一页。那一页，也看了，却全不知写了啥，原来根本没记住，心想别处去了，还要从头看。马令书就扔了书，觉得寡淡得很，无聊得很，他的宿舍一下午都安安静静的，没人来找他，没人来敲门。

马令书坐不住了，想出去看看人都哪儿去了，就去了财政所，财政所就张然一个人，在那里看电视，马令书就奇怪张然，一个人成天对着个电视有什么好看的？张然看见马令书笑了一下。马令书问："她们呢？"张然说："谁？"马令书说："她们啊，甄妮、李青萍她们。"张然摇摇头，说："不知道。"马令书从财政所出来又去了分机室，分机室只有王彦一个人在。王彦看了一眼马令书，脸冷冷的，没说话，马令书知道王彦还生那天看电影说她那几句话的气呢，就没话找话，说："王彦，你值班啊？"王彦说："啊。"马令书说："这几天有我电话没有？"王彦说："没。"多一个字都不肯说。

马令书在分机转了一圈，出来了，想去镇外面烟摊上买盒烟，顺便转转。烟摊还是那对夫妇在，见马令书来了倒是热情，问了好些机关里的事，还说："听说你们镇上又要机构改革了，不知道这回改是往多了改，还是往少了改，过去改一回是人多一回，越改越多，现在镇机关全算下来有100多人了吧？"马令书不置可否地笑笑，心想他们还都挺关心政治，马令书本人对政治一点儿不感兴趣，他又想起那个跟踪如玉的夹克衫，就问他们那个夹克衫最近来过没有。烟摊的女人摇摇头，说："一直都没见，好久不来了。"

马令书在外面转了一大圈，还是无聊，就想回去找张然一起看电视打发时间，刚进机关大门，却看到田晓荷在楼梯口的暗处站着，看着他。马令书想假装没看见，躲过去，谁知田晓荷却冲他招手了。此刻田晓荷正站在一盏灯下，冲马令书笑。她的笑显得很诡异，很暧昧，有股说不上来的古怪味道。田晓荷低声说："马令书，你过来。"马令书走过去，问："你有事？"田晓荷说："是你有事吧？到处转，找谁呢？"马令书笑笑，说："我能找谁？要找也只能找你。"田晓荷说："去，别和我贫。"马令书转身要走，田晓荷却拉了他一把，小声说，"别走啊，想不想知道李青萍这会儿跟谁在一起？"马令书说："她和谁一起和我有啥关系？"田晓荷说："你们不是好朋友吗？我告诉你她在哪儿。"说着往前拉了一下马令书，冲楼道东边努努嘴，说："正在满东屋呢。"马令书不知田晓荷是什么意思，但还是看了看满东的屋子，满东屋子的灯却是关着的。马令书说："她在满东屋跟我有什么关系？"田晓荷说："我看你转来转去，怕是在找她，所以特意告诉你。"马令书说："我不找她，我找她干什么？"田晓荷说："我不过是告诉你一声，信不信由你。"说罢扭身走了。

马令书站了会儿，一个人摸黑进了屋，灯也不开，躺下不是，站着也不是，他的心一点点儿乱了，几分钟后，他又出来了，到满东门外的时候，他慢了下来，看看，灯确实是关着的，细听，里面有人在说话，声音轻得像说梦话，门窗又关得严严实实，马令书听不清，也看不见。马令书在满东屋外转了一圈，又转了一圈。灯还没亮，里面的声音却变得越来越小了。看来李青萍真和满东在一起了，马令书还是感到了一丝愤怒。他不能老在满东屋外，只好去了厕所。厕所真的太臭了，天越暖，味道越浓，更可恶的是苍蝇，"嗡嗡嗡"，像满东屋里传出来的喘息声，听着都恶心。

马令书回到宿舍，把灯打开，在挂在墙上的那面镜子前看了看自己，不看还好，一看麻烦了。镜子里的自己脸都有点变形了，是那种盛怒之下却又没法发作的变形，样子相当难看了。马令书在屋子里慢慢镇定下来，耳朵却一直听着外面的动静。这个夜晚真是安静得出奇，外面有一点儿风吹草动都听得清清楚楚。李青萍说话了，没错，是从东边满东屋那里传出来的，李青萍好像要故意证明她和满东的纯洁一样，和满东大声开着玩笑。然后是李青萍沿着过道走过来的声音，李青萍走近了的声音，李青萍在马令书门外愣了一下，她好像对马令书的屋子亮着灯有点意外，接着是她小心翼翼的敲门声。听得出来很小心，像既想敲又不大敢敲的那种小心。

马令书站在屋子的中间。他没去开，因为门根本就没闩。李青萍敲了会儿门，自己把门推开了。李青萍见到马令书站在灯下，转身就要走。马令书说："别走啊李青萍，你那里完事了？进来坐坐吧？"马令书这样一问，李青萍立刻红了脸，反而不好走了。李青萍说："你不是去学摄像了吗？什么时候回来的？"马令书从烟盒里抽出一支烟，给自己点着，他想看看李青萍如何表演下去。

李青萍脸上是被人突然打蒙的表情，她本意是不想说，却不知为何开始解释开了："我以为你不在呢……我去厕所回来，看见满东，满东屋里灯亮着，就进去……和他说了两句话，出来了。"李青萍的谎话一下激起了马令书莫名的怒气，他把刚抽了两口的烟扔在地上，说："怎么就说两句话啊？你们不是同学吗，怎么不多说两句？"李青萍听马令书说话的样子不对，转身又想走，马令书一把把李青萍抓住了，马令书说，"就是说话了？没吹泡泡糖？没把教我的再教给满东一遍？"马令书说着还笑了，可他的笑这会儿看上去简直太难看了，都狰狞了。李青萍说："马令书，你干什么啊？你放开我。"

马令书看着灯光下的李青萍的一张脸，那张脸，显得很大、很圆、很白，都变形了。李青萍的嘴也微张着，过去看着好好的一口白牙，不知怎么变了，有点发黑，还有点发黄，还细密，很多，很凌乱很难看地排列着。马令书还看到李青萍的眼了，李青萍原来是个肉泡眼，眉毛显得很乱，眼珠是黄的，有泪水在里面闪光，有巨大的恐惧和茫然在那里闪光。

马令书把李青萍松开了。李青萍一下陌生了，成为另外一个人，他把这个人抓住了，他想干什么？她和自己有什么关系？自己怎么会这么冲动？简直疯了！他这是在干什么？他根本没爱过她。她和他有过亲密接触，但他没爱过，从来都没爱过，甚至都没想去爱过。马令书很懊悔刚才的举止，太冲动了，太可笑了，太不可理喻了！

马令书又一次笑了，这回的笑，马令书放松多了。马令书说："对不起，中午喝酒了，和你开个玩笑，你忙你的去吧。"李青萍却站着不走了，脸上全是真心痛悔的表情，都悔到心里去了，悔到肠子那里去了。李青萍的眼泪流下来了。李青萍说："对不起。"李青萍又说了句，"对不起。"她不像是在说，有点像反刍了。马令书看着流泪的李青萍，丝毫不为所动。他就在那里看着她，然后，把门拉开了。风一下子从外面涌了进来，不知道是什么时候起的风，风是温的、暖的，有种特别的体贴和关怀，可马令书还是伤感了，有了流泪的冲动。马令书狠下心来，想：我为什么要流眼泪？李青萍是李青萍，她是她，我是我。我和她有什么关系？可笑！

马令书站在门口的光亮中，等李青萍自己走出去，他的心在那一刻一下敞亮了，之前的妒忌没有了，他想，刚才的自己真是荒唐啊，他是到了该和自己的荒唐决裂的时候了，他一直身陷其中，决裂也难的，但没想到来得这么快，不过是几分钟的事，马令书好像一下看清楚了自己。马令书想，本来无一物，真是无一物，所有的荒唐经历都不过是些青春的幻象罢了。现在好了。幻象消失了。马令书想对自己笑一下，自我解嘲或自我安慰地笑一下，笑没出来，眼泪却出来了。被夜风一吹，还带上了伤痛的味道。风依旧是温的、暖的。风还笑了，把宿舍前的一丛花树都带动着摇晃起来。

马令书以为遇见鬼了，就真的有两个穿了白衣的"鬼"从花树后面跳了出来。马令书吓了一跳，定睛细看才知跳出来的不是鬼，是两只白色的老虎。老虎不冲他咆哮、怒吼，却对他笑了。马令书像坐过山车一样，眼都花了，他又擦了一下眼，原来身边的并不是虎，是两个人：张然和甄妮。张然用他特有的沙哑嗓音学着李青萍的道歉："对不起。"甄妮也细声细气地学着李青萍，也说："对不起。"说完，两个人哈哈大笑。马令书说："怎么是你们？你们藏那里干什么？吓我一跳。"甄妮又说了声"对不起"，就蹲在地上笑得站不起来了。马令书想，完了，这下连自己都成了笑话了。

甄妮是真高兴，是那种发自内心的、抑制不住的高兴，这种高兴劲，就像开春时野地里的草，从任何能生长的地方向外挤，蓬蓬勃勃、喜气洋洋的。她细声细气的笑声，从这个晚上响起，又响到了第二天早晨，刚上班，她就去找分机的耿芳和王彦分享了。甄妮连忽闪忽闪的大眼睛都带上了笑意，连长长的睫毛都有了笑的模样。她讲到马令书开门把李青萍"请"出去时，李青萍的失魂落魄的样子，甄妮捂着自己的肚子，说："我当时就憋不住，想笑，就想笑。"耿芳和王彦也笑了。耿芳说："咎由自取。"王彦说："罪有应得。"两个人都用了一句成语来为李青萍定性了。耿芳说："她就是贱，这回好，现在咱们看在眼里了，看她以后还怎么和咱们说话。"王彦说："李青萍这个人，脸皮厚得很。她什么事做不出来？上次看电影，说甩就把我和甄妮甩了，和马令书一边鬼鬼祟祟、偷猫偷狗去了。"耿芳说："这回该。偷完满东，又怕得罪马令书，让人撵出来了吧？该！"甄妮又笑了，说："我没想别的，就是觉得好笑。你说多巧啊，我刚从家里回来，就看到张然猫在马令书宿舍前的冬青树后面，我正想问他干吗呢，他赶紧冲我打手势，让我过去听，说李青萍从满东屋里干坏事出来，看见马令书屋里亮灯就过来了。她也是做贼心虚呢，还一个劲儿给马令书说'对不起'。马令书理都没理她，就把她轰出来了。"

甄妮带着无比愉悦的心情，从分机室出来了，她小声哼着歌，假装着去厕所从西到东走了一圈，又从东到西走了一圈，没看见李青萍，满东也没见，昨晚的两个主角一个都没见到，甄妮还是有些遗憾了。走到马令书门口的时候，她停了下来，马令书屋门大开着，只有马令书一个人，正趴在那里写什么呢。甄妮就想进去看看他，想安慰安慰他。甄妮想，这个时候，他是最需要人安慰的。这样一想，自己的一腔愉悦都化成水了，特别软，特别地想去"浇灌"。胆子却小了，感觉像做贼了，甄妮看了看左右，没人，又特意看了一下分机室那里，不见王彦和耿芳，门关着呢。甄妮想去敲马令书大开的门，到了那里，动作又变了，好像怕敲门声破坏了什么似的。甄妮只是轻声咳嗽了一下，就进去了。

马令书回过头，见是甄妮，就笑了，说："甄妮，你有事啊？"马令书脸上一副缺心少肝的样子，好像什么事情都没发生一样。甄妮一时有些无措，一肚子的温柔反而不知怎么表达了，她想，李青萍的事，马令书也是有责任的，是马令书太随便了，人怎么可以随便和另一个人好呢？这样一想，人也随之严肃了，她的头微微仰了一下，想说点什么，却什么都没说出来。马令书又乐了："甄妮，你这是在学模特吗？"甄妮说："怎么了？"马令书说："你看你这姿态，昂首挺胸，要是再走一段一字步，就更像了。"甄妮想不到马令书还这么嬉皮笑脸。脸红了。心想，他怎么能这样呢？他应该痛苦、伤心，无精打采才对啊。可马令书还像过去一样，好像什么事情都没发生一样。

马令书说："甄妮你自己找地方坐，我先把这段写完。"甄妮说："你写，我没事。"人还站在那里，坐也不是走也不是。马令书看着甄妮说："我看你是有事，有事就说。"甄妮本来是想过来"看看"，但马令书这样一说，要是再说"没事"反而不好了，就只好"有事"了，甄妮说："我……过来，就是想问问，你晚上有没有空，耿芳说她又想看电影了。"甄妮临时编出个看电影来，又拉出个耿芳，自己先心虚了，眼不敢看马令书，只好在屋里乱看。

马令书研究似的看着甄妮，想不出她是什么意思。昨晚的事肯定在她们几人之间都传开了，甄妮这个时候找我来看电影，是啥意思？想给我再设一个局，出我的丑？昨晚在李青萍面前出的丑已经够他后悔的了，不能再出丑给她们看了。马令书想：我要远离这些女孩子。不，不是女孩子，是女人，我要远离这些女人。女人都是曼陀罗，谁说的？不管谁说的，她们就是曼陀罗，我要远离曼陀罗，不能让她们再毒害自己了。马令书说："真不好意思，这段时间我戒电影了，你没看我现在早晨爬起来就开始写吗？材料都快给我堆起来了。你要去，就找张然、王小军他们去。"说完，也不看甄妮脸上表情，转过身装模作样地重新写起来了。

甄妮没想到马令书会这样，出乎意料了。连句多余的话都没有，就把她晾在这里了。甄妮很委屈，想，伤害你的是李青萍又不是我，干吗对我也这样？好心好意地过来看看你，还好心成了驴肝肺了？甄妮越想越委屈，从昨晚延续下来的好心情到这里就停止了。

甄妮很伤心，看来在马令书心中，自己竟不如李青萍了。这才是甄妮伤心的地方。甄妮大眼睛里含了一包的眼泪，又站了足有两分钟，才转身离开。

第二十四章

　　付少聪从南方考察回来了。付少聪这回去南方将近一个月，回来的当晚，于进水在县城一家饭店召集镇里副职以上干部为付少聪接风洗尘。第二天晚上，一些企业的厂长听说他回来，也把他叫了出去，继续接风。付少聪都有点坚持不住了。酒这个东西好是好，可要是一连两天喝这种车轱辘酒，时间长了谁也受不了。所以晚上的酒，付少聪喝的就有所保留，厂长敬过来的酒，他只是抿一口，就让他们自己干了。在这些厂长面前，付少聪这种号召力还是有的。

　　晚上喝酒的厂长里就有甄妮的父亲甄如山。付少聪喝酒的间隙问甄如山，甄妮和他介绍的那个小马处对象处得怎么样了？去过你家没有？甄如山说："哪个小马？"付少聪说："就是我正月里给她介绍的那个对象啊。"甄如山嗜了一声，拍了一下自己的脑袋，自从那次付少聪把个小马介绍给甄妮认识，他后来再没听甄妮说起过，自己一忙也忘得差不多了。甄如山说："那次见面后，就没听甄妮说起小马，我还以为小马没看上我家姑娘呢。小马没来过我家。不过，前阵子她倒是把机关里的那个马报道员领家里来了。"付少聪说："马令书？她把马令书领家里干什么？"甄如山说："谁知道？说是让小马报道员送她回家，后来两个人又一起回镇上了。这姑娘大了，心就野了，她的事，从不对我们说，我们也懒得管。现在她天天住在机关里，偶尔回家看看，说机关里伙伴多，有伴儿。嫌家里地方小，乱。"付少聪说："家再小也是家嘛，这个甄妮。"

晚上的酒是在镇铸造厂内部食堂喝的。付少聪没打持久战，应付一下，就说机关有事先出来了，厂长们知道付少聪刚回来，也不好强留，送走付少聪，他们仍然回到食堂继续吆五喝六地喝了起来，都说难得这次聚得齐，要一醉方休，谁先走谁是王八蛋。

付少聪晚上没回家。他让在饭店外面等他的司机先走了，一个人往机关里溜达。出门一个月，再回到机关，付少聪感到一切都很新鲜，很亲切。他觉得还是镇里好，在镇里，他是三大领导之一，少壮派，于进水和郭育才都高看他一眼，下面还有那么多有权有钱的厂长经理拥护，说一人之下、万人之上也行的，关键是有成就感。可出门在外就不一样了，出了门，你一个北京远郊区的乡镇企业公司总经理屁都不是，尤其到了开放风气之先的南方，根本没人把你放在眼里。在南方人眼里，你这个企业公司的经理就是个乡巴佬，是土包子、臭瘪三，总之什么都不是。可在镇里就不一样了。

付少聪回到自己的办公室，把吸顶灯打开，又把书桌上的台灯打开，独自在皮转椅上坐了会儿，就拿起电话要下面的分机。分机接线员是耿芳。一说话，付少聪就听出来了。付少聪这个人有种本事，就是他的记忆力特别好。一个人，只要他见过一面，听人说过一句话，付少聪就能记住这个人，并准确说出他是谁。不过付少聪对耿芳没兴趣。付少聪在内心里有过一种比较，就是觉得机关这些女孩子当中，耿芳是最差的一个了，个子不高，还胖，脸上也不干净，有星星点点雀斑，眼也不好看，是单眼皮，还是黄眼珠，说话办事也不成熟，少些涵养，什么都直通通的。他过去和甄妮说过，说："耿芳啊，找对象最难了。"甄妮说："她就是嘴不好，心挺好的。"付少聪说："哪个男的搞对象是看心的？"甄妮就笑。甄妮笑起来细声细气的，有股特别招人爱怜的劲儿。付少聪想，耿芳是连一个指头都顶不上甄妮的。

付少聪说："耿芳吧？我是付少聪。今天没休息啊？"耿芳说："是付总啊，今天该我值班，您要找谁，我给您叫去？是找甄妮吗？找甄妮我这就让她上去，她在我身边呢。"耿芳也是个机灵的姑娘，接过几个付少聪打给分机的电话。付少聪屋里有两部电话，一部是程控的，不用经过分机，一部是分机的，他打给分机的一般都是找"审计科的甄妮""让她到我屋里来一下"。耿芳都习惯了。谁知付少聪这次却不找甄妮。付少聪客气地说："你看报道员马令书在不在，如果在，请他到我办公室来一下。就说我有事找他。"

马令书不知道付少聪找自己有什么事。朱雀镇的领导跟青龙乡的领导不一样，青龙乡的领导"有事"一般都是白天，朱雀镇的领导"有事"却大都在晚上，比如党委书记于进水，就喜欢在晚上开党委扩大会，每次开党委会都是晚上5点以后，会一开就要开到八九点钟，作为报道员，马令书是要全程参加的。不过，马令书还从来没被付少聪找过。付少聪和他说过话，打过招呼，付少聪每次都笑笑的，给人感觉很客气很舒服，每次见到马令书都叫他"马报道员"或"马大才子"，亲热得就像在一起好多年的同事一样，比同事还热情。马令书想，付少聪找我有什么事呢？

马令书还是第一次进付少聪的房间。马令书进来时，付少聪正坐在办公桌后面看一沓很厚的文件。见马令书进来了，就点点头让他"先坐"，马令书坐了几分钟，见付少聪还在那里翻文件，就站了起来，问："付总，您找我有什么事？"付少聪说："没事，找你聊聊，你先坐。"说着又低头翻文件去了。马令书只好再次坐下。这样，又干坐了几分钟，付少聪才伸了个懒腰，起身，笑着，到马令书身边的小沙发上坐了。

付少聪笑着的时候是很迷人的。付少聪人胖胖的，但身材高大，所以他并不显胖，反显示出了他的魁梧和富态。付少聪爱笑，他的笑在马令书看来也是很丰富的。他笑得幅度不大，但嘴唇会弯出一个弧度出来，偶尔还会露几颗门齿。付少聪不吸烟，所以他露出的牙都白灿灿的。付少聪拿过一盒完整的烟给马令书，让马令书吸。付少聪说："马令书，哈。"马令书赶紧看付少聪，以为他有话要对自己讲。付少聪说："马报道员，哈。"付少聪说，"马大才子，哈。"付少聪又说，"小马，好，哈哈。"付少聪连着叫了好几声马令书，每次名字都有变化，开始他以为付少聪要和他说什么，后来才明白，人家是和他打哈哈呢，是和他说着玩呢。马令书一头雾水，不知付少聪究竟什么意思。又不好问，只好坐在那里等。

付少聪还真没事。他用各种称谓把马令书叫了一遍，就又笑眯眯地不说话了。马令书尴尬了。烟当然不好抽了，可也找不到适当的话来说，相当尴尬了。但付少聪不觉得尴尬，他还是那么兴致勃勃的样子，耐心地笑着，兀自喝下去了一缸茶水，茶水喝下去，终于开口了："小马啊，有没有对象？"马令书吓了一跳，以为自己听错了，忙问："您说什么？"付少聪说："你今年也二十出头儿了吧，找没找过对象？"马令书这回听明白了，脸红了，说："没呢。"付少聪说："该找了。"马令书说："我才二十一。"付少聪说："该找了，先谈着嘛。"付少聪说："晚婚可以，但朋友一定要早找。这是我一贯的观点。有人把晚婚跟找朋友混淆了，那不好，误人子弟嘛。"付少聪说，"我就给审计的甄妮介绍了一个，也姓马，也叫小马，哈哈，小伙子人不错，和你同岁，他们现在不照样谈得挺好吗？"

付少聪说："年轻人工作要上心，婚姻大事也不能马虎。该找女朋友了，就要找，花开堪折直须折嘛。耽搁了，岁数大了，就不好找了。你说呢，小马？"马令书点头，心里却还是一团雾，觉得这付少聪有点怪，怎么关心起自己的个人问题了？他个人这件事，吴副书记没问过，小金没问过，就是说组织都没关心过，作为企业公司的总经理，怎么关心起党委这边人的婚姻大事了？付少聪见马令书一直不说话，说："我跟他们不一样，我上大学时是做过共青团工作的，当过团委书记、学生会主席、工会主席。我最喜欢和年轻人打交道，最喜欢关心年轻人的生活了——我早就给你物色好了一个姑娘了，和你挺般配的，要不要我替你说说？"

马令书一下红了脸，不知道付少聪物色的这个姑娘是谁，只好说："谢谢付总，我还年轻……不忙的。"付少聪说："我给你物色的这个人你认识，直说吧，就是分机员耿芳，我听甄妮说过，耿芳除了岁数比你大点，其他各方面，你们条件都差不多，蛮般配的。女大一，抱金鸡；女大三，抱金砖。她好像刚好大你三岁，娶了她你就等于抱金砖了。女的大点好，大点知道心疼人。我爱人就比我大。"付少聪说，"你和耿芳要是谈好了，结婚的事包在我身上，我给你们当司仪，婚车就用我的蓝鸟，不比于书记的车差，你看怎么样？"

马令书已经有点坐立不安了，他开始听付总说给自己物色了个姑娘，心下还隐隐地有点兴奋和期待，没想说出的竟是耿芳，马令书就感到的不光是遗憾，还有些侮辱了，真有种被侮辱了的感觉。但在付少聪面前又不好表示不满，只好说："真不用，我还小。谢谢付总的关心。"付少聪说："小马还不好意思了，有什么不好意思的？我看你和耿芳还是蛮合适的，个头身高，还有长相……蛮般配的嘛。哈哈，还不好意思了。"付少聪从南方刚回来，话里的"蛮"字说的也"蛮"像那么回事了，付少聪说，"好了，你回去想想，啊？要是没意见，就上来跟我说一声，耿芳那里我给你说去，你放心好了，一切包我身上。"

送走马令书，付少聪脸上的笑意迟迟不肯散去，他重新坐回办公桌后边，拿起了分机电话，对耿芳说："甄妮还在不在？你叫甄妮上我办公室来一趟，就说我有事找她。"付少聪从南方给甄妮带了件衣服，其实是买了两件，一件是给他妻子的，一件给甄妮。给妻子那件，妻子昨天晚上试过了，他开了灯看，关了灯看，总感觉妻子穿着有点不合适，按说妻子也不胖，腰里的那一把，屁股那一把，都还是带着韵致的，可这件衣服，她穿着还是紧了。他都奇怪当时为什么买了两件一模一样的，而且很可能是按照甄妮的身材给妻子买的，甄妮那么瘦，妻子穿着可不就是有点紧吗？

甄妮笑着进来了。甄妮说："付哥你回来了？去了这长时间！"没外人的时候甄妮是叫付少聪付哥的。付少聪喜欢甄妮这样叫他。甄妮叫得好听，他听得滋润。甄妮虽然笑着，心下却打着鼓，怕付少聪问"小马"的事，她现在最怕的就是付少聪提"小马"了。"小马"都成了甄妮的一块心病一道坎儿了，不知道是该迈过去，还是该绕过去。在她看来，能迈过去或绕过去都好，关键是既不能迈也不能绕，坎儿上面站着付少聪呢。

付少聪却没提小马。付少聪从提包里拿出了一件衣服，说："我买了两件衣服，你嫂子一件，你一件。你嫂子那件都穿了，你也穿上试试。"付少聪让她"试试"，甄妮脸一下红了，说："谢谢付哥，我回去试。"付少聪说："就这里试，我想看看，看看你穿上跟你嫂子穿上有什么区别？"甄妮犹豫道："还是回去试吧？"付少聪说："就试一下怕什么？我是你哥，你怕什么？"甄妮就不好说什么了。衣服是件看着很时髦的薄毛衫，外穿的。她说回去试，她实在不知道当着付少聪的面怎么试。付少聪说："你就在这里试，我去外面一下，这样好吧？"说着还真把门带上出去了。

甄妮见付少聪出了门，很快脱下了外衣，把薄毛衫穿了。她穿得有点惶急，穿上了才感到毛衫舒服，有种贴身的细腻和温暖。甄妮的脸又红了。甄妮对门口说了声："好了。"付少聪才进门，进门就立在那里，眼睛像长在甄妮身上了，好久才说："真漂亮！"甄妮说："就是麻烦，一会儿还要脱。"付少聪说："脱什么，就穿着，你穿着好看。"付少聪说着抬手就把屋里的灯关掉了，甄妮吓了一跳，还以为是停电了，后来才发现屋里的台灯还亮着，是付少聪把灯关了。付少聪说："台灯也要关。"甄妮一下紧张了，说："别关，关台灯干什么？"付少聪说："关了再看，关了才好看。"甄妮都快哭了，说："付哥……别关了。"付少聪笑了，说："甄妮，你不知道，这件衣服有夜光效果，必须关了灯，才看得出。"付少聪说着，过去就把台灯拧灭了。

屋里一下暗了，甄妮却一下亮了，闪闪发光，简直奇妙了。付少聪拍手称奇了，他想，妻子昨晚穿上怎么就没这效果？甄妮此刻也感受到了那种神奇的效果，她站在屋子中央，一动不动，就像是穿上了水晶鞋的灰姑娘。甄妮就是在这种奇妙的非现实的感觉里，感知到付少聪无处不在的目光包围的。付少聪走到甄妮面前，又绕到甄妮身后，前前后后、左左右右地看。

甄妮长这么大，还是第一次被一个男人这样认真地看呢，一时有些无所适从，甄妮感到自己被人一下浸到水里一样，喘不上气来了。甄妮想：要死了。甄妮想：怎么会这样？我要死了！甄妮确定这个晚上她要死了。死神就在这暗黑的房间里站着，看着，等着她。

毛衣做工精致，细节神奇。真好啊，既光滑，又柔润。付少聪陶醉了。他说："真好。"他又说，"真好啊。"

第二十五章

　　星期五的下午，快下班的时候，如玉突然领了两个人来找马令书。如玉说："马令书，你看谁来了？"马令书一看，这两个人认识，是朱雀镇西南方向的两个乡镇的报道员。马令书在报道员例会上，很少和别人打招呼，他不理别人，别人当然也不会上赶着来找他，所以他在青龙乡干报道员两年，认识的其他乡镇的报道员并不多。马令书认识这两个人，说起来还是因为去年广播局举办的春节联欢会，联欢会没经过彩排，一切都是即兴的表演，有自报家门自己想演节目的，也有被局里点名让参演的，演的也都是些小节目，像唱个歌啊，表演个小魔术啊，或者联合几个平时不错的报道员，搞个合唱或干脆来个"三句半"什么的。联欢会快结束的时候，忽然有两个报道员自告奋勇地出来，说要表演一段相声，这两个人一个高一个矮，一个瘦一个胖，一个白一个黑，一个英俊潇洒、一个貌丑憨厚，两个人一站在一起，还没演，喜剧效果就出来了。两个人站在那里，开始说话了。高瘦英俊的说："大家好，我叫青山。"低矮貌丑的说："大家好，我叫绿水。""今天我们不是来说相声的，我们是让大家来欣赏绿水青山的。"大伙一下就被他们逗笑了。相声是两个人提前编好的，估计也演练过几次，在台上说得蛮是那么回事。包袱也是一个接着一个的，很搞笑。他们两个很快成了那个联欢会上的明星，马令书自然也就记住了他们。

马令书没想到他们会来，更没想到的是如玉把他们领了过来。那次王小军领着马令书去如玉屋里瞎说一通后，如玉有几天没过来了，他还以为如玉在生他们的气。如玉脸上却看不出一点儿不高兴的样子，进来就说："马令书，你看我把谁给你带来了？"马令书还没来得及打招呼，这时青山说话了，还跟说相声似的："我和绿水是特意到朱雀镇请你们这对才子才女传经送宝来了。"青山一说话，脸上全是笑，一笑，上嘴唇就微微翘起来，显得俏皮、幽默，透着机灵。青山说完，矮胖的绿水也跟着说，是啊，请你们传经送宝来了。还真像是个捧哏的。两个人一唱一和，把从马令书窗前经过的人吸引得探头探脑的，不知道里面干什么呢这么热闹。

王小军也来了。王小军不怯生人，进来就和青山绿水打招呼，说表示欢迎的话。青山和绿水呢，也有点人来疯的演员气质，人越多，嘴皮子越溜，越是谈笑风生。不觉间天都黑了，青山说不聊了，我们该走了。如玉笑着说："再聊会儿，好久没这么开心过了。现在我不当报道员了，以后听你们聊的机会都少了。"青山说："石书记想听我们哥俩儿聊，打个电话就行，我们过来给你演个专场。"绿水说：

"对，绝对是专场，不是砖窑。"说着又笑起来。青山还是要走，马令书说："别走了，晚上到外面一起坐坐，吃完饭再走。"青山说："怎么能让你请客呢？你刚来这里。"马令书说："没事，我签个单子就行。"青山就瞪大眼睛，有点不相信。如玉说："走吧，让他请。我干了三年报道，都没给过我一分招待费用。他刚来，镇里就给了他一年2000块钱的招待经费。我今天也借你们的光，走，小军也一起去。"青山说："你看这事闹的，义务演出来了，还管饭，那以后我们可就常来了。"

　　说笑着，几个人出大门西拐，到街上，再东拐，来到一家饭店。马令书进去后问饭店老板这里有没有镇党委这边记账，说有，才放心去了后边的雅间，饭店的老板娘认识如玉和王小军，但不认识马令书，一边等着点菜，一边看马令书。如玉就介绍，说马令书是镇上新来的报道员，吴书记批他两千的招待费呢。王小军也说，听到没有？以后人家来了，可要热情点，现在马令书是小财神了。老板娘果然把脸笑成了一朵墨菊花，先把菜单举到了马令书面前，让他点菜，马令书让"青山绿水"点，两个人客气不点，马令书又让如玉点，如玉拿过菜单，说点个菜，也这么推来推去的，不嫌麻烦。青山对马令书说："如玉就是干练，你说是不是？"如玉说："你别和马令书说，马令书不喜欢我这样的，他喜欢温柔的、小鸟依人的，还喜欢像鸟儿一样欢蹦乱跳的，能带他到处看电影、跳舞和领他回家的女孩子。"接着如玉就讲了很多马令书的故事，说得马令书脸红一阵白一阵。青山给马令书解围，说："这说明咱们报道员有魅力，是不是？再说，马令书多实在的人啊，说明实在人有实在福气。"如玉说："你和绿水两个人一看上去就是说相声的，马令书呢，他是一看上去实在——"如玉话说到一半，故意不说了。青山打圆场，说："我不光会说相声，我还会相面，实在不实在我还是能看出来的。"

如玉把菜点完，王小军不干了，他也要点个菜。王小军点完，老板娘又把菜单放到马令书跟前了，非要马令书点一个，说马令书点这个是他们饭店送的，不点就是看不起他们。马令书说："他们点了就行了，我不点了。"如玉说："老板要你点你就点。要不老板还以为你不喜欢他们这里，下次改别的饭店去吃呢。"马令书听如玉也这样说，只好点了一个"摊柴鸡蛋"。如玉就哧的一声笑了。如玉说："你可真是，哪有上饭店点这个菜的？"马令书平时在家就爱吃他娘做的摊鸡蛋，不懂如玉这有什么可笑的，如玉说，"这个菜上不了席。别说饭店，我家里来客人了，都不上这个菜。"马令书说："还有这讲究？这可是我最爱吃的菜了。"青山和绿水也说："摊鸡蛋不错，我们也爱吃。"如玉坐那里不说话，但还是笑着。马令书本来还为付少聪昨晚的话生气，今天又被如玉这样一取笑，心里就不太舒服了。心说，摊鸡蛋为什么不能上席？她这分明是笑我土和俗，笑我不懂得这里的规矩。但这算什么狗屁规矩啊？我就爱吃摊鸡蛋怎么了？我就是这样的俗和土怎么了？我就是不上台面怎么了？马令书就不再理如玉，他把菜谱往那儿一放，回头对等在那里的老板娘说："听我的，山珍海味今天我都不想吃，就想尝尝你这儿的摊鸡蛋，摊好了，下次还上你这儿吃。"老板娘答应一声，就忙下去准备去了。

马令书就问青山和绿水他们各自乡里情况。青山和绿水本来"活宝"一样的人物，爱说爱笑，可见马令书一脸严肃，说话也拘束了，纷纷客气说："我们不如你们朱雀镇的。朱雀镇是大镇，大镇就是大手笔，报道员都有招待费用的。我们那里什么都没有，喝口水都要我们自己向外掏钱。"王小军见气氛有些沉闷，想主动表现一下，等酒菜一上，开始倒酒劝菜。他这样主动，一是修补他和如玉之间的裂痕，一是活跃酒桌上的气氛。王小军的主动，也让马令书不舒服，好像请客的主人是王小军而不是他。马令书想，你这么积极干什么？又不是你请客，签单子还不是要我来？后来马令书要的摊鸡蛋上来了，店老板可能想讨好马令书，送的这个摊鸡蛋居然用了一尺的大盘子，满满的一盘，油汪汪的。马令书一看，不但没高兴，还有气了，心想这个饭店到底会不会做菜，摊个鸡蛋放这么多油，马令书记得他娘摊的鸡蛋，外表几乎看不出油来，清是清，黄是黄，摊得外焦里嫩，香气四溢。看马令书举着筷子发愁，不知如何下箸，如玉又笑了，说："我说怎么样？菜量倒是给得足，可这么多油怎么吃？"如玉这样一说，马令书故意夹一大块放自己碗里，他只是做个样子给如玉看，却一点儿食欲都没有。

　　吃过饭，如玉又邀请青山和绿水回到镇里，到马令书屋里坐了会儿。马令书整个晚上不在状态，聊天的兴致也不高，青山和绿水看出来了，说了几句闲话就要走，青山说："我们和你们不一样，我们都是拖家带口的人了，回家晚了不行。"绿水也说："是不行，晚点了烧火棍和搓衣板伺候着呢。"几个人正说着话，就见甄妮和耿芳从马令书门前经过，见门开着，里面说得热闹，就探头探脑往马令书屋里看。如玉说："这回看到了吧，她们都是来看马令书的。咱们要是不在，她们早进来找他了。"青山问马令书："马令书，你还没有女朋友吧？"如玉说："马令书的女朋友可是一抓一大把的。"马令书忙说："你们别听如玉瞎说，我真没女朋友，回头你帮我介绍个好吧？"

送走青山和绿水，三个人在楼道口站住了，如玉邀请马令书和王小军去她屋聊天。马令书没说话，他心里有气，不想去聊，但王小军想去，王小军说："马令书，走，咱给石书记也说段对口相声去。"马令书没动地方。如玉看着马令书说："咋了，还生气呢？一个大男人气量真小。走吧，去我屋坐会儿去，我屋里又没老虎。"

进了如玉宿舍，王小军抢先一步坐在了如玉办公桌前，屁股带着椅子转了几转，说："还是当官好啊，都有单间了。"如玉说："什么单间？小高不是还在吗？"王小军说："小高名存实亡了。"王小军用了个成语，自己有点得意，回头看马令书，问，"是不是？"马令书一直站着，如玉叫他两声了，他还没坐。马令书实际上不想来，可王小军一边鼓动，又怕如玉讽刺他"气量小"，不来又不好，不情愿地过来了，当然有点坐不下来，马令书觉得自己的这个"劲儿"拿得挺难受，真就像是和谁赌气了。

这时王小军突然发现了墙上贴着的一幅字，字是写在一张白纸上的，很草，很多字他认不出，就说："马令书你过来看看，写的是什么？我看着怎么这么眼熟呢？"马令书走近一看，却是一幅临摹的毛主席的书法作品：

　　小小寰球，有几只苍蝇碰壁。嗡嗡叫，几声凄厉，几声抽泣。蚂蚁缘槐夸大国，蚍蜉撼树谈何易。正西风落叶下长安，飞鸣镝。多少事，从来急；天地转，光阴迫。一万年太久，只争朝夕。四海翻腾云水怒，五洲震荡风雷激。要扫除一切害人虫，全无敌。

　　如玉说，这是毛主席的一首词。王小军说，我说怎么这么眼熟，就故意问如玉这是不是毛主席的真迹。如玉不说话，光笑。王小军又说："我想起来了，毛主席早不在了，肯定是谁模仿了主席的笔迹写的。"如玉还是不说话，王小军就说，"我知道是谁写的了。"如玉问："是谁？"王小军说："你不回答，我反倒知道是谁了。是你男朋友写给你的吧？石如玉也有男朋友了？"如玉说："听你这话，好像我还找不到男朋友了呢。"王小军说："如玉心思高，谁不知道？你能看上谁啊，对不对？看来这个写字的人真是被你看上了。你先给我们说说，他这人怎么样？让我和马令书先给你把把关。"如玉说："你还是省省吧。"回头却问马令书这字写得好不好。马令书正吃惊呢，他真不知道如玉也有男朋友了，他就想，他来这么短的时间，怎么她们一个个都有男朋友了呢？徐燕有了，甄妮有了，如玉也有了，一种空茫和寂寞感袭来，从昨晚开始，他心里积郁的这些不快、不满、淡淡的恨和长长的怨没了，此刻就剩下了惊讶。马令书愣怔了好半天，才说："还好。"

马令书再也待不下去了，突然想回家了。家虽然就在30里外，可细想想，他竟三个星期没回去了。马令书特别想自己的母亲。母亲常年患病，身体一直不好，他不知道这些日子母亲怎么样了。从如玉屋里一出来，他连自己的宿舍都没进，直接骑上赛车就走了。一路上都是黑，什么都看不见，只能听到风过耳的声音，乱乱的、杂杂的。到县城时，县城一下就亮了，灯火通明，有点跟白天一样了，却又和白天不一样。白天，县城是硬的，喧嚣纷乱，如过耳的风声，夜晚的县城却显得柔软如水，有一种让人不可承受的轻，马令书看着满城的辉煌灯火，突然想哭，不知道是怎么回事，就是想哭了。他觉得心里憋屈、难受，这难受无因无果，正因为无因无果，才更显出这难受的不可承受。

骑到青龙乡地界的时候，马令书看一家小卖铺前亮着灯，有人围着外面摆着的圆桌在喝啤酒，他就过去，也买了两瓶啤酒，让店主帮忙打开，站在柜台那里一气喝了。喝完两瓶啤酒，马令书长出一口气，心里的憋闷似乎也减轻不少，莫名的难受也变得具体起来，觉得他在朱雀镇这短短的两个多月的时间荒唐得如一场世纪大梦。现在大梦醒来，该走的都走了，不该走的也快走了，没什么了。喝酒的好处是可以忘却时间，记不得路途多远，也不知自己要骑往哪里去了，在青龙乡政府附近时，他听到路边人喊自己的名字，就立刻停了下来。

这是乡政府前面的一段路，在青龙乡算是一个小小的政治经济文化生活的中心。每个乡镇都有这样一个中心。尽管大小不一，功能却都差不多。青龙乡的这个中心，马路两边，沿着乡政府往北一路排开，有供销社、粮店、邮政所、建筑公司这样一些国营单位，也有汽车尾灯厂和服装厂、毛织厂这样的乡办企业，还有一些个体的私营店铺，饭店、理发店、美容店，还有小卖铺、烟摊、鞋摊、服装摊等，白天人来人往，相当热闹，晚上就安静多了。马令书看到两个姑娘站在服装厂大门口的路灯下，正冲着马令书笑。走近后，马令书才认出，其中一个是乡里的分机员兼广播员安红；还有一个看着眼熟，却想不出是谁。安红说："我老远就看出是你了，喊你好几声了，你就知道虎了个身子往前骑。"那个姑娘也说："可不是，骑得跟飞一样，后面有狼追你啊？"姑娘一说话，马令书才认出她来，是宣委孙宝平家所在村的团支部书记朱兰兰。

安红说："马令书，你又喝酒了。"他想起自己在青龙乡时，每次酒后，安红就常这样对他说。其实他和安红就是普通的同事，他甚至都没喜欢过这个姑娘，但这个姑娘却一直喜欢着他。他记得在自己的房间里，安红披着一头长发和他面对面坐着，他写累了就伸过手去摸她的长发，毫无欲念。安红的长发又软又柔，跟水一样，安红那一刻也跟水一样，温柔得都有些过分了。马令书说："安红，你的头发真好。"马令书这样说，其实是为着安红遗憾了。安红人长得瓷白，却胖了点，就是那种类似婴儿肥的少女正常发育的胖。安红家境好，父亲开着一家小厂子，很有钱，在青龙乡很有势力，乡里包括政府办小黄等好几个小伙子都对安红颇有好感。

青龙乡和朱雀镇不一样，朱雀镇女孩多，青龙乡却是男孩多，那些男孩对安红喜欢得不得了，已经有几个在乡里托人去找安红父母那里"提亲"，想和安红"处对象"，更直接一点儿的，当面追求安红，没事就往分机跑，说是打电话，其实是为接近安红，要打电话哪个办公室不能打？安红说："你说他们讨厌不讨厌？"安红说："我一看他们就够了。"安红说："有的我都觉得恶心，上来就问我，我爸有多少存款之类的。"安红都有些气愤了，说："我都想抽他。"这些话，都是安红在马令书屋里时和他一个人说的。

马令书不知怎么回答她，只是笑。他一是笑那些人的"俗"，一是笑安红，这些心里话不找个女孩子说去，却来说给他，他算什么？安红见马令书不说话，自己也笑了，说："不知道他们看上了我什么，我长得也不漂亮。"马令书安慰这个姑娘，说："你挺漂亮的。"马令书这样说，安红就红了脸，在屋内找镜子，找到了，一边照，一边问："真的？我怎么看不出来？"

有一次，马令书和安红在播音室做节目，为了不受外面的干扰，录音时，安红还要把大红的窗帘拉得严严实实。那次，屋里就她和马令书两个人，马令书和安红面对面坐着，马令书拿着稿子，安红背着演练，本来，这些是用不着马令书的，安红一个人也能完成，但安红非得要求马令书在场，安红说："你不在我念不好，稿子是你写的，万一我哪里念错了或口气不对，你正好给我指出来，我当面就改了。"他们那次是为县广播电台准备一个参展的节目，的确不能马虎。可那天也不知怎么了，马令书一坐那里，安红就老出错。马令书最后都急了，说："你怎么回事儿？来回错。"安红也急，额头上汗津津的了，安红说："我也不知怎么了，可能是热吧？"安红说："你在这里等我一下，我去换件衣服去。"

后来安红换衣服回来了，竟穿了件当时特别时髦的黑色超短裙来。安红下面是黑短裙，上面是红色的短衫，整个成了一部世界名著了。安红本来长得白，用这一身一衬托，人更显得白，白得直晃人眼。这么一换衣服，马令书发现，安红还真漂亮起来了，这回坐下来，安红大大方方的，马令书反而拘束了，面对安红两条白晃晃的大腿，两只眼睛不知该看哪里好，他当时很想过去摸摸安红的大腿，问问她的大腿怎么那么白，当时真是这样想的。最后他还是忍住了，安红顺利完成了录音。他后来只是象征性地摸了一下安红的头发，好像奖赏一样。马令书说："安红，你的头发真好。"马令书的话是真心实意的。说这话时，马令书注意到，安红的脸正在一点点儿红下去，都红到脖子和胸口那里去了。

后来马令书和文化站的佟雅丽好了。说起来，马令书和文化站的佟雅丽好，也是在安红的屋里，安红叫了佟雅丽和小黄，他们四个人一起来打"双升"。佟雅丽那会儿刚到文化站，比马令书还要晚两个月。乍看上去，佟雅丽还挺拘谨，很少见她笑，更少见她说，可她示爱的方式却大胆、泼辣和前卫。那是夏天，几个人正玩牌，佟雅丽一双穿了丝袜的脚已经爬上马令书的大腿了。他开始还以为是和他同伙的安红，是安红用脚在暗示他出牌，后来发现不是，那脚竟是佟雅丽的。马令书看了一眼佟雅丽，佟雅丽哪儿都不看，双眼就盯着手里的牌在看，说得上脸不变色心不跳了。脸上什么都看不出来还不算，神色还庄重得像个圣女了。

马令书就是这样受了丝袜姑娘佟雅丽的诱惑，一点点儿不能自拔了。佟雅丽脚下的动作比妓女还要风骚。安红很快知道了这件事。有一次她也看到了，佟雅丽正在用脚挑逗马令书。马令书脸上的尴尬和受了诱惑后的无措，都快掩饰不住了。安红没想到自己会引狼入室，安红恨死这个不要脸的姑娘了。姑娘是从一所职校分配来，说是学的美术专业，可谁也没见过她画过什么，勾引起男人来却是一流的本事。安红正经劝过马令书："你看佟雅丽没有？她脸上长着颗痦子，人都说那是颗克夫痣。你别和她好，这样的女人会害男人一辈子的。"马令书只把这话听成是安红的嫉妒，他哪里还听得进去？

从那之后，他心甘情愿地一点点儿走近佟雅丽，却没想到佟雅丽给他的不是甜美的爱情，而是冷冰冰的一个陷阱。佟雅丽就跟一块冰一样，和马令书内心狂热的爱形成鲜明反差。几个月后，毫无征兆地，佟雅丽突然对马令书冷漠起来。也没什么具体原因，就是突然对马令书冷淡了，马令书满心满眼都是佟雅丽，他爱得热烈、迷狂，把佟雅丽当圣女一样崇拜着，一点邪恶的念头都没有，好像一有那种念头都会亵渎他们的爱，他们天天见面，可他还是思念她，时时刻刻思念着她，他每天都盼望着见到她，只要见到她，他就心满意足，除了佟雅丽用穿丝袜的脚征服过马令书，他们在一起纯粹得更像一对儿不通人事的小学生，他们用眼神交流，除了眼神和说话，他们所有的腿和脚都成了多余的，他们"好"了几个月，竟然连手都没拉过！

分手那天，还是佟雅丽先约的马令书，让他去她房间"坐会儿"，可马令书走进佟雅丽房间还没几分钟，佟雅丽就开始向外轰他走，理由居然是"怕别人说闲话"。后来佟雅丽就把自己关在屋里不出来了，目的是不想耽误马令书写稿。马令书见不到佟雅丽，急得像热锅上的蚂蚁，他守候在佟雅丽的门口，一点儿都不怕乡里人当笑话一样看着他。有时孙宝平过来喊他，他都当听不见一样，就在那里等着佟雅丽出来。马令书越是这样，佟雅丽越是避而不见，坚决得像穿上了贞洁裤的阿拉伯妇女一样。马令书一往情深，被兜头泼了冷水，真是痛苦极了，难受极了。他的脑袋里轰响着佟雅丽当初说给他的话。佟雅丽说："你看上去太沉重了，我要把你从文字的苦海中解脱出来！"他觉得正是这句话打动了他，让他一往无前地爱上她了。那句话言犹在耳，佟雅丽却开始冷淡他了。他不明白佟雅丽为什么对他这样。是的，自始至终，佟雅丽也没说过要和他分手的话，要是那样，反而是痛快了，佟雅丽的方式就是沉默，就是冷，就是淡，可这冷和淡，却比钝刀子杀人还让人痛苦。

　　去年农历十一月初七，天气阴冷，马令书在外面喝了酒，酒入愁肠愁更愁，他想不明白，佟雅丽为什么要冷淡他。马令书曾经是多么骄傲的一个人，他现在在佟雅丽面前居然什么都不是了，他想知道这一切是为什么，他希望佟雅丽能给他一个准确的答案。马令书去敲佟雅丽的门，佟雅丽开门，见是马令书，就把马令书堵在门口了，马令书说："你让我进去，我就问你一句话。"佟雅丽一句话不说，毫不犹豫把门关了，把马令书直接关在门外。马令书说："你让我进去，我就想问你一句话。"佟雅丽还是没有一点儿反应。这时候天上的雪花一点点儿飘下来了。整个乡机关跟死了一样沉静，马令书觉得自己的身体正一点点儿死掉。后来乡里的一个年轻司机注意到马令书了，问马令书有什么事，有事明天再说，雪花都盖了一身了，马令书说："我就是想问她一句话，问完就走。"马令书执拗得很，坚决得很，意思是佟雅丽不让他进屋说句话，他就要在这雪地里站一个晚上。

后来还是司机帮助敲开了佟雅丽的门，佟雅丽并没睡，不过是把房间里的灯关了。马令书进了屋，见到了佟雅丽。佟雅丽坐在床头一句话不说，马令书进去后也没说话，他看了她一眼就出来了。出了门，马令书的泪水就流出来了，汹涌得很，放肆得很。马令书知道，自己的第一场风花雪月的爱情就这样结束了。没有这场变故，马令书大概不会去朱雀镇，因为这个事件，马令书去朱雀镇就变得决绝而又悲壮了。其实现在想来，还是可笑了，意气用事了。为了个佟雅丽，这么冲动，不值啊。

现在看，佟雅丽甚至连安红都不如。马令书对安红说起来还是有些愧疚，这愧疚来源于他摸过安红的头发。就这一点。可马令书觉得这一点也是不该做的，因为这会引起安红的误会，以为他这样做，是喜欢她。他就是控制不住自己，那头发实在太好了，瀑布一样。他不喜欢安红，却迷恋安红的头发，就是这样不可思议，这就像一种瘾，有一种刹不住车的巨大惯性，推动着他去做很多不可思议的事。马令书觉得自己可怕的一面就在这里，荒唐的一面就在这里。

第二十六章

　　安红没想到自己会碰上马令书，真是意外了。说起来，马令书走后这么长时间，自己还是第一次见到马令书。马令书在乡里时确实伤了安红的心，安红是真心喜欢马令书的，可马令书后来居然为那个巫婆一样的佟雅丽痴迷到那种程度。安红一直想不明白佟雅丽比自己好在哪儿，佟雅丽长得瘦不说，面色还是黄的，一看就是营养不良的结果。佟雅丽的家境也不好，父母亲都是种桃的农民，家里还有个智障哥哥……可马令书还是被她诱惑了，当安红意外发现佟雅丽在用穿着丝袜的脚蹭马令书的大腿时，安红愤怒得差一点儿就喊起来。看来职高美术班出来的真没一个好东西。

　　安红那时就觉得佟雅丽和马令书长不了。佟雅丽那种人的性格在那里呢，人品在那里呢。安红看得清清楚楚。佟雅丽刚来不久就传出和文化站站长暧昧了，文化站站长老婆孩子一大窝，她还那样，人品能好得了吗？马令书一切都蒙在鼓里呢。但安红不想对马令书直说，心想自作自受吧。安红从内心里来说，对马令书还是有些恨，有些怨，有些想最后看他笑话的意思了。她只是没想到两个人的关系会这么快冷淡下来。

安红到现在还记得马令书雪夜里站在佟雅丽门口的情景，马令书一动不动站在那里时，她就在前排她屋里后窗那里看着。她开始还在心里说着："该，该！"后来看到雪花盖满了马令书全身，她的心也一点点儿融化。安红发现自己不恨马令书了，她的心头生出了一种别样的情感，那种情感很复杂，安红说不清楚是怨、是疼、是可怜，可能都有点吧，她还想伸出手去把马令书头上和肩上的雪花拍打掉。后来马令书进了佟雅丽的屋，不到一分钟，马令书就从佟雅丽的屋里出来了。隔着厚厚的窗户玻璃，隔着越来越大的风和雪，安红都看到马令书眼里落下的泪了，那么大，那么惊心动魄，安红的一腔怨哗啦一下就冲出来了，安红的眼泪也下来了，她是在心疼马令书了！

那夜之后，马令书长时间地把自己关在屋里，人越发瘦了，脸都凹了进去，眉头也终日拧着，解不开了。安红几次找机会去马令书的屋，她发现自己根本忘不了他，不但忘不了，还时刻想着他念着他了，希望他舒展开眉头，希望他开心起来。安红每次去找马令书都会新洗头发再去，她知道马令书喜欢自己的头发，她想让自己的一头长发来唤醒马令书，唤醒沉睡的马令书、孤寂的马令书、可怜的马令书。她想疼他、爱他、宠他，安红想这些的时候，心头漾满了柔情，这让她脸红心跳，不好意思，却更加勇敢了。可就在安红满怀了期待的时候，马令书却突然间调到朱雀镇去了，在她眼前消失了。

从1992年正月开始，安红迷上了饭后散步。每周一次，每次都是星期五的傍晚。安红散步前，总要换上一身新衣服，头发总要用她最喜欢的飘柔洗发水细心地洗过两遍以上。她在机关食堂吃过晚饭，就一个人慢悠悠地出来了，她站在机关大门口望着从县城过来的那条柏油马路，安红散步从不离开马路两侧，她慢慢地沿着马路从南到北，直走到通往平安庄的丁字路口那里，再转回来，从北到南走回机关。

安红散步时，长发不系，总喜欢让一头长发在风中飘着，在风中，安红的每一根头发都成了抒情的好歌手，随风飘散，随风而歌。一开始，散步的就安红自己，一个月后，安红身边多了一个散步的小伙伴，就是孙家庄的团支书朱兰兰。说起来，安红早认识朱兰兰了，和朱兰兰好起来却是最近一个月的事。有一次，安红正散步呢，被朱兰兰看见了，朱兰兰就把安红拉到一边，问起了机关里的事，说的却是佟雅丽。朱兰兰说："佟雅丽搞了我们村里的一个对象你知道不知道？"安红不想提这个人的名字，就说不知道。朱兰兰说："佟雅丽和我们村书记的儿子好上了，可好了还不到两个月，就被书记知道了，书记死活不同意，说他儿子就是找个瞎子聋子也不能要佟雅丽，还说佟雅丽是什么东西，就是害人精，是丧门星，天生是个狐狸精变的。勾搭这个那个的，现在又来勾引他儿子了。"朱兰兰说了一堆佟雅丽的坏话。朱兰兰还说起了马令书。安红发现，朱兰兰不但认识马令书，好像还挺熟悉。朱兰兰说起马令书在他们村采访时的一些琐碎的趣事，那些事正因为琐碎而带上了有趣的成分，也让安红为每周一次雷打不动的散步找到了全部注脚和意义。

安红就这样和朱兰兰熟了起来。再到周五，她会提前给朱兰兰挂个电话，让她来机关门口等自己。她喜欢听朱兰兰和她一路说说话，骂骂佟雅丽，说说马令书，都是她想听的。关键是有一个伴儿了，有一个伴儿就可以延长一下散步的时间，让心里的期盼也延长几分。安红觉得这么些日子，一次都没碰到马令书，还是因为散步时间太短，平时她一个人散步时，最多到8点半，其实8点钟的时候马路上的人和车都相当稀少了。一个人在马路上来回地走来走去，终究不好，会让多事的人看出她散步的目的来。多一个人就不一样了，多一个人哪怕散步到9点、10点，别人也说不出什么来。

安红的散步坚持了两个多月，在这个星期五的晚上，在接近10点钟的时候，她终于等到了马令书。安红在抑制住内心的激动时，眼睛却不听话地潮湿了。安红说："多长时间没见了，我们一起走走吧。"马令书就和她们一起走了一小段，过了乡政府，路灯就没有了，道路两边黑漆漆的，安红和朱兰兰很有兴致的样子，仿佛黑的夜更能助力她们聊天的兴致。到了前面小路口，安红说："马令书，我们去里边找个地方坐会儿吧，都走了一路了。"

三个人就到小路里面一处桃园的草地上坐了，桃园里的草地又柔又软。马令书累了，进了桃园就坐在草地上。安红也紧挨着马令书坐下了，她坐下后，先是看了一眼马令书，然后用手向后拄着地面，仰脸看天，天上有隐约的星星，月亮却不知道藏哪里去了，夜空朦胧深远，令人痴想遐思，安红说："真好啊。"她说完又去看星星。

心里想，多美好的夜晚，好得怎么跟一生一世似的了？马令书听安红慨叹，看了一眼安红夜色里闪着光泽的黑发，竟然有种恍若隔世之感，好像和安红认识是很多年前的事情了。朱兰兰过来后，没有挨着安红坐，却一屁股坐到马令书身边了。马令书骑了一路车，又喝了啤酒，走了一段路，现在又被安红和朱兰兰"挟持"着一样坐了中间，虽然和两个人很熟了，可还是感到有些尴尬和不自然，又不好站起来，别别扭扭的，一会儿就感到身体燥热难忍，汗都出来了，他只好把褂子敞开，就着风吹。这时候，坐在他身边的朱兰兰，却说自己"冷了"，还说自己"穿得少"，一边说还一边瑟缩着抱起了肩膀，做出了"冷"的样子。安红看了一眼朱兰兰，很不高兴，她没想到朱兰兰没坐自己身边，居然坐在马令书那边了，完全出乎意料了，这个瘦瘦的姑娘，原来这么风骚大胆，安红心里气，又不好发作，听朱兰兰说冷，安红心里一下就冷笑起来了，好像坐在马令书身边的不是朱兰兰而是佟雅丽，安红说："你们真是奇怪，一个喊冷一个喊热，马令书你个大男人一点儿也不懂怜香惜玉，兰兰那么冷，你还不赶紧把夹克给兰兰披上？"

马令书完全没听出安红话里暗含的讥讽，听安红如此说，还真把身上的夹克脱下来，递给朱兰兰，朱兰兰却跟没看到一样，不接，还在那里抱着膀子嚷冷。马令书只好把夹克披在朱兰兰肩上了。他这个举动无疑再次拉近了和朱兰兰的距离，朱兰兰瑟缩着，身子竟一下往马令书这里靠过来，马令书下意识往安红那边一躲，朱兰兰说："小马，你躲什么啊！我冷了累了，把你肩膀让我靠靠。"说完，头就势小鸟依人一般靠在马令书肩膀上了。

朱兰兰的举动，安红全看在了眼里，本来还想好好在草地上看看星星，没想到被朱兰兰的一番言语动作搅得完全没了兴致，安红心头的浪漫就此消失，代之而来的是熊熊燃烧的妒火，眼前的这一幕她做梦都不会想到，都震惊了。这叫什么事啊？朱兰兰真是太让她吃惊了，她没想到朱兰兰比佟雅丽还不要脸，当着她的面都这样了。安红越想越气，她腾地从草地上站起来，一下没站稳，顺势靠在身后的桃树上。朱兰兰没想到安红那么大反应，朱兰兰也站起来了，说："安红，你怎么了？怎么一惊一乍的？"安红说："你少管，我累了，不想坐了。你们坐吧，我回家了！"安红说这几句话时都咬牙切齿了，如一头龇牙咧嘴的母兽。

马令书在回家的路上，也懊悔了，他后悔见到了安红和朱兰兰。他不明白安红为什么发那么大的火，朋友是你带的，衣服是你让给的，难道我做错了什么？马令书感到自己很无辜。他并没做错什么，如果说是错，也错在朱兰兰。说实话，他也没想到朱兰兰会就势靠在自己肩膀上，他当时又坐在两个人的中间，没处躲，没处藏的。他不满安红的那种咬牙切齿，好像他和朱兰兰在她眼皮子底下干了什么坏事一样，安红真是有点过分了，平白无故地你嚷什么，发什么火呢？当然，马令书更不满意的还是朱兰兰，平白无故地你喊什么冷呢？安红怎么不冷？我怎么不冷？偏偏你喊了冷，分明是她丑人多作怪，故作惊人之语。马令书过去不曾认真想过这个人，通过这件事，马令书逐渐看清朱兰兰的本质了。朱兰兰原本就是这样的一个人，争强好胜，爱说，爱问，爱窥人隐私，却不爱笑。马令书一去她们村，她总要打听乡里人的好多事，这个那个问个遍。仔细一想，全是嫉妒，觉得她比谁都强，为什么别人能到乡里面去，只有她在村里当团支书？"还不是咱没有人！"朱兰兰自认是心比天高，命比纸薄。朱兰兰总是唉声叹气，慨叹自己时运不佳。马令书当时并没在意。可今天算什么呢？是朱兰兰作怪，故意开他的玩笑，还是朱兰兰真的要借机想贴近自己？但不管怎么样，是她们两个把他拦下来的，说要一起走路，一起坐坐，谁想没坐上几分钟，朱兰兰作怪，安红醋意大发，生气走人了。好像这一切都成了他的错了。想到这里，马令书就烦躁了，觉得女人真是麻烦得要命，要命地麻烦。

马令书回到家，已接近夜里11点了，是他那个长得和电影演员魏宗万十分相像的继父给他开的门。继父还是和过去那样，打着长长的哈欠，看了他一眼，把门打开，没说一句话。院子里死气沉沉的，院里的两棵大梨树，黑压压的全是密不透风的叶子，给人一种苍老沉闷的感觉。他上次回来时，梨树上的叶子还没这么多，也没这么厚，当时他的母亲就坐在梨树下做针线活儿。马令书问："我娘呢？她还好吧？"继父终于吭了一声："好什么？又病了，炕上躺着呢。"

马令书进屋，见到了炕上躺着的母亲。母亲又黑又瘦，躺在那里，只是短短的一截，像根苍老的木头，特别孤单和憔悴，马令书近前，轻声地叫了声"娘"。母亲醒了，见是马令书，喊了声："书儿，书儿，是你回来了？"说完人就哭了，泪水一下流了满脸。马令书的眼泪也控制不住地往下流。他上前去给娘擦眼泪，娘也用手给他擦眼泪。

娘说："你可回来了，我还以为娘这回看不见你了呢！"马令书说："病了，怎么不让人给镇里打个电话？"娘说："你刚去那里，怕你忙，耽误工作。我想着熬几天就行了，没想这病越来越重。"

马令书心疼得不行，也气愤得不行，当下擦了泪，把继父叫到了外屋，问人病成这样，为什么不送医院。继父不吭声。马令书又质问继父，我娘病成这样，怎么都想不起来给我打个电话。继父说："她是你的亲娘，你一走就是一个月，30里的路你不知道自己回来看看？还要人打电话给你，不用花电话费吗？"马令书心下虽然惭愧，可继父说到钱，他还是有点生气，想着母亲病成这样不去医院，还是这长脸的老头儿心疼钱了，就说："明天就带我娘去医院吧，没钱我去借，也要给她治病。"

马令书的声音越来越高，娘在里面听到了，娘就连声地喊"书儿书儿"，说："你爸不是不给我看，是我不想去看。"娘喘着："那医院哪里是看病的地方？分明是吃钱的机器，打几天吊针就要一百多。"马令书就进着眼泪说他娘："都病这样了，还心疼钱。人要是没了，钱留着有什么用？"马令书好说歹说，娘终于答应了明天去医院看病。马令书这才放下心来，到娘身边去坐了。屋里点着一盏15瓦的灯，昏暗得很，凌乱得很，马令书肯定娘已经卧床好几天了，不然家里不会乱成这个样子。娘是最爱整洁的人了，眼里容不下一点点儿的乱，娘这是实在顾不上了。

坐下来，马令书还是自责了，想着自己负气跑到30里外的朱雀镇去上班，不是也有点躲开这个家的意思吗？关键是，骑车顶多两个多小时，他居然二十几天没回家了，娘病成这样了他都不知道，自己真是太不像话了。这个世界上，娘是马令书唯一的亲人了，他却狠心这么久不回来看看他的亲娘。可他在朱雀镇又是个什么样子？荒诞、荒唐，可以说声色犬马，简直都堕落了、沉沦了。马令书分析了一下自己为什么会走到这步田地，还不是因为空虚和寂寞，自制力又差，缺乏向上和向前的动力？

也许谈一场正正经经的恋爱就好了。他想。可和谁去谈呢？这个题目就大了，还空泛。佟雅丽给他的第一次伤害太大了，他不得不对后来遇到的女孩子怀有一份戒心，多出一种类似报复一样的游戏心理。朱雀镇的女孩子倒是多，可细想一下，值得谈的却几乎为零，徐燕五一就订婚了，甄妮也是有对象的人了，而且付少聪那晚给他传递了一个强烈的信号：甄妮你别动！你只配耿芳这样的人！可他又怎么会看上耿芳？李青萍过早暴露水性杨花的底子，这对他未免不是好事。

那么，剩下来的，还有谁呢？他对自己一点儿把握没有。因为马令书发现，自己并不了解这些女孩，她们到底是什么样的人，马令书摸不着底；她们心中到底有着怎样的丘壑，马令书也完全搞不明白。马令书觉得自己就像个盲人，人在眼前，可就是摸不出她们的心在哪里。马令书躺在土炕上，辗转难眠，不光是为母亲的病，还为自己的懦弱、荒唐以及对前途渺茫的无限担忧。

第二十七章

　　如玉这个夜晚住在了朱雀镇。夜深人静，她一个人盯着墙上那幅字看了又看，还是有些得意了。字是陈斌写给自己的，有段时间了，她一直压在一个本子里，也是今天刚想起来贴在墙上。字是一个月前陈阿姨给她拿过来的。陈阿姨介绍陈斌给如玉有很长一段时间了，陈斌那里都"急"了，可如玉这里还始终没个"准确的说法"，陈阿姨到底沉不住气了。陈阿姨对陈斌说："我看如玉那丫头心高，不行就算了吧？你这样的条件什么样的姑娘找不到？"陈阿姨没想到，自己刚这样一说，陈斌竟流眼泪了。原来陈斌第一次见了如玉就看上她了。

　　说起来，陈斌也是个有些呆气的人，陈斌喜欢上如玉，套用一句成语，就是"一见钟情"了，"一见钟情"你是找不到原因的，但喜欢总是具体的，毕竟如玉不是空气，是活生生的一个人。如玉吸引陈斌的竟是她齐耳的短发，在满大街流行"长发飘飘"时，如玉的另类在陈斌眼里反成了时尚，这只是外在的，最让陈斌心动的还是如玉的那双眼睛，冷冷的、傲傲的，简直就是两把寒光闪闪的利剑，一下就让人心虚了、胆寒了。可事情怪就怪在这儿了，有了怕了，反而更想去了解、去接近。

陈斌并不是个急功近利的人，既然如玉没明确拒绝自己，那就慢慢来，法律需要人严谨，恋爱更需要人耐心。陈斌开始通过陈阿姨不断"带话"给如玉，比如逛逛街，看个电影什么的，他还壮了胆子给如玉打电话，他想年轻的女孩子哪个不喜欢浪漫一点儿，看个电影，逛逛街和公园，如玉也不例外的。但到后来，陈斌却发现自己错了，如玉还真不喜欢这些，他从如玉不耐烦的口气里听出来了。什么逛街、逛公园、看电影，如玉都不喜欢，因为"浪费时间"。那什么不浪费时间呢？陈斌就琢磨了，肯定是读书学习了，如玉是事业型的年轻人嘛。

陈斌让陈阿姨看看如玉都喜欢看"什么样的书"。陈阿姨装作晚上去串门，就去如玉家了，陈阿姨发现如玉并不怎么看书，家里也没有几本像样的书，如玉就是爱琢磨事爱写，每天晚上别人看电视，她就趴在自己屋的写字台前不断写啊写。陈斌得到"消息"，就想，我怎么就忘了？如玉是报道员出身，写才是她的本业，如玉除了能说爱想，还是个才女，肯定是喜欢写写画画这类东西。可这东西在陈斌想来却难了。他上学时，只有数学好，语文成绩却很一般，写写画画的就更不感兴趣了。怎么办？只有重新学了。为了让如玉喜欢，最终抱得美人归，就是下一番苦功也值得的。可学什么呢？写文章这样的事，不是一朝一夕就能学会的，关键是里面山高水长说不准的，很难说什么就叫"文章"什么就是"写好了"。本来他会写法律文书的，可他知道，这些写其实并不算写。

看来，只有一条道可走，那就是写"书法"了。陈斌觉得这个自己还是有希望的，他钢笔字还是写得很好的，多练练，不就"硬笔书法"了吗？书法好，不也算个"书法家"了吗？陈斌很为自己的想法所鼓舞，并很快报了县里面的一个硬笔书法培训班，还买了好几大本子的"庞中华"看。每天不是看就是练，上班的时间只要不忙，他拿出字帖就练一练，领导不但不批评，还夸陈斌"爱学习"。陈斌练书法的劲头就更足了。

有一次，陈斌去上书法课，有个学员的"毛体字"，被老师表扬了，说"写得好"。但毛体字那么龙飞凤舞，岂能一时半会儿就学会？他就向那人讨教，那人说，他是把毛体字复印扩大，放在玻璃板下面，上面铺薄一点儿的宣纸"描"出来的。陈斌觉得这个方法简便易学，也有章可循、有法可依，他便如法炮制，先描后写，果然进步神速。虽说领袖的字龙蛇飞舞，可再怎么飞舞，也还是字，"描"多了，时间长了，自己的"书法"也就出来了。这种字说白了就是模仿，模仿伟人也是模仿，不用你去创作，去创作反而出问题了，不像了。

陈斌就下定决心学"毛体"，他人很聪明，悟性很高，又刻苦，也就是一个月的时间，就"练出来了"。陈斌私下里写了很多，每张上面都特意写上一句"请石如玉同志正之"。"石如玉同志"，也是他想了好久才落这样一个款儿的，叫什么好呢？叫石如玉？太显生分了，直接叫"如玉"，也觉得不好，有些唐突，叫"小姐"、叫"女士"

就更不像样子了，教书法的老师喜欢用"兄"，男男女女，不论年龄大小一律是"兄"，陈斌也觉得不好，怎么能叫如玉是"兄"呢？想想味道都不对。想了一圈，还是觉得"同志"好，学的是毛体，说话当然也要带上毛的特色，毛的特色有两个，一个是革命，一个是同志。"石如玉同志"，显得既亲切又得体，还有了政治的高度了，就是它了。

写完了，可就是找不到机会送给如玉，恰好陈阿姨过来，他正想把自己辛辛苦苦学书法的事讲给她，陈阿姨却让他"算了"，陈斌为练毛体下了这么多功夫，怎么能"算了"呢！一定是如玉有了心上人了，所以阿姨才这样说。这样思来想去，人一下就伤感了，泪水就流了出来。陈斌说："我知道我配不上她。"陈斌说，"我给她写了些字，您送给她一张吧。"说着就把自己写得最满意的一幅字交给了陈阿姨。陈阿姨都被陈斌感动了，心想，如玉还真是不知好歹，我自己要是有合适的姑娘，早让姑娘嫁给他了，这是多好的小伙子啊！可在如玉面前，陈阿姨还是谨慎了。如玉不像她妈那样好脾气，好接触，说到底，如玉还是像他那个当惯了领导的老子，面上总是要挂出副严肃的样子来。最主要的是陈阿姨摸不准如玉的脾气，这就难办了。你不能逼着人家去表态吧？所以陈阿姨对陈斌说："我去试试，如果如玉留下这字了，兴许还有希望；如果如玉把字退了，那咱就彻底放下这桩心事吧……"

没想到如玉竟真的把字留下来了。如玉说："他既然是特意写给我的，我当然要留下。您替我谢谢他。"如玉的口气相当客气，陈阿姨听不出什么更深的意思来，也不好问，只是觉得如玉的话语平淡，只好把字放下，怏怏走了。心想，好歹对陈斌有个交代了，剩下来的就看两个人的缘分了。一句话，以后的事她不管了。

如玉等陈阿姨走后，才又把字展开了，细看了看，如玉心里还是蛮喜欢的，没想到陈斌还有这样一手好字！字好是一方面，关键还是词好，"小小寰球，有几个苍蝇碰壁！"这是多大的气魄，多宽阔的格局，是怎样的举重若轻，不愧是一代伟人。陈斌能练伟人的字，写伟人的词，已经很不错了。无论如何，如玉还是要留下来的，就是最后做不成恋人，留着也是一份纪念。

要说起来，如玉还是第一次收到人送给自己礼物，王小军那封信不算的，王小军的字很难看，蜘蛛爬的一样，一看就没文化！何况，王小军当时正和自己最要好的朋友彭佳佳谈着，那算什么事嘛！如玉看不起王小军，觉得王小军就是一纨绔子弟，但从另一方面来说，如玉又觉得王小军可以"利用"的地方很多，比方说，王小军虽然被自己拒绝过，心理上有些过不去，对自己有嫉恨，还和马令书一起过来故意"气"自己，可如玉看出来了，王小军那样做，是有他的目的。王小军的目的就是把马令书带进他们三个人的关系里面去。

如玉分析，王小军是有这样一种心理：我王小军不是伤人了吗？不怕，反正什么也不是我的了，什么也跟我没关系了，但不见得日后就和马令书没关系，那好，我就带着马令书一起去"逗逗"你们，"气气"你们，反正，马令书和我在一起，他不说话，人家也知道我们是一伙的。王小军就是这样想的，也是这样做的。所以如玉觉得王小军这个人其实还是个挺有"想法"的人，关键是王小军这个人对自己还是不错的，起码，如玉说的一些话，他还肯听，如玉的一些"指示"，他会完成。这样的人对自己终究是有用的。如玉觉得王小军就是自己手中的一把暗器，只要假以时日认真地打磨，总有一天会闪闪发光，为她所用，必要时刻甩出去也是一把能杀能砍的致命武器。

如玉之所以有这想法，是因为她发现身边的环境正慢慢变得"凶险"起来。如玉还发现，自己在朱雀镇其实是孤独的。过去，如玉和小高两个人一个宿舍，自从如玉替了小高的团委书记，小高就不和如玉说话了，现在小高几乎长在楼上的办公室里，不值班基本不下来了，而如玉呢，为了避嫌，也很少上楼，把宿舍当成了办公室，办公室就她一人，忙的时候没有感觉，一不忙了，孤独感立刻就出来了，这孤独感具体形容一下，是什么呢？就是"高处不胜寒"。

如玉算是知道"高处不胜寒"了，如玉风风火火忙了一段，发现，很多时候都是自己一个人在忙，按说团委可不应该是这样的，全镇光下面的团支书或团总支就有好几十人，团员的数字那就更不用说了，可事实的情况是，朱雀镇的共青团工作好像只有她一个人在做事。除了自己，如玉想想，居然再没有别人了。共青团没钱没经费是真的，如玉也没指望，可吴副书记批给了马令书招待费一下就是2000元，还是让她心里嫉妒了，很不平。凭什么我干了三年，来个人吃饭每次都要请示？马令书刚来几个月，居然就有了招待费了，还一给就是2000元？上次青山和绿水来，如玉就发现了，连他们都嫉妒，在他们乡，他们想都不敢想的，凭什么？还不是凭马令书的后台硬！有郭育才吗！有后台老板吗！

如玉就想，真是一朝天子一朝臣了，父亲石德勇一走，我如玉在朱雀镇就要仰人鼻息了，就要低三下四了。我如玉算什么？名字说着好听，团委书记，可团委书记的一句话，居然连个屁都不是，谁听她的？从上回组织机关青年学跳舞就看出来了，一个个都故意和她作对，和她拿着劲。没人听她的，她都求爷爷告奶奶了，最后还不是只有彭佳佳和孟菲菲两个人跟自己去？一个堂堂的团委书记，居然只有两个人听自己的话，说出来真够丢人现眼了。

　　彭佳佳和自己好，是因为过去的老交情，过去，如玉是报道员，彭佳佳是广播员，交情还是老的好，何况彭佳佳又是那样的性格。人是不会轻易变的。孟菲菲呢，说白了，靠的还是彭佳佳。孟菲菲和彭佳佳好，孟菲菲年龄比她们都要小上几岁的，她虚岁刚十八，又是刚到机关，彭佳佳对孟菲菲十分照顾，孟菲菲呢，也会说话，总是一口一个"彭姐姐"地叫着，孟菲菲叫的是彭佳佳"姐姐"，可从来没叫过她如玉姐姐。她叫如玉从来都随着彭佳佳叫，叫她"小石"或"如玉"。这样想来，整个100多人的大机关，和自己真正"好"的，竟然只有彭佳佳一个人！

　　更令人沮丧的是，彭佳佳对自己的"好"也是有所保留的，本来她和彭佳佳关系是很铁的，可是后来出现了王小军写信那件事，如玉虽然当着王小军的面把信给烧了，说"天知地知你知我知"，其实不是，是如玉撒谎了，这件事彭佳佳也知道——如玉为了表示她的友情，她不但把王小军写信给自己的事说给了彭佳佳，还把那封信给彭佳佳看了——是彭佳佳看过以后她才烧的。但事情的微妙也在这里，自从她把那封信给彭佳佳看过后，彭佳佳和自己就不那么"铁"了，有什么体己话也不对自己说了。

如玉知道，再好的朋友，"恋爱"这方面也是小心眼儿的。如玉看出彭佳佳开始"提防"自己了，还不好说什么。按说如玉对彭佳佳说得上肝胆相照了，那么私密的信件都给你看了，你要是再信不过我，那我真的无话可说了。好在最后彭佳佳和王小军因为彭佳佳父母强烈反对吹了。他们虽然吹了，可彭佳佳和她之间的"裂隙"还是存在了，友情这个东西就这样，看着牢不可破，说不定什么时候已经七裂八裂的了。人没有永远的朋友，如玉只有珍惜当下。当下，彭佳佳和自己的关系还是说得过去的。最起码，如玉干点什么，彭佳佳还是支持她的，这样已经很不错了，很难得了，不能过高地要求别人。

如玉对彭佳佳说到底还是份感激的心态。这很奇怪了，可事情就是这样的，如玉发现，人这个东西真是太怪了，尤其是人心，真是太复杂了。复杂到什么地步？就是人心里面到底有多少沟沟坎坎、曲曲弯弯，是谁也弄不明白的，就连"人自己"都弄不明白。比如说情感这个东西吧，就很奇怪。如玉无疑对马令书怀有一份复杂的情感，这份复杂就是说"好"也不是，说"坏"也不是，说"爱"也不是，说"恨"也不是，可又不是全然地无爱无恨、无欲无求，如果那样反而不复杂了。

如玉发现，自己对马令书情感的变化，也是有个过程的，就是从一开始的好奇，到暗中的一份喜欢，到最后的一份嫉妒。这个要是从头说来就简单了，马令书到朱雀镇几乎从天而降，明显是抢她

"饭碗"了，虽然后来证明这是个误会，是她差一点儿没经受住组织对她的考验，可嫉妒的种子却就此发芽了。如玉嫉妒马令书的报道比自己写得快，文章比自己写得好，比自己有才，关键是比自己有人缘。马令书的人缘说来也古怪，居然是女孩子那里最有人缘，是很有女人缘。谁谁都说他的好，谁谁都愿意和他接触，一个个说吧，田晓荷、徐燕、李青萍、甄妮、耿芳，还有王彦。前几个表现抢眼，都看在眼里的，王彦表面上虽然对马令书很"冷"，可如玉发现王彦这冷原来也是假的，她的冷说来也是因为嫉妒。这嫉妒说明什么？还不是因为"喜欢"吗？你怎么不去嫉妒张然和满东？怎么不去嫉妒王小军？还不是对马令书有份好感吗！

如玉有时就奇怪了，马令书究竟有什么特殊的地方吗！小唐说马令书"实在"，如玉反而觉得他有时又油嘴滑舌、痞里痞气的。财政所的几个大姐早就说过了，这几个大姐早就为她们的张然不平了，几乎是公开说了。"机关那几个丫头真不知想什么，偏偏喜欢马令书！"她们说，"马令书有什么好的？哪有我们张然实在？女孩子找对象还是要找张然这样的好。"爱憎够分明的了。她们就是看不上马令书。"真不知道她们搭错哪根筋了。"她们说。可问题的症结就在这里，女孩子们就是喜欢"不实在"的马令书，而对"实在"的张然却连心思都不带动一下的。

如玉发现，也不是女孩子，就是女人也有例外的，比如田晓荷。说到底马令书还是有他独特的地方，独特的地方究竟在哪里，就不好说了。要说就得说到"形而上"去，比如思维、才情、气质，还有智商、情商什么的，这个说起来更复杂了。财政所的几个大妇女当然不懂，她们都是现实主义者、实用主义者，不讲这些"没用"的，她们喜欢的就是"实在"。但如玉不能把自己等同于财政所的"大妇女"啊，所以她才会对马令书有了一种别样的心思。她开始更多地留意马令书、找马令书了。说起来，她这样做，也有点让那些喜欢马令书的女孩子"看看"的意思，看看马令书到底听谁的。马令书当然要听她如玉的。如玉找马令书可不是一起"轧马路"，也不是一起去"看电影"，如玉才不会呢。如玉干的都是正事，是正正经经共青团的大事。是大事就需要"报道"。你是报道员不给报道行吗？"于书记说了""吴书记也说了""小金让我找你"，如玉的理由每次都很充分，你拒绝了我，就等于拒绝领导，拒绝组织。

第二天，如玉找到马令书，说镇里要组织一次交谊舞学习大会，让马令书到时准备摄像。马令书说："全县共青团都组织学交谊舞，大的局委办已经有播出过的了，咱这里已经晚了，报上去也播不了，我看就别拍了。"马令书说的实话，可在如玉听来味道就变了。因为她来这里时，看到徐燕从马令书这里刚出去，如玉知道徐燕正在准备5月鲜花歌咏比赛，这是每年劳动节时必备的节目，她还以为是马令书提前答应给了徐燕。如玉说："我就知道你肯定答应徐燕了。你现在行啊，人缘多好，都有人抢上了。"马令书说，徐燕来他这里根本没找他摄像，徐燕过来是想找他给串个解说词。

马令书看如玉不大高兴，又解释说："即使真是摄像，那也各是各的，谁也妨碍不了谁，徐燕是徐燕，你是你，又不可能同一天举办，即使赶在一天了也没关系，不就是摄像吗？你要是非想'摄'，我就先'摄'你，把你'摄'完了，我再去'摄'她好了。"如玉红了脸，说："什么'摄摄'的，你就不会说全了？听着怎么那么难听，你爱给谁拍给谁拍吧，反正我和吴书记说过了。"如玉说完，转身就走。

如玉一走，马令书也尴尬了，他回味自己说的话，也觉出问题来了，就是说到最后太节省了，把摄像说成了"摄"，确实不好听了。马令书有时说话就这毛病，随口而出，不过脑子，被如玉这样一说，才发现不对劲儿了，细一琢磨，不但不好听，还淫亵了，好像还含了一种故意挑逗在里面。怪不得如玉会生气。

第二十八章

　　事实上，如玉的交谊舞大会还是赶在了5月鲜花歌咏比赛的前面。如玉的交谊舞大会提前了，而徐燕的5月鲜花歌咏比赛却被推迟了，具体什么时间搞，没定。推迟的决定是副书记老吴做出的。老吴说："5月鲜花歌咏比赛年年搞，年年都是一个老样子，不如搞个交谊舞大会，交谊舞大会可是今年县里的政治任务。5月鲜花歌咏比赛可以往后放放，'5月鲜花'嘛，愿意搞就随便搞一个，别出5月，搞出来就是了。"老吴就这样给定调了。

　　徐燕很不高兴，她的串词都找马令书写好了，人也组织得差不多了，往年说搞就搞的事，今年却被老吴一句话，说变就变了。按说徐燕是"政府"这边的人，不归老吴直接管，可在乡镇这一级政府，徐燕的5月鲜花歌咏比赛，却必须得经过"党委"同意。党委的同意，也就是老吴的同意，党委书记于进水是不管这些鸡毛蒜皮的。什么事情都得老吴点头才行。老吴点头了，你才能搞；老吴不点头，你兴头再高，准备工作做得再细致都没用。在这里，"党委"领导"政府"的一面就看出来了。"党委"决策，"政府"办事嘛，镇里的工作就是这个样子。徐燕想不通也不行。

其实说起来，老吴是有些私心了。老吴的私心在于他自己特别喜欢跳交谊舞，喜欢得不得了，喜欢都变成迷恋了。当然，这里也有他爱人的缘故，他爱人也迷上了交谊舞。老吴和他爱人是一对交谊舞迷。老吴承认了，老吴的爱人也承认了的。老吴的爱人别看胖，别看长得一般，对跳交谊舞却有十足的兴致。其实长得胖和一般也都是别人的感觉，老吴的爱人自己一点儿没感觉出来，不但"感觉"不出来，她还对自己的长相非常自信。她是一个县属企业的业务员，虽然就是普通的一个业务员，但她这个业务员不用出差不用出去跑业务，也就是打个电话接个电话什么的，但她还是觉得自己很不一般。

她能这样自信，说来还是因为老吴。夫贵妻荣嘛，中国的老传统了。她特别为自己自豪，为老吴自豪，什么时候都是"我们老吴怎么怎么的"。她知道老吴喜欢跳交谊舞，厂里办交谊舞培训她是第一个报的名，目的就是"陪我们家老吴跳交谊舞"。她跳得也确实不错，她和老吴在家里跳，也在她们厂外的露天舞池子跳，还到公园里去跳。一句话，哪里有舞场，哪里就有她和她们家"老吴"。她和老吴都成了县里跳交谊舞的明星了。谁见了谁羡慕、谁夸，其实是夸老吴这个人了。

老吴这个人真是不错的，朱雀镇党委副书记，副处级了，在丰邑这个小县城，按说也是个不大不小的领导了，关键是人还长得那么漂亮！有人说他像汪精卫，老吴的爱人觉得她们家老吴比汪精卫顺眼多了。老吴呢，对自己老婆也是真好，老婆带他到哪里跳他就去哪里跳，不但跳，还到处洋溢着他矜持的笑容，这就很不简单了。真是一对模范夫妻。老吴还真是个模范丈夫，简直就是楷模了。

不过，朱雀镇的交谊舞大会，老吴可没法把爱人带过来。那成什么了？又不是家庭交谊舞，不像话了。这次的交谊舞可不是一般的交谊舞，如玉几乎把全镇所有的俊男靓女都给找来了。其实主要是靓女，男的很少，零星的几个吧，但这样更好。怎么说跳舞也是女孩子跳得好一点儿。女孩子可以和男孩子一起跳，也可以和女孩子一起跳，怎么跳怎么好看。男的就不行了，男的只能和女孩子跳，男的和男的一起跳就要出丑了，简直能笑掉人的大牙。所以老吴是非常满意如玉的工作的。如玉呢，也很得意。她不过是动用了两个下面的团支书，一个是红缨毛织厂的燕子，一个是学区的小毛，结果一下子被她们组织来了三四十个人，还统一了服装，男的一水的西服领带，女的一水的衬衣长裙，真是太漂亮了，太壮观了。如玉扬眉吐气，她终于吐出一口恶气来了。

那天早晨，她和吴书记、小金，还有马令书，一起站在楼道口，看那些时髦靓丽衣着光鲜的男女成群结队从机关大门涌入，激动得都脸红了，如玉做出了一副昂首挺胸目不斜视的样子，其实身后左右的一举一动她全都看在眼里。她看到机关那些过去不配合她的人的目光了，躲闪的、嫉妒的目光，和她们贼一样闪避的影子。如玉笑了，由衷地、发自内心地笑了。老吴也笑了，说："人不少嘛，看着不错嘛！"

小金说："看着还行……可她们都会跳？"如玉也听出小金的嫉妒了。女人嘛，女人其实更喜欢看好看的漂亮的女人，但女人也最爱嫉妒。如玉说："放心吧，她们都是我跟着一起精挑细选出来的。"

这些好看的漂亮的女孩子也引起了机关很多人的注意。政府办老乔也出来了，王小军也懒洋洋地从审计科走了过来，一看就是没睡好的样子，王小军走到马令书身边，冲马令书眨了一下眼，那是一种男人间的心照不宣，是男人间的心有灵犀，有他们研究和品评的了。如玉一下看出来了，她可是眼观六路耳听八方的。如玉转头问他们："你们看怎么样？"王小军啨了一声，说："我还以为是选美比赛呢。"马令书倒没表现出兴奋的样子来，马令书的样子反倒有些忧愁了。如玉故意问马令书："马令书，你说呢？"马令书问："说什么？"如玉说："这些来跳舞的人啊。"马令书说："看装备还行，起码是狼以上的品种。"如玉呵呵笑了两声，说："狼？你说我找来的人是狼？那你呢？你是什么？"马令书说："我是牧狼人啊。"如玉说："得了吧你。"

老吴这时说话了，老吴说："如玉啊，怎么没有机关的人？我看，机关的年轻人也应该参与进去，不是年轻人，是想参与的能参与的都参与进去，交谊舞大会嘛，又不是交谊舞大赛，机关跳舞一两个人有什么意思？要发展全民健身嘛。小金也要学着跳。"小金一听老吴这样说，立刻不好意思了，说："我不行，我看看还行，我没有乐感，跟不上人家步子。我们家小郝在家里教我跳，每次都是我踩他的脚。"老吴说："多踩几下你就会了，谁刚学跳舞不踩别人脚？再说又不是别人的，是'你们家小郝'，随便踩。哈哈。"老吴这个人也是很幽默的，大家就笑了，老吴接着说，"如玉也要跳，不能光组织别人跳。你跳的我看过了，还不够灵活，还是要多练。王小军也要跳，不能有了女朋友了就知道和女朋友轧马路，马路上轧来轧去有什么意思？不如跳舞，跳舞才有意思嘛！你牵着她的手，她搂着你的腰，转过来再转过去，虽然也是转，不比转马路好？"

老吴又对马令书说："小马也要跳，据如玉说，你对这项运动不大感兴趣，那不好嘛。文章会写，舞也要会跳。这也是两手抓，不但要两手抓，还要两手都要硬。"马令书说："我一跳舞，不光两手硬，两条腿都是硬的，没人和我跳。"老吴说："怎么没人？机关那么多女孩子，随便挑个人做舞伴。"如玉说："马令书只会和她们一起看电影轧马路，他才没心思和她们跳舞呢。"老吴说："那是小马没找到合适的舞伴，找到合适的舞伴了，跳舞的技艺长进得会非常快。你们说说，小马和谁跳舞比较合适啊？"老吴说这话可不像开玩笑，人都有些严肃了，好像谁和马令书跳舞是项严肃的政治任务，不得不认真考虑、谨慎回答了。其间老吴看了如玉一眼，如玉立刻脸红了，真是无因无果的，自己脸红什么？如玉都生自己的气了。如玉赶紧说："就让马令书和徐燕跳吧，徐燕是学这个专业的，正好可以教教他。"老吴说："徐燕怎么行？徐燕不行，她今天还要和我跳。这个场面，我是要带头跳的。我的舞要是跳不好，人家笑话的可就不是我，是咱朱雀镇了。所以徐燕你们谁都别想了，我承包了，哈哈。小马那里嘛，我看你们要再给小马找个舞伴儿。"大家又笑了，找不出谁和马令书跳舞合适。

大家都不说话了。老吴还在那里鼓励大家，想想嘛，想想嘛，好好想想。还是想不出。老吴说："我想了一个，你们看合适不合适？就是镇里新来的刘镇长，你们看怎么样啊？"老吴这话逗了，敢情老吴是憋半天要说的是这样一个笑话，大家想到刘镇长篮球运动员的高大身材，立刻爆笑了。真想不到吴书记会说出这样一句话来。小金当即笑弯了腰，一边笑一边"哎哟"，王小军几乎跳了起来，要不是吴书记跟前，他真想表演个后空翻给人看看。太有意思了，太有想象力了，我怎么就想不出来呢？如玉也笑了。如玉说："刘镇长我也找了，刘镇长也说不爱跳舞。也该让马令书和刘镇长学学跳舞了。"马令书没笑。虽然是个笑话，可在马令书听来却一点儿都不觉得可笑，更像是被人欺辱了，明显的嘛，机关里没有哪个男人适合当刘镇长的舞伴儿，她太高了，太壮了，简直就像枣林庄村广源寺旧址上那座多宝塔，那么高，须仰望才能看到顶。这老吴不说王小军，不说张然和满东，却独独拿出马令书来，这哪里是搭档跳舞？是要故意当滑稽戏来看嘛，他和刘镇长在一起，就像报道员里说相声的青山和绿水，比青山和绿水还搞笑。这不是故意开他的玩笑吗？老吴的话在马令书听来可不幽默，不但不幽默还用心险恶了。还是自己一直尊重的领导呢！本来马令书对自己的身高并不是多在意，他个头是比别人矮了点，但王小军、张然和满东，这些男孩子，也没比他高出多少去，为什么老吴拿出他来取笑，而不是别人？分明是别有用心嘛。马令书平时没在意过自己的身高，经老吴这样一取笑，马令书才感觉身高也是个问题了！

马令书发育晚，结束发育却早，他在十五六岁时，个子就不再长了，和同龄的男孩子一比，发现自己比他们都要矮一些。矮个几厘米本来不算什么，关键是那几厘米是摆在明面上的，就像秃子头上生疮，就像眼瞎腿瘸，你和别人站在一起一亮相就摆在那里了，就会被别人注意到了，这个就要紧。关键是容易让人自卑。自卑是可耻的，马令书可不想自卑，他想自信。其实是自卑的人太需要自信的支撑了。马令书后来不为身高自卑，因为他找到了一些让自己自信起来的法宝，那就是和别人比，和比自己矮的人比。马令书找来对比的对象有意思了。他找的都是谁呢？是拿破仑、鲁迅、邓小平。马令书和他们一比，自信一下子蹿出来了。他看过他们的资料，毫无疑问，他比鲁迅高，比拿破仑要高！至于那个刚刚视察南方谈话归来的著名政治人物邓小平，就是一个"打不倒的东方小个子"。马令书暂时还没有这个伟人的详细资料，说不定和他比，自己也要高出一点儿。也许只是一点儿，但这一点就很关键了，这一点儿就打击了所有想看自己笑话的人，也建立起自信了。看自己的笑话不就等于看伟人的笑话了吗？谁敢看伟人的笑话？就说视察南方归来的那个"东方小个子"吧，他随便一走，就在整个中国刮起了一股暖洋洋的春风，他的"摸着石头过河"，他的"黑猫白猫理论"，他的关于改革开放的重要讲话，哪一个不是深入人心？这才是伟人嘛，这是多大的气魄！多大的手笔！这样人的胸中又是怎样的丘壑！他几乎成了全国人民心目中最高大的伟人了。这样的人矮一点儿高一点儿又有什么关系？

在马令书差不多已经忘记了自己身高问题的时候，老吴突然在交谊舞大会上，把自己和刘镇长放一起来取笑，马令书立刻就敏感了。马令书知道，这不是简单的高和矮的问题，这明显是个政治阴谋，为什么这么说呢？因为马令书听人说，本来副书记老吴在镇长郭育才到来之前是差点做镇长的，而郭育才一来，基本上把老吴的梦想给破灭了，因为郭育才比老吴还要年轻个两三岁，这就是个问题了。而马令书是郭育才挖过来的人，我治不了你郭育才还治不了你带过来的马令书？这样一想，马令书就知道他为什么不找王小军、张然他们做例子，而拿自己"开心"的理由了。老吴这一招叫"隔墙打老牛"，他是隔着马令书在打郭育才啊。

马令书就觉得自己对不起郭育才。事情再简单不过了，自己哪怕再高一点儿，比如和你老吴一般高，你也不至于拿这种事来开玩笑。这样一想，马令书还是自卑了，人一自卑，心里生出来的往往不是软弱，而是变了形的坚硬，心的四周立刻壁垒森严、铜墙铁壁了。别人谁也别想进去，连自己都休想进去。这样一来，外面的就都成了敌人了，自卑发展成了自傲，任何和自己有关的言谈笑语都不再是简单的，而打上了阴谋的烙印，一句话，身边到处都是敌人！简直防不胜防了。马令书为副书记老吴的一句话感到如此这般的羞辱，除了自己过分的自尊，最关键的，是还有一种难言的尴尬和羞愧在里面——他想到了自己在田晓荷屋里碰到刘镇长进门时的场景了。马令书有了一种被当众剥光了衣服示众的感觉，相当难堪了。

马令书什么都说不出来。什么都说不出来，不见得心里就没有什么。不是的，马令书的狭隘一面表现得非常隐蔽，一句话，他要把报复通过另一种形式表现出来。可他一个小小的报道员能报复党委副书记什么？想想就可笑、幼稚嘛。可马令书的报复就是这样可笑幼稚地表现出来了，他不想让这个报复让别人看出来。说是报复，也不过是自我的一种心理安慰和暗示罢了。

交谊舞大会是在机关礼堂开始的。老吴无疑是今天舞场上的绝对明星，他先是简单致辞，随后宣布交谊舞大会开始。接着就被众多靓女环绕，轮番被人邀去跳舞。谁见了都要夸一下老吴精准的舞步、气度非凡的舞技！老吴也是红光满面，毕竟和自己跳舞的人不再是那个甩不掉的胖婆娘了。这些人多好，腰里就是那么一把，那么纤细，那么柔软，和自己的黄脸婆是没法同日而语的。关键是她们的舞跳得太好了，老吴感到非常享受。

老吴已经出汗了。他坐下来歇了会儿，心里很滋润，又有些遗憾，因为来这里跳舞的人差不多全是外单位的，陪他跳舞的不是毛织厂工人就是学区老师。她们固然好，可毕竟跳舞是镇党委倡导的一件具有政治色彩的活动，机关里的人不跳怎么行？不像话嘛！小金是指望不上的，如玉也忙里忙外的，老吴就想到徐燕了，对如玉说："你把徐燕给我叫来，让这些外边的人也看看咱机关人的交谊舞。"如玉不情愿去找徐燕，就说："要不我和您跳吧？我简单的也会些。"老吴看了一眼额头都出了汗的如玉说："还是叫徐燕吧，她是搞群众文化的嘛，这么大的事她不参加怎么行？"其实徐燕不用叫，老吴只

友谊舞大会是在机关礼堂开始的。老吴无疑是的今天舞场上的绝对明星，他先是简单致辞，随后宣布友谊舞大会开始。

是没注意到，老吴跳舞时，徐燕一直都是站在礼堂门口那里的，只不过是一直抱着肩膀歪着脑袋在那里看。

老吴和徐燕一跳舞，四周立刻响起了一片掌声。她们过去一直在寻找标准，现在才知道标准就在眼前。老吴和徐燕跳得太好了，简直就是立体的教材。他们一跳，原来跳着的就都不跳了，站在那里看他们跳。她们的脸蛋红扑扑的，一边看还一边耳语，嘁嘁喳喳的。学区的团支书小毛是今年刚调过来的，她不认识徐燕，就悄悄到如玉身边，问："这个女的是谁？跳得这么好。"如玉说："徐燕。"如玉说："她就是干这个的，蹦蹦跳跳的。"小毛没听明白，想再问，可一看如玉脸色不对，就忍住了。小毛想，如玉平时面带微笑，谁知冷下脸的样子会是这么冷峻和严肃！

如玉也不管小毛，如玉去了主席台。主席台上，只有马令书一个人，如玉其实一直在暗中观察马令书，早晨吴书记开了马令书一个玩笑，马令书很尴尬，如玉却有点说不上来地高兴，好像打击一下马令书也是替自己出了口气一样。如玉当时还想，这回好了，你不情愿给我们摄像能怎么样？你再不舒服也得为我们服务。其实如玉错了。马令书只是尴尬了一会儿，一上主席台，如玉就发现，马令书非但一点儿不舒服不情愿的样子没有，而且有点兴致勃勃的，非常投入，一个人扛着摄像机，前后跑、左右跑，上拍拍、下拍拍，简直都不是摄像，而是抱着摄像机在跳舞了。马令书看上去那么喜欢玩，表现出来的却是一种专业的执着，一个人在主席台上来来回回地找角度，在摄像机上调距离，那个兴头劲，还哪里是摄像？分明是摄影师在拍电影了。

马令书并没发现如玉上来，还在那里专心致志地拍呢，脸上时不时带出种乐不可支的样子来，是一种隐秘的快乐。如玉说："你拍什么呢，这么高兴？"马令书吓了一跳，不自觉地就把摄像机的取景框合上了，说："我能拍什么，还不是拍你们交谊舞大会？为你们这些上等品种的人在服务呗。我这也是与狼共舞呢。"如玉说，"给我看看你都拍了什么？你也教教我，等教会了我，下次再拍就不用麻烦你了。"马令书紧张起来，直把摄像机往身后藏，说："别看了。你学这个干什么？当你的团书记多好。"如玉奇怪起来，说："你紧张什么？"马令书说："谁紧张了？"马令书这样一说更不自然了，如玉就过去一把把摄像机抢了过来，说："你越是这样我越是想看看，这样躲躲藏藏、鬼鬼祟祟，不信你能拍出什么花样来。"马令书一副听天由命的样子，说："你看吧，这次我拍的是特写。"

如玉使不好摄像机，让马令书给她放，马令书就过来给她倒带子，打开取景框，开始放，如玉瞪大眼睛看了半天，说："你拍的人呢？"马令书说："不都是人吗？"如玉又认真地往后看了看，画面里来来回回的全是人的大腿和脚，那些脚有穿高跟鞋的，有穿皮鞋的，就是没看到人脸在什么地方，如玉看着看着也笑了，说："你拍的都是些什么呀？乱七八糟的，竟是女人的大腿。"马令书："不光是女人的大腿，还有男人的大腿。"说完把摄像机拿过来，说："你没发现吧？好的都在后面呢，精彩的都在后面呢。我这就给你拍点更精彩的来。"

第二十九章

到了5月，朱雀镇一下忙起来了。那些平时很少在机关露面的人也突然现身了。明摆着，朱雀镇要有大事情要发生了。机关干部里面可没有傻子，镇里的每个风吹草动，都会让他们提前感受到某类事情发生前所要显示的征兆。这是要有大动静了，这是党委正在酝酿大的动静了，朱雀镇这潭波澜不惊的水要"动"起来了。

首先是在党校学习的郭育才回来了，回来后就和党委书记于进水两个人"频繁"开会，接着是开会的范围渐次扩大，副书记老吴、总经理付少聪也参加了。到后来就是每天下午开始的党委扩大会也"不对劲"了。一是会开得勤，三天两头的；一是会开的时间越来越长，好几次开着开着就到午夜了。

食堂管理员如临大敌，要求所有食堂工作人员加班，对每个厨师和帮厨的小工讲，要他们"拿出十二分的精神来，把领导们的夜宵准备好"，"别让领导生气"，管理员是个谨小慎微的人，楼上开大会，他给食堂的员工开小会。他说："朱雀镇要出事。咱们都小心点，别让领导拿咱厨房先开刀。"

其实是管理员多虑了，领导怎么会在这里"开刀"呢？再改革也还改不到食堂头上来。下来吃夜宵的领导同志们一个个虽然严肃，吃起饭来的样子，看上去还是蛮香甜的。食堂管理员把这些领导伺候走，连续打着哈欠想，都这个点了，他们怎么就不困呢？看来真是要有大事情发生了。

朱雀镇到了关键时刻，邓小平视察南方谈话有一段时间了，相关文件也学了一遍又一遍了，负责主持机关学习的党委委员、宣传委员小金每次学邓小平的"讲话"，都要读到嘴角泛起白沫子，这说明什么？说明改革开放的春风也要在朱雀镇劲吹。不吹，台上的于进水、郭育才和付少聪、副书记老吴会那么严肃吗？朱雀镇的干部们一下就体验到了改革来临前的紧张和不安。

他们不知道改革会从什么时候开始、从哪个部门开始。但他们时刻准备着，时刻谛听着，时刻等待着，也时刻打探着。打探当然也只能从小金那里入手。"小金，什么时候开始啊？"或"小金，说实话，是不是快了？"小金不说话，脸却分外严肃了。因为严肃，小金说出的每个字都显得分外庄重，简直惜墨如金了。小金说："等着吧。"小金只说了三个字"等着吧"就不说话了，她忙啊。干部们就不好打扰人家了，只能是等着。

时间到了5月的中旬，改革的方案下来了，胆战心惊的干部们最终等到了尘埃落定的结果。结果有两个，可谁都觉得这结果只有一个。结果出来了，并不显得多突然，不过是于进水多次说到的"小政府大服务"这个"大盘子"中的一个"小变动"。就是政府这边的畜牧办、蔬菜办改了个名字，畜牧办叫"畜牧服务中心"了，蔬菜办叫"蔬菜服务中心"了，除了名字改了，这两个办公室也由镇政府迁出去了，畜牧办迁到前营村的养殖场去办公了，蔬菜办迁到了大王府村，这两个服务中心行政级别不变，还是正科级，工资不变，还是镇财政发工资。一句话，畜牧服务中心和蔬菜服务中心还都是镇政府的职能部门，不过是换了个名称换了个办公地点。

机关干部是这样看的，领导们可不这样看，尤其是于进水，改革方案一出来，他的脸色明显放松了。严肃的脸上也带出"久违"的笑了。他很高兴，改革没遇到太大的阻力，郭镇长也很支持自己的做法，两个科的科长也拥护，他把想法刚说给他们时，两个科长甚至还笑了，看来他们心里的服务意识还不错的，什么叫"为人民服务"？这才叫为人民服务嘛，你整日待在机关大院，连个地气都接不上，还提什么为人民服务？

改革方案一公布，机关干部们终于松了一口气，很多人的脸都可以用"喜上眉梢"来形容。机关里的女孩子更是喊喊喳喳，她们比别人还多出了一口气。耿芳一听完改革方案就乐了，冲旁边的甄妮说："她终于走了。"甄妮当然知道"她"是谁，就是说的李青萍嘛，李青萍要离开机关去养殖场了。耿芳回去对王彦说："害人精要走了。"她现在叫李青萍是"害人精"，她说，"害人精这回去养殖场了，到了养殖场，看她还跟谁去犯骚？"王彦说："她早该走，一颗老鼠屎，坏了一锅汤。"

李青萍的走，最高兴的还是耿芳。在耿芳心里，李青萍不但"害人"，而且"害人不浅"。满东被她"害"了，马令书也被她"害"了，如果再不走，说不定会害到谁的身上去！你说李青萍这个人，她怎么就这么不要脸啊？这里和马令书纠缠不清，那里又和满东勾勾搭搭，脚还真踩到两条船上去了！只是没踩好，马令书这条船先翻了。满东那条船虽然没动静，可马令书那晚上把李青萍赶出来，李青萍竟再也没踏进过满东的屋子，奇怪了，不知是她不好意思过去，还是满东不喜欢她过去了。耿芳这里一直注意着她的动静呢。都说耿芳"粗"，其实不是，耿芳可不是个粗人。耿芳不过是说话直，心思却"细"得很，曲折得很，幽深得很。

现在好了，"害人精"李青萍终于被"扫地出门"了。不管怎么说，李青萍是离开镇政府，去养殖场和鸡们打交道了。她再厉害，也只能去害害鸡了，害不着人了。李青萍搬出机关的第二天晚上，耿芳和王彦换了个班，早早出来了。朱雀镇的这个大院子，一到晚上安静得很，很少能见到几个人的，耿芳在院子里走了两圈，然后一个人出去了，到马路边李青萍经常去吹风的那个理发店，也吹了个风，做了个造型。吹风之前，耿芳还剪了头发。耿芳原来的头发是扎起来的，扎一条马尾甩在脑后面，这回她把马尾解开，让理发的师傅重新剪了一下，也变成披肩发了。

耿芳看着镜子里的自己一点点变化，头发一披下来，耿芳立刻意识到自己变了：马尾变了披肩发，人也就变了，变得妩媚、妖娆起来了，长长的头发还带上了点放纵自己的意味，而且无故地就神秘朦胧起来了，像雨像雾又像风，都有了点朦胧诗的味道了。耿芳就得意了，得意里还掺杂了份复杂的叹息，无缘无故地就叹息了。耿芳想，怪不得李青萍喜欢留披肩发，真是不一样呢。要不李青萍去"害人"？这个样子，想不去害人都不可能，披肩发本身是能"害人"的。耿芳这回想明白了。真是不换不知道，一换吓一跳。

耿芳又看了一眼刚由马尾换成的披肩发，自己被自己吓到了，脑袋里那些奇怪的念头也像头发一样迅速生长起来。她想，我这样是不是也能去害害人呢？耿芳这样一想，脸唰的一下就红了，胆子却肥了起来。给耿芳理发的老板娘问她："小耿，平白无故的，你脸红什么？怀春了，有对象了？"耿芳说："好好剪你的发，别放屁。"

耿芳和师傅很熟了，她来镇里三年，三年都是到这里理发呢。不但她自己理，她还介绍很多人来这里，王彦、甄妮，还有李青萍——李青萍就是在这里变成了披肩发。耿芳说："你说，我理披肩发好看吗？"老板娘说："好看，当然好看。"耿芳说："那你说，是我理披肩发好看，还是小李理好看？"老板娘说："都好看。小李脸白，但脸大了点，披肩发正好把她脸大的缺点掩盖住。"耿芳说："她比我白，个子也比我高。"老板娘想了想，笑了，说："其实她没你耐看。你看上去虽然没她白，可你说话的声音好听，发音标准。小李不行，小李是有口音的，她的口音有股山根子味。"耿芳说："可小李的山根子味就是有男人喜欢啊。"

老板娘终于听出来了，耿芳这是和小李比呢。耿芳这是嫉妒小李了。要是平心而论，耿芳确实不如李青萍漂亮，"盘子"在那里呢，鼻子眼睛在那里呢。虽然李青萍比起甄妮来也差着，可比你耿芳还是绰绰有余的，留了披肩发也比不过。但这话怎么能说？老板娘说："小耿，你要是说话能再温柔些就好了。你知道小李为啥讨人喜欢吗？不是她比你漂亮多少，是她说话比你温柔。说起来啊，这男人都贱得很。男人既要看女人的脸蛋，还要听女人说话的声音。脸蛋有了，声音好听点，有多少个男人拿不下！我看小李这个人呢，吃香就吃在'温柔'上了，她会发嗲！她知道什么时候发嗲有用。其实你也会的，你不是播音员吗？说话还比不过她？你要是温柔点，十个小李也不及你一个呢，多少男人不被你迷得五迷三道？"耿芳说："你少放屁啊，再放屁，我钱都不给你的。"心里却甜蜜了。老板娘说："小耿，刚说过，要你温柔点，你又放屁放屁的。哪个女孩子整天把屁放在嘴里？你老是放屁哪个男人会喜欢你？早被你吓跑了。"耿芳又说了句："别放屁！谁稀罕男人！"

　　耿芳从理发店回来，路过马令书的屋子时踌躇了一下，马令书的屋子里亮着灯，但窗帘拉着，耿芳想进去看看马令书在不在，可想了想，还是回自己宿舍了。宿舍里现在就她自己。和耿芳一个宿舍的是彭佳佳，可彭佳佳平时很少在宿舍，彭佳佳都是在民政办学习到很晚才回来，耿芳真不知道彭佳佳每天那么晚有什么好学的。看个书，写个材料，在宿舍里不行？可彭佳佳就是不喜欢宿舍，她就是喜欢在办公室的感觉。要是耿芳早腻了，白天坐一天了，晚上还要坐半宿，累不累啊？

不过，现在彭佳佳不在宿舍，耿芳正好可以想心事。耿芳的心事在这个5月的夜晚有些重了，关键是撩人，带着点让人坐卧不宁的烦，却欲罢不能。耿芳下定决心了，她今晚无论如何要去马令书那里"坐坐"去，她看看自己究竟能不能"害害"马令书。不过，什么时候去"害"，还真成问题。时间早了不行，进去太早了，机关里值班的人都没睡呢，会互相串门，要是被串门的看到自己在马令书屋里，他们会怎么看？怎么想？还不把我当成李青萍？可是太晚了也不行，太晚了要是马令书睡了怎么办？还有彭佳佳，彭佳佳也是个麻烦，彭佳佳要是看到她这么晚回宿舍，肯定要问自己，要是问到自己，该怎么回答呢？

　　耿芳把自己去马令书的房间选择在了晚上10点40分，这个有讲究了。耿芳想了一下，彭佳佳回宿舍的时间是晚上10点半，这个特别准时，彭佳佳晚上10点半会准时回到宿舍，然后洗洗，看会儿书，睡觉。因为彭佳佳时间观念比较强，晚上11点前肯定要睡的，彭佳佳这样，一是为了保证第二天的工作不受影响，还有就是爱美的需要，彭佳佳说过："女人不能熬夜，谁熬夜谁会早一天变成老太婆。"所以彭佳佳的作息时间是规律的，雷打不动。彭佳佳的时间准了，剩下的就是马令书的。马令书的时间没彭佳佳这样规律，虽然不规律，但马令书的作息也有特点，就是晚上11点半以前是很少熄灯的，有好几次，耿芳和甄妮她们聊到晚上12点多回来，还看到马令书屋里的灯是亮着的。耿芳是这样想的，她要等到彭佳佳从办公室回来，等彭佳佳躺下了，自己再撒个谎出来。这样就天衣无缝了。

耿芳倚在自己的床上，无事可做，也拿起本书像彭佳佳那样看了。说起来，耿芳这个人是最不爱看书的了，彭佳佳看书，耿芳还笑她："成天抱着本书，有什么可看的？书里面写的那些话还不都是假的？"彭佳佳说："女孩子看书，不见得是想看什么真东西。女孩子看书，看的是种气质，是优雅。"耿芳不知道什么才是女孩子的气质，难道看书就是吗？什么也看不进去，抱着书发呆也算优雅？

耿芳现在就是抱着书在发呆了。发呆的时间过得总是慢的，尤其煎熬，可耿芳又不想出去，甄妮回家了，她又和王彦换了班，说晚上有事，也不好去找王彦，只好待在屋里。此刻，时间成了世界上最熬人的机器，桌上的小闹钟一点一点儿地走，嘀嘀嘀地，还一步三摇，像老态龙钟的人，让人恨不得从后面踢他一脚，这么慢还出来走个什么嘛，真是的。今天晚上的闹钟像是故意要气耿芳了，故意和耿芳过不去了。过去这个闹钟走得是欢实的，"嘀嘀嘀"，红色的秒针一会儿就是一圈，一会儿就是一圈，都像跑步了，今天这闹钟怎么了呢？

好不容易快到10点半了，彭佳佳还是没出现，又过了漫长的三分钟，才听见彭佳佳的高跟鞋从楼道那里噔噔噔地过来了。彭佳佳从来就是这样，从来都是高跟鞋，从来都是噔噔噔地走路，不紧不慢、不急不缓地，都不像在走路，像在思考了，像故意拖延了。耿芳觉得喜欢读书的女孩子，脑袋都多多少少地有点问题。这个毛病就是慢，就是拖延，从来不像自己这样风风火火地走路。

彭佳佳进来了。彭佳佳看了眼抱着本书的耿芳咦了一声，很奇怪，说：“耿芳，怎么还不睡？”耿芳说：“睡不着。刚才王彦找我，让我过去和她坐会儿，说她一个人有点害怕。平时都甄妮给她做伴，今天甄妮回家了。”彭佳佳说：“那我和你一块儿去吧？”耿芳说：“不用。王彦就是胆小，我一会儿过去还要先吓吓她的。你先睡吧。”

彭佳佳看了一眼耿芳没说什么，洗脸去了，洗完脸又照着镜子往脸上搽晚霜，搽完晚霜，又扑了一层淡淡的粉，才脱掉外衣上床了，上床后就从枕边拿过本杂志看了。耿芳终于等到彭佳佳上床了。耿芳一下就来了精神，她对彭佳佳说：“你睡吧，我去吓吓王彦这个胆小鬼。”彭佳佳说：“那你早点回来，怎么感觉你今天有点鬼鬼祟祟的？”

耿芳出门，见马令书屋里的灯还亮着，突然紧张了。耿芳过去进马令书的屋子从来没这样紧张过，今天却紧张了。心怀鬼胎的人就是爱紧张，原来想“害人”也是紧张的。耿芳很小心地敲门了，其实马令书的门平时很少闩着，耿芳手稍稍一用力，门就开了。马令书正坐在桌前抽烟呢。耿芳说：“马令书，还没睡啊？”耿芳说完这话就脸红了，她知道自己说的是句废话，明显此地无银了。

马令书见耿芳来了，只好站起来，让耿芳坐，耿芳坐了，他才问耿芳“什么事”。耿芳说：“没事就不兴找你坐坐？”马令书反倒被耿芳问住了，嘿嘿笑了两声。耿芳看马令书的桌上，见并没有打开的本子、稿纸和笔，就知道马令书今天晚上“没事”。耿芳就放心了，身子也就往椅子里挪了挪。耿芳说：“小李昨天搬出机关了。”马令书抽了口烟，说：“小李？你是说李青萍？我早知道了。”耿芳见马令书的口气平淡，一点儿遗憾都没有，就高兴了，嘴上却说：“你也没去送送人家，她一个人走的，孤孤单单的。"马令书说："开玩笑，我送什么？你们不去送，我去送？"耿芳说："你真没良心，李青萍对你那么好。"马令书干笑了两声，说："她是对谁都好。"马令书又说，"要说好，你们几个最好了，她走了，怎么不见你们一个人去送？"

耿芳被马令书问住了，一时无话可说，就低头看自己的脚，脚上的新皮鞋很亮。耿芳一低头，披肩的长发也就披散下来了，满头满脸都是柔顺的头发。马令书这才注意到耿芳的一头长发，还真想起了李青萍。自从那晚的事后，李青萍再也没有找过他，他当然也不会去找李青萍，甚至连李青萍经常出入的放映厅和财政所的办公室他都不去了。马令书几乎把自己隔绝了起来。不去想，更不愿意想跟李青萍的一切，他觉得过去发生的一切都像一场梦。其实，从骨子里来说，马令书还是把自己当成一个无辜者和受害者了。不过这种"伤害"显得很可笑，毕竟李青萍算不得他的什么人。他这样想入非非，还是自作多情了。他原本想把关于李青萍的一切忘掉，后来才发现，根本不用忘，因为他心里根本就没有过李青萍。这样一来，事情又掉了个个儿，觉得对不起人的反倒是自己。怎么说，李青萍也是个女孩子！既然不喜欢她，就不该去和她做那些事。完全是流氓和坏蛋的做派，完全是占别人的"便宜"的心理嘛！想到这里，马令书还真有点无地自容了。

马令书很惭愧，非常惭愧。惭愧让马令书陡然而生卑贱，觉得耿芳能来他这里"坐坐"都是看得起自己了，惭愧还让马令书陡然生出了脉脉温情，他想起付总的话来了，想起付总要把耿芳介绍给自己的话，当时他还觉得受了莫大的污辱，是付少聪故意的，故意小看了自己，现在想想，自己算个什么东西呢？尤其是和李青萍，自己还不就跟个发情期动物一样？不喜欢，不爱，却心怀鼓荡的情欲，想去脱光和占有，简直土豪劣绅，都巧取豪夺了！不过，温情这东西也是可怕的，比如耿芳这丫头，平时直愣愣，说话都不带拐弯的，可她一低头，人就立刻温柔了，有了恰似水莲花不胜凉风的娇羞，楚楚可怜了，关键是头发这东西，太有意思了，耿芳留马尾的时候，一个马尾毫无顾忌地甩来甩过去，脸上的短处也暴露无遗，耿芳一换披肩发，人立刻不一样了，尤其在灯光下，都有些迷人了。

马令书这个人，不见女人的头发还可，一见了女人的长发比见了女人的身体还容易动情。马令书又有些情不自禁了，眼也直勾勾地看着耿芳不动了。他想，这个丑丫头啥时换成披肩发了呢？耿芳感受到马令书的目光，耿芳说："你看看我的头发好看不？"说着耿芳还故意把椅子往马令书的床边拉了拉。耿芳知道自己为什么要来这里了。原来"害"一个人这么简单，这就开始了？她是想对马令书动手了吗？这样一想，耿芳的脸又红了。真是不要脸，臭不要脸了。耿芳骂自己，我也勾引上男人了，我都变成了李青萍。

耿芳明白了，原来自己骨子里一直有一种模仿李青萍的冲动。耿芳抬起头，脸通红，说："马令书，要不人家都说你坏，你还真坏。"马令书吓了一跳，他什么也没说，什么也没做，怎么就"真坏"了？马令书说："我怎么了？"耿芳说："你刚才……那样，就坏了。"马令书说："我哪样了？"耿芳说："眼都直了，都那样看人家了……

还不坏？"马令书说："你要不说，我还真差一点儿就动手了。"耿芳说："你还要动手啊？"耿芳说："你敢！你来啊，动手看看，我还就是不信了。"说着还做出挑衅的姿势来，脖子和脸一并迎过来了。这哪里是挑衅？分明就是故意挑逗了，连对话都赤裸裸，重新变回耿芳的风格了。耿芳想起理发店老板娘的话，还告诉她要温柔，就是放屁。男女那点事，都是无师自通的挑逗。不是你挑逗我，就是我挑逗你，要什么温柔啊！要想"害人"，最好是这种，火辣辣、直通通，最简洁，最管用。

耿芳冲马令书甩了甩头发，所有女性的头发都是通向心灵的密电码，一根根地都在诉说着心事，耿芳的头发都快甩到马令书脸上了，马令书还没摸她头发，她的头发就一根根直竖起来了，每一根都像被注入了电流，耿芳感觉自己的下半身已经僵了，上半身却癫狂得越来越膨胀了，她的脸一会儿红一会儿白，最后自己都不知道变成了什么颜色，总之应该很难看，好在眼睛还能动，却再也看不见什么了，眼神一下就涣散掉了，明显痴了，走火入魔了。最后，她感觉整个身体在变轻、变飘，像是移动着的一束烟、一片云、一团火苗，想热烈燃烧，却无法把握了。过来想"害人"的24岁的耿芳，没想到被来自身体深处的情欲先行唤醒了，马令书那里还发愣呢，她自己已经找不着北了，她渴望马令书能伸过手来，抱起她轻飘飘的身体，她想和他一起去夜空里飞，或一起往无尽的深渊坠落。

门却在这时被轻轻推开了。彭佳佳穿着拖鞋着一身白色素花的睡衣轻飘飘地进来了，像个影子，像个鬼魅，还裹着风。马令书最先看到了彭佳佳。耿芳还侧着身坐在那里，还没有醒，样子相当白痴了。彭佳佳走过来，两手拍了拍耿芳肩膀，说："耿芳，太晚了，该回去了。"耿芳没动，彭佳佳说，"我刚躺下，就做了个梦，一下就醒了，好恐怖，吓死我了。衣服都没换就出来了，到处找你。王彦说你根本没去分机室，她说看见你到马令书这里来了。我不信，没想你还真在这里。"彭佳佳说这些话时，轻轻的、软软的，时而还冲马令书笑一下。

耿芳终于醒过来了，原来什么也没发生，只不过自己提前犯了花痴，这时她才感觉脸热了，红了，很红，太不自然了。愣了很长时间，耿芳才说话："我叫马令书给我讲个故事，可马令书讲的什么呀？我坐这里都快睡着了。"彭佳佳说："是吗？下次马令书再讲故事我也过来听听。"

第三十章

朱雀镇的党委办热闹了。党委的人都被老吴召集到办公室来开会了。桌子上摆了很多的坤包、彩色铅笔，还有羊毛衫什么的，乍一看，像是要发的礼物，细一看，又不是，还没见过发礼物有发铅笔的呢。

老吴坐在一堆东西的后面，笑了，说："过来，过来，大家分一下任务。"老吴这样一说，大家才明白了，这是党委口的创收任务下来了。党委口没有政府口那么多的职能部门，所以创收的任务相对来说就轻多了。说是创收，事实上还是帮助企业搞好服务，帮忙推销和宣传，转变思路换脑筋嘛。居然没一个人发愁，每个人都笑呵呵的，小金说，明天她就挂着几个坤包去"我们家那口子的单位"。小金说："他那个单位的年轻女人多，估计好推销。"老吴说："对，就是要多动脑筋，广开门路。大家把自己的亲戚朋友和熟人都想想，好好想想。咱们党委这次不搞平均主义，我的任务是3000，小金、老庄、小马你们是2500，老崔和如玉是2000，剩下的每人1500。办公室主任老贺和小高也是1500，他们办公室忙，还要看电话，就平均一下。你们谁有意见就提。"

大伙一听具体任务都不说话了。如玉嘟着个嘴，说："吴书记，您让我上哪里推销去？"老吴说："你的任务最好完成了，全镇那么多团员，每人一包铅笔就够了。"老吴这样一说，大伙又喊喊喳喳说开了，说谁的任务好完成、谁下边有路子等，只有马令书一声不吭。马令书有一刻还恍惚了，觉得堂堂的机关怎么就变成了小商小贩的摊位了？简直滑稽了。如玉碰了一下马令书，小声问："你怎么不说话？"马令书笑了一下，如玉说，"我真后悔干了团委书记，要是还干报道员，别说2000，就是4000也好完成。"马令书心想，你真是站着说话不腰疼。我2500还发愁呢，你还4000！如玉说："我是说真的，报道员要想完成任务太容易了。"马令书问："怎么完成？"如玉说："你手里有笔，镇里也有广播站，既有武器又有阵地，谁比得了你？下去找有钱的单位搞两个专题报道就解决了。"小金这时也说话了："如玉说得对，咱们这些人里啊，最不用发愁的就是马令书了。"小金说，"你就下去搞吧，我支持你，你任务完成了，超额的部分算我的。"如玉说："都成你们两个的了，也算我一份。"小金说："我们可不敢要你，你是团委书记，下面那么多条腿儿，完成任务还不是一句话的事？你说是不是，马令书？"

马令书受了如玉和小金的话的提醒，真提前行动了。马令书对工作还是认真的，过去在青龙乡，县里每月10条的广播任务，他每次都超额完成，是连续两年的县广播电台的优秀报道员，只是到朱雀镇后，他有些懈怠了，上个月，还差点没完成任务。于书记那里都有意见了，现在郭镇长也从党校回来了，他得好好卖一膀子，不能再让于书记说出什么来，最主要的是不能给郭镇长脸上抹黑。

马令书决定了，下午就开始跑。他先转了两个企业，还找了红缨毛织厂的燕子。可见到燕子时，自己却一时语塞了。因为想到燕子现在是如玉的人了，想做专题的话就不好说出口了，如玉肯定也要找她的。燕子看到马令书挺奇怪，问他怎么这么闲，有什么事，他居然说"没事"，还没话找话，问起了那两只鸟。燕子说："我早送人了。"马令书心里说：多漂亮的鸟，可惜了。

马令书从红缨毛织厂出来，在马路边发呆，正想下一步去哪里，忽然看到对面就是镇里的电管站。马令书一下来了精神，想，怎么没想起到电管站呢？这可是个油水十足的好单位，可别让人抢了先去。到朱雀镇这么久，马令书还是第一次到电管站来，心里多少有些忐忑。

电管站张站长的办公室门大开着，里面站了六七个人，他们眼神躲躲闪闪，行为诡异。其中的一个人正在和张站长小声地说着什么，张站长满脸不耐烦。那个人又是往胸口画十字，又是说"张站长天降洪福，上帝也会祝福您"，说完，就叫过另外几个人，很快在张站长面前站成一排，张口就唱开了："我今天为你祝福，耶和华必天天看顾。你在家在外，你出你入耶和华必一路保护，你当除去恐惧的心，因为这不是从神来。靠着耶稣永不摇动，我们一生蒙了大恩。"

马令书一听，就明白了，来的人是信了基督的人，等那几个信基督的人一走，张站长一眼认出了站在门口的马令书，忙热情地给马令书"请"进屋来，说："马报道员，今天怎么想到我这个小庙来了？真是稀客呀。"马令书说："还说您这庙小，连基督徒都到你这儿来，他们是不拜上帝拜如来了。"张站长苦笑了一下："可别提他们了，神神道道的，说要在朱雀镇建教堂，让上帝都来祝福咱朱雀镇呢，这些日子找我好几次了，烦都烦死了。"张站长说："马报道员，你可是第一次来我站上，今天中午就别走了啊，我常听郭镇长提起你。"

　　马令书见张站长话说得豪爽，知道还有郭镇长的面子，就把镇广播站准备搞个"电力之声"专题联播的想法和他讲了，意思是希望张站长多多支持。张站长说："你搞吧，我支持。你不来找我，我还想去找你开专题呢，让镇里的大喇叭多向全镇的百姓宣传一下安全电力、守法用电的知识，是好事，大好事，告诉他们电管站不是吃人的老虎。电管站是为人民服务的，是为老百姓服务的好单位。当然也要警戒一下那些虎口拔牙的偷电窃电的人。"

　　马令书只是说了专题的事，没敢第一次就提出费用来，他想着等下次专门来搞专题的采访的时候再把费用的事提出来。谁想，张站长倒是个快人快语的，马令书没提，张站长反倒先提出来了。张站长说："你放心吧，马报道员，这个专题不会让你白给我们开，你要是给我在镇里开一年的专题，我给你2000元的专题费，够不够？"张站长说到这里就笑了，说，"我知道镇里各个部门都在搞创收，党委口也有创收任务了吧？我这里给了你2000元，你再随便找个一两家，别人再给你1000元，你一年的任务就超额完成了，多好？"马令书没想到张站长说话办事会这么痛快，说句不好听的，就是人家财大气粗啊，怪不得信耶稣的都往他这里跑，有钱能使鬼推磨，有钱还能得到上帝的祝福。他自己什么还没干呢，张站长那里2000块钱就答应了。这样一想，他2500元的任务算个啥？跑个腿说个话的工夫，钱不就来了？

从电管站出来，马令书就想，看来如玉是对的，还是如玉的思路开阔，想法正确。又想，自己怎么反倒不如一个女的会琢磨事呢？自己成天在机关都瞎琢磨些什么啊？工作才是自己的正事和大事，行动和执行行动的能力才是最主要的。所有的成绩都要靠行动这个前提。马令书这么一行动，成绩立刻就出来了。

他在接下来的几天里，又和蔬菜服务中心的刘主任和经管站的曹站长谈了两个专题，刘主任答应只要镇广播站给他开一年的专题，他也从自己的经费中给他挤出1500元来。经管站曹站长那里没用马令书跑，经管站就在镇机关院里办公，曹站长是主动找上门的，他说怕找马令书开专题的人太多，怕来晚了"没位置"，让马令书在镇广播站也给经管站开个专题节目，向老百姓介绍一下经管站的职能和作用，说要是不宣传，老百姓连我们这部门是干什么的都不知道呢。

马令书也学乖巧了，马令书说，现在党委也搞创收，广播站也有创收任务，办专题可以，但多少要给点专题款。曹站长就问，别人都答应了多少，马令书就说了。曹站长说："我没有他们那么财大气粗，他们有自己的小金库，你也知道的，经管站吃的是镇财政的饭，但只要你给我办个专题，我就是偷也要偷出钱来给你算专题宣传费。"马令书问："那您能出多少？"曹站长说："我没他们财大气粗，我就出1000吧。"马令书听了不说话，曹站长说，"你要为难，我就去请示吴书记，找小金去通融通融？"马令书说："算了，1000就1000吧，你找他们，最后的专题还是由我来做，稿子还要我一笔笔地来写，1000就1000，我答应了。"曹站长没想到马令书这么痛快答应了，当即回办公室给马令书拿过一条"大重九"来，说这烟是他小舅子孝敬他的，让马令书不要多想，并且命令马令书"必须收下"。

马令书没想到自己的行动如此顺利，简直说得上卓有成效了，不到三天，不但自己2500元的任务顺利完成，还多出了2000块钱来。为这多出来的2000块钱，马令书犯了踟蹰，这钱是给小金还是不给小金？不给吧，钱反正也多出来了，也装不到个人腰包里，再说小金还是自己的顶头上司，是宣传委员、镇广播站的站长；给吧，马令书又觉得有点冤枉，一年的三个专题也不是说着玩的，要他一个字一个字地写出来才行，就算每个专题每星期一篇，一个星期还是三篇呢，一年下来就是160多篇。不是个小数目。真是不想不知道，一想吓一跳。就后悔自己多跑了两家，答应了三个专题。可后悔已经晚了，只好硬着头皮给小金做了汇报。

小金一听高兴坏了，又拉着马令书去找老吴，老吴也没想到马令书不到三天时间就谈成了三个专题，老吴说："很好嘛！没想到广播站还成了香饽饽了，还成了能下金蛋的鸡了。要是记者站成立起来，我看整个党委的创收任务都给你们包了算了。"小金说："我也没想到，真是的，赶紧成立记者站吧，我怎么就没吴书记想得远？一会儿下去我就和马令书去找付总去，再给他们公司搞个企业之声的专题报道，付总最喜欢宣传了，他下边的企业也有钱，别说三个专题4500，一个专题5000他们也出得起啊。"马令书皱着眉头说："他们是出得起，可那么多稿子谁来写？要是都靠我一个人，我三头六臂也忙不过来啊。我县里电台电视台还有任务，市里的报纸也有任务……"小金说："能者多劳嘛，为什么郭镇长调你来顶如玉的缺？还不是看你能写，是个才子，刚四个专题就难住你了？我看再有两个专题，你也能完成，要不那么多时间都干什么去？还不是和那几个女孩一起聊天、看电影？不如多写几篇稿子是正事。"马令书没想到小金说出这样的一番话来，脸当即挂不住了，想抢白几句，又觉得没意思。小金"突突突"把话说完，也没看马令书脸色，她还笑了呢，为即将到来的5000块钱，几乎说得上跃跃欲试了。老吴说："付总那边的事以后再说。他们有钱，咱们也不能太上赶着了，让他们来找咱们才好，这样才拿得住，不然付少聪又说咱党委这边是要饭的了。"小金听老吴这样说，立刻改口，说："好，那就等他们找咱们。马令书你没事再出去跑跑学区和畜牧服务中心，我看他们都能办专题，不就是多写几篇稿子的事吗？你写不过来，可以让如玉过来帮忙写。反正她也有任务，咱们任务完成了，多余的给她些就是了。"

马令书没想到自己还跑出麻烦来了。看来还是自己错了，急于表功了，结果惹了事，没想到小金那么贪婪，还要搞几个专题，这不是要自己的命吗？他们怎么就一点儿不想一下别人的感受？小金那些聊天看电影的话，更是沉重地打击了马令书。让他感觉在吴书记面前丢了脸面。吴书记虽然没说什么，可小金说的时候，吴书记却笑着看了马令书好几眼。那几眼说明了什么？说明了他姓吴的是赞成小金的话的。吴书记笑了，可谁知道那笑的背后是什么？哪个搞政治的不会玩笑里藏刀的把戏？小金和吴书记要是把这些话添油加醋地说到于书记那里、郭镇长那里，他们会怎么想？自己的脸又该往哪里搁？

马令书越想心里越气，越想越丧气。他没想在朱雀镇短短的几个月时间，自己的处境竟变得这样微妙而复杂了。其实说起来，这一切也怨不得别人，毛病还是出在自己身上，要是当初能收敛一下，也不会到这种地步！马令书就感到自己就是生活舞台上的一个小丑，脸上涂抹着厚厚的油彩，一个人在一个大舞台上作姿作态地表演，以为下面的人认不出自己的真实面容，其实每个人都把自己看得清清楚楚，看不清楚的不是别人反而是自己了。自己这个样子算什么？小丑而已。不但可悲、可笑、可怜，还可鄙、可恨、可恶了。这样想的时候，马令书就觉得世界之大，认识的人这么多，竟没一个人是自己熟悉的，也没一个人是"可靠"的，不禁悲从中来，委屈得都直想哭了。

马令书不想再跑什么专题了，他够了。他想去看看住在医院的娘好了没有。说起来，娘住在医院快一个月了。这一个月里，娘前后住了两回院，第一次是马令书半夜回去的第二天，他和继父把娘送到了县医院，但娘只在县医院住了一个星期，待病情稍微好转，就着急回去了，说在医院"不习惯"，想"回家慢慢养"，其实主要还是怕花钱。第二次是在两个星期以后，这次是娘自己要求继父带她去医院的，但去的是县城边上的城关医院，到医院大夫就让娘住下了，尿检结果出来后，居然有了四个加号，大夫说娘要再不住院就没命了。娘这才勉强在医院住了下来。

娘两次住院，都是继父花的钱，马令书没拿出一分钱来。不是他不想拿，是他实在没钱拿出来。去年秋天，他花160块钱买了辆赛车，那辆赛车买了不到一个星期，就在他去广播电台送报道稿时，在广电大楼下面被人偷去了。他当时去城关派出所报案。派出所民警说了，现在偷自行车的案子，每天要接几十起，他们根本没有多余警力去破这种案子，只让他留了个乡里电话，说有消息了再通知他。后来的那辆赛车是他从政府办小黄那里借钱买的。那笔钱，他上过月刚还上。他到朱雀镇几个月，虽然工资比在青龙乡长了点，却不知为什么没攒下一分钱来，甚至还欠了张然30多块的菜金钱。马令书想，世界上最疼自己的人也就是娘了，可娘住院，自己竟一分拿不出来给她！

住院后，他来看娘的次数也少得可怜，每个星期只周末去一次。每次到了医院，还没坐上10分钟，娘就一个劲儿地向外撵他，让他赶紧回镇上去，别把镇里交给他的工作耽搁了。娘还说，她在医院里好好的，不用别人伺候。工作可不敢丢啊，娘说，那是咱活人的命呢。每次马令书到了医院看了娘，他都感到无助、无能和无力，不知道该怎么做才能帮助娘。娘总让他在外面要低调，不能张狂，娘说天狂必有雨，人狂必有祸，做人还是要低调呢。他陪着娘多坐会儿，娘都怕他因此耽误了工作。马令书想，或许潜意识里，自己是把娘的话当成了他不来看娘的借口了吧？

城关医院在县城尽西边。娘为了省钱，没敢住县城的大医院，只住了这家城关医院，城关医院医疗条件很差，和乡镇里卫生院的医疗条件差不多。好在住院的床位宽敞，每个屋只有两张床位。娘住的那间，就她自己。马令书这次来，没有给娘买水果，因为上次他来时大夫对她说了，娘的病吃不了水果，所以他一进来，就把刚领到手的100块钱工资塞到了娘手里。想想，自己长这么大，还是第一次给娘钱花呢，马令书就更惭愧了。

娘开始说什么也不要，说你一个人在镇里也没个人照顾，少不了要花钱，后来还是马令书硬把钱塞到了娘的上衣口袋里才罢休。娘这样和马令书一推一让的，还有点不好意思了，说自己有钱花的。马令书知道继父是个吝啬到吃咸菜放几滴香油都要数一数的人，娘嫁给继父，不是图继父什么，是图把马令书带到一个不愁吃穿的好地方。娘做一切都是为了马令书。

马令书知道娘的苦。想到这些，马令书的眼泪就流下来了。娘用手给他擦眼泪，说："书儿啊，你哭什么？我没事的，真没事，我真的有钱花呢。"马令书用了很大的力气才把眼眶里的眼泪忍住，又怕娘看到自己忍眼泪的样子，就故意在病房里乱看，问："我爸呢？怎么不在？"娘说："我这两天好多了，就没让他在这里陪床，家里忙，小麦快灌浆了，缺水，你爸回去给小麦浇水去了。"

马令书这次来，娘没赶他走，娘显然好长时间没见到他了，她拉着马令书的手上看下看、左看右看，一会儿说他黑了，一会儿又说他瘦了；太阳照进病房的时候，娘还提出让马令书挽着她到病房外看看，她说成天躺在病床上，身子都不大灵便了。马令书就挽着娘走出了病房。

病房外面，是个小花圃，里面有花有草，草绿叶肥，花开得正是繁茂，娘就坐在花圃边的石头台阶上，样子跟个小女孩一样，说："书儿，你看看，这花开得多艳啊，还有这小草儿，油绿绿的，上面还有露水珠呢。"花草上，有野蜂和蝴蝶飞来飞去，娘看着也新鲜，说，"书儿，你看这世界多好啊，多好。"马令书的眼泪就再也控制不住地流了出来，他想自己怎么不知道常来陪陪娘呢。后来，娘看到花圃外面的一棵小树了。那树也不知叫什么名字，树上的叶子圆展展的，绿中还带着些鹅黄。娘说："连小树都长这么大了，开春时，你爸带我来这里看过一次病，那时的树刚栽上，这才几个月啊，长这么大了。"之后娘就沉默了，很长时间没有一句话。

娘沉默着，马令书也沉默着，只有空气在流动，只有野蜂飞来飞去的嗡嗡声，太阳越升越高，外面越来越热了。马令书感到自己的额头和后背已经汗津津了。但娘不动，娘好像好久没这么晒过太阳了。又过了会儿，娘忽然说话了。娘问："书儿啊，镇里好吗？"这还是马令书调到镇里后，娘第一次问他镇里的情况呢，马令书不知道该怎样回答娘，就看着娘，娘又问，"镇里的女孩子多吗？"娘问这话时，她自己还不好意思地笑了一下。马令书猜到娘要说什么了，他不知该怎样回答娘的问题。

马令书想到三年前的事情了，那时候马令书还没到北京去修路，整天在家里，除了看看书，没事可干。那时马令书虚岁已经十八了，村里很多像他这么大的人都早早给定下一门亲了。娘就唉声叹气的，她一直想早点给马令书找个对象。娘后来经常去乡里的服装厂门口卖家里存下的果子。家里的果子没有了，她还去批发市场上自己趸些来卖。开始时是一个人去，一个人回来；后来，她一个人去，回来时，身后就多出几个花枝招展的姑娘来。

她们在马令书家院子的大梨树下，有说有笑，喊喊喳喳，如一群刚刚下凡的仙女。仙女来了，娘就一个劲儿地招呼马令书从屋里出来，让他给她们倒水，拿水果，干这干那。马令书不愿意干，脸上不高兴。等她们走了，娘就进屋来，数落马令书"一点儿不会来事""一点儿礼数不懂"。"人家姑娘大老远到咱家来了，出去倒个水说几句话怎么了？"那些姑娘马令书一个都不认识，说话南腔北调的，马令书想，我见她们干什么？和她们有什么说的？娘就恨铁不成钢地指着马令书的鼻子说："你呀你，你这个倔驴子，看以后哪个姑娘会看上你？就等打光棍吧！"

现在看来，娘当初把那些服装厂的外地姑娘带到家里来是有极强的目的性的。娘对她们那份热情都有些过分了，她给她们倒水，摘树上的梨子洗了给他们吃，陪她们聊天，有时还留她们在家吃饭。她们都喜欢和娘在一起。最多的时候，娘曾经一次把七个姑娘领家里来过，整个院子热闹得像演一出"天仙配"。马令书还抱怨娘："你又不是王母娘娘，把七仙女招家里干什么？不嫌乱吗？"娘说："书儿啊，你看看这些姑娘，一个个长得多好啊。"娘说话很含蓄的，话从不说满，但谁都听得出她话外的意思了：这是娘的一片苦心，我的儿子怎么比董永还笨哪！

来家的姑娘，每天都有变化，但有一个姑娘几乎每次都有她的身影。这个姑娘是最不擅说话的一个，平时马令书也极少听她说话。她从春天梨树开花时就来他家，到梨树荫满了整个院落的夏天还来，到梨子金黄的秋天，来家吃梨子的姑娘里依然有她。她是一个赤峰的姑娘，人不活泼，长得没有南方姑娘那么玲珑俏丽。马令书不喜欢她。

有一天，那姑娘独自来到家。娘招待她吃过饭，她红着脸对娘说，她明天一早就要回老家了，厂里有一大包的东西要带走。娘就让她放心，说明早书儿去送她。姑娘很高兴，红着脸走了。马令书虽然不喜欢她，但对于娘要求他去送这个姑娘还是不好拒绝。他心里也有点可怜这个姑娘，所以第二天早晨还是去送了。

那天早晨有冰雾，相当冷，马令书骑着家里那辆二八大梁的自行车到乡毛织厂，她已经大包小包在那里等他了。马令书把能在车梁车把上带的东西都挂好绑好，骑上车，等她上车，她却几次坐不上来，那真是个笨姑娘呢，马令书只好停下来，等她先坐上去，再骑车走。一路上，他们没说一句话，只有前路一团团纠缠不清的冷雾。那个姑娘回到赤峰后曾给他家来过一封信，信里有一些明显的错字，却是很卖力一笔一画写的，她在信中的叙述有些零乱，对娘表示了一种仓促的感激，因为直白，还使得她的想法显得愣头愣脑。大意是，她要是在北京有个家就好了，她要是能碰着个像娘一样的妈就好了，她做牛做马也愿意。娘自然明白姑娘的想法，就叫马令书给她回信，让她过了年就来。马令书死活都不给回。娘对马令书说："这姑娘长得是苦点，但心地还好。你就给她回封信吧，别把姑娘的心伤了。"马令书只好按娘的意思给她写了一封回信。娘让马令书到乡上的小邮局把信邮走，马令书答应了，到邮局后却把那封信连同姑娘的来信一起扔垃圾桶了。马令书这件事是瞒过了娘的，他觉得有点愧对娘。

见马令书一直不说话，娘说："书儿啊，你年纪也不小了，该到找个女朋友的时候了。镇上要有合适的，你就自己谈个吧。"娘看了眼小树，又说，"一棵小树都长得这样快，人老起来也快着呢，你看我，现在都病成这个样子了，就希望看到你能早点找到个好对象，早些成家立业，你要是早点，没准儿我还能抱上孙子呢。"

这天，马令书陪了娘整整一天。本来马令书打算晚上也在这里的，在这里陪娘住一晚，好好说些话，自己不说，也可以多听娘说，马令书发现，娘这次突然变得爱说了，一天中，和他说了很多话，那些话，比过去几个月里说的还多。马令书发现娘很高兴，出去坐了坐，看了花草，脸上也有了红润的光泽。娘甚至都有些絮叨了，总是问些"对象""女朋友"这样让马令书无法回答的问题，还问得旁敲侧击的。说起来马令书的娘还算是个有文化的娘，早年上过学，在老家村里时，还做过妇女队长，写一手漂亮的钢笔字。只可惜娘的一生命途多舛，多病多灾，才五十多，就病成七老八十的样子了。想到娘的一生，马令书心里更不好受了，觉得自己是个逆子，长这么大就知道索取，却从没给予过娘什么。

傍晚的时候，马令书伺候娘吃过晚饭，娘就开始往外赶着他走了，说白天都耽误一天了，晚上就不能耽误了，晚上回去正好可以多给镇里写些报道稿子。马令书就想，娘是多细心的人啊，知道自己写稿要在夜深人静的时候写。而镇里的小金，就看到他白天没事了，岂不知他所有的稿子都是夜里熬出来的？想到这里，马令书就觉得自己到镇上来，其实也是很没意思的，被很多人不理解，也被很多人误解。没人知道他深夜的付出，却都盯上了他白天的一举一动。

马令书对娘说："今晚，我给您陪床吧，您住院后，我还没给您陪过床呢。"娘却挥手让他立刻走，说："你爸没准儿浇过地就赶过来了。你快回镇上去好好写你的稿子吧。"见娘说得坚决，马令书无奈，只好走了。到门口的时候，娘又给他叫住了。他回头看娘，娘又不好意思笑了，说："记住娘和你说的话，娘还要活着见到大孙子呢。"

到电影院门口的时候，马令书想过去看看今天放什么电影。今天也不知怎么了，是有什么好的电影吗？往日不见多少人的电影院，今天居然那么多人，他停下自行车，在那里刚一打听，就连人带车被裹挟着进了电影院的大门口。进了大门，马令书索性去一边停好车子，去售票窗口买了张票，就顺着人流进了电影院。到朱雀镇几个月了，他第一次对镇里产生了厌倦情绪，忽然不想回镇里去了，可又实在无处可去。他其实并不想看电影，他只想找个没人的地方去坐会儿，好好地哭一次，对着远方吼几嗓子。

这个电影院，马令书是熟悉得不能再熟悉了，马令书在镇上的生活好像就是从电影院里开始的，他在镇上的生活也像一部电影，看着看着，自己就不由自主地跟着进入角色里面去，甚至言谈做派也带上了电影里的风格，都有些身不由己了。

马令书没按票上的座位号坐，而是和他们平时来一样，一个人挑了个人少的地方坐了。电影院就是这样的一个地方，从外面看，就是那么大的一个小地方，可一进来才知道，由高而低，一排排竟安放下那么多椅子；人也是，在外面的时候，看着那么多人，一进电影院里面，人立刻就变得少了，好像被一个巨大的黑洞给吸走了。电影院一如从前那般空旷。

马令书一个人坐在那里，形单影只，盯着雪白的银幕，他想，就让我一个人看看自己过往的表演吧。他觉得一个人的时候，还是能看清楚自己的。这么些日子来，他究竟都做过些什么？又表演了些什么呢？他想到这里，还暗自笑了一下，想，这次看过"电影"之后，自己也要和往事挥手了，他要和往事干杯。要学着像自己苦命的娘一样，重新去做一个善良的人、正直的人、包容的人、纯粹的人、高尚的人。人是可以变得更好一点儿的，人也是应该有这么一种变好和变强的精神的。他想，从现在起，还不晚。从现在起，把眼泪揩干净。从现在起，不再哭泣，无论生活多甜多苦，无论多高兴多伤心，也不能哭。要坚强点，要勇敢点，要强硬点，还要冷酷点，更要智慧点。在机关里生活，是要动脑子的，而不是动眼睛。眼睛看得再多，也不如动一下脑子管用。他不能再这样乱七八糟生活了，不能再这样声名狼藉地活了，他要活出个样子来。

后来，电影开始了，电影的名字叫《清凉寺的钟声》。一开始，马令书还皱着思索的眉头，冷酷地注视着银幕，可随着情节的推进，马令书还是被羊角大娘和濮存昕演的明镜法师的故事感动了，这部充满人情美、伦理美和道德美的动人故事让马令书的泪水一次次倾巢而出。他的泪水几乎是陪伴整个电影结束而结束的。当清凉寺的钟声最后敲响的时候，马令书脸上还挂着无声的眼泪，决绝地，流了满脸。

第三十一章

甄妮现在特别怕王彦或耿芳喊自己接电话。真的怕，说不出来地怕，一听到她们喊谁接电话甄妮就胆战心惊。甄妮主要是怕楼上那里喊自己。其实是甄妮多心了，从那天晚上后，付少聪一次都没喊她上去过。

付少聪没喊她上去，却亲自下来找甄妮了。付少聪还是过去那样笑笑的，高大微胖的身子晃晃地就过来了。付少聪和其他几位领导不一样，比如于书记、郭镇长，比如副书记老吴，这三个平时都是西装革履的，皮鞋总是擦得锃亮，走起路来也噔噔的，很是好听。在这几个主要领导中，付少聪的年纪算是最年轻的，比于进水还要年轻好几岁，正经的少壮派了。这样一个年轻的正处级干部却很少穿皮鞋，平时都是穿一双圆口的老北京千层底布鞋，这种鞋穿起来轻巧、利索，走起路来不张扬，很少有响动，只有走到跟前了，你才会发现原来是付总来了。所以，企业公司办公室里的人都怕付总的这双鞋，无声无息地，说不定什么时候就过来了，付总人也不凶，总是笑笑的，不过话说回来，他笑笑的时候一般是对了企业公司以外的人，付总对自己手下的人，可就很少笑了，凶起来的样子也吓人得很，厉害得很。公司那边的人没一个不怕付总的，就连公司那几个副总见了付总，也都是一副噤若寒蝉的样子。但付总对外人笑起来真是弥勒佛一样，大肚能容，开口即笑。这真是少见的修养了。

付少聪眯眯笑着，悄无声息地走到甄妮身边来了，他胖乎乎白嫩嫩的大手放了甄妮头上，说："甄妮，忙什么呢？"甄妮没想到付总会来，身体都哆嗦了。一句话说不出来。付少聪在屋里坐了半个小时，她竟紧张得一句话都没有，连科长和王小军都纳闷儿了。过去，付总要是来了，甄妮的话总是没完没了的，甄妮的笑也总是没完没了的。科长说："小甄，你今天怎么了？付总过来和你说话呢。"科长说："这丫头，连付总都怠慢了。"付少聪笑着说："甄妮那是忙呢，我们聊我们的。"或是："我还是走吧。不打扰你们工作了，哈。我去财政所看看去。"付少聪不忙的时候，喜欢到机关的各个科室里走一走、看一看，他这样做，也没有什么特别的意思，就是想和"同志们"联络一下感情，所以镇里的这几个大头头中，付少聪在机关干部里的印象是最好的，和蔼可亲，朴实睿智，还没有架子。付少聪一过去，财政办公室那里就传来了大妇女们开心的带着点夸张和捧场的笑声。甄妮低着头，看抽屉里的一份报表，头都快低到抽屉里去了。

甄妮现在几乎天天把自己关在审计科的办公室里，连财政办公室也很少去了。甄妮过去一天去财政没遍数，常常是一转身就过去了，一抬脚就过去了。现在一不过去，财政办公室里的人还有些不习惯了。想了，有甄妮过来显得多热闹啊。他们都喜欢听甄妮说，喜欢听甄妮笑。甄妮笑得多好听啊，真跟书上写的，"银铃似的"，那么瘦的一个姑娘，笑的样子也可人疼，笑大劲了，还弯着腰，捂着肚子，"真是逗死了"。

甄妮不过来，财政所为首的几个大妇女就到审计科来看甄妮了，想看看甄妮怎么了。甄妮怎么也没怎么，还像过去那么瘦，"干儿干儿的"。几个大妇女就"啧啧"，说你看人家甄妮的身材是怎么保养的，说你再看咱们几个，不是个缸就是个桶，上下都一般粗了。她们这样嘻嘻哈哈，甄妮脸上还是带着一丝笑的，可谁都看得出，那笑很勉强。

甄妮还是不一样了。甄妮过去爱说爱笑，现在既不爱说，也不大笑了。财政的张大姐说："甄妮，怎么了？我们的屋也不去了，是不是张然招惹你了？"甄妮说："不是。"张大姐说："我说呢，我们张然老实得跟截木头一样，他敢惹你？甄妮姑娘多厉害，是不是？"甄妮又不说话了。李大姐说："甄妮，我听付总说，你有对象了，什么时候把小伙子领来让我们看看？"甄妮就把脸低下去了。财政办公室的大妇女们终于知道甄妮为什么这样了，有了心事嘛，有了对象了嘛，要做女人了嘛。

大妇女们又打几句哈哈，就从甄妮屋里出来了。张大姐说："也不知道付总给甄妮介绍的对象怎样。"李大姐说："付总介绍的能差哪里去？"张大姐说："听说那个人叫小马。"李大姐说："什么叫听说叫小马？就是叫小马。"财政所和审计科就那么几步的距离，大妇女们偏偏要把话都说在门外面，审计科里就听得一清二楚，王小军对着她们的背影就唱："马儿啊，你慢些走，喂，慢些走哎，我要把这迷人的景色看个够……"

别的姑娘，有了对象，心里装了心事，虽然也害羞，也不好意思，但骨子里却是喜庆的、欢快的，像是顶着土的小草，样子害羞，内里却有一种天不怕地不怕的冲动劲儿，那种喜庆是挣扎着也要破土而出，可甄妮却怪了，甄妮的样子明显不是暗含着喜悦的害羞，甄妮的样子反倒像失恋了，丢魂失魄一样，身子越发地瘦下来，人走起路来都打晃了。

出了那件事后，甄妮很少在机关住了，除非她值班。值班是躲不掉的。这个星期四的晚上，又该甄妮值班了。她在食堂草草地吃了半个馒头，就回到自己的宿舍，人往床上一躺，眼睛大睁着，眼神却空洞了。她想起那个晚上，想，自己怎么就没拒绝呢？那件事，后来甄妮已经回想了无数遍了，想了无数遍还是想不清楚。自己既没喊也没叫，就让付少聪给剥光了。他剥她的样子，很认真，很温柔，很细致，像是在剥一棵葱，平缓的呼吸，游刃有余的抚摸，仿佛甄妮不是具人体，而是件瓷器。甄妮却紧张得要命，身子打着哆嗦，人太紧张了，反而迟钝了别的感觉。

付少聪究竟是怎样进入自己的，甄妮怎么想也想不起来了，人都跟傻掉了一样。自己疼了吗？叫了吗？甄妮不知道。甄妮甚至想不起来事情是什么时候结束的，自己又是怎么下楼的。唯一印象深刻的是那件能发光的衣服。甄妮当时穿着它没什么感觉，甄妮后来想到了自己穿着那衣服的样子，那样子就跟一条长满了光闪闪鳞片的鱼儿一样，那样子用一句话来形容，就是好像什么衣服都没穿，只是光光的、闪闪的，带着无耻的下作的样子展露在朱雀镇宽阔的黑夜里。那天晚上后，甄妮就再也没穿过那件衣服。

甄妮在床上躺了会儿，坐起来了。她忽然想到李青萍。她已经有很长时间没看到李青萍了，不知道李青萍现在怎么样了。甄妮忽然有些想念李青萍了，特别想去看看她。甄妮也不知道怎么回事，她觉得自己现在理解李青萍了。她很想和李青萍一起坐会儿，聊聊天。可外面天这么黑，离畜牧服务中心又那么远，差不多是到县城两倍的路程，自己一个人怎么去？甄妮又想到马令书了，想让马令书和自己做伴儿去一趟。

甄妮在叫马令书时，心里可一点儿底都没有。按说，甄妮不应该叫马令书，马令书伤过自己的自尊嘛，那天她想请马令书看电影，被马令书拒绝了，甄妮回去后发誓再也不理马令书了，可谁知道，事情仅仅过了这么短的日子，她的想法完全变了，她不但不恨马令书了，还无端地涌上了一种对不起马令书的感觉，好像是欠了马令书什么似的。她能欠马令书什么呢？甄妮没有底，还因为她要去看的是李青萍，他会去吗？甄妮没想到马令书对李青萍那么快就断了，真像《望江亭》里唱的："你休等的我恩断义绝，眉南面北，恁时节水尽鹅飞。"男人真是个无情动物，李青萍一走，马令书的表现就像李青萍从来没出现过一样，怎么一点儿留恋的意思都没有呢，就"水尽鹅飞"了？甄妮反倒替李青萍抱不平了。

她没想到马令书竟然答应了。马令书说："好啊，正好我也要到她们畜牧中心看看。她们搬走后，我还一次没去过呢。"两个人骑上车，顺着公路往南走，一进入夜色里，甄妮就伤感了。多好的夜啊，那么黑，那么安静，夜深人静，好风如许，甄妮的爱情就是从黑夜里开始的。那是她的初恋。她的爱情是隐蔽的，带着夜的神秘和晦涩，也带着青春的涌动和旋律，她为自己的爱情沉醉过，幸福过，可她的爱情多么可怜，多么易碎啊。

　　想到这里，她的心里忽然对付少聪涌起一股厌恶来，她是那么恨他。甄妮觉得是他夺走了她的爱。自己曾爱过的人，此刻就走在自己的身边，可她从没感到过像现在这么孤单，她确信马令书就是她的初恋，可这种确信是多么让人欲哭无泪。因为她从没表白过，马令书对她也是无知无觉一般。那她的爱还是爱吗？她的爱情就像是这黑夜里又柔又暖的长风，梦一样，来了；又梦一样，走了。真是来无影去无踪。

　　现在，甄妮知道，自己的爱情像风一样散了。梦破碎了，剩在黑夜里的只是自己尸体一样漂泊的影子，一种无从凭吊的伤感和伤怀。一路上，甄妮都没和马令书说一句话，却特别想哭，想流泪。甄妮想，在黑夜里流泪多好，安全、放纵、伤痛，又幸福。可甄妮一直忍着，甄妮想，无论如何不能让马令书看到自己流眼泪。想流泪了，也要等到没人的时候，一个人，偷偷地，哭。

　　李青萍做梦也不会想到甄妮和马令书会一起来看她，人傻了一样，立在门口，一句话没有，想笑，却笑得相当难看，都像哭了。

李青萍显得十分紧张，她说："甄妮，你……你们怎么来了？"话一出口，脸就红了，场面十分尴尬了。甄妮看着李青萍，明显感受到了她离开机关这段时间的落寞和孤单。自己的心也跟着疼了。她把马令书让到李青萍的宿舍，自己则拉着李青萍到外面的长廊里聊天。甄妮一见李青萍，像见到亲人一样，话匣子立刻打开了，说出的话全是贴心贴肺，特别体贴，特别温存，特别款款动人，李青萍眼泪哗一下就流出来了，说："甄妮，你真好。"又说，"甄妮，谢谢你。"

　　两个人在外面说话，马令书一个人打量李青萍的房间，房间只有李青萍一个人，一床一桌一椅、一个洗脸盆，洗脸盆上方一个小圆镜子。他朝镜子里看了一眼。镜子里的自己显得有些无所适从，他也奇怪自己怎么突然和甄妮跑这儿来了。或许是那天在影剧院反悔后的见证吧。他说过自己要做一个好人，而好人是不该嫉恨的，好人就是爱与慈悲。李青萍见到他尴尬，他见到李青萍却只是后悔，后悔那次不应该把李青萍赶走。如果没有那次，以后见面，说不定还像过去那样有说有笑，自自然然的，至少没有现在这样别扭。不过，见了一次就好了，人生短短几个秋，相视一笑泯恩仇。马令书转了会儿，就在写字台前坐了。写字台上立着个小相框，里面的李青萍张嘴露牙地笑着，很开心、很烂漫的样子。她的背后还有一棵结满了果子的苹果树，李青萍的脸也红红的，像个成熟了的大苹果一样。不像现在，现在李青萍的脸显得寡白寡白的，像是很长时间没出过屋了。

　　甄妮和李青萍的聊天是冗长而散漫的。说散漫，是因为她们话题的不确定性，东拉一句，西扯一句，但两个人的谈话并没因此淡下来。

没有，不但没淡下来，还浓了、重了、厚了，因为说话的声音很轻、很小，还带上了私密的特征，都像密语了。双方都感到了这种谈话的甜蜜和动人，所以越发坦诚。她们当然并不是一直在谈话，她们谈话的间隙，手上还会带些小动作。比如，甄妮把李青萍竖着的领子给抻平了，而李青萍又帮助甄妮择了一下她裙子上的一根毛发。

甄妮骑车被风吹乱了头发，李青萍就说了句："野丫头，蓬头鬼，像什么样子啊？还有马令书呢。"甄妮就打了李青萍一个粉拳，说："人家都把你轰出来了，你还想着他。"两个人言来语去，一会儿就咻咻地笑作一团，后来也不知是谁先说了句："轻点，别给他听见。"那个就说："就不让他听见。"于是谈话的声音小了下去了，可咻咻的笑却膨胀了，盖都盖不住。

马令书并不想听她们说什么，他只是无聊得很，不知这两个人在一起说什么、有什么可说的。他一直在看表，时间嘀嘀嗒嗒，跟患了前列腺男人的小便一样，让人急也不是恼也不是。他在屋子里来回走七步，不知走了多少个来回，她们终于结束了冗长的谈话，甄妮先进来了，脸蛋红扑扑的，一点不见了刚来时的那副惆怅忧伤的样子；之后李青萍也进来了，脸上同样是红扑扑的，好像刚从浴室里出来。甄妮叹口气，说："时间过得真快，都10点了，该走了。"李青萍说："那你就住下来好了。我一个人正好没伴儿，你住下来，让马令书先回去，明天早晨你再回去。"甄妮看了眼马令书，说："那他还不骂我？"

从李青萍那里出来，马令书很奇怪，问："你们聊什么，这么长时间？"甄妮说："没聊什么，瞎聊。"来的时候甄妮几乎没说话，回去时，甄妮却话多了，甄妮问马令书："你怎么还不找个女朋友啊？都这么老了。"马令书说："我怎么老了？我才21岁，含苞欲放呢。"甄妮说："那也该找个女朋友了。"马令书说："找什么找？还用找啊，你们不都是我女朋友吗？"甄妮说："不要脸，又来不正经的了。"马令书说："当然了，甄妮姑娘除外，甄妮是有了男朋友的人。付总上次把我叫过去专门告诉我的，说那个人也姓马，你和那个小马现在发展得怎么样了？"甄妮愣了一下，说："你真想知道？那我告诉你，我们再过两个月就正式定亲了。"马令书没想到甄妮会说出这句话来，还是感到吃了一惊，嘴上却说："那好啊，那这个小马就跑不了了，你该骑骑，该打打。小马从此就是你的私人坐骑了。"甄妮说："是啊，是啊，那多好啊。起码那个小马看上去人还实在，比某些我认识的姓马的人要实在多了。因为你把心交给他，他都不知道珍惜，谁在他那里甭想得到一句实话。"

马令书知道甄妮在说自己，他一时找不到话回她。他再次想到付少聪把他叫到屋里，说给他做媒要把耿芳介绍给自己的事了。那天，他赌气回到宿舍，把付少聪给他的烟扔到垃圾桶里，骂了句他妈的，心说这个付少聪真是莫名其妙。镇长郭育才都没操心的事，什么时候轮到你来操心了？付少聪喜欢甄妮，这在机关谁都知道。马令书就觉得这个付少聪表面憨厚，内里油滑世故，说不定早对甄妮做了什么。

马令书这样一想，就有了一种恶作剧的报复心理，他故伎重演，又像那次一样，骑车就朝甄妮的自行车"别"过去，马令书说："我让你说，让你说。"甄妮的车子来回晃，七拐八拐，一下连车带人摔在马路边了。马令书忙下车去扶，说："没事吧？"甄妮说："没事。"马令书把甄妮拉起来，见甄妮脸上带着泪，马令书不知甄妮怎么了，忙说："对不起，甄妮。"他不知道甄妮为什么流眼泪，只是感到非常抱歉。

马令书帮甄妮把车子扶起，再次说："对不起啊，甄妮。"

甄妮说："对不起，马令书。"

甄妮说："对不起，对不起。"

甄妮说："对不起，对不起，对不起。"

甄妮心里连声说着，她双手捂住脸，无声地哭了。

第三十二章

朱雀镇是个大镇，全县最大的镇；大王府村是个大村，全县最大的村。大王府村究竟有多大呢？马令书从青龙乡过来后不久，知道了，大王府村一个村的人口，能顶丰邑一个山区小乡的人口，相当大了。村子大，村子里的生产队就多，一个大王府村，光生产队就16个。改革开放这么多年了，大王府大队改成了大王府村，大王府村下面的生产队却还叫着生产队的名字，从一队到十六队，一点没变。村子大，事情自然就多。每天村里的事物都是一派繁忙。正月刚过，王二虎就坐着他的黑色桑塔纳来回跑，今年春天来得早，时令刚到阳历五月，天就热得邪乎，他的呢子大衣早该脱了。每次从车上下来，都是一脑袋的汗。王二虎说："这王八蛋的节气，热得这样早，要死人节奏啊。"

还真就死人了。死的还不是个普通的人，是十三队的生产队长，王尔东。

大队会计耿天亮把这个消息告诉王二虎时，王二虎还骂他胡说，说："王尔东壮得跟他妈一头公牛一样，怎么会死？"耿天亮说："真死了，人命关天的事，我还敢拿这个开玩笑？书记你快过去看看吧。"王二虎就让司机开着车，拉着他和耿天亮直奔王尔东家去了。离王尔东家还远着，就见前面黑压压挤了一街筒子的人，司机大声按喇叭，看热闹的群众见是书记王二虎的车，纷纷让出一条道来，王二虎摇下车窗，骂那些围观的群众，说："你们是闲的还是吃饱了撑的？你们的年过不完了？正月走不出来了？麦地不浇了，豆角不收了？承包的果树不打药了？就知道看，看什么看！"

王二虎和耿天亮一进王尔东的院子，就闻见一股子农药味。王二虎心想，看来这家伙是喝了农药了。王尔东喝农药的瓶子还倒在灶房里，人已经被抬到了里屋的床上，王尔东的老婆和两个孩子正围着王尔东的尸体哭得死去活来，本来因为极度悲伤，人都虚脱了，哭不出声音了，可见到王二虎，王尔东的老婆还是放开了悲声，说："王书记，你可要给我们家尔东做主啊，他是为了大队死的啊，他要是不干这个队长，他是不会撇下我们娘仨的呀，你要给我们做主啊，啊，啊……"人还哭着，又昏过去了，几个扶着她正跟着她一起掉眼泪的妇女赶紧把人抱起来拍打前胸后背，现场一片忙乱。王二虎上前看了眼王尔东，王尔东的样子很难看，嘴角呕吐的脏物还没擦净，脸上带着生前挣扎的样子，眼睛瞪得跟牛一样，暴凸出来，直愣愣地看着王二虎。王二虎心里就凛了一下，从屋里出来，问耿天亮人是什么时候死的，耿天亮说："上午10点，是他老婆从地里回来找水喝时发现的，两个多小时了。"王二虎说："你就在这里帮着料理一下后事吧，该花钱先从村里账户上支，要不剩这孤儿寡母的，怎么办？你也先别回队部了。"心里却骂："王尔东王尔东你真不是个东西，怎么死不行？喝什么农药！娘儿们作风嘛。"

耿天亮送书记走出院子，转身往回走，觉得人群外有双眼睛注意这里，有点特殊。到大门口那里，又不禁回头看了一下，却是镇里的民政助理彭佳佳。心想，这丫头什么时候回来了？彭佳佳家离王尔东家不过一二百米。耿天亮想起他为王春山的儿子王小军说亲被她家扫地出门的事了，有点气不打一处来。耿天亮是个心眼儿活泛的人，过去，只要见到是镇上的人，不管是谁，不管年龄大小，不管离他多远，耿天亮都要热情地上前和人打声招呼，笑一下，客气一番。他就没少和彭佳佳打招呼。彭佳佳当打字员的时候，他叫彭佳佳"彭秘书"，能打字嘛，可不就是秘书？彭佳佳当镇广播站的播音员，他就叫她"彭主持"，彭佳佳到了民政办，他就叫她"彭助理"，都有点低三下四地讨好了。

说到彭佳佳，耿天亮不完全是讨好，主要是客气，都是一个村的，乡里乡亲。可就是这个彭佳佳，一点面子都不给他。平时见他爱搭不理，喜欢昂着个头，敲着个高跟鞋走路，不怎么把他放在眼里。彭佳佳不把自己放眼里还没什么，毕竟一个孩子，知道个什么利害关系，可气的是彭佳佳的父母，居然也不晓得一点儿人情世故。我耿天亮什么人？堂堂8000口人的大王府村主管会计，过手的钱多得能把你家的房子埋了。别人谁不是上赶着和我说话？可彭佳佳的父母却奇怪了，另类了，让人不可思议了。

彭佳佳的父母都是农民，平时看着不言不语，蔫不溜秋，碰到事了，主意却出奇地大，出奇地正，耿天亮来替王小军提亲，心里十分有谱，相当有把握。他想，王春山是什么样的人家？王春山的儿子王小军能看上你家佳佳是给你们面子嘛。没想到耿天亮刚进家门坐了不到10分钟就被他们给"轰"了出来。彭家夫妇说："我们佳佳嫁给谁都行，就是不能嫁给王家。别说是你耿天亮，就是王二虎来了，这事也不管用，佳佳是我们的女儿，又不是你们村委会的。"听听，这叫什么话？不给我耿天亮的面子就罢了，怎么能把王书记绕里面去？真是死犟得很，顽固得很，活脱脱的死猪不怕开水烫，刁民。

耿天亮见彭佳佳还在看，心里莫名火起，一脚踢飞了王尔东家院外的一个狗食盆子，冲院子里看热闹的人嚷，都让开，都让开，什么事情都挤来看，你们家里的地不要了？麦子不要了？他是想学学王二虎的声调和威严，说出来却娘声娘气的。村民们平时怕王二虎，可不怕耿天亮，王二虎一说话，村里的人是真怕，王二虎来了，自动就有人把路给让了出来。耿天亮来了，不但没人给他让路，还把路故意给堵上，还故意不看他，耿天亮只好寻着人缝往里钻，就有人悄声笑了，说："走狗。"

耿天亮是条走狗，大王府村8000口人，大人小孩都知道，只有耿天亮自己不知道。他只知道效忠两个人，一个是书记王二虎，一个是镇印刷厂厂长王春山。所以，耿天亮在大王府村依然是一人之下万人之上的主管会计。耿天亮也听到人笑了，也听到那个"狗"

字了。他当然不高兴，但他很得意。狗也是站在你们头顶上拉屎的狗，说不定哪一天，他就会把屎拉谁一脑袋，或瞅谁不注意，咬谁一口。耿天亮对自己这一点有十足的信心，所以当他挤进停着王尔东尸体的房间时，面对着一屋子傻乎乎哭着的人，他脸上严肃着，心里却暗暗笑了。

彭佳佳本来不是个爱看热闹的人，这么个大村子，这么多的人，哪天没个婚丧嫁娶的事情发生？有什么好看的？彭佳佳中午刚从机关回到家，想看看家里忙不忙，她怕家里的弟弟妹妹小，不知道心疼父母，不知帮父母干点活，把父母累坏了。彭佳佳刚回来就听说他们队上队长王尔东家出事，听说是王尔东死了，她开始还以为是别人开玩笑呢。王尔东怎么会自杀？王尔东在彭佳佳的记忆里是个脾气随和的大个子，身高将近一米九，体魄雄伟，虎背熊腰，家里有两个孩子，一个大一点的女孩，一个刚刚几岁的小男孩，王尔东两口子是特别能过日子的人，家里养过鸡，种过地膜豆角，起早贪黑地干，王尔东这两年还当上了十三队的队长。彭佳佳就听父母说过，说十三队这么多年的队长就属王尔东还像点人样，肯为队上人着想，敢为队上的事得罪村里，要是按彭佳佳父母的说法，大王府村历届的村领导就没一个好东西。为什么没一个好东西呢？彭佳佳的父母讲了，大王府村不应该叫大王府村，应该叫"王家村"。多少年了，都是姓王的当家做主，都是姓王的当支书，最贪的支书是王春山，村里是王小二敲锣打鼓——穷得叮当响，王春山家却阔得堪比土皇上，门楼盖得比天安门低不了多少。王春山不当支书后，做了镇印刷厂厂长，照样不影响人家自己闷声发大财。王春山下去后，一个地痞流氓一样的王二虎，因为救了一场火被镇里破格选拔，先当村主任后当书记，而那个鬼头鬼脑哈巴狗一样的耿天亮，已经是两届村委会委员和会计了，你想想，这样的村委会能好得了吗？

　　本来王尔东家出了这么大的事，彭佳佳的父母应该过来看看，帮个忙，他们刚才在地里听到这个消息后，地浇到一半就跑回来了，那时王尔东家已被看热闹的人挤了个水泄不通，他们正想往里挤，偏偏耿天亮他们来了，耿天亮他们一来，彭佳佳的父母立刻转身回了自己家，还拉着刚从镇上回来的彭佳佳一起回去，说："走了，佳佳，等他们走了我们再来。我们看'耿瞎子'黑眼。"父母管戴了眼镜的耿天亮叫耿瞎子，出了这么大事，他们的父母显得很冷静，彭佳佳却怎么也理解不了，那么个大男人怎么就喝了农药死了呢？就问父母，父母说："还不是被村委会气死的？"父母很少说这种话，彭佳佳就更纳闷儿了，王尔东怎么被村委会气死呢？母亲把彭佳佳拉进自己家的大门，气呼呼地说："你尔东叔早说了，他这鸡巴队长早不想干了，村委会整天派任务，不是催这个款，就是收那个费，收不上来就扣他工资，想现在撂挑子不干吧，村里说了谁撂挑子都可以，但要扣几个月的工资才行，你尔东叔当了几年队长，哪能不得罪几个人？队上有些歹毒的人就去村里告黑状，说他故意不完成村里的任务，王二虎刚上来不了解情况，就把事情交给耿瞎子办，耿瞎子这个走狗就天天地来催你尔东叔，催不动，又回去告刁状，村里就用大喇叭喊他，让他到村委会开会，到村委会后就被王二虎劈头盖脸一顿骂。你说窝心不窝心？"父亲接过话茬儿，说："你妈说得是。我前天还听尔东对我说'我早晚死给他们看看'。我以为那是句气话，还劝他'干不了就不干，干吗死了活了的'，没想到他竟真的死了。我看呀，你尔东叔还真是死得蹊跷。没准儿这里有什么曲折缘故，没准儿是被他们气死的。要不然王二虎走了，耿瞎子怎么留下来不走了呢？"

彭佳佳听父母这样一说，又从家里出来了，她想再看看。彭佳佳这样想"看"，说白了，不是在为自己"看"，她是想替马令书多"看"几眼，给他提供一个新闻线索。彭佳佳想，这事得让马令书报道报道，要真像父母说的，王尔东的死还真说不定就是个疑案和悬案，不能就这样一死了之，得给好人一个说法。马令书过来采访一下，写篇文章报上发表一下，不说为沉冤者昭雪吧，也总能为老实人出一口气，让别人知道自杀者背后的隐衷和真相。而这事，镇里只有马令书才能做到。

彭佳佳这样相信马令书，连她自己都有些奇怪。说起来，马令书曾经是彭佳佳最看不上眼的人。彭佳佳看不上马令书，主要是觉得马令书这个人太痞，太不实在，跟女孩子油腔滑调的，拈花惹草，给人一种极不老实的感觉。尤其让彭佳佳反感的，是马令书对女孩子们的态度，简直比王小军还要"浑蛋"和"不负责任"。马令书和田晓荷、和李青萍、和徐燕，马令书和谁"好了"，又和谁"不好了"，彭佳佳都一清二楚，她是有点看不上她们，马令书不怎么样，那些女的也轻浮，真是鱼找鱼、虾找虾，说来还是贱。彭佳佳冷眼看着她们，一个个小丑一样，你方唱罢我登场，你争我抢的，不嫌有多丢人。彭佳佳和她们是不一样的，她和她们可不在一个"档次"上。"档次"这个词，说来，还是小金说的。小金喜欢用"档次"来区分人。一议论起某人和某人，小金总爱说："明显不是一个档次的嘛。"有一次如玉因和耿芳、王彦她们生了点气，被小金知道了，小金就劝如玉："她们什么人，你什么人，你能和她们一般见识吗？档次不一样嘛。"后来"档次"就成了彭佳佳和人交往的"法宝"了。交朋友就是要交和自己"档次"差不多的，"档次"低的绝对不能交，降低身份。所以，尽管都是镇政府里的同事，彭佳佳明显看上去就要骄傲一些。她在机关里只和如玉好。后来，打字员孟菲菲来了，小姑娘纯纯的一个人，没一点社会的浸染，彭佳佳喜欢孟菲菲，就怕孟菲菲也和那几个人混一起，被她们拉低了档次。彭佳佳对孟菲菲说："菲菲，以后少理耿芳李青萍她们，档次太低。和她们交往，说不定会被她们污染了。她们干的没一件好事，她们那些破事我全知道。"

彭佳佳不言不语，但机关里的事没什么能瞒得过她，李青萍就别说了，马令书没来前和满东腻腻歪歪，马令书来了，又和马令书勾勾搭搭。还有徐燕，徐燕和卫生院苟大夫的事，就是她最先通过一个卫生院的女大夫知道的，她当初告诉如玉的时候，如玉还不相信，如玉说："徐燕不是那样的人吧？"是啥样的人有在自己脑门上写出来吗？人是看不出来的，就比如分机员王彦吧，那个丫头，看上去不声不响，暗地里却至少和两个外面小伙子交往着。彭佳佳有一次就碰上过她和另外一个男孩一起骑车，有说有笑的，见了她还故意把脸别过去，装不认识。在彭佳佳看来，王彦还不如耿芳，耿芳虽然和自己也不在一个"档次"上，又长相一般，毕竟快言快语，心胸坦荡。耿芳起码还是值得信赖的。彭佳佳善于观察，喜欢推理，她想，她就是没机会，有机会像如玉、马令书那样做个报道员写写文章也是合适的。

彭佳佳没事喜欢记点日记，这点爱好是从和王小军恋爱后开始的，一个女孩，一恋爱，心事就多了，心事这个东西，是要酝酿在心里的，不吐出来不舒服，可那些话说给谁呢？居然找不到一个可以信任的人。没有人，一个人自言自语也不像话，那不神经了？有心事说不出来也是种苦恼，所以还是用笔写在纸上比较妥帖。写出来，自己没事看看，分析研究，也是种享受。后来和王小军分了手，彭佳佳心情落寞，就更喜欢把心事写在日记里了。渐渐地，彭佳佳迷上了这种诉说心情的方式，心里有话了，就拿起笔，说在本子上。文字这东西怪了，一个一个的字，看上去单打独斗，毫无关联，可组合起来，就不一样了，奇妙得很，妖娆得很，抒情得很，也放纵得很。

说起来，彭佳佳对马令书看法上的转变是从文字上开始的，要不是在如玉那里读到了马令书的小说，估计马令书要被彭佳佳永久"打入冷宫"，这辈子都不带理一理的，可看了马令书小说，彭佳佳的想法变了，她发现过去对马令书的看法失之偏颇了。她开始暗中观察马令书。一观察，才发现，马令书并不是个"简单"的人，原来马令书也是很深沉的一个人。彭佳佳又发现，马令书看上去的油滑调侃，不实在，原来都是装的，是马令书故意要表演给别人看的。

这就很不一般了。马令书不但是个有城府的，而且城府很深，都深不见底了。尤其是读了马令书那个小说后，她才好像恍然大悟，原来马令书是一个被她严重低估了的人，他不但是个才华横溢的人，还有可能是一个脱离了低级趣味的人，既然他看上去的油腔滑调是假的，那他的低级趣味说不定就是一种更高级的呈现呢。一个说出的每句话都幽默得让人发笑，而小说写出的故事却能让人哭，这样的人能简单吗？还有，马令书骨子里有一种善良的温软，这一点，彭佳佳是最有体会了。彭佳佳从王小军故意"打击"自己那次就发现了。马令书是善良的，因为敏感，他的善良看上去还有点软弱，就是太在意无形中把人伤害了。那次事后，彭佳佳几次发现马令书想和自己说话，彭佳佳虽然没说，可从心里早原谅了马令书。因为她知道这一切都是王小军那个王八蛋在故意捣乱，是他故意在气自己。这和人家马令书有什么关系呢？彭佳佳冷落过一段马令书，不过那冷落其实是彭佳佳故意了，是她故意要"那样"。因为，彭佳佳发现，马令书也是个骄傲的人，骨子里那点天然的傲气一直在。彭佳佳就想，你一个男的有什么傲的呢？女人傲一点儿是自尊，男人傲一点儿就不近人情了。

如玉有时会对彭佳佳说一说马令书，说马令书"不实在"，说马令书"狡猾"，还说马令书"就是个顽主"，"心思一点儿都不往工作上放，就知道和女孩子鬼混，没出息"。但彭佳佳通过观察发现，如玉说的那些话和如玉心里想说的话是对不上的，如玉是个非常聪明的人，毕竟"层次在那儿呢"，如玉或许比她彭佳佳更早发现了马令书那些背后的优点吧，只不过嘴上那样说说罢了，是"气话"，心里怎么想就难说了，谁都不傻。

马令书的"顽主"的姿态当然是有的，但既然是姿态，那就是装的，就是表面一套内心一套。每当夜里10点半，当彭佳佳从民政办出来，马令书是她必然经过的第一个窗口，每次她都能看到一个灯下工作者伏案的剪影，那个低头或读或写的人，诠释的是勤奋，是执着，是向上。一句话，马令书的功都用在了别人不注意的时刻。马令书白天里无所事事，晃晃荡荡，晚上的时间却一点儿都没浪费，一直在用功。这就很难得了。更难得的是马令书的才气。马令书的文笔好，这个自然不用说。彭佳佳发现，马令书的才气不是一般"才子"身上的才气，那种才气是后天可以学习得来的。马令书的才气，是天生的才气。所以是"天才"。这种才气会在"档次"相同的人面前非常自然地展示出来，有一种扑面而来的效果，会惊人。

彭佳佳和马令书熟识起来，是4月间的事。有一次，忘了因为什么，彭佳佳在马令书房间就"人生"这样大而化之的话题和马令书进行了一番深入探讨。主要是彭佳佳在探讨。彭佳佳不愿意和别人说废话，她喜欢探讨点有用的、有深度的、有价值的。"人生"这样一个话题，虽然大、宽泛，探讨起来却是相当有深度，彭佳佳就说了："人生究竟怎样过才能有意义呢？人生是不是一开始就被命运设计好了，我们活着究竟用不用设计自己的人生呢？"这种宏观的哲学的形而上的探讨当然不会有什么立竿见影的效果。马令书说起这些来也不置可否，含含糊糊。但是不久之后，彭佳佳突然在《京都日报》的副刊上读到了一篇《设计人生》，一看名字，彭佳佳就明白了，那是他们探讨之后，马令书写的，再看文字，彭佳佳就跟真经历了一场小小的地震一样，呆住了。彭佳佳看文章极少关注作者的名字，这次也一样，她是拿过来就看，看怎么写，至于是谁在写，她并不关注，这次不一样了，因为有了"地震"的效果，彭佳佳回头再读的时候，就注意到这篇的作者了——马令书。文章读过两遍之后，彭佳佳的感受相当复杂，说惊喜有点，说佩服吧，有点，关键是复杂，什么都有点，又什么都不是。是一种很含混的感受，里面居然是掺杂了一些忌妒和忧愁。彭佳佳想：他怎么写出来的呢，这样准确？把我心里混乱的一团写得这样条分缕析精准恰当？马令书文章里的那些话都是彭佳佳想说而说不出、想表达而不知如何表达的。

文章发表不久，彭佳佳有一次在走廊里"碰到"马令书了。彭佳佳看到马令书，脸上的表情一时没准备好，有点乱七八糟的。彭佳佳说："你发表的那篇文章我看过了。"马令书说："你觉得怎么样？回答你的问题了吗？"彭佳佳说："你把我想说的又不知怎么说的都写出来了。"马令书说："那就是说，我剽窃了你脑子里的东西了，这篇文章应该署名'彭佳佳'，你才是这篇文章的作者。"彭佳佳脸红了，说："我哪会写？我就是脑子里胡乱想想。"话虽这样说，彭佳佳心里还是挺受用的，很舒服，还相当滋润了。彭佳佳说："马令书，你真是可怕，连我脑里想什么都知道。"不过彭佳佳这话没说出来，是彭佳佳心里说的。彭佳佳想，别看马令书年龄不大，人还是挺通透的，不光会看人，还会看人心。这样一想，彭佳佳觉得马令书就不光是有才，是可怕了，这样的人太危险，自己要小心了。自己心里想什么，都能被他"偷"了去，那还了得？不注意不行了。但彭佳佳不知道，危险和可怕的也有另外一面，另外的一面是什么呢？就是你心里越想远离，身体却不由自主地在接近了。那之后，彭佳佳发现，她不定在哪里就会碰到马令书，而且"碰到"频率正在呈几何级增长。有时彭佳佳都奇怪，怎么一出来就碰见马令书，一出来就碰见呢？都有点像故意了。打水时碰见，吃饭时碰见，洗碗时碰见，走路时碰见，有时厕所出来居然也碰见，真是见鬼了。

彭佳佳"碰到"马令书最多时候还是在孟菲菲打字室或者在如玉屋。马令书白天去孟菲菲的打字室主要是打材料，晚上在如玉屋里是在打牌。每次彭佳佳去如玉屋，都会碰到如玉、王小军他们几个在一起打牌。牌局大多是如玉组织的。这就怪了，可却是真的。彭佳佳不知如玉脑袋里转的是什么弯儿，这丫头脑瓜子太灵秀，彭佳佳看不透。彭佳佳自己从来不打牌，何况还有个王小军。如玉为什么怪呢？因为过去如玉是从来不打牌的，现在的如玉，一进4月却迷上了打牌，晚上也住在机关里了，不值班一周也在这里住个两三个晚上，还特意召集别人来她屋里来打牌，如玉招来的人，王小军和马令书当然是必选项，剩下的那个就不一定了，有时是张然，有时是王红霞，有时是王彦，有时居然会从后面的角门把镇农村信用社的小胡姑娘找来。打牌的时候如玉咋咋呼呼的，跟个假小子似的，认真得很，谁出错牌了拿回去都不行，坚决得不像在打牌，倒像搞投票选举了。彭佳佳发现，如玉越是认真，越显得浮躁，有时候，牌局刚到一半的时候，或者因为王小军的一句话，或许因为马令书的一句话，如玉就突然恼了，把牌往桌上一摔，说"不玩了"，说"不怕碰上神一样的对手，就怕碰到猪一样的队友"。打牌的人快快散去，如玉会很长时间地坐在那里发呆。如玉不说，彭佳佳也不问。彭佳佳知道，如玉这是有了心事了，如玉这样的争强好胜的姑娘，一旦有了心事，表现出来的不是像自己写在日记里，而是故意找一些事来做，故意把要做的事破坏一下才能排遣出去。如玉就是这样奇怪。

　　彭佳佳从家里回来，敲过马令书房间，人不在，她就直奔后排如玉的宿舍，挺远呢，就听到了如玉和王小军在为一张牌争吵。彭佳佳推门进来，几个人的"双升"正打得热闹。王小军出错一张牌，想反悔，如玉把牌用力压着，不干。王红霞和如玉打对家，也在那里说："他们太赖皮了，反悔不行，反悔就从'2'开始打。"这次是王小军摔了牌，说从'2'就从'2'，谁还怕你们？几把我就打到'K'（13）。"

　　马令书在那里拿着牌笑，不表态。彭佳佳趁机说："马令书，你出来一下，我给你说件事。"

第三十三章

马令书从不像王小军那样每天往脸上搽男士霜，也不像张然，最近老在口袋里装个小镜子，没人时拿出来偷偷照一照，很可笑。他觉得生活上马虎一点儿不算啥毛病。马令书和他们不一样，他只对别人说跟他有关的事情敏感，别人说句什么，只要和他有关，他都记忆深刻，他不知别人是不是这样，反正自己越来越如此，简直有点太拿自己当回事了，这也太不自信了吧。

比如说如玉吧，最近老主动组织打牌，可每次打牌的结果都不那么令人愉快，不令人愉快的表现，就是如玉爱说人，什么神一样的对手，什么猪一样的队友，简直越说越难听，每次打牌，马令书都忍着，每次打到最后，马令书都有逃跑的感觉，只是苦于没有借口。这次彭佳佳一叫他，他立刻把牌交给一旁观战的张然，说："张然你来，你和如玉一伙儿最合适。"如玉把牌一甩，说："马令书你什么意思？你给我说明白。"马令书说："我没时间了。彭佳佳说大王府村出了个命案，我去看看。"如玉说："马令书，你不许走，我不许你走，你说明白再走。"马令书心想，谁跟你说明白啊，你要是喜欢虐人，就去虐张然好了，张然脾气好，最近又老往如玉跟前跑，那就让如玉虐他好了，这叫周瑜打黄盖，一个愿打一个愿挨。

马令书感觉，还是和彭佳佳一起更舒服一点儿。彭佳佳这个人呢，过去接触不多，都是王小军带着他，三个人一起，听王小军"逗"他这个前女友，他很少和彭佳佳接触，也没认真观察过彭佳佳这个人。就是最近因为彭佳佳要和他一起探讨"人生"，才接触多了一些。虽然说是接触，也不过是精神层面，形而上层面的接触。按书上说的，算一个"笔友"吧，就是说可以通过文字接触接触的。

彭佳佳确实是个适合清谈的人。她和镇里的其他女孩不大一样，那些女孩，怎么说？她们花枝招展，她们标新立异，有时候，她们任性恣意得像是一群女劫匪，说：嘿，小马，你过来，嘿，小马，你有女朋友了吗？或者：嘿！马儿，陪我们去看电影呗。甄妮、耿芳、李青萍不都这样吗！她们像是一排连发的机关枪，把他扫射得千疮百孔，也把他撩拨得青春勃发，激情澎湃。

和她们比起来，彭佳佳更像80年代初期的人，简单、纯朴，理想主义色彩浓厚。当然，他也有些遗憾，彭佳佳还是有些落伍了。她显得形单影只，对人生和理想的不断探求，以及对强大物欲的本能反抗让这个姑娘显得寂寞而又倔强、孤单而又蓬勃。她走路昂头挺胸，视若无物，高跟鞋像是两把小锤子在空旷的走廊里敲响着她的独奏，有时还让马令书想到一只勤奋的啄木鸟，嘟嘟有声地演奏着空灵的乐曲。

有一次，马令书带来一本王朔新出的小说集《空中小姐》，彭佳佳拿过去，对着扉页上作者的照片看了良久，说这个作者像一个人。像谁呢？她没说，却和马令书谈开了她的理想。彭佳佳说她小时候的理想是当个幼儿园教师，长大后的理想是想成为一名出色的配音演员，躲在幕后就可以成就自己的辉煌。而现在，她都不知道自己的理想是什么了。

马令书说，他小时候的理想是成为一个将军，因为那样可以率领身边的一群孩子，让他们乖乖地听他的话；他一度还想成为一个画家，留着古怪而长的花白胡须，而不担心有人出来指手画脚；后来有那么几年，他还想成为一个让人听起来闻风丧胆的街痞或流氓，不光是因为通常这样的家伙身边都美女如云，还因为他本身嫉恶如仇，可以对着那些胡作非为的小流氓大打出手，而不必担心遭到反抗。

彭佳佳说，她的人生缺乏规划，她习惯了随波逐流，稍做反抗，青春就落花流水。

马令书说，其实人生就像春晚里的赵本山说的，"是碗菠菜汤"，虽然色泽鲜艳却寡淡无味；马令书还说，人生还是一块巧克力，很多人都喜欢巧克力的味道，可他最喜欢的还是上海的大白兔奶糖……

那天，马令书、如玉几个人正在打牌，彭佳佳把马令书叫了出来，告诉他大王府村出了件稀奇事，她的一个好脾气的邻居，好端端的，突然喝了农药死了，希望他能去采访一下。马令书还在想那场令人不愉快的牌局，说："人都死了，采访谁？采访那个死者吗？"

彭佳佳说："谁让你去采访死者了？你还是个记者呢，怎么一点儿好奇心都没有？要是如玉早去了。"马令书说："那你去找如玉啊，我不知道一个人死了，还是自杀，有什么可采访的。"彭佳佳并不理会马令书的冷嘲热讽，耐心地说："一个人，本来好好的，突然自杀，你不觉得奇怪吗？"马令书说："奇怪是奇怪，可是这样的事，要去采访谁呢？这件事又不能当新闻写。"彭佳佳淡淡笑了一下，说："你不是会写小说吗？你可以当小说写啊，这样的事当小说素材不好吗？我在如玉那里，看过你写的小说。"听彭佳佳这样一说，马令书倒有点不好意思了。他确实是写过几个小说，可一篇都没发表过，他就是平时没事写着玩玩，是一份纯粹的业余爱好而已。

彭佳佳这样一说，倒是提醒了他，对啊，"世间除了生死，都是小事"，有什么能比写死亡更大的主题呢？马令书嘴上一副见惯不惊的样子，可内心对死亡这样的事件还是充满探究兴趣和好奇的，那些往生人的生命密码亟须有人去破译，何况马令书正处在对一切新鲜事物都好奇的年龄，好奇心强，求知欲旺盛，更何况，彭佳佳都说了，"你还是个记者呢"！彭佳佳说话就是得体，不像别人那样"报道员、报道员"叫他，"记者"比"报道员"这称呼好听多了。尤其是在挺胸昂头一向骄傲的彭佳佳嘴里叫出来，还是有点不一样，听着舒坦，挺能满足自己的虚荣心。

谁说报道员就不是记者呢？上次二百五马彪都说了，他是县里"第一个有记者证的记者"，马彪当时那不可一世的声音还轰轰回响在马令书的耳畔。记者，那是无冕之王啊，当年他跑到城里去读那个新闻写作班，不就是想当个记者吗？虽然他现在还只是个报道员，但谁说以后自己就成不了个记者？王侯将相，宁有种乎？你马彪可以是，我马令书也可以是。

马令书说："好奇心还是有的，可去了采访谁呢？死者的家属吗？家里出了这么大事，家里人会接受采访？用不用到村里打个招呼？"彭佳佳说："和村里有什么相干？你就是去采访一下，又不是发表。至于采访谁，你只要真心想去，我领着你去，我给你安排。"马令书就点头答应了，不管能不能写，去采访一下还是有必要的。

马令书还是第一次和彭佳佳一起外出。他正好可以利用这个机会，认真观察一下这个多少有点古怪的姑娘。首先，从外观上来说，彭佳佳在朱雀镇算得上高个子姑娘，比如玉、甄妮、徐燕她们个子都要高，甚至比田晓荷和小高，还要高一点儿，当然，彭佳佳肯定没有那个新来的刘镇长高，那个镇长又高又壮，初次相见就给了马令书难以磨灭的"恐怖"印象。引申开来，马令书得出一个观点，就是女人不能太高太壮，那样真的没有一点儿美感可言。彭佳佳差不多有一米七吧，说话轻声细语，举止端庄娴雅，说得上朱雀镇最温柔得体的姑娘了。如果更详细点，可以这样描述一下彭佳佳：个子很高，眼睛很大，皮肤很白。彭佳佳的"高大白"，是匀称的、得体的、端庄的，说漂亮吧，有些马马虎虎，毕竟脸上是些微有几个麻点的，但瑕不掩瑜，彭佳佳用她的护肤霜很好地遮盖了这一点儿小小的瑕疵，怪不得当初王小军为她要死要活的，还是自有其可取之处的。马令书多少是有些挑剔的人，如果用挑剔的眼光再看：彭佳佳个子很高，可还是喜欢穿一双很高的高跟鞋，人的重心就有点不稳了，走起路来有点摇摇晃晃的；彭佳佳皮肤白，可彭佳佳又往很白的皮肤上擦一层不薄的护肤霜，感觉就像个时装模特了，有点假了；彭佳佳眼睛大，因为彭佳佳的双眼皮比一般人要大要宽，双眼皮太大的话，就给人一种很不真实的感觉……这样一细看，彭佳佳也就成了很平常的一个人了，那她的骄傲是从哪里来的呢？是和如玉一样天生的优越感？想到如玉，马令书笑了，他想如果用骄傲来形容两个人，简直最好、最恰当了。

　　说起来，马令书到大王府村的机会并不多。第一次是被如玉领着来"熟悉情况"，这次是被彭佳佳领着来"采访"。大王府村很大，但大王府村的大，你在外面是看不出来的，你只有真正进了大王府村，你只有走在大王府村的街上，你只有一个生产队一个生产队地看过了，你才知道大王府村的大了，大到出乎人的想象。从外面看大王府呢，就是一个很平常的村庄，和所有村庄一样，宁静祥和，房舍俨然，炊烟袅袅，绿树村边合，青山郭外斜。过去他只知道王小军住在这个村子，彭佳佳也住在这个村子，可都是概念上的事儿，如今彭佳佳领着马令书来了，村庄才一点点儿具体化了。更具体地说，这是彭佳佳的"村庄"，和她息息相关，是她诞生、成长的村庄，这个村庄和彭佳佳相得益彰，很大，也很美。马令书和彭佳佳一人骑了辆单车，被暖风吹拂着，心里竟升腾起一阵阵"归乡"的幸福感，好像马令书也回到了自己的家乡。但他的家乡和大王府毕竟是没法比的，除了全是乡村这样一个事实外，剩下的简直天壤之别。这区别就是大和小的区别，是大隐与小隐的区别，大王府村是真正的大隐隐于野啊。

大王府村是大的，是越来越大，大到没边没沿儿，随着村庄的深入，马令书的这种感觉越发强烈。他又想，其实他来大王府还是有几次的，比如来开县里的"发展三高农业的现场会"，比如领着政研室的两个副主任采访地膜豆角，每来一次大王府，感受都不尽相同，来大王府不光能唤醒他关于乡村的记忆，有时候还会产生一种地老天荒的感觉，而他到朱雀镇才不过两三个月时间，这么短的时间就让一个刚刚二十出头的年轻人，变成了一个仿佛沧桑历尽的中年人了，真是奇怪啊。除了慨叹大王府的大，一路上，马令书还在想：彭佳佳干吗要找他回村采访？仅仅因为他是报道员吗？还是按照彭佳佳说的，给他找一个写作素材？要知道，之前因为王小军，彭佳佳已经有一段时间不理马令书了。马令书和彭佳佳素无冤仇，又没有情感上的牵扯，他只是和这个敏而多思的彭佳佳谈过一次"人生"，顺手写了篇《设计人生》。他们之间的关系就是这么简单。是彭佳佳突然找他采访一个死人的"想法"，让他有点摸不清来路。

彭佳佳的那个邻居，那个因喝农药死掉的村干部王尔东家里，更是乱成了一锅粥。家里的男人死掉，这个家真的好像天塌下来一样，院子里充满悲伤的气息，所有人都低着头。王尔东的女人，像是早已丢掉了七魂六魄，泪水早已流尽，干巴巴的，可怜兮兮的，人看上去呆滞得像个傻子，说起刚刚死去的丈夫，神情却意外亢奋起来："他一米九啊，他就喝药水死了，这个鬼！他今天早晨起来还拉着我要干那个事，我怕他累啊，这个鬼！"最后，女人用一双眼牢牢盯了马令书，"马记者，他死得冤枉啊，你要为我申冤啊，这个鬼啊！"令马令书顿时不寒而栗。

采访竟持续了一个多小时，女人一口一个"鬼"地回忆着她刚死去的丈夫，场面悲怆而又诡秘。马令书悄悄看了一眼领她来的彭佳佳，彭佳佳却因女人无泪的哭诉红了眼圈。彭佳佳体贴又有分寸地靠近马令书，用眼瞟了瞟马令书在本子上记下的一行行文字，眼神复杂，似有崇拜、欣赏，又有淡淡的疑惑在里面。

彭佳佳想请马令书在她家里吃过饭再回镇上。马令书并不知道彭佳佳的本意，以为彭佳佳要顺便带他回家看看，也就去了。两家确实很近，彭佳佳家和王尔东家只隔了一户人家。彭佳佳一把马令书带到她家，马令书就后悔了，他一下想到他送甄妮回家的情景了，那么相像，差不多同样大的一个院子，里面的房间却挤满了人。马令书像是被彭佳佳旅游顺便带回来的一件"纪念品"，被故作平淡地展示给她的家里人。只有她们介绍的口气不太一样，甄妮是欢天喜地的"私密"，彭佳佳呢却十分平静，好像是她回家时"意外"捡回来的一件物品——她把马令书一一介绍给她的父母兄弟姐妹，惹得她家里一干人等看马令书的眼神不同寻常，含混复杂，这倒像极了甄妮家。

彭佳佳家也是个人口众多的大家庭。她的父母，就是斩钉截铁回绝了王小军一家人提亲的那两个，马令书以为是多么厉害、强势的人，见了却发现异常和气，见了陌生的马令书，非但没有一点儿陌生的违和感，甚至十分欢喜和客气，客气得都有点不知所云了。

他们热情张罗着马令书坐、喝茶、留饭，同时又呵斥着彭佳佳的兄弟们"还不敬烟端茶"，"怎么一点儿没眼力见儿？"遭到了父母呵斥的彭家兄弟为此颇为不满，脸上都带出来了，他们瞪着眼睛看着马令书，好像马令书是一个非法入侵者，眼神赤裸裸都像挑战了，而彭佳佳的两个妹妹看马令书的眼神则介于挑剔和嫉妒中间，她们年轻的面孔上浮现出许多和年龄不相称的复杂表情，这一切都令马令书如芒在背，他硬撑着在彭佳佳家里坐了不到10分钟，就借口机关有事，执拗地离开了彭家。

彭佳佳因为没能留住马令书在她家吃饭，明显有些失望。采访结束已经中午，家里的午饭也已经准备好了，这都是她和父母提前说好的，只是她想不到自己的兄弟和妹妹对她领回的客人那么冷淡——就像当初他们不欢迎王小军一样。可王小军和马令书怎么能一样对待呢？王小军就是大王府村人，马令书怎么说也算个远道而来的客人。王小军是她的初恋，马令书只是她机关的同事，完全不同的两个人，怎么都是一样的待遇？难道就因为他们都是男的？领回一个男的就让他们不舒服了、反感了？他们凭什么反感？彭家里的大事小情，哪件不是她彭佳佳在顶着？有些事甚至要她独当一面，帮助父母出主意，想办法，即便是王小军的事，她和王小军都恋爱了，只要家里不愿意，她还不是很快站到了家这一方面？要说为家做贡献，他们哪个有她彭佳佳贡献大？包括兄弟姐妹几个的吃穿用度哪个又不是靠她彭佳佳在帮衬？领回一个王小军他们讨厌，现在领回个马令书，也遭到他们的"白眼"。凭什么啊？分明一群白眼狼嘛！

想到这里，彭佳佳就伤感了，决绝了，见马令书出来，自己也冷着脸子从家里出来了，根本不顾父母再三说"马报道有事要走，佳佳在家里吃了饭再走"的挽留，而是异常坚定要和马令书一起回镇里去。她走，她的兄弟姐妹却高兴了，几乎是欢呼雀跃地追着出来送她了，名义上是"送"，其实还是"撵"她了。彭佳佳想，这个家，她下次再也不想回了。她伤心了。可她又分明知道，这都是她的气话，毕竟大王府村是她的家，她不回家又能去哪里呢？这里有她的父母呢，她一直是个孝顺的姑娘呢，信奉"父母在，不远游"，如果万一有一天父母真的不在了，那这个家她真的再也没有回来的必要了。她懒得看见他们和她们。而他们和她们都是他嫡亲的兄弟姐妹啊。彭佳佳还是不能理解，她一遍遍地在心里问自己：为什么会这样呢？为什么呢？虽然明知道马令书根本不会在乎在哪里吃饭，说不定他还不喜欢在她家吃呢，他们和她们那个样子，要是换了自己，也会别扭，也会急着走。可她还是觉得很抱歉，马令书本来对这次采访并不热心，是她拉人家来了，忙乎半天，连顿饭都没吃，总归心里过意不去。

彭佳佳一路上只是没话找话似的问一些在马令书看来很好笑的问题："你是不是当过兵？"马令书当然没当过兵，民兵都没当过，他很奇怪，为什么会有人这样问他。彭佳佳已经不是第一个了。他自我感觉吊儿郎当的，哪里有一点儿当过兵的样子？怎么会误认为他当过兵呢？他样子很严肃吗？很正统吗？走路很板正吗？很带劲吗？说话办事很干练吗？很原则吗？他一点儿没觉得。马令书就笑了，喜欢调侃的一面就出来了，他说："小学时红小兵还是当过几年的。"彭佳佳说："你说话的样子坏坏的，不像个好人。"马令书说："连我不是好人你都能看得出来？我自己都没发现自己是好人还是坏人。我只想做个正常的人，对于是不是好人，我还真没兴趣！"彭佳佳怕马令书生气，忙把话题打住，说："我说着玩呢。我看到你的采访笔记了。"马令书问她什么时候看的，因为采访本一直在他包里装着。"你采访的时候啊，你一边记我也就一边看到了。"马令书想起来了，他采访王尔东老婆的时候，彭佳佳就坐在边上，确实向他这里不断探头，原来就是看他的采访笔记啊。彭佳佳很得意："你想不到吧？"马令书说："那你都看到什么了？"彭佳佳说："我本来以为你记了很多，谁知就记了那么几句。写得那么少我当然容易记住了。可你记的都是什么啊？照我说，有用的一处没记，没用的却记了不少。"马令书脸上有些挂不住，心想我一个老报道员了，还不知哪里有用没用？也就反问她："那你说什么有用什么没用？"彭佳佳红了脸，说："就是，就是那个……你记王尔东早晨要拉她'那个'……你记'那个'有什么用？"马令书没说话，他当时记下王尔东老婆的话，是因为除此，他还真没什么好记的。王尔东是自杀，明摆着。一个人自杀了，对一个小报记者来说没准儿算一条新闻，可对马令书这种镇政府的报道员，是不可能当新闻报道的，你写了也没人给你广播、发表，而且说不定还会引起别人的误会，挨领导批评，给自己找麻烦。没必要。马令书当时记下这些，是觉得没准儿以后可以当小说里的一个素材，毕竟，那个女人的悲伤是真切的，王尔东的自杀是令人遗憾和悲哀的，他只是奇怪，一个在早晨还想着和女人寻欢的男人，为什么过了两个小时就想不开喝药水死了呢？马令书想，假如女人一大早答应了她丈夫，两个人做爱成功，那他是不是就不会自杀了呢？可这些，他怎么对彭佳佳说？

彭佳佳见马令书不说话了，以为自己占领了话语主导权，就说："还有你的名字，好奇怪，真不知道你为什么起这样一个名字。这是你真实的名字，还是你后来的'笔名'？"彭佳佳说着还不禁轻声笑起来。马令书脸红了，甚至有些恼。他这名字，确实不大讲究，中国字多义，且多谐音，可这却是他爹当年花了10块钱求了一个卦师得来的，也真是难为他那个大字不识几个的矿工老爹。这个卦师是不是喝醉了给马令书拆的八字不得而知，但能给一个孩子的名字取成跟"马铃薯"一个叫法也真是厉害了。过去他没怎么注意过自己的名字，问他的人也不多，他在丰邑举目无亲，认识的人也有限，可自从到了乡政府，关心他名字的人就多了，他也不爱解释。不解释就是消极抵抗，但每次他都能把消极抵抗变成积极的进攻。但多好的抵抗，也不如直接进攻。马令书想。

马令书在彭佳佳还笑的时候，问她："那你呢，怎么叫彭佳佳？"彭佳佳说："我小名就叫佳佳，我姓彭，当然叫彭佳佳了。""彭，佳佳？你这名字也没好到哪儿去，"马令书故意说："怎么听怎么像舞曲的伴奏，你听：澎，恰恰，澎，恰恰……像不像？像不像？"彭佳佳不高兴了，说："你怎么越说越疯，怎么和王小军一样了？真是近朱者赤，近墨者黑！"

马令书确实有点人来疯，言语的交锋不过瘾，他还可以展开想象的翅膀，继续"虚拟进攻"：这个彭佳佳啊！高、大、白。说不上漂亮，可也寒碜不到哪儿去。彭佳佳这个人呢，除了一本正经，开不得玩笑，还爱较真。彭佳佳手上的肉，白而丰腴，握上去，会很舒服，彭佳佳脖颈上露出的肉也是丰腴而白的，亲一口上去怕也是回味悠长的。还有彭佳佳的脸。那张脸，自然也是丰腴而白的。马令书就是觉得那脸上的表情有一种让人不可下口的东西。说不上冷艳，也说不上热情，那是什么呢？也许什么也不是，就是觉得那张脸有一种让他远离的东西在那里挂着。一念及此，马令书立刻灰下心来。

　　和彭佳佳去了趟大王府村，回来后马令书就把这事放一边了，王尔东的死，在朱雀镇也只是当了两三天新鲜的谈资，不久，人们就把这个可怜的家伙忘掉了。只有彭佳佳还惦记着，时不时过来问一下马令书。有一次，甚至如玉也来问了，说你答应好佳佳写王尔东的稿子怎么不写了。马令书很不客气地说："我什么时候答应她了？于书记前两天交给我一个大活儿，让我写一份白虎经济沟种植业规模经营的调查报告，这其实是党委办的活儿，如今也让我写，我现在脑袋里天天一团乱麻，哪有时间去写一个死人？"如玉说："活该，谁让你当时答应佳佳的，既然采访都采访了，总要有个说法嘛。听说你还和佳佳去了她家，你倒是什么都没耽误。"马令书奇怪地问："你这叫什么话？什么叫什么都没耽误？我去彭佳佳家怎么了？是她拉我去的，又不是我自己去的。"如玉甩一下头，说："她拉你你就去啊？她让你像王尔东那样喝药水你喝不喝？"马令书一下气怔在那里，他想这个如玉是疯了吧，说的是什么话嘛！

第三十四章

　　于进水1990年春夏之交就任朱雀镇党委书记时，年方36岁，六六三十六，六六大顺，从哪方面说都挺吉利。于进水也认为自己坐进了官运亨通的高空缆车，眼瞅着扶摇直上了。于进水是五年前由县委组织部办公室主任的职位上到朱雀镇任职的，先任主管农业副镇长，两年后升镇长，又两年成了朱雀镇的党政一把手——党委书记。全县其他乡镇同僚都说于进水在官场上真是如鱼得水，壮年得志，乡镇局级干部的升迁属你时间最短，剩下哪个不是干满一个五年才提？最让人眼红的还是，于进水由副镇长直接当镇长这件事，简直破了例，一般来说，副镇长要当镇长，先要干一届党委副书记，哪怕在党委副书记任上走走过场，这都是当年官场的常识了，可他于进水偏偏就没有，直接就镇长了。县上两会，他被同行们眼红嫉妒调笑，说于进水一定是在哪个庙里烧对了高香，于进水一脸无辜："党是咱的好妈妈，党让干啥咱干啥——我可是个无产阶级的无神论者，从不烧香拜佛的，要我说还是朱雀镇这方水土养人，朱雀镇没别的，就是山好水好人不孬。"这些乡镇一级的党委书记和镇长，像于进水这样从上面直接下放的干部也有，但大部分都是从基层一步步"熬"出来的，于进水知道他们的水平，又不能说得太文雅，"文绉绉"那不是乡镇书记镇长的风格，要夹枪带棒、有荤有素才能左右逢源呢，当然"范儿"还是要立的，谦虚是谦虚，话也不能软了。小溪流乡党委书记高满说："我说小于你就别吹朱雀镇的牛逼了，谁不知道朱雀镇的人一个个都是'屄蔫坏'？——还山好水好人不孬呢！"于进水说："高书记，你这就不与时俱进了嘛，那种老皇历还说它干什么？直说了吧，我还就是要感谢朱雀镇的广大人民——他们给哥们儿作脸啊，你们一个个都奔着那些合资企业多的乡镇努力了，可现在的合资企业是个啥？是老汉裤裆里的家伙——日渐疲软啊。"于进水话里带荤了，大家都跟着哈哈笑，高满却睐了一双大眼，直接怼他："好像就你于进水鸡巴硬，不信赶明儿我派人到大王山上给你点上一把火，看你还牛逼不。"说完，看着于进水，一脸坏笑。

现在，朱雀镇的书记又快干满两年了，于进水又到了他"两年升一任"的节骨眼上，倒也不是于进水官迷心窍，确实是他这几年顺风顺水，"两年升一任"，就好像是他于进水的一把尚方宝剑，说不动心是假的，其实一颗心早悬起来，让人欲罢不能，不由心里不动动念。现在连街上的傻子都知道，要想当官，上面得有人。上面有人欣赏你，你下面这个官才能一步一步往上升。县上的诸多领导中，常务副县长苏东来最欣赏于进水。于进水也深知苏县长对他的厚爱与提携。于进水和别的乡镇局委办一把手不一样，他不喜欢凑热闹。每年临近春节，各乡镇局委办的一把手们大都挤在县委办政府办的外面轮番给县委书记、县长拜年，拜年嘛，空着手总不合适，总要揣个红包意思意思，于进水还真没那么干过，他不是装不起那个红包，是觉得那个红包拿过去说不定会打扰到领导，把领导看轻了，也不见得每个领导都喜欢红包，他就没少听人说起现任书记县长退红包的故事。红包当然是不能直接递到领导手中的，拜年的人一多，领导也记不住都谁来过，记不住的，领导就把红包直接退到县委或政府，拜年的一把手们，也会被领导客客气气地一个个请过去谈话，委婉而严肃地表达，也不知哪个送我红包了，红包这次我退县委办处理，下次要是再有我就直接退纪检委，让纪检委查了。这样的谈话，于进水一次没赶上过，因为他从来不赶春节那个节骨眼上过去给领导添乱，但他也不是一点儿不懂礼数，他也拜年，不过大多是电话拜年。说来也怪，从不红包拜年的于进水，却偏偏成了县里升迁最快的人，真是奇怪了。常务副县长苏东来却觉得没什么奇怪的，苏东来说，这乡镇局委办，"一把手"少说100多人，为啥是你于进水进步快？就因为你不随大溜儿，不同流合污，不与世俗沆瀣一气，那些送红包的以为书记县长都眼红红包啊？他们也太轻看咱共产党的干部了，你的几次快速升迁恰好进一步证明了咱丰邑县领导人的英明和廉洁嘛。苏东来又说，不过小于啊，别的领导的年你不拜可以，我的年你还是要过来一下的，不为别的，就是想着让你陪我一个人喝两口。

春节前，于进水在苏东来家陪苏县长喝酒，说起朱雀镇地膜豆角已发展到两万多亩，大王府村的白虎经济沟也全变成了大果园时，苏东来很高兴，很激动。说起来，苏东来仕途起步，早年也在朱雀镇，大王府村白虎经济沟最初的发展模型还是他当年提出来的呢，没承想让一个小他20岁的于进水给实现了。这也是他做常务副县长以来在全县津津乐道的一件事。他想起近来读《尚书·太甲下》时记住的一句话了："无轻民事，惟难；无安厥位，惟危。慎终于始。"这也算他和于进水为官一任，"无轻民事""慎终于始"吧。说来，苏县长是很性情的一个人，他学历不高，却酷爱读书与学习，且有胆有识，敢说敢干，他在丰邑能当上常务副县长完全是凭着自己的实干一点点儿起来的。当年，他在朱雀镇时，就想过如何让县里第一大村大王府村脱贫致富，而脱贫致富的关键，就是找到一条适合他们自己的发展之路，那就是发展"大农业"。他早把眼光瞄上了大王府村那条狭长山沟——白虎沟。白虎沟虽说是条山沟，但阳光充沛，草禾茂盛，土地肥沃，过去都是村里的承包户，星星点点栽些果树，种些粮食和蔬菜。简直是浪费！可惜的是，他在朱雀镇时间并不长，很快就调别的乡镇去了，后来的几任书记镇长，眼光都放在发展企业上去，搞企业，来钱快，经济效益明显，也容易出政绩，也难怪，那些年合资企业吃香，帮大王府村弄了个印刷厂，机器一转，唰唰唰，就好像印钞票一样。

　　说到底，于进水和他们眼光不一样，于进水刚下去，正好是主管农业的副镇长，一上任就开始各村跑，有山的钻山沟，没山的看土地，他当了镇长，第一件事，就是把白虎经济沟打造成全丰邑最大的种植业经济实体，他把那些承包出去的土地，重新收归集体所有，让农民入股，不用交本金却承诺他们将来分红，就这一招，于进水就立于不败之地了——而这也是他苏东来的想法，苏东来的想法就是把大王府村的白虎经济沟打造成丰邑县的样板。天时地利人和，苏东来和于进水也是不谋而合。经过一年的踏勘和前期规划，又经过两年的发展和实施，现在大王府的经济沟已经成了大果园了！他苏东来能不高兴吗？能不激动吗？苏东来一高兴一激动就嚷着要喝酒，一喝酒就更为激动，声高力沉，他还是年轻时那个脾性，有的人生气了喜欢摔杯子，他是高兴时喜欢把杯子往桌子上掼。

苏县长的老伴，刚刚从丰邑县师范学校退下来的老教师许芬正在厨房里做菜，一听老苏又掼酒杯，忙进来问他怎么了怎么了。苏县长没理老伴，看着于进水说："激动人心，激动人心啊！"许芬说："你一激动就掼杯子，你知道那酒杯多少钱一个？"于进水看了一眼那精致透明的酒杯，说："这酒杯是不赖，哪里买的？"许芬说："是朱明上次回来时捎来的。"朱明是苏县长家大公子，现在市里一家五星级大酒店里做餐饮部经理。于进水说："啥时朱明回来了您让他也给我弄一套。"许芬说："那还不行？等他下次回来我就和他说。"正和于进水谈得热烈的苏东来对老伴说："你给我一边待着去，我和小于谈正经事呢，你插什么话？"许芬一边往厨房走，一边嘟囔："敢情你的正经事就是掼杯子？咱家的杯子也不知被你掼碎多少。杯子倒也罢了，每次你那血压也跟着噌噌地涨，还不是我伺候你吃药？"

于进水说："这就是苏县的不对了，再高兴再激动也不能让血压乘机而入。"苏东来说："你别听你婶子的，老娘儿们家家的就是事多。来，你继续讲，咱继续喝。"

苏东来告诉于进水，过了年，县里准备要在大王府村召开一个发展三高农业的现场会，要他年后好好准备一下。临走前，苏东来还是没忍住，向于进水透露一个重要的消息，县里今年准备提拔任用一两个40岁以下的乡镇局委办的一把手，充实到县局级干部队伍中来，说白了，就是要提一两名副县长，而从年龄和这几年的政绩来看，于进水的优势还是明显的。苏东来的话挺直接，说你回去把经济沟的材料好好搞一搞，争取把经济沟的典型尽快树立起来，"到时我也好在常委会上替你说话"。苏东来的话已经直白得不能再直白、贴心得不能再贴心了，于进水脸上也红红的，不过，他尽量装得不动声色，说副县级那么大的人事安排他于进水是想都不敢想的，他现在主要想的还是如何打造好白虎经济沟。苏东来说："你能那样想更难得，这才是为官一任造福一方的好事大事。"

1992年初春，丰邑县发展三高农业现场会在大王府村如期召开。来自全县21个乡镇的主要领导和部分重点村的支部书记六七十人参加了大会。现场会由丰邑县常务副县长苏东来主持。苏县长在会上对朱雀镇发展三高农业取得的突出成绩给予了热情的肯定和赞扬，并号召全县各乡镇都要积极行动起来，以朱雀镇和大王府村为样板，因地制宜地把各地的三高农业搞上去。镇长郭育才和大王府村支部书记王二虎分别发言，介绍了发展地膜豆角与经济沟的一些典型经验和做法。

苏东来对大王府村的白虎经济沟更感兴趣，会后看完村西的万余亩地膜豆角，就让王二虎开车带着与会人等去了白虎经济沟。

大小车辆二十几部浩浩荡荡直奔大王府村白虎沟开去。白虎沟，沟始狭长，进去后，逐渐开阔，样似剖开的葫芦，其纵深迤逦竟有十来里，现在沟里的两面长坡都高低次序种上了核桃、板栗、苹果等果树，沟的最里边，紧靠大王山的一大片开阔地就是号称百亩的大果园。果园外面栽的是大桃"久保"，里面则是清一色的红富士。一行人下车后，王二虎在前面领着转，向苏县长和一帮乡镇领导介绍说，等这些果树长成后，还可以利用树间树空，套种矮秧豆类作物，利用温差，发展果园地膜经济，搞立体栽植，那样的话，经济效益将成倍增长。苏县长连说好、不错，夸王二虎都快成了县里地膜种植方面的专家了。

于进水听苏县长夸王二虎，心里也很享受，正得意，肩膀不防被人重重击打了一下，回头一看，却是小溪流乡党委书记高满，高满故意高声大嗓说了句："哎，我说，进水书记，今年你们大王山没着火吧？要是着了山火，一路烧将下来，你们这10里的经济长廊和百亩富士果园可就有的受了啊。"高满一说完，后边立刻有人跟着笑。高满明显是故意的，要故意给于进水一个难堪，让你春风得意马蹄疾的时候，照你飞扬的马腿来一棍子，不撂趴你，也给你个下马威。高满一定是这样想的。这完全不是于进水的小人之心，因为高满根本说不上有君子之腹。高满是什么人，他于进水心中还是有数的。高满只有满肚子的小人之心和花花肠子，哪里有一点党委书记的模样？高满今年五十出头，长得肥头大脸，一说话，两个肥硕的腮帮子，东拉西扯，上蹿下跳，一张大嘴，满口烟熏的黑牙。这样的人居然也能成为一个乡的党委书记，奇怪了。高满凭的是什么？高满过去是县域西南方向一个大村的支部书记，因靠着和原来的县委书记是同乡，关系不错，一步步升到了乡党委书记这个位置，别看只有初中二年级的水平，却对谁都是一副看不起的样子。他对于进水好像有一种天生的敌意，这也是奇怪了，最起码有那么两次，高满的阴阳怪气是针对他来的，他好像是看于进水升迁快，故意要给于进水一点颜色看看，你大学毕业了不起啊？不也是个党委书记吗？你升迁快了不起啊？不也是和我一样吗？还能高过我去？你有文化懂科技，我还更富有基层经验呢。说白了，高满对三高农业现场会在朱雀镇而不是在他们小溪流开，是有意见的了，但再有意见，他也不敢对着苏县长来，他的矛头确实是直指朱雀镇和于进水的。这个于进水这才几年啊，就党委书记了？朱雀镇一个大王府村都要比他一个乡还大了。高满在小溪流当了八年书记，想往上面动一下，到局委办任个职，都动不了，这都是让他耿耿于怀、心中不平的事情。

高满对于于进水这种大学毕业青云直上的党委书记不服气，于进水对高满这种没啥水平靠关系走仕途又狂妄的"土皇帝"也不感冒。感不感冒也还在其次，他看不上高满还有另一个原因，于进水妻子李虹在县政府信访办工作，前一阵子李虹回来就说，"现在你们下面的信访真是越来越多了"。李虹现在说什么都是"你们下面"，用以和县上区分开来，李虹开始说你们下面，于进水还以为是有关朱雀镇的信访。一问才知道是小溪流的。李虹接着说："你们下面，那个小溪流的信访信件是最多的，信访大多是反映你们下面党委书记的，就说小溪流那个高满吧，都一糟老头子了，今天和广播站的广播员乱搞，明天和妇联主席不清不楚。"于进水记住高满很大程度上是因为李虹。现在想到李虹那些话，他愈加瞧不起高满了。瞧不起是瞧不起，于进水也不能表露出来。他用手掸了掸自己西服的下摆，好像要把什么脏东西掸掉一样，于进水说："高书记多虑了，大王山山火每年都有，这不假，但都是邻县过境，大王山一脚踏三省，不管着不着火，我们的防火工作都是第一位的，真要着起来，也希望高书记不要作壁上观，说风凉话，到时我一个电话过去，看你派不派人来帮忙救火了。"高满说："这个我们怕是无能为力了，你一个大王府村顶我们一个乡人口，救火还轮得上我们？"于进水说："所以说，个人忙个人的事，个人的水救自家的火，是本分也是责任，别把眼睛舌头伸那么长，顶不上事嘛。"于进水话中有话。这些党委书记都是什么人，他们什么听不出来？高满没想到一个白面书生样的于进水给了他这样几句话，听着像开玩笑，实际上却刁狠得像把锥子，直接冲着人的心脏来了，高满弄个大红脸。嘴上还强打着哈哈："你于进水厉害，那我们就看着你的水怎么救你们的火喽。"

这里两个人明枪暗箭，你来我往，苏东来其实都听在耳朵里，但他什么都不说，等高满一走开，苏东来才叫过于进水，问他现在镇里的防火工作是谁带头抓，是不是镇长郭育才。于进水说："郭镇长刚来一年，还不太了解情况，我带头抓。"苏县长点点头，说："这件事必须一把手来抓，春天山火多，责任也大，不管山火是不是过境火，不管是从哪面过来的，你们都要多加注意，常抓不懈。"于进水说："您放心吧，没事。"苏县长说："没事就好。"说完又围着果园转了几圈，看看时候不早，就带着开会的乡镇一把手回县委招待所吃饭去了。于进水没跟着去，送走苏县长，他想起高满的话，反话正听，不但不恼，反而有了感谢的意思，反而是高满提醒他了，他留下要和王二虎好好聊聊大王府村落实防火责任制的事。

王二虎是于进水一手提拔起来的，提拔前，王二虎就是大王府村的一个土生土长的普通村民。大王府村是个穷村，几年前还一穷二白叮当响。这样的一个村，却有着十分悠久的历史。最早见于文献是在商代，至今村西北还有当时的村落遗址。不过，"成名"还是在明末。最早叫将军村，因村内有一个守土抗倭的王姓将军而得名，那时村落已具相当规模，号称有666户，3666人，这个数字在那时已经非常了得了。当时的丰邑县城才多大？一圈老城墙，方圆不过4公里，城里的居民不过3000口人。后来将军村改叫成了大王府，说起来，还是因为那个将军。明末清初，天下大乱，民不聊生，这王姓将军过不下去了，就揭竿而起，领了一帮饿极而反的饥民，上了东面的大王山，做起了山大王。他占山为王后，给自己起了个绰号，叫"白虎"。这个叫"白虎"的山大王，初期还知道劫富济贫，笼络人心，收买信众，但随着势力日大，手下喽啰越聚越多，名声越传越响。没过几年，这白虎也就露出了"人性缺点"，变得贪得无厌，后来是只劫富不济贫了，专干起了打家劫舍的土匪营生，骚扰三省生民，最终天怒人怨。三省官府一商量，各派了兵丁来抓，谁知那白虎竟是个诡诈多端，有些个计谋的人，依靠着大王府村山高沟深地形熟，和官府打开了拉锯战，几番敌进我退、敌退我打、敌走我扰、敌来我跑，一股土匪竟打得朝廷围剿的官兵丢盔卸甲，颜面尽失，后来这事把皇上都惊动了。皇上说："这京东大王府，再怎么也是我京畿之地，怎容得土匪横行？"皇上颁旨，派亲王率亲兵围剿，这股土匪才被一举击败，亲王亲手捉了"白虎"进京，菜市口砍了头，挂旗杆上示众多日，首级最终无人敢领……大王山上的山大王没了，山寨也被官兵一把火烧得片瓦不存。据说那场火在大王山上整整烧了七七四十九天，附近三省山民多因火而死，或因火致贫，被烧得一无所有后，流浪在外。这场官府所放的"山火"，成了一场不亚于"白虎"匪患的又一灾难。大王山之后，年年山火不断，据说就是因为当年扫平白虎匪患的那场大火，都留下了后遗症，成了"癌"了，难以治愈。生活在山下的大王府村人，先是谈虎色变，继而谈火色变。人居量大为缩减，在清朝时一度变成不足千人的"大村"。解放后，才逐渐发展起来。

大王府的人也多少继承些山大王的体魄秉性，这里的男人多身材高大、体魄雄伟，女人多苗条高挑、个性骄傲，大王府的民风强悍也是远近皆知。生民如此，地理优势也十分明显。大王府村东南以大王山为屏障，连接两省，山下有白虎沟这样的天然经济走廊，西南土平地整，国道环绕，按说应该生活富足，不愁吃穿，可不知道为什么，多年来，这里老百姓的日子却一直过得紧巴巴的，直到

明末清初，天下大乱，民不聊生，这王姬将军干不下去了，就揭竿而起，做起了山大王，他占山为王后给自己起了个绰号叫"白虎"。

出了个王二虎。

作为大王府村的后裔，王二虎自然也生得身高体壮，膀大腰圆，好像浑身上下有使不完的力气。于进水刚到朱雀镇不久，去大王府村走访，就听人说起过王二虎了，都说十一队有个叫王二虎的愣头青，年轻时打架闹事，不好调理，三十多了还整日游手好闲，不务正业。这样的愣头青每个村都有几个，并不稀奇，稀奇的是这个不好调理的愣头青，几年前不知动了哪根神经，去山东跑了几天，回来后就找当时的支书王春山，承包了村西国道边的一大片菜地，大地刚刚解冻，就拉沟做垄，薄膜铺地，铁桶下种，神神秘秘地把一些什么种子种进了那一片白白的地膜垄地之上。后来消息传出来，说王二虎种的是豆角，这季节种豆角不是找死吗？最好玩儿的还是那薄膜，那玩意儿覆在地里，一片片的，白花花的，真是太招摇了，像王二虎这个人。

王二虎这个人呢，天生就有些招摇，有些浑不吝，没进村委之前，就招摇得像一面风中的旗子，从村东到村西，从村里到村外，没有风还呼啦啦地响。大王府的人都说他生错了年代，要是倒退个几百年，或是可以到大王山上，去占山为王，打家劫舍，呼啸山林。可现在啥年代了？改革开放10多年了，二虎这样的人这样的性格，可不就像个笑话吗？二虎干的那些十三不靠的事，也就招摇得像个笑话了。大王府村的人看笑话似的看着王二虎，却不想王二虎家的地膜豆角比别人家的地膜豆角提前半月上了市，且产量惊人，很受市场欢迎，这还不算奇怪。更奇怪的是，他那豆角居然不用去菜市场摆摊零售，居然就有外地的商贩主动来整车收购了，大王府西一条国道，出了国道往南就是河北，再往南就是天津，再远一点就是渤海了。他这是要把自己的豆角生意做到天涯海角去的架势啊。他的那几十亩豆角卖了多少钱，没人知道，但知情的人都说，王二虎的豆角在大王府村卖下了一个天文数字，挣下了满把花花绿绿的钞票。这就了不得了，大王府村的人想看二虎笑话的，不想被二虎打了脸。谁跟钱有仇呢？种地膜豆角又不是什么高科技，没有什么技术含量，又没有多大的成本投入，不就是多一层地膜吗？你王二虎能种，我们为什么不能种？大王府村的人见样学样的本事比谁都强，王二虎也不保守，村民有什么不懂的，问他一个，他能告诉你三个，地膜豆角在王二虎的带动下，一下就在大王府村普及开了。

丰邑春天多风，大王山的春天多山火。这是全丰邑人民都知道的事，于进水更是深有感触。于进水到朱雀镇的第二天就去救了一场火，他的记忆没法不深刻。他是春天到朱雀镇的，那个春天大王山的山火一场紧跟着一场，虽然过火面积都不大，但也挺让人挠头的。这火也赶趟儿似的，好像故意要给于进水来个下马威，好像故意要给他个杀威棒。副镇长于进水就一场接着一场地去救。镇上人还好，镇上人都习惯了，主要是县上人。那时多少人想看于进水的笑话啊，说于进水到了朱雀镇等于进了火焰山，咱就等着吃烤鱼吧。于进水着急上火，嘴上的疱起了一层又一层。不过，救火也有收获，最大的收获是他发现了大王府村自发的救火队伍中有一个人特别突出。这个人人高马大，救火的工具不是扫帚也不是铁锹，而是不知道从谁家果园拔出来的一棵半大的小树，简直都像水浒里的鲁智深了，他挥舞着那棵小树，像挥舞着一面旗帜，边打火，还边喊，不怕死的给我冲啊，像是冲锋像是在打仗了，这个人有意思了，太有意思。居然有很多人跟在他后面，后来于进水也不自觉地加入了他们那个队伍，他们那个队伍才更像一支救火队伍。都是大王府村里人，熟悉地形，知道什么叫顺风逆风，知道怎么扑怎么救，火扑过来时，也知道怎么逃，很是有一套。县里的专业灭火队，有时还不如他们灵活。更别说镇机关那些人了，完全是滥竽充数嘛。于进水跟在这个人的身后，看着他左冲右突，看着他前赴后继，真有点英勇无敌的意思了。等到火灭掉，再看那个人，铁塔般的外形，已经面目全非，脸是黑的，头发胡子是焦的，只有张开嘴里露出的牙是白的。于进水感兴趣了，问村支书王春山，这扑火的人是谁。王春山说："你说那浑小子？王二虎啊。"于进水说："就那个种地膜豆角的王二虎？"王春山说："是他。"于进水心里说，嗯，是个人物。

　　两年后，于进水做了镇长，赶上大王府村调整领导班子，政企分开，王春山改任印刷厂厂长，不再兼任村书记了。实际上呢，是王春山在村里实在干不动了，村子太大了，人太多了，他干了几年书记，村子没什么发展，自己家里倒阔起来了，还把个斜楞着一只眼的儿子王小军弄到了镇政府，好事都成了他们家的了，反对他的人越来越多，难免怨声载道，镇党委也有了动他的意思。王春山下去了，谁当大王府村支部书记呢？谁能领导这个8000口人的大村？一时竟找不到合适的人选，王春山在任几年，竟连一个像样的年轻的党员都没发展过，原来的几个委员，竟比王春山还老，老倒不是不行，关键是一个个畏首畏尾。于进水就和镇里提了王二虎，组织上下去一调查，才知道王二虎根本不是党员。问王春山为啥不发展。王春山说："他二虎在大王府村人眼里就像个混世魔王，我发展他为党员不是找骂？"王二虎连党员都不是，自然没法当党支部书记。于进水提议让他先进村委会，先当村委，再当村主任。镇里村里都有人反对，说王二虎连个村委会委员都不是，怎么当村主任？于进水说："战争年代还讲究个火线提拔呢，我就通过几次救火，发现他了，每次救火他都是冲在最前面，比咱机关干部勇敢机智多了，我觉得这样的人进了村委绝对没问题。"镇里当时的党委书记老石最后发了话："我看进水说得有道理，连救火都能冲在前面的人，抓村里的工作也差不到哪儿去。那就让王二虎进村委，当村主任。"那时没有民选村主任这一说，书记村主任都是镇里任命。王二虎就这样进了村委会，先干了两个月的村委委员，然后做了大王府村的村主任。党支部书记由镇组织委员老庄先兼着。别看王二虎看上去粗直憨实，其实是个角色感很强的一个人，演谁像谁，干啥像啥，干村主任就像村主任，身上的村主任形象突出了，自身的匪气也就慢慢少了下来，加上这两年种地膜豆角无形中带动很多大王府村人脱贫致富，百姓中也渐渐有了好口碑。不到一年，王二虎又快速入了党，镇里组织大王府村党员选举，王二虎毫无悬念当选了村支部书记。于进水发展白虎经济沟，王二虎出力最大，主意最多，立场最坚定。一句话，没有王二虎的支持，他于进水的想法再好，经济沟也不可能发展这么快。事实证明，于进水的眼光没错，不过两三年的工夫，一个王二虎就把县里著名的穷村，变成了今天全丰邑的第一富裕大村。今天的王二虎再也不是过去的王二虎了，他成了事，也收获了荣誉，他现在成了市劳模、县人大代表、共产党的基层政府的执政者。大王府村人也一改过去对王二虎的偏见，开口闭口"我们王书记"或"二虎书记"如何如何，钦敬之情溢于言表。大王府村的人还都是有些个性的，那种溜须拍马言不由衷的事他们轻易做不出来，瞎子耿天亮那样的人毕竟是少数。

　　匪气少了，心中的江湖气还有，王二虎当然知道是谁让自己从一个调皮捣蛋的农民一跃成为大王府村新时代的"山大王"的。一句话，没有于进水，也就没有他王二虎。于进水自然也信得过王二虎。现在镇里的一切都在朝着对于进水有利的方向发展，无论财政税收、计划生育，还是村镇建设、基础教育，方方面面，好像都在努力促使他跻身丰邑县县级领导岗位，唯独大王山的山火成了他久难治愈的一块心病。白虎沟紧邻大王山。大王山山高坡陡，草深树密，顶重要的是大王山还是北京和外省的界山。不光是一脚踏三省的地理优势，这里还有个拱卫京师的形象问题。一脚踏三省，是优势，也是劣势。为什么说是劣势呢？因为大王山以山岭为界，有三个婆婆，东南有个河北婆婆，西南有个天津婆婆，婆婆多，好处是各管一面，各司其职，坏处是漏洞大，监管起来反而麻烦，容易扯皮，个人的婆婆当然只管自己那一面，不好越界嘛。但问题是，一有山火大家都麻烦，牵扯到责任认定，牵扯到损失谁补。一面稍有疏忽，整个大王山就可能星火燎原。

于进水为了防火的事，没少跑两地"婆婆"商讨对策。怎奈人家兴趣点不在这方面，对此兴趣不大，有时还笑于进水，"小事做大""多此一举"。于进水带着镇林管站干部多次上山察看地形，慢慢看出了端倪：原来那两家婆婆管的地方大多是荒山秃岭，而他们这面却都是从五六十年代开始建起来的树木成林。真是不看不知道，一看吓一跳。同一座山，竟是两种完全不同的生态！于进水也大概明白了大王山山火不断的"秘密"所在。他到朱雀镇五六年了，绝大多数的山火都属于过境火，救火次数一多，让人不由不往那方面想，是那两家地方"婆婆"责任意识差？想得开？反正我们这边山上什么也没有，你那边爱着不着，着了损失了也是你的。想找山火的源头？更难，无异于大海捞针。故意纵火的毕竟是少数，多数无非是烧燎地边、上坟烧纸或进山割柴抽烟造成的，火一着，人早就溜掉了，踪迹全无，到"人民群众的汪洋大海"去了，你上哪里找呢？对人家没辙，只好自己方面加强管理。可大王山那么大怎么管？靠林业站那几个人？靠大王府村村民自治？难度不是一般的大啊。花钱雇人巡逻也不行啊，那得需要多少人力物力和财力？这笔钱又由哪里出？是县里出还是镇里出？都不现实嘛。大王府村的山火真是防不胜防。只要一发现山火，就得报警，消防队、森林武警，求助当地驻军部队。靠朱雀镇这百多人的机关干部？笑话。这机关干部多少是干事的？多少又是人浮于事不干事的？他知道这是一群聋子的耳朵——"配的"，他自己是这群"配的"里的"头"。他时时会感到在一群"配的"的机关队伍里待着的荒诞和无聊。

　　和王二虎谈过之后，第二天一大早，于进水接待了几个特殊"客人"——丰邑县委组织部副部长罗文，县里其他部门来人，于进水是能躲就躲，招待时可以找郭育才，找付少聪，找老吴或小金、老庄，顶不济还有政府办老乔呢，混一混就过去了。可是组织部门不行，他是打那儿出来的。组织部副部长罗文来了，还带了人事科的正副两个科长。这阵势让于进水都感到蹊跷，不知是什么来头，罗文不说，自己又不好多问。三个人在于进水陪同下把朱雀镇转了个大概，还特意去看了白虎经济沟。经济沟转下来，罗文冲于进水一伸大拇指，说："老于啊，你厉害，这才几年啊，朱雀镇发展成这样了。行啊，就冲这，你今年的希望大大的了。"罗文打了个哑谜。于进水自然也装出一副懵懂的样子，说："罗部长抬举我，什么希望失望的，只要这大王山今年不着火，我就自然烧高香了。"

　　话虽如此说，于进水却在暗中庆幸：从去冬到今春，大王山也像在暗中帮助于进水，那山火竟一场没起，3月里大王府村报了次火情，原因是十五队的一个农户在自家山地偷燎地边，烟大，让人误以为着火报告给了王二虎，王二虎又给镇上打了电话——这也是于进水一直要求王二虎必须做的，只要一有火情，一定要第一时间上报，哪怕疑似火情也要报。哪怕最后纠错，也不能贻误战机。火情就是任务，火情就是命令，火情就是战场啊。要知道，隔往年，这个季节，他于进水早已在火海里三进三出了。于进水说："罗部啊，你们是没下来呢，要是下来碰到这倒霉的山火你就知道咋回事了，什么如鱼进水，那是如鱼进火啊，玩的是火中取栗，不给你烤熟了，也要烧掉你的一身鳞。"

于进水向罗文简单概括了一下他来朱雀镇经历的大王山山火历史，又说起他的上届书记老石，说为什么最后被安排到县蔬菜公司去，还不是山火惹的祸？说起来，石书记在镇里时各项工作那都是可圈可点的，也是县里的后备干部，可结果呢，就因为大王山的山火烧掉了一片70年代知青栽种的老林子，这事压了又压，可还是被人给捅到市里去了，县里兜不住，老石最后就倒了霉。于进水说："咱丰邑县啥情况？三面环山一面平原，谁守着山还碰不上几场火的？有的地方着火，出救火英雄，发文表彰。我们这里山火一出，跟着倒霉的却是领导。尤其是党委书记，一把手，责任重大啊。"罗文说："石书记下去，倒也不全是山火缘故，不过是个由头。老石败就败在耿直上，和前任大县长顶过牛。不过，话说回来，老石如果不走，你能提得那么快吗？所以说机会这个东西，有客观因素，但也有偶然因素，有时偶然因素往往又成了决定因素，这就是我们从政者的命。"于进水骂了娘，说："谁说不是呢！他妈的，仕途凶险嘛！"

送走罗文他们，回到办公室，于进水把窗帘拉上，开始坐在桌前抽烟。其实于进水平时很少抽烟，抽烟大多是有了什么心事，比如特别高兴或特别不高兴的事，他才吸上一两支。今天当然是高兴。罗文突然来，说是"调研"，怕还有别的深意，具体什么深意，他不知道，但罗文提醒他了，是今年的"副县级"。罗文说了，今年县里变化可能会比较大，县委田书记已干满两届，不出意外就要调市里去了，如果调走，按惯例，苏东来很有可能成为县里的大县长，这就意味着，他于进水有望提前进入县级领导班子。罗文还说，组织部李部长对于进水这几年在朱雀镇的表现还是满意的。

于进水当初进组织部还是李部长亲自提名要的。于进水出身农家，父母兄弟都是地道的桃农，只有他考上了北京的一所名牌大学。他读书时喜欢数理化，本科读的是化学系，大学刚上一年，于进水在组织、领导方面的卓越才能就开始显现出来。从班上的化学课代表、班长到系团支部书记、团校委书记、学生会主席，可以说一路平步青云。毕业时校方力邀于进水留校任教，并许诺第一年就按副教授的级别走。怎奈于进水对繁华的京都并不留恋，他想回家乡丰邑干一番事业。校方挽留不住，就在分配时给丰邑县委组织部写了热情洋溢的推荐信，李部长当时还是县委组织部副部长，他接到信后，就向县委组织部部长强烈推荐，最终，于进水一分回到丰邑县，就被县委组织部点名要下了，两年后就提了办公室主任。又两年，于进水就被下派到朱雀镇任了副镇长。说起来他两年一"进士"，就是从到了组织部后开始的。这就是说，他的仕途不是撞大运撞来的，而是有脉可循的，这个脉不光是苏东来，还有组织部的李部长。

想到这里，于进水笑了，他把烟按灭在烟灰缸里，双手抱头，往床上一躺，他终于可以踏实地睡个午觉了。

第三十五章

因为要写的材料都集中了，所以这几天马令书忙得很，可以说昏天黑地了。不过忙乱中却有一种特别的踏实。每天躺在床上后，久久不愿睡去。他常常会想到前几年读过的《堂·吉诃德》，想到主人公堂·吉诃德出征时，每天晚上都用"一种甜蜜的相思滋润身体"。现在，马令书终于也有了自己的"甜蜜的相思"，他的心终于可以安妥下来了。在过去的徘徊、无序、寂寞和痛苦挣扎后，在所有的荒唐慢慢落下帷幕的时候，突然之间，他的爱情降临了。是真正地降临了，不像过去。过去，他和另外一些女孩一起看电影，一起聊天，一起认真地淘气，有像田晓荷、徐燕那样的隐秘游戏，也有李青萍那样陷于情欲的旋涡，还有甄妮、耿芳给予他的那种浮于表面的单纯快乐，他的生活貌似充实，心却是空着的，是寂寞着的，哪里像现在？现在他的心始终处在一种甜蜜的快乐和喜悦当中。谁都没想到马令书这样一个人会这么快就恋爱了，而恋爱的对象竟是孟菲菲。这一点连马令书自己都没想到呢。这恋爱来得那么快，又那么不可思议。

　　说起来，马令书对孟菲菲第一次的印象竟然是如玉请他们看电影那次，那次马令书坐在如玉的后面，没话找话地问人家："哎，你是叫孟菲菲吧？""你怎么梳那么高的头发？跟个古代美人一样。"孟菲菲当时连话都没和他说，当时说话的是彭佳佳和如玉，彭佳佳说："不许逗我妹妹，她还小呢，和她说话你要正经一点儿。"如玉说："该。这回知道我们是什么样的人了吧？"马令书当时还自嘲，说："知道了，你们都是正经人，就我一人不正经。"那次呢，孟菲菲是真的没理他，不过回来没多久，孟菲菲就"理"他了。那次看电影之前，他虽见过几次孟菲菲，却从没刻意留意过。那次以后马令书开始留意孟菲菲了。有一天，黄昏，晚饭后，马令书正蹲在他宿办室门前的花坛那里抽烟，孟菲菲穿着高跟鞋从他面前走过，看来是要去分机室了，菲菲仰头挺胸，发髻高绾，这个个子高高的小姑娘，在黄昏的暮色中，突然散发出一种别样的美丽，让马令书恍然置身于一种古典的氛围中。马令书一下子愣了，一下子目眩神迷，一下子灵魂出窍。菲菲的高跟鞋噔噔噔从他面前走出很远了，他才清醒过来，喊了一嗓子："菲菲。"菲菲诧异地站住，回头，眼里透露的是和暮色一样的迷茫。这个刚刚过完自己18岁生日的小姑娘，自然是认识马令书的，他是镇里的报道员，他们一起看过一场电影，私下里却是接触最多的一个人。孟菲菲是刚从红缨毛织厂调到机关里的打字员，马令书是找她打字最多的一个人，他们怎么能不认识呢？但他们平时很少说话，除了那次看电影，马令书很可笑地和她说过两句话后，他们之间几乎没有什么样的言语交流。马令书来打字也是一副公事公办的样子，交代完就走，打好直接来拿。彼此都是公差，连客套都用不上。所以严格意义上说，他们只是熟悉的陌生人，所以马令书喊孟菲菲名字时，她多少有些诧异。孟菲菲虽然来机关的时间短，可关于马令书的"新闻"，她多少也听说了一些，当然也算不上什么好"新闻"，对于马令书的印象，也算不上什么好印象。但她还是停下来了，回头稍显冷淡地回了一句："有事吗？"马令书的脸却突然红了，嘴也结巴了。马令书忙说："没事没事。"菲菲的高跟鞋一路敲过去，却一路敲进了马令书的心里。马令书喊"菲菲"的时候，确实没事，但菲菲一停下来，问题就来了，事情就来了。马令书的烟烫到了他的手指头，一阵针刺般地疼。马令书想：完了，完了，我爱上这个女孩子了。

马令书的恋爱来得迅猛且不可思议。迅猛是因为快。不可思议是因为一向在情感上摇摆不定的马令书，这次却坚定而决绝。马令书是这样的一个人，一旦他认真地喜欢上一个人，他就会自动隔绝和所有人的联系，他的世界只有他和他喜欢的那个人。一旦进入恋爱，马令书是相当执着而耐心的。比如说吧，两个人刚好起来，菲菲就说了，原来她在厂子里时，家里也是给她说过一个对象的。马令书一点儿都没吃惊，而是问她对那个对象啥印象。菲菲说，那对象是她三姐夫给介绍的，面还没见一面，话没说过一句，能有啥印象？两天之后，菲菲那对象竟到镇上来找菲菲了。菲菲没让他进门，正好马令书过来了。菲菲就说："他来了，我没让他进来，我让他走，他不走，就在外面站着。"马令书就出来看。打字室外，邻近操场那里真的就站着一个小伙子，他刚才路过时其实是看了两眼的，没想到这个人就是菲菲对象。有点黑，还有点瘦，个子不高，人看上去很老实。马令书回来后听菲菲说，那个人之所以不走，是想听菲菲一句话。说白了，就是对他和菲菲处对象这件事，是愿意还是不愿意。菲菲问马令书，她应该怎么办。马令书问："你喜欢他吗？"菲菲说："怎么可能？"马令书说："那就过去直接拒绝掉。"马令书当时就是这样说的，马令书干事不喜欢拖泥带水，他喜欢杀伐果断，他这样做好像有十足的把握，好像天生这样霸气。"怎么拒绝？"菲菲有点茫然。"直接拒绝。就说你不喜欢他，你有对象了。""对象？""对啊，就说你对象是我。"菲菲就真的出去了，马令书也出去了，站在打字室门口，看着菲菲走到那个沉默的小伙子面前，冷着脸说了几句话。后来菲菲就回来了。菲菲说："我和他说了，就说我不愿意，就说我有对象了。"马令书看到那个小伙子向他这里看了一眼，然后转身骑车走了，后来，马令书再没见到那个人出现，这件事应该是个重大转折。过去，他只是和菲菲相互喜欢。这件事发生后，他们由喜欢就直接发展成"对象"了，是男女朋友关系了，是恋人关系了。这可不就是不可思议吗？天上掉下个林妹妹，天下掉下个孟菲菲。菲菲就像等在打字室里和他相遇相爱一样。她是那样一个单纯的女孩子，单纯而热烈。不矫情，不虚饰，自然得体，落落大方。马令书大有相见恨晚之感。他想，如果到朱雀镇第一天他遇到菲菲就好了，就不会有那么多乱七八糟的事了，有了菲菲，机关所有的女孩都黯然失色。马令书对这场爱是认真的，他爱得热烈而又纯粹，小心而又紧张。

原来的对象摆平了，菲菲家里可不是那么容易摆平的。一旦和菲菲确立了关系，马令书就要求菲菲应该和家里坦承他们的关系。马令书和菲菲分析，早一点儿和家里说，早一点儿争取主动，因为你不说，家里最终也会知道。菲菲原来的"对象"自然要和菲菲姐夫说，三姐夫自然和三姐说，三姐自然和其他姐妹说和父母说。这是肯定的，没有悬念的。果然，没两天，菲菲从家里回来，就向马令书透露了一个重要信息。菲菲说："我六姐不喜欢你。"马令书说："我又不认识你六姐，她为什么不喜欢我？"菲菲说："我六姐不喜欢写作的人，说作家都花心。"马令书说："作家花不花和我有啥关系？我又不是作家，你六姐这是什么逻辑？"菲菲说："我六姐说了，你们当记者和作家一样，都花。"菲菲直截了当说出这句话，把马令书都气乐了。马令书想到来这里这段时间，自己确实有些不像话，菲菲就在机关，不可能不知道那些破事，他想和菲菲说说那些事，告诉菲菲，他和她们不过是"一场游戏一场梦"。可什么事情不解释还好，一解释反而弄巧成拙了，没准儿白的变黑的，黑的变污的，没有的变成有的也说不定，所以马令书一般不爱解释，随别人说去好了。但这件事不一样，这件事事关他和菲菲的恋爱能否得到菲菲家里人的认可。这可不是件小事。马令书一时发急，嘴里有话说不出，就尴在那里了。菲菲看他着急，就说："不管你过去怎样，只要你对我是认真的，我就喜欢，我就愿意。"马令书问："那家里人呢？"菲菲说："这是我的事。只要我自己愿意，她们管不了我。"菲菲还对马令书说，爸爸妈妈很疼她。她想干什么，父母都会无条件支持她。她给马令书看屋里的一个小型录音机，说这个录音机要180块钱，而她一个月工资只有80多块钱，她来镇上上班，三个月工资没往家里交，直接就买录音机了。菲菲说："你放心吧，家里有我呢。只要我想和你在一起，谁都挡不住我们。"马令书一下感动了，过去就把菲菲抱住了。马令书说："菲菲，你真好。"

那几天，马令书几乎天天泡在菲菲的打字室里，菲菲在那里打字，他就搬着一把椅子看她打，要不就是马令书躺在菲菲充满香气的床上。菲菲搬了把椅子，缠着让马令书讲故事。菲菲说："她们都说了，你是个有故事的人，你就给我讲讲你的故事吧。"还把马令书说不好意思了，以为菲菲是要听他和那些女孩的故事，那些故事他可不想讲，也不爱讲，他总觉得菲菲挺纯洁的一个小孩，给她讲那些故事，会污了菲菲的耳朵呢。后来才知道，菲菲并不是让他讲那些故事，她想听听他的经历。马令书其实也是个没啥经历的人，别人都喜欢那样说，可能是他看上去像个"有故事的人"吧？他还是想和菲菲讲点什么。他靠在菲菲柔软的被子上，头枕着双手，大睁着一双眼睛，看着天花板，看着看着，他就恍惚起来，脑袋里就浮现出一幅幅画面来，都是几年前他在北京修三环时的场景了，他每天挥汗如雨，监工的吆喝下，脑袋都没时间抬一抬，他不停地在出力、干活，可还是差一点儿被监工给撵回来。

马令书说："我给你说说我的第一份工作吧。我的第一份工是表哥介绍的。那时我才17岁，初中毕业，整天闲在家里没事干，我那个长得像电影演员魏宗万的继父开始还说：'没事就待着，咱家养得起，有的是粮食，精米白面管够吃……'可真的在家待久了，他的话就变了：'也十六七岁的人了，老这么闲着也不是个事，别闲出病来，不如出去找个事做……'我娘说，我们孤儿寡母，在丰邑人生地不熟，上哪儿去找事做？继父黑着脸，蹲在墙柜前，一口一口，抽呛人的旱烟，一口一口，吐恶心的黏痰，抽了几泡烟，把吐下去的黏痰都碾在脚底下后，他站起来出门去了，说是去看城里的我'表姑'。继父走的时候，左手提着点心匣子，右手提着两瓶二锅头。下午回来的时候，脸喝得红红的像惬了蛋要下的母鸡，刚进院子就大声嚷嚷着说：'妥了，妥了，工作的事情妥了。'

"第二天，我就坐长途车去了北京的工地。工地在丰台，我们住的地方叫花乡。第一次去，表哥没来工棚看我，我也不知道谁是表哥。我和十几个围场承德人住一起，第一天就被工长安排和围场承德人去包土方。包土方是工地上最累的活，我一点儿经验没有，管我们的工长像电影里的日本汉奸，来回在路基上跳脚高声叫骂，像在吆喝一群不听话的牲口。他看我面生手生，不会干活，非常不满，他指着鼻子把我喊上路基，照我屁股就踢了两脚，差点没把我踢路基下面去。汉奸工长对我吼：'你他妈怎么混进我们丰邑的革命队伍里来的！能干就干，不能干，立刻卷铺盖给我滚蛋！别在这儿给我充数混饭吃。'

"我当时就哭了，眼泪啪嗒啪嗒地掉在路基的浮土上，砸出一个又一个的小坑。

"有人用胳膊肘捅我，一回头，是个穿着身草绿军装的瘦子，他是我们这一小组的头儿，别人都叫他小蔡。小蔡捅了我一下后，跳下路基，在我的土方前示范似的干起来。那个工长见小蔡干上了，嘴里嘟囔着又骂了我几句才走开。

"工地上的土方属承包性质，由小蔡给我们划米数，一人一块，谁也耍不了滑头。包土方，光吃苦会干还不行，还得干得快干得巧。干得快是因为赶工期，有时间限制；干得巧是要把活做得漂亮，土方挖得平实整齐好看。这两样我哪样都不行，一天下来，手掌全磨成了疱。晚上趴在被窝里，查看纤细的手掌上一个个破开了又粘连成一片的血疱，疼得觉都睡不着。

"第三天，再次和那个汉奸工长狭路相逢。他对我完成的土方和干活的速度非常不满意，在路基上冲我大喊大叫，说我：不会干，你上这里充什么大尾巴蛆？下午你就给我收拾铺盖滚蛋。小蔡过去给我说情，说我也是丰邑人。工长就问他，是丰邑谁介绍来的？小蔡说他也不知道。工长说，不管他什么来头，这样干活不行。你记工时给他记半个。他们说的时候，我还在下面拼命铲着土方。我恨不得把身上所有的力气都使出来，证明自己不是孬种笨蛋大尾巴蛆。干活的时候，我的眼泪在眼眶里打着转，我不想让它们掉下来，我感觉自己已经长大了，是个男子汉了，说流泪就流泪多没出息啊。

"小蔡是个好人，看工长走远了，又跳下来，和我一起干。后来才知道，小蔡并没给我记半天工，他一直坚持每天给我记整个工。"

马令书讲完，发现菲菲正出神地望着他。菲菲心疼地说："真想不到你受了那么多苦。"

马令书说："我还受了很多委屈呢，最委屈的一次是差点当贼被人抓起来。"菲菲就瞪大了眼睛，听马令书继续讲他的故事。马令书说，他就是这样硬挺着，坚持干完全部工程。四个月后，他背着巨大的包袱卷，双手拎着两个里面盛满了零碎生活用品的破网兜准备回家了。他的包袱卷鼓鼓囊囊的，里面除了被子褥子床单被罩外，还有洗脸盆、饭盒和一双工地干活穿的黄胶鞋。它们像被他雪藏了一样，严严实实裹在包袱卷最里面，唯恐回来时被人看到，遭人白眼。农民工在城里总是不受人待见的。他那双黄胶鞋，好像怎么洗，都有一种臭脚丫子的味道。那个掉了漆的洗脸盆，同时也是他的洗脚盆。早晨拿出来洗脸，洗完脸再接上一盆水，放到自己的木板床底下，等到晚上下工回来，再用它洗脚，这时候洗脸盆的水经过工棚一天的高温熏蒸，水就是温的了，温水用来洗脚最合适，也特别舒服。洗完脚，直接把水泼到床铺下干燥的水泥地上，等第二天早起，用水冲一下，再用来洗脸。马令书的饭盒是铝的，丑陋、厚实，从初中时一直用到现在，铝制的饭盒的好处是，经磕碰，不爱裂，要是塑料的或薄铁的，这么多年，早就裂了缝或摔坏了，可他这个铝饭盒，虽然颜色脏污，这凸那凹，可盛汤盛水却还滴水不漏。铝饭盒还有一个好处是，饭菜在里面保温，所以只要出来做工，他总是不忘带上这个铝饭盒，可这个铝饭盒放在网兜里太显眼了，太旧太丑了，网兜巨大的网眼会泄露它身世的秘密。关键是，铝制的饭盒还会在网兜内和牙缸牙刷制造出一些响动，好像是，一个人故意在那里敲锣打鼓一样，故意拿了个破喇叭在那里叫喊："快看啊，农民工过来了，农民工过来了……"那一准会吸引住城里人的目光，他们看马令书时，眼睛是斜的，用"侧目"两个字形容，一点儿不夸张。

马令书把那些能整出大响动的东西都放在包袱卷里，用床罩裹了，放在最里层，先用被子卷，再用褥子卷，然后用被罩严严实实地裹起来，再用新买的绿颜色的棕绳扎扎实实捆起来，上下三道，左右三道，捆结实了，把这个包袱卷往床板上扔，什么声音都听不见了，马令书的两双黄胶鞋、一个掉了漆的鲤鱼跃龙门的脸盆和一个被摔得坑坑洼洼的铝饭盒就集体成了哑巴。马令书走出工地没多远，就下起了雨，开始时，就是些零星的雨点子，雨点子大得像小石头，啪啪地砸在马令书的包袱卷上。后来，雨点子多起来，多起来的雨点子就成了鞭子，啪啪啪地往他身上和包袱卷上抽。马令书在一棵小槐树下躲雨的时候，看到前面两个同样背包袱卷的农民工奔跑着进了路边一间屋子，他也跟着跑了过去。

进去才知道，这是间小邮局。此刻，外面的雨下得细密缠绵，拉不断扯不断了一样。几分钟后，那个长了张倭瓜脸的民工，既像对马令书他们说又像自言自语："这么大的雨，这么大包袱卷，咱们还是寄包裹算了。"马令书和这个倭瓜脸不熟，听口音像是河南人。河南那么远，他早该寄包裹。倭瓜脸说完，走到柜台那里，领了包裹单，填好，把包袱卷当包裹寄了。马令书旁边的那个是延庆人，他看了马令书一眼，说咱们也寄了吧。马令书好像一直在等着这个提醒一样，他恨不得现在就卸下这个累赘一样的包裹。

寄完包裹，马令书一下变得轻松起来。倭瓜脸第一个冲出小邮局。马令书和延庆人也先后从邮局里冲出来了。他们很快坐上了开往前门的59路公共汽车，寄包裹时，他顺便把网兜里那些小乱七八糟的零碎也夹在包袱卷寄走了，现在他的网兜里只剩下了几本书，一本海德格尔的《存在与时间》、一本撕扯得只剩一多半的《唐诗三百首》，还有一本《庄子现代文翻译》，除了这三本书，还有从报刊亭买的几本文学杂志。这些零乱的读物，是马令书能在繁重的工地坚持下来的精神支柱。

半个小时后，马令书从前门下了车，下车时马令书左看右看，没有找到倭瓜脸和延庆人，不知道他们提前下车了，还是去了什么地方。这时候，雨已经停了。街道湿润清新。马令书本应该去坐地铁到东直门长途汽车客运站，但一下车的时候，他看到自己脚上穿的那双黄胶鞋，一下子改变了主意。他到路边一家鞋店买了双软底的"老人头"，花了他半个多月的工资。店员问他要不要鞋盒，说不要鞋盒可以便宜两块钱。他咬咬牙，还是要了，并坚持让店员给他开了"发票"。

马令书把鞋子小心包好，放到鞋盒里，然后抱着鞋盒去了天安门广场。马令书在人民英雄纪念碑下面转了一圈，仰着脖子仔细看完了那些不同阶段的人民英雄浮雕，一时心潮起伏，感慨万千，他深深为自己是中国人感动和骄傲。他同时还想，自己什么时候也能成为一个英雄呢？那样，他就不会连双皮鞋都不敢穿了。

就在马令书转身轻抚着那些光滑的同样是花岗岩的栏杆准备拾阶而下的时候，身后传来一声威严的吆喝："站住！"他当时一哆嗦，好像自己是个漏网的犯罪分子一样，不由得就站住了，回眸一看，见是一个武警战士，背着枪，穿着一身绿色的军装，头戴威严的军帽，头上的五角星锃亮。马令书没想到他是喊自己。马令书回过头，茫然地看着他。

武警战士说："看什么看？说的就是你。"解放军用一个手指头勾着对他说，"你，给我上来！"

武警战士说："把你的兜子打开。"马令书把网兜打开，拿出了鞋子。他不知道武警为什么要检查自己，广场上那么多人来人往的游人他不查却要来查自己，难道他不像个好人吗？武警看到了马令书的皮鞋，又盯着马令书脚上的黄胶鞋认真看了看，好像还不经意地抽动了一下鼻子闻了闻。武警厌恶地说："这鞋是你的吗？把发票拿出来！"马令书把发票从鞋盒里找出来，让武警看。

武警仔细查看了发票，对马令书挥了挥手："行了，你可以走了！"

重新回到广场上，马令书心里的委屈就越聚越多了，他的委屈无以诉说，又不甘，又不解，相当难受了，往回走的一路，他在心里一遍又一遍地重复对自己说："再也不受这种委屈了，再也不受这种委屈了。"

马令书讲完这段经历，又对孟菲菲讲了他是如何成为一名通讯报道员的。他说一切都是因为一则广告，就是那天在东直门长途汽车站等车时在《北京晚报》看到的那则广告。看到那则"北京新闻文学写作培训班"的"招生启事"时，他才好像忽然开窍了，感觉有一道光照亮了自己。

马令书想参加这个培训班，但身上已经没钱了，他只好找自己的娘想办法。那天下午回到家，娘却不在，被娘收拾得十分干净的屋子立刻变得空旷起来。他又拿出了那份《北京晚报》，看那则不知看了多少遍的"招生启事"。他想把这件事和娘说说，不知娘会不会同意。

马令书等着娘回来，眼睛不停地望着窗外，窗外那两棵梨树仍在，叶子已经开始泛黄了。树上的梨已不见一个，想是已被娘摘下来拿到乡街上去卖掉了。后来，娘回来了。娘回来的时候已近黄昏，马令书走出屋去接她。她看到马令书后，露了一个短暂的笑容，很艰难的。她说："回来了？"其实他娘的病，比这更早就得下了。过去健康的身体，早瘦成了一把骨头。头发也早早就花白了。牙齿也掉得差不多了，只好换上了一口廉价的假牙。换上假牙的母亲，就不爱笑了。也不是不爱笑，是没有力气笑，娘已经连笑的力气都慢慢变没了。但看到马令书，娘的眼睛却一下亮多了。

晚上的饭菜是娘做的，没有肉，清淡得很。但马令书吃了很多，吃得很香。吃完饭，马令书犹豫了会儿，还是把想参加"短训班"的事对娘说了。娘问："要多少钱？"马令书说："学费200元，食宿的钱还得自己花。"马令书知道，这是个大数目，娘是个节俭的人，花这么一大笔钱，娘会同意吗？娘沉默了会儿，问他："这短训班有用吗？过去，你参加了那么多函授班，感觉也没啥作用。"马令书说："这个是面授加函授，结业后说还有机会去报社实习……"母亲说：

"好事。那你就报名参加吧。"

第二天，娘像变戏法一样给了马令书200块钱，让马令书到乡上的邮局把名报了。马令书高兴得差点跳了起来，他不知道娘这钱是从哪儿来的。他顾不上问娘，只想赶紧去报名。在小邮局，他把钱汇走，又在那里翻了半天的文学杂志，很晚才往家骑，他骑车飞快，路过毛织厂时，一个影子在马令书面前倏忽闪过，很熟悉，但由于车速太快，也没看清是谁，只觉得很像自己的娘。娘果然不在家，直到快中午了，娘才回来，娘看上去走得很累，样子十分疲乏，手上提着一个篮子，但篮子里却是空的，马令书一问，才知道娘是去毛织厂那里卖水果了。马令书数落她不该一个人走那么远路去卖水果，娘一点儿都不生气，娘说："毛织厂门口的水果好卖呢，那里都是外地来的女孩子，她们就喜欢我卖的那些梨呀果呀的零食吃。"

从那以后，娘就天天去毛织厂那里卖果子，马令书怎么劝也劝不住。到临近短训班开班的日子了，马令书才忽然发现自己口袋里的20块钱也被自己快花没了。马令书不好把这件事告诉娘。娘说："不怕。我这些日子卖果子给你攒了80多块钱呢，就当是你读书的零花钱吧。"马令书这才恍然大悟，原来娘这些日子坚持去毛织厂门口卖果子，是为他参加短训班攒钱。

走的那天，娘一再叮嘱马令书在车上要小心扒手，不要东张西望，在短训班上要认真听讲，要好好学，还要吃饱，钱不够了，就回来朝她要，她还会给他攒钱的。马令书一一答应着，说这些钱足够他每周去面授听课的钱了，让娘千万不要一个人走那么远的路去乡里卖水果了，他不放心。娘愉快地答应了马令书。

短训班是匆促组织起来的，聘请的竟没有一个像样的作家，和报上的"启事"大相径庭。马令书很失望。一参加面授，马令书才发现，来这里学习的都有单位给报销。不管是文学班，还是新闻班，别人都是有人给出钱，有人给报销的。新闻班40多人，竟只马令书一人是自费。想到娘一个人拎着篮子在路上艰难行走的情景，他心里特别不好受。

坚持参加完最后一次面授，马令书拿到那张新闻短训班结业证书，逃跑似的离开了那个曲折幽深的胡同，那个胡同多像那个笑眯眯却一直在用各种谎话骗他们的"校长"啊。他多一分钟都不想看到那个人虚伪矫饰的嘴脸了。他在东直门坐上了开往丰邑的长途客车。车还没进县城，天突然黑黑地阴上了。下了车，马令书从停车处取了车，往回骑，紧赶慢赶，雨还是说来就来了。

都快冬天了，这雨还下得这么大这么密，再加上有风，那种凉直往骨头里钻。快到毛织厂门口时，马令书的自行车刮了一个披了块破雨布的人。马令书到毛织厂的门卫房避雨。门卫是一个和善的老头儿，说："你刚才把那个卖果子的人刮了，哎呀，也没见过这样的人，雨下得这么大，也不知进来躲躲，还披着块破雨布在那儿守着。天天在这儿卖一些便宜的梨子和落货儿苹果，说是为了给自己的儿子攒钱上学，真是可怜天下父母心啊！"马令书转身去看窗外，此刻那个人正把自己身上的塑料布往水果摊子上盖。那人的动作很慢，待她慢慢转过身，望向这里时，马令书一下子呆住不动了。他分明看见雨雾模糊的那张脸竟是娘的。娘那时正抹着脸上的雨水，望着门卫这里想着什么。

马令书讲到这里，菲菲的眼泪已经下来了。

菲菲说："马令书，你啥时也带我去看看你娘吧。你娘真是太不容易了。"

第三十六章

朱雀镇这几天的气氛有点古怪，像是这几天的天气，阴阴晴晴的，说不定哪会儿是风，哪会儿就是雨，风不小，雨却不大，每次稀稀拉拉的，地皮都湿不透。天还是干，地还是旱。不过这也是北方特色。在北方，春夏之交季节，要是不干不旱，反而不像北方了。

有一天傍晚，如玉突然跑到马令书的房间，说要打牌。过去打牌，都是别人找如玉，如玉还推三阻四，即便打牌如玉也从不在别人房间打，都是在自己屋里，打牌的人也要如玉亲自敲定，这牌才能打。现在如玉却跑到马令书屋里，手里直接拿着扑克牌，进来就对马令书说："马令书我们打牌吧。"这是怎么了呢？

那时候，如玉并没看到马令书的屋里其实还坐着一个人，那个人就是镇长郭育才。

说起来，马令书也到镇上好几个月了，郭育才还是第一次到马令书屋里。郭育才不到马令书屋里来，实在是有客观原因，一是郭育才是镇长，平时确实太忙了。二是郭育才是政府那边的"二猫"，马令书是通讯报道员，属党委管，党委那边有他的直接领导，宣传委员小金和副书记老吴，上面还有大书记于进水。他要是管马令书，有点越俎代庖。三也是最重要的一点，马令书来了之后，郭育才就不在镇上，郭育才一直在党校脱产学习，现在刚回到镇上，屁股还没坐稳，新的"任务"就来了，县里组织部分乡镇企业家去台湾招商引资，镇上可以去两个主要领导，主要领导自然是付少聪和于进水。但于进水不去，把这个名额让给郭育才了，于进水说："就郭镇长去吧，我也是学习刚回来，就不去了。郭镇长来朱雀镇还没出过远门，这次就郭镇长去，不许让了。定了。""大猫"一句话，自然一言九鼎，付少聪和郭育才谁都没话说了。付少聪下楼后，于进水和郭育才两个人说起马令书，是郭育才问于书记"马令书表现得怎么样"，于进水先是夸奖了马令书，"确实是个人才""大材料老吴也试过了""就是最近情绪好像不是太稳定"，于进水让郭育才走前去马令书屋里坐坐，话说得委婉："我忙，平时照顾不到他。你回来了，就去看看，也代表朱雀镇党委政府关心一下新人嘛。"所以郭育才到马令书屋里来，就不光是郭育才给他调来这一层关系，还有了政治因素，意义很不一般了。

就算于进水不和郭育才说，郭育才也想到马令书这里看一看了。他没有把马令书叫到办公室去说，而是到马令书屋里来，里面也是有文章的。一般领导和下属谈话，都是要把下属叫到自己办公室，或正襟危坐、严肃紧张，或和颜悦色、春风化雨，不管哪种都体现的是一种上下级的关系。镇上的"规矩",领导是很少到下属屋里去聊天的。马令书当然也知道这个道理。郭育才刚回到镇上,就到自己屋里来,嘴上还说"没事,就是过来看看你",看似一般走访,其实还是有深意。说白了,是"关心"马令书来了。马令书不得不在心里打小鼓,怕郭育才"来者不善"。谁知郭育才刚坐下,就开门见山:"马令书,听说你在镇上恋爱了?"马令书立刻红了脸,说:"您听谁说的?"郭育才说:"还用谁说?都传开了。"马令书就不说话了,他不知怎么说。心想这朱雀镇真是个奇怪的地方,他和菲菲恋爱也就几天的事,怎么就"都传开了"?机关真是个可怕的地方。无影无形,又藏不住任何秘密。本来,马令书做好了挨批评的准备,他以为郭育才来一定是要批评他的、规劝他的,自己前一阵子在镇里的所作所为,肯定会有人闲话。机关嘛,是讲究言谈举止、讲究分寸等级的,他和女孩嘻嘻哈哈,肯定有人看不惯,引起一些非议也正常。但他和别人那都是玩笑一样的,浅尝辄止,没认真过,只有碰见菲菲,他才一下子认真起来了,他不知道郭育才为什么一上门就关心起他恋爱的事来了。郭育才看马令书不说话,说:"年轻人嘛,恋爱了是好事,但好事要好好做。机关人多嘴杂,好事不能让人说出坏来。既然是恋爱,就要按恋爱的一般程序来操作。不能两个人相互看着好就恋爱了,要征求双方家里的同意,当然了,最好是要托个媒人,做个中间人来帮忙撮合一下。"马令书听出来了,这郭育才表面上是关心,其实背地里也暗含着对他的批评,怕他不认真,怕他草率。但郭育才批评得对,批评得及时。按说作为马令书,是应该上门和郭育才去"汇报情况"的，被领导"关心"上门来，还是被动了。郭育才接着问："我是刚回来，孟菲菲又来得晚，我不太了解她的情况。"马令书说："我看她很好，菲菲很好。"

郭育才就笑了，说："那你对菲菲是认真的吧？"马令书赶紧点头，说："当然认真，从来没有这么认真过。"郭育才说："好，那就好。人家那么小的姑娘，不能不对人家认真嘛，要对人家负责嘛。"郭育才接下来还替他分析两个人的情况。郭育才说："孟菲菲这个人我不了解，但他家里情况我听别人说了，家里没有男孩，只有七个女孩，但家境比较殷实。你家里情况我知道。孟菲菲家是坐地户，你是外来户。人家根深叶茂，你无根浮萍，和孟菲菲家还是有差别的。"马令书点点头。

郭育才说："人要成大事，就要善谋略。既然你硬件方面不如人，就不要强攻，要考虑如何智取，你要分析一下，阻碍你们之间恋爱的最大障碍在哪里。"马令书说："菲菲她三姐给菲菲介绍过一个对象，被菲菲拒绝了。菲菲说她六姐也不喜欢我这工作。"郭育才说："你看，这就来问题了，最起码他三姐和她六姐会反对你们。她三姐六姐反对，她们的意见就会影响到她家里，影响到她父母。"马令书委屈地说："可我不认识她三姐，更不认识她六姐。她六姐也不认识我，就说我不好，完全是捕风捉影。"郭育才就笑了，一看就是老谋深算的一笑，但那笑和付少聪的笑还是不一样，付少聪的笑也老谋深算，但付少聪的笑里却是藏着刀子的。郭育才的笑里没有刀子，全是雨打风吹的智慧。郭育才说："你看你幼稚了吧，不认识，都对你有意见了，那不就更说明问题吗？说明人家先入为主了。首先在观念上你就败给别人了。找对象，又不是找工作。还是你有什么风什么影子让人家有成见了嘛。找对象也像打仗，打仗要打有准备之仗，像你这种情况，不能光坐在这里等，等别人说你这个不好、那个不行。等是等不到好对象的！"马令书热切地看着郭育才，等着郭育才继续往下说。郭育才说："她们不认识你，你更得主动点，让她们认识你，让她们了解你，让她们破除自己旧有观念。"马令书说，"可怎么让她们认识我呢？她家我都没去过。"郭育才又笑了，好像在说，你这个小鬼，还真的是不懂世情不问世事，只知道瞎胡闹。郭育才的笑里一定有这个意思，马令书看出来了。郭育才说："所以，最好的方法，是先要托个媒人嘛。有了媒人两边一说，彼此同意，明媒正娶嘛！"马令书不假思索地说："您知道，我在这里人生地不熟，托不出媒人来。不行您就帮帮忙，给我当媒人吧。您是镇长，这面子也大。"郭育才哈哈一笑，说："我不能给你当这个媒人，不合适嘛，正因为我是镇长，才不能当媒人。一是我还代表政府，镇上给人做媒，传出去总是好说不好听，有损政府形象，再说孟菲菲就是朱雀镇人，咱不能让人说，以官压民，那成什么了？我想过了，实在找不到媒人，你就主动一点儿，去见一下她父母！"马令书说："我自己去吗？"郭育才说："你自己当然不合适啦，要叫上菲菲。要和菲菲商量一下，怎么去，什么时候去合适。最好别空手去，买些东西，带些礼品。"马令书点点头，他很惭愧。他想起当初，是郭育才授意孙宝平把他调到乡上，是郭育才授意孙宝平帮他办理进京户口，是郭育才力排众议给他争取到一间单间办公室，后来又是郭育才，在他徘徊不定的时候，把他调到朱雀镇，可郭育才却连他一杯酒没喝过，一个水果都没吃过，现在郭育才又主动上门来关心他的恋爱来了，他怎能不惭愧呢？惭愧是惭愧，可当务之急是如何落实郭育才的"谈话"精神。他得先找到菲菲，然后筹划怎么去认识她父母，见她家人。

可就在这时候，如玉推门进来了，要打牌，这牌怎么打？郭育才看到如玉就乐了，郭育才说："如玉，你的头发怎么回事？"如玉说："嫌麻烦，剪了。"见到郭育才，如玉大大方方地说："正好郭镇长在，郭镇咱们打牌吧。"郭育才一听，饶有兴趣地问："你说，打什么？"如玉捋捋一把刚长过耳朵的头发，说："打什么都行，打'百分'，打'双升'，我今天就想打牌。"可马令书不想打牌，他想去找菲菲，看看菲菲走没走。如玉一眼看出马令书的犹豫了，说："马令书你什么意思？你是不想和我打牌还是不想和郭镇一起打牌？"如玉望定马令书，有点步步紧逼的意思了。郭育才出来打圆场，说马令书："那就打嘛，反正这个点了，那个事放放再办。"如玉说："什么事放放再办？郭镇有什么好事要马令书办？"郭育才说："我能有什么好事？是马令书的好事。"如玉翻了个白眼，说："我说呢，这么不情愿，原来有好事了。现在马令书的好事一箩筐接着一箩筐的。"马令书说："打牌就说打牌，说那么多干什么？现在算上郭镇才三个人，还差人呢，没法打。"如玉说："你只要打，缺人我去找。"说完高高兴兴出去找人了。郭育才看了一眼出去的如玉，又看了一眼马令书，只眯眯笑，不说话。

如玉今天确实有些古怪。过去王小军拉着马令书找如玉打牌，如玉还一脸不情愿，即使打起牌来了，也是一脸严肃，如玉说："我不爱打牌，玩物丧志。打牌有什么意思？不如看看书，写写小说。"话分明是冲马令书的。马令书现在抽屉里还有一份如玉给他抄好的小说稿，厚厚的一沓，有20多页，如玉的字不错，娟秀、挺拔，如玉抄得也认真，一张400个格子的稿纸上，规规矩矩的，看上去无比清秀，像春天里种下的一行行亭亭玉立的小树。那是如玉主动要给他抄的，条件只是让马令书帮她写一篇通讯报道，真是占了大便宜，简直赚了嘛。关键是，如玉把抄好的小说给他时，还夸了他那篇《阿紫和她在北方山城的简单经历》的小说，如玉说，抄到最后，她还被小说里的女主人公纯真的情感打动了，感动得稀里哗啦的，哭了一鼻子！

如玉是什么时候突然古怪起来的呢？是什么时候开始不再像过去那样淡定了呢？马令书最近一直和菲菲在一起，他一和菲菲在一起，就失去了对外面世界的敏锐和感知能力，他好像和外面的世界隔绝起来了，对过去熟悉的人也淡漠起来了。马令书只是发现如玉最近表现失常，进退失据，比如她有时无端大笑，有时却沉默得像一口井。好像恋爱的不是他马令书，而是如玉。莫非如玉也恋爱了？马令书想起来了，好像前几天听王彦说起过，有一个县城过来的小伙子，把一束玫瑰送到了分机室，让她给每个屋都打个电话，直到找到如玉为止。但不久，马令书又听耿芳说了，说这完全是如玉自导自演的一出"送花记"，不然，为什么送花不直接送到如玉屋，还送到分机室，让王彦给每个屋都打个电话"找如玉"？真正的恋爱哪有这样"大张旗鼓"的？恋爱都是自私的，是不想多一个人参与和知道的。耿芳撇嘴说："谁知道如玉怎么回事？"是啊，如玉究竟想干什么呢？这还是如玉吗？马令书也十分困惑，但他只是困惑了一小会儿，就把这事忘了，有一次菲菲也听说了，还和马令书说起来，说如玉奇怪。马令书说："有什么奇怪的？她想引起别人重视呗。"马令书说："可笑。"他确实觉得如玉这事有点可笑，可笑又古怪。现在古怪的如玉姑娘又跑到自己这里了，逼着人和她一起打牌了。马令书真不知道如玉今天唱的又是哪出，又想出什么幺蛾子。

　　如玉去财政所叫张然，张然屁颠屁颠跟在如玉身后就进来了。张然的样子，简直说得上喜出望外了。四个人就在马令书的屋里打起了"双升"。如玉主动要求和马令书一伙，说郭镇和张然是政府这边的，她和马令书是党委这边的，党委和政府两边的人，一定要分开，这牌才打得有意思。可是打起牌来，马令书却有了一种上错贼船的感觉。如玉分明不像打牌来的，分明像故意挤对马令书的。这也不能全怪如玉，因为马令书的心思确实也不在打牌上，他满脑袋都是如何去菲菲家、在菲菲家人面前如何说话这些事情，因此在出牌的速度、算牌的精准上肯定打了折扣。如玉由此开始了对马令书的冷嘲热讽。她的冷嘲热讽在马令书听来每一句都像是精确的"打击"。"就你这智商，连打牌都这样，真难为郭镇把你调过来。"看看，这话都说出来了，这话里的冷嘲热讽准确说都快变成"恶毒攻击"了。"智商低点也没关系，情商也这么低，配合都打不好，我出的哪张牌都记不住，还和人家菲菲谈恋爱，也就骗骗像菲菲那样的小姑娘吧，你说是不是郭镇长？"

如玉的每一句话都像一把刀子，貌似不经意的玩笑，其实每句话都是直奔马令书而来，像投枪，枪枪命中马令书的心窝。马令书开始时还笑，他知道如玉一向如此，他又不是没领教过，他又不是没和如玉打过牌。只是过去心高气傲的如玉，突然变得如此尖酸刻薄和富于攻击性让他吃惊了。马令书到后来脸上还是有些挂不住了。如玉说："我当初带马令书出去'熟悉情况'，人就像现在这样，看着挺精明，却跟个大傻子似的。那次我领他到原来菲菲上班的毛织厂，我和办公室的燕子在那里聊天，马令书就对着办公室的一对鹦鹉说话。燕子还问我呢，你们新来的记者怎么这样吊儿郎当啊？他不知道菲菲和她姐就是那个厂子的。"马令书说："哪个是菲菲姐，是菲菲哪个姐，你当时怎么不说？"如玉说："那时菲菲还没来机关呢，我和你说什么？我也是听燕子后来和我说。"郭育才说："打牌打牌，不要打嘴架，堡垒就是从人民内部被攻破的，看来这牌我和张然要赢定了。看来如玉不光工作有一套，打牌的技艺也提高不少，小马你可要虚心点，多向小石书记学习。"如玉说："郭镇你不要讽刺我，我知道马令书是你的人，我这样说马令书，你不会恨我吧？"郭育才哈哈一笑，说："瞧如玉说的，马令书不是我的人，他现在是朱雀镇的人。你现在也不是原来的通讯报道员了，你现在是石书记了嘛。"郭育才到底是郭育才，几句话就能化干戈为玉帛。一句"石书记"把如玉说得高兴起来，立刻变得斗志昂扬，让马令书精神一点儿，两把牌就能追上郭镇他们。马令书的兴致却越来越差，第一次感觉内心有点讨厌如玉这个人了。

牌局一直打到半夜，人散去后，马令书躺在床上，越想越不对劲儿。觉得这牌局古怪，石如玉古怪，甚至郭育才也来得古怪。马令书是喜欢自己解决问题的，他觉得没人帮他，他父亲早死了，他母亲又病成那个样子，如果母亲不在了，那这个世上他就一个亲人都没有了，他和菲菲恋爱后，他是多么想让菲菲成为一个"名正言顺"的女朋友，被他领到母亲面前，让母亲看看。可谁知两个人刚好上，就碰到了这么大一个难题。谁能真正帮他分忧解难，谁又能帮他解决这些问题呢？没有人。他只能靠自己。可有些问题，他是不知道如何一个人面对的，比如菲菲家里反对这件事。他到朱雀镇后，认识了几个女孩子。但面对的都是个人，从未涉及过家庭。如果菲菲家里不同意，他和菲菲以后的关系又怎么继续发展呢？郭育才在这个关键的时候，能过来问，帮他分析，还给他出主意，已经非常难得了，他打心里感激。如玉当着郭镇的面给他下不了台，让他恼怒又无可奈何。他觉得自己很笨，在如玉的咄咄逼人面前，他的隐忍使他看上去确实像个"大傻子"，他只是不明白如玉干吗要这样。他反复想了半天，自己最近也没伤害她啊，要不就是她"失恋"了？想把自己当成出气筒？他越想越烦，翻来覆去睡不着，如果菲菲在，此刻他就会去找她，和她一起商量。此刻，他是如此急迫，又如此焦虑，他从来没这么认真焦虑过。他特别盼望着自己能顺利解决菲菲家人对他有成见的问题，到那时他就可以扬眉吐气了，看谁还敢在他面前落井下石。

窗外响起了雷声，闪电像蛇一样在窗户上游动半天。马令书满以为一场雨要来了。可最后还是只掉了几个雨点，就被一场风给吹跑了。

第二天，正好是周六，菲菲一上班，马令书就到打字室，把昨晚郭育才来他屋的事和菲菲说了。他想在菲菲的带领下，去她家里一趟。这个问题，看来刻不容缓了。菲菲说："我家里咱过两天去，还是先去看看你娘吧，你不说你娘还住在医院吗？"马令书为菲菲的通情达理，大为感动，说："也好，等先看了我娘，再去看你爸你妈。"

周六正好上半天班，马令书决定吃过午饭就带菲菲去城关卫生院看自己的老娘，马令书不想走大路，一是避免被很多下班的熟人看到，二是想带着菲菲走得久一些，两个人路上正好多聊会儿天。马令书特意选了一条沿河的小路，那条路马令书熟悉。去年底，丰邑搞农田水利基本建设，他随着青龙乡来过牡牛河工地，"奋战"过一个月，孟菲菲没走过牡牛河边这条路，所以看什么都感觉特别新鲜，两个人说说笑笑，全当春游了。小路拐弯奔大路，丁字路口那里正好是望山乡的乡政府。这时候菲菲说渴了，想去路边小卖店买水喝，马令书想到报道员"青山"就在望山乡上班，就要带菲菲去"青山"那里，说"青山"那里可以喝热水，也可以歇一会儿。其实"青山"真正的名字叫王左。只不过因为在丰邑县广播电台说报道员春节联欢会上和临河镇的"绿水"合作说相声出了名，别人反而不叫他真名了，都叫他们"青山绿水"了。马令书还在青龙时就知道王左，王左比马令书大几岁，也早干了好几年的报道员。王左这个人看上去特别有风度，唇红齿白，笑容可掬，身上有一种马令书形容不出来的东西，到底是什么东西呢？王左个子高，偏瘦，皮肤白细，爱笑，但人极幽默，这幽默不是那种男人大大咧咧的有趣，却是一种舞台上的喜感。一句话，他不像个报道员，倒像个演员。知道是知道，但两个人几乎连话都没说过，要不是春天时如玉领着他和绿水来朱雀镇，今天马令书根本不可能会想到王左。

王左看马令书带了个女孩过来喝水，有点喜出望外了，忙给两个人沏茶倒水，他把嘴贴在马令书的耳旁说："兄弟，你真是艳福不浅啊。怪不得上次如玉领我们去你那里一次，如玉说你什么你都不接话茬儿，原来你是深藏不露啊。"说完，还把自己的爱人叫过来和他们认识，这让马令书多少有些尴尬。原来王左已经结婚了。王左和他爱人都在乡政府上班，他爱人为人十分热情，还要张罗着留两个人去他们家玩，要他们"吃了晚饭再走"。被马令书拒绝了，说他们只是过来看看王左，看完就走。这里王左和马令书聊天，王左爱人就陪着菲菲一起说话，还一个劲地夸："菲菲姑娘真是漂亮呢。"那是由衷的赞美，夸了菲菲，王左的爱人还会看马令书一眼。那一眼，马令书也看出来了，就是替菲菲遗憾了，是马令书配不上菲菲的意思，但马令书一点儿都没不高兴；相反，他还有点骄傲呢。中途，等王左爱人陪菲菲去厕所的间隙，王左才意味深长地看了马令书一眼，说："小马同志啊，你要好好给我交代，怎么把菲菲这样一个大美女搞到手的，你们去城关医院，怎么跑到我们望山乡了？怎么舍近求远了？和哥们儿说实话，你们这不是去私奔吧？"马令书当即脸红，他不想瞒王左，就把他和菲菲的故事简单和王左说了一下。王左直竖大拇指，说："兄弟，菲菲真是个好女孩，有情有义，还这么通情达理，你一定要好好待她。"马令书点点头，说："我只是路过这里，想顺便看看你在不在，没想到你还真在。高兴。"王左说："我更高兴，没想到你还能记着我，我早发现了，咱们报道员之间的感情，就是和别人不一样啊。"

下午4点多的时候，马令书和菲菲到了城关镇医院，城关镇医院不大，住院部就是后面两排平房，两排平房的房间，他们挨个找遍了，也没能见到马令书娘的影子，后来马令书找医生一问，才知道，娘早出院回家了。马令书想问一下医生娘的病情如何，是不是治好出院了。医生看着他，问他是谁。他脸一红，临时编个瞎话，说是这个人儿子的朋友。医生说："他娘病了，他自己不闻不问，你操的什么心？"马令书就忙说，他们在一个镇上上班，今天正好他有事过来，顺便帮忙问一下他母亲的病情。医生很不耐烦地说："你回去告诉他，他要是还在乎他这个娘，就让他赶紧回去看看吧，回去晚了，怕是连人都见不到了呢。"说完就再也不理他了。

马令书听到这个消息，犹如五雷轰顶，也不知娘到底怎么了。他晃晃悠悠出来，和菲菲骑上车，就顺着牤牛河边的一条近路往家骑。菲菲看马令书出来，就一句话不说，神情恍惚的样子，也紧张起来，想问问马令书，又不知说什么，只好跟着他一起加快了骑车速度。从小路穿街出来，刚拐到青龙乡界大路上不久，就听后面有人喊马令书的名字。马令书停下，等那人走近，认出来了，是他继父"魏宗万"的一个远房侄子，他叫"大哥"。大哥看上去憨直，眼睛却尖，他打老远就认出前面和一个姑娘骑车的，正是他寻找的马令书。大哥说："我刚从镇上找你回来，找了你一圈儿，没想到你走在我前面回来了。你也得到信了？"马令书一愣，说："得到什么信儿？"大哥说："你还不知道，我大娘——就是你娘，中午时没了。你快回去看看吧。"马令书说："我娘怎么了？"大哥说："没了，中午时断的气儿。"

马令书愣在那里了，心一下就乱了，手和脚好像都成了别人的，过了好一会儿，他才想到要赶紧回去看看他的娘，就好像娘还没咽气，正在家里等着他一样。他突然加快了速度，两只脚疯狂地踩着自行车，狂奔起来，很快就把大哥和菲菲落在后面了。他们喊他名字都听不见，就感到两只耳朵里灌满的都是风。马令书疯子一样，根本停不下来了，他都不知道自己是怎么冲进村庄，冲到自家胡同那里的。在看到他家大门的那一刻，他还看到了很多晃动的人影，和一些黑的白的拼接在一起的字和图案。他一阵晕眩，身子就从自行车上栽下来了。

醒来时，马令书已经被人搀扶着跪在了娘的灵床前。灵床是一块暂时卸下的门板搭成的。母亲穿戴一新，躺在门板上，可还是显得那么寒酸和窘迫，让他不好意思。母亲的脸上盖着张黄纸，有人过来把黄纸掀起来，让马令书看了看娘的脸。娘的脸又灰又瘦，双颊已经凹陷下去了，瘦得只剩下一双眼了，他好像看到母亲的眼睛眨了一下，就叫了声"娘"。娘没答应，黄纸却又盖上去了。马令书又叫了声"娘"。不知为什么，看到死了的娘，他并没显出有多悲伤，他只是感到窘迫。她脸色那么不好，眼神中似乎流露着不甘。娘是死不瞑目啊。

他给娘磕了三个头。菲菲也跟着他一起给娘磕了头，然后帮着他一起给娘烧烧纸，那些烧纸把菲菲的脸都烤红了。马令书小声对菲菲说："娘没了。"菲菲说："我知道。"马令书说："我娘她真没了。"菲菲就哭了。

马令书一边烧纸，一边轻声地和娘说着话。

他说："娘——"

他说："娘啊——"

他说："娘，我带着菲菲来看你了——"

第三十七章

葬过自己的母亲，周一下午，马令书和菲菲一起来朱雀镇上班了。刚到机关，他们就被人围起来了，纷纷问他们两个到哪里去了，说这两天菲菲一家找菲菲都快找疯了。小金把马令书叫到办公室，说："马令书啊，这回你可惹大麻烦了，他们家还以为菲菲被你拐走了呢，说周一菲菲要是再不回来，他们就报警。你说你们走，怎么不让菲菲和家里说一声呢！"马令书没想到，他带菲菲出去两天，会发生这么大的事。娘过世的那天晚上，马令书怕菲菲家里不放心，本想把菲菲送回到镇上的。但是菲菲坚持没走，菲菲说她家里没事，她回家反而会不放心马令书。她留下来，最起码可以当马令书的助手，为他排忧解难。菲菲心是好的，可没想到会给她惹这么大麻烦。

马令书把小金的话和菲菲说了。他决定下午就去菲菲家，他想自己也该去见见菲菲的父母了。

下班的时候，马令书约上菲菲，来到机关外面的小卖铺。他没忘郭育才给他说的，"要买点东西，不要空手"。马令书还是第一次登菲菲家门，当然要郑重一些。马令书问菲菲爸爸喜欢抽什么烟喝什么酒，菲菲说，她父亲既不抽烟也不喝酒。不抽烟不喝酒该买些什么呢？马令书犯难了。这时老板娘过来了。热情的老板娘和马令书已经很熟了，对菲菲却很陌生，但一看两个人说话的神情，大抵也知道了怎么回事。她一边夸着菲菲小姑娘漂亮，一边从店里拎出了一大堆盒装的礼品出来，那些东西花花绿绿的，看着挺诱人。老板娘问："第一次去？"马令书点点头。老板娘说："那你听我的。"她拣出四五样出来，说："就这几个就行了，错不了。"两个人全无半点经验，马令书看看菲菲，说："那就是它们吧？"菲菲说："行，买什么都行。"马令书付过钱，把礼品分别装进两个车筐，两个车筐都满满的了。马令书又问菲菲他穿这身行不行，这是他回机关后刚换好的白衬衫和牛仔裤，脚上是那次看电影后新买的还没穿没几次的棕色凉皮鞋，只是头发显得长了一点儿，都快盖过耳朵了。他不知道自己在别人眼里是个什么样子。菲菲看着他，笑了一下，这个爱笑的姑娘，这两天，因为娘的丧事，这还是第一次笑呢。马令书有点心疼菲菲，就故意想和她开个玩笑。马令书说："你爸你妈不会把我当成二流子打出来吧？"菲菲说："放心吧，我认准的，他们会同意的。"马令书说："真的？"菲菲点头，说："嗯，我在家最小了，他们平时最疼我了。我在毛织厂挣的第一份工资，就买了那个最贵的凯歌录音机，拿回去，他们什么话都没说。可我六姐发工资买回去个布娃娃，就被我爸给扔院外去了。"马令书说："你爸那么大脾气？"菲菲说："他和别人有脾气，和我没脾气，我在家是'老疙瘩'。"菲菲说："我爸就是有些事多，但我爸人特好，一家里这么多孩子，他最疼我了，小时候，他从外面回来，买了什么好吃的，肯定都留给我先吃。"马令书就说："你爸那么好，咱下次多给你爸买点好东西。"菲菲很高兴，说："我爸最爱吃甜的，什么年糕啊，萨其马啊，奶糖啊……"马令书说："那你怎么不早说？早说，就把这些东西全换成你爸爱吃的了。"

他们走时，天是阴着的。这些天，天一直是阴着的。也许，今晚上，从菲菲家里回来，天就该放晴了。也该放晴了，不然这阴阳怪气的老天，真能把人折磨得疯掉。一路上马令书闷闷的，一句话不说，菲菲知道他是因为娘过世，还在伤心，就说："马令书，娘已经没了，再难过也没了。你得高兴点。"马令书说："我不是伤心，是惭愧。娘最疼我，对我最好了。可她现在说没就没了。"菲菲说："别难过，以后还有我，我会像娘对你一样好的。"

从镇机关到菲菲家，有七八里的样子。菲菲家所在村是个大村，有两千多口人，住户密密麻麻的，胡同曲里拐弯的，道路坑坑洼洼，很多地方甚至要下来，推着车子才能通过。菲菲带着马令书走的是一条她回家常走的超近的小路，马令书跟着菲菲，东拐西拐，穿胡同，过池塘……没想到这条路这么曲折，而村庄会如此之大，再加上即将面对菲菲家人的忐忑，马令书蓦然生出一种爬雪山过草地的感觉了，然而，他知道相对于面对菲菲的家人，这点困难只不过是万里长征的第一步。

马令书必须做好充足的心理准备。

天越阴越沉，黑黑的云层也越积越厚，像是含了一大包的泪，马令书不时看一眼天，说要下雨了，下雨了怎么办？菲菲头也不回地说："下雨咱就家里住，我一个人住西屋。"马令书听菲菲这样说，一颗心终于放到肚子里。菲菲话都说到这地步了，可见菲菲是自信的，那还有什么问题呢？只要他和菲菲心往一处想，劲儿往一处使，横亘在他们之间的困难再多再大，也没什么可怕的了。

菲菲家在村南的一条马路边，坐南朝北，但大门却开向东边一角，有高大的门楼和高耸的砖墙，砖墙上还插着很多光闪闪的碎玻璃。一迈进菲菲家门，马令书就感觉天好像突然黑下来了。就像身后的那个漆黑的大铁门，一下子就被风给关上了。院子不小，可院子里一个人没有。进到院子的那一瞬间，马令书突然胆怯了，好像这安静的院子里哪里埋了个雷，他每一步都走得小心翼翼。菲菲好几天没回家了，她很高兴，很兴奋，她先是大声叫了"妈"，后来又大声叫声"爸"，却没一个人回她的话。菲菲兴冲冲地推开了外屋的门，说："你们人呢？怎么没人说话啊？我回来了！"

外屋亮着一盏灯，昏黄暗淡，感觉还没有一盏煤油灯发出的光亮，东屋的门敞开着，里面也有灯亮着，感觉比外面亮了不少。还是没人说话，空气诡异得让人紧张了。终于，一个50多岁的女人迎出来了。菲菲说："妈，是我，我回来了。"菲菲率先一大步，进了里屋，马令书紧跟着也进来了。马令书一进来，就感到气氛不对了。屋里不是没有人，而是站了好几个人，每个人都庄严肃穆得像持枪上岗的战士，紧张得很，严肃得很。菲菲对一个身着蓝色中山装的秃顶男人叫了声"爸"，然后又对爸身边的几个女人叫了声"姐"，说："姐，你们怎么都来了？我喊好几声也没人说句话。"她的这些姐姐也都冷着脸子，严肃着一句话不说。她们好像是早已到来了，正等着菲菲他们的到来。这是怎么回事？菲菲并没有提前通知家人啊。马令书内心的疑虑再次加大了。暴风雨就要来了。马令书要表现积极一点儿，他对着菲菲叫了"爸"的男人走过去，习惯性地拿出一根烟，想让"爸"抽，忽而又想到菲菲说她"爸"是不抽烟的，只好尴尬地拿回来，想抽，又没敢。过了会儿，他才强装笑脸，对着这个秃顶男人恭敬地叫了声："叔。"菲菲爸说："谁是你的叔？我不认识你。你给我走！"菲菲忙说："爸，这就是我说过的马令书，是镇里的报道员……"菲菲的话还没说完，她爸就火了，上前就给了菲菲一个嘴巴，打完，他冲着菲菲嚷："你也给我滚出去，你个不要脸的东西。"菲菲立刻吓得呆愣在那里，菲菲这还是第一次挨他爸的巴掌，她都蒙了，过了好一会儿，才哭出声来。马令书看菲菲挨了打，感觉就像自己挨了打一样，脸一下热了，说："你为什么打菲菲？谁让你打菲菲？"菲菲爸说："打就打了，你怎么着？她是我闺女，我想打就打。"马令书的脾气也上来了，说："你打菲菲就不行！"菲菲爸说："你住嘴，菲菲不是你叫的。你给我滚出去，要再不出去，今天我连你一起打！"这时候，菲菲那几个姐纷纷过来了，借机拥着马令书往外走，一个说："爸，你千万别生气，你有心脏病不知道吗？医生叮嘱不让你生气，你还生气，万一气出毛病怎么办？"还有一个声音是对马令书说的：“你走吧，快走吧，我们家不欢迎你！”

马令书几乎是被菲菲的几个姐姐"轰"到院子里的。立足未稳，他和菲菲带来的那些孝敬菲菲爸妈的礼盒也被菲菲爸愤怒地扔出来了。菲菲爸冲马令书喊：“带上你的臭东西，给我滚。拐带我女儿我还没找你算账，你还上赶着上门了，快滚！”马令书只感觉此刻身边左右正有无数只胳膊，拉的、拽的、推的，很快，马令书就又被"扔"到院外了。他听到哐的一声，大门在他的眼前关上了，然后又是轰隆的一声，天上的一个滚雷过来了，斗大的雨点像小锤子一样朝着自己敲打下来。然后就是大风。大风像是突然凭空而起的，来势如此凶猛，仿佛是一群冲杀而来的怪兽，叫嚣着，嘶吼着，席卷而来，抽打着门外一动不动的马令书。天一下就黑了，风瞬间变成了黑风。黑风裹挟着黑色的雨点，像无数无情的耳光，抽打在马令书的脸上。

马令书完全蒙了。从和菲菲进屋，到最后被赶出来，好像也是瞬间发生的事。此刻，大门紧闭，风雨飘摇。马令书欲哭无泪，欲诉无声。他完全傻了：这是怎么了？怎么了？究竟怎么了啊？他刚刚经历了丧母之痛，然后又遭此羞辱。是他做下了什么不可饶恕的事了？为什么厄运接踵而至，都对他马令书来了呢？风越来越响，雨点大得像雹子。马令书冲着黑洞洞的大门叫了声"菲菲"，又叫了声"菲菲"，面前的大门像个黑洞，一下就把他的声音吸了个精光。他最后冲着菲菲家的院子大声喊了声：“菲菲，菲菲！”眼泪就再也控制不住了，唰的一下，流了个满脸。

又不知过了多久，马令书才想起推起车子往回走。他已经忘记了菲菲带他来时的那条小路了，雨不知什么时候已经停了，风还在刮着。大风刮得整个黄昏如黑夜一般，他睁不开眼睛，睁开也看不清道路，他只是行尸走肉般跌跌撞撞乱走一气。慢慢地，风声似乎小了下来，像是一群无家可归的小鬼，在四周嘶哑喊叫，那声音在马令书听来并不恐怖，却饱含了耻辱的味道。

马令书也不知走了多久，才到大路上的，大路上没有路灯，一辆接着一辆的外省大货车，把大灯毫无顾忌地打到狼狈不堪的马令书身上，在马路上横冲直撞。马令书想，还不如死了呢，还不如被这大货车撞个血肉横飞死去呢。这样活着有什么劲儿？还有什么劲啊！世界上最疼他的那个人没了，世界上他最疼爱的姑娘也消失在黑夜的长风里了——一想到娘，想到菲菲，想到他刚刚开始的爱情，就这样被风吹得七零八落，不知所终，他就感到一阵钻心的疼和凉到骨头里的绝望。

风稍稍小了些的时候，那些大货车也消失不见了。他骑上车子，往镇上狂奔，风再次从四面八方涌过来，像涨潮的海水，一浪一浪的，马令书单薄的身子处在风的旋涡中，好像随时有被风席卷而去的风险。

让暴风雨来得更猛烈些吧！他在绝望中喊了一嗓子。

喊完这嗓子，漫天的风沙像突然得到命令一般，停下了。

世界在那一刻也仿佛停止了一切动作。

只有马令书还机械地骑着车，在夜的背景中，如一个屈辱而狼狈的木偶。

第三十八章

　　于进水在食堂吃过晚饭，本想饭后去遛个弯儿，到枣林庄村找书记老高聊聊天。朱雀镇政府所在地，就在枣林庄村。以往，该他值班了，他总要叫上老高，去枣林庄村东泉水山上的多宝塔转上几转。泉水山虽曰为山，却很小，山不高，但山顶开阔，样貌酷似元宝，山下出泉成水，水聚成河，又名逆流河，也叫碾子河，向西北流经九十九道弯入牨牛河。泉水山又名宝塔山，因塔顶有辽代建筑多宝塔而名。据传塔下藏有广源寺高僧舍利。于进水刚到朱雀镇时，看过丰邑老县志，知道广源寺曾为县上规模宏大的寺庙之一，解放初期，残庙还在，现在只剩下地基。奇怪的是，多宝塔却保存下来，虽因时光侵蚀，年久失修，塔身多处破损，但塔的基础和形状还在。当时是于进水帮着村里从文化文物局争取了一点儿资金，加以简单修复，并在原广源寺庙基础周围，砌起一段围墙，加以保护。

　　老高曾对于进水说，别看这多宝塔"貌不惊人"，却十分灵验，当地百姓早有转塔求福的传统。于进水虽然是个坚定的无神论者，只敬苍生不敬鬼神，但来这里时日多了，耳濡目染，也渐渐喜欢上了多宝塔，确切地说，是喜欢上到这里来转多宝塔。这多宝塔，塔身七级，取佛家七级浮屠之意，塔平面八角形，基石用花岗条石和青砖垒砌，通高足有30米。塔基下部，砌花岗石条，上部筑仿木青砖雕须弥座，塔身南面设门，内置佛龛；东、西、北三面设砖雕假门；四个侧面凸雕碑形，上书佛教偈语。八个转角处做重层小塔。塔身上出三层砖檐，檐角系惊鸟铃，风过时叮当作响，清脆悦耳，闻之有如天籁，煞是动人。平时围着这多宝塔转上几圈，可以安神、醒脑、消食，权当修养身心，锻炼身体，真是好处多多。于进水感觉这种"转塔"比走路好，比跑步好，也比登山爬高好。但他从不一个人转多宝塔，每次都要拉上书记老高。两个人一边围着塔身转，一边谈工作、聊天，老高快六十的人了，在枣林庄村一向作风扎实，敢作敢当，威信极高。于进水当副镇长时，老高说："这多宝塔啊，灵验得很，你转上两年就该当镇长了。"于进水当了镇长，老高又说："这多宝塔灵验得很，你只要心无杂念，再转上两年，我保你当上书记。"这些话都是两个人转塔时当笑话一样说的。老高随口说，于进水就笑着听，从不插话。今年正月初八，一次于进水值班，又过来和老高转塔。老高说："听说邓公正在视察南方，南方的春天已经来了，用不了多久，这春风就会吹遍大江南北，看来这改革是谁也挡不住了。"于进水说："社会潮流，浩浩荡荡。这改革就像咱这转塔，只能进不能退啊。"老高说："可不是，你看这塔的基石这几年都让我们走出包浆来了，于书记啊，这塔真的灵验，你怕是又要官升一级了。"于进水心下一动，却随手止住老高，说："老高你说这话，你难道是组织部长？这话不敢乱说，乱说是要犯错误的。"这回反而是老高笑而不语了。

于进水喜欢和老高聊天，觉得老高话不多，但人情练达，道行极深。虽然没让老高继续说下去，但他私下里也琢磨过，他这几年顺风顺水，仕途长进，是不是真和他"转塔"有点关系呢？如果真那么灵验，那就保佑自己能再升一级。再升一级，不光是官大一级，权力范围也会更大一点，那样可供他发挥的舞台也就更大，他也能多为百姓干点好事。单说这多宝塔吧，现在只剩下塔身，其实原应该有庙有佛，有大殿配殿、前殿后殿，香火鼎盛时，这广源寺可是三省八县善男信女朝圣烧香的重要道场。老高早就和他商议，说要把原来的广源寺恢复，但恢复广源寺，不要说一大笔资金，也还需要上面的批复，他一个小小的镇党委书记，哪有那么大能量？但如果当上副县长了，或许就不一样了，说不定这广源寺就真建起来了呢。

本来，吃饭前，于进水已经联系老高了，说一会儿到他那儿"转转"，没想到刚吃过饭，外面就刮起了风，于进水来朱雀镇六年，还没经过这么古怪的天，风刮得邪乎，身量轻的人，怕是在野地上都能被风刮跑。关键是里面还夹杂着電子大的雨点，去转多宝塔肯定不行了。他又给老高打了电话，说不去了。回头在二楼的走廊那里看风看雨，渐渐地眉头就锁了起来。他不怕雨，但他怕风。可问题是，没有风，又哪里来的雨呢？风雨风雨，按说应该风一程雨一程。可今年春天的风也是奇怪了，光刮风，不下雨。光是风，也是不怕的，就像开春时那样的风，

于游水当了镇长

老高又说，这么多
宝塔，火验多
得很，你只要
无孕念，再想
当军，我保

俩年当上记

要多温柔有多温柔，可现在春天都快结束了，风却越来越"不正经"起来了，呜闹喊叫，像是一群没操练好的乡村乐师，吵得人心惶惶，不得安宁。于进水管不住老天刮风，却渴盼着老天下雨，最好是来一场透透的大雨啊。谁想风不小，雨却始终下不起来，有些日子了。

看风小了一些，于进水就走下楼，想到机关各处看看。因为刚刮过风，机关大院空荡荡的，不见一个人影。于进水刚从楼上下来，就见一个人从大门口那里推车进来，于进水眼尖，一眼看出进来的人是报道员马令书，就喊了声："小马，这么大风，你干什么去了？"谁知马令书就像没听见他说话一样，看都没看他，还是那么愣怔怔地推车往前走。车子快到于进水跟前了，马令书还没有看他的意思。于进水说："小马，你怎么回事？"

于进水看出马令书不对劲来了，这个报道员马令书，虽然和自己平时接触不多，可据他观察，人还算聪明的、机灵的，今天这是怎么了呢？连喊了他两声，居然连看都没看自己一眼。于进水就严肃了，他平时和气是和气，可严肃起来还是很让人害怕的，他向前走了两步，直接把马令书拦下来。马令书停下了，好像费了好大劲儿才把脑袋抬起来，眼神呆滞地看了眼于进水，说："于书记。"于进水说："马令书，你怎么了？"于进水平时叫下属很少直呼其名的，都是"老吴""小金"地叫。一呼其名，说明"于书记"有严肃的事情要说了。马令书小声说："没……没事……于书记。"于进水说："怎么失魂落魄的？我喊你两声听不见吗？"马令书说："风大……我没听见。"马令书说"风大"，他"没听见"，"没听见"倒有可能。可这会儿风已经停了，于进水语气缓和下来，想和他开个玩笑，说："风给你吹傻了？"马令书说："没……没，您要没别的事，我就回屋了。"于进水看着马令书结结巴巴的样子，笑了，说："回嘛，你回嘛，我没事。"于进水看着马令书把车子停在花坛边上，跌跌撞撞地走上台阶去开门，像喝醉了一样，于进水说，"小马你这么年轻，要有点朝气，要多一点儿精气神。有精神才有干劲，有干劲才会多写报道，多写材料。"马令书"嗯"了一声，就开门进去了。于进水原以为马令书会停下来，转过头听他说，谁想只是"嗯"了一声，就进屋关门了，不免又不满了，可又不知怎么发泄。这个马令书，怎么回事嘛！人怎么像撞了鬼似的？过去的马令书，见了自己，还是很恭敬，很谦卑，很会说话的，今天怎么了呢？于进水看着马令书连灯都没亮起来的屋子，内心充满疑惑。

　　于进水还是欣赏马令书的，毕竟是镇长郭育才极力举荐的"人才"。于进水这个人务实，但共产党的干部，光务实也不行，务虚也是很必要的，党中央国务院还开务虚会，可见务虚和务实同等重要，经济工作和精神文明缺一不可。一句话，于进水还是非常爱惜人才的。马令书来了三个多月，于进水暗中观察过了，确实算得个人才，本职工作就不用说了，新闻报道就不用说了，偏偏还会写文章，还能在报纸上发表，这就难得了，连丰邑县最"狂妄"的"二百五"马彪也高看一眼，看来确实有两把刷子。但这也不是于进水最欣赏的，于进水"观察"一个人，主要还是从"工作实际"出发。关于报道员，社会普遍流行着这样一种说法，就是"有能耐的不爱干，没能耐的干不了"，传来传去，传得大伙儿都认可了，有点像真理了。相较之党委口其他工作，于进水对于宣传报道好像更看重一点儿，宣传报道是什么？那是基层党和政府宣传工作的"喉舌"，那是要代表党和政府说话的，这种"说话"重要不重要？你想想就知道了。所以对于报道员，历来是精挑细选。别的什么工作，老吴定就行了，唯独报道员，要党委书记于进水亲自定，不是一般的重视了。报道员这么重要的工作，不好好挑个人来干怎么行呢？朱雀镇的报道员，马令书之前是石如玉，石如玉是于进水前任老书记石德勇的女儿，言传身教，个人素质、学习能力就不用说了，关键是有干劲，干工作有股子男子气，像个拼命三郎。可后来于进水发现了，如玉的能力要远远大于她所从事的工作，到机关短短三年，已经历练得非常不错了，这样的年轻人，如果老是让她干报道员，也难施展抱负，也是屈才了！就有心思要提拔一下。但要提拔如玉，让她独当一面，就要有一个和如玉不相上下的人来接替她，不但能采访，还要能写作，报道员这工作讲究个腿儿勤、嘴儿勤、脑子勤，手更要勤，这么重要的工作，当然不是随便拨拉一个脑袋就能胜任的。如玉不干报道员，谁来接手？于进水在几个主要领导参加的党委会上犯难了。朱雀镇100多人，要找出个像石如玉这样的还真难。这就是"没能耐的干不了"了。大家七嘴八舌研究的时候，镇长郭育才拍了一下脑袋，说："我想起一个，能力不在如玉之下，只是不知道人家肯来不肯来。"大家问是谁。郭育才说："人你们肯定都不认识，是青龙乡的报道员，马令书，是我从乡下寻来的，这人保准行。"于进水听说是郭育才原来的青龙乡的，就说："那就叫他来嘛。咱一个大王府村，就顶他半个乡了。待遇也不差，来了工资自动升半格，说不定就来了。试试嘛。"郭育才说："那我就试试。"

没想一试，人真就来了。来后不久，于进水就在报上看了马令书发表的文章了，一个能发表文章的人，写个报道稿当然不在话下，但这也不足以引起于进水的兴趣，于进水一直按兵不动，他想看看，这个马令书能不能写点别的，这个"别的"就是于进水心里想的"大文章"。什么是"大文章"？政府的调研报告、重要会上的大材料，能写这样大文章的人，那才真是个"有能耐的人"。当时郭育才也打"保票"了，郭育才说："这个没问题，在青龙，我亲自试过了，是把好手。等他过来，还有于书记，还有吴副书记和小金调教，保准好用。"郭育才当时就是在他们几个人的内部会上说的，郭育才是教育系统出来的人，说话做事一向严谨、认真，一板一眼。这一点于进水早就注意了，没有把握的话，他郭镇长是不说的，没有把握的事他郭镇长也是不做的，没有把握的人，他郭育才也不会当着全镇的主要领导面给他推荐。于进水也知道，郭育才从青龙调到朱雀镇，不光是升了镇长这么简单，也包含了组织部门的一种"考量"，是为将来朱雀镇新一届党委书记先打个"伏笔"。这是20世纪90年代乡镇一级"官场"默认的升迁规律了，从上到下，都是心照不宣。只要不出大问题，镇长升书记，都在情理之中。于进水想，郭镇长推荐马令书来，自然也有他自身的考虑，他现在虽然是一镇之长，毕竟是"二把手"，郭育才从青龙过来，除了司机，在朱雀镇没有一个"熟人"，干部交流是常事，但哪个干部不希望自己身边有一两个可信可用之人？他现在把马令书推荐过来，虽然是在党委这边，可日后"党委"是谁的？于进水走之后，还不是他郭育才的？于进水当然也明白郭育才这背后的算盘。这是郭育才的深谋和远虑，可见郭育才之用心良苦。

郭育才一到朱雀镇，就和于进水说了："于书记啊，这朱雀镇上样样好，唯独缺个搞大材料的人。"于进水当然知道"大材料"对于一个基层政府的重要性，别的不说，就说丰邑县委书记田如海吧，就是县委政研室出身，当上县书记后，尤其注重调查研究，朱雀镇这两年"三高农业"搞出了点名堂，蔬菜大棚、地膜豆角以及白虎经济沟，都引起了县里的高度重视，田书记几次点名让于进水带人搞几个大型调研报告出来，他要在县常委会上组织学习、研究推广。于进水属于实干型的镇党委书记，又是学理科的出身，搞材料还真不是他的强项，他在镇上找来找去，也没找出一个能搞点"大材料"的，就很郁闷。后来还是田如海书记点名让政研室的两个副主任下来帮着朱雀镇来搞材料，这个难题才解决了。于进水刚开始亲自陪着政研室两个副主任跑了几天，后来工作忙，就让如玉陪。虽然他陪的时间不长，可也足以让他在"人才"的认识上脱胎换骨，让他意识到镇上如果找不出一两个能写"大文章"搞"大材料"的人是多么尴尬。但"人才"也讲究点机会，讲究点缘分，也是个系统工程，要发现，要培养，不能揠苗助长。所以，马令书来朱雀镇，他也算寄予厚望了。

马令书刚来，于进水就有心要要好好"考察考察"他。但碍于郭育才的面子，又不好"直接考察"，只好让副书记老吴或宣传委员小金先"考察"。说来也巧，马令书刚来，正好赶上小平同志视察南方的重要谈话发表。这真是让人欢欣鼓舞的大事。用句时髦的话来形容，说小平同志是于进水的最重要的偶像，真是太恰如其分了。上大学时，别的人开始追影视明星，他当时就说了："我的明星就是邓小平。"他真是这样说的。所以小平同志视察南方的消息一出来，于进水就立刻意识到中国要发生一些"大事"了。他一直密切关注着电视、报纸、广播中关于小平同志视察南方的消息，从1992年1月17日，邓小平坐上南行列车开始，一直到2月21日小平同志视察南方结束，邓小平在武昌，在深圳、珠海，在上海等地先后发表的重要谈话，于进水都会认真地记在一个小本子上。比如邓小平在武昌说"现在有一个问题，就是形式主义多"，于进水就立刻写了两个字"实干"，并在下面圈上了重点。比如邓小平在深圳、在上海，鼓励有条件的地方要"搞快点"，说"这是你们上海最后一次机遇，这个机遇你们不要放过"。于进水就立刻在本子上写下了"快点搞"，也在这三个字下面圈上了重点。邓小平是个务实派，但眼光却是高瞻远瞩的。邓小平说："基本路线要管一百年，动摇不得。"这就更厉害了。这就是领袖的眼光，不服不行。但尤其让于进水感动的，还是小平同志说的这句话，小平同志说："中国要警惕右，但主要是防止'左'。要坚持两手抓，两手都要硬。两个文明建设都搞上去，这才是有中国特色的社会主义。"于进水不断揣摩这句话，越揣摩越感动，最后都想流泪了，这个88岁高龄的老人，一句话就把中国最基层的一个小小的朱雀镇的党委书记工作思路打开了："要坚持两手抓，两手都要硬。"什么是中国特色的社会主义？"两个文明建设都搞上去，这才是有中国特色的社会主义。"言简意赅，振聋发聩，发人深省了。《人民日报》上面说了，小平同志的讲话，"为中国走上中国特色社会主义市场经济发展道路奠定了思想基础"。谈话春风吹遍大江南北,学习小平同志的重要讲话也席卷全中国,从中央到市里,从市里到区县,大报小报、大会小会,小平南方谈话一下成了举国上下的一个焦点了。

作为北京远郊区县的丰邑县,也在全县委办局、乡镇掀起了组织学习小平同志重要讲话的高潮,朱雀镇每个人心里也像是要长草了一样,视察南方谈话的春风吹到了朱雀镇,于进水立刻让副书记老吴准备详细的学习方案。学习当然离不开撰写学习材料,学习材料是朱雀镇每个机关干部都必须写的。马令书除了写自己的学习心得,还要写党委口的学习心得。最后,老吴说了整个朱雀镇的学习心得也要马令书来写。于进水授意"考察"马令书的任务开始了。应该说,这次考察的结果,于进水还是满意的。于进水在机关和气是和气,可让他能看得上,尤其是让他能"满意"的人还是找不出几个。大多数是庸常的,甚至是懈怠的,是不求有功但求无过,这些人,平时你也挑不出什么毛病,但别"用",一"用"起来,就露出马脚了,因为确实没有几个是"能用"的。好在这个马令书还"能用"。初来乍到,老吴就让马令书写个一万字的学习邓小平视察南方谈话的大材料,老吴怕他时间不够用,给了他一周时间,连看资料带熟悉情况,谁知马令书三天不到,就清清爽爽干完了。马令书的万言材料里,没有那种约定俗成的官话套话,很有一股子新鲜夺目的气息。这气息摸不着,嗅不到,只能感受。就像南方谈话的春风,要的是春风化雨,要的是润物无声,要的是一股子活泼生动。几天后,于进水在机关学习会上念了小马给他写的材料。他居然念得很得意,几次脸上露出笑来,真是难得了。那是只有在《人民日报》读到一篇好社论时才有的得意。于进水按压住内心的喜悦，他一边念，一边想，这镇长郭育才果然厉害，马令书确实是个人才嘛。后来于进水又授意小金，让马令书写过几个材料，其中还包括一篇白虎经济沟的调研报告，马令书每一次出手都很快，论证翔实，数字准确，逻辑清晰，和机关常见的那种八股腔迥然不同。这更难得了。能写报道稿和发表几篇小豆腐块，对于一个政府机关来说，终究是小才，小才适合装点，但不堪大用。只有写好大材料，做大块文章，才能看出一个人的真才学、真本事。马令书的才学和本事，于进水没公开说过，但私下里和老吴交流过，也和小金交流过，有一次还和如玉说起过。他对如玉说："写报道，你和小马能打个平手，但论写大材料，小马能超出你好几个去。"说得如玉都嫉妒了，脸都红了，如玉说："我知道，我不如马令书。"于进水哈哈一笑，说："这就是尺有所短，寸有所长，反过来让小马像你一样，当个科长，管理起人来，他就不如你了，你如玉又要超出他好几个去。"于进水这样一说，如玉又高兴了。于进水叹口气，说："真是人无完人啊。"如玉都不知道于书记要表达什么了，是想夸她还是想夸马令书？说夸马令书吧，语气又不太像。如玉只好恭恭敬敬地坐在那里等着他继续说。于进水却打住话题，直接总结了："好了，不说了。毛主席是怎么说来？世界是你们的，也是我们的，但归根结底是你们的——"

小马是个人才，是人才都有古怪、乖戾的一面。机关不是没人和于进水说过马令书的坏话。当然，也不能说那就算坏话，谁都有表达不同观点和看法的权利。何况，让下面的人讲一讲对新来的人的看法，也是他于进水多年来的工作经验和方法，又不是私下里搞小动作，只不过是想听下面反映一下情况，听听不同人的声音。兼听则明，好事嘛。毕竟是郭镇长介绍来的，考察一下不光是为镇上好，也是为郭镇长好。政府办老乔反映的情况，比较具有代表性。老乔说："马令书这小伙子，总体还是不错的，有能力，有才华，缺点就是爱和女孩们搅一起胡闹，机关里都有闲话了，这个那个的，还有人反映他和个别女性关系暧昧，这就不好了，要注意了，牵扯到人品问题了。"于进水问个别女性是谁，老乔躲躲闪闪，不说。又问才说是"田晓荷"，于进水一听就乐了，说："老乔啊，小马才二十出头儿，和女孩在一起，怎么能说是胡闹？少男钟情，少女怀春，自然规律嘛。即便和个别女性'暧昧'，只要是你情我愿，不是原则性错误，也是允许的嘛，不要有点错误就一棍子打死。改革开放，改革开放，哪里要改革、哪里要开放？先是要思想开放、脑袋开放嘛。"其实，于进水还有的潜台词没说呢。于进水的潜台词是："你他妈老乔就是柳下惠了？多少人和我反映你和田晓荷的事了？你被田晓荷丈夫小田抓了现行，告到我这里，我替你擦屁股的事你都忘了？"在这个问题上，于进水觉得看一个人，最好还是要辩证地看好，要一分为二地看，主次分开了看，长短分开了看，要多看人长处，少揪人短处，才是正确"看"人的方法。

尽管这样，于进水还是想找机会和小马简单聊几句。他在机关大院前后绕了一圈儿，到亮着灯的屋里和值班的干部打声招呼，或叮嘱几句就出来了。因为是于进水带班值班，所以今天的朱雀镇格外安静，没有打牌的，没有喝酒的，也没有高声大嗓说话的，甚至连财政所和娱乐室两台开着的电视机都安安静静的。于进水很满意。于进水从财政所出来，又"视察"了分机室，今天分机室两个分机员都在，问起来，居然说是小金"安排"的，小金说这几天，风干物燥，让她们两个多盯着点分机电话，别有火情。于进水从分机室出来，心想，这个小金，工作还是很细致的嘛，不错嘛。上楼前，他又路过了马令书的房间。马令书的屋门紧锁，窗户黑咕隆咚的。于进水不免又把马令书和小金放一块儿想了一下：他想起小金调到朱雀镇做宣传委员快五年了，手下的报道员算上如玉和马令书也经过三个了。小金也该动动了。可小金动了，谁来接替这个宣传委员？宣传委员虽然是正科，可谁都知道，党委口的"组宣纪"三个委员，县里是按副处的待遇给的，说不定以后一改革，直接就副处级了。那是多么重要的岗位？又有多么大的发挥空间？县里各乡镇的宣传委员，有百分之九十是由报道员直接提拔的。他对马令书关注多一点儿，说起来，还是因为爱才，只要马令书自己知道进步，在朱雀镇的机会还是有的，未来的前景也还是可期的。年轻人身心灵活，可塑性强，正因为可塑性强，才应该加以呵护和引导，不能让人才把路给跑偏了。

上楼的时候，于进水不知怎么，又想起小平同志南方谈话来了，小平说："中国要出问题，还是在共产党内部。对这个问题要清醒，要注意培养人，要按照'四化'标准，选拔德才兼备的人进班子。真正关系到大局的是这个事。"

尤其是"要注意培养人"，让于进水身子一凛，顿感肩上的担子沉重。

第三十九章

　　风过天晴，朱雀镇一改前几日阴霾多风天气，突然迎来了个响晴天。早上5点多太阳已在枣林庄泉水山多宝塔那里升起，无遮无拦地照耀着朱雀镇了。天上晴得没有一丝云彩。朱雀镇大院里没有几棵树，却不知从哪儿招来那么多五颜六色的鸟儿，你方唱罢我登场，各个表演它们夸张的演唱技能，有一只鸟甚至拍打着翅膀站到马令书半开的窗户上来了，在那里叽叽喳喳叫，用嘴笃笃笃地敲。马令书从一场乱梦中惊醒，把一本书直接扔到窗户上。恨别鸟惊飞。马令书从床上爬起来了。

　　昨晚从菲菲家回来，他憋气得很，屈辱得很，又无处发泄，回来时候又累又饿，偏偏碰到了值班的党委书记于进水。其实于进水和他说第一句话他就听见了，可他就是不想说，和谁都不想说，他谁都不想搭理，只想躺床上睡觉。马令书既狼狈又烦躁，明知道这样会得罪于书记，但得罪就得罪吧，他现在什么都不在乎了。本来无一物，何处惹尘埃？他已经失去了一个母亲，如果现在连孟菲菲都失去了，他在这个镇上真是赤条条来去无牵挂了。他用枕巾把自己的脑袋一盖，眼泪就下来了。他用沾染了他汗味的枕巾堵住自己的嘴，蛮牛一样哭了一阵，才安静了。之后就睡着了，可不久又醒了。他是饿醒的。他也没看几点钟了，就摸黑从屋里出来，跑到镇子外面。还好，还真有一家未打烊的饭店，正是上次和如玉请"青山绿水"吃饭的地方。

饭店的老板娘一见是马令书，就上来热情打招呼，马令书胡乱点了两个炒菜、几瓶啤酒，就坐下来等。可能因为晚了，整个饭店，只有马令书一个顾客，菜一端上，酒一打开，负责炒菜的老板和负责端菜的老板娘，一齐坐到马令书吃饭的圆桌旁，一个劲儿地殷勤询问，这个问饭菜是否可口，那个说酒不够再开。马令书也不答话，几乎半闭着眼在狼吞虎咽。这几天他经历了这么多，感觉整个世界都在和他为敌，所以他也想冷酷一点儿，没必要对每个人都温柔以待。他报复一样地喝酒吃菜，只有吃累的时候，才停下来看一眼老板和老板娘。他不知道他们为什么不干点别的去，他吃饭很好看吗？他们不觉得这样不礼貌吗？你们不感到没礼貌，我还感到受了冒犯呢。马令书的委屈和愤怒掺杂在了一起，他用力控制着，说："这顿饭给我记账。"老板娘说："行、行，账的事你别想，你只管好好吃饭。看来你是真饿了。"老板起身到灶间，又给马令书端来一碟米醋花生米，说是送马令书的，让他慢慢吃慢慢喝别着急。老板端过菜，就去后厨收拾了。老板娘还坐在圆桌那里看着马令书。马令书说："你看我干啥？"老板娘诡秘一笑："马报道员，听说你去女朋友家了？
还顺利吧？菲菲可是咱整个朱雀镇最漂亮的女孩了。"马令书诧异地
看着老板娘，没想到她说出这样几句话来，一时不知怎么回答她了。
老板娘没等他回话，又冲他伸出一只手，手收回去就变成一个胖乎
乎的拳头，马令书更傻了，不知老板娘到底什么意思。老板娘攥着
拳头，对马令书说："加油，我看好你！"说完，也站起来忙去了。
马令书真是哭笑不得。他还是奇怪，怎么他去菲菲家，连这家饭店
的老板娘都知道了？后来又想，管他呢！爱谁知道谁知道吧，他已
经无所畏惧了，"虽千万人，吾往矣"。马令书现在只想赶紧把肚子
填饱，让啤酒灌醉自己。

　　马令书在一片鸟的啁啾声中，感觉一泡尿憋得厉害，晕晕乎乎
就往厕所跑。镇里的公厕还是80年代初期统一盖的，在当时算高级
的了，砂灰白墙，到处透风，蹲坑左右各有一截矮墙，只是前面无
遮无拦。赶上镇里开大会，这公厕里居然比外面开会还热闹，站着的，
或蹲着的，全部暴露在别人面前。他们在里面小便池小便，在大便
坑里用功，他们抽着烟、吐着痰，互相之间开着各种玩笑，简直比
参加集体活动还自在。

　　马令书初来朱雀镇，最不习惯的就是上这里的公厕，隐私全无。
尽管朱雀镇所有的人都对这样的公厕见惯不怪，马令书还是不习惯。
但整个朱雀镇100多人，就这样一个公厕，书记镇长都不例外，他马
令书能例外？所以马令书想去方便的时候，只好打个时间差，或早
或晚，或尽量在人少的时候进去方便。

马令书想，这么早，厕所应该没人吧？没想到刚进厕所，他就
碰到了郭育才。郭育才其时正在对着门口的一个茅坑前方便，裆下
一根黑粗而长的阳具奔拉着，像一截丑陋的大便。这场景委实不多
见，让马令书莫名惊诧，不忍直视，何况还是恩人郭育才的。他甚
至一时愣在了厕所门口。郭育才正埋头看一张《参考消息》，听到脚
步声，抬头正好看到马令书，便问："怎么样，小马？"

马令书进到厕所，在背对着郭育才的小便池那里发了会呆儿才
尿出来，尿出来，才醒过腔来："……您说什么？""昨天啊……昨天，
你不是去菲菲家了吗？""哦……哦……"马令书想到昨天傍晚的屈
辱，以及狂风带给他的震慑和麻烦，一时不知该如何回答郭育才了。

马令书还是有些奇怪，说："您怎么知道我是昨天去的？"郭育
才说："都知道了嘛。"马令书酒后大脑反应迟钝，更奇怪了，"都知
道了嘛"又是什么意思？郭育才紧跟着说："我听如玉说的。"马令
书说："如玉？"郭育才关心地问："你怎么样？没事儿吧？"马令
书眼泪一下没忍住，他说："我娘去世了，我和菲菲去看我娘……回
来去的菲菲家……菲菲家……不同意。"

"哦——"马令书听到郭育才很长地"哦"了声，然后停了好
长时间。郭育才说："唉……可惜了，生老病死，自然规律，你也别
难过。菲菲家里，我也听说了，这情况也正常嘛，小姑娘和你出去
两天没音信，正常……可惜我今天下午就去台湾了。不然，唉，回
来再说，回来再商量。啊？"

马令书认真听着，他很感动。镇上可能只有郭育才一个人真正

关心他了，可他下午就要出发了。马令书还能有什么办法呢？听天由命吧。

从厕所回来，因为天还早，马令书想重新躺下，再睡一会儿，却无论如何睡不着。马令书还在想郭育才的话，"都知道了嘛"。不是昨晚刚刚发生的事儿，怎么就都知道了？还是听如玉说的？如玉又是怎么知道的呢？马令书想不明白。现在朱雀镇上的事，有很多马令书都想不明白。因为遇见郭育才，马令书还想到田晓荷了，想到镇上关于郭育才和田晓荷的"闲话"。这个忧郁的、情感泛滥的、极具女诗人气质的田晓荷，他好像已经很久没见过了。他从郭育才胯下的那根阳具，想到田晓荷颀长曼妙的身子，又想到田晓荷和郭育才缠绵交欢的场景，这些联想来得突兀、莽撞，不着边际，充满荒诞和冒犯的意味。可这却是马令书脑袋里的"真实联想"，是控制不住的"联想"。人有时候是控制不住自己的大脑的。马令书想到这些，突然害怕了，有一种瞬间崩塌的感觉。这是有可能的啊，田晓荷和郭育才是有可能的。她和政府办老乔是机关尽人皆知的秘密，郭育才怎么会和她这样的人好呢？还有就是自己和田晓荷的暧昧。这些乱七八糟的东西放到一块儿一想，就更乱了，细分析起来，还恐怖了。什么叫无中生有？什么又叫添油加醋？万一田晓荷在郭育才面前说起自己，就麻烦了。他被孟菲菲一家"赶出家门"的消息，说不定就像那些五颜六色的小鸟一样，啁啾着就到处流传开来了。到那时，他将以何脸面，面对天堂里的母亲？又以何种形象在社会上立身？坏了，都坏了。马令书闭上眼睛，感觉脑袋里都是风，风大得呼呼响，脑袋里还下起了暴雨，暴雨也哗啦哗啦响，简直震耳欲聋了。

坏了就坏了吧。8点，马令书懒洋洋从床上爬起来的时候，已经无所畏惧了，或者说，破罐破摔了。反正一瓢水泼出去，再也收不回来了。他还能怎样呢？他正儿八经的一次恋爱就这样以失败告终了，夭折了，完蛋了。马令书不怪菲菲，菲菲毕竟还小，刚刚18岁。虽然她在家里受宠，可在这样的重大事件面前，她一没有足够的经验，二没有足够的智慧，三没有足够的勇气。一句话，凭菲菲的一己之力，她是无力挡下家里人那一片手的。是的，是一片手，不是一只两只，不是一双两双，而是无边无际的"一片"。像一张网，又像一面威力无边的巨型推土机，昨晚已经成功地把马令书推出来了。这个局面是无法挽回的。马令书的自信，被那片手摧残得七零八落。他自以为凭借一定的经验、智慧和勇气是能完成任务的，事实上，他的"自以为"除了是自己以为，屁也不是，什么都不是。他还一直自诩聪明，自诩有胆有识，自诩才华横溢。事实上，他自诩的一切，照样屁都不是。本来，去之前，他还是相当自信的，他想凭他的三寸不烂之舌，去说服菲菲家里人，她的爸爸妈妈、对他有误解的六姐，或别的反对他们的什么人吧。他准备一个一个去说服他们，改变他们对他的错误看法，告诉他们那一切都出于他们的"道听途说"和"无中生有"。他们连见都没见过他一面，怎么就断定他"不可以"？可结果，还没等到他坐下来，和他们心平气和地谈谈，可怜的菲菲已先挨了她爸一记重重的耳光了。这算什么家长？算什么爸爸！分明是土匪，哪里还有一点"慈父"的样子？最让人不能容忍的，那耳光是当着马令书的面打的，这就不光是打了菲菲，也是间接打了他马令书的脸了。就是那个耳光，最终导致局面失控。可怜的菲菲吓傻了，他也吓傻了，整个世界都好像在那个耳光面前傻掉了。

现在马令书安静下来了。安静下来，马令书想，昨天那个耳光究竟是菲菲爸气不过才打了菲菲一巴掌，还是他们故意要用这一巴掌演一出戏给马令书看？如果那样，菲菲爸也算得上老谋深算了，姜还是老的辣，毕竟是个老江湖了，他马令书在人家面前还嫩得很，一个耳光就打断了他马令书要和菲菲恋爱的念头。简直是一出精心设计的苦肉计了。他们把马令书赶出大门，说不定已经偷偷庆祝胜利了呢。

上午牛角村有个采访任务，是昨天小金把马令书叫过去时，特意通知马令书的，说明天党委于书记也要去牛角村，还提醒他"千万别忘了"。马令书连早饭都没顾上去吃，他胡乱洗脸的时候，外面已经传来小陈汽车发动的声音。那声音都和别的领导汽车发动声不一样，那是"于书记的车"的声音，清脆、响亮，还带着种无可匹敌的生猛。对马令书来说，那声音还是一种催促和提醒了。

每次临有大活动，马令书都要坐"于书记的车"。马令书学摄像回来，于进水就对小陈特意交代过了。于进水是当着副书记老吴、宣委小金和马令书的面亲自和司机小陈说的，于进水说："以后凡是镇上采访，需要车，就让小马坐你的车。"小陈呢，表面上答应了，却一回没招呼过马令书，他只是把车开到楼梯口，顶多用脚轰一下油门提醒他。朱雀镇只有小陈敢把车堵到楼梯口那里。小陈把车往那儿一堵，机关里的人不但没有任何怨言，反而过来和小陈打招呼了："小陈，于书记又要出去啊？"或："于书记这么忙，这又是要到哪儿去啊？"小陈一概不回答，他连笑都很少笑一笑。但对于别人递给他的烟，他还是要吸一吸的，他边吸边等。估计于书记要下楼了，他就把烟掐灭，上车打着火等。小陈开着的这辆新标致，发动机的响声是很好听的，清脆，但并不吵。一般情况下，马令书听到小陈的发动机一响，就会提前站在门口那里等了。如果马令书手头有事忙着，小陈就用脚"轰一轰"油门，提醒一下马令书。马令书听到小陈轰油门，再忙也得放下别的事赶出来，先把摄像机交给小陈，由小陈放在后备厢里。于进水说了，这台摄像机很高级，是日本的原装货，是红缨毛织厂的老板从日本带回来的，算是借给他于进水的，这都是于进水自己说的，于进水把摄像机交给马令书，说了一句话："只能报道用，别人谁都不能用。"

　　马令书把摄像机提出门，就感到了今天太阳的威力，好像是个烧得发烫的铜镜子，一下就把光和热反射过来了，让他感到一种刺目的焦灼。马令书不由自主眯起了眼，皱起了眉头。机关外面乱哄哄的，热闹闹的，马令书都习惯这个场面了，凡是党委于书记要出去公干了，必然会有很多的机关干部从屋里跑出来，他们跑出来的目的，很大程度上不是为了看于书记一眼，而是为了让于书记看他们一眼。记住他们都有谁、都是谁，他们都踏实、听话地在机关上班呢。这是朱雀镇机关人才有的小心思和小伎俩。在青龙是没有的。

都快成了一道风景了，他们手里或拿了本各自对口专业书，或故意拿了几张报表，或直接拿着圆珠笔和钢笔就冲出来的。他们太忙了，他们一直在忙，只有于书记出去他们才找到空闲出来看一眼。他们用手中的这些东西抵挡大太阳的照射，也互相提醒着和窥视着别人：我们可没干别的，我们只是出来望一眼，望一眼就回去。他们望一眼，还在想着工作上的事，真是敬业呢。

"这天热晴的，好像夏天了！"有人感叹。

"响晴的天！"

"也该晴了，阴了多少日子了？"

"于书记一当班，天就晴了，风也不刮了。"说这话的是计生办主任李秀莲。

于书记前些日子去延安学习考察了半个月，不过已经回来几天了。机关里的每个人都记着日子呢，于书记不在的这些日子，他们每天从这里荡到那里，从这个科室逛到那个科室，漫长慵懒的日子终究要结束了，就像之前的连阴天，终于换回了解放区的天。解放区的天，是蓝蓝的天；解放区的天，也是晴晴的天。他们也该换换口味了，也该团结起来了，紧张起来了，严肃起来了，活泼起来了。

"天真好，就是太阳有些毒！"

"也该晒晒了，不然人他妈都要霉掉了。"

他们说着说着，话题戛然而止，因为二楼于书记的屋门打开了。于书记西装革履地走出来了，昂首挺胸地下楼了。

"于书记也不怕热。"有人小声嘀咕了一句。

"人家就要的这个劲儿。"

"于书记真年轻啊,看看人家于书记,看看你,"是财政所办公室的几个大妇女在和政府办老乔开玩笑了,"都成老头儿了。"老乔说:"老头儿怎么了?又没成为你们家老头儿。"老乔喜欢和妇女打哈哈。于进水确实看上去精神得很,他下楼来,先是往左看了一眼,左边一片"于书记于书记于书记",又往右边看了一眼,右边又是一片"于书记于书记于书记",于书记看了看左右,点点头,胸有成竹了,他很满意。然后,他抬头看了眼天,看了眼无遮无拦的大太阳,这时候,他的眉头才皱了一下。于进水说:"这天!"

然后对车外面的小陈摆摆手,小陈立刻像接到首长命令的士兵一样,嗖的一下上了车,摇下车窗,于进水过来,问了声:"马令书呢?马令书怎么还没过来?"

马令书还愣在楼梯口那里,他感觉被谁捅了一下,回头看了看,他的身后站着小金和如玉,如玉故意不看他。小金说:"马令书,叫你呢!怎么愣头愣脑的,没听见于书记在喊你?"如玉说:"你没看他魂不守舍的?怕是在找魂呢!"

马令书如梦方醒,走下台阶,他顾不上和阴阳怪气的如玉斗嘴,把摄像机交给小陈,绕过去坐进副驾驶。于进水说:"马令书,年轻轻的,怎么了?要有点朝气嘛,怎么看上萎靡不振的?"于进水的语气里有些不满,马令书想到昨晚的失礼,忙回头和于书记打招呼,说是昨夜大风吹得头疼眼睛疼,一宿没睡好。于进水说:"刮个风就添这些毛病,那怎么行?要经得起风雨中的历练。我看还是朝气问题，年轻人就要有年轻人的朝气。你看看如玉。"于书记向车窗外看了一眼还在台阶上的如玉，如玉的手里，此刻正拿着本《青年团员必读》，真是应景，于书记说，"如玉当报道员时，那精神头儿，那冲劲儿。两年多的报道员，现在团委书记了，你得学她。"马令书赶紧说声"好"。

马令书也想提振精神，也想在于进水面前表现一下，可这几天生活给他的打击太大了，他一时还无法适应。昨天大风，醉酒，他真是头疼、眼疼，外加上恶心，好像身子都不是自己的，尽管他心里想让自己精神点，再精神点，可整个人看上去还是给人一种绵软无力的感觉、一种疲沓和应付差事的感觉。

到了地方，他提着摄像机，在大太阳下面跑来跑去，找角度，找位置，也找灵感，可过去的灵感都哪儿去了呢？这太阳确实毒辣得不同寻常啊，外景才拍了十几分钟，他就有一种要被烤化了的感觉。马令书感觉自己就像一块橡皮糖，软绵绵的，浑身没劲儿。

于进水因为还有事，参加完牛角村的活动就先走了，走前嘱咐，让马令书留下来继续拍，中午就在村里吃，吃完再让村里的车给他送回镇里去。马令书巴不得于进水早点走。于书记一走，他立刻躲在一棵大槐树下了，那里有一大片阴凉。虽然阴凉里挤满了看热闹的群众，可看到马令书过来，他们还是自动给他腾出了个位置。有个男人过来，说："马记者，来，抽根烟。"马令书摆摆手，他不想抽烟，只想吐。他把这归咎于昨晚的几瓶啤酒，他想，他再也不能喝酒了。

中午马令书还是喝了，他还是第一次留下来在牛角村吃饭。村书记、村主任、村妇女主任，都轮番来敬"马记者"的酒。马令书咋办？他一万个不想喝，借口说下午有事，书记说："有什么事？你在我这里喝了，回去就睡大觉，有事让他们来找我！"牛角村的书记是个豪横的角色，好像是"丰邑八大金刚"中的老四。"八大金刚"是指丰邑县20世纪80年代中期出来的八个最有名的"村书记"。整个丰邑县大大小小的村书记足有小200人，200人里的"八大金刚"的"老四"，那是何等骄傲的人？举足轻重嘛，这样的书记能亲自陪着马令书喝酒，是给足了他的面子了。马令书不能不识抬举，结果这酒躲来躲去，还是喝多了。不可能不喝多，书记的酒喝了，还有村主任；村主任的酒喝了，还有妇女主任。轮流喝下来，他能不多吗？

酒后，村里果然派车把马令书送回镇机关，机关大院在响晴的日头下一片白茫茫大地真干净。马令书在自己屋里摇摇晃晃两圈，还是出来了，他出来直奔打字室，他想看看菲菲今天是否上班来了，打字室的门关得严严实实的，锁得严严实实，马令书晃荡着身子，站在那里只是敲门。一下，一下，一下，他敲一下，就喊一声"菲菲"，也不知喊了多少句菲菲，喊到最后，马令书的眼泪就下来了。

马令书对着打字室的门说："菲菲，我想你！"

马令书和菲菲的爱情就是在打字室里开始的，菲菲用的是铅字打字机，马令书拿来的材料，要由菲菲一个字一个字地打到蜡纸上，那些汉字呢，也是由一个又一个铅字组成的，打字之前，马令书经常过来帮着菲菲从一大堆铅铸的汉字里把打印时常用的汉字挑出来，排列好。两个人低着头，挑着铅字，一会儿你的胳膊碰了我，一会我的脑袋撞上了你，碰上撞上，也顾不上说话，只是笑一下，然后再挑再拣。两个人就是这样慢慢就走近的，简单、纯粹得就像革命时期的爱情。马令书是多么喜欢这种简单到家常的爱情啊。他们挑着铅字，就像在笸箩里挑一把米，头对着头，脸对着脸，一句话不说。偶尔相视一笑，或说一句"这个字好"，很快彼此就能感受到，真是心灵相通了。有一次马令书把"孟菲菲"三个字挑出来，接着又挑出"马令书"三个字。他把这六个字，排列好，给菲菲看。菲菲看着看着就笑了，就脸红了。菲菲是个爱笑、大方的女孩，马令书还很少看到她脸红呢。菲菲脸红的样子原来也那么美。马令书把这些简单的回忆连缀在一起，那滋味就变得更加熨帖、绵长，也显得更加干净和纯粹，随便想起什么，都带上一生一世的味道了。

可现在菲菲不在，打字室的门一直锁着。菲菲在该上班的时间没来上班，说明情况更严重了，说明菲菲家里是铁定了不同意他们的关系了。马令书往回走，他先去了趟厕所，回来时想着要回宿舍睡觉，身子却又不由自主向打字室这边走过来了。酒劲上来了。他的身子也摇晃得越来越厉害，两条腿像在互相使绊，身子都不像自己的了，几次险些跌倒，但每次跌倒前，他总能歪歪扭扭地站住。他那时还在想，在自己的意识尚未完全失去控制前，能多少保留一份尊严。机关大院空荡荡的，一个人没有。但他知道，那些偷窥他的眼睛都是躲在暗处的，那些眼睛无处不在。

他已经有些看不清眼前的路了，身子晃动得像整个世界在闹地震，操场已经倾斜了，两层小白楼眼看就要坍塌了，篮球框子正朝他砸过来，怎么办？他已经控制不住自己的身体了，一会儿撞到墙上，一会儿撞到栏杆上，一会儿撞到门上。终于再次回到打字室了，他想继续敲门，胳膊却抬不起来了，好不容易抬起来，却敲不上去，他的手指头都醉得不省人事了。打字室的门竟然开了。一个女孩探出脑袋，看着马令书，说："马令书……你喝多了？"马令书说："菲菲，你……你……你什么时候回来的……"菲菲说："你又喝多了……"马令书说："菲菲，我没喝多嘛，我想你！"菲菲说："你怎么不知道爱惜自己的身体呢？又喝这么多，回去睡会儿去。"马令书说："我想在这儿睡……我走不动……我想在这儿睡……"菲菲说："马令书，你好好看看我，我是不是菲菲？"马令书瞪着眼睛看着菲菲说："你是菲菲，你就是菲菲。"说着，身子一晃，就朝菲菲扎过去了。马令书有很多心里话想对菲菲说，他想把所有积郁在心的委屈和屈辱都说给菲菲。马令书的眼泪再次夺眶而出，那些奔涌而出的眼泪，一颗一颗从脸上滑落，硕大而惊心。那些眼泪很快把菲菲的上衣弄湿了，菲菲向外推马令书，说："马令书，你醉了，你别哭，你醉了。"马令书说："我没醉，没醉……我想你！"醉酒后马令书的身体是那么重，像装满了水泥和沙子的袋子一样重，马令书把菲菲都压到床上去了。马令书想亲一下菲菲，他想只要亲住菲菲，菲菲就不会再走了。马令书笨拙而急切的嘴唇也在菲菲脸上乱啄，莽撞得有些不管不顾了。菲菲用一双手徒劳地抵挡着这个完全醉了的人，她用两只手用力托举住马令书的脸，忽然心疼了，说：

"马令书，你别这样好不好？你知不知道这样让人好心疼……"马令书一下不动了，他听菲菲说"心疼"，眼泪又出来了。他用手轻轻抚摸着菲菲的心脏那里，脸上全是着急的样子。马令书说："菲菲，不要疼，你不要疼，你疼我也会疼。"菲菲这时候也流眼泪了，菲菲一把把马令书揽在怀里，用手摩挲着马令书的一头蓬乱的头发，真是感慨万千，却一个字都说不出来。马令书也一把抱住菲菲，说："菲菲……再也不要走了，我喜欢你，我爱你……我不能离开你……"

马令书醒来时已是下班时分。他穿得整整齐齐地躺在自己床上，就像一具装殓一新的尸体。他在仔细回忆醉酒前，他都去了哪里，干了什么。可除了此刻越来越厉害的头疼，他已经什么都记不起来了。他能想起来的只是醉前八大金刚的老四书记那张满是横肉的脸和一杯杯敬过来的酒。酒入愁肠愁更愁，酒入愁肠人易醉啊。这次，他再次醉大发了，失忆了，断片儿了。他醒来时，太阳还没完全落下去，天还是响晴的，没有一丝云影，只是因为时近黄昏，蓝色的天幕里掺杂了一丝暴晒了一天后从大地上蒸发出来的水汽，让西边天空呈现出一种云蒸霞蔚的灿烂与苍茫。

马令书又躺了会儿，看天慢慢黑下去，才起身去了趟厕所，从厕所回来，发现屋里写字桌上有人给他打来饭菜。这是怎么回事？是谁给他送屋里来了？不过是眨眼的工夫，有人就把食堂里刚出锅的热乎乎的饺子和菜给他端来了，马令书的眼里一下泛起了潮气。他冲出屋去找了一圈儿，什么人都没看见，机关大院还是空空荡荡的。他忽然想到徐燕，过去只有徐燕给他买过饭，但那饭是从饭店买的。这次又是谁呢？是谁从机关食堂给他打来了饭菜？他本想拿着饺子去食堂问问大师傅，后来一想，人家并没有使用饭盆，饺子和菜是用塑料袋子给盛来的，说明给他送饭的人是不想让他知道是谁送饭给他的。他就不想再想这个事了，他现在谁也不想见。他和孟菲菲的事情恐怕已经全机关都知道了。昨晚他刚回来，镇街上开饭店的老板娘都知道了。他在菲菲家的遭遇不久就会满城风雨。这时候还有人在默默关心自己，他真的感动了。

朱雀镇的人有几个会看好自己和孟菲菲的？他们此刻说不定正躲在某个办公室里幸灾乐祸呢，他们甚至早就盼着菲菲和他分手吧？当初，马令书和甄妮她们在一起的时候，马令书不止一次听到财政所的大妇女说："姑娘们啊，找对象千万不要找马令书这样的，不可靠！找对象一定要张然这样老实憨厚的才放心。"她们就是这样当着自己的面和甄妮她们说的，语重心长、循循善诱，一点儿不在乎马令书的感受。她们绝不是玩笑，她们说的都是真心话。这种真心话带来的明目张胆的敌意，他马令书怎么能看不出来？他不傻。可那时他眼里根本没有她们，对这些长舌妇的议论也满不在乎。他玩世不恭的笑声有时都会把自己吓一跳，他在离经叛道的路上越走越远，是一种不管不顾的冲动了。只有夜深人静，屋里只剩下一个人时，马令书才黯然神伤，潸然泪下。世俗的力量如此强大。马令书也不过是个外强中干的银样镴枪头，自有他小小年纪无法承受的生命之重。他看似轻佻和不正经，其实都是装的，骨子里，他是一个多么认真和在乎别人看法的人啊。所以在碰到孟菲菲后，他的认真就变成了另外一种形式的执着和努力，马令书一下子变好起来了，加倍认真和庄重起来了。可他的认真和庄重并没获得广泛的认可，他的执着和努力，也变得徒劳，甚至显出愚笨和愚蠢了，菲菲家里人的态度自然让马令书措手不及，而镇里的人呢，却好像一起都躲起来，正准备看马令书的笑话了。

唯一关心自己的是镇长郭育才，可是郭育才此刻已经和付少聪率领的企业家代表团奔赴在去台湾岛的路上了，智慧通达的郭育才鞭长莫及，帮不上他的忙了。那么，还有谁会伸出援手，来帮他一把呢？他太无助了，他太需要帮助了。

马令书感到孤独、伤心。他现在是什么都不想干，什么都干不下去。

菲菲已经三四天没来上班了。马令书天天往打字室跑，一天要跑五六次。开始时，他还抱有幻想，说不定菲菲哪会儿就回来了，坐在打字机前，正噼里啪啦打字。他一进来，菲菲就给他一个热切的笑脸，就像过去很多回一样。那场面温馨、感人、滋味绵长，特别令人回味。可每次去，打字室都锁着门，像关起来一个阴沉的秘密，和外面的响晴天构成了强烈的反差。三天过后，马令书的回味就变成了悠长的叹息。他想，菲菲这么久不来，一定是家里不让她来了，没办法了。他还是想不明白，菲菲一家怎么就这么反对他和菲菲呢？他马令书究竟怎样了，招他们如此反感自己？每想到菲菲最终因为家里被迫断绝和自己的关系，他的心里就仿佛针扎一样地疼。

镇里没有人关心马令书的坏心情，说不定很多人还在偷着乐呢。

只是彭佳佳后来来了一次，说起来，彭佳佳这个人还是不错的，彭佳佳领着他去采访王尔东的事，现在关于王尔东的文字他都没写，她不但不怪罪马令书，还来关心马令书了，已经很难得了。彭佳佳和孟菲菲在机关最好，比彭佳佳和如玉还好，比亲姐妹还好。在镇里，彭佳佳算得上"老人"了，孟菲菲来后，一直是彭佳佳在照顾帮助孟菲菲。尽管如此，彭佳佳对于孟菲菲的家庭情况，也了解不多。彭佳佳问马令书，和菲菲的情况有进展没有？马令书说，能有什么进展，怕是要吹了。关于孟菲菲家里人的态度，彭佳佳不好说什么，但她以自己和王小军的"切身实例"劝说马令书，让马令书"想开一点儿"，"老人家都是为儿女好，说不定他们自己过一段时间就想开了，就同意你们了"。但目前马令书"怎么办"？彭佳佳也没有什么更好的办法。虽然"天意难违"，但还有"好人自有好报"呢。不管怎么说，"咱们还是为菲菲祈福吧"。

彭佳佳说了一通，陪着马令书又坐了坐，最后神色忧戚地出去了。

如玉也来了。如玉现在越来越有"团委书记"范儿了。她来也是关心马令书的，但她的关心和彭佳佳的关心是不一样的。如玉首先"批评"了马令书，说马令书最近很是有些萎靡，萎靡得都不像个青年人该有的样子了。马令书说："青年人应该啥样子，每天像你一样斗志昂扬才行？"如玉说："马令书你这是啥态度？我在这里和你说正经事儿呢，你能不能正经一点儿？你知道菲菲家里为什么不同意你和菲菲的事吗？我想主要还是你的态度，是你这种玩世不恭和吊儿郎当的态度。不成熟嘛！"如玉说，"其实吧，你这个人，骨子里也不是坏，也不是那么玩世不恭，你还是挺认真的一个人，干吗非要装出这样一副吊儿郎当的样儿呢？是因为自尊心作祟，还是因为自卑？”马令书好像被一根针刺到了，而这根刺他的针不是别人，是如玉，是如玉与生俱来的优越感。过去两个人在一起吵嘴啊，闹矛盾啊，说到根子上，就是因为这种让他不舒服的优越感。其实，他承认如玉说的是对的，而且可以说是一针见血的，如玉还从没这样一针见血地和自己说过话呢。可马令书就是不能接受。如玉带着说教的口吻，让他烦躁，以致让他产生强烈的抵触情绪。马令书说：“你要是来关心我的，你就坐会儿；你要是来给我上课的，那就请石书记现在出去。我这里忙得很，还有一堆报道稿等着我写呢。”如玉气得一愣，说：“马令书，你是好赖话听不出来，是吗？那我直接告诉你，你得把工作和情感理清楚一点儿。工作是工作，情感是情感。你和菲菲恋爱自由，这没错，可也不能因为谈恋爱而耽误工作。”马令书说：“我耽误什么工作了？我耽误你工作了吗？”如玉毫不客气地承接着马令书的挑衅：“现在没耽误，不见得将来不耽误。我是为你好……才来找你的。”如玉说到这儿，才意识到自己情急之下说走了嘴，脸立刻红了，赶紧加了句，“你不要把我的好心当成驴肝肺！”马令书说：“谢谢石书记关心，谢谢你为我好。”如玉真心实意地说：“马令书，你仔细想过没有？其实你和菲菲是不合适的，菲菲那么年轻，她还太小，太单纯；而你呢，虽然年纪不大，但社会经历太复杂，心思太复杂。”马令书说：“你说这话，好像你不是和我一样，都是21岁，好像你已经51岁了，我就是复杂怎么了？你看我复杂，我看你还城府过深呢。"如玉说："我就是有城府，就是城府过深怎么了？我还心狠手辣，厚黑一身呢。"马令书说："这话可是你说的，我什么都没说。"如玉说："你没说，可比你说出来还伤人。"如玉说："你说我什么都没关系，但我还是要劝你，必须把这件事给我重视起来，难道你除了爱情什么都不要了吗？连工作都不想要了吗？我可告诉你，菲菲的六姐我认识，她什么都对我说了，她家里是不会同意你们的。"马令书不能容忍如玉这样就给自己的爱情"判死刑"了，他嘲讽地说："你真有本事啊，还认识她六姐，我正想问你，我和菲菲准备去她家的消息是不是你提前透露给她六姐的？我在菲菲家被人赶出来是不是你传播得整个镇子都知道的？"如玉勃然大怒，脸涨得通红，她愤然走出马令书屋，走前留下一句："真是莫名其妙，真是胡说八道！马令书，你要好自为之。"

剩马令书一人，在屋里大笑，笑得眼泪都出来了。

第四十章

连着几天的响晴天。这几天，好像老天要补偿前些日子的"阴阳怪气"一样，故意给人一个又一个响晴响晴的天。可是响晴天一多，也不是好事，天响晴，太阳强烈，无遮无挡，无边无际，好像天上除了天，就是火热的太阳。机关里很多人开始议论了，说好多年没见过这么热的天了。这可还是5月，不是7月8月，这天怎么就热成这样了呢？政府办老乔说了，他刚听了广播，说今年热得这么早，都创造历史了，"百年不遇"啊。谁说七月流火，5月照样可以流火。火当然是从太阳开始流起的。朱雀镇的人开始还没觉得这天的厉害，但慢慢地就觉得这天的不一般了。天在下火，是什么结果？地要干裂，苗要干枯，树要干死。

王二虎到镇上来开会，镇上人和他开玩笑，他却皱着个眉头说："再这样大王府的白虎经济沟可要遭罪了。"然而，经济沟却不是王二虎最担心的，他最担心的还是"火"。这样的天，万一一把火把大王山给点了，可怎么办？可怎么办嘛！这鬼天气，究竟要怎样嘛！热能给人热个死，晒能给人晒化了。机关干部可以把自己躲起来，事情可以拖延着办，可我大王府村怎么办？那十里长廊的白虎经济沟怎么办？那近万亩的山林怎么办？这个地方说好听了叫"鸡鸣三省"，说不好听了，也可以叫"三不管"，这个地方要是因为这鬼天气着起火来，那可就不是说说笑笑的事了，那是要出大事的。开完会，王二虎找到党委书记于进水，把这"鬼天气"和于书记抱怨了一下，又把他的担心对于书记讲了。于进水说："二虎，你淡定一点儿嘛，怎么一点儿不像你了？那个天不怕地不怕的王二虎哪里去了？"王二虎说："于书记，我是天不怕地不怕，可就怕大王山上一把火啊。"于进水就拍拍王二虎的肩膀说："我理解，你的心情和我一样，但也有人和我讲了，说往年一冬一春，我于进水早已在你们大王山几进几出了，可今年的山火好像故意躲着咱们呢，山火都躲着咱们，你还有啥可怕的？再说了，这都是啥季节了？是进了夏天了嘛，我统计过了，大王山大大小小山火几十起，夏天着山火，还是很少见的，概率还是很低的。"王二虎说："我总觉得今年的天气有点邪性，心里不踏实呢。"于进水说："踏实回去吧，我也要好好睡个午觉。放心，真着了火，你也不用怕，还有我，还有镇政府嘛。"

　　于进水做梦也没想到，王二虎最担心的山火会真的在他午睡时烧起来。

　　于进水睡去还不到半个小时，办公桌上的电话就不歇气地响了起来。他把电话抄起来喂了一声。电话那边立刻传来一个急促的声音："是于书记吗？是于书记吧？"于进水一听是王二虎，就心一紧，但口气还是和缓的："二虎啊，我早和你说了我要好好睡个午觉，怎么回事嘛，觉也让人睡不成，还这么急，这么沉不住气。"王二虎说："于书记，我能沉得住气吗？大王山真着了！"于进水心里骂了句"他妈的"，心想真是说什么就来什么。中午还说山火躲着我于进水，这山火就来找我于进水了。于进水说："二虎，你确定没和我开玩笑？"王二虎说："于书记，我怎么可能跟你个党委书记开玩笑？我有几个胆开这种玩笑？千真万确啊，天地良心啊，不信你亲自过来看一眼，现在火势越来越大了！"于进水火气就来了："怎么搞的嘛，现场会还和你千叮咛万嘱咐，你信誓旦旦地向我保证，你怎么搞的嘛！"王二虎一时语塞，于进水接着说，"有火情，还不给我赶紧报警，给我打电话有个鸟用，报警！"王二虎说："报了，已经报了，我是报完才打的电话，我知道今天该您值班，您不是告诉我，只要一有火情，就立刻通知您吗？"于进水不耐烦，说："行了行了，不要啰唆了，以后这种电话你让支委们打，你他妈先给我带人救火去！"于进水口里都带脏字了，说完又想起什么，就对电话喊，"一定要把那片果园保护好，注意安全。"耳朵里传来的却是嘟嘟嘟的忙音，王二虎那边不知什么时候已经把电话挂掉了。

于进水放下电话，直奔党委办公室，一推，门锁着呢，办公室没人。他又冲楼下政府办喊老乔。喊了半天没人应声。才想起老乔一早去医院，看望小产住院的田晓荷去了。和他请过假了。他一路小跑，噔噔噔下楼，去敲政府办门，发现门被人在里面锁上了，窗帘拉得严严实实,里面有纸牌声和故意压低了的说话声。于进水对机关干部休息时玩两把扑克并不在意,有时遇上了也睁只眼闭只眼不予深究,频率勤了,才让副书记老吴在周二下午的机关学习大会上"敲打敲打"。于进水敲门没有反应,又喊司机小陈。他的小车司机小陈平时没事就在政府办待命。喊了几嗓子,小陈也没应声,却听财政所的张然在政府办里瓮声瓮气应了声:"谁啊,大中午的,瞎鸡巴喊啥?"于进水又气又想笑。什么时候连张然也满口粗话了?于进水刚到朱雀镇时,还是挺注意机关形象的,当书记后,大会小会也没少"点"他们,但成效不大。过去是岁数大的乡村干部说,现在连来机关的中专生、大学生也被污染了。民风所向,习惯使然,现在连张然这种小屁孩也满口粗话,看来真是不像样了,太不像样了,这机关风气确实要整顿整顿了。于进水放声说:"快开门,我是于进水。"政府办一下安静了。十几秒后政府办的门打开了,开门的居然是马令书。于进水脱口而出:"马令书,你在这里干什么?"

政府办内烟雾腾腾,里面一个政府办的工作人员都没有,值班的司机也不知都躲哪里去了。政府办内四个人,分别是财政所的张然,企业公司的老贾和报道员马令书,还有戴着副茶色眼镜,一只眼睛不动,而另一只眼睛轱辘乱转的王小军。于进水听王春山说过,王小军小时淘气,有一次上树掏鸟,被树枝扎瞎了一只眼睛,后来那只瞎了的眼睛换了狗眼,所以王小军长年要戴茶色镜遮盖一下。此刻四个人像四个大烟鬼一样傻站在屋里。四个人里,老贾年龄最大,老贾说:"是于书记呀?没听出您的声来。"说完挺不自然地嘿嘿乐了。于进水没搭理老贾，让王小军赶快去分机室，挨个通知午睡的干部们马上到前院集合，又让张然回财政所，叫他们司机把大面包赶紧开过来。王小军和张然如蒙大赦，赶紧出去了。

屋里只剩马令书和老贾，两个人走不是留又不是，十分尴尬。老贾问："于书记，您看我们干点什么？"于进水说："都给我先站着，回头停职反省，大中午还聚众赌博了！"老贾一听吓坏了，说："于书记，我们只是玩'双升'，就玩'双升'。不挂'响'，没赌博。"于进水说："真就玩双升？"老贾慌了，说："真的于书记，我只是偶尔玩一回。"说着就要掏口袋。于进水挥挥手，不耐烦了，说："算了算了，下回再让我抓住你一回，你就好好回家和你老婆一起双升去吧——这么大岁数的人和小青年瞎搅和什么！你好好待着别动，一会儿我还有艰巨任务交给你。"老贾忙问什么任务。于进水说："等会儿你就知道了。"老贾忙说"好好好"，站在那儿规规矩矩地等。于进水和老贾说完，又看马令书。马令书还是之前那副萎靡不振的样子，站在那里低着头，也不说话，也不看他，心里就气了，好你个马令书，萎靡一些倒也罢了，居然有精神来打牌，目中无人倒也罢了，对我这个党委书记也爱搭不理了，看来要找时间好好和他谈一次了。

王小军反应算机灵，他怕分机员挨个打电话耽误事，就楼上楼下、楼前楼后，一路小跑，把正在歇晌的机关干部一个个喊起来了，这些干部正午睡，被这么一折腾谁都睡不好了，王小军只是擂门叫，说于书记让他们到前院集合，都不知道出了什么事儿，一个个赶紧爬起来，衣衫不整就往前院跑。一到前院，果然看见党委书记于进水挺严肃地站在政府办门口那里。这时候，绝大部分的干部都明白咋回事了，就像战士听到军号不用问也知道列队集合一样，他们早已习惯了这种没时没响的招呼，还用问吗？惊动了于进水的肯定是大事。大事肯定和大王山的火有关，只有大王山有火情了，才会这样"没时没响"。

老贾这时候还在办公室原地待命，见王小军回来了，就说："于书记说要交给我一个艰巨的任务去完成，你知道是什么任务吗？"王小军说："我说老贾，你他妈傻了吧？除了救火，大中午还有这么兴师动众的吗？"老贾说："原来是救火啊。"他心里的一块石头落了地，又一想，还乐了。可不吗？这时候，财政所的大面包也开过来了，迷迷瞪瞪的机关干部们一看大车到了，都清醒了，呼啦一下子上了车，没座儿的就挤在司机后边放杂物的机器盖子上。大面包一会儿工夫就坐满了人。

于进水歪头一看，司机小陈不知从哪儿钻出来的，此刻正歪着脑袋看一群干部们挤大面包笑，于进水说："笑什么笑？还不快去开车！"小陈吐了一下舌头，忙答应了，奔车棚那辆崭新的"标致"过去了。这"标致"是今年开春新换的，由于是新车，小陈处处小心在意，如果没有于进水的话，别说普通机关干部，就是副书记老吴想用一下车，小陈也会推三阻四，后来还是老吴找了于进水，小陈才不吭声了。副书记老吴有一次在党办发脾气："这个小陈，政府那边副镇长，你不给用车也就罢了，我用个车也这个那个找一堆理由，什么意思？什么玩意儿嘛！势利眼！"老吴不过是当着小金他们的面发发牢骚，他不会直接和小陈发脾气，毕竟上面是于进水，不看僧面看佛面。其实于进水也知道小陈这毛病，也不光是小陈，哪个"大猫"司机不牛逼烘烘？于进水私下里也说过小陈，意思是让小陈别太苛刻。但小陈说："在咱们机关，这'标致'就是朱雀镇最高权力的象征，如果是个人来都能坐，那成了什么？那不成了公共汽车了？再说，用车一多，车损就会多，哪天坏了，耽误您事不说，修车的钱还不得您来签字？"小陈居然讲出了这样一堆话，听着也有一定道理，于进水也不再说他，横竖由他去，只是别搞得太离谱就行了。

　　于进水坐进副驾驶，发现如玉和计生办的李秀莲因没挤上大面包正站在那儿发愣，忙招呼她们上自己车，结果张然也跟着跑过来了。计生办主任李秀莲正好坐在张然和如玉中间。张然一上来就嘟囔，说："李主任，你这么胖，怎么不去减减肥？"李秀莲说："我怎么胖了？我可没觉得自己胖，再说，胖怎么了？胖也是一种时尚，你没瞧咱于书记也有将军肚了？"别看人胖，李秀莲却天生一张巧嘴。平时闷声不响、憨厚腼腆的张然话也多了，张然说："于书记有将军肚那是领导风度，你呢，咋说呢？还时尚，整个一大皮缸。"张然这话就难听了，李秀莲一听张然说自己像皮缸，不爱听了，说："张然，你小小年纪嘴学得这么损，到时候我让你在朱雀镇连对象都找不到信不信？"张然说："放心，管你那些'大肚子'去吧，你又不是婚姻介绍所的。"李秀莲看了一眼张然，又看了眼正向外张望的如玉，说："我明白了，好你个张然！是不是我坐这里碍你什么事了？可你也不看看自己，蔫不出溜的，整个一个刚从土里刨出来的土豆！你财政所的人不去坐财政所的面包车，偏偏上于书记的车上来挤，还说我！"

张然没去坐他们财政所的大面包，确实是有原因的，他是想和如玉一起坐。他看如玉站在大面包跟前不动，也故意拖延着没上大面包，却不防后面来了个李秀莲。结果于书记那里一招呼，三个人都过来了。如玉这里也纳闷儿，张然最近的表现确实出乎她的意料。她和张然联系不多，话都没说上过一两句，唯一走得近那次是她请大伙看电影，也把张然叫上了。就是从那次电影过后，如玉发现，张然变了，变得在她面前爱说了。这还不算，还有更奇怪的。小平同志视察南方谈话，提出了"要抓紧有利时机，加快改革开放步伐"，朱雀镇一下紧张起来了，机关于书记带头抓改革，改变工作作风，原来的团委书记小高被当成反面教材，点名批评了，于进水要下决心改变机关人浮于事、拖延拖沓的形象。如玉也不能在宿舍"上班"了，又回到了党委办。

如玉回到党委办，发现党委办多了一个常客，就是张然。你说他一个财政所的人，没事儿就往党委办跑，算怎么回事儿？每次打着的"幌子"都是"找一下马令书"，可谁都知道，除了开会，马令书从不到党委办。明知道马令书不在，张然还不走，磨磨蹭蹭，东拉西扯和小金聊天。小金碍于和张然一个镇上过来的老乡，不好过于冷淡他。好在小金也喜欢聊天，家乡的一草一木、一事一物，家乡的鸡毛蒜皮，聊起来没个完。可张然明显不适应小金这样敞开的聊天，小金的许多话题他都接不上话茬儿。实际上张然是走神了，早已心不在焉，眼睛直往如玉那里瞭。小金和如玉桌对桌办公，一次张然走后，小金就对如玉说："如玉啊，张然这个闷小伙儿是看上你了吧？"如玉撇撇嘴，故意说："他是看上你了，没看你和他那个热闹？"小金曩曩个鼻子笑："我孩子都会叫妈了，肯定是看上你了，你回头留意看看。"说实话，如玉还真没注意过张然。张然来，如玉也不躲；张然去，如玉也不留。经小金一说，如玉一想，这个张然可不真是那个意思吗？但怎么可能呢？不是张然没有可能，而是如玉。所以如玉在党委办，平时和谁都没什么话，脸上只写了一个字："忙！"如玉也确实是忙。

共青团朱雀镇委书记石如玉是越来越忙了，都有了日理万机的意思了，根本顾及不到张然。如玉不理张然，张然反而来得更勤；如玉顾不上说话，张然的话却越来越多，很多时候都是无话找话了。对于一个本就不善于言谈的人来说，没话找话，真是要命了，尴尬得要命。这儿一句那儿一句、东一句西一句，东一榔头西一棒槌的，如玉平时根本顾不上听，偶尔一句到如玉耳朵里，如玉奇怪张然怎么一下又说起那事来了，就奇怪地看了一眼张然。这一看不要紧，张然一紧张，剩下的那一半话就被卡在嘴巴里，脸憋得像哮喘病人。如玉觉得可笑。但如玉不爱笑，也不想笑，她还有点生气了：这个张然，你没事，我们还有事做，谁有闲心听你鸡一嘴鸭一嘴的？莫名其妙。如玉只好绷紧脸，继续埋头忙去了。如玉越严肃，张然就越痛苦；张然越痛苦，对如玉的喜欢就越欲罢不能、欲舍不忍。简直一塌糊涂了。小金知道如玉看不上张然，还是逗如玉："如玉啊，张然家里还不错的，他爸是我们乡财政所的副所长。你就考虑一下呗。"如玉说："考虑个屁！要考虑你考虑。"张然一根筋，机关里藏不下秘密，很快就让人看出了端倪，何况李秀莲这样眼尖耳快的计生办主任，多少遮着盖着的"大肚子"都逃不过她的火眼金睛，别说张然肚子里的那点弯弯绕了。

于进水催小陈快点发动车，前面财政所的大面包已经在门口那里鸣笛等着了。如玉说："于书记，马令书还没来，好像去屋里拿摄像机了。"于进水说："这个小马，最近老拖拖拉拉的。"刚说完，马令书已经拎着那架 M9000 撞门出来了。小陈下车，嘟囔道："后面三个人已经够挤了，机器放后备厢，让马令书去挤财政所大面包。"如玉说："财政所大面包早挤不下了，要是能上我早上去了。"小陈说："那他坐哪儿，后面已经三个了，不嫌挤？"如玉说："挤就挤嘛，一会儿的事儿。你让他挨我这边，我不怕挤。"如玉说完这话，车上人都冲她看。如玉被看毛了，说："干吗？干吗？你们都看我，怎么了？"于进水说："石书记就是风格高，和别人不一样。"如玉捋了一下脑袋上的头发，说："于书记不带这样的啊，我是说实话。您这新车空间大，又不是挤不下。"如玉说完就冲马令书喊，"马令书，快点，于书记着急了。"马令书过来时眼睛扫了眼打字室那里，又去看财政所的大面包，如玉说，"大面包早满了，别看了，快上来！"马令书这才走过来。

小陈有点不耐烦地接过马令书手里的摄像机，放到后备厢，回来时看了眼如玉："是让他和你挤，还是过去和张然挤？"如玉说："和我挤，不说了吗？"又说，"就是挤一挤，还能挤丢一块肉？"马令书还真是挤上来的，李秀莲的胖身子几乎都快要扑到副驾驶于进水的后背上去了。张然说："这会儿知道谁胖了吧？"李秀莲说："胖怎么了？碍你什么事儿了？小马上来是不是更碍你事儿了？"马令书愣头愣脑地问："碍他什么事了？"如玉说："什么什么事？好好坐你的吧。"马令书说："我是坐好了，你和李主任没地方坐了。"如玉说："没事儿，一会儿就到了。"如玉说完，张然和李秀莲都看她，因为他们发现如玉口气变了，说话时语调很温柔，一点儿都不是如玉风格了。如玉故意不看他们，向马令书低声说："你站那里发什么呆？孟菲菲没来。"马令书听她说菲菲，故意岔开，说："今天石书记发扬风格，我坐着，她都蹲着了。"如玉说："别废话。再说风凉话，让你下车挤大面包去。"李秀莲说："挤大面包也不能让小马去，小马是报道员，有任务。得让张然去，大面包是他们办公室的，他不去谁去？"张然本来看马令书坐如玉边上就有点不舒服，这会儿听李秀莲又挤对他，就还击道："快去'救火'吧，就怕我们'救火'，会妨碍你的好事呢！"李秀莲一听张然说"救火"，立刻急了，说："好，张然，有你的，今天要不是有于书记，我……我非撕了你那嘴，让你小孩子家家地瞎说。"

　　朱雀镇的故事大都和救火有点关系。李秀莲这个"救火"版本是这样的：李秀莲的爱人祥子在北京开出租，平时很少回来，偶尔回来一次还竟赶上李秀莲加班——镇里计划生育工作加班都成家常便饭了。祥子好不容易回来，想和媳妇亲热一下，就想到机关和李秀莲一块儿"加班"。李秀莲怕机关人多嘴杂说出不好听的来，就让他乘机关干部晚上看电视时过来，完事后再走。那天晚上，李秀莲同宿舍的女同事早早去看她喜欢的香港连续剧。等同事走了，约莫祥子快到了，就提前关灯钻了被窝。按着约定的时间，祥子锦衣夜行，悄悄溜了进来。刚脱衣服上床，就听到机关院里有人大喊救火，说大王山又着火了。李秀莲一听着火了，穿衣服起来就要去救火。祥子哪里肯依？说："救火、救火，天天救火，你先救救我的火吧……"事毕，两口子匆匆穿好衣服出门，却见整个机关大院内静悄悄无声无息，她还以为人都去救火了呢，忙让祥子赶紧走，祥子刚一出门，就听楼梯拐角、水房厕所、花丛树影等黑暗处一片味味的笑声。李秀莲"舍身救火"的故事就这样在机关里传了开去。

马令书坐在后面，听别人笑，自己却笑不出来，那次酒后他和徐燕不正好赶上老乔敲钟"救火"吗？如果自己也像李秀莲一样被恶搞一下，麻烦就大了，他不是祥子，徐燕也不是李秀莲。那就不是笑话，而是丑闻了。马令书确实变了，过去马令书毫不在乎，现在马令书却有点风声鹤唳了。一个鸟儿尚且知道爱惜羽毛，何况一个人呢？过去他不在乎世俗眼光，是因为他没碰到真心喜欢的人，现在碰到菲菲了，他也越来越在乎形象问题了。不在乎不行啊，自己没什么事呢，菲菲家里就各种反对。说起来机关还是复杂。就比如刚才在政府办吧，他本来不想打牌，他一脑门子的官司，哪里有闲心打牌？可王小军非死乞白赖拉他去，说"三缺一"，牌没打几把，就碰见党委书记于进水了，于进水看马令书那眼光，怎么说？完全是恨铁不成钢，烂泥扶不上墙。太出乎意料了。于进水说了："马令书，你在这里干什么？"于进水没叫他"小马"直接"马令书"了，可见看法很大，问题严重。事情都赶一块儿了，马令书也没办法。但有些却是可以避免的，比如王小军，他发现这个人越来越"可怕"了，虽然，他早就觉得王小军阴险、狡诈，几次想下决心远离王小军，可都在一个机关，这王小军又天天黏在他屋里，怎么远离？这王小军就像自己身边的一颗定时炸弹一样，说不定哪会儿就爆炸，太危险了。王小军每次叫他都没好事。王小军在他身边到处挖好了坑，就等着他马令书一步一步往里面跳呢，自己却还不知，还屁颠屁颠跟着王小军到处跑。想到这里，马令书不光厌恶王小军，还厌恶起自己了。

县消防队的车鸣着笛从后面追上来了，于进水忙让小陈把车靠边，让消防队的车队先过去，外面的空气有点紧张，消防车一辆一辆，警灯闪烁，警笛长鸣。他们车上气氛却是愉快的，几个人又围绕马令书和孟菲菲的事说起来了，于进水回头严肃地看了他们一眼，没说话。马令书求救似的说："于书记，您看，救火这样的大事他们一点儿不急，反而拿我开涮了。"李秀莲说："小马说这话一看就是个没救过火的。救火在朱雀镇算家常便饭，你和张然是赶巧了，来这么久，就赶上这一回。"如玉也说："就是。要是朱雀镇的人一听救火就慌得'麻爪'了，那他就不算个正经朱雀人。你看于书记多淡定，这就是每临大事有静气，都和你一样，碰见点事就好像天塌一样，那成什么了？"如玉话有所指，马令书立刻不吭声了。于进水说："你们都别耍嘴皮子，一会儿我看你们在救火时的表现。"大家这才不说话了。

车还没到村委会，远远就见支书王二虎在马路边向他们的车招手，王二虎周围还围了几十名手拿铁锹和扫帚的群众，都嘻嘻哈哈的。于进水下车没好气地问："你们不去山上救火，在这儿愣着干什么？没看消防车都上去了？"王二虎走近于进水，小声说："我刚从山上下来，火又是东边过来的，冒着浓烟，我真以为是咱这边着了呢，上去一看没事。烟大火小，吃惊不小。"于进水说："东边的火也得救啊，这火烧起来还分东西南北？"王二虎说："已经控制住了，东边也有人救火，我让几个村委带人山上清理防火道去了。"说话间，一个村委骑辆破自行车，飞一样从经济沟那边窜出来，满身满脸的灰和土。他在村委会门口停下车子，对王二虎说："王书记，东边的火灭了。火道还继续清理不？"王二虎说："他妈的废话，让你们清理清理，怎么还来问？"于进水也问："东边火灭了？不行你们也过去帮帮忙，别死灰复燃再烧过来。"村委说："过去帮忙了，上面有大王府村几十口人呢。咱们村的素质就是比东边人高，没见他们过来帮咱灭过火。"于进水说："帮他们灭火，也不是咱风格高，也是为自己着想，这个道理二虎没和你们讲。"村委说："讲了讲了，二虎书记的大喇叭，把我们的耳朵都磨出老茧了。"王二虎说："快滚回去打火道去，再在这里和于书记贫小心我给你一脚。"见村委骑车跑远，王二虎说："放心吧，于书记，他们不傻。大王山山场果园和每户都挂着钩呢。"于进水说："行嘛，二虎，有想法，这样群众救火也有积极性。"王二虎说："护林防火要命的事，我哪儿敢耽搁？今年村里提留款都没要，我把各家各户的提留款跟救火责任制挂上钩了。"于进水说："这样就对了，这才叫'护林防火人人有责'。"

这时候，刚刚过去的消防车又卷着尘土杀回来了，几辆车在村委会门口停下，和外面的于进水打招呼，于进水冲车里的人挥手致意，说辛苦你们了，问他们下不下来待会儿，里面的人说，不待了。消防中队副队长对王二虎说："王书记，啥时候咱大王山这边着火了，你再报，我们对大王山可是一级战备。那两边就算了，鞭长莫及嘛。"队长面上笑笑的，没有一点儿生气的样子。消防车开走了。于进水就在心中感慨，这些消防官兵可真是敬业，这些年，要是没有他们，大王山早光秃秃的了。

　　大面包上的机关干部，一听山火灭了，纷纷从车上下来，仨一群俩一伙，聊天，抽烟。于进水听到张然在他身后叹了口气："咋灭了呢？"听那口气好像还有点失望。于进水瞪一眼张然，却发现张然正用眼偷觑着如玉。如玉此刻正和李秀莲站在一块儿，越发显得亭亭玉立，楚楚动人。

　　于进水还是有些不放心，他让王二虎上他车，招呼上马令书，想上山再看看去。小陈把车开到白虎经济沟尽头的那片果园，停下了。于进水让小陈在车上等，他和王二虎马令书三人上山查看打火道清理情况。马令书一看到山，有了点精神了，扛上摄像机率先跑在前面，不时停下来，拍一下边走边说话的于进水和王二虎。大王山山势雄伟，海拔却不高，1200米。于进水和王二虎轻车熟路，大步流星，三人不到半小时，就到了最高峰望京台，和望京台对着的一个稍矮一点儿的山峰叫望海台。据说站在这两座山冈之上，西可望见北京城，东南可看到渤海。连接着两座山峰的，是一条3米宽的防火道，从望京台看下去，四周风平浪静，有几十个人正分布在打火道上干活，王二虎让他们看刚才东边烧过的一面山坡上，说就是这一片，多亏这里树少，都是些柴草荆棘条子，那边火一大，风一吹，火苗子就窜过防火道过来了，现在村民正在加宽、清理防火道。于进水把身上的夹克脱下，挎在胳膊上，用一只手指点刚才烧过的那片山坡说："你回头派几个人到东边坡上，把烧过的那片再好好过几遍，别再起余火。"刚才那个下山报信的村委此刻又跑上来了，说："于书记，你就放心吧，我们折腾几遍了。"

马令书还是第一次到大王山上来，看什么都新鲜，身上的热汗被风吹去，感觉丝丝生凉，很舒服。于进水对马令书说："小马啊，我让你上来，就是让你也好好感受一下我们朱雀镇的大好河山，你往下看，那条银光闪闪带子一样的绕着咱朱雀镇过去的就是牤牛河，你脚下的这座山峰就叫望京台，也是咱北京少有几处一脚踏三省的地方。前些年这里还有个碑的，现在找不到了。你现在二十出头，正是青春勃发的好年龄，正是树立远大理想和抱负的好时候。在这里好好干，朱雀镇从来不是个埋没人才的地方。"马令书万没想到于进水会对他说出这样一番话来，真有些意味深长了，细一想，还感动了。他还一直以为于进水这些日子很讨厌自己呢。马令书过去恃才放旷，他是最不喜欢听人说什么理想什么抱负啊，觉得那都是放空炮，糊弄人的，可今天在这大王山上，听于进水这样一说，他不但不反感，还真有一种生龙活虎的气息生长起来一样。王二虎在身边说："于书记说得对。朱雀镇是个好地方，我大王府也是个好地方，不信你往下好好看看。"马令书长这么大，还是第一次爬这么高的山，他眼睛多少有点近视，还好他扛着摄像机，那就用摄像机拉近了镜头看，在镜头里，他看到了丰邑县城，看到于进水说的"银光闪闪"的牝牛河，他还看到了朱雀镇的小白楼，和多宝塔，等他再往脚下看，他呆住了，他发现大王府村正在他的摄像机镜头里一点点清晰起来，然而清晰起来的形象竟然幻化成了一只蹲踞着的老虎，这虎身前倾，毛色雪白，颈子微伸，最后所有的力量都聚集在虎头那里，而虎头正是十里画廊白虎经济沟的入口处。那白虎经济沟这会儿看过去，居然像是老虎咆哮出的一口气，一道悠长的声音。马令书为自己的发现激动、紧张，手都微微颤抖起来了。他不断伸缩着镜头，寻找各种角度观察脚下这只"白虎"。最后，马令书竟恍惚起来，和自己心中那个幻象不断印证，一时真假莫辨。他在心里啊地叫了声，好像突然找到自己为什么"莫名其妙"就到朱雀镇了。原来他心头那只"白虎"就在这里！他好像再次听到了白虎的呼啸，不由自主啊出了声。于进水和王二虎同时听到了，于进水问："小马，怎么了？"马令书忙把眼睛从镜头前移开，叹息般地说："于书记，这大王山真是太美了，无与伦比的美丽。"

下山走到半路，一个穿红上衣的女人赶上山来，老远就和于进水打招呼："于书记，你们怎么才回来？大家都不放心了。"来人竟是徐燕。徐燕穿着她常穿的那身类似演出服的衣服，草绿色灯笼裤配红绸上衣。她的红绸上衣远看就像一团小火苗一样。于进水说："徐燕，你怎么来了？就你自己？"徐燕说："还有王小军，他在后面。"话音刚落，王小军也气喘吁吁地从拐弯处出来了。王小军摘下他的茶色镜，呼哧带喘地说："于书记，大伙都不放心了，让我们上来接你们。"

下山时，王小军紧跟于进水王二虎走在前面，徐燕则故意慢下了脚步，和马令书走在一起。徐燕从随身背着的一个挎包里，抓了一把东西，塞在马令书口袋里，马令书问："啥？"徐燕冲他嘘了一声，小声说："好吃的。糖，专门拿给你的。"徐燕把一块糖剥好，说，"你张嘴。"徐燕突然的亲密举动搞得马令书很别扭，她不容置疑地说，"张嘴啊，叫你张嘴。"徐燕把手中的糖送到了马令书的口中，徐燕笑了，说："是大白兔。吃吧。"马令书脸红了，徐燕却笑了。

马令书奇怪徐燕和王小军怎么上来了。徐燕得意地说："我让小军找的他爸，是印刷厂的车给我们送上来的。"徐燕说："其实，我是来找你的。"马令书更奇怪了："你找我？有啥事吗？"徐燕："请你吃喜糖啊。"马令书说："谁的喜糖？"徐燕说："我的，我今天订婚了。"马令书说："你找我，就是为了让我吃你的喜糖？"徐燕笑嘻嘻地说："因为我喜欢你啊。"马令书心下不快，加快了脚步，徐燕几步追上来，说，"你慢点，我巴巴地跑上来，请你吃喜糖，你也不谢谢我？"马令书停下来，看了一眼徐燕，说："谢谢你，也祝贺你！"徐燕说："你祝贺我，比任何人祝贺我都开心。谢谢你，马令书！我也要祝贺你！"马令书诧异道："祝贺我？祝贺我什么？"徐燕说："我才知道你和菲菲的事。"马令书说："是我被她家赶出来的事吧？"徐燕说："笨蛋，赶出来，可以再去啊。我看菲菲是个好女孩，你的眼光不错。"说完，徐燕再次笑起来，边笑边向前面喊，"于书记，你慢点，等等我们。"

看着麋鹿般跳跃奔跑的徐燕，马令书尴尬地闭了眼睛，再次睁开时，徐燕已经跑远了。

第四十一章

于进水两天没回家了。刚从大王山回来，李虹就打来了电话，问他今晚上还回不回去。于进水说再说吧，李虹就啪地把电话挂了。

于进水下午主持召开了朱雀镇乡镇企业改革动员会，等同于替总经理付少聪主持的。朱雀镇的乡镇企业大小二十几家，但真正能给镇里赚钱的没几家。现在乡镇企业受大环境的影响，普遍不景气。前几年县里号召发展三资企业，朱雀镇也跟风发展过几家，只是吸引来的外资少得可怜，有的镇办企业，花了好多钱建起了厂房，买来了设备，可由于外方资金、技术不到位，大部分成了空壳企业。厂长们的诉求也五花八门，有的企业厂长目光短浅，发展合资企业就是为买辆进口免税的好车当坐骑；有的更不要脸，说他发展合资企业就是想找机会出国转一圈，看一看人家的月亮是不是真比中国的圆，这些乡镇企业厂长大都农民出身，没有多少文化，再加上急功近利，冒充外商的假洋鬼子太多，一时真假难辨，假佛爷也当真佛爷来拜的也屡见不鲜。朱雀镇没少走弯路，企业发展改革也势在必行了。现在总经理付少聪和镇长郭育才已经去台湾考察了，说不定回来后就会有收获。

由于是党委书记亲自主持，开会的又大都是镇村企业厂长，所以副总经理老安特意让公司办公室在镇上一家比较好的饭店订了三桌饭。会一开完，这些厂长就把于进水围住了，说有一段时间没和于书记喝酒了，今晚上都想和他好好"较量较量"，于进水笑着说："让安总好好陪你们较量吧，我就不了，今晚上我得回去和媳妇较量去，再不回去媳妇就要闹革命了。"说得厂长们都笑起来。

于进水走前找到政府办老乔，让他晚上好好守着电话，有什么急事要他立刻给他家里打电话，他还是不放心山火。老乔说："您就放心吧，您好几天没回家了，能有什么急事啊？有我老乔坐镇，大王山就是再不开眼今晚上也不能着呀。"

于进水一进家门，李虹就告诉他，罗文打电话了，让他给回个电话，于进水把电话打过去，才知道罗文没事，说是他小舅子给他拿了两瓶茅台请他过去喝两盅。于进水说："那么好的酒还是你自己留着享用吧，我中午刚从大王山下来，不踏实啊。"罗文说："怎么，大王山又着火了？"于进水说："是河北那边着了，这边也捎带着燎了个边。"罗文说："这大王山也真是让人闹心。"于进水说："今年春天风多，干旱，森林防火提高了两个等级了，这根弦儿我得自己绷紧点。"罗文说："你这样想也对，关键时期嘛，凡事小心总没问题。"

于进水没答应罗文去喝酒，李虹很高兴，特意多炒了两个菜，都是于进水平时最爱吃的。李虹还开了瓶红酒，两个人都喝了点。吃完饭，看了会儿电视，就9点了，两个人冲洗一番先后上了床。在床上两个人你看我一眼，我看你一眼，看到最后目光就都乱了。小别胜新婚。两个人最后都有些气喘吁吁。李虹两手钩着于进水的脖子，说："我真怕你在乡下学坏了，现在反映乡镇领导作风问题的信件越来越多，有的一写就好几封，有的直接往县委门口贴'桃色消息大字报'，四大门都传遍了，有的下面乡镇领导天天往县委跑。"于进水想到现场会上给他难堪的高满，就问："小溪流乡的高满跑不跑？"李虹说："他？顶数他跑得勤，传说前几天他和人乱搞，让人家男人抓着了。这次那男人下了决心，扬言说不整倒高满这个流氓书记他就在县委门口自杀，事情越闹越厉害。"于进水心说，活该！又想，有个老婆在信访办可真不赖，各乡镇同僚的情况都能通过这个特殊的渠道间接了解一些。

于进水正想问问信访办有没有反映朱雀镇情况的，客厅里的电话突然响起来。于进水想起身去接，被李虹按下了。李虹说："你待着，我去接。"过了会儿，李虹走了进来，脸上很不高兴，说："好不容易回家一次，也不得消停。"于进水一听就明白了，他还是有点不信，中午他们才查看过的，怎么又着起来了？李虹说："你快起来吧，政府办老乔打的电话，说火势不小，森林火警和消防火警都报了，小陈接你的车马上就到楼下了。"

于进水老远就看到了火光，在夜里，那火光尤其让人触目惊心。车一进大王府村，就闻到了浓重呛人的烟味。大王府村支部一个值班的支委等在路边，告诉于进水，所有的人都上山救火了。于进水让小陈直接开到白虎经济沟的尽头，消防队和森林武警，已经上山扑火去了，剩下驻地兵营的官兵、一部分镇机关干部和大王府村的群众乌压压一群人等在山脚下，等于进水统一指挥。于进水一下车，王二虎和驻军赵营长立刻走了过来。于进水紧握赵营长的手说："又麻烦你们了。"赵营长说："看于书记说的，麻烦什么？军民一家嘛。"于进水问赵营长部队来了多少人。赵营长说："除一连驻守营地，二连三连200多人全都来了，现在都在山脚待命。"于进水问王二虎村里来了多少人，火是怎么着起来的，王二虎嘟嘟囔囔说不出火是怎么着的，只说他们村救火的群众："你看吧，我也不知来了多少，我从来没见过来这么多人。"

　　于进水瞅着王二虎，气不打一处来，本来中午时说得好好的，让他防止死灭复燃，结果还是着起来了。但这时又不好发作，火势这么大，他最担心的还是山上那片山林和脚下的果园，那可是他的命根子。于进水让王二虎迅速带一些人先在果园周围打出一条防火道来，万一火控制不住，烧将下来，首先要保护果园。那里不光是他的六年来的心血结晶，也是大王府村8000口老百姓未来的希望啊。王二虎走后，于进水又请赵营长带着两个连的官兵去东部那片老林那边控制火势，让村里的王姓支委领着他们村的百姓去西边扑火。西边山势复杂，百姓熟悉地形，更利于控制火势。最后，由他带领部分机关干部和部分大王府的群众一起上山，作为消防官兵的策应和补充，帮着消防队员和森林武警一起灭火。

没有救火经验的都以为，跟在消防队后面救火最安全，危险系数小。其实完全不是这么回事，因为消防队员去的都是火烧得最厉害的地方，这样的地方反而更危险。于进水这次带机关干部在消防队员后面，其实是有意锻炼一下他们，扭转一下他们在群众中好吃懒做、救火从来甘于落后的坏印象。于进水一边呼喊着冲在前面的大王府群众注意安全，一边回头找自己的机关干部。不找不知道，一找差点没气死。在山下时，因为天黑，他也不知道来了多少机关干部。现在仔细一看，他身边的机关干部竟一个都不见了。

　　于进水大声喊："镇机关干部都哪儿去了？赶紧过来集合，跟我走。"喊了好几声，才见扛着摄像机的马令书从后面跑上来，于进水说，"怎么就你自己，镇里其他人呢？都没来？"马令书说："差不多都来了，值班的都来了，没值班的好像也被乔主任通知来了。刚才见您没来，就由齐镇长先领着一拨人上山了。""齐镇长"是主管林业的副镇长，听马令书这样一说，于进水很生气，想："这个老齐，还他妈镇长呢，不懂得服从命令听指挥。"当着马令书又不好说，只是问马令书怎么没去。马令书说："齐镇长让我在下面等你，跟着你一起。"于进水说："你这是第一次救山火吧？还扛着个摄像机！谁让你扛的？"马令书说："是小金打电话说的，她怕会有报道任务，还说可以拍点救火的实况当资料。"于进水愣了一下，说："这个小金……她怎么没来？"马令书说："她儿子病了，让我和你说一声，请个假。"

　　尽管救过的山火不计其数，可这次大王山的大火还是让于进水心惊肉跳。火太大了，好像憋着劲儿要把大王山一股脑儿都给吞掉一样。其实还在山下的时候，于进水心里就冒出了两个字：完了。这么大的山火没救了。只是不能说出来。现在上山一看，那种绝望感再次袭击了他。放眼所看，都是山火，谁也说不清火究竟是哪儿起来的，更分不清哪片的火大哪片火小，只见大王山半面山坡，上下左右都成了一片火海。大王山浓烟滚滚，火苗子蹿起有数丈高。消防队员穿着特制的防火服拿着灭火器在灭火，由于消防水车鞭长莫及，他们只能用这种看起来既像冲锋枪又像电锯的干粉灭火器进行灭火。于进水他们的灭火工具都是就地取材，扫帚、铁锨，随便哪儿折的树枝子，虽说上山前，这些"工具"已浸了水，可一进入火场，手里的扫帚很快成了扫帚疙瘩，树枝子也变成了一截烧火棍，他只好扔了再找新的树枝进行扑打。借着火光，于进水看到东边那面山坡的解放军战士们已经在用脱下的军装扑打灭火了。

火熊熊烧着，空气中充满了呛人的浓烟和柴草烧断时发出的噼啪声。于进水一边扑打着前后左右的火，一边招呼正追着消防队员拍摄的马令书和周围群众注意安全。到半山腰时，于进水终于借着火光找到了他朱雀镇的机关干部们：老乔、李秀莲、王小军、张然、如玉都在。还有两位副镇长也在前面猫腰扑火。老乔看到于进水和马令书上来了，忙围了过去，招呼大家过来。大家七嘴八舌地问：于书记，你们没事吧？于进水说："我们没事。"又问，"齐镇长呢？齐镇长怎么不在？"两个副镇长说："打着打着火，人就走乱了，一直没见到他。"于进水说："那就赶紧带人去找找，这次火大，范围广，大家救火时一定要互相照应，多注意安全。"两个副镇长答应着，领几个干部找齐副镇长去了。他们一边救火，一边喊着齐副镇长的名字。剩下李秀莲、如玉、彭佳佳等人跟着于进水。于进水也怕女同志们出事，愿意她们跟在自己身边，好多照应点。张然和王小军也跟过来了。因为如玉在场，和马令书一样都是第一次参与救火的张然，显得勇猛可嘉，哪里山高火旺，哪里坡陡危险，就往哪里冲，救起火来格外卖力。

"没有打不赢的铁扇公主，没有救不下的火焰山。"这是于进水在朱雀镇每次开护林防火总结大会上说的一句话。火焰山当然就是大王山了。以他的经验，不管大王山的火多大、多高、多猛、多快，只要救火的人都一个心思，那火就总有扑灭的那一刻。火起听天由命，救火一定是人定胜天。这个道理是颠扑不破的。有丰邑县消防队的队员和森林武警这样的专业救火队伍，再加上驻地的200多名官兵和大王府村数百名群众，人多就是力量大，大王山的山火面积眼看着在慢慢缩小。人定胜天不假，但关键时刻还是要看老天态度，于进水早想了，要是还像前些天的风，那整个大王山都没救了。多亏这晚风不大，到最后风几近于无。这对救火的人来说等同于碰到了"大救星"。没有了风的山火，也逐渐失去星火燎原和扩充地盘的力量，更没有了席卷山林的架势。救火的人看到火势式微，就像战场上的士兵看到了胜利的前景，每个人的扑火热情都分外高涨了。一个个包围圈就这样形成了，四面八方的包围圈都在缩小，那火就没了蔓延的基础。到凌晨三四点钟的时候，大王山的山火已差不多全被歼灭，控制住了，只有零零星星的地方还在烧着，但也完全进入人民群众汪洋大海这个大包围圈了。于进水开始让身边的群众往回撤退，一边撤一边扫尾，同时让一直跟在自己身边的王姓支委回去，通知留守果园的王二虎，让他派人弄些水，往还有火星冒出的地方浇一浇，以防死灰复燃。

最后只剩于进水他们面前一个小山冈上还烧着几簇火了。那个山冈看上去不大，三面是舒缓的山坡，另一面坡势渐陡，下面是一个几十米深的悬崖。于进水带了十几个干部延缓坡包抄而上，围住那个山冈开始扑火，他们经过几个小时的扑打早有些疲惫不堪了，但一想到这是最后的一个"战场"，把这里的火扑灭后，就能好好回机关睡上一觉了，就又个个精神抖擞起来。那山冈多是些杂草，烧得差不多都秃了，剩下着火的是几棵也辨不清是什么树种的树了。树高，火不好灭，于进水就让干部们先打脚下的柴草烧起的火。正打着，就听前面老乔喊："于书记，快看，那一块又有几棵树着起来了。"于进水一看，正是前面陡坡那里，几棵树内部烧干爆开起了火。如玉、彭佳佳和李秀莲她们离那里近点，就要去那里救火。于进水说了一句："你们女的别去那里了，下面有悬崖，危险！"三个人好像没听到一样，如玉带着头已经过去了。于进水就让自己身边的王小军和张然过去叫她们回来，他们把这里的火点消灭后，再一起过去。

王小军很兴奋，拉着张然就冲如玉她们追过去了，王小军没叫如玉她们回来，口里还喊着："不怕，有我们呢。"于进水也没怎么在意，继续低头拍打山冈上零星的火点。几分钟后，一直跟在于进水身旁的马令书，在摄像机放大的镜头里发现前面陡坡那里不对劲儿，突然喊了一嗓子："哎呀，不好！"把摄像机往脚下一扔，也飞奔过去了。政府办的老乔还笑呢，说："这他妈小马，看见啥宝贝了？这么贵重的机器往地上扔，这可是从日本带回来的原装机器呢。"有个岁数大点的干部也跟着开玩笑，说："不会是因为如玉吧？听说他和孟菲菲吹了，说不定转移目标又奔如玉去了，这次救火如玉到哪儿张然到哪儿，现在又窜出个马令书，那可就太有意思了。"于进水喝道："什么有意思没意思的！赶快救火吧，我看他们这几个年轻人救起火来一点儿不比你们差。"这边于进水的话还没说完，那边李秀莲就失声喊了起来："小马！小马……"接着又传来如玉和彭佳佳的哭喊："于书记，快来人啊，于书记，救命啊，小马让树砸倒滚下悬崖去了……"

马令书在这场山火中不幸碰到了那棵倒下来的正着火的树。马令书一晚上没怎么扑过火，他一直用摄像机记录这场大火是在怎样一种万众一心的情况下被一点点儿扑灭的。真是万众一心，他也是第一次亲历这样轰轰烈烈的扑火过程，整个过程里，没有人偷奸耍懒，没有人临阵脱逃，都在尽自己的一份力量和眼前的山火做斗争。他用摄像机记录下很多难忘的场面，消防队员的、森林武警的、解放军部队官兵的，还有大王府村普通百姓的，就是让他一度非常失望的机关干部，这次也是可圈可点。

之前，马令书很少拍机关干部。因为党委书记于进水说了："多拍别人，少拍自己人。"于书记说的"自己人"，就是机关同事。在扑向最后一个山冈前，他想着，这回无论如何得记录一下"自己人"，平时看上去"尻蔫坏"的"自己人"，打起火来，敢情一个都不差，都很积极，有的还堪称勇猛了。尤其是党委书记于进水和团委书记石如玉，救起火来就跟拼命一样，不知身上哪来的那么多力气。本来因为打牌那件事，马令书都有些讨厌如玉了，可看到救起火来的如玉，他还是暗暗地心生敬意。其实马令书也挺勇敢，他一晚上都扛着录像机在跑在拍，多少次他想扔下摄像机，像如玉他们那样深入火海，他也渴望去扑，去打，去抗争，去营救，营救的不光是山火下的土地和树木，也有他自己的灵魂。他确实是这样想的。马令书第一次有了一种强烈渴望，那就是投身火海，奋不顾身。他想，那一定会给他带来一种强烈的精神满足感。而作为一个负责摄像的通讯报道员，他拍下的每一个场景都让他热血沸腾。但是，他拍得越多，那种自身脱离群众的感觉也越强烈。他才21岁，他渴望融入，渴望拼搏，渴望做一个平凡中的救火英雄。是啊，这些在山火面前毫不畏惧勇往直前的人，他们每个人，平时看上去不都是平凡和平淡无奇的吗？但一救起火来，毫不夸张地说，他们每个人又都足以担得起"英雄"这个称号。马令书想好了，到山冈上，他再拍几个镜头后，也要放下机器和这些"英雄"们一起去救火。他必须这样干一次，不管于进水是不是同意，他也要去干一次。如玉带人去陡坡那里救火的时候，他正拉近镜头观察那边的火势，他就是在镜头里发现那棵蹦着火星的树的，那棵摇摇欲倒的树，让他感到巨大的危险，他好像看到了那棵树正朝着李秀莲和如玉倾斜下去。他大喊了声"不好"，扔下摄像机就冲了过去。陡坡距离山冈不到20米的距离，马令书到得及时，他先是一把推开了正在坡上用脚踩灭火星的李秀莲，在身子晃过王小军时，不知怎么脚下就被绊了一脚，马令书没倒，身子却改变了方向，正好对了低头扑火的如玉了。此时那棵正在燃烧的树，已从根下裂开了。马令书好像都听到了树倒下来发出的声音。千钧一发之际，马令书大叫一声："如玉，危险！"顺势扑了过去。如玉一下被马令书推出了好几米。扑开如玉的一瞬间，马令书倒下了，那棵树也倒下了，正好砸在马令书身上。

大多数的灾难都是突然而至的，马令书扑过去的时候，不幸栽倒，正好碰到那棵倒下来的树。幸运的是，马令书大难不死。马令书只是感到脑袋一阵尖锐地疼，随后就和树一起往坡下滚。树比人快，很快滚下悬崖，在空中溅起灿若烟火的火花，而肉身沉重，牵绊较多，不时这里绊一下，那里挡一下，马令书下意识的自我营救也起了作用，这里抓一下，那里抓一下，草、石、树木，虽然都没能阻止他继续滚落，客观上还是减缓了向下冲击的速度，他的身子在滚了十几米后，就被横在他前面的几棵树给挡住了。马令书昏了过去。

被司机小陈送往县医院的过程中，马令书一直处于昏迷状态。那天早晨，他在充满来苏水味儿的急诊病房苏醒过来，第一眼看到的是胖子李秀莲，接着看到李秀莲旁边的如玉和彭佳佳。她们几个人都是整宿未眠。李秀莲一看马令书醒来，自己先没忍住，抽抽搭搭哭了。40岁的人了，居然哭得像个小女孩。她一遍遍回想起马令书冲过来把她扑倒的情景，真是既感动，又伤心，连她自己都没想到，朱雀镇工作这么多年了，跟着多任领导救了这么多年的火，这一次差一点儿就被一棵树给砸死。太悬了！她可以肯定，假如马令书不过来推她一把，那树倒下来，砸到的第一个人就是自己，她看着马令书一点点儿醒过来，眼泪一下就掉下来了，真是喜极而泣。如玉看到马令书醒了，倒没哭，脸上还笑了，她凑近看马令书慢慢睁开眼睛，说："马令书，你醒过来了？"马令书一下恍惚了："你是谁？我在哪儿？"如玉吓坏了，以为马令书被砸傻了，忙说："我是如玉，你好好看看。"马令书虚弱地说："如玉？你不是还在救火吗？那棵树没砸到你吧？"如玉的眼泪才哗啦一下下来了，她没想到马令书醒来第一个惦记的竟是自己的安危，一下感动了，没忍住，又怕别人看到，她很快擦掉眼泪，故意说："你被砸傻了吧？连我都认不出，火救完了，我什么事没有。"马令书回想起之前的一些片段了，说："我记得那棵树给我砸死了，我还活着啊……"李秀莲说："你是好人好命，大难不死必有后福。"马令书说："……多亏那几棵树了。"如玉说："完了，你不会真被砸傻了吧？救你的那不是树，是解放军战士。"原来，于进水他们在山冈上扑火时，正在悬崖边查看火情的几个解放军战士，也看到那棵着火的树了，他们原本想过来扑火的，结果正好赶上和树前后滚落下来的马令书。他们躲过横冲直撞的树，用他们的久经训练的六条钢铁之躯，挡住马令书，马令书才奇迹般地获救了。

这时候，站在窗前，救火后独自赶来的张然，听到他们说话，也失声哭了。别人都以为是张然和马令书兄弟情深，为马令书大难不死喜极而泣。其实张然哭的是他自己，哭自己为什么那么笨，救火时，

他和如玉的距离不过几米远，那棵倒下的树本来也给他提供了一个英雄救美的机会，可他当时愣是没注意到，他多不甘心啊。他刚开始喜欢上如玉，就尝到了爱的苦果。他不傻，知道如玉不爱他，不光是不爱，甚至眼里都没有他。如玉眼里有谁，他是知道的。他一直是个旁观者，但旁观者清。虽然如玉很会掩饰，但有时候爱是掩饰不住的，你越是想方设法掩饰，就越会露出张皇的马脚来，只是当局者迷罢了。如玉真正喜欢的人是马令书，马令书却一点儿都不知道。马令书是看上去聪明，实际上很笨的一个人。也可能他是因为和孟菲菲的恋爱，忽略了如玉的反常了。张然知道，尽管如玉嘴上把马令书贬得一文不值，可越是这样，反而越说明她在乎他。张然在马令书和孟菲菲恋爱后，看到一线生机，开始追求如玉，可最终，他这一线生机还是因为一场火给葬送了。想起这些，他怎么能不痛惜和绝望呢？李秀莲一听张然哭了，忙把张然推出病房，说："你哭什么？一个大男人，人家小马又没死，这不好好地醒过来了吗？"

那天清晨，于进水招呼人把昏迷受伤的马令书抬下山，又反身和干部们一块儿扑灭山冈上的余火。扑灭火后，很多人累得找块地方躺下就不想起来了，想就势休息会儿，于进水还惦记着经济沟的那片果园，他不知果园在这场大火洗劫中是否能够幸免。他得尽快去找王二虎。

他轰起了横七竖八躺倒在地上的人，在一片土地的焦煳味和柴草燃烧过后浓重呛人的烟灰味中开始下山。快到山脚的时候，刚刚发亮的天空忽然下起了小雨。这雨要是早下两个小时该多好，不，只要提前一个小时，马令书也不至于挨砸了。果园聚集着黑压压的很多人，站在雨中，好像都没走。于进水听到有人骂娘骂天，骂这雨怎么他妈的不早来会儿。骂着骂着，于进水又听到有人在抽泣。他没回头看是谁在哭泣。其实他也想哭想骂，只是他累坏了，他还要去找王二虎。

他抹了一把脸上的雨水，正想奔果园里面去，这时候副镇长老齐过来了，说："于书记，可找到你了。"于进水一见老齐的脸被雨冲得黑一道白一道的，就开玩笑地说："他妈的老齐，我也在找你，还以为你壮烈了呢。"老齐说："我也刚下来，下来就找你，听群众说之前有一个受了伤的坐标致走了，我还以为是你于书记呢！"于进水说："那是报道员小马，他为救李秀莲如玉她们被树砸了滚下山坡了。"老齐说："马报道员没事儿吧？"于进水说："昏迷着呢，拉县医院急救去了。"

黑暗中，于进水发现老齐边说话边给他递眼色，老齐压低嗓音说："苏县长来了。"于进水吃了一惊，问啥时候来的。老齐说，听下边的群众说，早就来了，一来就跟着政府办丁秘书几个人上山救火去了。于进水问他们现在在哪儿。老齐说，那边和赵营长说话呢。于进水往前走了几步，果然就看见一辆"公爵"旁围了一圈人，苏县长和赵营长都在。于进水忙过去和苏县长握手，说："您来了怎不让人通知我一声。"苏县长说："大王山这么大的山火，烧得赤天白日的，县城都看得清清楚楚，一晚上都是燃烧的柴草味儿，这么多人都在灭火，我来救火还用通知你？"苏县长接着又感慨地说，"不过，这雨来得还算及时啊，现在下起来，比几百人山上重新踏找一遍还管用。要不然这么大的过火面积，说不定哪个地方不彻底还会烧起来。"

于进水见苏县长并没责备他的意思，心下就有了一丝感动，下山时那种想哭的感觉一下又来了，他上前和赵营长握手问战士们的情况，却看到枣林庄村的支书老高也和赵营长一处站着。于进水说："老高，你怎么也来了？"老高说："这里这么大火我不放心呢，不光我来了，我还领来了几十口子预备役民兵，也都上山了。"于进水就更感动，也不说话，只是过去使劲握了一下老高的手，心说，要是朱雀镇的村干部都能像老高就好了，都能在别人危难之际施以援手，那朱雀镇真的就无敌了。几个人正说话，只见大王府村的那个王姓支委哭着跑了过来，说："于书记，不好了，我们王书记出事了。"于进水忙迎上前，问他怎么回事。支委说，他听了于书记的话，下来找王二虎，可是天太黑，全果园都找遍了，也没找到，问村民，村民说刚才二虎还和他们一块儿挖隔火道呢。他就又找，直到天亮才在果园地头找到了王二虎。王二虎躺在地上，咋叫也不醒，人怕是出事了。于进水大吃一惊。这时候苏县长和赵营长也过来问，没问两句，王姓支委又哭开了。于进水忙让那支委在前面带路，他和苏县长赵营长老高书记在后面紧跟着，到地方，果然见王二虎一动不动地在那儿躺着。几个刚回来的村民正围着王二虎掉眼泪。一个说："那会儿还和我们一起挖隔离道呢，我说咋也找不到了呢？"一个说："我也一直在喊王书记，咋喊也没人答应。"说着就大哭起来：

"王书记啊，你咋就这么走了呢……"

于进水赶忙过去查看，见王二虎身上并没损伤，衣裳也完好无损，死得有点蹊跷，就走过来试王二虎的鼻息，旁边的人也都围过来，说："于书记要不先报案吧？人可能不在了。"于进水回头看了一眼说话的人笑了。那人慌了，说："于书记，你笑啥，二虎人都死了。"于进水说没关系，我有起死回生术。说着就上前踹了地上的王二虎两脚。这时，"死了的"王二虎呼地从地上爬起来，问："怎么了？是不是又着起来了？"于进水说："好呀王二虎！我看你这支书是不想当了，连苏县长他们都过来救火了，你还躺在这里给我装死。"王二虎一愣，果然见苏县长在旁边看着他呢。王二虎脸一红，说："我哪儿敢呀？这片果园是我的命呢，我看着山火灭了，才实在顶不住了，到这里眯一会儿，谁知就睡着了。"于进水说："你这一眯不要紧，弄的你们村的人都以为你为保护果园献身了呢。"王二虎叹口气，小声对于进水说："要是真献身了，也算对得起死去的王尔东了。于书记，你知道这片果园当初是谁带头栽的吗？就是那个喝药水的十三队队长王尔东。说起来，王尔东的死，还和我有点关系。我工作粗暴，他死之前的晚上，我骂过他。"于进水说："不说王尔东，那是他自己没福，他要是知道你王二虎是这么个有情有义的人，说不定死了的王尔东也能起死复生赶回来和你一起救火呢。"他是认真说的，却不防，说完，在场的所有人都笑了起来，好像他说的真是个笑话。

第四十二章

　　朱雀镇的机关干部破天荒在大白天睡起了懒觉。从大王府回来，于进水就对机关干部说："今天咱们啥也不干，睡觉一天。"有干部问："回家睡行不行？"没等于进水说话，副镇长老齐说："就惦着回家搂老婆子，小心李秀莲她们计划生育抓到你头上去。"干部们笑了一阵，有的洗了把脸，有的甚至连脸都不洗，衣服也不换，就灰头土脸地找地方囫囵睡去了。于进水在水房里洗了把脸，随便换了身衣服就躺下了，他睡前把门锁了，窗帘拉严了，又想把电话放空，可想了想，又怕万一有事找他。他现在即使睡觉，脑瓜子里也好像上个闹铃。上午10点左右的时候，他恍惚听到有人敲门，敲门声不急，他就没起来开。过了几分钟，桌上的电话又响了起来，于进水只好起来接，原来是"二百五"马彪，马彪说："市里日报的记者柳眉儿来了，点名要采写大王府村地膜豆角的文章，我已经叫人领了去镇上了，现在估计人早到镇上了。老于你回头亲自给她介

· 547

绍介绍，让她好好帮你们宣传宣传。"于进水说："现在都什么季节了？大田豆角都快上市了，地膜豆角早让人吃进肚子变成屎拉出来了，还采什么访！"于进水焦头烂额，此刻哪有这个心情？可马彪说，记者柳眉儿已经送镇上来了，他又不好不接待：第一，上次有过一面之缘，第二，是人家又点名要见他。于进水只好含混答应下来。觉睡不成了，于进水索性起来，直奔党委办公室。一进去，才知道人家柳眉儿记者都来了好一会儿了。镇里的宣传委员小金正张罗着给记者沏茶倒水，小金家住城关，昨晚没赶上救火，她知道于书记和值班的干部都累坏了，所以当宣传部的人领着柳眉儿来时，她敲了于书记门见没动静，知道人太累，睡实了，就没敢打扰，自己陪着柳记者在那里聊天。

于进水推门一进来，小金和柳眉儿忙站起来打招呼。于进水神情疲倦，他摆摆手，让柳眉儿坐，说："柳记者，上次见过嘛，就不要客气了。"小金说："我们于书记昨晚领人救了一夜火，早晨刚回来。"于进水一听小金说"救火"，忙用眼神制止她。这时候柳眉儿却直对了于进水，问起了他昨夜救火的情况。柳眉儿问于进水："听说您救了一夜火，能谈谈具体情况吗？我还听说你们机关有个报道员为了救人差点送了命，现在还住在医院里，现在情况怎么样？有生命危险吗？我想详细了解一下。"于进水心想，这记者真是长了顺风耳了，怎么刚一到镇上就啥都知道了？就忙转移了话题，说："救火在我们镇上都是小事，我看你还是不要采访了，现在镇里的主要工作是如何发展农村经济，解决农民的出路问题。这方面我们镇有很多值得书写的好故事，有种菜能手，有豆角专业村、大葱专业村，哪方面都值得你好好了解一下，这样，我一会儿还要去县里开个会，回头叫我们宣委小金先给你简单介绍介绍，让她给你找几个典型。"小金忙说，典型都已经给找好了，一会儿他们就到镇上来。于进水问典型都是谁，小金说："就是您刚才说的那三个典型。"于进水说："大王府村就别叫王二虎了，随便找个村委问问就行。地膜豆角就那点事，找王二虎干什么？"小金哎呀一声，说："于书记，我电话都给他打了，他可能已经快到了。"于进水心里骂了句小金"猪脑子"，当着柳眉儿，于进水不好发作，下到政府办告诉正替老乔值班的王小军说："王小军，你在这里好好给我等着王二虎，王二虎来了，你就告诉他，有关救火的情况让他一个字也不要说，就说我说的。千万记住了啊。"于进水从政府办出来嘟囔："捂还捂不住呢，还写救火！"他知道自己的觉也睡不成了，索性叫上小陈开车去县里，他去县里并没有什么会开，他想去医院看看马令书怎样了。

马令书已从急诊室转到了普通病房，李秀莲、如玉几个人正在商量由谁来照顾他的事儿。马令书的伤虽然说不上多重，可也一时半会儿出不了院，他除了身上多处擦伤外，手和胳膊上还有烧伤，头部被砸了一个口子，伤口已经处理并缝好，脸上还好，只是额头擦破了点皮。于进水和小陈来时，如玉正一手托着罐头，一手拿着钢匙，喂马令书山楂吃。马令书的手上打着绷带，头也打着绷带，虚弱乖巧得像小孩子。小陈手提着一大兜在医院门口买的罐头麦乳精奶粉等营养品在门口说："马令书、马令书，于书记看你来了。"

如玉回头一看是于书记和小陈，忙站起来，为于书记让座儿。马令书在床上挣扎着要起来，被于进水使劲儿按住了。于进水说："你躺着，你躺着，你是英雄嘛。"于进水看了一眼如玉，说，"小马，待遇不错嘛，团委书记亲自给你喂山楂罐头吃，可以可以。"如玉说："瞧于书记说的，马令书现在是我的救命恩人，我喂他几口山楂算什么？"于进水说："如玉说得没错，那个场面很多人都看见了，如果没有马令书，你和李秀莲还真危险了。你看你们，一起当过通讯报道员，又一起上山救山火，又一起缔结了革命的友谊，也算一起经受住了组织考验，如玉当这个团委书记够格。小马呢，临危不惧，英雄救美人，我看是好事嘛，说不定就救出了感情来了。"如玉说："马令书伤成这样，您还过来开我们的玩笑。马令书人家有女朋友了，他的女朋友是孟菲菲，您不知道？"于进水说："他和孟菲菲不还没定吗？没定就不能算数。他现在没有女朋友，你正好做他的女朋友。"如玉脸红了，说："当个女朋友倒也不算什么，我和马令书本来就是同事是朋友，是革命战友，再说，我本来就是个女的嘛。"于进水说："如玉好口才，如玉也学会狡辩了。我是开个玩笑的。"如玉说："知道于书记在和我们开玩笑。你让我当马令书女朋友呢，我是没意见，就怕是马令书不愿意呢，他现在心里眼里只有孟菲菲。是不是马令书？"于进水这里开玩笑，如玉也真真假假跟着说。马令书无法解释，无法回答，加上身体虚弱，不想说话，倒也避免了尴尬。于进水倒是十分高兴。他想，马令书经过这场救火，说不定就成熟起来了，可以找组织委员老尚聊聊，回头让马令书写个入党申请书，不行先预备着，等香山干部管理学校有名额了，就推荐马令书去学习，这也算人才培养，关心年轻人的组织生活了。马令书当务之急是要积极主动一点儿，先入个党，不是个党员怎么进步？

李秀莲在旁边说："于书记不愧是大书记，你亲自指定小马的女朋友了。如玉也愿意了，她愿意当马令书的女朋友了，这样正好死了张然那个小子的心。"如玉说："马令书又不是救了我一个人，还有你李主任呢，就我当他女朋友你不当他女朋友你甘心啊？"李秀莲说："瞧如玉这张嘴，什么时候这么厉害了？我年龄大了，当不了他女朋友，但我可以给他介绍更多的女朋友，到时候你可不要吃醋啊。"正说笑，如玉一回头，说："别闹了，看门外谁来了？咱们大部队来了。"于进水往门口一看，好家伙，又有好几个人来看马令书了。甄妮、耿芳、彭佳佳一拨，大王府村的会计耿天亮和几个支委代表王二虎是一拨，还有政府办老乔和原来的团委书记小高是一拨，一下子来了十来个人，都商量好的似的一起过来了。病房里立刻人满为患。于进水见这些人进来，忙招呼刚进来的甄妮、彭佳佳她们几个女孩子，说："你们坐，你们坐，我和如玉有几句话说。"说完，拉如玉走出病房。在楼道里，于进水对如玉说："这几天你安排人好好照看小马，要是碰上《京都日报》的记者柳眉儿过来采访，你就直接给拒绝掉，就说马令书伤重不能说话。你什么也不要说，尤其是昨晚救火的事，千万不要说，谁都不能说，知道吗？"如玉见于书记郑重，知道此事干系重大，忙说："于书记放心吧，这点政治觉悟和组织纪律，我石如玉还是知道的。"于进水说："看来，党委决定让你当团委书记是对的，是正确的，我们没看错人。"

如玉把于进水送到医院外，看于进水坐上车，她才慢慢往回走。病房里，因为来看马令书的人太多，已经被护士"请"出来了，他们在楼道里还仨一群俩一伙地议论那晚救火的事，既有津津乐道的回味，也有对马令书劫后余生的感慨。小高说："你们说，小马这人有多傻啊，当时那情况得有多危险啊，你说他，喊一嗓子让李秀莲如玉躲开不就行了？还要亲自往那里冲，还要亲自去救人，你说这要是真'壮烈'了，得把他家里坑成什么样？就算不死，烧伤摔残，落下个残疾，他以后可怎么办？听说他刚刚失恋，现在还没个对象呢。"如玉听小高说话难听，也没理小高，径直往病房走。到门口时，她愣了，发现屋里还有一个人，是徐燕！也不知什么时候来的。徐燕一直这样，鬼魅鬼魅的，像个影子。此刻，徐燕正泪光闪闪地看着马令书，说："你说你多傻？要是真……多让人心疼！"如玉身上一凛，站住了，但她很快调整好了脸上的表情，好像根本没看到徐燕一样，故意大嗓门叫了声"马令书"，走了进来。她看都没看徐燕一眼，径直来到床头前，伏下身子，用无比温柔的声音说："马令书，你刚醒，大夫说了，让你少说话，别和别人说话，你怎么这么不听话呢？你告诉我一声，想吃什么，想吃什么我现在就回家给你做去。"

女记者柳眉儿的两篇文章是在三天后的《京都日报》同一个版面上刊登出来的，速度快得令人咋舌。还都是头版，写郊区丰邑县一个镇的两篇文章放在头版，这在《京都日报》是首次，在丰邑县历史上也是绝无仅有。柳眉儿第一篇文章的题目是《豆角村的变迁——丰邑县朱雀镇大王府村发展地膜豆角纪实》，前面还配了《由穷而富：大力发展三高农业的启示》的"编者按"，内文里还配发了照片：一个人蹲在一大片覆好地膜的豆角地里查看苗情，那个人就是大王府村支部书记王二虎。看照片就知道是几个月前拍的，因为地膜豆角早在4月末就上市卖掉了。这篇文章的后面还有一篇纪实文章：《可敬：书记一天连救两把火；动人：报道员为救同事险丧生》。写的正是于进水带人救火和马令书火场救人的故事，一版没放下，二版发了个整版，可以说史无前例了。朱雀镇扬眉吐气了，朱雀镇的干部职工集体欢呼雀跃了。他们互相传看着那张《京都日报》，"这回咱朱雀镇可出名了！"

　　于进水是晚些时候看到报纸的，他当时一看标题，脑袋就大了。心说，完了，完了。他最担心的还是发生了。他拿着报纸，怒气冲冲地到党办找到宣传委员小金，问是怎么回事，这么大的事写完了怎么不让他看看就直接上报纸了，她这个宣传委员是怎么当的，还有没有一点儿党员干部基本组织原则和政治头脑。小金没想到于书记动这么大肝火。报纸刚发下来时，她还高兴呢，正准备拿着报纸到于书记那里去请功。没想到于书记盛怒之下找上门来了，于书记确实"怒"了。小金看出来了，于书记还从没发过这么大的火呢。但小金也委屈，眼泪唰地下来了，像个犯了错误的小孩子。小金说她也不知道柳记者这次来都写了啥，大王府着火那晚她没参与，也不了解情况，柳记者提出要去医院采访报道员马令书，她记得当时她直接拦了下来的。于进水指着那篇文章说："既然没人说，那她的文章到底是怎么写出来的，还写得这么详细，就像她在现场亲历一样？"小金嘟囔说："那天您不是让大王府的王二虎来接受采访的吗？他那晚全程都在救火现场，会不会是他不小心说出的？"于进水说："我只让他说地膜豆角，谁让他说山火的事儿了？再说，我走前已经告诉王小军，让他叮嘱王二虎别说。"小金说："那天王二虎还没到镇上，王小军就回大王府村自己家了，说家里有事，我还以为他和王二虎说了。"于进水说："这他妈的王小军，真没脑子，成事不足，败事有余，还有王二虎，这他妈的王二虎。"小金说："于书记，这也怪不得王小军和王二虎，人家记者想采访什么写什么我们挡得住吗？再说柳眉儿记者也是好意，柳记者走前还对我说，说你们朱雀镇在咱北京郊区太有典型性了，她要在报上好好替咱朱雀镇说说话，还说要在报上好好写写您，她这样做，可能也是为了给您一个惊喜吧。"于进水说："惊喜惊喜，这回我是有惊无喜了。你知道这篇文章一发，影响会有多大？会被多少人盯上吗？有些人啊，不看你好事，专盯你坏事。这就是好事不出门，坏事传千里。行了行了，你也别委屈了，我这问王二虎去。"

于进水从党委办出来，心里恨恨地骂："好你个王二虎啊，你给我等着！"

文章发表给于进水带来的麻烦是明显的。文章见报的第二天，正赶上县里开乡镇一把手的会，城关镇党委书记一见于进水，就笑了："哎呀呀，我们的救火英雄来了，失敬失敬。"更可气是的高满，见到于进水，一个劲地追问："我说于书记，你们大王山的火可真厉害呀，一天两场两场地烧啊，你就两场两场地去救？你这条小于（鱼）一天两次深入火海还不烤成鱼干了？"于进水当时差点发作，把人贴在门口的大字报让高满看看去，你还要脸不要了？可细一想，又犯不上，他能和大老粗一般见识吗？县里的领导也不可能永远让一个这样的流氓混迹官场，坏了共产党人的清誉吧。反正事情也出了，后悔无益，于进水反而不那么不好意思了，心想，顶不济不往上走那一步就是了。

那天会刚开完，于进水就被罗文拉到自己办公室，罗文说："现在这么关键时刻，咋一下子弄出这么一件事？本来县里就忌讳谈火，你们可好，还一下子成典型上报了，你这不是往脸上贴金，是自个儿往自个儿脑袋上扣屎盆子！"于进水说："谁说不是呢？阴错阳差的，像做梦一样，可能是一把火给人都烧糊涂了，想防备都没法防备，算了，天要下雨，娘要嫁人，随他去吧。"罗文叹口气，说："你赶紧去苏县长那里一趟吧，他刚让秘书把电话打给我了。"

于进水没去苏东来的办公室，是晚上直接骑车去的他家。苏县长老伴儿许芬给他开了门，悄声说："小心点，老苏正发脾气呢，说他在办公室等你半天，你都没去！正骂人呢。"于进水小心翼翼地换了拖鞋进了客厅，苏县长正戴着老花镜气鼓鼓地看报纸。知道于进水进来了，也不看他。于进水进来，坐在苏县长对面沙发上，也不说话。许芬倒水时故意说了好几次"进水来了"，苏县长都不理。于进水只好先开了口，说："不好意思，苏县长，惹您生这么大气。"这时候苏东来才把报纸往茶几上一拍，直接推过来。于进水一看，还是那张《京都日报》。于进水就说："您还在看啊？"苏东来说："还看？我看了两天了。两篇文章我都能给你背下来了，一篇写你们的地膜豆角，一篇写你们的救火，一天救了两场火！你们这回可出了大名了！知道县里田书记发火的事不？记者文章见报当天，市政府农村办和林业局的电话就直接找了田书记，问一天着两场山火，还是这么大的火情，你们丰邑为啥不上报？还让县里抓紧统计山林的烧损面积和估计造成的损失立刻上报呢，你说这咋统计？咋上报？要是继续这样下去，你还副县级呢，我看你这镇党委书记都难保。"

事情发展到这一步，说什么也晚了。于进水也用不着过多和苏县长解释，因为苏县长什么都明白。从苏县长家里出来时，苏县长的情绪已平稳多了。他拍着于进水的肩膀说："墙倒众人推，现在县上有些常委开始议论你了，说你还是太年轻，太嫩了，不够稳重。光想着出名，名利心太重，你是朱雀镇上的'大猫'，可在县上，像你一样的有100多人呢……不过你也不要背啥思想包袱，谁让你是站在大王山跳舞来的？大王山上跳舞，就是火焰山尖上跳舞！朱雀镇就是这么个情况，都有历史了，也赖不着你，好在县里田书记还看好你，以后踏踏实实抓好实际工作就行了，仕途事小，关键是不能辜负了一方百姓。"苏县长说得语重心长，于进水当时忍着，可出来后还是掉眼泪了！他倒不是为了那个"副局级"，是苏县长那句"不能辜负了一方百姓"触动了他，也让他心生惭愧。

于进水迈着沉重的脚步推开家门，一进来，就愣在那儿了。他看到了王二虎和村里的几个支委、村委在他家坐了一屋子。

王二虎一见于进水进来，忙站起来，说："于书记，这事都赖我，县里的情况我都听说了，我还以为这记者采访是件好事呢，能宣传宣传也让市里面多关注一下咱们基层，没想到给你惹出这么多麻烦。"

于进水笑了笑，说没事没事，心里却直想杀了王二虎。

这时候，那几个支委也走过来，七嘴八舌地说，大王山一天各自为政，就一天消停不下来。他们村里商量了，准备从今年起成立一个护林防火委员会，和县森林消防合作，建立一支半专业化的护林防火小分队，二虎书记这两天也准备往河北天津两地多跑跑，争取与他们合作，搞一个联防联治，实在不行就由大王府出资，帮助他们一起荒山绿化，那两边山场绿化好了，这大王山的事情就好办了。

几个人有点激动，肯定私下里也没少讨论，想办法，这计划最终能不能实行先不说，最起码听起来舒服多了，也能激动和鼓舞人心，甚至不乏有远见卓识，说明这次大火他们真是吸取经验教训了。这当然好，但于进水心里的积郁和不平也不是那么容易就散去的。他又不能对他们说，只好像比他们高一层的领导那样表个态。

于进水说："好嘛，这个主意好。只有青山翠岭，才能福荫后代。"

第四十三章

马令书上班的第一天，于进水就把电话打到了分机室："让马令书到我办公室来一下。"电话是分机员耿芳接的。耿芳没像以往那样在门口喊，而是直接跑到马令书屋。耿芳说："马令书，你上班了，身体恢复得还好吧？于书记楼上叫你呢。"

于进水的办公室在二楼西侧，是挨着会议室的一个大套间，马令书进去时，于进水正坐在沙发上看一份文件，见马令书进来就热情地喊他过去坐。来机关这么长时间，马令书很少到于进水办公室来，上次还是他来拿松下 M9000。马令书刚坐下，于进水就递过一杯水给他。于进水说："小马啊，听如玉说，你身体好多了，听说你今天出院，就打个电话，让你过来聊聊。"马令书说："谢谢于书记关心。"于进水说："按说，你这次救火的壮举，是应该当英雄事迹好好宣传，当成个青年典型在全镇学习推广，可是，你也知道，别的事好宣传，扶危济困，救死扶伤，都没问题，可唯独救火这种事不宜宣传，事是好事，就是不能宣传。这种事不光咱朱雀镇，整个丰邑县都这样，也不是丰邑县，别的郊区县也如此，兹事体大，讳莫如深啊。所以只好委屈你了。但你的事咱们内部还是要表彰表扬的。"于进水说："这次来咱镇上采访的记者，你也认识，人家也是一番好意，看到镇上发展不错，也是帮着咱们宣传推广的意思，大王府村的那篇文章就不错，反响也很好，可一写咱们救火，好事就成了坏事了。你还好，只是个普通工作人员，我不光挨了县里批评，还被人冷嘲热讽，说我工作虚浮，喜欢出名。柳记者是好意，可咱真出名了吗？没有！咱只出了个骂名。"

马令书静静地听着，不知于进水和他讲这些是什么意思。都不像领导和下属谈话了，好像和他交心了。马令书在医院时，也听李秀莲、如玉她们议论了，说这次山火给于书记惹了大麻烦了。但具体什么麻烦，他并不清楚。柳眉儿写"救火"的那篇文章，因为他手伤着，如玉也亲自给他读了。如玉一边读，一边夸柳眉儿"写得好"，马令书却脸红了，几次让如玉"别读了"。但如玉"偏读"。如玉说，她也要跟着这篇文章好好回顾一下当时的情景。那篇文章关于自己的部分，马令书是真有些不好意思，好像那个救人的青年不是自己，太高大上了，思想觉悟太高了，反倒写于书记那篇他看了更真实。可于书记却挨了县里的批。马令书说："于书记，您受委屈了。"于进水摆摆手，话锋一转："为人民服务嘛，个人受点委屈不算什么。好了，不说救火的事，我找你来还有另外一件事。"于进水说："听机关人议论你和菲菲的事情了吧？年轻人，恋爱是好事，也是正常的事，可我听说，因为你，菲菲父母现在已经把菲菲软禁在家了，已经快一个月没来上班了。"于进水说："菲菲不来上班，我们镇机关的字谁来打？现在机关的材料都堆积如山了，都影响到机关的正常运转了！你可能不会想到这种结果吧，两个青年人的恋爱，会影响到机关工作运转，可确实是影响了。菲菲一个人的事小，可影响到一个机关的工作事情就严重了。我们培养一个打字员不容易。菲菲不来工作，咱们机关的字谁来打？现在让我们临时去找一个打字员，尤其是像菲菲这样干活麻利又很少出错的人，我们又去哪里找？不好找嘛。"

于进水说："你住院期间，我们派人到菲菲家里问过了，菲菲父母明确表态了，说只要你马令书答应不和他家菲菲谈恋爱，他们就会立刻让菲菲来上班；如果你坚持抓着菲菲不放，他们也说了，他们就彻底不让菲菲到机关上班了，他们会托人在市里给菲菲重新找个工作，让她远离你。实在不行就给菲菲找个对象，直接嫁了。他们就是这样说的。"于进水说，"现在咱们替菲菲分析一下，你知道这个工作对菲菲多么重要吗？这是朱雀镇政府机关，在这里工作是很有前途的，未来可以招工、转正，成为正式的国家干部和职工。菲菲如果离开这里了，她一个初中毕业生还上哪里找这么好的工作？去市里？离家那么远，背井离乡，一个小女孩，给人家做打工妹？要不就像她父母说的，给她找个对象赶紧嫁了，为一个不喜欢的人生儿育女，你希望看到菲菲这个样子？"听了于书记的一番话，马令书越加沉默了，他觉得于书记的分析是对的，一想到菲菲不来机关上班，他的心就疼起来了，现在又听说菲菲要被安排去市里上班或直接找个人家嫁了，马令书就不光是心痛，而是感到自己的心都碎了。他觉得是自己害了菲菲。马令书问于进水："于书记，只要我答应和菲菲断，他们就能让菲菲来上班？"于进水说："他们是这样说的。只要你不再去骚扰菲菲，他们很快就会让菲菲回来工作。"本来，马令书已经在心里"答应"了，可于进水的一句"骚扰"还是伤了他的自尊心，他现在的自尊心就像玻璃一样，很容易就碎了一地。马令书不明白，自己和菲菲正正当当地恋爱，是两相情愿的事，怎么还成骚扰了呢？马令书说："他们要是这么说，我不能答应这个条件。我和菲菲恋爱是菲菲同意了的，并不是我强迫她，怎么能说成是骚扰了呢？"于进水说："这个道理我能不懂？可菲菲毕竟还是个小姑娘，她最终不还是得听他父母的吗？你现在是镇上的通讯报道员，现在又成了报纸上宣传的救火英雄，你不能因为书生意气和他们赌气，要多为别人着想，那样组织上也好名正言顺地关心你。是恋爱重要，还是工作和前途更重要？和你说实话吧，昨天党委开会已经讨论你的事了，这次救火你的表现是突出的，组织委员老庄回头会和你具体谈，等你入了党，下一个香山干部管理学院学习的名额就给你。"于进水缓和一下语气，又说，"小马啊，你还是年轻。我只劝你一句：看清形势，靠拢组织。组织是不会不管你的，组织还是会帮助你的。你呢，也要振作起来，努力做出一番成绩来，让别人看看，让菲菲家里人看看——没有了孟菲菲，你还不搞对象了？记住我的话，十步之内，必有芳草。以你的才华，还愁找不到更好的对象？一切向前看嘛。说了这么多，其实就一句话，是恋爱重要，还是前途重要，你要想清楚，你要给我个明确态度。"

于进水说完，对马令书摆摆手，说："今天就说这么多吧，我也累了。你回头好好想想，想好给我个答复。"说完，揉揉太阳穴，又低头看他的文件了。

于进水苦口婆心，马令书不能听不懂。他只是有些不甘心，不甘心他和菲菲就这样结束了。

外面太阳高悬，夏天已经猝不及防地到来了，夏天最重要的演员当然是太阳了。它赤裸裸袒露，无遮无拦照耀。阳光是太阳挥舞的无数把利剑，正齐刷刷地落下来。马令书仰头看了一下太阳，感到眼里一阵火辣辣地疼。他的委屈也来得那么猝不及防，眼泪又差一点儿落下来。

过了两天，马令书还没看到孟菲菲来上班，就有些急，他想，是不是于进水非得听到他一个确切的答复才肯去派人到菲菲家里"谈判"？马令书想好了，只要菲菲能回来上班，他同意菲菲父母的意见，决不"骚扰"菲菲，如果有必要，他不见菲菲都可以，只要是对菲菲好，他没什么不答应的。那天，他上楼去找于进水，于进水却不在，到党委办一问，才知道于进水随县上到市里开会去了，要过一个星期才能回来。马令书只好快快地回来，看来这件事只有等到于进水回来再办了，只是不知道现在菲菲在家里怎么样了。

马令书住院，十几天没到机关上班，上班后才听说，镇上的社会主义教育活动又要开始了，按往年的惯例，朱雀镇临时抽调了一部分老师到镇上帮着搞社教。朱雀镇中学的邹友光老师被分配和马令书一个组，和马令书一个办公室。

邹老师40多岁，戴副近视镜，看上去既斯文，又和气，他对马令书很客气，直接叫马令书"马老师"。马令书说："邹老师，你千万别这样叫，你才是老师，你叫我小马或马令书就行。"两个人没事时，就坐在马令书的宿办室里聊天。开始时是邹友光问马令书，循循善诱，春风化雨，很快就把马令书的出身、家世、工作情况知道了个大概。马令书并不觉得别扭，相反，还觉得邹老师这个人特别值得信赖。他好像孤独久了，也愿意向一个人倾诉一下。邹友光问什么，马令书就答什么，样子就像马令书是邹友光的亲学生。邹友光在认真地听完马令书的故事后说："马老师，你真棒，真是让人佩服，《京都日报》写你的报道我一字不落都看完了，我看完真是感慨啊，真是英雄不问出处，英雄同样不问出身，古话说'雄才自古多磨难'，你这样的人以后肯定会大有作为的，一定会出人头地的。哎呀呀，你真是让我刮目相看。"一番话把马令书说了个大红脸。后来是邹老师说，说自己工作经历比较简单，丰邑师范毕业后，就在镇中学教书，一直以教书育人为业，没有马令书这样轰轰烈烈的故事，虽然平凡，但他很满足，说不上桃李满天下，也是学生一大批了。比如现在在镇机关上班的，就有好几个是他教过的学生。他一个个地说，比如王小军，比如彭佳佳，比如甄妮、耿芳，等等。"对了，还有你们机关新来的打字员孟菲菲，她也是我的学生。"邹友光说。

　　说到菲菲，马令书一愣，几天接触下来，他知道邹友光老师还不知道他和菲菲的事，就假装随意地问了问菲菲的情况，上学时成绩怎样、是不是早恋过、在家里又是什么情况等。邹老师说："要说孟菲菲，谁也没有我了解，我是她初中一年级到三年级的班主任，上学时说不上品学兼优，可成绩还是不错的，还当过我的语文课代表，就是物理化学稍微差一点儿，是她自己初中毕业后就不念了，不然考上个中专应该也是有可能的。"说到"早恋"，邹老师笑了，说，"孟菲菲这孩子，长得是漂亮，可人一点儿都不轻浮，对老师很尊重，对同学很友爱，班里确实有男孩子偷偷喜欢她的，可从没见菲菲怎么样过，也没传出过她和任何一个男同学早恋的'绯闻'。"马令书听了，又高兴，又伤感，不知怎么感谢邹友光老师了，只一个劲地说"谢谢"。邹老师就奇怪了："怎么马老师这么关心菲菲啊？"还没等邹友光细问，马令书已经把他和菲菲的事情原原本本、毫无保留地都给邹友光说了。

邹友光听得非常认真，到最后，他哎呀一声，说："我要是早认识马老师就好了，早认识马老师就不会出现这种状况了。"邹友光说："菲菲父母我是认得的，他们都是好人、实在人，他们很善良、很厚道。他们不同意你，是因为不了解你，不认识你！"一句话说完，马令书真是悲喜交集。他好像忽然看到了希望，有种绝处逢生的感觉了。马令书就又诉说起，这些日子不见菲菲，他的痛苦和煎熬，说他即使住在医院里，每天睁开眼睛想到的第一个人就是菲菲，在没见到邹老师时，他已经完全陷于绝望之境了。他对菲菲的真挚情感，把邹友光老师也感动了，邹友光说："马老师，你别担心，等有空我带你去菲菲家，去见一下菲菲的父母，我做他们的思想工作，我当过孟菲菲的班主任，说不定我的话会起一些作用，他们会慢慢认可你的！"马令书说："真的吗？谢谢邹老师，太谢谢邹老师了。"

说着，马令书又把于书记和他说的话对邹友光复述了一遍，尤其是把菲菲家里人想要把菲菲送到城里去打工和要给菲菲找人嫁了的话急忙忙说了。邹友光听完就笑了，说："他们这是在吓菲菲呢。这样吧，你下午要是没事的话，下午咱就去孟菲菲家一趟。这个事包在我身上，菲菲回镇上这件事就包在我身上了。"马令书一听，真是喜出望外了，仿佛溺水的人见到了稻草、黑暗的世界出现了光一样，他这些天沉郁的内心，也一下阳光普照了！

　　说去就去，中午吃过午饭，两个人在办公室简单坐了坐就出发了。这次和上次不同，这次是和邹友光老师一起，马令书心里有底了。最重要的是，他终于可以去看看菲菲了，这些日子真是把人焦灼坏了，他想闹清楚，菲菲到底是怎么想的。他谁的话都可以不听，但菲菲的话他一定要亲耳听到，这样他就知道菲菲真实的想法了，他会尊重菲菲的决定。他的一切决定都取决于菲菲。

　　这样一想，马令书就轻松多了，他一路上和邹老师有说有笑。说到那天晚上被菲菲的几个姐姐赶出来的场景，不但没尴尬，还笑出了声。他说那晚他之所以一直忍着，全是因为菲菲。因为菲菲对他太好了，所以他要"忍辱负重"。邹友光说："你不用那么悲观，说不定这一次他们就认可你，让你成为他们孟家的乘龙快婿了呢。看我的吧。"马令书说："拜托邹老师了。"马令书越来越觉得邹老师好，沉稳持重，善解人意，说话、办事，给人一种特别稳重踏实的感觉。他想有邹老师出马，凭着邹老师的老成持重，说不定真的就把菲菲父母的心结解开了呢！

这个夏天，阳光充足，雨水充沛。大火之后，朱雀镇已经连续下了三场透雨，道路两旁的庄稼得到阳光雨露的滋润，开始疯长。玉米挺拔油绿，郁郁葱葱，一望无际。

马令书也一副胸有成竹的样子，这么些日子过去，他感觉好像过去好几年一样，漫长，充满了深深的思念。他骑着车，恍惚间，孟菲菲已经坐在他自行车的后座上了，此刻她正扶着马令书的腰，把脸贴在马令书的后背上，那感觉让人踏实、满足、舒心。孟菲菲说："马令书，你可来了，我听说大王山救火的事了，让我担心死了。"马令书就用手拍拍菲菲肩膀，说："菲菲，你看，我没事，我好着呢，我就是想你，这不就来看你了吗？"菲菲说："我也想你，感觉和你在一起，不管去哪里、去干什么、是享福还是受罪，都是好的，就是和你一起去大王山上救火死了，也心甘情愿。"

马令书感动了。一阵风过，仿佛是菲菲的吻印上了脸颊，马令书感觉痒痒的，就笑了。马令书一笑，菲菲也笑了。她一边笑，一边紧搂马令书的腰，菲菲热辣辣的面孔紧贴着他的后背，他脚下也越来越有劲了。

自行车轻盈，马令书一路骑得飞快，眼看就要把他和菲菲带到一个理想的好地方去了。

2020年3月18日，一稿于北京平谷
2021年3月14日，二稿于北京平谷